dtv

D1081062

Ein Gerücht breitet sich in den verwinkelten Gassen der Altstadt von Damaskus aus: Nura, die schöne und kluge Frau des Kalligraphen Hamid Farsi, soll diesen weithin berühmten Meister der hoch angesehenen Schreibkunst verlassen haben. Unerhört im Jahr 1957 in Syrien. Warum hat sie ein Leben, um das viele sie beneiden, hinter sich gelassen? Oder wurde sie gar von den Gegnern ihres Mannes entführt? Schon als junger Mann wurde Farsi als Wunderkind der Kalligraphie gefeiert. Für ihn drückt die filigrane Schönheit der arabischen Schrift die Poesie in ihrer reinsten Form aus. Doch nach und nach entdeckt er die Schwächen der ästhetischen, aber auch erstarrten Sprache des Korans. Er arbeitet verbissen an einer radikalen Reform des Arabischen. Nura ahnt nichts von seinen Plänen, die in den Augen religiöser Fundamentalisten höchst frevelhaft sind. Sie kennt nur seine abweisende Seite, und alle Gefühle für ihren Mann sind längst erkaltet. Kein Wunder, dass ihr die Aufmerksamkeiten eines jungen Lehrlings aus seiner Werkstatt zu schmeicheln beginnen. Eine leidenschaftliche Liebe nimmt ihren Anfang – die Liebe zwischen einer Muslimin und einem Christen.

Rafik Schami wurde 1946 in Damaskus geboren. 1971 kam er nach Deutschland, studierte Chemie und schloss das Studium 1979 mit der Promotion ab. Heute lebt er in Marnheim (Pfalz). Schami zählt zu den bedeutendsten Autoren deutscher Sprache. Sein Werk wurde vielfach ausgezeichnet und in über 20 Sprachen übersetzt. Seit 2002 ist Rafik Schami Mitglied der Bayerischen Akademie der Schönen Künste. Mehr über den Autor unter www.rafik-schami.de

Rafik Schami

Das Geheimnis des Kalligraphen

Roman

Mit einer Extra-Geschichte
von der Schönheit der Schrift,
erzählt von Rafik Schami

Deutscher Taschenbuch Verlag

Ausführliche Informationen über
unsere Autoren und Bücher
finden Sie auf unserer Website
www.dtv.de

MIX
Papier aus verantwor-
tungsvollen Quellen
FSC® C019821

3. Auflage 2011
2010 Deutscher Taschenbuch Verlag GmbH & Co. KG,
München
Lizenzausgabe mit Genehmigung des Carl Hanser Verlag
© Carl Hanser Verlag München 2008
Für den Anhang: © 2008 Rafik Schami
Für die fünf farbigen Kalligraphien: © 2008 Ismat Amiralai
Umschlagkonzept: Balk & Brumshagen
Umschlaggestaltung nach einer Idee
von Peter-Andreas Hassiepen, München,
unter Verwendung eines Fotos von Corbis/David Vintiner
und einer Kalligraphie von Ismat Amiralai
Satz: Filmsatz Schröter, München
Druck und Bindung: Druckerei C. H. Beck, Nördlingen
Gedruckt auf säurefreiem, chlorfrei gebleichtem Papier
Printed in Germany · ISBN 978-3-423-13918-2

Für
Ibn Muqla
(886–940),
den größten Architekten der
Buchstaben und seines Unglücks

الإشاعة
أوْ كيف تبدأ
القصص في دمشق

Das Gerücht
oder
Wie Geschichten in Damaskus
anfangen

Noch lag die Altstadt von Damaskus unter dem grauen Mantel der Dämmerung, als ein unglaubliches Gerücht an den Tischen der kleinen Garküchen und unter den ersten Kunden der Bäckereien seine Kreise zog: Nura, die schöne Frau des angesehenen und wohlhabenden Kalligraphen Hamid Farsi, sei geflüchtet.

Der April des Jahres 1957 bescherte Damaskus sommerliche Hitze. Zu dieser frühen Stunde füllte die Nachtluft noch die Gassen, und die Altstadt roch nach den Jasminblüten der Höfe, nach Gewürzen und nach feuchtem Holz. Die Gerade Straße lag im Dunkeln. Nur Bäckereien und Garküchen hatten Licht.

Bald drangen die Rufe der Muezzins in die Gassen und Schlafzimmer. Sie setzten kurz nacheinander ein und bildeten ein vielfaches Echo.

Als die Sonne hinter dem Osttor am Anfang der Geraden Straße aufging und das letzte Grau vom blauen Himmel wegfegte, wussten die Metzger, Gemüse- und Lebensmittelhändler bereits von Nuras Flucht. Es roch nach Öl, verbranntem Holz und Pferdeäpfeln.

Gegen acht Uhr begann sich in der Geraden Straße der Geruch nach Waschpulver, nach Kumin und hier und da nach

9

Falafel breitzumachen. Friseure, Konditoren und Tischler hatten nun geöffnet und die Fläche auf dem Bürgersteig vor ihren Läden mit Wasser bespritzt. Inzwischen war durchgesickert, dass Nura die Tochter des bekannten Gelehrten Rami Arabi war.

Und als die Apotheker, Uhrmacher und Antiquitätenhändler gemächlich ihre Läden aufschlossen, ohne besondere Geschäfte zu erwarten, hatte das Gerücht das Osttor erreicht, und weil es bis dahin zu einem gewaltigen Gebilde angewachsen war, passte es nicht durch das Tor. Es prallte auf den steinernen Bogen und zerplatzte in tausendundeinen Fetzen, die lichtscheu wie Ratten durch die Gassen huschten und die Häuser aufsuchten.

Böse Zungen erzählten, dass Nura geflüchtet sei, weil ihr Ehemann ihr feurige Liebesbriefe geschrieben habe, und die geübten Damaszener Gerüchteverbreiter hielten inne, wohl wissend, dass sie damit ihre Zuhörer endgültig in die Falle gelockt hatten.

»Wie?«, fragten diese empört. »Eine Frau verlässt ihren Mann, weil er ihr vom Feuer seiner Liebe schrieb?«

»Nicht von seiner, nicht von seiner«, erwiderten die bösen Zungen mit der Ruhe der Sieger, »er schrieb im Auftrag des Schürzenjägers Nassri Abbani, der die schöne Frau mit den Briefen verführen wollte. Dieser Gockel hat Geld wie Heu, aber außer seinem Namen kann er nichts Gescheites schreiben.«

Nassri Abbani war ein stadtbekannter Frauenheld. Er hatte von seinem Vater mehr als zehn Häuser und in der Nähe der Stadt große Obstgärten geerbt. Im Gegensatz zu seinen zwei Brüdern, Salah und Muhammad, die fromm und fleißig den geerbten Reichtum vermehrten und brave Ehemänner waren, hurte Nassri, wo immer er konnte. Er hatte vier Frauen in vier Häusern, zeugte pro Jahr vier Kinder und ernährte dazu drei Huren der Stadt.

Als es Mittag wurde, die sengende Hitze alle Gerüche aus

der Geraden Straße vertrieben und der Schatten der wenigen Passanten nur noch Fußlänge hatte, wussten die Bewohner sowohl des christlichen als auch des jüdischen und muslimischen Viertels von der Flucht. Das prächtige Haus des Kalligraphen lag nahe dem römischen Bogen und der orthodoxen Kirche der heiligen Maria, dort, wo die Viertel aufeinanderstießen.

»Manche Männer erkranken an Arrak oder Haschisch, andere sterben an ihrem unersättlichen Magen. Nassri ist an den Frauen erkrankt. Das ist wie Schnupfen und Tuberkulose, es trifft einen oder es trifft einen nicht«, sagte die Hebamme Huda, die allen seinen Kindern auf die Welt verhalf und Geheimnisträgerin seiner vier Frauen war. Sie stellte betont langsam das zierliche Mokkatässchen auf den Tisch, als litte sie selbst unter dieser schweren Diagnose. Die fünf Nachbarinnen nickten, ohne zu atmen.

»Und ist diese Krankheit ansteckend?«, fragte eine beleibte Frau mit gespieltem Ernst. Die Hebamme schüttelte den Kopf und die anderen lachten verhalten, als wäre ihnen diese Frage peinlich.

Getrieben von seiner Sucht machte Nassri jeder Frau den Hof. Er unterschied nicht zwischen Frauen aus der Oberschicht und Bäuerinnen, zwischen alten Huren und jungen Mädchen. Seine jüngste Frau, die sechzehnjährige Almas, soll einmal gesagt haben: »Nassri kann kein Loch sehen, ohne sein Ding hineinzustecken. Mich würde es nicht wundern, wenn er eines Tages nach Hause kommt und an seinem Stock ein Bienenvolk hängt.«

Und wie das bei solchen Männern üblich ist, ging Nassris Herz erst richtig in Flammen auf, wenn sich ihm eine Frau verweigerte. Nura wollte von ihm nichts wissen und so wurde er fast verrückt nach ihr. Er soll monatelang keine Hure mehr angefasst haben. »Er war besessen von ihr«, vertraute seine junge Frau Almas der Hebamme Huda an. »Er schlief nur noch selten mit mir, und wenn er auch bei mir lag, wusste ich, er war mit seiner Seele bei der Fremden. Aber bis zu ihrer Flucht wusste ich nicht, wer sie war.«

Dann habe ihm der Kalligraph die Liebesbriefe geschrieben, die jeden Stein gefügig machen konnten, aber das war für die stolze Nura der Gipfel der Unverschämtheit. Sie übergab ihrem Vater die Briefe. Der Sufigelehrte, dessen Charakter ein Vorbild der Ruhe war, wollte es erst nicht glauben. Er vermutete, irgendein böser Geist wolle die Ehe des Kalligraphen zerstören. Doch die Beweise waren erdrückend. »Es war nicht nur die unverwechselbare Schrift des Kalligraphen«, erzählte die Hebamme, die in den Briefen besungene Schönheit Nuras sei zudem so genau beschrieben, dass außer ihr selbst und ihrer Mutter nur der Ehemann und sonst niemand genau Bescheid darüber wissen könne. Und nun senkte die Hebamme ihre Stimme so weit, dass die anderen Frauen kaum noch atmeten. »Nur sie konnten wissen, wie Nuras Brüste, ihr Bauch und ihre Beine aussahen und wo sie welches Muttermal trug«, fügte sie hinzu, als hätte sie die Briefe gelesen. »Der Kalligraph wusste nichts anderes zu sagen«, ergänzte eine andere Nachbarin, »als dass er nicht gewusst habe, für wen der Gockel die Briefe brauche, und dass Dichter, wenn sie eine fremde, ihnen unbekannte Schönheit besingen, immer nur das, was sie kennen, beschreiben würden.«

»Welch ein charakterloser Mann«, dieser Seufzer wanderte in den nächsten Tagen von Mund zu Mund, als hätte ganz Damaskus nur dieses Thema. Manch einer fügte hinzu, wenn keine Kinder in seiner Nähe standen: »Dann soll er in der Schande leben, während seine Frau unter dem Gockel liegt.«

»Aber sie liegt nicht unter dem Gockel. Sie flüchtete und ließ beide zurück. Das ist ja das Wundersame«, korrigierten die bösen Zungen geheimnisvoll.

Gerüchte mit bekanntem Anfang und Ende leben in Damaskus nur kurz, aber das Gerücht von der Flucht der schönen Frau hatte einen kuriosen Anfang und kein Ende. Es schlenderte unter den Männern von Café zu Café und in den Innenhöfen von Frauenrunde zu Frauenrunde, und immer wenn es von einer Zunge zur nächsten Zunge sprang, veränderte es sich.

Von den Ausschweifungen des Kalligraphen wurde erzählt, zu denen ihn Nassri Abbani verführt habe, um so an dessen Frau zu kommen. Von den Geldsummen, die der Kalligraph für die Briefe bekam. Nassri soll das Briefgewicht in Gold bezahlt haben. »Deshalb schrieb der gierige Kalligraph die Liebesbriefe mit großen Buchstaben und breitem Rand. Aus einer Seite machte er fünf«, wussten die bösen Zungen zu berichten.

Das alles mag dazu beigetragen haben, der jungen Frau die Entscheidung zu erleichtern. Ein Kern der Wahrheit blieb allen verborgen. Dieser Kern hieß Liebe.

Ein Jahr zuvor, im April 1956, hatte eine stürmische Liebesgeschichte ihren Anfang genommen. Damals stand Nura am Ende einer Sackgasse, als plötzlich die Liebe die sich vor ihr auftürmende Mauer sprengte und ihr eine Kreuzung der Möglichkeiten zeigte. Und Nura musste handeln.

Da die Wahrheit aber keine simple Aprikose ist, hat sie einen zweiten Kern, von dem nicht einmal Nura etwas wusste. Der zweite Kern dieser Geschichte war das Geheimnis des Kalligraphen.

النَّوَاةُ الأُولَى لِلحَقِيقَة

Der erste Kern der Wahrheit

Ich folge der Liebe.
Wohin auch ihre Karawane zieht,
Liebe ist meine Religion,
mein Glaube.

Ibn Arabi
(1165–1240)
Gelehrter Sufi

1.

Unter dem Gejohle einer Gruppe Jugendlicher taumelte ein Mann aus seinem Getreidegeschäft. Er versuchte verzweifelt, sich an der Tür festzuhalten, doch die lärmende Meute schlug ihm auf die Finger und Arme, zerrte an ihm, versetzte ihm Schläge, wenn auch keine besonders kräftigen. Als wäre das Ganze ein Spaß, lachten die Jugendlichen dabei und sangen ein absurdes Lied, in dem sie zugleich Gott dankten und den Mann unflätig beschimpften. Es waren gereimte Obszönitäten von Analphabeten.

»Hilfe«, schrie der Mann, doch keiner half ihm. Die Angst ließ seine Stimme heiser klingen.

Wie Wespen schwirrten kleine Kinder in ärmlichen Kleidern um die Traube der Jugendlichen, die den Mann hermetisch umschloss. Die Kinder quengelten und bettelten in einem fort, auch sie würden den Mann gerne einmal anfassen. Sie fielen zu Boden, richteten sich auf, spuckten geräuschvoll und weit wie Erwachsene und rannten hinter der Meute her.

Nachdem zwei Jahre lang Dürre geherrscht hatte, regnete es an diesem Märztag 1942 wie schon seit über einer Woche ununterbrochen. Erleichtert konnten die Bewohner der Stadt nun wieder tief schlafen. Schlimme Sorgen hatten wie ein Alp auf Damaskus gelegen. Schon im September des ersten Jahres der Dürre waren die Unheilverkünder, die Steppenflughühner, gekommen, sie suchten in riesigen Schwärmen Wasser und Nahrung in den Gärten der grünen Oase Damaskus. Man wusste seit Urzeiten, wenn dieser taubengroße, sandfarben gesprenkelte Steppenvogel erscheint, wird es Dürre geben. So war es auch in jenem Herbst. So war es immer. Die Bauern hassten den Vogel.

Sobald das erste Steppenflughuhn gesichtet wurde, erhöhten die Großhändler von Weizen, Linsen, Kichererbsen, Zucker und Bohnen die Preise.

In den Moscheen beteten die Imame seit Dezember mit Hunderten von Kindern und Jugendlichen, die, von Lehrern und Erziehern begleitet, scharenweise alle Gebetshäuser aufsuchten.

Der Himmel schien alle Wolken verschluckt zu haben. Sein Blau war staubig. Die Saat harrte voller Sehnsucht nach Wasser in der trockenen Erde aus, und was zu keimen anfing, erstarb – dünn wie Kinderhaare – in der sommerlichen Hitze, die bis Ende Oktober anhielt. Bauern aus den umliegenden Dörfern nahmen in Damaskus für ein Stück Brot jede Arbeit an und waren dankbar dafür, denn sie wussten, bald würden die noch hungrigeren Bauern aus dem trockenen Süden kommen, die mit noch weniger Lohn zufrieden wären.

Scheich Rami Arabi, Nuras Vater, war seit Oktober völlig erschöpft, denn neben den offiziellen fünf Gebeten in seiner kleinen Moschee musste er Männerkreise leiten, die bis zur Morgendämmerung religiöse Lieder sangen, um Gott milde zu stimmen und Regen zu erbitten. Und auch am Tag kam er nicht zur Ruhe, denn zwischen den offiziellen Gebetszeiten rückten die Massen der Schüler an, mit denen er traurige Lieder anstimmen musste, die Gottes Herz erweichen sollten. Es waren weinerliche Lieder, die Scheich Rami Arabi nicht mochte, weil sie von Aberglauben nur so trieften. Der Aberglaube beherrschte die Menschen wie ein Zauber. Es waren keine ungebildeten, sondern angesehene Männer, die glaubten, die Steinsäulen der benachbarten Moschee würden beim Gebet Scheich Hussein Kiftaros vor Rührung weinen. Scheich Hussein war ein Halbanalphabet mit großem Turban und langem Bart.

Rami Arabi wusste, dass Säulen niemals weinen, sondern durch die Kälte Wassertropfen aus dem Dampf kondensieren, den die Betenden ausatmen. Aber das durfte er nicht sagen. Den Aberglauben müsse er erdulden, damit die Analphabeten ihren Glauben nicht verlören, sagte er seiner Frau.

Am ersten März fiel der erste Tropfen Wasser. Ein Junge kam in die Moschee gerannt, während Hunderte von Kindern sangen. Er schrie so schrill, dass alle verstummten. Der Junge erschrak, als es so still wurde, dann aber kamen die Worte schüchtern und leise aus seinem Mund: »Es regnet«, sagte er. Eine Woge der Erleichterung ging durch die Moschee und man hörte aus allen Ecken den Dank an Gott: *Allahu Akbar*. Und als hätten auch ihre Augen den Segen Gottes erfahren, weinten viele Erwachsene vor Rührung.

Draußen regnete es, anfangs zögerlich und dann in Strömen. Die staubige Erde hüpfte vor Freude, dann sättigte sie sich und wurde ruhig und dunkel. Innerhalb weniger Tage glänzte das Pflaster der Straßen von Damaskus vom Staub befreit und die gelben Felder außerhalb der Stadt bekamen einen zarten hellgrünen Mantel.

Die Armen atmeten erleichtert auf und die Bauern machten sich auf den Weg zurück zu ihren Dörfern und zu ihren Frauen.

Scheich Rami aber regte sich auf, denn nun war die Moschee wie leergefegt. Abgesehen von ein paar alten Männern kam niemand mehr zum Gebet. »Sie behandeln Gott wie einen Restaurantdiener. Sie bestellen bei ihm Regen, und sobald er ihnen das Bestellte bringt, zeigen sie ihm die kalte Schulter«, sagte er.

Der Regen wurde weniger und ein warmer Wind fegte die feinen Tropfen in die Gesichter der Jugendlichen, die nun ihren Tanz mit dem Mann in die Mitte der Straße verlegten. Sie schlossen ihre Arme um ihn und drehten ihn in ihrer Mitte und dann flog sein Hemd über die Köpfe, und als wäre es eine Schlange oder eine Spinne, traten die Kleineren im äußersten Kreis der Tanzenden erregt auf das Hemd, zerbissen und zerrissen es in Fetzen.

Der Mann hörte auf, Widerstand zu leisten, weil ihn die vielen Ohrfeigen verwirrten. Seine Lippen bewegten sich, aber er brachte keinen Ton heraus. Irgendwann flog seine dicke Brille durch die Luft und landete in einer Pfütze am Bürgersteig.

Einer der Jugendlichen war schon heiser vor Aufregung. Er sang inzwischen keine Reime mehr, sondern aneinandergereihte Schimpfwörter. Die Jugendlichen skandierten wie berauscht und streckten ihre Hände gen Himmel: »Gott hat uns erhört.«

Der Mann schien niemanden zu sehen, während sein Blick auf der Suche nach Halt umherirrte. Für einen Moment starrte er Nura an. Sie war gerade sechs oder sieben und stand vor dem Regen geschützt unter der großen bunten Markise des Süßigkeitenladens am Eingang ihrer Gasse. Sie wollte gerade anfangen, den roten Lutscher zu genießen, den sie für einen Piaster bei Elias geholt hatte. Aber die Szene vor ihr nahm sie gefangen. Jetzt zerrissen die Jugendlichen die Hose des Mannes und keiner der Passanten half ihm. Er fiel zu Boden. Sein Gesicht war starr und blass, als hätte er bereits eine Ahnung von dem, was noch kommen sollte. Die Tritte, die ihm die Tanzenden versetzten, schien er nicht zu spüren. Er schimpfte nicht und flehte nicht, sondern tastete zwischen den dünnen Beinen der Jugendlichen den Boden ab, als ob er seine Brille suchen würde.

»In der Pfütze«, sprach Nura, als wollte sie ihm helfen.

Als ein älterer Herr im grauen Kittel der Angestellten zu

ihm gehen wollte, wurde er auf dem Bürgersteig von einem Mann unsanft aufgehalten, der elegante traditionelle Kleider trug: nach hinten offene Schuhe, weite schwarze Hosen, weißes Hemd, bunte Weste und einen roten Schal aus Seide um den Bauch. Über seinen Schultern lag die gefaltete, schwarzweiß gemusterte *Kufiya*, das arabische Männerkopftuch. Unter dem Arm trug er ein verziertes Bambusrohr. Der dreißigjährige muskulöse Mann war glatt rasiert und hatte einen großen, mit Bartwichse gepflegten schwarzen Schnurrbart. Er war ein bekannter Schlägertyp. Man nannte solche Damaszener Männer *Kabadai*, ein türkisches Wort, das so viel bedeutet wie Raufbold. Das waren kräftige und furchtlose Männer, die oft Streit suchten und davon lebten, für Wohlhabende mit sauberen Händen schmutzige Aufträge zu erledigen, wie etwa jemanden zu erpressen oder zu demütigen. Der Kabadai schien Gefallen an der Tat der Jugendlichen gefunden zu haben. »Lass den Kindern ihren Spaß mit diesem Ungläubigen, der ihnen das Brot vom Mund raubt«, rief er wie ein Erzieher, packte den Mann im grauen Kittel mit der linken Hand am Hals und schlug ihm mit dem Stock lachend auf den Hintern, während er ihn ins Geschäft zurückbeförderte. Die umstehenden Männer und Frauen lachten über den Angestellten, der wie ein Schüler zu flehen anfing.

Nun lag der vermeintliche Räuber zusammengekauert und nackt auf der Straße und weinte. Die Jugendlichen zogen davon, immer noch im Regen singend und tanzend. Ein kleiner blasser Junge mit schmalem, vernarbtem Gesicht löste sich von der Meute, kehrte zurück und versetzte dem Liegenden einen letzten Tritt in den Rücken. Jauchzend und mit ausgebreiteten Armen ein Flugzeug nachahmend, rannte er zu seinen Kameraden zurück.

»Nura, geh nach Hause. Das ist nichts für Mädchen«, hörte sie Elias' sanfte Stimme, der das Ganze vom Fenster seines Ladens aus beobachtet hatte.

Nura zuckte zusammen, aber sie ging nicht. Sie beobachtete, wie der nackte Mann sich langsam aufsetzte, um sich schaute, einen Fetzen seiner dunklen Hose heranzog und damit sein Geschlecht bedeckte. Ein Bettler las die Brille auf, die trotz des weiten Wurfs unversehrt geblieben war, und brachte sie dem Nackten. Der Mann setzte sie auf, und ohne den Bettler weiter zu beachten, lief er in sein Geschäft.

Als Nura ihrer Mutter beim Kaffee im Wohnzimmer atemlos von dem Vorfall erzählte, blieb diese ungerührt. Die dicke Nachbarin Badia, die täglich zu Besuch kam, stellte die Mokkatasse auf den kleinen Tisch und lachte laut auf.

»Geschieht dem herzlosen Kreuzanbeter recht. Das hat er davon, die Preise zu erhöhen«, zischte die Mutter. Nura erschrak.

Und die Nachbarin erzählte belustigt, ihr Mann habe berichtet, in der Nähe der Omaijaden-Moschee hätten Jugendliche einen jüdischen Händler nackt bis zur Geraden Straße geschleift und dort unter Gejohle beschimpft und geschlagen.

Nuras Vater kam spät. Sein Gesicht hatte an diesem Tag jede Farbe verloren. Er war nur noch grau und sie hörte ihn lange mit ihrer Mutter über die Jugendlichen streiten, die er »gottlos« schimpfte. Erst beim Abendessen hatte er sich wieder beruhigt.

Jahre später dachte Nura, wenn es so etwas wie eine Kreuzung auf dem Weg zu ihren Eltern gegeben hätte, dann hätte sie sich in jener Nacht entschieden, den Weg zum Vater zu nehmen. Das Verhältnis zu ihrer Mutter blieb immer kalt.

Am Tag nach dem Vorfall wollte Nura wissen, ob der Mann mit der Brille auch ohne Herz leben könne. Der Himmel klarte für Stunden auf, nur eine Flotte kleiner Wolken überquerte den himmlischen Ozean. Nura schlich durch die offene Haustür und gelangte von ihrer Gasse zur Hauptstraße. Sie bog nach links ab und ging am großen Getreidegeschäft vorbei, das zur Straße hin ein Büro mit großen Fenstern hatte. Daneben lag die Halle, in der Arbeiter pralle Jutesäcke mit Körnern trugen, wogen und aufstapelten.

Als wäre nichts geschehen, saß der Mann wieder vornehm dunkel angezogen an einem mit Blättern übersäten Tisch und schrieb etwas in ein dickes Heft. Er hob kurz den Kopf und schaute zum Fenster hinaus. Augenblicklich drehte Nura ihren Kopf zur Seite und lief schnell weiter bis zum Eissalon. Dort holte sie tief Atem und machte kehrt. Diesmal vermied sie es, ins Büro hineinzuschauen, damit der Mann sie nicht erkennen konnte.

Noch Jahre später verfolgte sie das Bild des auf der Straße liegenden nackten Mannes bis in ihre Träume. Nura wachte immer erschrocken auf.

»Josef Aflak, Getreide, Saatgut«, entzifferte sie einige Zeit später das Schild über dem Eingang des Geschäfts und kurz darauf erfuhr sie, dass der Mann Christ war. Es war nicht so, dass ihre Mutter diesen Mann hasste, für sie waren alle, die nicht Muslime waren, Ungläubige.

Auch der Süßigkeitenverkäufer mit den lustigen roten Haaren war Christ. Er hieß Elias und machte immer Scherze mit Nura. Er war der einzige in ihrem Leben, der sie Prinzessin nannte. Sie fragte ihn einmal, warum er sie nicht besuche, und hoffte dabei, dass er mit einer großen Tüte voller bunter Süßigkeiten kommen würde, aber Elias lachte nur.

Auch der Eissalon gehörte einem Christen, Rimon. Der war sonderbar. Wenn er keine Kunden hatte, nahm er seine Laute von der Wand und spielte und sang, bis der Laden voll wurde, dann rief er: »Wer will ein Eis?«

Deshalb dachte Nura, ihre Mutter mochte Christen nicht, weil sie lustig waren und immer das Leckerste verkauften. Ihre Mutter war spindeldürr, lachte selten und aß nur, wenn es sich nicht vermeiden ließ.

Oft tadelte sie der Vater, dass sie bald keinen Schatten mehr werfe. Auf den alten Bildern sah die Mutter rundlich und schön aus. Aber jetzt sagte auch Badia, die beleibte Nachbarin, sie fürchte, dass Nuras Mutter beim nächsten Wind weggeweht würde.

Als Nura kurz vor Ende der neunten Klasse stand, hörte sie von ihrem Vater, Josef, der Getreidehändler, sei gestorben. Er soll vor seinem Tod erzählt haben, dass er damals, als die Jugendlichen ihn gequält hatten, für einen Augenblick ohnmächtig gewesen sei und wie in einem vorbeiziehenden Film gesehen habe, dass seine Tochter Marie und sein Sohn Michel zum Islam übertreten würden.

Niemand nahm ihn ernst, weil der alte Mann kurz vor seinem Tod Fieber hatte. Die Entscheidung seiner Tochter Marie, nach einer stürmischen Liebe einen Muslim zu heiraten, hatte er nie verdaut. Die Ehe endete später unglücklich.

Und über seinen einzigen Sohn Michel, der nicht sein Geschäft weiterführen, sondern Politiker werden wollte, war er schon lange verärgert. Doch Josefs Traum ging in Erfüllung, denn fünfzig Jahre später, kurz vor seinem Tod, erklärte Michel als verbitterter alter Politiker im Bagdader Exil seinen Übertritt zum Islam und wurde schließlich dort unter dem Namen Ahmad Aflak begraben. Aber das ist eine andere Geschichte.

Die Aijubigasse lag im alten Midan-Viertel südwestlich der Altstadt, aber außerhalb der Stadtmauer. Sie duftete nach Anis, aber sie langweilte Nura. Sie war kurz und hatte nur vier Häuser. Nuras Elternhaus bildete den Abschluss dieser Sackgasse. Die fensterlose Mauer des Anislagers besetzte die stumme rechte Seite.

Im ersten Haus auf der linken Seite der Gasse lebte Badia mit ihrem Mann. Er war groß und formlos und sah aus wie ein ausgedienter Kleiderschrank. Badia war die einzige Freundin von Nuras Mutter. Nura kannte die neun Töchter und Söhne Badias nur als Erwachsene, die sie immer freundlich grüßten, aber wie Schatten vorbeihuschten, ohne Spuren zu hinterlassen. Nur die Tochter Buschra war ihr aus der Kinderzeit im Gedächtnis geblieben. Sie mochte Nura, küsste sie, wann immer sie sie sah, und nannte sie »meine Schöne«.

Buschra duftete nach exotischen Blumen, weshalb sich Nura gerne von ihr umarmen ließ.

Das zweite Haus bewohnte ein reiches und kinderloses, sehr altes Ehepaar, das kaum Kontakt zu den anderen hatte.

Im Haus unmittelbar neben Nura wohnte eine große Familie von Christen, mit denen die Mutter kein Wort wechselte. Ihr Vater dagegen grüßte die Männer freundlich, wenn er sie auf der Gasse traf, während die Mutter etwas murmelte, das wie Abwehrzauber klang, der sie schützen sollte, für den Fall, dass diese Feinde einen ihrer Zaubersprüche gegen sie schleuderten.

Sieben oder acht Jungen zählte Nura im Haus der Christen. Es gab kein einziges Mädchen. Sie spielten mit Bällen, Murmeln und Kieselsteinen. Manchmal tollten sie fröhlich den ganzen Tag wie übermütige Welpen herum. Nura beobachtete sie oft von der Haustür aus, immer bereit, die Tür zuzuschlagen, sobald sich einer ihr näherte. Zwei von ihnen, die etwas älter und größer waren als die anderen, machten ihr immer, sobald sie sie erblickten, Andeutungen, dass sie sie umarmen und küssen wollten, dann huschte sie schnell ins Haus und beobachtete durch das große Schlüsselloch, wie die Jungen miteinander lachten. Ihr Herz raste und sie wagte sich den ganzen Tag nicht mehr hinaus.

Manchmal trieben sie es wirklich schlimm. Wenn Nura auf dem Rückweg vom Eisverkäufer oder vom Süßigkeitenhändler war, tauchten die Jungen plötzlich auf und stellten sich wie eine Mauer vor sie. Sie forderten, an ihrem Eis oder Lutscher lecken zu dürfen, und drohten, ihr sonst den Weg nicht freizumachen. Erst wenn Nura anfing zu weinen, verschwanden sie.

Eines Tages beobachtete Elias die Szene, als er zufällig vor seinem Laden kehrte und einen Blick in die Gasse warf. Er kam Nura mit seinem großen Besen zu Hilfe und schimpfte mit den Jungen. »Wenn es noch einmal einer wagt, dir den Weg zu versperren, komm nur zu mir. Mein Besen hungert nach einem Hintern«, rief Elias laut, damit die Jungen es hörten. Das wirkte. Seit diesem Tag standen ihr die Jungen Spalier, wenn sie sich zufällig trafen.

Nur einer gab nicht auf. Er flüsterte ihr häufig zu: »Du bist so schön. Ich will dich sofort heiraten.«

Er war dick, hatte weiße Haut und rote Backen und war jünger als sie. Die anderen, schon größeren Jungen, die ihr schöne Augen machten, lachten ihn aus.

»Dummkopf, sie ist eine Muslimin.«

»Dann will ich auch ein Muslim sein«, rief der Junge verzweifelt und handelte sich eine schallende Ohrfeige von einem seiner Brüder ein. Der Dicke hieß Maurice, ein anderer Giorgios. Komische Namen, dachte Nura und hatte Mitleid mit dem Dicken, der nun laut heulte.

»Und wenn schon. Ich bin Muslim, wenn es mir gefällt, und Muhammad ist mir lieber als du«, rief er trotzig und der andere gab ihm eine zweite Ohrfeige und einen kräftigen Tritt gegen das Schienbein. Maurice schniefte und schaute unaufhörlich auf Nuras Haus, als würde er von dort die Rettung erwarten.

Bald darauf rief eine Frau aus dem Hausinneren nach ihm und er ging langsam und mit gesenktem Haupt hinein. Es dauerte nicht lang und Nura hörte die Schreie der Mutter und das Flehen des Sohnes.

Seit diesem Tag sprach Maurice nicht mehr vom Heiraten. Er mied Nuras Blick, als ob er durch ihn krank werden könnte. Einmal saß er am Hauseingang und schluchzte. Als er Nura sah, drehte er sich zur Wand und weinte leise. Nura blieb stehen. Sie sah seine großen dunkelroten Ohren und verstand, dass man ihn geschlagen hatte. Er tat ihr leid. Sie näherte sich ihm und berührte ganz leicht seine Schulter. Maurice hörte abrupt auf zu weinen. Er drehte sich zu ihr und lächelte mit einem Gesicht voller Tränen und Rotz, den er mit dem Ärmel über beide Wangen verteilt hatte.

»Nura«, flüsterte er erstaunt.

Sie wurde rot und rannte nach Hause. Ihr Herz klopfte. Sie gab ihrer Mutter die Papiertüte mit den Zwiebeln, die sie bei Omar, dem Gemüsehändler, gekauft hatte.

»Hat der Gemüsehändler was gesagt?«, fragte die Mutter.

»Nein«, sagte Nura und wollte zur Haustür gehen, um nach Maurice Ausschau zu halten.

»Du bist ja so außer dir, hast du etwas angestellt?«, fragte die Mutter.

»Nein«, antwortete Nura.

»Komm her«, sagte die Mutter, »ich werde alles von deiner Stirn ablesen.« Nura bekam fürchterliche Angst und die Mutter las und las und dann sagte sie: »Du kannst gehen, du hast nichts Schlimmes getan.«

Jahrelang glaubte Nura, dass ihre Mutter ihr die Untaten von der Stirn ablesen könne, deshalb schaute sie nach jeder Begegnung mit dem dicklichen Jungen in den Spiegel, um zu sehen, ob irgendetwas auf der Stirn zu sehen war. Sie schrubbte sie sicherheitshalber mit Olivenkernseife und wusch sie danach gründlich ab.

Überhaupt war ihre Mutter sonderbar. Sie schien sich für die ganze Welt verantwortlich zu fühlen. Einmal nahm ihr Vater Nura und die Mutter zu einem Fest mit, bei dem Derwische tanzten, und selten fühlte sich Nura so leicht wie an jenem Abend. Auch ihr Vater schien zu schweben vor Glückseligkeit. Der eine Derwisch tanzte mit geschlossenen Augen und die anderen kreisten um ihn wie Planeten um die Sonne. Ihre Mutter aber sah nur, dass sein Kleid an mehreren Stellen schmutzig war.

An religiösen Festen schmückten ihre Eltern und die Muslime der ganzen Straße ihre Häuser und Geschäfte mit bunten Tüchern. Teppiche hingen aus den Fenstern und von Balkonen, Blumentöpfe wurden vor die Hauseingänge gestellt. Prozessionen zogen singend und tanzend durch die Straßen. Manche zeigten Schwert- und Bambusrohrkämpfe, andere veranstalteten ein Feuerwerk und aus den Fenstern regnete es Rosenwasser auf die Passanten.

Die Christen feierten leise, ohne bunte Fahnen und ohne Umzüge. Diesen Unterschied hatte Nura sehr früh bemerkt. Nur die Kirchenglocken schlugen an jenen Tagen etwas lauter. Man sah die Christen in festlichen Kleidern, aber es gab weder einen Jahrmarkt noch ein Riesenrad oder bunte Fahnen.

Auch kamen die christlichen Feiertage immer zur gleichen Jahreszeit. Weihnachten Ende Dezember und Ostern im Frühjahr und Pfingsten im Frühsommer. Der Ramadan aber wanderte durch das ganze Jahr. Und wenn er im Hochsommer kam, war es kaum auszuhalten. Sie musste von morgens bis abends ohne ein Stück Brot, ohne einen Schluck Wasser ausharren, und das bei vierzig Grad im Schatten. Maurice hatte Mitleid mit ihr. Er flüsterte ihr zu, auch er faste heimlich, damit er sich genauso elend fühle wie sie.

Sie vergaß nie den Tag, als Maurice ihr zuliebe eine kleine Verwirrung auslöste. Sie war bereits vierzehn und der Ramadan war in jenem Jahr im August. Sie fastete und litt. Plötzlich hörten die Nachbarn deutlich die Muezzinrufe und stürzten sich auf das Essen. Nur ihre Mutter sagte: »Das kann doch nicht stimmen! Dein Vater ist noch nicht zu Hause und die Kanone wurde noch nicht abgefeuert.«

Eine halbe Stunde später hörte man dann die Rufe der Muezzins über den Dächern und ein Kanonenschuss erschütterte die Luft. Ihr Vater, der bald darauf hereinkam, erzählte, die Leute hätten wegen eines falschen Muezzins das Fasten zu früh gebrochen. Nura wusste sofort, wer dahintersteckte. Eine Stunde später klopften zwei Polizisten bei der christlichen Familie, es gab Geschrei und Tränen.

Von allen Festen und Feiertagen mochte Nura den siebenundzwanzigsten Tag des Ramadan am liebsten. An diesem Tag öffne sich der Himmel und Gott höre für kurze Zeit die Wünsche der Menschen, sagte ihr Vater. Seit sie denken konnte, war sie jedes Jahr schon Tage vorher unruhig, sie überlegte und überlegte, was sie sich von Gott wünschen solle.

Nie hatte er ihr auch nur einen einzigen Wunsch erfüllt.

Gott schien sie nicht zu mögen. Doch der dicke Maurice erklärte ihr, Gott möge mit Sicherheit schöne Mädchen, er könne aber ihre Stimme nicht hören. Und Maurice wusste auch, warum: »Die Erwachsenen beten in dieser Nacht so laut, dass Gott Kopfschmerzen bekommt und den Himmel schließt, noch bevor er ein einziges Kind gehört hat.«

Und in der Tat versammelte ihr Vater seine Verwandten und Freunde im Hof und bat mit ihnen zusammen Gott laut um Vergebung ihrer Sünden und Erfüllung der Wünsche nach Glück und Gesundheit. Nura blickte auf die Versammelten und wusste, dass Maurice recht hatte. Da rief sie einmal mitten im Gebet laut aus: »Aber für mich kannst du, lieber Gott, ja einen Eimer Vanilleis mit Pistazien schicken.« Die Betenden lachten und konnten trotz wiederholter Versuche nicht weiterbeten, denn immer wieder unterbrach einer das Gebet mit schallendem Gelächter.

Nur Nuras Mutter fürchtete sich vor der Strafe Gottes. Und sie war die einzige, die am nächsten Tag Durchfall hatte. Sie jammerte, warum Gott ausgerechnet sie bestrafe, obwohl sie kaum gelacht habe. Überhaupt war die Mutter sehr abergläubisch, sie schnitt ihre Nägel nie nachts, damit die Geister sie nicht mit Alpträumen bestraften. Sie kippte kein heißes Wasser ins Waschbecken, ohne vorher den Namen Gottes laut auszurufen, damit sich die Geister, die gerne in den dunklen Wasserrohren hausen, nicht verbrühten und sie nicht bestraften.

Von nun an durfte Nura nicht mehr mitbeten. Sie musste in ihrem Zimmer bleiben und leise ihre Wünsche aussprechen. Oft lag sie nur auf dem Bett und schaute durch das Fenster zum dunklen Sternenhimmel hinauf.

Schon früh merkte sie, dass ihr Vater an den Feiertagen von einer sonderbaren Trauer heimgesucht wurde. Er, dessen

Worte in der Moschee Hunderte von Männern aufrichteten und den alle Ladenbesitzer auf der Hauptstraße, wenn er vorbeiging, respektvoll begrüßten – manchmal unterbrachen sie sogar ihre Gespräche, um ihn kurz um seinen Rat zu fragen –, dieser mächtige Vater war jedes Jahr nach dem feierlichen Gebet unglücklich. Er ging gebeugt zum Sofa, kauerte sich hin und schluchzte wie ein Kind. Nie erfuhr Nura den Grund.

2.

Nachdem Salman in einer kalten Februarnacht des Jahres 1937 unsanft auf die Welt gekommen war, folgte ihm das Unglück lange Jahre treuer als sein Schatten. Damals hatte es die Hebamme Halime eilig gehabt. Faise, die quirlige Frau des Verkehrspolizisten Kamil, hatte sie wegen ihrer Freundin Mariam in der Nacht geweckt, und so kam sie schlecht gelaunt in die kleine Wohnung, und statt der zwanzigjährigen dürren Frau, Mariam, auf der schmutzigen Matratze bei ihrer ersten Geburt Mut zu machen, fauchte sie sie an, sie solle sich nicht so anstellen. Und dann, als wollte der Teufel seine ganze Palette an Boshaftigkeiten auffahren, kam auch noch Olga, die alte Dienerin der reichen Familie Farah. Faise, eine kräftige kleine Frau, bekreuzigte sich, weil sie sich vor Olgas bösem Blick schon immer gefürchtet hatte.

Das vornehme Anwesen der Farahs lag direkt hinter der hohen Mauer des staubigen Gnadenhofs mit seinen Elendsbehausungen.

Hier durften Gestrandete aus allen Himmelsrichtungen kostenlos wohnen. Der Hof war früher ein Teil eines gewaltigen Anwesens mit herrschaftlichem Haus und großem Garten gewesen, dazu gehörten auch ein weitläufiges Gelände mit Werkstätten, Ställen, Kornspeichern und Wohnungen für die über dreißig Bediensteten, die für ihren Herrn auf dem Acker, in den Ställen und im Haushalt gearbeitet hatten. Nach dem Tod des kinderlosen Ehepaars erbte der Neffe Mansur Farah, ein reicher Gewürzhändler, Haus und Garten, andere Verwandte wurden mit den zahlreichen Äckern und edlen Pferden noch reicher. Der Hof mit den vielen Behausungen wurde der katholischen Kirche vermacht, mit der Auflage, arme Christen darin aufzunehmen, damit, wie es im Testament pathetisch hieß, »in Damaskus nie ein Christ ohne Dach über dem Kopf schlafen muss«. Und noch bevor ein Jahr vergangen war, hatte der Gewürzhändler eine unüberwindbare Mauer aufbauen lassen, die sein Haus und seinen Garten vom übrigen Anwesen trennte, in dem sich nun arme Teufel einquartierten, bei deren Anblick der feine Herr Brechreiz bekam.

Die katholische Kirche freute sich über den großen Hof mitten im christlichen Viertel, war aber nicht bereit, auch nur einen Piaster für Reparaturen zu zahlen. So verkamen die Wohnungen immer mehr und wurden von den Bewohnern mit Blech und Lehm, Karton und Holz notdürftig repariert.

Man gab sich Mühe, das Elend mit bunten Blumentöpfen ein wenig zu retuschieren, doch die Not mit ihrem hässlichen Gesicht lugte aus allen Ecken.

Der große Hof lag zwar in der Abbaragasse, nahe dem Osttor der Altstadt, doch er blieb all die Jahre isoliert wie eine Insel der Verdammten. Und obwohl das Holztor von den armen Bewohnern Stück für Stück verheizt wurde und schließlich nur noch der offene steinerne Bogen blieb, ging kein Bewohner der Gasse freiwillig zu den Armen hinein. Sie blieben ihnen über all die Jahre fremd. Der Gnadenhof erschien wie ein kleines Dorf, das durch einen Sturm von seinem angestammten Platz am Rande der Wüste gerissen und mit seinen Bewohnern samt Staub und mageren Hunden in die Stadt geweht worden war.

Ein entfernter Cousin half Salmans Vater, ein großes Zimmer zu bekommen, als dieser auf der Suche nach Arbeit aus

Chabab, einem christlichen Dorf im Süden, nach Damaskus gekommen war. Das zweite kleinere Zimmer ergatterte der Vater nach einem Faustkampf mit den Konkurrenten, die es, noch bevor die Leiche der alten Bewohnerin zum Friedhof gebracht worden war, besetzen wollten. Jeder trug seine Geschichte vor, die auf unbeholfene Art beweisen sollte, dass es der einzige Wunsch der Verstorbenen gewesen sei, ihm, dem jeweiligen Erzähler, die Wohnung zu überlassen, damit ihre Seele Ruhe habe. Manche machten die Tote zu einer entfernten Tante, andere behaupteten, sie schulde ihnen Geld, aber man sah es den Händen dieser Lügner an, dass sie nie zu Geld gekommen waren. Als alle Geschichten von ihren Zuhörern als Lügen entlarvt worden waren und die heiseren Stimmen immer lauter wurden, entschieden die Fäuste – und da war Salmans Vater unbesiegbar. Er schickte alle Konkurrenten erst zu Boden und dann mit leeren Händen zu ihren Frauen.

»Und dann hat dein Vater die Mauer zwischen beiden Zimmern mit einer Tür durchbrochen und schon hattet ihr eine Zweizimmerwohnung«, erzählte Sarah Jahre später. Faises Tochter wusste über alles Bescheid, deshalb wurde sie von allen »Sarah die Allwissende« genannt. Sie war drei Jahre älter und einen Kopf größer als Salman.

Sie war außerordentlich klug und konnte noch dazu am schönsten von allen Kindern tanzen. Das hatte Salman durch Zufall erfahren. Er war acht oder neun und wollte sie zum Spielen abholen, da sah er sie in ihrer Wohnung tanzen. Er stand regungslos in der offenen Tür und schaute ihr zu, wie sie ganz in sich versunken war.

Als sie ihn entdeckte, lächelte sie verlegen. Später dann tanzte sie für ihn, wenn er traurig war.

Eines Tages schlenderten Salman und Sarah zur großen Geraden Straße, wo Sarah für ihre fünf Piaster ein Eis am Stiel kaufte. Sie ließ ihn immer wieder daran lecken unter der Bedingung, dass er kein Stück abbiss.

Sie standen am Eingang ihrer Gasse, leckten am Eis und beobachteten die Kutschen, Lastenträger, Pferde, Esel, Bettler und fliegenden Händler, die die lange Gerade Straße zu dieser Stunde bevölkerten. Als vom Eis nur noch der gefärbte Holzstil und die roten Zungen in ihren kühlen Mündern übrig waren, wollten sie nach Hause gehen. Da versperrte ein großer Junge ihnen den Weg: »Ich kriege einen Kuss von dir«, sagte er zu Sarah. Er beachtete Salman nicht.

»Iiiiih«, rief Sarah angeekelt.

»Du kriegst nichts«, rief Salman und sprang zwischen Sarah und den Koloss.

»Ach, Mücke, mach mal Platz, sonst zerdrücke ich dich«, sagte der Junge, schob Salman zur Seite und packte Sarah am Arm, aber Salman sprang ihm auf den Rücken und biss ihn in die rechte Schulter. Der Junge schrie auf und schleuderte Salman gegen die Mauer und auch Sarah schrie so laut, dass die Passanten aufmerksam wurden und der Kerl in der Menge verschwinden musste.

Salman blutete am Hinterkopf. Man brachte ihn schnell zum Apotheker Josef an der Kischle-Kreuzung, der die Augen verdrehte und ihm den Kopf verband, ohne dafür Geld zu verlangen.

Es war nur eine kleine Platzwunde, und als Salman aus der Apotheke herauskam, schaute Sarah ihn verliebt an. Sie nahm ihn an der Hand und ging mit ihm zusammen nach Hause.

»Morgen darfst du abbeißen«, sagte sie beim Abschied. Er hätte es zwar lieber gehabt, wenn Sarah einmal nur für ihn allein tanzen würde, aber er war viel zu schüchtern, um so etwas über die Lippen zu bringen.

Nun zurück zu jener schwierigen Geburtsstunde und zur alten Dienerin Olga, die wie vom Teufel bestellt erschienen war. Sie war in Schlafrock und Hausschuhen herbeigeeilt und hatte die Hebamme angefleht, zu ihrer Herrin zu kommen, da die Fruchtblase bereits geplatzt sei. Die Hebamme, eine hübsche Frau, an deren frischer Erscheinung die vierzig Jahre ihres Lebens spurlos vorübergegangen waren, betreute seit Monaten die sensible und immer ein wenig kränkelnde Ehefrau des reichen Gewürzhändlers und bekam für jeden Besuch so viel Geld, wie zehn arme Familien nicht zahlen konnten. Und im gefährlichsten Augenblick wolle sie ihre Herrin wohl im Stich lassen, knurrte Olga unverschämt laut, drehte sich um und schlurfte, über das undankbare Gesindel schimpfend, davon. Faise schickte der alten Frau zwei Zaubersprüche hinterher, die die Pechspuren hinter gewissen Personen reinigen sollten.

Als hätten die Worte der alten Dienerin mehr Wirkung als alle Gebete, wurde die Hebamme nun vollends zornig. Ihr so früh unterbrochener Schlaf und die beiden Geburten, die gleichzeitig eingesetzt hatten, verschlechterten ihre Laune. Und außerdem hasste sie es, im Gnadenhof zu arbeiten.

Olgas Mann Viktor, der Gärtner der Familie Farah, hatte der Hebamme dagegen bei jedem Besuch eine Tasche voller Gemüse und Obst geschenkt. Alles wuchs und gedieh im großen Garten der reichen Farahs. Aber die Herrschaften waren vernarrt in Fleisch und nahmen Süßigkeiten, Gemüse und Obst nur aus Höflichkeit den Gästen gegenüber zu sich.

Es wurde gemunkelt, dass der sonnengebräunte, drahtige Gärtner ein Verhältnis mit der früh verwitweten Hebamme habe. Man sah ihm seine sechzig Jahre nicht an, seine Frau Olga dagegen war durch Müdigkeit um Jahre gealtert und suchte abends das Bett nur zum Schlafen auf. Im Garten gab es einen kleinen Pavillon für exotische Pflanzen, von dem eine direkte Tür zur Straße führte, und dort empfing der Gärtner seine vielen Geliebten. Angeblich verabreichte er ihnen die Frucht einer brasilianischen Pflanze, die sie wild machte. Die Hebamme aber liebte den Gärtner, weil er der einzige war, der sie zum Lachen bringen konnte.

An jenem kalten Morgen, als sie merkte, dass es bei der jungen Frau noch länger dauern würde, verließ sie die kleine Wohnung wieder, um zu den Farahs zu gehen. Am Tor des

Gnadenhofs versuchte Nachbarin Faise sie aufzuhalten. »Mariam hat· sieben Leben wie die Katzen und stirbt nicht so leicht«, sagte die Hebamme, als wollte sie ihre Gewissensbisse beruhigen, denn die Frau auf der Matratze sah elend aus wie alles, was sie umgab.

Faise ließ die Hebamme los, band ihre langen schwarzen Haare zu einem Pferdeschwanz und folgte ihr mit den Augen, bis diese nach rechts in Richtung Buloskapelle einbog. Das erste Haus rechts war das der Farahs.

Der Morgen graute schon, aber die staubigen Straßenlaternen der Abbaragasse leuchteten noch. Faise atmete die frische Brise ein und ging zu ihrer Freundin Mariam zurück.

Die Geburt war schwer.

Als die Hebamme gegen acht Uhr vorbeischaute, war Salman bereits in alte Tücher gewickelt. Die Hebamme lallte und roch stark nach Schnaps. Sie berichtete fröhlich vom neugeborenen hübschen Baby der Farahs, einem Mädchen, warf einen Blick auf Salman und seine Mutter und krächzte Faise ins Ohr: »Katzen sterben nicht so leicht.« Und dann torkelte sie davon.

Am nächsten Tag bekamen alle Bewohner der Abbaragasse eine kleine Porzellanschale mit rosa gefärbten Zuckermandeln. Und von Mund zu Mund wanderten kurze Gebete und Glückwünsche für die neugeborene Tochter der Familie Farah: Viktoria. Der Name soll übrigens ein Vorschlag der Hebamme gewesen sein, nachdem sich das Ehepaar nicht einigen konnte. Auch Jahre später nannte man das Mädchen noch »Viktoria Zuckermandel«. Zur Geburt ihrer Brüder Georg und Edward verteilte der Vater keine Mandeln mehr. Angeblich, weil man in der Gasse über ein Verhältnis seiner Frau mit seinem jüngsten Bruder gelästert hatte. Den bösen Zungen war der Umstand Anlass, dass beide Jungen dem Onkel, einem verwegenen Goldschmied, bereits bei der Geburt sehr ähnelten und genau wie dieser schielten.

Das aber geschah später.

Als Salman zur Welt kam, starb seine Mutter nicht, aber sie wurde krank, und als sie sich nach Wochen vom Fieber erholte, fürchtete man, dass sie ihren Verstand verloren hatte. Sie jaulte wie eine Hündin, lachte und weinte in einem fort. Nur wenn ihr Kind in ihrer Nähe war, wurde sie ruhig und sanft und hörte auf zu wimmern. »Salman, Salman, er ist Salman«, rief sie und meinte damit, der Junge sei gesund, und bald nannten alle das Baby Salman.

Der Vater, ein armer Schlossergeselle, hasste Salman und beschuldigte ihn, seine Mariam durch die ungesegnete Geburt in den Wahn getrieben zu haben. Und irgendwann begann er zu trinken. Der billige Arrak machte ihn böse, anders als Faises Mann Kamil, den Polizisten, der jede Nacht mit grässlicher Stimme, aber vergnügt sang, wenn er betrunken war. Er behauptete, mit jedem Glas Arrak verliere er ein Kilo Schüchternheit, so dass er sich nach einigen Gläsern leicht und unbekümmert wie eine Nachtigall fühle.

Seine Frau Faise freute sich über seinen Gesang, der zwar falsch, aber von feuriger Leidenschaft getragen war, und manchmal sang sie sogar mit. Salman fand es immer sonderbar, das Duo singen zu hören. Es war so, als ob Engel Schweine hüten und mit ihnen gemeinsam singen würden.

Auch der jüdische Gemüsehändler Schimon trank viel. Er sagte, er sei eigentlich kein Trinker, sondern ein Nachfahre des Sisyphus. Er könne den Anblick eines vollen Weinglases nicht ertragen. So trank er und trank, und wenn das Glas leer war, machte ihn der Anblick der Leere melancholisch. Schimon wohnte im ersten Haus rechts vom Gnadenhof, dort wo die Abbaragasse in die Judengasse mündete. Von seiner Terrasse im ersten Stock konnte er direkt in Salmans Wohnung sehen.

Schimon trank jede Nacht bis zur Bewusstlosigkeit, lachte in einem fort und erzählte dreckige Witze, während er in nüchternem Zustand mürrisch und einsilbig war. Man sagte, Schimon bete den ganzen Tag, weil ihn wegen seiner nächtlichen Eskapaden das Gewissen plage.

Salmans Vater verwandelte der Arrak in ein Tier, das nicht aufhörte, ihn und seine Mutter zu verfluchen und zu schlagen, bis einer der Nachbarn auf den wutschnaubenden Mann einredete, der plötzlich mitten im Toben innehielt und sich ins Bett führen ließ.

So lernte Salman früh, die heilige Maria anzuflehen, dass einer der Nachbarn ihn hören und schnell kommen möge. Alle anderen Heiligen, sagte Sarah, taugten nichts, wenn man sie brauchte.

Sie war wie er spindeldürr, hatte aber das schöne Gesicht ihres Vaters und die Tatkraft und die scharfe Zunge ihrer Mutter geerbt. Und solange Salman denken konnte, trug Sarah immer, auch später als erwachsene Frau, die Haare zu einem Pferdeschwanz gebunden, was ihre schönen kleinen Ohren freilegte, um die Salman sie beneidete. Vor allem aber las Sarah Bücher, wann immer sie die Zeit fand, und Salman lernte früh, Respekt vor ihrem Wissen zu haben.

Einmal hatte er sie samt der heiligen Maria ausgelacht und augenblicklich war der Maikäfer, den er an einem Faden in die Höhe fliegen ließ, ausgerissen. Der Faden, an dessen Ende ein kleines lebloses Beinchen hing, fiel zu Boden. Sarahs Käfer dagegen flog munter so lange und so weit er wollte am Ende seines dünnen Fadens und das knochige Mädchen flüsterte der heiligen Maria zu, die Beine des Tieres zu schützen. Sie holte den Käfer sooft sie wollte vom Himmel, fütterte ihn mit frischen Maulbeerblättern und steckte ihn in eine Streichholzschachtel, dann marschierte sie erhobenen Hauptes in ihre Wohnung, die von Salmans nur durch einen Holzschuppen getrennt war.

Sarah war es auch, die ihm als erste von den Männern erzählte, die Samira besuchten, wenn ihr Mann, der Tankwart Jusuf, nicht zu Hause war. Sie wohnte am anderen Ende des Gnadenhofs zwischen dem Bäckergesellen Barakat und dem Hühnerstall.

Als er Sarah fragte, warum die Männer zu Samira und nicht

zu ihrem Mann kämen, lachte sie. »Dummkopf«, sagte sie, »weil sie einen Schlitz hat da unten und die Männer haben eine Nadel und sie nähen ihr das Loch zu und dann geht der Schlitz wieder auf und dann kommt der nächste Mann.«

»Und ihr Mann Jusuf, warum näht er ihr den Schlitz nicht selber zu?«

»Er hat nicht genug Garn«, sagte Sarah.

Sie erklärte Salman auch, warum sein Vater immer wild wurde, wenn er trank. Es war an einem Sonntag, und als der Vater genug getobt hatte und endlich von Schimon und den anderen Männern ins Bett gebracht worden war, setzte sich Sarah zu Salman. Sie streichelte ihm die Hand, bis er aufhörte zu weinen, dann putzte sie ihm die Nase.

»Dein Vater«, erzählte sie leise, »hat einen Bären im Herzen. Da drinnen wohnt er«, sie klopfte ihm auf die Brust, »und wenn er trinkt, wird das Tier wild und dein Vater ist nur noch seine Hülle.«

»Seine Hülle?«

»Ja, seine Hülle, wie wenn du ein Bettlaken über dich wirfst und dann herumtanzt und singst. Man sieht das Bettlaken, aber das ist nur die Hülle, und du bist derjenige, der tanzt und singt.«

»Und was hat dein Vater in seinem Herzen?«

»Einen Raben hat er, aber dieser Rabe hält sich für eine Nachtigall, deshalb singt er dann so fürchterlich. Schimon hat einen Affen, deshalb wird er nur dann lustig, wenn er genug getrunken hat.«

»Und ich, was habe ich?«

Sarah legte ihr Ohr an seine Brust. »Einen Spatz höre ich. Er pickt vorsichtig und hat immer Angst.«

»Und du? Was hast du?«

»Einen Schutzengel für einen kleinen Jungen. Dreimal darfst du raten, wer das ist«, sagte sie und rannte davon, weil ihre Mutter nach ihr rief.

Abends, als er sich zu seiner Mutter legte, erzählte er ihr vom

Bären. Die Mutter staunte nicht wenig. Sie nickte. »Er ist ein gefährlicher Bär, geh ihm aus dem Weg, mein Junge«, sagte sie und schlief ein.

Seine Mutter erholte sich von ihrer Krankheit erst zwei Jahre nach Salmans Geburt, aber sein Vater trank trotzdem immer weiter. Die Frauen aus der Umgebung wagten nicht, ihm nahe zu kommen. Weil der Vater stark wie ein Stier war, konnten nur Männer ihn beruhigen. In der Zwischenzeit versuchte Salman den Kopf der Mutter mit seinem Leib zu schützen. Vergebens. Wenn sein Vater in Rage war, schleuderte er seinen Sohn in die Ecke und schlug wie besinnungslos auf die Mutter ein.

Seit Salman die heilige Maria anflehte, kam immer gleich jemand gelaufen. Das hatte aber damit zu tun, dass Salman aus Leibeskräften schrie, wenn der Vater auch nur den Arm hob. Sarah erzählte, dass es bei ihnen wegen des Geschreis einen Kurzschluss gegeben habe.

Die Mutter war Salman für sein Gebrüll dankbar, denn sobald ihr betrunkener Ehemann durch das Tor schwankte, flüsterte sie: »Sing, mein Vogel, sing«, und Salman begann so zu schreien, dass der Vater sich manchmal nicht in die Wohnung traute. Salman erinnerte sich noch Jahre später daran, wie glücklich seine Mutter war, einmal einen Tag ohne Schläge zu verbringen. Sie schaute Salman dann mit fröhlichen runden Augen an, küsste und streichelte ihm das Gesicht und legte sich in ihrer Ecke auf der schäbigen Matratze schlafen.

Manchmal hörte Salman seinen Vater in der Nacht kommen und die Mutter in das andere Zimmer tragen, als wäre sie ein kleines Mädchen, und dann hörte er, wie sich sein Vater bei seiner Mutter für seine Dummheiten entschuldigte und verlegen lachte. Seine Mutter jaulte dann leise und fröhlich wie eine zufriedene Hündin.

Seit Salman denken konnte, durchlebten er und seine Mutter fast täglich diese Wechselbäder, bis zu jenem Sonntag im Frühjahr, an dem sich der Vater nach dem Kirchgang im Weinlokal an der nächsten Ecke betrank und bereits am frühen Nachmittag auf die Mutter eindrosch. Nachbar Schimon kam zu Hilfe, beruhigte den Vater und brachte ihn schließlich ins Bett.

Schimon trat leise in das kleinere Zimmer und lehnte sich erschöpft an die Wand. »Weißt du, dass das Haus des verstorbenen Webers nahe der Buloskapelle seit einem halben Jahr leer steht?«, fragte er. Die Mutter wusste es wie alle Nachbarinnen auch.

»Natürlich«, stammelte sie.

»Worauf wartest du noch?«, fragte der Gemüsehändler und ging, noch bevor er die Fragen hören musste, die Salmans Mutter auf dem Herzen hatte.

»Lass uns gehen, bevor er zu sich kommt«, drängte Salman, ohne zu wissen, wohin.

Die Mutter schaute um sich, stand auf, ging im Zimmer hin und her, warf einen sorgenvollen Blick auf Salman und sagte mit Tränen in den Augen: »Komm, wir gehen.«

Draußen fegte ein eiskalter Wind über den Gnadenhof und dunkelgraue Wolken hingen tief über der Stadt. Die Mutter zog Salman zwei Pullover übereinander an und warf sich einen alten Mantel über die Schultern. Die Nachbarn Marun und Barakat reparierten gerade eine Dachrinne. Sie schauten ihr kurz nach, ohne etwas zu ahnen, aber Samira, die am anderen Ende des Hofes wohnte und an diesem Tag mit Kochen, Waschen und Radiohören beschäftigt war, hatte eine Ahnung.

»Meine Schulhefte«, rief Salman besorgt, als sie das Tor erreichten. Die Mutter schien nicht zu hören, stumm zog sie ihn an der Hand mit sich davon.

Die Gasse war fast leer an diesem kalten Nachmittag, so dass sie das kleine Haus schnell erreichten. Die Mutter drückte die angelehnte Tür auf. Dunkelheit und modrige, feuchte Luft strömten ihnen entgegen.

Er spürte die Angst seiner Mutter, da ihr fester Griff seine

Hand schmerzte. Ein merkwürdiges Haus war das. Die Tür führte über einen langen, dunklen Korridor zu einem winzigen Innenhof unter freiem Himmel. Im Erdgeschoss waren die Räume zerstört. Fenster und Türen waren herausgerissen.

Eine dunkle Treppe führte in den ersten Stock, der einem Weber bis zu seinem Tod als Wohnung gedient hatte.

Vorsichtig folgte Salman seiner Mutter.

Das Zimmer war groß, aber schäbig, überall lagen Unrat und zerschlagene Möbelstücke, Zeitungen und Essensreste.

Sie setzte sich auf den Boden und lehnte sich an die Wand unter dem Fenster, das durch eine Rußschicht, durch Staub und Spinnweben blind geworden war und nur schwaches graues Licht hereinließ. Sie begann zu weinen. Sie weinte und weinte, so dass der Raum noch feuchter zu werden schien.

»Als Mädchen habe ich immer geträumt ...«, begann sie, aber als hätte die Enttäuschung in diesem heruntergekommenen Raum auch noch das letzte Wort in ihrem Mund ertränkt, schwieg sie wieder und weinte stumm vor sich hin.

»Wo bin ich gelandet? Ich wollte doch ...«, unternahm sie erneut einen Versuch, doch auch dieser Gedanke erstarb auf ihrer Zunge. In der Ferne rollte der Donner seine schweren Steine über ein Blechdach. Ein flüchtiger Sonnenstrahl suchte seinen Weg durch einen Spalt zwischen den Häusern, gerade bevor die Sonne unterging. Doch als würde ihm das Elend keinen Platz lassen, verschwand er sofort wieder.

Seine Mutter umarmte ihre Knie, legte den Kopf darauf und lächelte ihn an. »Ich bin doch dumm, nicht wahr? Ich sollte mit dir lachen, dir die Angst ... stattdessen weine ich ...«

Draußen stürmte der Wind und schlug eine lose Dachrinne gegen die Mauer. Und dann begann es auch noch zu regnen.

Er wollte sie fragen, ob er ihr irgendwie helfen könne, aber sie weinte schon wieder, nachdem sie kurz die Hand ausgestreckt und ihm über die Haare gestreichelt hatte.

Auf einer Matratze, die nach ranzigem Öl roch, war er bald

eingeschlafen. Als er aufwachte, war es vollkommen dunkel und draußen regnete es heftig. »Mama«, flüsterte er ängstlich, da er dachte, sie säße weit von ihm entfernt.

»Ich bin da, hab keine Angst«, flüsterte sie unter Tränen.

Er setzte sich auf, legte ihren Kopf auf seinen Schoß. Mit leiser Stimme sang er ihr die Lieder vor, die er von ihr gehört hatte.

Er hatte Hunger, wagte aber nichts zu sagen, weil er Sorge hatte, dass sie vollends verzweifeln würde. Sein Leben lang vergaß Salman diesen Hunger nicht, und immer wenn er etwas als »gewaltig lang« bezeichnen wollte, sagte er: »Das ist länger als ein Hungertag.«

»Morgen putze ich das Fenster«, sagte die Mutter auf einmal und lachte. Er verstand nicht.

»Gibt es hier keine Kerze?«, fragte er.

»Ja, daran müssen wir auch denken, also …«, sagte sie, als wäre ihr plötzlich etwas eingefallen. »Hast du ein gutes Gedächtnis?«

Er nickte in der Dunkelheit, und als hätte sie es gesehen, fuhr sie fort: »Dann spielen wir: ›Morgen bringen wir alte Lappen‹.«

Er war dran. »Wir bringen alte Lappen und zwei Kerzen.«

»Wir bringen Lappen, Kerzen und eine Streichholzschachtel«, fügte sie hinzu. Und als er spät in der Nacht in ihren Armen lag und vor Müdigkeit die Augen nicht mehr offenhalten konnte, lachte sie und rief: »Und wenn wir all das mitbringen wollten, bräuchten wir einen Lastwagen.«

Der Regen klopfte gleichmäßig an die Fensterscheiben und Salman drückte sich fest an seine Mutter. Sie roch nach Zwiebeln. Sie hatte dem Vater an jenem Tag Zwiebelsuppe gekocht.

So tief hatte er seit langem nicht geschlafen.

3

Nuras Mutter, die ihren Mann bisweilen wie einen unsiche- ren, tollpatschigen Jungen behandelte, zitterte vor ihm, wenn es um Nura ging. Sie schien dann mehr Angst vor ihrem Mann zu haben als ihre kleine Tochter. Nichts entschied sie ohne den Zusatz, »aber erst, wenn dein Vater zustimmt«. Würde der Vater nicht eingeweiht, ginge alles schief.

So auch an jenem Tag, an dem Nura zum letzten Mal Onkel Farid, den Halbbruder ihrer Mutter, begleitete. Er war ein schöner Mann. Erst Jahre später sollte Nura erfahren, dass Onkel Farid in jenen Tagen bereits bettelarm war, was man ihm aber nicht ansah. Die drei Textilgeschäfte, die ihm sein Vater überlassen hatte, waren innerhalb kurzer Zeit Bankrott gegangen. Farid gab dem Vater die Schuld, der sich dauernd einmische und mit seinen altmodischen Ideen jeden Erfolg verhindere.

Sein Vater, der große Mahaini, enterbte ihn daraufhin. Aber nicht einmal das konnte dem Lebemann die Laune verderben.

Da er in den besten Schulen gelernt hatte, eine begnadete Sprache und eine schöne Schrift beherrschte, übte er den seltsamen Beruf des *Ardhalgi*, des Antragschreibers, aus. Im Damaskus der fünfziger Jahre konnten mehr als die Hälfte der Erwachsenen weder lesen noch schreiben. Der moderne Staat aber bestand auf geordneten Verhältnissen und deshalb ver- langten seine Bürokraten jede auch noch so geringe Anfrage in schriftlicher Form. Diesen schriftlichen Antrag konnten sie dann verbindlich bearbeiten und, mit einer Menge Staats- marken und Stempeln versehen, dem Bürger zurückgeben. Damit hoffte der Staat, so etwas wie Ansehen bei der Bevölke- rung hervorzurufen, deren beduinische Wurzeln sie immer zu Anarchie und Respektlosigkeit gegenüber allen Gesetzen ver- führten.

Die Anträge, Petitionen und Gesuche wucherten derart,

dass man in Damaskus darüber witzelte: »Wenn dein Nachbar ein Beamter ist, solltest du ihn nicht grüßen, sondern ihm besser einen gestempelten Antrag auf einen Gruß übergeben. Dann bekommst du vielleicht eine Antwort.«

Man sagte aber auch, Bürokratie sei notwendig, damit die Staatsbeamten produktiver und moderner arbeiten könnten. Würde man den redseligen Syrern mündliche Bitten und Anfragen erlauben, wüchse sich jeder Antrag zu einer unendlichen Geschichte mit verschachtelten Arabesken und Fortsetzungen aus. Die Beamten wären zu keiner vernünftigen Arbeit mehr gekommen. Zudem würden Staatsmarken schlecht auf gesprochenen Worten kleben.

Und so saßen die Schreiber am Eingang der Behörden unter ihren verblichenen Sonnenschirmen an winzigen Schreibtischen und schrieben Anfragen, Einsprüche, Anträge, Bitten und andere Schriften. Da die Polizei pro Schreiber nur einen Stuhl und einen Tisch genehmigte, blieben die Kunden stehen. Sie sagten dem Schreiber, worum es ungefähr ging, und der legte sofort los. Damals schrieb man alles mit der Hand und der Ardhalgi schrieb mit ausladenden Handbewegungen, um den Aufwand deutlich zu machen, den ihm gerade dieser Antrag abnötigte.

Je besser das Gedächtnis eines Schreibers war, desto flexibler war er, denn die Anträge bei Gericht sahen anders aus als die beim Finanzministerium und die wiederum anders als beim Einwohnermeldeamt. Manch ein Schreiber hatte mehr als fünfzig Versionen im Kopf parat und konnte mit Klapptisch und Stuhl je nach Saison und Tag zwischen den Eingängen der verschiedenen Behörden pendeln.

Onkel Farid saß immer unter einem schönen roten Schirm vor dem Familiengericht. Er war eleganter als alle seine Kollegen und hatte deshalb immer viel zu tun. Die Leute dachten, er hätte ein besseres Verhältnis zu den Richtern und Anwälten, und Onkel Farid bestärkte sie in ihrem Glauben.

Die Ardhalgis schrieben nicht nur, sie berieten die Kunden

auch, wohin sie mit dem Antrag am besten gehen sollten und wie viel er an Staatsmarken kosten dürfe. Sie trösteten die Verzweifelten und stärkten die Protestierer, ermunterten die Schüchternen und bremsten die Optimisten, die meist übertriebene Vorstellungen von der Wirkung ihrer Anträge hatten.

Onkel Farid hätte, wenn er nicht zu faul gewesen wäre, ein großes Buch mit Geschichten, Tragödien und Komödien füllen können, die er – während er schrieb – von den Klienten gehört hatte, die aber niemals in einem Antrag Platz fanden.

Nicht nur Anträge schrieb Onkel Farid. Auch Briefe aller Art. Am häufigsten aber schrieb er an Emigranten. Man musste ihm nur den Namen des Emigranten und das Land, wo er arbeitete, mitteilen und schon hatte er einen langen Brief im Kopf. Es waren, wie Nura später erfuhr, nichtssagende Briefe, deren Inhalt sich in einer Zeile zusammenfassen ließ. Im Falle der Emigranten hieß es häufig einfach: Schicke uns Geld, bitte. Diese eine Zeile war allerdings versteckt in wortreichen Lobeshymnen, in übertriebenen Sehnsuchtsbezeugungen, in Treueversprechen und einem Schwur auf Vaterland und Muttermilch. Alles, was die Tränendrüsen betätigte, war ihm recht. Die wenigen Briefe, die Nura später lesen durfte, wirkten auf sie jedoch nur lächerlich. Zu seinen Lebzeiten sprach Onkel Farid nie über seine Briefe, sie waren ein intimes Geheimnis.

Wer etwas mehr Geld hatte, bestellte Onkel Farid zu sich nach Hause und diktierte ihm in aller Ruhe, was zu schreiben oder zu beantragen war. Das war natürlich teurer, aber diese Briefe waren dafür bestens komponiert.

Die noch reicheren Damaszener gingen nicht zu einem Ardhalgi, sondern zu den Kalligraphen, die schöne, mit Kalligraphien umrandete Briefe schrieben und meist über eine Bibliothek verfügten, deren Weisheiten und erstklassig passende Zitate sie dem Kunden anbieten konnten. Solche Briefe waren Unikate im Gegensatz zu jenen der Straßenschreiber, die Fließbandware lieferten.

Die Kalligraphen machten aus dem einfachen Akt des Briefschreibens einen Kult voller Geheimnisse. Briefe an Ehemänner oder Ehefrauen schrieben sie mit einer kupfernen Feder, für Briefe an Freunde und Geliebte nahmen sie eine silberne, an besonders wichtige Personen eine goldene, an Verlobte eine aus dem Schnabel eines Storches und an Gegner und Feinde eine aus einem Granatapfelzweig geschnitzte Feder.

Onkel Farid liebte Nuras Mutter, seine Halbschwester, er besuchte sie – bis zu seinem Tod durch einen Autounfall zwei Jahre nach Nuras Hochzeit –, sooft er konnte.

Erst später sollte Nura erfahren, dass die Abneigung gegen den eigenen Vater, den alten Mahaini, die verbindende Brücke zwischen ihrer Mutter und ihrem Onkel bildete.

Nura mochte den Onkel, weil er viel lachte und sehr großzügig war, aber das durfte sie ihrem Vater nicht verraten. Vater nannte den Onkel eine »lackierte Trommel«. Seine Briefe und Anträge seien wie er, bunt, laut und leer.

Eines Tages kam Onkel Farid am Vormittag zu Besuch. Er war nicht nur immer elegant gekleidet, er trug darüber hinaus auch stets rote Schuhe aus feinem, dünnem Leder, die beim Gehen geräuschvoll musizierten. Das war damals sehr beliebt, weil nur edle Schuhe quietschten. Und als Nura die Tür aufmachte, sah sie einen großen weißen Esel, den der Onkel an einem Ring neben der Haustür angebunden hatte.

»Na, meine Kleine, willst du mit mir auf diesem edlen Esel reiten?« Nura wusste vor Überraschung nicht, wie sie ihren Mund wieder schließen sollte. Onkel Farid erklärte der Mutter, dass er einen reichen Kunden in der Nähe besuchen müsse, um ihm wichtige Anträge zu schreiben. Der Mann zahle sehr großzügig, betonte er. Und da habe er gedacht, er nehme Nura mit, damit die Mutter etwas Ruhe habe. Ihre Mutter war begeistert: »Dann hört sie auf, sich ihre Augen mit den Büchern zu verderben. Aber nur bis kurz vor dem Mittagsruf der Muezzins, denn dann kommt seine Exzellenz zum Essen«, sagte sie und lächelte vielsagend.

Der Onkel nahm Nura an beiden Händen und hob sie mit Schwung auf den Rücken des Esels. Sie fühlte ihr Herz in die Knie rutschen. Ängstlich klammerte sie sich an den Knauf, der vorne aus dem mit einem Teppich bedeckten Sattel herausragte.

Man sah diese Mietesel oft im Straßenbild der Stadt. In der Nähe ihres Hauses gab es auf der Hauptstraße einen der vielen Stände, an denen man sich einen Esel leihen konnte.

Autos besaßen nur ein paar reiche Familien, und abgesehen von der Straßenbahn waren zwei oder drei Busse und einige Kutschen für den Transport der Fahrgäste in und um Damaskus unterwegs. Das war viel zu wenig.

Den Schwanz der weißen Mietesel färbte man mit leuchtend roter Farbe, so dass man sie schon aus der Ferne erkannte. In der Regel brachte der Kunde den Esel nach Erledigung seiner Vorhaben zurück. Wollte der Kunde nicht selbst zurückreiten, so schickte der Eselverleiher einen kleinen Jungen mit, der neben dem Reiter herlief, am Ziel den Esel übernahm und zum Laden zurückbrachte.

Nun also ritt Onkel Farid mit ihr durch die Straßen. Sie folgten eine Weile der Hauptstraße und bogen dann in eine Gasse ein. Ein Labyrinth aus einfachen niedrigen Lehmhäusern verschlang sie. Am Ende einer Gasse hielt der Onkel vor einem schönen Steinhaus an. Er band den Esel an den Laternenmast in der Nähe des Eingangs und klopfte. Ein freundlicher Mann öffnete, unterhielt sich eine Weile mit dem Onkel, dann lud er sie beide in seinen schönen Innenhof ein und eilte, um auch den Esel zu holen. Der Onkel wollte ablehnen, aber der Mann bestand darauf. Er band den Esel an einen Maulbeerbaum und legte ihm Melonenschalen und frische Maisblätter hin.

Nura bekam eine Limonade. Sie stand bald mit den Kindern des Mannes um den Esel herum und streichelte und fütterte ihn. Das waren die ungewöhnlichsten Kinder, die sie bis dahin gesehen hatte. Sie teilten mit ihr Kekse und Aprikosen, ohne etwas von ihr zu verlangen oder sie auch nur eine Sekunde zu belästigen. Sie wäre am liebsten dageblieben.

Auf der schattigen Terrasse schrieb Onkel Farid, was der Mann ihm diktierte. Manchmal machten sie Pause, weil der Onkel nachdenken musste, dann ging es munter weiter, bis der Onkel den Muezzin hörte. Also brachen sie schnell auf.

Ihr Vater schimpfte mit ihr und mit der Mutter, sobald Nura das Haus betrat. Der Onkel hatte sich wohlweislich an der Haustür entschuldigt und war schnell verschwunden.

Warum der Vater immer schimpfen musste? Nura verschloss die Ohren, um ihn nicht zu hören.

Da sie auch nicht essen wollte, ging sie in ihr Zimmer und legte sich aufs Sofa. »Hast du gesehen, wie glücklich diese Familie ist?«, hatte der Onkel auf dem Rückweg gesagt und Nura hatte nur genickt.

»Der Mann ist Steinmetz. Er hungert nicht und er kann nichts sparen. Und doch lebt er wie ein König. Und warum?«

Sie wusste es nicht.

»Weder das Geld meines Vaters noch die Bücher deines Vaters machen glücklich«, sagte er. »Nur das Herz.«

»Nur das Herz«, wiederholte sie.

Der Onkel durfte ihre Mutter auch weiterhin besuchen, aber Nura durfte ihn nie wieder auf einem Ritt zu seiner Kundschaft begleiten.

4.

Mit acht Jahren und sieben Monaten trat Salman im Herbst des Jahres 1945 zum ersten Mal durch das niedrige Tor der Sankt-Nikolaus-Schule für arme Christen. Er wollte nicht in die Schule, aber es half ihm nicht einmal, dass er bereits lesen und schreiben konnte. Sarah hatte ihn unterrichtet und immer wieder mit ihm geübt. Er musste sie nur »Frau Lehrerin« nennen, während sie ihm die Geheimnisse der Buchstaben und Zahlen beibrachte. Wenn er fleißig war und kluge Antworten gab, küsste sie ihn auf die Wangen, auf die Augen oder auf die Stirn oder, wenn er besonders glänzte, auf die Lippen. Bei Fehlern schüttelte sie den Kopf und wedelte mit dem Zeigefinger vor seiner Nase herum. Nur wenn er frech oder unwillig war, zog sie ihn zart am Ohrläppchen oder gab ihm eine Kopfnuss und sagte: »Ein Schmetterling klopft und warnt dich, nicht noch frecher zu werden.«

Er wollte nicht in die Schule, doch Pfarrer Jakub hatte seinen Vater davon überzeugt, dass Salman durch den Unterricht ein richtiges katholisches Kind werden würde. »Sonst ist die Erstkommunion in Gefahr«, betonte er und der Vater begriff, dass die Wohnung, die er nur durch die Gnade der katholischen Kirche bewohnte, ebenso in Gefahr schwebte.

Als Salman an jenem Oktobermorgen den dunklen Hof betrat, endete der sonnige Tag am Eingang. Es stank nach schimmeliger Feuchte und Urin. Eine Ratte lief, Rettung suchend und gehetzt von drei laut quietschenden Jungen, durch ein kleines Kellerfenster mit zerbrochener Scheibe.

Es waren Monate in der Hölle. Im Unterricht schlugen ihn die Lehrer erbarmungslos und im Schulhof wurde er wegen seiner mageren Gestalt und seiner abstehenden großen Ohren gehänselt. »Der dünne Elefant« wurde er genannt. Nicht einmal die Lehrer fanden etwas dabei, sich über ihn lustig zu machen.

Eines Tages sollten die Kinder die Verben der Fortbewegung lernen. »Der Mensch ...«, rief der Lehrer und die Schüler antworteten laut: »geht«. Der Fisch schwimmt, der Vogel fliegt, das wussten alle. Bei der Schlange sprachen die Schüler erst durcheinander, bis sie sich darauf einigten: »sie kriecht«. Beim Skorpion wusste die Mehrheit nur, dass er sticht. »Er krabbelt«, belehrte sie der Lehrer. »Und Salman?«, fragte er. Die Schüler lachten verlegen und warfen alle Verben der Fortbewegung in die Debatte, aber der Lehrer war nicht zufrieden. Salman senkte den Blick, seine Ohren wurden dunkelrot.

»Er segelt«, brüllte der Lehrer und lachte und die ganze Klasse lachte mit. Nur einer nicht, Benjamin, Salmans Tischnachbar. »Arschglatze«, flüsterte er seinem niedergeschlagenen Freund zu und Salman musste lachen, weil dieser Lehrer eine besonders große Glatze hatte.

Salman hasste die Schule und drohte schon zu ersticken, als Benjamin ihm das Tor zur Freiheit zeigte. Benjamin hatte die erste Klasse bereits zweimal wiederholt. Er war ein hochgewachsener Junge und hatte die größte Nase, die Salman je in seinem Leben gesehen hatte. Trotz seiner zwölf Jahre hatte er noch immer nicht die Erstkommunion. Da sein Vater in der kleinen Bude an der Kreuzung nahe der katholischen Kirche jeden Tag Unmengen von Falafelbällchen frittierte, stank Benjamin oft nach ranzigem Öl. Auch er wollte, ebenso wie Salmans Vater, seinen Sohn nicht in die Schule schicken. Und er hätte es auch nicht getan, wenn nicht Jakub, der neue fanatische Pfarrer der katholischen Kirche, die Nachbarschaft gegen ihn aufgehetzt und leise Zweifel an seinem christlichen Glauben und an der Sauberkeit seiner Hände geäußert hätte. So leise, dass Benjamins Vater erst einen Monat später davon erfuhr und sich dann auch nicht mehr wunderte, warum viele seiner Stammkunden zu dem widerlichen Heuchler Georg übergelaufen waren, dessen Falafel nach alten Socken schmeckten, in dessen Bude es aber von Kreuzen und Heiligenbildern nur so wimmelte, als wäre sie ein Wallfahrtsort.

Eines Tages, nachdem Salman im Schulhof vom Aufseher eine Tracht Prügel bekommen hatte, verriet ihm Benjamin ein großes Geheimnis. »Die Lehrer achten in dieser gottverfluchten Schule nicht darauf, wer kommt und wer nicht«, erzählte ihm Benjamin leise, »nur am Sonntag kontrollieren sie die Kinder vor dem Gang in die Kirche. Ansonsten merken die Typen oft nicht einmal, in welcher Klasse sie sich befinden, und entdecken am Ende der Stunde, dass sie die zweite für die vierte Klasse gehalten haben.«

Salman hatte große Angst, die Schule zu schwänzen. Gabriel, der Sohn der Schneiderin, hatte ihm erzählt, man würde einen Tag lang in den Keller gesperrt, wo einem die hungrigen Ratten die Ohren, die man vorher mit ranzigem Fett eingeschmiert bekomme, anknabberten. »Und bei dir hätten die Ratten ja genug zu fressen«, hatte Gabriel gesagt und dreckig gelacht.

»Gabriel ist ein Angsthase«, erklärte Benjamin. Kurz vor Weihnachten führte ihm Benjamin vor, wie er die Schule vier Tage lang schwänzen konnte, ohne dass einer es merkte. Nun traute sich auch Salman und an einem kalten, aber sonnigen Januartag verbrachten beide vergnügliche Stunden auf den Märkten und amüsierten sich beim Naschen von Süßigkeiten, wenn die Verkäufer nicht aufpassten.

Zu Hause hatte niemand etwas bemerkt, also blieb er immer häufiger weg.

Nur am Sonntag stand er sauber gewaschen und gekämmt in der Reihe und zeigte seine Hände mit den geschnittenen Nägeln. Selten bekam er hier einen Schlag mit der breiten Holzlatte, die sonst auf die schmutzigen Hände niedersauste.

»Ich muss ohnehin nach der Kommunion von der Schule abgehen. Vater sagt, bis dahin hätte ich nur mehr Narben am Hintern und Leere im Kopf, weiter nichts. Lieber soll ich Geld verdienen und meine neun Geschwister ernähren«, erzählte Benjamin.

»Und ich will in die Sarah-Schule«, sagte Salman. Benjamin dachte, das sei eine bessere Schule, und fragte nicht weiter.

Salman und Benjamin beneideten keinen Schüler außer Girgi, den Sohn des Maurers Ibrahim. Sein Vater war eine beeindruckende Erscheinung von zwei Metern Höhe und einem Meter Breite.

Eines Tages schlug Lehrer Kudsi den Jungen, der ins Lehrerzimmer geschlichen war und die beiden belegten Brote des Lehrers vertilgt hatte, während dieser gerade »den Kampf gegen die Mächte der Dunkelheit im Herzen seiner Schüler« führte. Mit diesem Satz begrüßte er jede Klasse, so dass sogar die anderen Lehrer ihn verächtlich »Ritter Dunkelheit« nannten.

Girgis Vater, Ibrahim, reparierte gerade die Außenmauer des Hauses der reichen Familie Sihnawi. Das vornehme Haus lag schräg gegenüber der Schulgasse. An diesem Tag war Ibrahim besonders schlecht gelaunt, weil die Luft verpestet war. In unmittelbarer Nähe öffneten zwei junge Arbeiter langsam eine verstopfte Stelle der Kanalisation. Und wie alle städtischen Angestellten waren sie mit der Gabe der Langsamkeit gesegnet. Die schwarze, stinkende Masse, die sie ans Licht beförderten, häuften sie am Straßenrand auf und gingen dann zum Kaffeetrinken ins nahe gelegene Kaffeehaus.

Plötzlich kamen zwei Mädchen zum Maurer gelaufen und erzählten atemlos, sie hätten gesehen, wie ein Lehrer mit einem Bambusrohr erbarmungslos auf seinen Sohn Girgi einschlug und dabei den Vater und die Mutter des Jungen beschimpfte, sie seien keine Christen, sondern Teufelsanbeter. Und von seinem Sohn habe der Lehrer verlangt, das zu wiederholen, und Girgi habe weinend die Worte des Lehrers wiederholt.

Der Maurer bewunderte die Mädchen, wie sie abwechselnd sprachen und ihm trotz ihrer Aufregung alles so haargenau und überzeugend darstellten, wie sein Sohn Girgi es nie gekonnt hätte.

Sprühregen aus glühenden Nadeln sah er vor dem dunklen Firmament, als er die Augen für eine Sekunde schloss. Er stürmte den Mädchen voran auf die hundert Meter entfernte Schule zu, und bevor er das niedrige Holztor mit dem berühmten Bild des heiligen Nikolaus erreichte – der gerade dabei war, Kinder aus dem Pökelfass zu befreien –, begleiteten ihn außer den zwei Mädchen der Friseur, der zu dieser Stunde nur die Fliegen vertrieb und seinen ohnehin perfekten

Schnurrbart zum wiederholten Male mit Bartwichse zwirbelte, der Teppichrestaurator, der an solchen Vormittagen vor der Tür arbeitete, die zwei Stadtarbeiter, der Gemüsehändler und zwei fremde Passanten, die nicht wussten, worum es ging, aber sicher waren, dass es spannend werden würde. Und sie sollten von der Vorstellung nicht enttäuscht werden.

Mit einem Tritt gegen die Holztür und einem Schrei, der an Tarzan erinnerte, gelangte der wutentbrannte Ibrahim in die Mitte des engen Schulhofs.

»Wo ist dieser Hurensohn? Wir sind keine Teufelsanbeter. Wir sind brave Katholiken«, schrie er. Der Direktor der Schule, ein untersetzter Mann mit Brille und einer lächerlich getarnten Glatze, kam aus seinem Büro, und noch bevor er seine Empörung über die unflätigen Ausdrücke äußern konnte, überraschte ihn eine schallende Ohrfeige, die ihn mehrere Meter rückwärts stolpern und zu Boden fallen ließ. Sein Toupet flog ihm nach und erschreckte den Maurer. Der dachte für einen Augenblick, er hätte, wie im Indianerfilm, mit einer Ohrfeige den Leiter der Schule skalpiert.

Der Direktor fing an zu jammern, doch Ibrahim versetzte ihm Tritte in den Bauch und hielt dabei den rechten Fuß des Mannes in der Hand, so als würde er mit seinen Tritten einen Sack mit Baumwolle stopfen.

Der Direktor flehte ihn an, seinen Fuß loszulassen. Er habe nie bezweifelt, dass Ibrahim ein guter Christ sei, und er habe Zahnschmerzen.

»Wo ist der Hurensohn, der meinen Girgi misshandelt?«

Schüler strömten aus den Klassen, in denen der Unterricht wegen des Krachs unterbrochen worden war.

»Kudsi ist auf der Toilette … auf der Toilette hat er sich versteckt«, sagte ein aufgeregter Schüler dem Maurer, als dieser gerade seinen Sohn entdeckte, der ihn blass und verlegen anlächelte. Der Vater stürmte, gefolgt von einer Kinderschar, zu den Toiletten. Zunächst hörte man bis in den Schulhof mehrere Schläge und dann Lehrer Kudsi um Gnade bitten und die

Sätze wiederholen: »Sie sind ein guter Christ … ja, Sie sind ein guter und gläubiger Katholik, nein, Girgi ist ein braver Schüler und ich …«, und dann trat Stille ein.

Der Vater kam verschwitzt in den Hof und rief in die Runde: »Wer es wagt, Girgi anzufassen oder zu behaupten, wir seien keine guten Katholiken, wird auch ein solches Fest erleben.«

Seit diesem Tag hatte Girgi Ruhe. Doch das war nur einer der Gründe, weshalb Salman Girgi beneidete, der andere Grund war, dass dieser blasse Junge, dessen Vater auch bettelarm war, immer Geld in der Tasche hatte. Er kaufte in den Pausen immer etwas Leckeres beim Schulkiosk und schleckte, knabberte, saugte und labte sich an all diesen bunten Dingen und ließ keinen etwas probieren.

Salman bekam nicht ein einziges Mal Geld von seinem Vater, nicht einmal wenn dieser betrunken war.

Auch die Nachbarn hatten wenig Geld. Wenn Salman ihnen half, so gaben sie ihm höchstens Obst oder trockene Früchte. Einzig Schimon, der Gemüsehändler, zahlte für alle Dienste, die ihm Salman leistete. Doch der brauchte ihn nur dann, wenn er zu viele Bestellungen hatte, die ausgeführt werden mussten. Der Lohn war gering, aber es gab reichlich Trinkgeld, deshalb ging Salman öfter zu Schimon, als dieser ihn brauchen konnte.

Bei Hochzeiten und anderen Feierlichkeiten konnte Salman einen ganzen Tag Gemüse- und Obstkörbe austragen und sich ein paar Piaster verdienen. Und wenn er eine Pause im Laden machte, konnte er auf einer Gemüsekiste sitzen und beobachten, wie Schimon sein Gemüse verkaufte und dazu kostenlos seine Ratschläge mitgab.

Schimon kannte sich – im Gegensatz zu seiner Frau – in der Küche so gut aus wie der beste Koch. Sie war eine kleine blasse Person, die später an einer Magenblutung starb. Sie aß wenig und lief den ganzen Tag schlecht gelaunt und unruhig in ihrer Wohnung hin und her. Schimon, der sie liebte, erzählte einmal, dass seine Frau irgendetwas suche, das sie verloren habe, jedoch keinem verrate, was es sei. Aber sie suche es seit dem Tod ihrer Mutter den ganzen Tag und gehe abends mit dem festen Vorsatz ins Bett, die Suche am nächsten Tag fortzusetzen.

Die Frauen, die Gemüse bei Schimon kauften, wollten oft seinen Rat hören. Er wusste genau Bescheid, welches Gemüse, welche Gewürze und Kräuter zu welcher Jahreszeit Männer anregen und welche sie beruhigen. Tomaten, Möhren, Feigen und Bananen, Dill, Pfefferminze und Salbei empfahl er zur Beruhigung der Männer. Ingwer, Koriander, Pfeffer, Artischocken, Granatapfel und Aprikosen sollten sie beleben. Und immer wieder empfahl er den Frauen, sich mit Neroliöl zu parfümieren, das sie selbst aus den Blüten der Bitterorange destillieren konnten.

In der Regel erntete er Dank, weil die Wirkung nicht lange auf sich warten ließ. Doch kam es auch vor, dass ein Mann überhaupt kein erotisches Interesse mehr zeigte. Einmal hörte Salman eine enttäuschte Frau sagen, ihr Mann sei noch schlaffer geworden. Schimon hörte gespannt zu. »Dann hat dein Mann eine verkehrte Leber«, erklärte er und empfahl ihr ein Gemüse, das die Leute normalerweise beruhigte, deren Leber nicht »verkehrt« war. Nicht selten gab er den Frauen »die Korrektur« kostenlos.

Salman hatte keine Ahnung, was eine »verkehrte« Leber sein sollte, aber viele Nachbarinnen waren begeistert.

Manchmal, wenn es im Laden nichts zu tun gab und Schimon etwas Ruhe hatte, nahm er irgendein Gemüse in die Hand, eine Aubergine, eine Artischocke oder einen Sellerie, streichelte es und beugte sich vertraulich zu Salman: »Weißt du, was man allein aus diesem Gemüse machen könnte?« Und da er keine Antwort von Salman erwartete, fügte er hinzu: »Zweiundzwanzig Gerichte haben wir, die alte Sofia und ich, vor kurzem gezählt. Zweiundzwanzig absolut verschiedene Gerichte. Stell dir das vor, ein Riesentisch mit einer schneeweißen Decke und darauf stehen schmale und breite, flache und tiefe, rechteckige und runde Gefäße und alle sind gefüllt mit deftigen Auberginen- oder Artischocken- oder Kartoffelgerichten und zwischen den Schalen, Tellern und Schüsseln liegen auf dem Tisch rote und gelbe Rosenblätter. Und vor meinem Teller steht ein Glas trockener libanesischer Rotwein. Was soll mir Gott im Paradies noch mehr bieten, hm?«

Salman wusste nichts anderes zu sagen als: »Eine Wasserpfeife und einen Kaffee mit Kardamom«, und Schimon lachte, strich ihm über den Kopf und rieb ihm zärtlich das Ohrläppchen.

»Junge, Junge, du bist in Ordnung. Ich sage dir, wenn dich dein Vater nicht im Suff erschlägt, wird was aus dir.«

Die Arbeit bei Schimon war nicht schwer, aber er bestand darauf, dass Salman immer gewaschen, gekämmt und mit sauberen Kleidern zu ihm kam. »Gemüse und Obst sind eine Freude für Augen und Nase, noch bevor der Mund zu seinen Freuden kommt.« Er selbst war immer sauber und schön angezogen, sogar besser als der Apotheker Josef.

Einmal schickte er Salman zurück, weil dieser verschwitzt direkt vom Fußballspiel zu ihm gekommen war. »Du bist mein Botschafter bei den Kunden, und wenn du ungewaschen und schmutzig bist, was sollen die Kunden von mir denken?«

In der Tat betrat Salman reiche Häuser mit Innenhöfen, die etwas schöner waren als das Paradies, das der Pfarrer in der Religionsstunde beschrieb. Deshalb freute er sich über das Austragen der Bestellungen mehr als über die Arbeit im Laden.

Die Kunden waren bis auf einen Geizkragen großzügig. Dieser war Professor an der Universität. Er lebte allein in einem bescheidenen Haus und zahlte seine Rechnung immer am Monatsende. »Solche Kunden«, belehrte ihn Schimon, »sind mehr Schmuck für den Laden als klingende Münze in der Tasche.«

»Warum haben Sie nicht geheiratet«, fragte Salman den

Professor eines Tages. Der Geizkragen lachte: »Ich bin so widerlich, dass ich mich von mir selbst scheiden lassen würde, wenn ich könnte.«

Von drei oder vier Frauen bekam Salman entweder ein Stück Schokolade, ein Bonbon oder auch einen Kuss. Doch am meisten freute er sich, wenn er Bestellungen zur Witwe Maria bringen durfte. Sie war reich und hatte ein Haus für sich allein. Der Innenhof glich einem Urwald, in dem es sogar drei bunte Papageien gab.

Witwe Maria bestellte viel und zahlte sofort. Aber sie pickte sich oft nur eine Kleinigkeit aus dem vollen Korb und bat Salman, den Rest im Nachbarhaus abzugeben. »Witwe Maria hat den Kindern etwas Gemüse geschickt, damit sie rote Wangen bekommen«, rief er den armen Leuten dann fröhlich zu.

Der Hauptgrund aber, warum er gerne zu der reichen Witwe ging, war, dass sie ihm einen Stuhl unter den alten Orangenbaum stellte und ihn mit exotischen Marmeladen fütterte, die er nie zuvor genossen hatte. Pomeranzen, Quitten, Zwetschgen, Rosenblätter und andere Früchte und Kräuter verarbeitete sie zu Gelees und Marmeladen. Sie arbeitete stundenlang an neuen Mischungen, obwohl sie selbst keinen Löffel davon genießen durfte, weil sie zuckerkrank war. Sie wollte aber sehen, wie all diese Leckereien den Menschen schmeckten. Sie mahnte Salman, der sein erstes Brot verschlungen hatte, langsamer zu essen und ihr genau zu beschreiben, wie es schmeckte, dann würde er ein weiteres erhalten.

Salman bremste also seine Gier. Gerne hätte er der Mutter oder Sarah etwas von diesen Köstlichkeiten mitgebracht, aber er wagte nicht, die Witwe darum zu bitten.

War er satt, erzählte sie ihm von ihrem Leben. Nur über ihren verstorbenen Mann verlor sie nie ein Wort, wie Witwen das sonst oft tun. Und immer war eine Aura von Traurigkeit um sie.

Als Salman den Gemüsehändler nach dem Grund fragte, seufzte dieser nur. Marias Mann habe eine tiefe Wunde bei ihr hinterlassen und sie wolle deshalb kein Wort darüber verlieren. Das sei ohnehin nichts für Kinder, sagte er, bespritzte die Radieschen mit Wasser und ordnete die Äpfel in eine Kiste.

Erst Jahre später erfuhr Salman, dass Maria aus einer bekannten und sehr reichen Familie stammte. Sie war eine der ersten Frauen, die in den zwanziger Jahren in Damaskus Abitur gemacht hatten. Ihr Mann betrog sie bereits am zweiten Tag nach der Hochzeit mit der Köchin. Er gaukelte ihr aber immer wieder die große Liebe vor, so dass sie ihm verzieh. Aus Dankbarkeit dafür betrog er sie wieder. Noch mit sechzig rannte er sabbernd hinter jeder Schürze her, bis ihn die Syphilisseuche dahinraffte.

Seither lebte sie zurückgezogen. Sie war nicht einmal Mitte sechzig und sah aus wie eine Achtzigjährige.

Als Salman Sarah von den Leckereien vorschwärmte, überlegte diese laut, wie sie auch einmal an die exotischen Brote gelangen könnte.

»Vielleicht klopfe ich bei ihr«, sagte Sarah, »und erzähle ihr, ich sei sehr arm und hätte geträumt, dass sie ein großes Herz und viele Marmeladen besitze und dass ich bald sterben müsse und daher den Wunsch hätte, noch einmal zehn mit verschiedenen Marmeladen bestrichene Brote zu essen.«

Salman lachte. Faise, Sarahs Mutter, hatte das Gespräch durchs offene Fenster mitgehört. Sie kam heraus und umarmte Sarah bewegt: »Das musst du nicht tun. Morgen koche ich dir Gelee aus Rosenblättern.«

Sarah lächelte zufrieden. »Und übermorgen Quittengelee«, sagte sie, als gerade ein Polizist auf dem Fahrrad in den Gnadenhof fuhr. Er erblickte Sarah und Salman, lächelte kurz und fragte nach der Wohnung eines gewissen Adnans, der verhaftet werden sollte, weil er mehrere teure Limousinen aufgebrochen, Sitze, Radios und bei einem Auto sogar das Lenkrad ausmontiert und verkauft hatte. »Aha«, erwiderte Sarah und zeigte auf die Wohnung von Samira, Adnans Mutter, am anderen Ende des Gnadenhofs.

»Mit seinen tollen Begabungen könnte dieser Adnan ein berühmter Automechaniker oder Rennfahrer werden«, sagte Sarah. »Du spinnst, er ist bloß ein verdorbener Junge«, protestierte Salman. Adnan hatte nur bösartige Einfälle. Er packte Katzen, kleine Hunde, Ratten und Mäuse am Schwanz, drehte sie schnell wie in einem Karussell und setzte sie dann auf den Boden. Die armen Kreaturen torkelten wie besoffen davon, schwankten hin und her und manchmal erbrachen sie sich. Die Bewohner des Gnadenhofs lachten sich krumm und ermunterten ihn zu weiteren Brutalitäten. Salman fand ihn einfach nur widerlich.

Und es war Adnan, der Salman am Ende zwang, seine Muskeln zu trainieren. Es war an einem Sonntag und Sarah wollte ihn wieder einmal an ihrem Eis lecken lassen. Sie schlenderten zum Eisverkäufer an der Kischle-Kreuzung. Sarah entschied sich für ein Zitroneneis am Stil. Sie machten kehrt und wollten nach Hause zurückgehen. Nicht weit von ihrer Gasse stand dieser widerliche Kerl mit drei anderen Jungen und grinste breit. »Wenn du Angst hast, dann lauf schnell weg. Ich komme schon klar«, flüsterte Sarah. Salman merkte, wie sie zitterte. »Ach was, die Küken mache ich fertig. Lass dich beim Eislecken nicht stören«, sagte er und fühlte, wie seine Brust vor Angeberei fast platzte.

»Segelohr, Eselsohr«, stimmte Adnan an und die anderen Jungen fielen lachend ein. Adnan hielt Sarah an der Schulter fest. Sie lutschte mit wahnsinniger Geschwindigkeit an ihrem Eis und atmete hörbar wie eine Asthmakranke.

»Nimm deine dreckigen Finger von meiner Freundin«, rief Salman aufgebracht, und bevor Adnan sich versah, traf ihn Salmans Tritt in die Hoden. Er krümmte sich, Sarah rannte weg, Salman aber wurde von den anderen Jungen an der Flucht gehindert. Der Eisverkäufer sah die Keilerei und rief laut, sie sollten aufhören, und als die Jungen nicht reagierten und weiter auf Salman eindroschen, sprang der Mann mit einem Besen auf sie zu und schlug mit aller Macht auf ihre Rücken und Hintern. Sie ließen Salman los und rannten schreiend davon.

An diesem Tag beschloss Salman, seine Muskeln wachsen zu lassen. In der Nacht träumte er, wie er Adnan, der sich Sarah wieder in den Weg stellte, mit einer Hand durch das Fenster des Gemüsehändlers im ersten Stock in den Himmel schleuderte.

Wie wenn der Himmel seine Wünsche erhören wollte, fand er kurz darauf eine über einen Meter lange Eisenstange am Straßenrand. Er nahm sie mit nach Hause. Er wusste, wie man aus einer jeden Stange eine Hantel basteln konnte. Man goss Beton in einen Eimer, steckte die Stange hinein und ließ ihn trocknen. Dann steckte man die Stange mit dem anderen Ende in die gleiche Menge dieser Mischung aus Zement, Sand und Wasser. Beton schenkte ihm der Maurer Michail. Salman verwendete für die erste Seite den rostigen Eimer, den er hinter dem Hühnerstall fand. Leider konnte er nirgends einen ähnlichen Eimer für die andere Seite auftreiben. Nach langer Suche entschied er sich für eine alte, zerbeulte, zylindrische Blechdose.

Als alles getrocknet war, sah die Hantel ziemlich komisch aus, auf der einen Seite hing ein zylindrischer Betonklotz, auf der anderen Seite eine merkwürdige Form, die einer zerquetschten Wurst ähnelte. Salman war das egal. Ihm imponierte die Idee, die fast zehn Kilo schwere Hantel zu stemmen. Das war jedoch schwierig, denn die zylindrische Seite war um mehr als ein Kilo leichter als die Wurstseite. So konnte Salman die Stange nur ein paar Sekunden hochstemmen, dann kippte er seitlich weg. Und das Gerät fiel krachend zu Boden. Sarah schaute dem Ganzen belustigt zu.

Salman trainierte weiter, doch immer mit demselben Ergebnis. Einmal fand ihn Sarah, wie er auf dem Boden lag und die Decke anstarrte. Das Gewicht lag schief hinter seinem Kopf.

»Von diesem Zeug kriegst du keine Muskeln«, sagte sie, »höchstens lernst du seitlich zu gehen wie ein Krebs und zu stürzen wie mein Vater, wenn er besoffen ist und das Bett sieht.« Salman zerschlug die Enden mit einem Hammer und brachte die Stange zum Alteisenhändler. Der wog sie und gab ihm ganze dreißig Piaster.

»Sechs Mal Eis«, flüsterte Salman und pfiff vor Freude über seinen Reichtum. Drei Eistüten schenkte er Sarah. Ihr verliebter Blick ließ seine Brustmuskeln wachsen. Er konnte es genau spüren.

5.

Das Midan-Viertel liegt südwestlich der Altstadt von Damaskus. Von hier aus brachen die Pilgerkarawanen nach Mekka auf, hier wurden sie auch bei ihrer Rückkehr empfangen. Es gibt deshalb viele Moscheen, Läden für Pilgerbedarf, Hammams und Großhändler für Weizen und andere Getreide an der breiten Hauptstraße, die den Namen des Viertels trägt: Midan-Straße. Um diese lange Straße verästelten sich viele kleinen Gassen. Die Aijubigasse ging von der belebten Hauptstraße ab, hatte nur vier Häuser und ein großes Lager für Anissamen. Der Lagereingang lag jedoch in der Parallelgasse.

Nura liebte den süßlichen Duft, der sie an Bonbons erinnerte.

Die Aijubigasse war nach der großen Sippe benannt, die einst die vier Häuser bewohnte und deren Oberhaupt Samih Aijubi nach dem Aufstand von 1925 gegen die französischen Besatzer von der Polizei gesucht wurde. Er flüchtete samt Familie nach Jordanien, wo er den Schutz der Engländer genoss. Später, bei der Gründung des Königreichs von Jordanien, wurde er Privatsekretär des Königs und Spion der britischen Krone im Herrscherpalast. Er wurde Jordanier und kehrte nie wieder nach Damaskus zurück.

Kurz nach Aijubis Flucht kaufte ein reicher Händler namens Abdullah Mahaini die Häuser für wenig Geld. Mahaini, ein reicher Mann, dessen Vorfahren im 17. Jahrhundert aus Mittelsyrien gekommen waren und sich hier im Midan-Viertel niedergelassen hatten, handelte in seinen über das ganze Land verstreuten Filialen mit Textilien, Edelhölzern, Leder, Waffen und Baustoffen. Er besaß Vertretungen einer holländischen Elektrofirma, eines deutschen Nähmaschinenherstellers und eines französischen Autobauers.

Das kleine Haus am Ende der Sackgasse war ein Schmuckstück der Architektur und der Lebenskunst im alten Damaskus. Mahaini schenkte es seiner Tochter Sahar, Nuras Mutter, als Hochzeitsgabe. Die drei anderen Häuser verkaufte er mit großem Gewinn. Anders als Mahainis erste Frau, die ihm vier Söhne schenkte, schien die zweite, Sahars Mutter, nur Mädchen im Bauch zu tragen. Acht brachte sie gesund zur Welt und keine einzige wollte der Händler länger als nötig durchfüttern. Nach dem fünfzehnten Lebensjahr sollte ein Ehemann für sie sorgen. Manche Nachbarn lästerten, dass ihm nur der Altersunterschied zwischen seinen Töchtern und den sieben Frauen peinlich war, die er im Laufe der Jahre heiratete und die immer jünger wurden, je älter der reiche Mahaini wurde.

Er wohnte bis zu seinem Tod in einem Palast nahe der Omaijaden-Moschee. Die Anwärter für seine Töchter gaben einander die Klinke in die Hand, denn eine Tochter von Mahaini heiraten zu dürfen glich einem Gewinn in der Lotterie.

So auch bei Sahar, die, wie die meisten seiner Töchter, nicht lesen konnte, aber sehr hübsch war. Viele Männer hielten um ihre Hand an, aber Mahaini schickte alle Händler und Schneider, Apotheker und Lehrer weg. Er lächelte Sahars Mutter nur mitleidig an, wenn diese seine Ablehnung bedauerte.

»Für Sahar«, sagte er leise, wie einer spricht, der sich sicher ist, »habe ich bereits einen hervorragenden Mann gefunden. Mit dem kannst du dich als Schwiegermutter schmücken.«

Abdullah Mahaini war ein belesener und humorvoller Mann: »Ich bin den ganzen Tag damit beschäftigt, unter meinen kriegerischen neun Frauen, achtundvierzig Kindern, zehn Bediensteten und zweihundertfünfzig Mitarbeitern Frieden zu stiften. Napoleon hatte es bedeutend leichter.«

Er war traditionell, aber offen gegenüber Neuerungen, heiratete neun Frauen, lehnte es jedoch ab, dass eine einzige seiner Frauen oder Töchter den Schleier trug. Er wiederholte, wenn einer der strengen Muslime nach dem Grund fragte, die Worte eines jungen Sufigelehrten, den er verehrte: »Gott hat die Gesichter erschaffen, damit wir sie sehen und erkennen. Das Herz macht fromm – nicht der Schleier.«

Er erklärte seinen Frauen und Töchtern, der Schleier sei keine islamische Erfindung, sondern tausend Jahre vor dem Islam im alten Syrien erfunden worden. Nur adlige Frauen durften damals in der Öffentlichkeit Schleier tragen. Er galt als Zeichen von Luxus. Wenn eine Sklavin oder Bäuerin einen Schleier trug, wurde sie bestraft.

Mahaini liebte das gesellige Leben und umgab sich gerne mit geistreichen Männern, die er zu sich einlud, mit denen er das Bad aufsuchte und auch Geschäfte machte. Zu seinen besten Freunden zählten zwei Juden und drei Christen.

Er war begeistert von dem angesehenen, aber armen Sufigelehrten Scheich Rami Arabi, dessen Predigten er in der kleinen Salah-Moschee im Midan-Viertel Freitag für Freitag interessiert verfolgte. Er verzichtete deswegen auf das pompöse Gebet unter der Leitung des Großmuftis von Damaskus in der nahe gelegenen Omaijaden-Moschee.

So wurde der dürre, kleine Scheich der Schwiegersohn des großen Mahaini und später der Vater von Nura.

Bei den Großeltern väterlicherseits verstand sich die Großmutter nicht mit Nuras Mutter, während der Großvater seine Schwiegertochter abgöttisch liebte. Er war menschenscheu und blieb im wahrsten Sinne des Wortes versteckt, und wenn es nicht unbedingt erforderlich war, machte er keine Besuche. Nuras Mutter verwöhnte ihn dann immer sehr. Seine Frau hingegen, Nuras Großmutter, war eine energische alte Frau, die sich oft bei ihnen blicken ließ. »Ich komme nur, um die kluge und gesegnete Nura zu besuchen«, rief sie ungeniert aus, »die Dienerschaft kann mir gestohlen bleiben. Und je schneller ich einen anständigen Kaffee bekomme, umso schneller verschwinde ich wieder.«

So schnell kochte Nuras Mutter für niemand anderen Kaffee.

Großvater Mahaini kam jeden Freitag nach dem feierlichen Gebet zum Mittagessen. Nur am Freitag könne er ruhig schlafen, behauptete er, denn dann habe er keine Fragen mehr.

Als ob eine Fee dem jungen Gelehrten verraten hätte, welche Fragen während der Woche im Kopf des alten Händlers Mahaini umherschwirrten, gab er von der Kanzel aus Antworten auf genau diese Fragen. Sahar, Nuras Mutter, soll später einer Nachbarin gesagt haben: »Mein Mann hätte besser daran getan, wenn er statt meiner meinen Vater geheiratet hätte. Sie hätten sich prächtig verstanden.«

Das stimmte nicht ganz, denn die zwei Freunde stritten oft, sobald sie allein waren. Mahaini ermahnte den jungen Scheich, er solle seinen Zuhörern nicht Jahrzehnte, sondern nur Monate voraus sein. So schnell könne ihm kein Mensch folgen. So mache er es seinen Feinden leicht, und statt Mufti von Syrien zu werden, müsse er in dieser kleinen verfallenen Moschee Reden vor Analphabeten und Schwerhörigen halten.

»Ach, was du nicht sagst. Bist du nun Analphabet?«

»Wie bitte?«, rief der reiche Händler laut und lachte.

»Die Damaszener«, sagte Nuras Vater, »schnarchen laut, während der Zug der Zivilisation an ihnen vorbeifährt. Man kann anstellen, was man will, ein Schnarchender erschrickt immer, wenn man ihn aufweckt«, fügte er hinzu und winkte verzweifelt ab.

Und nach jedem Treffen tadelte sich der große Mahaini, weil er den aufrichtigen gelehrten Schwiegersohn so hartherzig kritisiert hatte. Scheich Rami Arabi dagegen ging oft mit dem Vorsatz ins Bett, dem Rat des klugen Mahaini zu folgen und den Leuten die bittere Medizin nicht eimer-, sondern löffelweise einzuflößen.

Jahre später erinnerte sich Nura an ein Erlebnis, das ihr in seiner Schlichtheit ein Sinnbild war für die tiefe Freundschaft zwischen ihrem Vater und dem Großvater Mahaini. Eines Tages reparierte ihr Vater eine kleine Kiste für Nuras Spielzeug. Da kam der Großvater zu Besuch und schien wie immer brennende Fragen auf dem Herzen zu haben. Nuras Vater aber schraubte und hämmerte, ohne den alten Mann zu beachten, der auf dem Sessel unruhig hin und her rutschte.

Als der anfing, giftige Bemerkungen über die Vergeudung der Zeit mit Kinderkram zu machen, stand der Vater auf, verschwand in sein Arbeitszimmer und kehrte mit einer Schere und zwei Bögen Papier zurück. »Kannst du eine Schwalbe falten, die auch schweben kann?«, fragte er seinen Schwiegervater liebevoll.

»Bin ich ein Kind?«, knurrte dieser.

»Das würde ich mir und dir wünschen«, sagte Nuras Vater und widmete sich wieder dem Scharnier der Kiste. Ihre Mutter brachte gerade den Kaffee, den sie für ihren Vater gekocht hatte, und blieb wie erstarrt an der Tür stehen. Sie staunte nicht wenig, als der alte Mann lächelte, sich auf den Boden kniete und anfing, das Papier zu falten.

Es war Nuras erste Papierschwalbe, die langsam ihre Runden drehte, manchmal aber auch in einem der Bäume hängen blieb oder kopfüber zu Boden stürzte, wenn Nura sie vom ersten Stock segeln ließ.

Nuras Elternhaus war sehr ruhig, trotz der Nähe zur Hauptstraße. Alle Geräusche erstarben in dem langen dunklen Korridor, durch den man von der Gasse aus in den Innenhof und wieder unter freien Himmel gelangte.

Es war ein kleiner schattiger Innenhof, dessen Boden mit Ornamenten aus buntem Marmor geschmückt war, die sich auch auf den Fußböden der umliegenden Räume fortsetzten. Die Hofmitte bildete ein kleiner Springbrunnen, dessen plätscherndes Wasser musikalische Arabesken für die Damaszener Ohren bildete. Nichts hörten sie lieber in den heißen Monaten des Jahres.

Ihr Vater saß manchmal lange mit geschlossenen Augen am Brunnen. Anfangs dachte Nura, er würde schlafen, aber da täuschte sie sich. »Das Wasser ist ein Teil des Paradieses, deshalb darf keine Moschee darauf verzichten. Wenn ich hier sitze und das Plätschern höre, kehre ich zurück zu meinem Ursprung, in den Bauch meiner Mutter. Oder noch weiter bis zum Meer und ich höre seine Wellen, dem Herzschlag meiner Mutter gleich, gegen die Küste schlagen«, sagte er ihr einmal, als sie neben ihm saß und ihn lange beobachtet hatte.

Eine Treppe führte zum ersten Stock. Das Flachdach darüber war mit einem schönen schmiedeeisernen Geländer versehen. Der größte Teil des Daches wurde zum Trocknen der Wäsche genutzt. Auch Früchte, Gemüse und vor allem die diversen Marmeladen wurden hier unter der sengenden Sonne getrocknet. Etwa ein Viertel der Fläche war als große lichte Mansarde ausgebaut, die Nuras Vater als Schreibbüro diente.

Die Toilette war eine winzige Kammer unter der Treppe. Wie viele arabische Häuser besaß das Haus kein Bad. Man wusch sich am Brunnen oder in der Küche und badete wöchentlich im nahe gelegenen Hammam.

Am schönsten fand Nura ihr Elternhaus im Sommer, denn sobald der Innenhof am Nachmittag schattig wurde und ihre Mutter vom nachmittäglichen Kaffee bei der Nachbarin Badia zurückkehrte, spritzte sie die Fliesen und Pflanzen mit Wasser und wischte den marmornen Boden, so dass er glänzte und seine bunten Farben leuchteten.

»Jetzt ist der Teppich der Kühle ausgebreitet, jetzt kann der Abend beginnen«, sagte ihre Mutter jeden Tag gut gelaunt. Es war ein Ritual. Sie zog ein frisches einfaches Hauskleid an und drehte den Hahn des Springbrunnens auf. Das Wasser sprühte aus den kleinen Löchern in die Höhe und fiel geräuschvoll ins Becken, in das die Mutter im Sommer eine große Wassermelone legte. Sie holte einen Teller mit salzigem Knabberzeug und setzte sich an den Springbrunnen. Bis der Vater von der Moschee kam, wurde die Melone kühl und schmeckte erfrischend. Und bis dahin hielt die gute Laune der Mutter an. Sobald jedoch ihr Mann kam, wurde sie steif und kalt. Überhaupt herrschte eine eisige Kälte zwischen den Eltern. Oft sah Nura, wie andere Paare sich umarmten, scherzten oder sich gar, wie bei der Nachbarin Badia, küssten. Auch staunte sie, wie offen Frauen in ihren Kaffeerunden über ihre intimsten Betterlebnisse sprachen. Sie gaben sich Tipps und erläuterten die Tricks, mit denen sie ihre Männer verführten und sich selbst auch etwas Genuss verschafften. Sie berieten sich über Wäsche, Getränke und Parfums und schwelgten in Beschreibungen aller Arten von Küssen. Das waren dieselben Frauen, die manchmal mit Kopftuch und gesenktem Blick über die Straße huschten oder schlurften, als hätten sie noch nie Lust empfunden.

Nuras Eltern küssten sich nie. Eine unsichtbare Mauer trennte sie. Nicht ein einziges Mal sah Nura, wie sich ihre Eltern umarmten. Einmal, die Zimmertür stand einen Spalt offen, konnte Nura ihre Eltern vom Sofa aus im Hof sehen. Sie saßen am Brunnen und tranken Kaffee. Sie konnten Nura nicht sehen, weil ihr Zimmer im Dunkel lag. Beide waren bester Laune und lachten viel über irgendeinen Verwandten, der sich bei einer Hochzeit dumm angestellt hatte. Plötzlich streckte der Vater seine Hand aus, um die nackten Schultern der Mutter zu streicheln. Es war ein sehr heißer Tag und die Mutter trug nur ein dünnes Nachthemd. Als er sie berührte, schnellte die Mutter hoch. »Lass das, du musst in die Moschee«, sagte sie und setzte sich auf einen anderen Stuhl.

Das einzige, das sich neben der Kälte der Eltern wie ein Faden durch Nuras Kindheit zog, waren Bücher.

»Bücher, überall stinkende Bücher«, beschwerte sich die Mutter oft. Die Bücher stanken nicht, aber sie waren in der Tat überall. Sie füllten die Regale beider Zimmer im Erdgeschoss und die der Mansarde und dort oben lagen sie dazu noch gestapelt oder aufgeschlagen auf dem Boden. Ein Stuhl am Schreibtisch und ein Sofa waren die einzigen freien Flächen. Dort saß Nura später stundenlang und las.

Im Schlafzimmer der Eltern und in der Küche durften keine Bücher stehen. Das war der Wunsch ihrer Mutter, dem sich ihr Vater jammernd fügte, denn letzten Endes gehörte das Haus – auch nach der Hochzeit – ihr. »Dein Vater hatte ja außer seinen dreißig Läusen und den dreitausend nach Schimmel stinkenden Büchern nichts«, sagte die Mutter lachend zu Nura. Sie hatte nicht übertrieben. Rami Arabi war ein gelehrter Sufi, der sich aus den Gütern der Erde nicht viel machte und die Genüsse der Schrift allen anderen Genüssen vorzog.

Im Gegensatz zu seiner ersten Frau konnte Sahar, Nuras Mutter, nicht lesen. Sie war siebzehn Jahre jünger als ihr Mann und gerade siebzehn geworden, als er sie geheiratet hatte. Aus der ersten Ehe hatte Rami Arabi drei Söhne. Sie waren fast so alt wie seine zweite Frau und hatten selber Familien. Sie betraten das Haus ihres Vaters selten, denn Nuras Mutter mochte sie nicht und sprach nicht gerne von ihnen und der verstorbenen ersten Frau. Sie verachtete die Söhne, weil sie nicht nur wie ihr Vater arm geblieben, sondern zudem noch einfältig waren. Das wusste auch Nuras Vater und es schmerzte ihn, dass er keinen klugen Sohn hatte. Er liebte Nura und sagte ihr, sie besitze die Klugheit, die er sich bei einem Sohn gewünscht hätte. »Wenn du ein Mann wärst, würdest du die Menschen in der Moschee betören.«

Ihm selbst fehlten die Stimme und das Aussehen, die bei Arabern eine große Rolle spielen. Obwohl seine Söhne ihn enttäuschten, sprach er stets gut von seiner ersten Frau und das ärgerte Nuras Mutter besonders. Manchmal zischte sie: »Die Friedhöfe duften nach Weihrauch, aber hier stinkt es nach Verwesung.«

Auf der anderen Seite diente Nuras Mutter ihrem Mann ehrfürchtig und treu. Sie kochte für ihn, wusch und bügelte seine Gewänder und tröstete ihn bei seinen vielen Niederlagen. Geliebt hat sie ihn keine Sekunde.

Das Haus gehörte der Mutter, aber das letzte Wort gehörte ihm. Sie wollte am liebsten Schleier tragen, um klare Verhältnisse zwischen dem Fremden und dem Eigenen zu schaffen, aber er verabscheute den Schleier genau wie ihr Vater. »Gott hat dich mit einem schönen Gesicht begnadet, weil er die Menschen damit erfreuen wollte«, sagte der eine vor der Ehe und der andere danach.

Als eine entfernte Tante, fasziniert von Nuras schönem Gesicht, andeutete, dass es vielleicht besser sei, ihr einen Schleier zu verpassen, damit sie die Männer nicht verführe, lachte Nuras Vater sie aus: »Wenn es so gerecht zugehen soll, wie Gott und sein Prophet sagen, dann sollten auch die Männer einen Schleier tragen, denn viele Männer verführen mit ihrer Schönheit die Frauen oder irre ich mich?«

Die Tante sprang wie von einer Schlange gebissen auf und verließ das Haus, weil sie die Worte verstanden hatte. Sie hatte ein Verhältnis mit einem Schönling in ihrer Nachbarschaft. Alle wussten das, nur nicht ihr Ehemann. Nuras Mutter war damals zwei Tage schlecht gelaunt, weil sie die Anspielungen ihres Mannes wenig gastfreundlich fand. Überhaupt war sie sonderbar verkrampft. Wenn sie die Wäsche aufhängte, achtete sie stets darauf, dass ihre Unterwäsche auf der mittleren Leine Platz fand. Nur so war sie vor den Blicken der Neugierigen von beiden Seiten der Terrasse geschützt. Sie fühlte eine eigenartige Scham, als wäre die Unterwäsche nicht aus Baumwolle, sondern aus ihrer Haut hergestellt.

Auch die Nachbarin Badia durfte keinen Schleier tragen. Ihr Mann wollte sogar, dass sie auch die Gäste empfing. Er war ein reicher Textilhändler im Suk al Hamidije und bekam oft Besuch – sogar von Europäern und Chinesen. Badia bediente sie zurückhaltend, weil sie der Überzeugung war, dass Ungläubige unrein wären.

Aber im Gegensatz zu Badia, die ihren Mann nicht sonderlich respektierte, fürchtete sich Sahar vor ihrem Mann Rami, wie sie alle Männer fürchtete, seitdem ihr Vater ihr einmal eine Tracht Prügel verpasst hatte, weil sie ihn als kleines Mädchen vor seinen Gästen arglos »Gockel mit vielen Hühnern« genannt und blamiert hatte. Er wartete damals geduldig, bis die Gäste das Haus verließen, ließ sich dann von der Dienerschaft einen Stock aushändigen und Sahar an beiden Händen festhalten. Dann prügelte er auf sie ein und es halfen weder die Tränen ihrer Mutter noch das Flehen der Dienerschaft. »Der Mann ist die Krone meines Kopfes«, musste sie deutlich wiederholen. Ihre Stimme erstickte viele Male an ihren Tränen, aber der Vater schien an diesem Tag schwerhörig geworden zu sein.

Auch ihr Mann konnte innerhalb von Sekunden aufbrausen. Er schlug sie nie, aber er peitschte mit seiner Zunge auf sie ein, die schärfer als ein Messer aus Damaszener Stahl in ihr Herz schnitt. Und immer wenn seine Lippen bebten und seine Gesichtsfarbe wechselte, fürchtete sie sich.

Sie wollte unbedingt einen Sohn haben. Doch nach Nura starben alle Kinder kurz vor oder nach der Geburt.

Nura erinnerte sich noch Jahre später, wie ihre Mutter sie mitnahm zum Friedhof nahe Bab al Saghir. Hier auf diesem alten Friedhof gab es neben den einfachen Gräbern auch Kuppelbauten mit Gräbern besonders angesehener Männer und Frauen der ersten Stunde des Islam. Sie waren Verwandte und Weggefährten des Propheten. Die Mutter suchte immer das Grab von Um Habiba, einer der Frauen, und das Grab von Sakina, einer Urenkelin des Propheten, auf. Dort standen immer viele in Schwarz gehüllte, schiitische Frauen, vor allem Pilgerinnen aus dem Iran, sie strichen mit Bändern und Tüchern alle Schreine entlang, als könnten sie allein durch die Berührung eine Reliquie mit nach Hause nehmen. Und obwohl die Mutter der sunnitischen Mehrheit angehörte und die Schiiten mehr hasste als Juden und Christen, betete sie dort und wünschte sich einen Sohn. Sie streifte mit der Hand über den Schrein und massierte anschließend ihren Bauch. Ein Tuch wagte sie nicht mitzubringen, weil ihr Mann diesen ganzen Aberglauben verlachte, und sie hatte Angst davor, dass die erzürnten Toten sie mit einer Missgeburt bestrafen würden.

Überhaupt verbrachte die Mutter in Nuras Erinnerung mehr Zeit auf den Friedhöfen als unter Lebenden. Sie marschierte mit Hunderten von Gläubigen zu den Gräbern der berühmten Islamgelehrten und Weggefährten des Propheten, stieg mit ihnen auf den Damaszener Berg Qassiun und legte Blumen und grüne Myrtenzweige auf die Gräber. Nura mochte diese anstrengende Prozession überhaupt nicht, die am frühen Morgen begann und bis zum Mittagsruf des Muezzins dauerte. Sie fand an bestimmten Tagen der heiligen Monate Ragab, Schaban und Ramadan statt. Gleichgültig, ob es draußen eiskalt oder erstickend heiß war. Nura musste immer mit, der Vater drückte sich davor. Er hielt all diese Rituale für Aberglauben und verachtete sie.

Und jedes Mal endete die Prozession vor dem Tor einer Moschee am Fuße des Berges Qassiun. Dort standen Hunderte, wenn nicht Tausende, und riefen ihre Wünsche und Bitten in den Himmel. Alles lief im Eiltempo ab, der Besuch, das Niederlegen der Blumen und grünen Myrtenzweige und die Gebete. Denn Propheten wie Engel hörten die Bitten nur bis Mittag, sagte die Mutter. Und tatsächlich, wenn der Muezzin zum Mittagsgebet rief, verstummten alle schlagartig. Auch war es jahrelang Sitte, dass Gläubige die vielen bronzenen Klopfer und Metallringe, die das Tor der besagten Moschee schmückten, betätigten und höllischen Lärm veranstalteten, bis der Scheich sie verärgert abmontieren ließ und in die enttäuschte Versammlung rief: »Wenn Gott und seine Propheten eure Rufe und Gebete nicht hören, dann hören sie auch euer krachendes Klopfen nicht.«

Die Mutter liebte die Prozession und war wie hypnotisiert, wenn sie daran teilnahm. Sie wusste daher auch genauer als der Vater, wann welche Gräber besucht wurden und zu welcher Tageszeit.

Manchmal seufzte er verzweifelt: »Bin ich der Scheich oder bist du es?«

Nuras Vater hatte seiner Frau verboten, zu den Scharlatanen zu gehen. Sie sollte lieber einen vernünftigen Arzt aufsuchen. Er wollte auch nichts von den Bittgängen seiner Frau zu den lebenden und toten Heiligen wissen. Deshalb verriet Nura nie einen Besuch ihrer Mutter bei den heiligen Gräbern oder Männern. Sie hatte Mitleid mit ihr. Es ging so weit, dass auch Nura anfing, Gott anzuflehen, damit die Mutter einen Sohn bekäme.

Acht Mal wuchs der Bauch der Mutter, wölbte sich gewaltig über ihren Beinen, und danach, wenn die Mutter wieder dünn wurde, war kein Kind da. Bald lernte Nura das Wort Fehlgeburt. Aber alle Qualen konnten den Traum der Mutter nicht schwächen. Die achte Fehlgeburt war besonders schwer und nur durch Glück gelang es den Ärzten, das Leben der Mutter zu retten, allerdings um den Preis, dass sie nie wieder schwanger wurde. Ihr Mann warf ihr vor, sie hätte sich durch das teuflische Zeug, das ihr die Scharlatane verschrieben hätten, unfruchtbar gemacht.

An diese achte und letzte Fehlgeburt erinnerte sich Nura besonders gut. Ihre Mutter kam um Jahre gealtert aus dem Krankenhaus. Zu der Zeit entdeckte die Mutter beim gemeinsamen Bad im Hammam die ersten Ansätze von Brustwölbungen ihrer elf-, zwölfjährigen Tochter. »Du bist ja eine Frau geworden«, rief sie verwundert aus. Ein Hauch von Vorwurf lag auf ihrer Zunge.

Von diesem Augenblick an behandelte die Mutter sie nicht mehr wie das Mädchen, das sie war, sondern wie eine erwachsene Frau, die von sabbernden, gierigen Männern umgeben ist.

Als Nura dem Vater von den übertriebenen Ängsten ihrer Mutter erzählte, lachte er nur, aber später musste er erfahren, dass er den Vorahnungen der Tochter mehr Respekt hätte zollen sollen. Jeder junge Mann wurde von der Mutter misstrauisch beargwöhnt, als hätte sie Angst, er fiele sofort über Nura her.

»Unten im Keller habe ich schon ein Seil vorbereitet. Wenn dir was zustößt, werde ich mich erhängen«, sagte sie eines Morgens. Nura durchsuchte den Keller, fand aber außer einer dünnen Wäscheleine nichts, trotzdem hatte sie Angst um die Mutter und begann ihr alles zu verheimlichen, was sie erlebte.

Ihr Vater hatte offene Ohren für alle Fragen der Welt und wurde nicht nur in der Moschee, sondern auch zu Hause aufgesucht und um Rat gefragt. Er war berühmt für seine Geduld und Offenheit und er regte sich selten auf, auch wenn man ihn fragte, warum Gott die Mücken erschaffen hatte und der Mensch schlafen musste. Er antwortete geduldig und freundlich. Doch er mochte nichts, aber wirklich gar nichts beantworten, was Frauen betraf. Nicht selten unterbrach er den Hilfesuchenden schroff: »Das sind Weiberangelegenheiten, frage lieber die Hebamme oder deine Mutter.« Er hatte große Angst vor Frauen. Nicht selten wiederholte er, dass schon der Prophet vor der List der Frauen gewarnt habe. Noch öfter erzählte er aber von dem Mann, dem eine Fee einen Wunsch erfüllen wollte. Der Mann wünschte sich eine Brücke von Damaskus bis Honolulu. Die Fee verdrehte die Augen und jammerte, das sei sehr schwer für sie, ob er keinen leichteren Wunsch hätte. Ja, sagte er, er wolle seine Frau verstehen. Da fragte die Fee, ob er die Brücke nach Honolulu ein- oder zweispurig wünsche.

Wie sollte Nura ihm oder ihrer Mutter von dem jungen Schmied erzählen, der ihr immer wieder auf der Hauptstraße auflauerte und sie leise fragte, ob er ihr den Riss zwischen den Beinen nicht nähen solle. Er habe die geeignete Nadel. Zu Hause betrachtete sie sich im Spiegel. Ja, diese besagte Stelle hat Ähnlichkeit mit einem Riss. Aber nähen?

Sicher sah sie nackte Jungen im Hammam. Denn am Frauentag durften die Frauen ihre kleinen Söhne mitbringen, bis sich bei ihnen die erste Regung zeigte, dann mussten sie mit ihren Vätern ins Bad gehen. Aber all die Jahre glaubte sie, was eine Nachbarin im Hammam erzählt hatte, dass nämlich die Jungen von Geburt an etwas beschränkt seien und nicht gut pinkeln könnten, deshalb habe Gott ihnen diesen kleinen Schlauch geschenkt, damit sie sich nicht dauernd nass machen.

Überhaupt lernte sie eine Menge im Hammam. Das Hammam war nicht nur ein Ort für Körperpflege und Sauberkeit, sondern auch ein Ort für Ruhe und Lachen. Dort hörte sie immer Geschichten und lernte von älteren Frauen, was in keinem Buch stand. Die Frauen schienen ihre Scham und Scheu mit den Kleidern abgelegt zu haben und erzählten offenherzig über alles. Der feuchtwarme Raum duftete nach Lavendel, Ambra und Moschus.

Hier genoss Nura exotische Getränke und Gerichte, die sie draußen nie kostete. Jede Frau bemühte sich, ihre Kochkünste zu steigern, und brachte das schmackhafte Resultat mit. Dann saßen alle Frauen im Kreis und probierten von den mehr als zwanzig Gerichten und tranken zuckersüßen Tee dazu. Jedes Mal kehrte Nura mit reichem Herzen zurück.

Als sie ihrer Schulkameradin Samia von dem lästigen Schmied erzählte, sagte diese: »Er ist ein Betrüger. Männer tragen keine Nadel, sondern einen Meißel, und sie machen das Loch nur größer.« Und Samia riet ihr, dem Aufdringlichen zu empfehlen, die Risse seiner Schwestern zu nähen, und wenn er noch Garn übrig hätte, dann solle er es einmal bei seiner Mutter versuchen.

Auch hätte Nura gerne ihren Vater oder ihre Mutter gefragt, warum sie tausend Gründe erfand, um den blassen Jungen mit den großen Augen zu sehen, der im Herbst 1947 beim Polsterer seine Lehre anfing, als sie gerade die fünfte Klasse besuchte.

Das Geschäft des Polsterers lag ganz in der Nähe. Der Junge sah sie am ersten Tag vorbeischlendern und lächelte schüchtern. Als sie am nächsten Tag vorbeiging, um den Jungen wiederzusehen, kniete er in der Ecke auf einem kleinen Teppich und betete. Auch am nächsten Tag betete er und am übernächsten Tag ebenso. Nura wunderte sich, fragte Mutter und Vater, aber sie wussten auch nicht, warum. »Es ist vielleicht ein Zufall«, sagte der Vater, »dass der Junge gerade betet, wenn du vorbeigehst.«

»Oder er hat etwas verbrochen«, ergänzte die Mutter, bevor sie sich Suppe in den Teller gab.

Als sie beim nächsten Mal den Jungen wieder beim Beten antraf, fragte sie seinen Meister, einen alten Mann mit kurzem schneeweißem Bart, ob der Junge etwas Böses getan habe.

»Nein, um Gottes willen. Er ist ein braver Junge«, sagte der Meister und lächelte gütig, »aber er muss, bevor er den Umgang mit Baumwolle, Wolle, Textilien und Leder lernt, den Umgang mit den Menschen lernen. Wir leisten unsere Arbeit in den Innenhöfen. Nicht selten ist nur die Hausfrau oder die alte Großmutter da. Manchmal lassen uns die Leute sogar ganz allein in ihrem Haus, um die Betten, Matratzen und Sofas zu reparieren, während sie einkaufen, arbeiten oder Nachbarn besuchen gehen. Wenn dann der Polsterer nicht hundertprozentig zuverlässig ist, schadet er dem Ruf der Gilde. Deshalb ist es vorgeschrieben, ihn zu einem frommen Gesellen auszubilden, bevor er das erste Haus betritt.«

Der Junge verdrehte bei dieser Rede die Augen und Nura lächelte über diese kurze, aber eindeutige Mitteilung.

Wenn der Junge gegen Mittag Wasser vom öffentlichen Brunnen in den Laden schleppte, wollte sie ihn abpasssen. Viele Läden hatten keinen Wasseranschluss. Der Junge musste mehrere Gänge machen und eimerweise das Wasser herbeiholen.

Eines Tages wartete Nura am Brunnen. Der Junge lächelte sie an. »Wenn du willst, kann ich dir helfen«, sagte Nura und zeigte ihm ihre Blechkanne. Der Junge lachte: »Von mir aus gerne, aber das darf ich nicht annehmen, sonst muss ich eine halbe Stunde länger beten. Aber ich kann kurz bei dir hier bleiben, wenn du willst«, fügte er hinzu und stellte eine große Kanne unter den Wasserhahn.

An den Brunnen kamen nur wenige Leute und sie verweilten nicht lang.

Nura dachte oft an diesen Jungen, wenn sie Gedichte und Lieder hörte, die von schönen Engeln sprachen. Sie wusste nicht, warum so ein Wesen mit Riesenflügeln schön sein sollte, aber Tamim war so schön wie kein anderer Junge im ganzen Viertel, und wenn er sprach, begleiteten ihre Herzschläge jedes seiner Worte.

Tamim hatte nur zwei Jahre bei einem Scheich lesen und schreiben gelernt, dann musste er arbeiten, weil seine Eltern arm waren. Eigentlich wollte er gerne Schiffskapitän werden und nicht Matratzen und Sessel, Sofas und Betten polstern. »Und noch dazu jede freie Minute beten. Meine Knie tun schon weh«, erzählte er ihr.

Als Tamim ihr einmal erzählte, er müsse am nächsten Tag zum Suk al Hamidije, um für seinen Meister eine größere Menge Nähgarn und bunte Fäden von einem Großhändler zu besorgen, beschloss sie, ihn dort zu treffen. Sie wollte neben dem Eissalon Bakdasch auf ihn warten.

Schon am Morgen kündigte sie ihr Unwohlsein an. Die Mutter empfahl ihr, wie immer, der Schule fernzubleiben, denn sie selbst hasste die Schule, wagte aber nicht, laut darüber zu sprechen, da Nuras Vater wollte, dass sie den mittleren Schulabschluss machte.

Auch der Vater fand, sie sehe blass aus. Sollte es ihr schlechter gehen, könne sie mit der Straßenbahn nach Hause fahren. Nura ging also zur Schule. Eine Stunde später überzeugte sie die Schulleiterin mit blassem Gesicht und zittriger Stimme von ihrer Übelkeit. Aber zehn Schritte von der Schule entfernt gewann ihr Gesicht an Farbe und ihr Gang an Kraft. Die Schule war nicht weit vom Suk al Hamidije entfernt. Sie sparte lieber die zehn Piaster und lief zu Fuß.

Um zehn Uhr kam Tamim. Er trug einen großen leeren Korb für die Einkäufe. Hier auf dem Markt sah er noch schöner aus als bei seinem Meister.

»Wenn uns jemand fragt, dann sind wir Geschwister, deshalb sollten wir Hand in Hand gehen«, schlug sie ihm vor, was sie sich die ganze Nacht ausgedacht hatte. Er gab ihr seine Hand und sie hatte das Gefühl, vor Glück zu sterben. Schweigsam gingen sie durch den belebten Suk.

»Sag doch was«, bat sie ihn.

»Ich mag deine Hand«, sagte er, »sie ist warm und trocken wie die meiner Mutter, aber viel kleiner.«

»Ich habe zehn Piaster«, sagte sie, »und die brauche ich nicht mehr für die Straßenbahn. Ich gehe zu Fuß nach Hause. Welches Eis magst du am liebsten?«

»Zitrone«, sagte er.

»Und ich Damaszener Beere«, erwiderte sie und lachte, »die macht die Zunge ganz blau.«

»Und ich kriege bei Zitroneneis Gänsehaut.« Er leckte schwärmerisch seine Lippen.

Sie kauften Eis am Stiel und schlenderten über den Markt.

Der Frühling füllte die Straßen mit Blütenduft. Nura verspürte das Verlangen, ihr Lieblingslied zu pfeifen, wie Jungen es taten, aber als Mädchen durfte sie es nicht.

Sie schlenderten nun jeder für sich, weil Tamim mit der einen Hand seinen Korb und in der anderen das Eis hielt. Und Nura musste lachen, weil Tamim so geräuschvoll an seinem Eis schleckte. Bald war der Suk so voll, dass sie sich vor ihm durch die Menge schlängeln musste. Ein blinder Bettler faszinierte sie mit seinem Gesang. Sie fragte sich, warum Blinde diese besondere Stimme hatten. In diesem Augenblick spürte sie Tamims Hand. Sie hatte nicht einmal die Hälfte ihres Eises geschleckt und er war schon fertig! Sie drehte sich zu ihm um und er lächelte. »Keine Angst, dein Bruder«, sagte er leise.

Als sie sich vor dem Eingang des Marktes wieder trennen mussten, hielt Tamim ihre beiden Hände noch lange in seinen. Er schaute ihr in die Augen und Nura fühlte zum ersten Mal in ihrem Leben Atemnot aus Freude. Er zog sie an sich. »Geschwister verabschieden sich mit einem Kuss«, sagte er und küsste sie auf die Wange. »Und sobald ich Kapitän werde, komme ich mit meinem Schiff und hole dich ab«, sagte er und verschwand eilig in der Menge, als würde er sich der Tränen schämen, die ihm über die Wangen liefen.

Einen Monat später kniete ein anderer Junge auf dem kleinen Gebetsteppich und betete.

»Und wo ist der ...«, fragte sie den Meister und biss sich auf die Zunge, um nicht den Namen auszusprechen, den sie all die Nächte in ihr Kissen geflüstert hatte.

»Ach, der!«, sagte der Meister belustigt. »Er ist ausgerissen und ließ seinen Eltern vor ein paar Tagen ausrichten, er habe auf einem griechischen Frachter angeheuert. Ein verrückter Junge.«

In der Nacht musste ihr Vater den Arzt holen. Sie fieberte eine Woche lang.

Zwei Jahre nach Nuras Flucht klopfte ein kräftiger Mann in Marineuniform an ihre Haustür. Er sei Kapitän zur See, sagte er ihrem Vater. Ihre Mutter lag damals wegen einer Blinddarmoperation im Krankenhaus.

Als er von Nuras Flucht hörte, soll er gelächelt und dem Vater freundlich die Hand gedrückt haben. »Nura hat immer das große Meer gesucht«, soll er gesagt haben. Diese Worte hatten den Vater so beeindruckt, dass er – zum Verdruss seiner Frau – oft von jener Begegnung erzählte, sogar auf dem Sterbebett.

Das geschah aber erst Jahrzehnte später.

6.

Niemand fragte Salman, wo er gewesen war, wenn er sich mehrere Tage nicht in der Schule blicken ließ. Und von den hundert Kindern und fünf Lehrern lächelte ihn nur einer freundlich an: Benjamin, sein Banknachbar.

Als er am Nachmittag nach Hause kam, war seine Mutter immer noch mit dem Putzen ihres Verstecks beschäftigt. Sie richtete mit großer Anstrengung die Räume her. Sie putzte und wusch, warf den Unrat erst in den Innenhof und schob ihn dann in die Räume der ehemaligen Weberei.

Sie bemühte sich bis zum frühen Nachmittag, alles für ihren Mann vorzubereiten, und flüchtete anschließend mit dem Jungen in ihr Versteck. Und sie erfuhr von Schimon, dass sie sich keine Sorge machen müsse, sie könne ein paar Jahre da wohnen, denn die Erben des alten Webers prozessierten gegeneinander. Das winzige Haus sollte wegen seiner Nähe zur historischen Buloskapelle viel Geld einbringen.

Nach kurzer Zeit schon hörte die Mutter auf zu weinen, und das Versteck roch nicht mehr modrig, sondern nach Zwiebeln und Thymian. Das Haus war nicht an den Strom angeschlossen, aber das Kerzenlicht vertrieb Dunkelheit und Kälte. Auch Toilette und Bad funktionierten, denn man hatte im Streit um die Erbschaft vergessen, das Wasser abzustellen.

Bald fingen Mutter und Sohn an, wie zwei Verschwörer über das dumme Gesicht des Vaters zu lachen, wenn er abends betrunken nach Hause kam und niemanden fand, auf den er einschlagen konnte.

Doch das Glück der Armen ist kurzlebig.

Eines Nachts stand Salmans Vater plötzlich im Raum. Sein Schatten tanzte wild über die Wände. Die zwei Kerzen schienen vor ihm zu zittern. Seine Stimme und sein Gestank, eine üble Mischung aus Arrak und Verwesung, füllten alle Lücken, die sein Körper noch übrig ließ. Salman traute sich kaum zu atmen.

Erst später erfuhr er von Sarah, dass die Nachbarin Samira, die Frau des Tankwarts Jusuf, die am anderen Hofende zwischen dem Hühnerstall und der Wohnung des Bäckergesellen Barakat wohnte, das Versteck für eine Lira verraten hatte. Samira entging nichts. Sie überwachte von ihrer Wohnung aus alles, was sich in den acht Wohnungen, zwei Toiletten, zwei Holzschuppen und dem Hühnerstall des Gnadenhofs bewegte. Salman konnte der Nachbarin diesen Verrat nie verzeihen. Er vermied ihren Namen und nannte sie nur noch »Petzerin«.

In jener Nacht zerrte Salmans Vater die Mutter an den Haaren die Treppe hinunter und hinaus in die Gasse, und wenn ihm Schimon und Kamil, die herbeigeeilt waren, nicht den Weg versperrt hätten, hätte er die arme Frau bis zum Hof geschleift. Sie befreiten Mariam aus seinem Griff, und während Schimon ihr auf die Beine half, schob Sarahs Vater, der Polizist, den Tobenden vor sich her in den Gnadenhof zurück. »Sei friedlich und zwinge mich nicht, meine Uniform anzuziehen, du weißt, wohin ich dich sonst führe«, brummte er, um den Tobenden zur Vernunft zu bringen.

Salman stand am Fenster und beobachtete sein weinendes Gesicht. Er hatte Angst, sein Vater würde noch einmal zurückkommen und auch ihn an den Haaren nach Hause schleifen. Doch als es still blieb, wollte er nur noch eines: zu seiner Mutter. In diesem Augenblick hörte er lautes Bellen aus dem Erdgeschoss, das in ein Winseln überging, als hätte ein Hund Angst oder Hunger.

Salman hob die Kerze über seinen Kopf und versuchte vom Fenster aus in den Innenhof zu spähen, doch das Licht der Kerze wurde von der tiefen Dunkelheit geschluckt, noch bevor es den Boden erreichte.

Neugierig und ängstlich zugleich ging er langsam die Treppe hinab, und noch bevor er die letzte Stufe erreichte, fiel ein schwarzes Knäuel gegen seine Füße. Ein Paar leuchtende Augen blickten ihn an.

Der Hund war groß, doch seine Verspieltheit und Tollpatschigkeit verrieten sein junges Alter. Er hatte einen schönen Kopf und ein großes Maul. Erst das verkrustete Blut auf dem Brustfell machte Salman auf eine Wunde am Hals des Tieres aufmerksam. Es sah aus, als hätte jemand den Hund schwer verletzt und ihn hier in dieser Ruine ausgesetzt.

»Warte«, rief Salman und ging die Treppe wieder hinauf. Er fand unter den Lappen, die seine Mutter in einer Schublade aufbewahrte, ein sauberes Stück aus einem alten Kleid. Damit umwickelte er vorsichtig den Hals des verletzten Hundes, der ihm gefolgt war und erstaunlich stillhielt.

»Du wirst nicht sterben«, sagte Salman und streichelte ihm den Kopf. »Genau wie meine Mama«, fügte er hinzu und umarmte den Hund. Der Hund jammerte vor Hunger. Salman erinnerte sich an die Hammelknochen, die ihnen Metzger Mahmud geschenkt und mit denen seine Mutter die letzte Suppe gekocht hatte. Sie hatte den Knochen aufgehoben, damit Salman die Fleischreste abknabbern konnte, wenn er wieder Hunger bekam. Salman brachte ihn dem Hund, der den Knochen vergnügt und ununterbrochen mit dem Schwanz

wedelnd verschlang. Erst als Salman ihm lange den Kopf streichelte, wurde der Hund ruhiger. Wie zwei Ausgesetzte schauten sie sich an und Salman sollte diesen Hundeblick nie mehr
vergessen.

Er schlich davon, vergaß aber nicht die Hoftür sorgfältig
zu schließen, als fürchtete er, der Hund würde verschwinden.

Der Morgen dämmerte bereits, als er in die Wohnung seiner
Eltern schlich. Seine Mutter kauerte noch auf der Matratze,
während sein Vater im zweiten Zimmer laut schnarchte.

»Bald wird er dich nicht mehr erschrecken«, flüsterte er seiner Mutter ins Ohr, »ich habe einen großen Hund, und der
wird bald wachsen und alle fressen, die dich anfassen, Mama«,
sagte Salman und seine Mutter lächelte, nahm ihn in den
Arm und fiel sofort in einen tiefen Schlaf. Salman aber blieb
wach und rührte sich nicht, bis sein Vater »Kaffee« rief und
die Mutter weckte. Als sie in die Küche ging, nickte Salman
ein. Er sah den Hund, er war groß und mächtig wie ein Rappe
und hatte schneeweiße Flügel. Er, seine Mutter und Sarah
schwebten auf seinem Rücken über das christliche Viertel. Die
Mutter umklammerte ängstlich seinen Bauch und Salman
hörte, wie Sarah sie beschwichtigte, dass der Hund eine ver-
zauberte Schwalbe sei, die sich sehr gut auskenne und sie nie
abwerfen würde.

Sarah rief ihm laut über den Kopf seiner Mutter zu: »Salman, Salman, du musst dem Hund einen Namen geben, sonst
geht er dir verloren.«

»Und wie soll er heißen?«, schrie er gegen den Wind.

»Flieger«, hörte er seine Mutter und Sarah im Chor rufen.

Der Hund machte eine Schleife um die Kirche der heiligen Maria, Salman sah sie zum ersten Mal von oben, dann flog
der Hund entlang der Abbaragasse und erreichte den Gnadenhof. Salman sah die Nachbarn aus ihren Behausungen
kommen. Sie zeigten zu ihnen nach oben und riefen: »Flieger.«

Er schrak auf. Sein Vater zündete sich gerade die zweite Zigarette an und machte sich auf den Weg zur Arbeit.

»Flieger heißt mein Hund«, murmelte Salman leise und sprang auf.

7.

Zu Ostern des Jahres 1948 empfing Salman die Erstkommunion.

Die Sankt-Nikolaus-Schule erschien ihm jedoch im zweiten Jahr, nachdem er einmal die Freiheit des Tages genossen hatte, noch unerträglicher. Er mied sie. Nur im Winter, wenn es draußen eiskalt war, ging er in die Schule und überzeugte sich aufs Neue, dass er in diesem feuchten Gebäude, in dem jeder auf einen Schwächeren einprügelte, nichts verloren hatte.

Als der Frühling lockte, trieb es Salman zusammen mit Benjamin auf die Felder vor der Stadtmauer. Dort roch er das Leben, die Luft schmeckte nach Aprikosenblüten und den jungen säuerlichen Mandeln, die sie, noch grün, direkt von den Bäumen aßen.

Sie lachten viel und spielten mit dem Hund. Und bald mochte der Hund auch den kräftigen Benjamin und ließ sich von ihm wie ein Pelzkragen über der Schulter tragen. Innerhalb von sechs Monaten wuchs Flieger zu einem schönen, aber gewaltigen Tier heran. Und irgendwann schaffte es Benjamin nicht mehr, den Hund hochzustemmen. »Das ist ein verkleideter Esel«, stöhnte er unter dem Gewicht, fiel auf seinen Hintern, ließ den Hund laufen und lachte.

»Der Esel bist du«, erwiderte Salman, »mein Flieger ist ein getarnter Tiger.«

Im Frühsommer wurde Pfarrer Jakub vom Bischof in ein Bergdorf an der Küste versetzt, nachdem er sich durch seinen

Fanatismus in Damaskus unbeliebt gemacht hatte. Kurz danach und noch vor Ende des zweiten Jahres verließ Benjamin endgültig die Schule. Er arbeitete nun bei seinem Vater. Dieser war ein netter kleiner Mann mit einem Gesicht voller Narben und Furchen. Er bewunderte die Kraft seines jungen Sohnes, der ihn um einen Kopf überragte und ihn manchmal, wenn keine Kundschaft da war, mit einer Hand hochhob.

Zwei Tage nach Benjamins Abgang verabschiedete sich auch Salman ein für alle Mal vom heiligen Nikolaus und betrat seine Schule nie wieder.

Kein Nachbar fragte ihn, warum er nicht mehr wie die anderen Kinder zur Schule ging. Im Gnadenhof galt die Schule nicht viel. Man kämpfte um das nackte Überleben. Bei Salman schien es selbstverständlich, dass er zu Hause blieb und seine kranke Mutter betreute, die, sobald er in ihrer Nähe war, aufhörte zu weinen und zu wimmern.

»Warum gehst du nicht mehr in die Schule?«, fragte Sarah eines Nachmittags.

»Meine Mutter ...«, er wollte irgendetwas erfinden, aber als Sarah ihn ansah, erstarb die Lüge auf seiner Zunge. »Ich hasse die Schule. Es ist fürchterlich ... ich will nichts mehr lernen«, stammelte er zornig.

»Magst du, dass ich dir wie früher schöne Sachen vorlese?«, fragte Sarah, die die wirklichen Gründe für seinen Hass gegen die Schule kannte.

»Ich mag keine Bücher mehr. Erzähl mir lieber etwas«, sagte er.

»Sei nicht dumm, Bücher sind wunderbar. Niemand kann so gut erzählen wie die Bücher, die ich gelesen habe«, sagte sie.

So kam es, dass sie ihm vorlas. Und mit jedem neuen Buch wurde die Lektüre aufregender und spannender. Eines Tages brachte Sarah ein Buch mit seltsamen Rechenaufgaben und kuriosen Zahlenrätseln mit. Von da an entdeckte Salman ein besonderes Vergnügen bei der Lösung komplizierter Rechnungen. Sarah staunte über die Geschwindigkeit, mit der er im Kopf rechnen konnte, und gab ihm an diesem Nachmittag zur Belohnung drei Küsse auf die Stirn und einen auf die Lippen.

Besonders fasziniert war Salman von einem Buch über die Erde und er übte geduldig den Verlauf der großen Flüsse der Welt und konnte bald viele Länder genau platzieren. Nur beim Vorlesen hatte er Schwierigkeiten. Er war hastig und übersah Buchstaben und nicht selten ganze Wörter. Sarah streichelte ihm den Kopf und flüsterte: »Langsam, langsam. Wir sind nicht auf der Flucht.«

Es dauerte ein ganzes Jahr, bis er fehlerfrei und mit richtiger Betonung vorlesen konnte. Sarah war von ihrem Erfolg als Lehrerin begeistert und saß fast täglich bei ihm.

Ein aufmerksames Paar bildeten die beiden, ein Bild der Ruhe und Schönheit.

Natürlich machten sich die Nachbarn über sie lustig und vor allem Samira sah sie in ihrer Fantasie schon als Brautpaar. Das wiederum brachte Sarahs Mutter auf, die Samira die Leviten las. »Und vergiss nicht, mein Mann ist bei der Polizei«, warnte Faise abschließend und marschierte vor allen Nachbarn, die an diesem Tag draußen saßen, erhobenen Hauptes zu ihrer Wohnung. Von da an war Ruhe.

Sarah aber entführte Salman weiterhin in ferne Länder und zu fremden Menschen. Sie unterrichtete ihn lange Jahre ohne Ferienpause und manchmal ohne Gnade. Ihren letzten Unterricht hielt sie kurz vor ihrer Hochzeit. An diesem Tag lachten sie viel. Als sie dann mit Salman die letzten Seiten von Guy de Maupassants Roman ›Stark wie der Tod‹ besprochen hatte, sagte sie: »Ich habe all die Jahre darauf gewartet, dass ich dich langweile.« Salman schwieg. Er konnte seine Dankbarkeit nicht ausdrücken.

Sarah hatte alles vorbereitet. Sie überreichte Salman ein Zertifikat, das sie für ihn gezeichnet hatte. »Salman ist mein bester Schüler« stand darauf in arabischer und französischer

Sprache. Datum, Unterschrift und drei Stempel in Rot, Grün und Blau machten das Dokument amtlich. Aber Salman erkannte die Stempel der Polizei, die Sarahs Vater besorgt hatte. »Das sieht nach Knast aus«, sagte er lachend.

Das aber geschah neun Jahre später. Kehren wir zum Sommer des Jahres 1948 zurück, als Salman gerade die Schule verließ.

Als es wärmer wurde, nahm Salman den Hund am Nachmittag oft noch einmal allein zu einem langen Spaziergang durch die Felder mit, weil Benjamin zu dieser Zeit oft in der Falafelbude arbeiten musste. Der Hund erfrischte sich gerne in dem kleinen Fluss und rannte hinter jedem Holzstöckchen her.

Flieger fraß alles, was Salman ihm vorsetzte, und verstand jedes Wort, das er ihm zuflüsterte. Auch ohne Kette blieb er im Hof sitzen, wenn sich sein Herrchen verabschiedete. Er jammerte leise und herzerweichend, aber rührte sich nicht vom Fleck, wenn Salman ihn darum bat.

Eines Tages im August schlug der Hund zwei große Bauernburschen in die Flucht, die Salman während des Spazierganges angriffen. Sie waren kräftig und wollten sich mit dem schmächtigen Städter Salman amüsieren. Den Hund sahen sie erst, als dieser besorgt um sein schreiendes Herrchen aus dem Wasser sprang. Salmans Wangen glühten vor Stolz. An diesem Tag brachte er seinem Beschützer eine große Schüssel voller Fleischreste. Er ließ ihn in Ruhe fressen und ging nach Hause.

»Heute schlafen wir ungestört in unserem Versteck«, sagte er.

»Aber das hat doch keinen Sinn. Er holt mich in der Nacht«, erwiderte die Mutter.

»Niemand holt dich, Flieger kann es mit zwei Männern wie Vater aufnehmen«, sagte Salman und er gab nicht nach, bis seine Mutter ihn zum Versteck begleitete. Sie staunte, wie schön und mächtig der schwarze Hund inzwischen geworden war. Und als Salman ihr von den zerrissenen Hosenböden der beiden Bauernburschen erzählte und wie sie Zauberformeln geschrien hätten, in der Hoffnung, sich damit vor dem Hund zu schützen, musste sie sogar lachen.

»Der Hund versteht kein Arabisch«, rief die Mutter.

Sie aßen Brot und Oliven und tranken Tee, dann legten sie sich schlafen. Salman sollte Jahre später noch sagen, dass ihm Oliven nie wieder so gut geschmeckt hätten.

Er wachte auf, als er von unten verzweifelte Rufe seines Vaters hörte. Salman ging mit einer Kerze in der Hand nach unten. Sein Vater lag im Korridor auf dem Bauch und wimmerte vor Angst und auf ihm stand in Siegerpose der Hund.

»Komm nie wieder hierher«, schrie Salman und pfiff den Hund herbei. Noch nie hatte er den Vater so schnell davontorkeln sehen, nur seine Flüche blieben zurück.

Doch es verging kein Jahr und die Erben des Webers hatten sich geeinigt und das Haus für teures Geld an die Kirche verkauft. An seiner Stelle sollte, in unmittelbarer Nähe der Buloskapelle, bald ein modernes katholisches Altersheim entstehen.

Der Hund aber durfte nicht in den Gnadenhof. Nicht nur Salmans Vater, sondern auch die meisten der Nachbarn waren dagegen, da sie angeblich Angst um ihre Kinder hatten. Es half nichts, dass Sarah und Salman allen zeigten, wie kinderlieb Flieger war. Nachbarin Samira führte mit ihrem unermüdlichen Mundwerk den Kampf gegen den Hund an. »Samira hat Angst, dass er in der Nacht all die Männer in Stücke reißt, die sie in ihrer Wohnung aufsuchen«, sagte Sarah.

»Was für Männer?«, fragte Salman.

»Das ist nichts für kleine Jungen«, antwortete Sarah und schaute bedeutsam in die Ferne.

In der Ruine einer ehemaligen Papierfabrik in der Nähe des Osttors fand Sarah ein Versteck für Flieger. Es war ein vergessenes Wächterhäuschen. Überwuchert vom Efeu, war es gut erhalten geblieben. Dort lebte der Hund bis zu seinem mysteriösen Verschwinden sieben Jahre später. Aber davor passierten wichtige Dinge in Salmans Leben, deshalb sollten sie zuerst erzählt werden.

Wenn ihm Sarah nicht vorlas, seine Mutter ihn nicht brauchte, er nicht mit seinem Hund unterwegs war und keiner Gelegenheitsarbeit nachging, spielte Salman auf der Gasse. Mehr als zehn Jungen trafen sich dort täglich. Er gesellte sich zu ihnen, drang jedoch nie in ihre Mitte vor und wurde nie einer der ihren.

Fünf von ihnen lebten mit ihm auf dem Gnadenhof und waren genauso bettelarm wie er, aber sobald sie auf der Gasse mit den anderen Jugendlichen spielten, die immer satt und sauberer als sie aussahen, taten sie so, als wäre nur er, Salman, aus dem Gnadenhof. Vor allem seine abstehenden Ohren waren Zielscheibe ihres Spotts. Adnan, Samiras Sohn, erzählte eine grässliche Geschichte über ihre Entstehung: »Die Hebamme hatte es eilig, doch Salman wollte nicht auf die Welt. Er hatte Schiss vor dem Leben. Doch die Hebamme erwischte seine Ohren und zog daran, bis er herauskam«. Er lachte hämisch und steckte die anderen an.

Später nannte Adnan ihn »Sohn der Verrückten«. Salman fühlte tief in seinem Innern einen Schrecken. Seine Mutter war nicht verrückt. Sie war krank. Sehr krank. Aber wie sollte er das diesem groben Kerl klarmachen?

Ihm tanzte das Wort »Hurensohn« auf der Zunge, aber seine Angst warf das Wort in seinen Rachen zurück und er schluckte schwer. Adnan war groß und kräftig.

Wie alt er war, als er zum ersten Mal kochte, wusste er später nicht mehr, aber es musste in dem Jahr gewesen sein, nachdem er und seine Mutter endgültig aus dem Weberhaus ausgezogen waren. Faise merkte, dass Mariam so verwirrt war, dass man sie nicht mehr allein in die Küche gehen lassen durfte. Sie kochte nun für sich und die Familie ihrer Freundin. Sarah half dabei und irgendwann gesellte sich Salman dazu.

»Lehre mich kochen«, sagte er zu Faise, doch die Frau schickte ihn lachend zu den anderen auf die Gasse: »Du sollst mit den Jungen spielen. Die Küche ist nichts für Männer«, sagte sie. Es war nichts zu machen. So fing er an, sie heimlich zu beobachten: wie sie den Reis wusch, Nudeln kochte, Zwiebeln schälte, Knoblauch zerdrückte und die Hammelknochen aufbrach, um an das schmackhafte Knochenmark zu kommen. Es verging kein Jahr und er konnte mehrere einfache Gerichte zubereiten. Faise und Sarah schmeckte das Essen. Und sein Vater? Er merkte nach fünf Jahren noch nicht, dass seine Frau nicht mehr für ihn kochte. Aber als es ihr immer schlechter ging, hörte er auf, sie anzuschreien und zu schlagen. Einmal sah Salman, der so tat, als ob er schliefe, wie der Vater den Kopf seiner Mutter streichelte und ihr leise etwas vorsang.

»Bei euch steht alles auf dem Kopf, die Frau liegt im Bett und der Mann macht sauber«, sagte Nachbar Marun, der mit seiner Frau und zehn Kindern gegenüber in zwei winzigen Zimmern lebte, als Salman die Fenster der Wohnung putzte.

»Maruns Augen schlafen«, flüsterte Sarah Salman zu, als der Nachbar weiterging, »sein Arsch aber musiziert die ganze Nacht. Ich höre ihn bis zu meiner Matratze«, fügte sie verschwörerisch leise hinzu. Marun war ein armseliger Kartenabreißer im Aida-Kino, das früher einmal glanzvolle Zeiten erlebt hatte, nun aber heruntergekommen war und nur noch alte Filme zeigte. Der Eintritt kostete zwanzig Piaster und entsprechend sah es im Saal und auf der Leinwand aus. Salman hatte genug über das stinkende Loch gehört, um es nie in seinem Leben zu betreten. Das Kino wimmelte nur so von Männern, die nach den Hintern der Jungen griffen, und von hungrigen und streitsüchtigen, oft betrunkenen Burschen. Marun kam manchmal mit einem blauen Auge oder einer zerrissenen Jacke nach Hause. Seine Frau Madiha war eine intelligente und schöne kleine Frau. Sie hielt ihm täglich vor, wen sie hätte heiraten können, wenn sie nicht den Fehler ihres Lebens begangen hätte, ihn einmal zu erhören.

»Aber sie scheint aus ihrem Fehler nichts gelernt zu haben«, lästerte Sarah. Jedes Jahr zu Ostern gebar Madiha ein Kind. Doch keines der Kinder hatte auch nur einen Funken der Schönheit und Klugheit der Mutter. Alle schauten einen mit dem dummen Gesicht ihres Vaters an, der geistesabwesend die Karten am Eingang des Kinos entgegennahm, ein Stück davon abriss und den Rest dem Kinobesucher zurückgab, ohne ihn anzuschauen. Die Kinder waren dauernd am Kauen.

»Die haben keinen Hunger, sie sind der Hunger«, sagte Faise, Sarahs Mutter.

Salman suchte verzweifelt nach Arbeit. Sein Tag wurde lang, denn Sarah kam erst am Nachmittag von der Ganztagsschule. Und die andauernde Leere in seiner Tasche störte ihn noch mehr als die Langeweile. Sein Vater ließ bei der Nachbarin Faise nur genau so viel Geld, wie diese für Lebensmittel brauchte.

Auch weil er seinem Vater entkommen wollte, der die Mutter nach der Rückkehr etwas besser, ihn dagegen noch schlimmer behandelte, suchte Salman eine Stelle. Er wollte diesen schmutzigen großen Mann mit dem dunklen, selten rasierten Gesicht nicht mehr sehen. Er wollte sein Geschrei nicht mehr hören: »Steh auf, du fauler Unglückshund!« Und er wollte seine Tritte nicht mehr spüren, die ihn trafen, wenn ihn der Schlaf daran hinderte, den Ernst der Lage sofort zu verstehen.

Salman beneidete die Kinder der Nachbarn, die jeden Morgen von ihren Eltern und Verwandten mit einem Singsang in allen Tonlagen verabschiedet wurden, und er antwortete in seinem Herzen auf jede Begrüßung, die aus dem Hof zu ihm drang. Aber er bemitleidete sie auch, weil sie noch in die Sankt-Nikolaus-Schule gehen mussten. Nur einer ging nicht mehr und ihn bewunderte Salman, weil er bereits einen Beruf hatte und von allen wie ein Erwachsener mit Respekt behandelt wurde: Said.

Said war Waise. Seit dem Tod seiner Eltern bei einem Busunglück lebte er bei der alten Witwe Lucia. Sie bewohnte eine kleine Wohnung genau gegenüber dem Toreingang zwischen dem Bäckergesellen Barakat und der großen Gemeinschaftsküche. Die Witwe übernahm Said, da sie kinderlos war und die katholische Kirche für das Kind zahlte, dessen Vater jahrzehntelang als Hausmeister in der katholischen Eliteschule gearbeitet hatte. Sie lag in unmittelbarer Nähe der Sankt-Nikolaus-Schule und war für die Söhne der reichen Christen reserviert.

Said war gleich alt wie Salman, hübsch wie die Töchter des Bäckergesellen und etwas beschränkt wie Maruns Kinder. Nach dem Tod seiner Eltern – er war damals in der vierten Klasse – wollte er keinen Tag länger in der Schule bleiben und arbeitete in einem Hammam nahe Bab Tuma als Gehilfe. Lohn gab es nicht, aber die paar Piaster Trinkgeld, die Said bekam, wenn die Männer mit ihm zufrieden waren, gab er seiner Pflegemutter. Dann war auch sie zufrieden mit ihm.

Wenn Salman Said bat, seinen Chef zu fragen, ob sie im Hammam nicht noch einen Jungen brauchen könnten, tat Said so überrascht, als würde er die Bitte zum ersten Mal hören. Es dauerte ein Jahr, bis Said ihm ausrichtete, sein Chef wolle ihn einmal sehen. An diesem Tag rieb sich Salman die blassen Wangen mit einem Bimsstein, bis sie fast bluteten. Sarah beobachtete ihn, wie er sich in der Küche wusch und kämmte. »Heiratest du heute?«, fragte sie.

»Der Bademeister will mich anschauen. Er soll nicht denken, ich wäre krank«, lachte er.

»Hast du Angst?«, fragte sie. Salman nickte.

In seinem Unterhemd und mit einem Tuch um den Bauch sah der Bademeister tatsächlich furchterregend wie ein Samuraikämpfer aus. Er musterte Salman und schüttelte dann den Kopf. »Du hast gesagt, du hast einen starken Freund. Wo ist er?«, rief er Said zu. »Das hier ist ein Zahnstocher. Wenn meine Gäste ihn sehen, denken sie, wir sind ein Krankenhaus für hoffnungslose Fälle.«

8.

Arabi«, sagte die Großmutter, »ist der Familienname meines Mannes und deshalb auch deines Vaters, aber ich heiße Karima, und wenn du mich meinst, dann rufe Oma Karima und nicht Oma Arabi. Und weißt du auch, meine Kleine, was das bedeutet?« Nura schüttelte den Kopf.

»Karima bedeutet edel, kostbar und großzügig. Vor allem großzügig muss eine Frau sein. Das gefällt den Männern, weil sie ziemlich ängstlich sind und dauernd mit einer Hungersnot rechnen. Ich habe sehr früh gelernt, großzügig zu sein, deshalb kannst du dir von mir wünschen, was du willst, ich werde es dir bringen – und sei es die Milch eines Spatzen«, sagte sie und bastelte weiter an einem bunten Papierdrachen.

Als Nura ihren Vater fragte, wie die Milch eines Spatzen schmecke, lachte dieser und sagte, das sei eine der vielen Erfindungen seiner Mutter, aber sie solle es ruhig einmal probieren.

Ihre Mutter dagegen wurde wütend: »Was erzählt deine Mutter für einen Unsinn? Spatzen legen Eier und geben keine Milch. Solche Flausen im Kopf verderben das Mädchen«, sagte sie und verdrehte die Augen.

Beim nächsten Besuch wünschte sich Nura also Spatzenmilch. Die Großmutter verschwand in der Küche und kam mit einem Glas mit lilagefärbter Milch wieder. »Dieser Spatz hat heute sehr viele Beeren gepickt«, sagte sie. Die Milch schmeckte herrlich süß und duftete nach der dunklen Damaszener Beere.

Die Gasse ihrer Großmutter Karima hatte einen besonders guten Geruch. Aus der Bäckerei, die nicht weit von ihrem Haus lag, strömte immer der Duft des frischgebackenen Brotes. Dieser kleine Bäcker war spezialisiert auf ein besonders dünnes Fladenbrot, dessen Laib einen halben Meter im Durchmesser hatte. Das Brot war billig. Bauern und Arbeiter kauften es in großen Mengen. Nuras Eltern mochten es nicht. Sie sagten, es schmecke verbrannt und zu salzig.

Aber immer wenn sie bei der Großmutter war, holte diese ein großes frisches Fladenbrot und sie aßen es, gemeinsam an dem großen Tisch sitzend, einfach so ohne Zutaten. Der Großvater lachte über beide, wenn er sie sah.

»Als ob wir nichts zu essen hätten«, protestierte er, »sitzt ihr wie indische Fakire und esst nacktes Brot.«

»Ein Mädchen«, sagte die Großmutter, »muss früh lernen, sich über kleine Dinge zu freuen. Männer können das nicht.«

Nura wollte, sooft sie konnte, zu Großmutter Karima gehen, aber als sie noch klein war, musste sie immer warten, dass ihr Vater sie begleitete. Ihre Mutter besuchte die Schwiegereltern selten. Immer wenn Nura zu ihnen wollte, bekam die Mutter Migräne und bat den Vater, mit Nura allein hinzugehen.

Nura erinnerte sich auch Jahre später noch an die Großmutter in ihrem kleinen Haus. Der Innenhof war ein einziger Dschungel wuchernder Pflanzen. Stühle und Eckbänke waren regelrecht versteckt hinter einem Vorhang aus Kletterjasmin und kleinwüchsigen Orangenbäumen, Oleander, Rosen, Hibiskus und anderen Blumen, die in Töpfen auf grün gestrichenen Holzgestellen standen. Sobald Nura bei der Großmutter ankam, beeilte sich die alte Dame, ihr einen Kranz aus blühenden Jasminzweigen zu binden und auf den Kopf zu setzen.

Der Großvater war ein kleiner, sehr alter, stiller Mann, der irgendwo in diesem Dschungel saß und las oder seine Gebete verrichtete. Sein Gesicht ähnelte mit den abstehenden Ohren dem ihres Vaters und seine Stimme war noch dünner und noch höher.

Einmal überraschte sie den Großvater, indem sie ihm die Überschriften der Zeitung vorlas. »Du kannst also lesen!«, sagte er verwundert.

Wann genau sie es gelernt hatte, wusste sie nicht mehr, aber sie konnte bereits fließend lesen, als sie mit sieben in die erste Klasse kam.

Die Großmutter bastelte für Nura bei jedem Besuch einen Drachen aus buntem Papier. Ihre Drachen waren viel schöner als die, die man beim Krämer Abdo kaufen konnte. Sie ließ bei jedem Ausflug Drachen fliegen und war immer inmitten einer Traube aus Jungen, die alle bettelten, einmal an der Schnur ziehen zu dürfen, um mit dem Drachen schöne Schleifen am Himmel zu malen.

Ihre Mutter war entsetzt und genierte sich, weil Drachenfliegen ein Spiel für Jungen und nicht für Mädchen war. Ihr Vater lachte nur darüber, doch als sie zehn wurde, verbot er es ihr.

»Du bist jetzt eine junge Dame und eine Dame braucht keinen Papierdrachen«, sagte er.

Aber noch leidenschaftlicher, als Blumen zu züchten oder Drachen zu basteln, kochte die Großmutter Marmelade. Sie bereitete nicht nur die in Damaskus gängigen Aprikosen-, Zwetschgen- und Quittenmarmeladen zu, sondern machte aus allem, was ihr in die Hände kam, ein Mus: Rosen, Orangen, Pomeranzen, Kräuter, Trauben, Feigen, Datteln, Äpfel, Mirabellen und Kaktusfeigen. »Mit Marmeladen versüßt du die Zunge von Freund und Feind, so dass sie weniger Saures über dich sagen«, behauptete sie.

Eines Tages suchte Nura den Großvater, um ihm stolz ihr neues Kleid zu zeigen, doch sie fand ihn nirgends. Plötzlich dachte sie an den Spruch ihrer Mutter, die keine einzige Marmelade ihrer Schwiegermutter anrührte und ihrer Nachbarin

Badia anvertraut hatte, die Oma sei eine Hexe, sie habe den Verdacht, sie mache sogar aus Fröschen, Schlangen und Spinnen Marmeladen.

»Wo ist Großvater?«, fragte Nura argwöhnisch. »Hast du vielleicht Marmelade aus ihm gekocht?«

Die Großmutter lächelte. »Nein, er ist auf eine weite Reise gegangen«, antwortete sie und eilte in die Küche. Als Nura ihr folgte, sah sie, dass die Großmutter elend weinte. Und auch später noch konnte sie nicht verstehen, dass der Tod ihren Großvater so leise geholt hatte, dass es ihr entgangen war.

Spätestens mit zehn Jahren hatte Nura jedwede Hoffnung auf ein Spiel mit den Nachbarskindern aufgegeben. Wie harmlos sie alle waren! Aber sie hätte nicht einmal mit ihnen spielen können, weil ständig die Mutter nach ihr rief.

So begann sie sich für Bücher zu interessieren. Und wenn der Vater von der Moschee kam, las er ihr vor, was sie sich wünschte. Und dann zeigte er ihr eines Tages, wie man die Buchstaben schreibt. Er war überrascht, wie schnell sie Lesen und Schreiben lernte. Sie verschlang alles und betrachtete alle Bilder, die in den Büchern der großen Bibliothek ihres Vaters zu finden waren. Und eines Tages überraschte sie ihren Vater mit einem Gedicht, das sie auswendig gelernt hatte, einem Lob auf die Schöpfung. Das überwältigte ihn so, dass er anfing zu weinen. »Von so einem Kind habe ich immer geträumt. Gott ist gnädig mit mir«, sagte er und küsste sie und kratzte dabei ihre Wange mit seinem Stoppelbart.

Bis dahin hatte die Mutter, immer wenn Nura zur Mansarde hinaufging, gejammert: »Was braucht ein Mädchen all diese staubigen Bücher?«

Als aber ihr Mann Nuras Liebe zu Büchern als »Gnade Gottes« bezeichnete, wagte sie es nicht mehr, darüber zu spotten.

Nura las langsam, nuanciert und laut. Sie fühlte die Wörter auf der Zunge und hörte, wie jedes Wort, das sie las, seine eigene Melodie besaß. Mit den Jahren entwickelte sie ein Gefühl dafür, wie jedes Wort ausgesprochen werden musste, damit es gut klang. So konnte sie, wenn man ihrem Vater Glauben schenkte, bereits vor dem Eintritt in die Schule Koranzitate und Gedichte besser als ein Fünftklässler vortragen.

Nura zählte die Tage des Sommers, die sie noch von der Schule trennten, wie ein Gefangener die letzten Tage vor der ersehnten Freilassung zählt.

Nun gab es damals in ganz Damaskus nur ein paar wenige Mädchenschulen. Die besten waren die der Christen und nicht weit von Nuras Haus war eine sehr vornehme Schule, die von Nonnen geführt wurde. Aber die Mutter drohte, das Haus zu verlassen oder sich umzubringen, wenn die Tochter zu den Ungläubigen geschickt würde. Der Vater geriet außer sich, es gab Tränen und viel Lärm, und schließlich einigte man sich auf die beste muslimische Schule, die weit entfernt im vornehmen Suk-Saruja-Viertel lag.

Im August also war es beschlossene Sache, dass sie diese Schule besuchen sollte. Und dann kam die größte Überraschung.

Eines Tages verkündete ihr Vater fröhlich, sein guter und sehr gläubiger Freund Mahmud Humsi habe ihm in der Moschee gesagt, auch seine Tochter Nadia würde in diese gute Schule im Suk-Saruja-Viertel gehen und mit der Straßenbahn dorthin fahren.

Nuras Mutter fiel fast in Ohnmacht. Sie weinte und beschuldigte ihren Mann, leichtsinnig mit dem Leben seiner Tochter zu spielen. Er vertraue das Leben eines zarten Mädchens diesem fahrenden Eisenmonster an. Was, wenn jemand sie entführte, wo sie so schön war?

»Die Straßenbahn kann keiner entführen, sie fährt immer auf denselben Gleisen, und die Nummer 72 hat eine Haltestelle auf der Hauptstraße, nur fünfundzwanzig Schritte von unserer Haustür und genauso weit entfernt vom Haus meines Freundes Humsi.«

Nura hätte fliegen können, so leicht und glücklich fühlte sie sich. Am Abend gingen sie zum Beschneidungsfest bei der reichen Familie Humsi. Nura sollte dort ihre künftige Mitschülerin Nadia kennenlernen.

Das Haus war voller Gäste. Nura hielt die Hand ihrer Mutter sehr fest. Dauernd wurde ihr von Leuten, die sie nicht kannte, über Wangen und Kopf gestreichelt. Nur die fette Nachbarin Badia und deren Mann waren ihr vertraut.

In ihrem roten Samtkleid sah Nadia wie eine Prinzessin aus. Sie nahm Nura bei der Hand und zog sie durch die Menge zu einer Ecke, wo Süßigkeiten zu großen Pyramiden aufgetürmt waren. »Nimm dir, bald lassen die Erwachsenen nur noch Brösel übrig«, sagte sie und zog eine mit Pistazien gefüllte Teigrolle aus einer der Pyramiden.

Nura war aufgeregt. So viele Menschen und ein so großes Haus hatte sie bis dahin noch nie gesehen. Alle waren fröhlich, es herrschte feierliche Stimmung. Nura hörte an diesem Tag zum ersten Mal vom *Tuhur*-Fest, dem rituellen Beschneidungsfest. Nadia erklärte ihr knapp, da würde ihr Bruder zum richtigen reinen Muslim.

Die Tische bogen sich unter dem Gewicht der Leckereien, als hätten die Gastgeber Angst, dass die Gäste vor Hunger sterben könnten. Nura fühlte bald großen Appetit beim Anblick dieser Pyramiden von süßen Blätterteigtaschen mit Nuss und Zucker, doch sie war schüchtern und fasste nichts an, während Nadia ein Stück nach dem anderen in sich hineinstopfte.

Plötzlich machte sich Unruhe breit und einige Frauen tuschelten aufgeregt: »Er kommt, er kommt.« Da erblickte Nura den Friseur Salih, der seinen Laden auf der Hauptstraße hatte, nicht weit von Elias' Laden für Süßigkeiten. Er war ein hagerer großer Mann, immer gut rasiert, die Haare geölt und nach hinten gekämmt. Er trug stets einen weißen Kittel und hatte fünf Kanarienvögel, die wie eine Kapelle zusammen trillerten. Manchmal, wenn er keine Kunden hatte, sah Nura ihn den Dirigenten mimen.

Herr Salih erwiderte durch vornehmes Nicken den Gruß der Männer. Mit dem Koffer in der rechten Hand ging er auf das Ende des geschmückten Innenhofs zu. In diesem Augenblick erblickte Nura den blassen Jungen in den bunten Kleidern. Viele Kinder bahnten sich den Weg zu ihm. Er war nicht viel älter als sie.

»Du bleibst hier«, hörte Nura die Mutter rufen, als sie mit Nadia durch die Reihen der Erwachsenen schlüpfte, die respektvoll Abstand voneinander hielten, aber sie war schon bald in der ersten Reihe angekommen.

Ein Mann, wahrscheinlich ein Onkel, bat die Kinder, den Kreis zu erweitern, damit sie den Friseur nicht bei seiner Arbeit störten.

»Hab keine Angst«, sagte der Friseur, »ich will nur sehen, wie groß du bist, damit ich dir Hemd und Hose schneidern kann.«

»Warum schneidert ein Friseur Hemd und Hose. Warum nicht Dalia, die Schneiderin?«, fragte Nura Nadia. Diese hörte ihre Frage nicht, sondern beobachtete aufmerksam den Mann, der nun vom Friseur aufgefordert wurde, Maß für die Schuhe zu nehmen. Es war derselbe Mann, der den Kreis um den Jungen und den Friseur vergrößert hatte. Er trat von hinten auf den Jungen zu und packte seine Beine und Arme, so dass sich der Junge – der nun zu weinen begann – nicht mehr bewegen konnte. Die Erwachsenen begannen wie auf Anweisung eines Chorleiters laut zu singen und dabei laut zu klatschen, so dass niemand die jetzt einsetzenden Hilferufe des Jungen hören konnte. Nur Nura hörte ihn nach seiner Mama rufen.

Der Friseur zog ein scharfes Messer aus seinem Koffer. Ein Junge neben Nura stöhnte und legte seine Hände auf seinen Schoß, als würde ihn da etwas schmerzen, und verkroch sich in die hinteren Reihen. Was genau geschnitten wurde, konnte Nura nicht sehen, aber Nadias Bruder weinte erbärmlich. Als sie sich umschaute, waren nur noch sie und ein anderer blasser Junge in der ersten Reihe.

Auch Nadia hatte sich nach hinten zurückgezogen.

Nun schmückten zwei Frauen den Kopf des Jungen mit einem Blumenkranz und schenkten ihm Geld. Aber er sah trotzdem elend aus. Alle jubelten ihm zu. Nura streichelte ihm die Hand, als er an ihr vorbei in ein ruhigeres Zimmer im ersten Stock getragen wurde. Der Junge schaute sie mit matten Augen an und ein schwaches Lächeln streifte seinen Mund.

Nur am ersten Tag begleitete Nuras Mutter die zwei Mädchen zur Schule, vom zweiten Tag an fuhren sie allein. Nadia saß immer still und starrte unbeteiligt auf die Straßen, durch die die Straßenbahn fuhr. Nura hingegen erlebte fast täglich ein Abenteuer.

Nadia war ein stilles, etwas dickliches Mädchen mit rotem Haar. Sie mochte weder Schule noch Bücher. Sie wollte am liebsten schon mit sieben heiraten und dreißig Kinder bekommen. Auch wollte sie nie mitspielen. Sie fand alles, was die Mädchen in der Nachbarschaft und in der Schule spielten, kindisch. Nura dagegen spielte, wann und wo immer sie nur konnte.

Neben Seilspringen mochte Nura zwei Spiele besonders. Das eine war Verstecken. Ihr Vater war der Ansicht, Adam und Eva seien die ersten gewesen, die es gespielt hätten, als sie sich vor Gott versteckten, nachdem sie von der verbotenen Frucht genascht hatten.

Wenn Nura sich versteckte, stellte sie sich vor, sie wäre Eva und der Suchende niemand anderer als Gott.

Das zweite Spiel, das sie mochte, hatte Hanan erfunden, eine sehr kluge Klassenkameradin. Zwei Schülerinnen standen einander gegenüber, die eine verteidigte die Frauen und die andere die Männer.

Die eine zählte alles auf, was schlecht, böse und maskulin war, und die andere konterte jeden Satz mit dem femininen Pendant.

»Der Teufel ist ein Mann und auch der Sarg«, fing die Erste an.

»Und die Sünde ist eine Frau und auch die Pest«, erwiderte die Zweite.

»Der Arsch ist ein Mann und auch der Furz«, sagte die Erste leise und die umstehenden Schülerinnen kicherten.

»Und die Hölle ist eine Frau und auch die Ratte«, erwiderte die andere. Das ging so lange, bis eine einen Fehler machte oder nicht schnell genug erwidern konnte. Das hatte ein drittes Mädchen, das man Richterin nannte, zu entscheiden. Verging eine längere Zeit, ohne dass eine der beiden siegte, hob die Richterin ihre Hand und drehte die Handfläche nach links und nach rechts als Signal des Wechsels. Jetzt galt es, nur das Schönste, Edelste und Beste aufzuzählen.

»Der Himmel ist ein Mann und auch der Stern«, rief die Erste.

»Und die Tugend ist eine Frau und auch die Sonne«, und so weiter, bis eine siegte oder die Richterin wieder mit ihrer rechten Hand hochschnellte und sie drehte, um Frau und Mann in düsteren Farben malen zu lassen.

Nadia fand an all dem keine Freude. Mit Anstrengung schleppte sie sich bis zum Ende der fünften Klasse, dann schied sie aus, wurde immer dicker und heiratete mit sechzehn ihren Cousin, einen Rechtsanwalt, der von dem vielen Brautgeld, das der reiche Schwiegervater bezahlte, seine moderne Kanzlei einrichten konnte. Nadia, das hörte Nura später von den Nachbarn, bekam keine Kinder. Aber ihr Mann wollte sich deswegen nicht von ihr trennen, wie das damals Sitte war. Er liebte sie.

Nura fuhr von der sechsten Klasse an allein und merkte bald, dass sie Nadia nicht einmal vermisste.

Sie mochte den Schaffner in seiner schönen grauen Uniform und sein Billettkästchen. Der Kontrolleur, der einmal in der Woche kam und höflich nach den Fahrkarten fragte, trug eine dunkelblaue Uniform. Er sah wie ein König aus, trug an jeder Hand Goldringe und Nura hielt ihn lange für den Besitzer der Straßenbahn.

Zwei Haltestellen weiter stieg täglich ein alter Herr in schwarzem Anzug ein. Er war über siebzig und hatte eine edle Gestalt, war groß und schlank, immer elegant und sauber gekleidet und trug einen feinen Spazierstock mit silbernem Knauf. Bald erfuhr Nura, warum weder der Schaffner noch der Kontrolleur je verlangten, dass Baron Gregor eine Fahrkarte kaufte. Er war verrückt. Er glaubte felsenfest, dass er bis auf eines Salomons Geheimnisse kennen würde, und wenn er dieses eine Geheimnis aufbräche, würde er der König der Welt werden. Bis dahin jedoch dürfe ihn jeder Baron nennen. Er war Armenier, hatte eine Frau und einen Sohn, der in Damaskus bereits ein berühmter Goldschmied und Uhrmacher war.

Der Baron lief den ganzen Tag durch die Stadt und verteilte mit seinem Segen die Posten der Welt, die er später regieren würde, an die Passanten und Fahrgäste. Wenn sich jemand heuchelnd vor ihm verbeugte und ihn mit Exzellenz ansprach, lächelte der Baron. »Dir schenke ich Ägypten und Libyen noch dazu«, sagte er und klopfte dem Heuchler gütig auf die Schulter. Er durfte ohne zu bezahlen in jedem Restaurant und Café essen und trinken, so viel er wollte, an jedem Kiosk gab man ihm die teuersten Zigaretten, »Für Sie, Herr Baron, kostenlos, aber denken Sie an meine Wenigkeit, wenn Sie das Geheimnis knacken.«

»Sicher, mein Lieber, du darfst dann die Banknoten drucken und abends, nach getaner Arbeit, kannst du ein paar Scheine mehr für dich drucken lassen.«

Wie Nura von ihrem Vater erfuhr, zahlte der Sohn Woche für Woche alles, was an Unkosten entstand, und er war so dankbar und höflich, dass manche Geschäfte sogar weniger verlangten.

»Ja, er ist verrückt, aber er lebt das, wovon andere nur träumen und wofür sie sich ein Leben lang abrackern«, sagte der

Schaffner einmal einem Fahrgast, als dieser den Baron lächerlich machen wollte.

Der Baron stieg eine Haltestelle vor Nuras Schule aus, nachdem er sich majestätisch verabschiedet hatte. Der Straßenbahnfahrer ließ ihm zu Ehren die Glocke zweimal bimmeln. Der Baron drehte sich um und winkte. Die Blässe seiner Hand und die Langsamkeit der Geste verliehen ihm ungeheure Würde.

Manchmal fuhr Nura aus Neugier bis zur Endstation und wieder zurück bis zur Schule. Der Schaffner drückte ein Auge zu. »Wir haben vergessen, bei deiner Haltestelle zu läuten«, sagte er und sie lachte mit klopfendem Herzen. Sie erkundete Stadtgebiete, die nicht einmal ihre Mutter kannte. Sie konnte ihr aber nichts davon erzählen, da sie immer das Schlimmste erwartete und deshalb täglich voller Sorge an der Straßenbahnhaltestelle stand, um sie abzuholen.

Das blieb so von Nuras erstem bis zu ihrem letzten Schultag.

Nuras Schule lag im vornehmen Suk-Saruja-Viertel. Das Haus war ein Kunstwerk der arabischen Architektur. Ein verspieltes Gebäude mit Innenhof, dessen Mitte ein prachtvoller Springbrunnen schmückte. Die Fenster waren mit Buntglasbordüren geschmückt und Arkaden boten den Schülerinnen in den Pausen Schutz vor der sengenden Sonne und auch vor Regen. Etwa zweihundert Schülerinnen wurden hier von der ersten bis zur neunten Klasse unterrichtet.

Kurz nachdem Nura die Prüfung für den mittleren Schulabschluss bestanden hatte, wurde das Gebäude abgerissen und an seiner Stelle ein geschmackloses modernes Gebäude errichtet, das mehrere Geschäfte und ein großes Lager für elektrische Haushaltsgeräte beherbergte.

Nuras Klasse hatte achtzehn Schülerinnen. Jede war eine Welt für sich, aber sie hielten zusammen, als wären sie Geschwister.

In der Schule entdeckte Nura, dass sie eine schöne Stimme hatte. Sie sang gerne und viel, und auch ihre Mutter fand Gefallen an ihrer Stimme. Ihr Vater bewunderte sie und schulte lange Jahre ihren Atem. Er selbst hatte keine gute Stimme, aber er war ein Meister in der Kunst des Atmens.

Nuras Lieblingsstunde aber war der Religionsunterricht.

Nicht nur, weil der Lehrer ein junger Scheich und Schüler ihres Vaters und einer seiner glühenden Verehrer war, sondern auch, weil er zudem ein wunderschöner Mann war. Weil er Nuras Aussprache bewunderte, forderte er sie auf, Korantexte zu rezitieren. Sie sang die Verse aus vollem Herzen, so dass manche Mädchen weinten. Dankbar strich er ihr über den Kopf und diese Berührung traf sie wie ein Blitz. Sie stand in Flammen. Bald wusste sie, dass nicht nur sie, sondern ihre ganze Klasse in den jungen Scheich verliebt war.

Nura hatte auch Jahre später gute Erinnerungen an ihre Schulzeit. Abgesehen von einem bitteren Erlebnis. Sie war in der siebten Klasse in allen Fächern die Beste. Nur in Mathematik hatte sie Probleme. Sie mochte den neuen Mathelehrer Sadati überhaupt nicht. Geometrie war für sie eine mittlere Katastrophe. Die einfachsten Berechnungen von Dreieckswinkeln und Schenkeln verwandelten sich für sie in ein Labyrinth, das nie zum richtigen Ergebnis führte. Die ganze Klasse war schlecht in Mathe, aber für Nura waren die Mathestunden ein einziges Schwitzbad mit Herzklopfen.

Dann kam, was kommen musste: Eines Tages war der Lehrer Sadati aus irgendeinem Grund schlecht gelaunt und wählte ausgerechnet sie aus, an die Tafel zu kommen und alle bisher gelernten Regeln der Geometrie durch klare Beispiele zu erklären. Nura wünschte sich den sofortigen Tod und dem Lehrer die Pest.

Sie blieb stumm, bis der erste Schlag mit dem Bambusrohr ihre Hand traf, nachdem es die Luft pfeifend durchschnitten hatte. Ihr Herz erstarrte. Weitere Schläge folgten auf ihre

Beine und ihren Rücken, bis sie begriff, dass sie die Hand offen ausstrecken sollte. Sie spürte die Schläge nicht, die auf sie hagelten. Durch den Schleier ihrer Tränen sah sie, dass die ganze Klasse wie versteinert war. Einige Mädchen weinten laut und baten den Lehrer aufzuhören, aber das tat er erst, als er keinen Atem mehr bekam.

Zu Hause bekam Nura Schelte von ihrer Mutter, doch der Vater nahm seine Tochter in Schutz. Sadati sei ein Esel, meinte er, und kein Lehrer. Er kenne ihn, seinen Vater und seinen Onkel, eine Herde von Eseln. Nura atmete erleichtert auf.

»Ich hasse ihn«, sagte sie ihrem Vater. »Ich hasse ihn …«

»Nein, mein Kind«, sprach ihr Vater ruhig, »Gott mag keine Hasser, nur Liebende schützt er mit seiner grenzenlosen Gnade. Hab Mitleid mit Sadatis unterentwickeltem Hirn. Er hat den falschen Beruf ergriffen, das ist schlimm genug für ihn.«

Ein Jahr später verschwand der Lehrer. Er hatte sich an einer Schülerin der sechsten Klasse ausgetobt, nicht ahnend, dass deren Vater ein hoher Offizier des Geheimdienstes war. Das Kultusministerium versetzte den Lehrer in den Süden. Für Sadati eine Katastrophe, denn wenn er etwas hasste, so waren es die Bauern des Südens.

Nura durfte die Schule nur bis zur mittleren Reife besuchen, bis zum Abitur war eine andere Schule zuständig. Und dagegen rebellierte die Mutter. Mit Krankheit und Tränen zwang sie den Vater in die Knie. Sie drohte sich umzubringen, wenn man sie weiter mit der Angst um Nura quälen würde.

Was eine Frau zum Leben brauche, sei nicht Wissen, sondern einen Mann, der ihr Kinder machte, und wenn sie etwas nähen und kochen und seine Kinder zu guten Muslimen erziehen könne, sei das mehr, als man von ihr erwarten könne.

Ihr Vater gab nach. Das war der erste Sprung in Nuras Vertrauen in ihn, und bis zu ihrer späteren Flucht vermehrten sich die Risse. Vertrauen ist zerbrechlich wie Glas und wie dieses kann man es nicht reparieren.

Die Mutter war begeistert von dem Gedanken, dass Nura Schneiderin werden würde, also musste sie mit fünfzehn bei der Schneiderin Dalia lernen, deren Haus im selben Viertel in der Rosengasse lag.

Fast zur selben Zeit zog eine neue Familie in das übernächste Haus ein. Der alte Besitzer war zwei Jahre davor gestorben und seine Witwe verkaufte das Haus und zog zu einer Nichte in den Norden. Der neue Besitzer arbeitete beim Elektrizitätswerk. Er hatte eine kleine, sehr freundliche Frau und vier Jungen, die viel Lachen in die Gasse brachten, denn sie standen oft vor der Haustür und scherzten. Sie waren Muslime, spielten aber ungeniert mit den Christen und verstanden sich mit ihnen. Nura gegenüber waren sie von Anfang an sehr höflich, sie fühlte sich zu ihnen hingezogen. Sie scherzte mit ihnen und hörte gerne ihren abenteuerlichen Geschichten von Afrika zu. Sie hatten viele Jahre in Uganda gelebt, und als ihre Mutter es nicht mehr aushielt, hatte ihr Mann seine lukrative Stelle gekündigt und war nach Damaskus gekommen. Seitdem die Mutter Damaszener Boden betreten habe, sei sie keinen Tag mehr krank gewesen.

Vor allem der zweitälteste Sohn, Murad, gefiel ihr. Er roch immer besonders gut, und wenn er lachte, hatte Nura Sehnsucht nach einer Umarmung.

Ein halbes Jahr später gestand er ihr, dass er sich gleich am ersten Tag in sie verliebt habe. Murad war vier, fünf Jahre älter als sie. Er war fast so schön wie Tamim und sie spürte zum ersten Mal seit langer Zeit wieder, dass ihr Herz beim Anblick eines jungen Mannes Tänze in ihrem Brustkorb aufführte.

Einmal, als die Eltern nicht zu Hause waren, wagte sie es, ihn hinter der Haustür zu treffen. Nura legte zwei Zwiebeln in eine Papiertüte. Sollten ihre Eltern unerwartet früh zurückkommen, würde Murad die zwei Zwiebeln nehmen, derentwegen er angeblich gekommen war, sich höflich bedanken und gehen. Im dunklen Korridor konnten sie jeden Schritt auf der Gasse hören. Sie zitterten vor Aufregung, als Nura zum ersten Mal einen langen Kuss auf ihren Lippen fühlte. Murad war erfahren. Er berührte auch ihre Brüste und versicherte ihr gleichzeitig, dass er nie etwas Unmoralisches mit ihr machen würde.

»Das darf eine Frau nicht vor der Hochzeit«, sagte er. Sie fand das absurd und lachte.

Beim nächsten Treffen knöpfte er ihr Hauskleid auf und saugte an ihren Brustwarzen. Sie fühlte eine Gänsehaut und konnte kaum noch auf den Beinen stehen. Er flüsterte immer wieder: »Hab keine Angst. Es ist harmlos.«

Einmal fragte er sie, ob sie ihn liebe und auf ihn warten werde, bis er seine Ausbildung als Friseur beendet habe. Dann werde er sie heiraten und hier im Viertel einen Friseursalon eröffnen, »einen supermodernen Salon«, betonte er.

Sie war entsetzt über die Frage. Sie sei nicht nur bereit zu warten, sondern für ihn zu sterben, beteuerte sie. Er lachte, das höre sich nach ägyptischen Schnulzen an, lieber solle sie am Leben bleiben und den nächsten Heiratsantrag ablehnen. Sie sei nämlich so schön und solche Mädchen hätten keine lange Haltbarkeit.

Wie konnte sie ihn von ihrer unendlichen Liebe überzeugen? Sie wolle in der Nacht zu ihm kommen, eröffnete sie ihm, ihr sei jede Gefahr gleichgültig.

Er glaubte ihr nicht. Sie solle nicht angeben, sagte er väterlich.

Das kränkte Nura. »Heute Nacht, wenn die Uhr der Kirche nach Mitternacht einmal schlägt, bin ich auf dem Dach deines Hauses.«

Er sagte, sie sei ein verrücktes Mädchen, aber wenn sie käme, würde er sie oben auf dem Flachdach lieben.

»Ich bin nicht verrückt«, antwortete sie, »ich liebe dich.«

Es war nicht schwer, man musste nur einen Spalt überspringen. Es war eiskalt, aber sie fühlte eine innere Wärme und sehnte sich danach, ihn an sich zu drücken.

Er war nicht da. Sie konnte es nicht verstehen. Er musste

doch nur die Treppe vom ersten Stock, wo sein Schlafzimmer lag, zum eigenen Dach hinaufsteigen. Sie wartete neben den dunkel gestrichenen Wasserfässern, in denen sich tagsüber das Wasser unter der sengenden Sonne wärmte. Sie drückte sich an den warmen Behälter und wartete.

Murad kam nicht. Die Zeit kroch dahin. Und jede Viertelstunde, die von der Turmuhr mit einem Glockenschlag verabschiedet wurde, erschien ihr wie eine Ewigkeit.

Erst als die Kirchturmuhr zweimal schlug, stand sie auf. Ihre Knie schmerzten und ihre Hände froren. Der Wind blies stark und eiskalt in jener Märznacht. Sie sah Murads Schatten am Fenster seines Schlafzimmers. Er winkte und sie dachte, er winke ihr zu, ihr Herz wollte zu ihm, doch dann erkannte sie, dass sein Winken nur bedeutete, sie solle weggehen. Eine bedrückende Dunkelheit fiel plötzlich über sie. Ihre nackten Füße wurden schwerer als Blei. Sie schlich über das Dach zurück und stand plötzlich vor dem riesengroßen Abgrund, der sie vom Flachdach ihres Hauses trennte. Sie sah hinunter, irgendwo in der unendlichen Tiefe des Hofes flackerte eine schwache Lampe.

Sie fing an zu weinen und wollte springen, doch gleichzeitig war sie vor Angst wie gelähmt.

Man fand sie am nächsten Morgen, ein Häuflein Elend, und brachte sie nach Hause. Ihre Mutter begann laut zu weinen: »Was sollen die Menschen von uns denken, Kind? Was sollen die Menschen von uns denken?«

Sie rief und jammerte so lange, bis der Vater sie anknurrte: »Hör doch auf zu winseln! Was soll einer schon denken, wenn ein Mädchen Fieber hat und nachtwandelt?«

»Was auch immer der Grund war, deine Tochter gehört so schnell wie möglich in die Obhut eines starken Ehemannes«, sagte ihre Mutter. Ihr Vater gab zu Bedenken, dass Nura zu jung sei, aber als die Mutter ihm sagte, er habe sie mit siebzehn auch nicht für zu jung befunden, stimmte er zu.

Zwei Wochen später sah Nura Murad wieder. Er war blass

und lächelte ihr zu. Doch als er sie fragte, ob er zwei Zwiebeln für seine Mutter borgen könne, spuckte sie ihn nur voller Verachtung an. »Du bist eine Verrückte«, sagte er erschrocken, »eine Verrückte bist du.«

9.

Auch Jahre später konnte sich Salman an alle Einzelheiten dieses Vormittags erinnern. Es war kurz vor Ostern. Benjamin brachte an diesem Morgen wie immer zwei Falafelbrote und zum ersten Mal Zigaretten mit. Sie gingen mit Flieger bis zum Fluss und dort zündete Benjamin die erste Zigarette an, nahm ein paar heftige Züge, hustete und spuckte und gab die Zigarette an Salman weiter. Salman zog den Rauch ein und hustete, dass ihm die Augen hervorquollen. Er hatte das Gefühl, dass seine Innereien hinauswollten. Flieger schaute ihn misstrauisch an und winselte.

»Nein, das ist nichts für mich. Das riecht nach meinem Vater«, sagte er und gab seinem Freund die Zigarette zurück.

»Wie willst du dann ein Mann werden?«, fragte Benjamin.

»Weiß ich doch nicht, aber rauchen will ich jedenfalls nicht«, antwortete Salman und hustete weiter. Er hob einen kleinen Ast vom Boden auf und warf ihn in den Fluss, um Flieger auf andere Gedanken zu bringen.

Benjamin war an diesem Tag besonders schlecht gelaunt, weil er am Morgen erfahren hatte, dass seine Kindheit zu Ende war: Er sollte in Kürze seine Cousine heiraten. Benjamin hasste diese Cousine, aber sie hatte viel geerbt und sein Vater wollte endlich seine Schulden bezahlen.

Salman wusste jedoch von all dem nichts, nur dass Benjamin gereizt war und ihn bedrängte zu rauchen. Als er ablehnte, wurde Benjamin sehr laut und giftig: »Ich kann Jungen nicht ausstehen, die nicht mitmachen. Das sind die Petzer. Du wolltest letzte Woche nicht um die Wette onanieren und heute nicht rauchen. Du bist ein Feigling, ein stinkiger kleiner Furz.« Salman war den Tränen nahe, denn er spürte, dass er seinen einzigen Freund verlor.

In diesem Moment hörte er Flieger wie verrückt bellen.

Der Fluss führte in jenem Frühjahr Hochwasser und das kleine Rinnsal hatte sich in eine reißende Flutwelle verwandelt, die über die Ufer trat und unzählige Bäume und Hütten mit sich gerissen und eine Brücke bei den großen Aprikosengärten der Abbani-Familie zerstört hatte.

Beunruhigt sprang Salman auf und sah, wie Flieger verzweifelt kämpfte, um ans Ufer zu kommen. Er hielt den Arm eines Ertrinkenden im Maul und schwamm schräg, um die starke Strömung zu umgehen. Dabei entfernte er sich jedoch immer mehr. Salman schrie nach Benjamin und rannte los. Hinter der zerstörten Brücke zerrte Flieger einen kleinen ohnmächtigen Mann ans Land. Als Salman ankam, stand der Hund im seichten Wasser und wedelte mit dem Schwanz. Der Mann lag auf dem Rücken. Er schien am Kopf verletzt zu sein.

»Komm, hilf mir«, schrie Salman Benjamin zu, der in einiger Entfernung stehen geblieben war und die Szene beobachtete. »Lass uns gehen, der Mann ist tot und wir bekommen nur Scherereien«, rief Benjamin zurück. Salman fühlte Wut in sich aufsteigen. »Komm, hilf mir, du Trottel. Er lebt noch!«, schrie er verzweifelt. Flieger sprang um ihn herum und bellte, als würde auch er Benjamin zu Hilfe rufen, doch der war schon spurlos im Dickicht der Trauerweiden verschwunden, deren Zweige wie ein grüner Vorhang bis zum Wasser herunterhingen.

Es blieben die letzten Worte, die Salman mit Benjamin wechselte. Er mied später, bitter enttäuscht, jede Begegnung mit ihm und erfuhr nur noch, dass Benjamin seine Cousine geheiratet hatte und mit ihr nach Bagdad gezogen war. Aber das war erst zwei, drei Jahre später.

Salman zog den Mann also allein ins Trockene und versuchte, ihn wieder zum Leben zu erwecken. Er klopfte ihm auf die Brust und klatschte ihm mit der Hand auf die Wangen. Plötzlich öffnete der Mann die Augen und hustete. Er schaute Salman und Flieger verwirrt an. »Wo bin ich? Wer seid ihr?«

»Sie waren im Fluss, der Hund hat Sie gerettet. Er kann wunderbar schwimmen«, sagte Salman aufgeregt. »Sie wären fast ertrunken!«

»Ich bin ein Pechvogel. Man hat mich erwischt und wollte mich töten.«

Karam, so hieß der gerettete Mann, erzählte noch Jahre später in seinem Café, er habe zwei Leben, das erste verdanke er seiner Mutter, das zweite Salman und Flieger.

Von diesem Tag an arbeitete Salman sieben Tage in der Woche bei Karam, der ein schönes kleines Kaffeehaus im vornehmen Suk-Saruja-Viertel besaß.

Karam verriet nie, weshalb man ihn bewusstlos geschlagen und in den Fluss geworfen hatte. Salman erfuhr nur von einem der Bediensteten im Café, dass es sich um eine Affäre gehandelt habe.

»Das heißt«, sagte ihm die nahezu allwissende Sarah, »dahinter steckten eine Frau und mehrere Männer, die deinem Geretteten nicht gegönnt haben, mit der Frau unter einer Decke zu liegen.«

»Wie, unter einer Decke?«, fragte Salman.

»Oh nein, sag mir nicht, du hast keine Ahnung, was Frauen und Männer in der Dunkelheit miteinander treiben«, empörte sich Sarah.

»Du meinst, sie haben sich geliebt und deswegen hat man Karam ins Wasser geworfen?«

Sarah nickte.

Salman konnte die ganze Nacht nicht schlafen. Warum riskiert ein Mann sein Leben, um eine Frau zu lieben?

Er fand keine Antwort.

Als er Karam voller Sorge um sein eigenes Glück fragte, ob er die Frau wieder treffen würde, schaute ihn dieser mit großen Augen an.

»Frau? Welche Frau?«

»Wegen der Sie ins Wasser geworfen wurden«, sagte Salman und hatte plötzlich Sorge, dass Sarah sich vielleicht geirrt hatte.

Karam lachte seltsam: »Ach die, die treffe ich nie wieder«, sagte er, aber Salman erkannte an der Stimme, dass dies bloß die Verpackung einer Lüge war.

Erst ein Jahr später sollte er den wahren Zusammenhang erfahren und damit auch die Gewissheit, dass Sarah sich in diesem Fall vollkommen geirrt hatte.

Das Café war sein zweites Zuhause geworden. Lohn gab es nicht, aber das Trinkgeld war reichlich und machte am Ende des Tages mehr aus als der Lohn, den Salmans Vater als Schlossermeister verdiente. Oft bekam er es bei Bestellungen für die vornehmen Häuser des Viertels: Erfrischungsgetränke, kleine Gerichte, all das, was man für den kleinen Hunger oder unangemeldete Gäste brauchte – und Gäste meldeten sich in Damaskus selten an.

Die zwei anderen Laufburschen des Kaffeehauses mochten Salman nicht. Der ältere hieß Samih, er war ein verbitterter und verrunzelter Zwerg. Darwisch, der jüngere, war elegant, immer frisch gekämmt und rasiert. Er hatte einen ruhigen Charakter, einen weichen Gang und die sanfte Stimme einer Frau. Erst spät erkannte Salman, dass Darwisch freundlich wie eine Nonne tat, aber giftig wie eine Kobra war. Samih sagte, wenn man Darwisch die Hand gebe, solle man sich anschließend vergewissern, ob noch alle Finger dran seien.

Die zwei Mitarbeiter mussten nun die Bestellungen aus der Nachbarschaft sowie die Tische im Lokal mit Salman teilen. Aber sie konnten ihm nichts antun, weil sie von der Liebe ihres Brotgebers zu diesem knochigen jungen Mann mit den abstehenden Ohren wussten. Sie reimten sich ihre eigenen

Geschichten zusammen, weshalb ihr Chef den Jungen so besonders behandelte, behielten sie aber für sich, denn sie kannten Karam und seine Gnadenlosigkeit.

Aber beide hörten nicht auf – bis Salman im Herbst 1955 das Café verließ –, ihn zu ärgern und ihm Fallen zu stellen, damit nicht er die besseren Kunden bedienen konnte, die reichlich Trinkgeld spendierten.

Für Salman aber spielte das keine Rolle, denn er erregte bei jedem Gast genug Mitleid und da er zudem die Höflichkeit und Freundlichkeit in Person war, wurde auch der knauserigste Geizkragen bei ihm weich und gab Trinkgeld.

Was die beiden aber besonders ärgerte, war das Privileg, das Salman bereits nach einer Woche erhielt. Er durfte zu Karam nach Hause. Ein- oder zweimal in der Woche beauftragte ihn sein Chef, Dinge für ihn zu besorgen und sie ihm nach Hause zu bringen.

Karam wohnte in einer grünen Gegend nahe dem Berg Qassiun, der im Nordwesten der Stadt über Damaskus wacht. Gepflegte Gärten mit Obst, Myrte und Kaktusfeigen umgaben die wenigen Häuser. Karams Haus lag nicht weit vom Chorschidplatz, den man aber nur »Platz der Endstation« nannte, weil hier die Endstation der Straßenbahn war.

Apfel-, Aprikosen- und Myrtenbäume füllten eine Hälfte von Karams Garten, Kaktusfeigen und Rosen bildeten einen dichten Sichtschutz entlang der Zäune und selbst im Haus hörte man das Plätschern des Yasidflusses, aus dem Karam mit einer großen Handpumpe nach Belieben Wasser schöpfen konnte.

Karam hatte das Haus mit dem üppigen Garten von seiner kinderlosen Tante geerbt und wohnte allein darin.

Über einen schmalen, von Oleandersträuchern umgebenen Weg und drei Stufen gelangte man von der Gartentür zum Hauseingang, dessen Holztür ein Kunststück Damaszener Handwerker war.

Ein dunkler Korridor trennte das Haus in zwei Hälften und

mündete am Ende ins Schlafzimmer. Auf der rechten Seite befanden sich eine große Küche und ein winziges Bad. Auf der linken Seite lagen das geräumige Wohnzimmer und eine helle Kammer mit einem Fenster zum Garten.

Das Schlafzimmer am Ende des Korridors war fensterlos. Es roch dort immer ein wenig modrig. Karam versuchte den Geruch stets mit diversen Duftwässerchen zu überdecken und machte damit alles nur noch schlimmer. Aber Karam mochte es ohnehin nicht, dass jemand dieses Zimmer betrat.

Das war Salman fremd. In der Wohnung seiner Eltern gab es eine solche Trennung nicht. In jedem Zimmer wurde gebadet, gekocht, gewohnt und geschlafen.

»Mein Schlafzimmer ist mein Tempel«, hatte Karam einmal gesagt. Und in der Tat roch es dort manchmal nach Weihrauch. Der ältere Diener im Café, Samih, behauptete, es sei kein Weihrauch, sondern Haschisch, das Karam nachts in Unmengen rauche.

Eines Tages, als Salman Besorgungen für Karam zu ihm nach Hause bringen sollte und er allein dort verweilte, trieb ihn die Neugier ins Schlafzimmer. Ein großes Doppelbett aus dunklem Holz war das Herzstück des ansonsten langweiligen Raumes. Aber über dem Bett hatte Karam einen kleinen Altar mit Fotos aufgebaut. Als Salman das Licht anmachte, entdeckte er, dass die Fotos alle eine Person zeigten: Badri, den Friseur und Bodybuilder, der oft ins Café kam und den Tisch allein für seine Muskeln beanspruchte.

Dieser Mann war auf den Fotos in allen möglichen Posen zu sehen, grinsend und übertrieben ernst, angekleidet und in einem knappen Badehöschen, mit und ohne Pokal in der Hand. Der Muskelmann trainierte täglich hart in einem Bodybuilder-Club und stellte ständig seine Figur zur Schau. Brust, Arme und Beine waren glatt rasiert wie die der Frauen. Seine Haut war braun gebrannt und sein Blick dämlich.

Täglich hatte Salman Unterricht bei Sarah, danach brachte er Flieger die Fleischreste, die er für wenig Geld bei den Metzgern kaufte, und spielte mit ihm in der verlassenen Papierfabrik, bis sie beide erschöpft waren.

Salman gab Faise immer Geld, damit sie seiner Mutter etwas Leckeres kochte, denn das, was der Vater zahlte, reichte nur dafür aus, sie nicht verhungern zu lassen. Das Geld, das Salman dann noch übrig blieb, verwahrte Sarah für ihn in einem sicheren Versteck. Sie war zuverlässig, aber sie verlangte pro Monat ein großes Pistazieneis. Das nannte sie Zinsen. Erst Jahre später konnte Salman sie korrigieren und das Eis in Bankgebühren umbenennen. Aber er spendierte das Eis gerne, nicht nur, weil er Sarah und ihre Mutter liebte, sondern auch, weil er bei sich zu Hause kein Versteck hatte.

Nach fast zwei Jahren hatte Salman so viel Geld gespart, dass er seiner Mutter eine Überraschung machen konnte. Seit seiner frühen Kindheit hatte sie die verrückte Angewohnheit, kurz vor Ostern zu ihm zu sagen: »Komm, Salman, wir gehen wie die vornehmen Leute Kleider für Ostern kaufen.«

Damals, als er noch klein war, fiel er darauf herein. Er dachte, sein Vater hätte ihr wohl Geld gegeben. Er wusch sein Gesicht, kämmte sich und ging mit ihr zum Suk al Hamidije, wo es viele Geschäfte gab, die feine Kleider im Schaufenster zeigten.

Salman freute sich, da seine Schuhe, die er den Winter über getragen hatte, unten durchlöchert und aufgeweicht und oben knochenhart waren. Die Schuhe der Armen seien als Foltergeräte gedacht, damit sie ihre Sünden sühnen und nach dem Tod in den Himmel kommen würden, sagte Mahmud, der Laufbursche der nahe gelegenen Bäckerei, wenn er auf seine Schuhe klopfte, die ihm die Füße blutig scheuerten. Das Leder klang hölzern.

Diese Sehnsucht nach besseren Schuhen ließ Salman Jahr für Jahr hoffen. So wanderte er mit seiner Mutter durch den Suk. Sie hielt vor den bunten Schaufenstern an, schien sich zu vergessen beim Anblick eines Kleides, gab begeisterte Laute von sich, und wenn sie einen Kinderanzug oder ein paar Schuhe sah, musterte sie Salman, als wollte sie Maß nehmen oder prüfen, ob die Farbe zu ihm passen würde, nur um dann doch weiterzugehen. Nach einer Stunde wurde Salman müde.

»Mutter, wann gehen wir hinein?«

»Hinein? Warum denn?«

»Um Schuhe für mich und ein Kleid für dich zu kaufen.«

»Ach Kind, und woher soll ich das Geld nehmen?«

Er schaute sie entsetzt an. »Mach doch nicht so ein dummes Gesicht«, sagte sie mit unschuldiger Miene, »betrachte die Kleider und stell dir vor, wie du in diesen Herrlichkeiten herumwanderst«, sagte sie und ging nun mit schnellen Schritten durch den Markt.

Eine Woche vor Ostern lud Salman seine Mutter zum Suk al Hamidije ein und sie lachte viel auf dem Weg dorthin. Und dann sah sie in einem Geschäft ein wunderschönes Kleid und Salman fragte sie scheinheilig, ob es ihr gefalle. Sie schaute ihn mit verklärten Augen an: »Gefallen? Ich wäre eine Prinzessin in diesem Kleid«, sagte sie.

»Dann gehört es dir. Du sollst es probieren und mit dem Händler feilschen, das Geld habe ich«, sagte Salman tapfer, obwohl ihm fast die Stimme versagte.

»Und du machst keinen Scherz?«, fragte die Mutter unsicher.

Salman zog seine Hand aus der Hosentasche. Die Mutter machte Augen, als sie die zwei blauen Hundertlira- und mehrere Zehnerscheine sah. »Das habe ich alles für dich gespart, damit du endlich einmal eine Prinzessin bist«, sagte er. »Auch Schuhe sollst du dir heute kaufen und ich will eine neue Hose, ein Hemd und ein paar Lackschuhe. Ich habe alles berechnet. Hundertneunzig bis zweihundert Lira, wenn wir gut handeln«, fügte er hinzu.

Die Mutter war trotz ihrer Hinfälligkeit eine exzellente Händlerin. Am Abend kehrten sie schwer beladen heim und

Salman hatte immer noch dreißig Lira in der Hosentasche. Ein paar weiße Socken für Sarah hatte er auch mitgebracht. Sarah lachte sich krumm, weil die Socken drei Nummern zu groß waren. Sie schenkte sie ihrer Mutter.

Salman nahm sich an Ostern frei und ging mit seiner Mutter zur Frühmesse. Sie ging stolz durch den Mittelgang der Kirche und setzte sich, einer Prinzessin gleich, in die erste Reihe. Sie sah wirklich bezaubernd aus. Als der Pfarrer sie bei der Kommunion erkannte, blieb ihm der Mund offen stehen. Er vergaß bei Salman, der seiner Mutter folgte, »der Leib Christi« zu sagen und schaute erstaunt der vornehmen Erscheinung nach.

Der Vater schlief um diese Zeit noch seinen Rausch vom Vortag aus.

Das Glück der Mutter dauerte genau drei Wochen, dann erkältete sie sich. Da sie sich aber nicht schonte, wurde aus der Erkältung eine Lungenentzündung. Und als alle Tees, Wadenwickel und Stirnkühlungen nicht halfen, holte Faise den Arzt. Er war nett, verlangte aber fünf Lira im Voraus. Salman zahlte, doch das Medikament, das der Arzt verschrieb, war sehr teuer.

Die Nachbarn, auch Faise, empfahlen Salman, nicht auf den Arzt zu hören, ein paar Kräuter würden genügen. Doch Salman wusste, dass nur dieses Medikament seine Mutter retten würde. Die Ersparnisse bei Sarah reichten jedoch nicht.

Es war Montag, der ruhigste Tag im Kaffeehaus, deshalb kam Karam, sein Chef, an diesem Tag nicht zur Arbeit. Samih, der ältere Mitarbeiter, machte die Kasse, und als Salman ihn um zwanzig Lira Vorschuss bat, bekam Samih einen Lachkrampf. »Sei froh, wenn ich dir zwanzig Piaster gebe. Weißt du, wie viel zwanzig Lira sind? Das sind zweihundert Tassen Tee oder hundert Tassen Mokka oder fünfundsiebzig Wasserpfeifen, und das soll ich dir einfach so geben? Der Chef erhängt mich und lässt mir auf die Brust ein Schild kleben: Erhängt wegen Dummheit.«

Darwisch und Samih lachten so laut, dass Salman verärgert das Lokal verließ. Er wusste, wo sein Chef wohnte, und machte sich gleich auf den Weg.

Das Gartentor war nur angelehnt. Salman ging durch den Garten, und als er die Haustür erreichte, hörte er in der Ferne undeutliches Lachen. Auch die Haustür war nicht verschlossen, also ging er leise hinein. Die Geräusche kamen aus dem Schlafzimmer.

Auch Jahre später wusste Salman noch, dass sein Herz bis unter die Schädeldecke klopfte. Er war oft bei Karam gewesen und durfte ein- und ausgehen, wann immer er wollte. Also war ihm das Haus nicht fremd. Auch Badri, den Friseur, hatte er immer wieder einmal bei Karam getroffen.

Als er jetzt im Flur stand, sah er durch die halb geöffnete Schlafzimmertür, wie der Friseur unter Salmans Chef lag. Badri sprach im Alltag einen breiten Damaszener Dialekt mit tiefer Stimme. Hier flehte er wonnevoll mit der dünnen Stimme einer Filmdiva um mehr, was auch immer Karam ihm geben mochte. Salman war damals fast vierzehn, aber er verstand nicht, was da vor sich ging. Seine Kehle fühlte sich rau und trocken wie Sandpapier an. Rückwärts ging er langsam zur Tür und verließ das Haus. Erst draußen atmete er tief ein. Ihm dämmerte, dass der Friseur bei diesem Liebesspiel die Rolle einer Frau einnahm. Natürlich hatte er in seiner Gasse das Wort »schwul« schon gehört, aber nur als Schimpfwort, und er hätte nie gedacht, dass es Männer gab, die sich so zärtlich liebten.

Ohne sich sehen zu können, wusste er, dass er noch blasser als sonst aussah. Seine Wangen waren eiskalt. Er blieb vor der Tür hocken, bis er die Männer im Bad lachen und toben hörte. Erst dann richtete er sich auf und schlug mit dem Türklopfer dreimal laut gegen die Tür.

Es dauerte geraume Zeit, bis Karam Salman durch den Türspalt erschrocken musterte. »Ist was passiert?«, fragte er besorgt.

»Nein, nein, aber meine Mutter ist schwer krank. Ich brauche dringend zwanzig Lira. Sie … sie hat eine gefährliche Lungenentzündung. Ich zahle es Ihnen nach und nach zurück«, sagte Salman, den Tränen nahe.

»Warte hier«, erwiderte Karam und verschwand ins Hausinnere. Kurz darauf kam er zurück, er trug jetzt seinen neuen blauen Pyjama und gab Salman einen Zwanzigliraschein sowie fünf Lira in Münzen. »Für die fünf Lira kaufst du deiner Mutter Obst. Das ist ein Geschenk von mir, du zahlst mir nur zwanzig zurück.«

Am liebsten wollte Salman ihm die Hand küssen, aber Karam strich ihm kurz über die Haare. »Schließ die Gartentür hinter dir«, sagte er und verschwand im Haus. Salman hörte noch, wie er die Haustür zweimal abschloss.

In jener Nacht schlief seine Mutter nach Einnahme der Medikamente seit langem wieder einmal ruhig. Salman aber wälzte sich im Bett und konnte nicht schlafen. Warum liebte sein Chef, der Geld und ein Haus besaß, keine Frau, sondern einen Mann? Und noch dazu einen, der nur aus Muskeln zu bestehen schien und nur mit seinem geölten Haar und seiner Figur beschäftigt war? Badri konnte sich nicht einmal richtig bewegen. Wenn er seine Kaffeetasse hob, sah das so steif aus, als würde die Tasse zehn Kilo wiegen.

Als Salman seiner Freundin Sarah die Liebesszene im Schlafzimmer beschrieb, sagte diese: »Das Leben ist ein einziger Karneval. Der Muskelmann ist in seinem Herzen eine Frau, nur der Körper, den ihm Gott in der Eile gegeben hat, ist der eines Mannes.« Und da Salman sie mit verwirrtem Blick anglotzte, versuchte sie es ihm genauer zu erklären: »Das ist wie im Hammam, wenn dir der Bademeister die Kleider eines anderen Gastes aushändigt.« Sarah hielt kurz inne. »Auch Said ist im Herzen eine Frau«, sagte sie dann, »deshalb lieben ihn alle Männer.« Sie zeigte mit den Augen auf den schönen Waisen Said, der gerade von seiner Arbeit im Hammam gekommen war.

»Gott«, fuhr Sarah fort, »hat einiges verwechselt. Kein Wunder bei den Milliarden Dingen, die er zu organisieren hat.«

Sarah zählte ein Dutzend göttlicher Verwechslungen auf. Und Salman fühlte sich sehr klein neben ihr und bewunderte sie. Sie war unbegreiflich. Sie besuchte die Schule bei den Besançon-Nonnen und war dort die Klassenbeste. Er sah sie oft als Ärztin in Afrika oder als Helferin bei den Indianern. Und wenn er ihr das sagte, lachte sie: »Du bist ein Dummkopf. Indianer und Afrikaner kommen ohne mich aus. Ich will Lehrerin werden, heiraten und zwölf Kinder haben, und aus denen werde ich einen Metzger, einen Bäcker, einen Tischler, einen Schlosser, einen Friseur, einen Schuster, einen Schneider, einen Lehrer, einen Polizisten, einen Blumenverkäufer, einen Arzt und einen Apotheker machen, denn damit bin ich bis zum Ende meiner Tage abgesichert.«

Tatsächlich wurde Sarah später eine der besten Lehrerinnen des Landes und heiratete nach einer stürmischen Liebesaffäre einen Busfahrer, der sie bis zum letzten Tag seines Lebens verehrte. Neben ihrem Beruf erzog sie zwölf Kinder zu tüchtigen Handwerkern, Lehrern und Händlern. Sogar eine Ärztin und eine Rechtsanwältin waren unter ihren Kindern, nur Metzger wollte keiner werden.

Salman erfuhr damals auch, dass sein Chef an jenem Tag, als er von Flieger halbtot aus dem Fluss gerettet wurde, nicht wegen einer Frau, sondern wegen eines jungen Mannes verprügelt worden war. Er hatte den Jungen treffen wollen, doch statt seiner warteten dessen beide Brüder, die ihm auflauerten und ihn töten wollten.

Auch Darwisch hatte eine lange Liebesbeziehung zu seinem Chef Karam gehabt, dann hatte sich dieser von ihm getrennt, erlaubte ihm jedoch, weiterhin im Café zu arbeiten. Darwisch aber liebte Karam immer noch und litt sehr unter der Trennung. Er war verheiratet, mochte aber seine Frau nicht. Dennoch zeugte er mit ihr sieben Kinder.

Salman begann in jener Zeit, ein wenig Sympathie für den Muskelmann Badri zu empfinden, und hatte manchmal mit der Frau in dessen Innerem Mitleid, weil sie so viele Muskeln schleppen musste.

Badri konnte Salman nicht nur mit einer Hand hochstemmen, sondern auch mit den Zähnen tragen. Dafür musste Salman sich auf den Boden legen und sich steif machen. Badri packte dann Salmans Gürtel mit den Zähnen und hob ihn hoch. Dabei schwoll sein Nacken zu einer gewaltigen Muskelpyramide mit fingerdicken Adern an.

Badri kam öfter ins Café, aber Karam tat so, als würde er ihn nur oberflächlich kennen. Er ließ ihm die Getränke servieren und scherzte mit ihm, aber immer auf Distanz. Wer allerdings genau hinsah, erkannte, dass beide sich liebten. Darwisch konnte sehr genau beobachten, doch es irritierte ihn, dass der Mann nicht täglich kam und dass er immer zahlte. Er vermutete daher, dass Karam eher dem Konditorgehilfen verfallen war, der dem Café täglich die kleinen Leckereien brachte, die man im Café neben kleinen Gerichten anbot. Karam scherzte oft vulgär mit dem beleibten Gehilfen, dem das Spiel zu gefallen schien, aber es blieb bei spaßigem Frotzeln, Kitzeln, Umarmen und Kneifen.

Badri war ziemlich einfältig und fanatisch religiös, er verkörperte diese gefährliche Mischung aus Ignoranz und Gewissheit. Und nur weil Karam Salman mochte, gab der Muskelmann ihm die Hand. »Du bist der einzige Christ, dem ich die Hand gebe«, prahlte er. »Wenn sich ein Christ in meinen Friseursalon verirrt, muss der Geselle ran. Anschließend werden alle Scheren und Rasiermesser extra ausgekocht, damit der Geruch des unreinen Christen nicht daran haften bleibt.«

»Du kannst Gift darauf nehmen, der Mann lebt in Angst«, sagte Sarah, »wenn die Fanatiker ihn erwischen, zerhacken sie ihn.«

»Dann haben sie aber ziemlich viel Hackfleisch an dem Tag«, entfuhr es Salman, als er vor seinem inneren Auge den

Muskelmann in einem Fleischwolf verschwinden sah, vor dem eine Runde der bärtigen Fanatiker stand, die damals in Damaskus gegen die Unmoral wetterten.

»Und du wirst von Tag zu Tag dämlicher in diesem Café«, sagte Sarah angewidert. Sie aß ihr Leben lang kein Fleisch.

Jahre später musste Salman zugeben, dass Sarah – lange vor seinem Chef – die Erste war, die begriff, dass ihn die Arbeit im Café, trotz des guten Verdienstes, nicht weiterbrachte.

Sarah verkündete ihr Urteil im Sommer 1952, Salman aber verließ das Café erst im Herbst 1955.

Später, wenn er zurückdachte, erinnerte er sich nur noch schwach an die Jahre im Café, in seinem Gedächtnis überlebten nur Ereignisse, die sich um eine Person drehten: Sarah. Sie gab ihm weiterhin fast täglich Unterricht. Er musste nun Zusammenfassungen der Romane erstellen, die er gelesen hatte, und sie später auch kritisch kommentieren. Sie lehrte ihn Algebra, Geometrie, Biologie, Erdkunde, Physik und etwas Französisch, das sie selbst akzentfrei sprechen konnte.

Sarah hatte ein glänzendes Abitur gemacht, unterrichtete kleine Kinder und studierte zwei Jahre an der pädagogischen Fakultät. Danach wurde sie Lehrerin für Mathematik und Französisch an einer Eliteschule. Sie war auch sehr gefragt als Privatlehrerin für die Kinder reicher Christen, aber sie nahm nur die Tochter des brasilianischen Konsuls an, gegen einen beachtlichen Stundenlohn. Mehr Schüler wollte sie nicht. Sie wollte viel lesen und ihren Lieblingsschüler Salman weiter begleiten.

Später heiratete sie den Busfahrer, einen rundlichen Kerl mit Glatze, der sie über alle Maßen liebte. Und als ihre Cousine Leila stichelte, sie träume doch in Wahrheit von einem Schauspieler, der in ihrer Nähe wohne, und sie wolle sowieso nur heiraten, wenn die Liebe ihr Herz im Sturm erobere und in Brand setze, da war sie bei der allwissenden Sarah an der richtigen Stelle, kostenlos eine Belehrung zu bekommen: »Dann musst du einen Feuerwehrmann heiraten. Schauspieler sind auf der Leinwand Ritter und Herzensbrecher. Im Leben furzen sie und schnarchen, haben Pickel auf dem Arsch und Mundgeruch. Ich finde runde Männer äußerst attraktiv und vor allem humorvoll. Sie lachen vierzig Prozent mehr als dünne Männer. Und wenn in ihnen ein gutes Herz steckt, dann bin ich eine Königin.«

Sarahs Hochzeit war ein Ereignis. Sie hatte auch Glück mit dem Wetter. Der Februar war trocken und so warm, als hätte er mit dem Mai getauscht. Sarahs Bräutigam stammte aus Homs. Er war Waise und deshalb war es ihm gleichgültig, wo die Hochzeit stattfand. Doch Sarahs Vater, der zu feiern wusste, wollte seine Tochter in Damaskus verheiraten. Am Eingang der Kirche bildeten zehn seiner Polizeikollegen der Tochter ein Ehrenspalier, durch das Sarah wie eine Prinzessin an den feierlich uniformierten Männern vorbei in die Kirche wandelte.

Sieben Tage lang feierte der Gnadenhof die Hochzeit, als wären alle Bewohner Sarahs Verwandte. Salman überraschte am meisten der Einsatz von Samira und ihrem Sohn Adnan, der inzwischen verheiratet war, in der Judengasse wohnte und Taxi fuhr. Beide waren so hingebungsvoll, als hätten sie Sarah immer schon geliebt. Samira kochte für die Gäste und Adnan spielte den Laufburschen. Auch Salmans Mutter Mariam half nach Kräften. Und alle schmückten den Hof und spendeten Getränke. Auch Schimon war großzügig und lieferte kistenweise Gemüse und Obst.

Der Bräutigam war selig. Er staunte sieben Tage lang, denn so etwas hatte er noch nie erlebt.

Und wäre nicht eine Woche vor der Hochzeit Salmans Hund verschwunden, wäre auch Salman glücklich gewesen. Er hatte Knochen und Fleisch von einem nahe gelegenen Restaurant geschenkt bekommen und wollte sie Flieger bringen. Er fand jedoch nichts außer Blutstropfen und einem Büschel schwarzer Haare von seinem Hund. Was war passiert? Er hatte Sarah kein Wort von Fliegers Verschwinden erzählt, um ihr nicht die Vorfreude auf die Hochzeit zu verderben.

Nach den Feierlichkeiten reiste Sarah mit ihrem Mann nach Homs, der schönen Stadt am Orontes-Fluss. Das war im März des Jahres 1955. Sarah umarmte Salman zum Abschied und flüsterte ihm ins Ohr: »1955 ist ein Glücksjahr für dich und für mich. Ich heirate den Mann, den ich liebe, und auch du wirst noch in diesem Jahr den ersten Schritt durch das Tor deines Glücks machen.«

Die Trauer um seine kranke Mutter und seinen verschwundenen Hund erstickte seine Stimme. Er nickte und drückte Sarah noch einmal fest und dachte dabei an Flieger, der, wenn er nicht tot war, noch einsamer sein musste als er.

Es sollte Jahre dauern, bis Salman Flieger wiedersah, aber schon in jenem Herbst sollte er erfahren, dass Sarah auch in Fragen der Zukunft allwissend war.

10.

Ist es nicht übertrieben«, fragte der Apotheker seinen Freund, »drei Frauen in weit voneinander gelegenen Straßen wohnen zu lassen?« Warum könne er sie nicht in getrennten Bereichen eines einzigen großen Haremshauses unterbringen, wie sein Großvater und Vater es gehalten haben?

»Meine Weiber können nicht weit genug voneinander leben, sonst kratzen sie sich nach einer Stunde die Augen aus. Drei Ozeane, die sie trennen, wären noch besser. Ich würde dann auf einer Insel in der Mitte leben. Mein Kompass«, sagte der elegante Gast, »würde mich jede Nacht unbeirrt zu einer von ihnen führen.«

»Mir wären auch drei Wüsten recht, die meine Frau von mir trennen«, erwiderte der Apotheker, »aber für uns Christen ist die Ehe wie der Tod einmalig. Euer Prophet war ein Lebemann. Unser Herr Christus ein Revolutionär. Er hatte keine Ahnung von Frauen.«

»Vielleicht doch? Vielleicht hat er deshalb nie geheiratet, obwohl ihm die Frauen zu Füßen gelegen haben«, erwiderte der Mann im weißen Anzug.

Sie tranken Mokka, den eine beleibte Apothekergehilfin in weißem Kittel serviert hatte. Der Apotheker hatte hinter dem Verkaufsraum ein Labor mit einer Kochecke und einen mit Eisblöcken gekühlten Kühlschrank, in dem immer eine Flasche besten Arraks lagerte. Der Apotheker stand auf. »Tropfen für entzündete Augen willst du? Für wen?«

»Weiß ich doch nicht«, erwiderte Nassri Abbani erstaunt.

»Ich muss aber wissen, ob sie für ein Kind oder einen Erwachsenen sind«, sagte der Apotheker und verabschiedete den Freund mit einem unverbindlichen Händedruck.

»Dann frage ich meine Frau. Hast du ein Telefon?«

»Woher soll ein armer Apotheker ein Telefon haben? Ich heiße doch Elias Aschkar und nicht Nassri Bey Abbani.«

»Schon gut, ich werde es heute in Erfahrung bringen und dir morgen Bescheid geben«, antwortete der elegante Herr und verließ die Apotheke.

Das hat man nun davon, dachte er beim Hinausgehen. Lamia redet zu viel und am Ende weiß keiner, was sie eigentlich will.

Hätte sein Vater sie doch geheiratet, statt sie ihm aufzudrücken. Er, Nassri, war damals noch jung und unerfahren gewesen. Man wolle seine Lust auf Frauen bremsen, wie der Vater sich ausgedrückt hatte. Lamia schien die Richtige zu sein, sie war die Tochter eines berühmten Richters und roch mehr nach Büchern und Tinte als nach Sinnlichkeit.

Lamia war die reine Verkörperung der Rechthaberei. Keinen Satz von ihm ließ sie unkommentiert, geschweige denn gelten. Immer hatte irgendein griechischer, chinesischer oder arabischer Idiot vor Jahrhunderten schon dessen Gegenteil bewiesen. Und wenn Lamia niemanden fand, präsentierte sie ihren Vater als Zeugen für ihre Besserwisserei.

Anders als bei seinen übrigen Frauen hatte er sich bei Lamia nie heimisch gefühlt, denn das große Haus mit dem prächtigen Garten in der Nähe des italienischen Krankenhauses war ein Geschenk ihres Vaters zur Hochzeit. Sie nannte es auch immer ungeniert »mein« und nicht »unser« Haus.

Sie war eine Lusttöterin, die anfing zu gähnen, sobald man sie nur berührte. »Dein Körper ist nicht mit Haut, sondern mit Lichtschaltern bedeckt«, sagte er ihr einmal wütend im Bett, »sobald man dich berührt, gehst du aus.«

»Schiefes Bild ohne Witz und Esprit«, sagte sie und gähnte gelangweilt. Sie war entsetzlich dürr, hatte eine flache Brust und war besessen vom Lesen. Nassri dagegen konnte mit Büchern nichts anfangen. Ihm genügte die Zeitung, damit er die Welt zum Kotzen fand.

»Ein Sohn mit deiner Schönheit und ihrer Klugheit wäre ein Glück für den Clan. Er dürfte meinen Namen tragen«, sagte sein Vater beim Abschied in der Hochzeitsnacht.

Es kam ganz anders. Sie bekamen sechs Kinder – aber nur Mädchen, und alle sechs Mädchen schlugen nach ihr. Kein Sohn, an dem er seine Freude hätte haben können. Diese Ehe war seines Vaters größter Irrtum. Mit diesem Gedanken schlief Nassri Abbani jede dritte Nacht bei Lamia ein, nachdem er seine Pflicht getan hatte. Glücklich war er immer nur in den letzten Monaten ihrer Schwangerschaften, denn dann durfte er sie nicht berühren. Ein Verbot, dem er gerne nachkam.

Nassri Abbani hatte die Gewohnheit, nach einem leichten Frühstück erst einmal ein Café aufzusuchen, dort einen süßen Mokka zu trinken und die Zeitung zu lesen, danach schlenderte er durch den Suk. Im Vorbeigehen gab er seine Bestellungen auf, jeweils mit der Adresse derjenigen seiner drei Frauen, bei der er die kommende Nacht verbringen wollte. Die Gemüse-, Fisch-, Gewürz- und Süßigkeitenhändler, Bäcker und Metzger erledigten gewissenhaft seine Wünsche und lieferten immer die beste Ware, denn Herr Abbani war bekannt für seine Großzügigkeit. Er feilschte und überprüfte nicht. Er zahlte. Auch vergaß er nie, reichlich Trinkgeld für die Laufburschen zurückzulassen.

Nassri Abbani trug immer feine europäische Anzüge, und da es in Damaskus oft warm war, besaß er mehr helle Anzüge aus feinem Leinen und Damaszener Seide als solche aus dunklem englischem Stoff. Er trug Seidenhemden und italienische Schuhe und steckte täglich eine frische Nelke oder Rose ins Revers. Das einzig Arabische an seinem Aussehen waren seine orientalisch anmutenden Krawatten mit Arabesken. Außerdem besaß er eine ganze Kollektion von Spazierstöcken mit silbernem oder goldenem Knauf.

Er wurde immer Nassri Bey gerufen. Bey oder Pascha waren osmanische Ehrentitel, die in Damaskus ein Relikt der Vergangenheit waren ohne jedweden realen Wert, aber sie umgaben den Träger mit der Aura adliger Abstammung, denn nur Adlige, die dem osmanischen Sultan nahestanden, bekamen von ihm diesen unsichtbaren, aber hörbaren Orden.

Nassri Abbani war sehr stolz und sprach trotz der Freundlichkeit aller ihm gegenüber kaum mit jemandem, außer mit dem Apotheker Elias Aschkar, dessen medizinische Kenntnisse die der Ärzte weit übertrafen. Aschkars moderne Apotheke lag im neuen Stadtviertel Salihije in der Nähe von Nassris Büro und nicht weit vom Haus seiner zweiten Frau Saide, unmittelbar neben dem Modehaus des berühmten Albert Abirasched auf der belebten König-Fuad-Straße, die nach dem Suez-Krieg 1956 in Port-Said-Straße umgetauft wurde. Mit dieser Umbenennung sollte der Widerstand der Bevölkerung der ägyptischen Hafenstadt Port Said gegen die englisch-französisch-israelische Invasion geehrt werden. Nassri Abbani fand die Begründung lächerlich und sprach bis zum letzten Tag seines Lebens von der König-Fuad-Straße.

Nassri Abbani besuchte den Apotheker fast jeden Morgen, bald munkelte man über geheime Mixturen, die er dort erhielt, um seine unendliche Lust auf Frauen körperlich unversehrt durchzustehen.

Gegen zehn Uhr – manchmal auch später, aber niemals früher – betrat Nassri Abbani sein großes Büro im ersten Stock des prächtigen modernen Hauses, das ihm gehörte. Das Erdgeschoss teilten sich ein großes Elektrogeschäft und die Air France. Im zweiten Stock residierte die Zentrale des persischen Teppichhandels. Firmen und Geschäfte zahlten beachtliche Mieten, denn die König-Fuad-Straße war die Hauptader der modernen Stadt mit den besten Hotels und Restaurants, Buchhandlungen, Pressebüros, Import-Export-Geschäften, Kinos und teuren Modeläden, die sich damit brüsteten, für ihre Modeschauen Haute Couture aus Paris zu besorgen. Nassris Büro im ersten Stock hatte neben einer Küche, einer modernen Toilette und einem Lager für Archiv und Material zwei Räume. Das eine Zimmer war groß und hell, mit einem Fenster zur Straße hin, und wie ein Salon eingerichtet: Zwei Sofas aus dunklem Holz, überzogen mit rotem Samt, ein niedriger Tisch und mehrere herrschaftliche Sessel beherrschten den Raum und ließen nur eine kleine Ecke frei für einen zierlichen Tisch mit Schreibunterlage und Telefon.

Über einen schmalen Gang erreichte man den zweiten, ebenso großen, aber fensterlosen Raum, der nur aus Arbeitstischen und mit Ordnern gefüllten Regalen zu bestehen schien. Dort saß der langjährige Mitarbeiter Taufiq mit zwei älteren Schreibern und drei jungen Helfern.

Taufiq war nicht älter als Nassri, doch er schien durch seine magere Figur, die gebeugte Haltung und die früh ergrauten Haare einer anderen Generation anzugehören. Dunkle Ringe unter den Augen deuteten seine Erschöpfung an.

Nassri hatte Taufiq von seinem Vater geerbt, der auf dem Totenbett gesagt haben soll: »Deine zwei Brüder haben Verstand und du hast Taufiq. Achte auf ihn, denn wenn er weggeht, gehst du unter.«

Der alte Abbani, dessen Reichtum sprichwörtlich war, behielt bis zum Ende seinen scharfen Blick bei der Einschätzung von Menschen. Er war Fabrikant, Makler und Großgrundbesitzer. Man erzählte, dass jede zweite Aprikose, die ein Damaszener verzehrte, von seinen Feldern stammte und alle Aprikosenprodukte in der Hauptstadt aus seinen Fabriken kamen.

Er war auch der größte Händler für Aprikosenkerne, die für die Herstellung von Persipan, Ölen und Aromastoffen sehr begehrt waren.

Taufiq war mit fünfzehn als Laufbursche zu Abbani gekommen. Er war damals klein und fast verhungert, weshalb er von den Lagerarbeitern gehänselt wurde, die Jutesäcke mit Aprikosenkernen für den Transport füllten und zunähten. Doch der erfahrene Abbani erkannte in Taufiq nicht nur ein Rechengenie, sondern auch einen jungen Mann mit messerscharfem Urteil und mit Mut. Den hatte Taufiq einmal bewiesen, als er Abbani widersprach, was sonst niemand gewagt hatte.

Damals war der alte Abbani wütend, und zwar auf sich, weil er sich ohne den Einspruch des blassen Jungen einer dummen Berechnung wegen ruiniert hätte. Als er sich beruhigt hatte, ging er in die Lagerhalle hinunter, um dem Jungen eine Lira als Belohnung zu geben. Doch Taufiq war nirgends zu sehen. Auf seine Frage erfuhr er, dass Mustafa, der Lagerhalter, den Jungen mit einem Stock windelweich geschlagen hatte, weil dieser den Chef vorlaut korrigiert hatte. Alle anderen, die den Fehler selbstverständlich auch bemerkt hatten, hatten aus Respekt den Mund gehalten. Als man Taufiq endlich fand und zum Chef brachte, sagte dieser: »Von heute an arbeiten wir zusammen, mein Junge. Und alle, die hier stehen, müssen dir Respekt entgegenbringen, denn ab heute bist du mein erster Sekretär.« Und den Umstehenden teilte er mit: »Wer ihn noch einmal auch nur böse anschaut, ist entlassen.«

Einige Monate später hatte Taufiq bereits alle Rechenarten,

das Prozentrechnen und das Erstellen von Tabellen im Kopf. Er beherrschte die raffiniertesten Tricks beim Stellen von Anträgen auf Zollfreiheit, eine Fähigkeit, die der alte Abbani in zehn Jahren nicht seinen zwei Buchhaltern beizubringen versucht hatte.

Von nun an wurde Taufiq wie ein Sohn der Familie Abbani behandelt. Als er achtzehn wurde, vermittelte ihm sein Förderer eine günstige Ehe, eine jungverwitwete wohlhabende Frau aus dem Dorf Garamana südlich von Damaskus. Sie war eine gute Frau und Taufiq lebte von nun an vergnügt. Für ihn war der alte Abbani eine Gottesgnade.

Er wurde mit der Zeit wohlhabend und seine Frau schenkte ihm drei Kinder. Er blieb bescheiden und sprach leise und respektvoll mit allen, sogar mit den Laufburschen. Aus Dankbarkeit seinem Retter gegenüber blieb er auch dem verzogenen Sohn treu, der sich mehr für die Unterwäsche der Frauen interessierte als für Zinsen und Bodenpreise. Bald wurde Taufiq der alleinige Herrscher eines kleinen Finanzimperiums. Mit den Jahren liebte er auch diesen Nassri, der ihm absolut vertraute und ihn nie wegen eines Fehlers tadelte. Anders als seine zwei knauserigen Brüder war Nassri großzügig. Er verstand zwar wenig vom Geschäft, aber viel vom Leben und fühlte wie sein Vater nicht den geringsten Respekt den Mächtigen gegenüber, die er mit Genuss und Hingabe um den Finger wickelte.

»Jedem gab Gott das seine«, sagte er sich und den anderen. Man könne von einem Box-Champion nicht auch noch verlangen, Ballett zu tanzen.

Taufiq blieb seiner Methode treu, vor jedem Geschäftsabschluss Abbanis Zustimmung einzuholen. Der war stets einverstanden, denn von all den Geschäften mit Aprikosen und ihren unzähligen Produkten verstand er nichts. Auch hatte er kein Interesse an Grundstücken, die man verkaufte, um andere zu kaufen, weil angeblich in Kürze da, wo jetzt Granatapfelbäume, Oleander und Zuckerrohr wuchsen, das teuerste Viertel von Damaskus erbaut werden sollte. Und zwar deshalb, weil eine Botschaft ihren prächtigen Sitz in der Altstadt aufgab und genau dorthin ziehen wollte.

»Tu, was du für richtig hältst«, sagte Nassri Abbani halbherzig. Und in zwei Jahren hatte sich der Bodenpreis verfünffacht.

Und als Abbani, hocherfreut über den Gewinn, verkaufen wollte, winkte Taufiq ab. »Jetzt müssen wir erst recht große Flächen kaufen. In fünf Jahren hast du das Fünfhundertfache.«

»Meinetwegen«, sagte Nassri, war aber nicht wirklich überzeugt. Fünf Jahre später waren die Grundstücke im neuen Abu-Rummane-Viertel tatsächlich die teuersten der Stadt. Taufiq berechnete den Gewinn auf sechshundertfünfzig Prozent.

Wenn Nassri morgens das Büro betrat, fragte er Taufiq freundlich: »Gibt es was Neues?«, und dieser antwortete jeden Morgen: »Ich komme gleich zu dir, Nassri Bey.« Dann winkte er dem Laufburschen, er solle vom nahe gelegenen Café zwei Mokka holen, einen sehr süßen für den Herrn und einen ohne Zucker, aber mit viel Kardamom für ihn selbst.

Und beim Kaffeetrinken erklärte Taufiq knapp und präzise alle Entwicklungen, wissend, dass sich sein Chef sehr schnell langweilte. In genau sieben Minuten waren alle Finanzbewegungen, Exporte, Mieten und Reparaturen der vielen Häuser und alle neuen Baugrundstücke dargestellt.

»Dann ist ja alles in Ordnung«, sagte Abbani geistesabwesend, auch wenn der Bericht einmal negative Zahlen enthielt.

Anschließend telefonierte er eine Stunde lang mit seinen Freunden und es verging kaum eine Woche, ohne dass er ein Mittagessen mit einem der mächtigen Männer in seinem Lieblingsrestaurant »al Malik« in der Nähe des Parlaments verabredete.

»Beim Essen kann ich unsere Wege gut ebnen«, sagte er seinem Geschäftsführer und dabei übertrieb er nicht. Nassri besaß Charme und wusste über die Welt, seine Mitmenschen und über den aktuellen Tratsch Bescheid, und das beeindruckte seine Gäste. Selbstverständlich durften sie nie zahlen, nur genießen. Der Koch kam aus Aleppo, und wenn eine Küche mit ihren Düften und Kompositionen die Damaszener Küche übertraf, so war das die der größten Stadt im Norden.

Wenn er niemand einladen konnte, ging er allein zum Essen. Und nur an solchen Tagen wagte der Restaurantbesitzer, zwei Worte mit dem vornehmen Herrn zu wechseln.

Nassri Abbani mochte mittags kein gemeinsames Essen mit Frau und Kindern, abends nahm er es hin.

Nach dem Essen machte sich Nassri auf den Weg zu seiner Lieblingshure Asmahan. Sie wohnte in einem kleinen Haus nicht einmal hundert Schritte vom Restaurant entfernt. Asmahan freute sich über ihn, weil er immer in der Mittagszeit kam, wo keiner ihrer vornehmen Freier für sie Zeit hatte. Nassri scherzte mit ihr und sie fand ohne Heuchelei großen Gefallen an seinem Humor und lachte Tränen. Dann schlief er mit ihr, hielt eine halbe Stunde lang seine Siesta, schlief noch einmal mit ihr, duschte, zahlte und ging.

Manchmal dachte er beim Hinausgehen, dass die junge Hure zu willig und zu mechanisch alles über sich ergehen ließ, und er wünschte sich mehr Leidenschaft. Erst Jahre später sollte er durch Zufall darauf kommen, was Asmahans Herz für ihn einnehmen konnte. Aber sonst hatte sie alles, was er liebte: ein wunderschönes Gesicht mit blauen Augen und blonden Haaren, einen betörenden Körper wie aus Marmor und eine Zunge, die nur Honig hervorbrachte.

Und das bot ihm keine seiner drei Frauen.

11.

An einem regnerischen Januartag des Jahres 1952 betrat Nassri Abbani das Atelier des Kalligraphen Hamid Farsi. Er war angenehm überrascht von der Sauberkeit des Ladens. Er war noch nie bei einem Kalligraphen gewesen und hatte sich vorgestellt, er würde auf einen alten Herrn mit Bart und schmutzigen Fingern treffen. Hier aber saß ein schlanker, junger, elegant angezogener Mann hinter einem kleinen Tisch aus Walnussholz. Nassri lächelte, grüßte, schüttelte seinen Regenschirm aus und stellte ihn in eine Ecke neben das Schaufenster.

Nassri dachte plötzlich, dass er viel zu unvorbereitet in den Laden gekommen war, denn er hatte bis dahin noch nie eine Kalligraphie bestellt. Er sah sich um. Überall hingen die schönsten Schriften, Gedichte, Weisheiten und Koransuren. Was er wollte, fand er jedoch nicht.

»Fertigen Sie auch Spezialwünsche an?«, fragte Nassri.

»Selbstverständlich, mein Herr«, erwiderte der Kalligraph leise.

»Auch diskret? Es geht um ein Geschenk für eine hohe Persönlichkeit.«

»Alles, was in schöner Schrift geschrieben werden soll, solange sich die Worte nicht gegen Gott und seinen Propheten richten«, antwortete der Kalligraph routiniert. Er wusste in jenem Augenblick bereits, dass er von dem wohlhabenden und wohlriechenden Mann jeden Preis verlangen konnte.

»Es ist ein Spruch für unseren Staatspräsidenten«, sagte Nassri und nestelte aus seiner Tasche einen Zettel, auf den Taufiq geschrieben hatte: »Für seine Exzellenz Adib Schischakli! Führe unsere Nation zum Sieg.«

Der Kalligraph las die Zeilen. Sie gefielen ihm offenbar nicht. Er wiegte den Kopf hin und her. Nassri spürte das Unbehagen des Mannes: »Das ist nur eine Andeutung, in welche Richtung es gehen soll. Sie können besser beurteilen und formulieren, wie und was man einem solchen großen Mann schreibt.«

Hamid Farsi atmete erleichtert auf. Ein Mann von Format, dachte er, und seine Vorschläge kamen prompt: »Ich würde oben in Gold den Namen Gottes und seines Propheten als Sterne anbringen, darunter in Rot den Namen unseres Präsidenten und darunter in leuchtendem Grün: Du bist von Gott und seinem Propheten auserwählt als Führer dieser Nation.« Der Kalligraph machte eine Pause. »Wie ich hörte, ist er sehr gläubig, und damit wäre der Spruch in seinem Sinne und liest sich nicht wie ein Befehl. Hier äußern Sie höflich eine Vermutung, einen Wunsch, dass Gott ihn zum Regieren bestimmt hat. Und das gefällt allen Herrschern.«

»Und was, wenn nicht Gott ihn damals auserwählt hat zu putschen?«, scherzte Nassri, um die Kälte zu vertreiben, die er spürte.

»Dann hatten CIA oder KGB die Finger im Spiel, aber das können wir nicht schreiben, nicht wahr?«, sagte der Kalligraph und verzog keine Miene. Nassri lachte laut und fühlte sich einsam.

Hamid Farsi zeigte das edle Papier und den vergoldeten Bilderrahmen, den er für diesen Spruch wählen würde. Nassri war begeistert.

Der Kalligraph war damit einverstanden, alles andere liegen zu lassen und den Auftrag innerhalb einer Woche zu erledigen. Er nannte den Preis, den er sehr hoch angesetzt hatte, doch Nassri lächelte. »Halten wir es so: Ich frage Sie nicht nach dem Preis und Sie machen das Beste für mich. Einverstanden?«, fragte er und streckte die Hand aus, weil er niemals eine Ablehnung seines großzügigen Angebots erwartete.

»Einverstanden«, erwiderte Hamid leise. Nassri staunte, dass der Mann nicht einmal lächelte oder sich für den Auftrag bedankte. Ein seltsamer Kerl. Taufiq hatte ihm geraten, dem Präsidenten ein Geschenk zu machen, um die große Anzahl Maschinen, die er importieren wollte, am Zoll vorbeizuschleusen, wodurch sich der Gewinn um dreihundert Prozent erhöhen würde. »Seit dem Putsch geht nichts ohne den Präsidenten«, hatte Taufiq gesagt, »und dieser liebt Kalligraphien, säuft sich jeden Tag die Hucke voll, schaut stundenlang Hitlerfilme an und mimt vor dem Volk den Gläubigen.« Nassri wunderte sich über diesen teuflischen Mann, der so viel wusste, als hätte er seinen eigenen Geheimdienst.

Und nach Taufiqs Meinung war Farsi der beste Kalligraph in Damaskus. Er wisse, Farsi sei teuer, unnahbar und arrogant, aber was er schreibe, sei immer ein einmaliges Kunstwerk. Und vor allem sei er zuverlässig. Das Geschenk müsse zeitlich genau platziert werden. In zwei Wochen würde das Schiff mit den Maschinen im Hafen von Latakia im Norden einlaufen. Und bis dahin brauche er die Zustimmung des Präsidenten. »Ein Anruf von ihm genügt und der Handelsminister rennt mir voraus, um diese idiotischen Zollbeamten an die Kandare zu nehmen, bis unsere Lastwagen die Maschinen aus dem Hafen gebracht haben.«

Taufiq war ein Teufel und das Teuflischste an ihm war sein müdes Engelsgesicht.

Nassri sah aus dem Fenster. Der Regen hatte aufgehört, und plötzlich erinnerte er sich an die zusätzliche Bitte, die das Geschenk vollenden sollte.

»Noch etwas«, sagte er, bereits in der Tür stehend. »Können Sie mir auch noch den Begleitbrief mit Ihrer schönen Schrift schreiben? In meinem Namen? Es wäre geschmacklos, wenn ich mit meiner Hühnerschrift ...«

»Sicher kann ich das, aber ich brauche Ihren vollen Namen und Ihre Adresse, damit ich den Brief mit einem edlen Briefkopf versehen kann, den kein Sekretär und keine Vorzimmerdame zurückhalten wird«, sagte Hamid und schob Nassri ein leeres Blatt Papier hin. Als dieser Namen und Adresse notiert hatte, wusste Hamid Farsi, dass der elegante Herr nicht übertrieben hatte.

Draußen schien mittlerweile die Sonne. Nassri atmete erleichtert auf. Der Kalligraph war ein tüchtiger und intelligenter Geschäftsmann, aber sein Mundgeruch war nicht zum Aushalten. Nassri erinnerte sich an den Geruch der Raubtiere in einem Zirkus, den er mit seinem Vater besucht hatte. Da der Zirkusdirektor seinen Vater verehrte, durfte er in Begleitung eines Mitarbeiters ganz nah an den Käfigen der Raubtiere vorbeigehen. Die Käfige stanken schwer nach Urin, das war schlimm genug. Aber wenn ein Tiger, ein Löwe oder eine Hyäne brüllte, entstand eine stinkende Wolke, die Nassri beinahe erstickt hätte.

Bereits nach einer Woche überraschte ihn Taufiq am frühen Morgen mit der Kalligraphie, die er persönlich abgeholt und bezahlt hatte. Sie war viel schöner, als Nassri es sich vorgestellt hatte. Ein grandioses Ornament umschlang die Schrift und verlieh ihr etwas Sakrales.

»Ich glaube, jetzt steht uns nichts mehr im Wege«, sagte Taufiq und Nassri sah den teuflischen Glanz in seinen Augen.

Eine Woche später erhielt Nassri eine persönliche Einladung des Präsidenten zum Abendessen. Ein Chauffeur holte ihn ab und brachte ihn in den Präsidentenpalast. Der Abend gefiel dem Präsidenten so sehr, dass er von da an einmal in der Woche mit Nassri und ein paar auserwählten Händlern der Stadt dinieren wollte.

Freundschaften waren in diesen Kreisen so gut wie unmöglich, aber Nassri genoss durch seinen Witz und seine Furchtlosigkeit bald eine besondere Nähe zum Präsidenten. Er entdeckte hinter der steifen Uniform einen einsamen Mann, der seit seiner Jugend keinen Tag genossen, seine Zeit vielmehr mit Verschwörungen und Gegenverschwörungen verdorben hatte.

Nassri fand die anderen Händler heuchlerisch, die mit dem Diktator jede Woche denselben Film ansahen, nur um danach hinter vorgehaltener Hand über ihn zu lachen. Präsident Schischakli verehrte Hitler und wollte ihn nachahmen. Er war beeindruckt von Leni Riefenstahls Film ›Triumph des Willens‹, den er sich jede Woche einmal im Filmsaal des Präsidenten-palasts ansah.

Nassri mochte weder die Deutschen noch den Krieg. Er ent-schuldigte sich jedes Mal und verließ den Palast. Das brachte ihm den Respekt des Bauernsohns Schischakli ein, weil der in Nassri einen kultivierten und freien Menschen erkannte, der genau hinhörte und bei aller Höflichkeit seine eigene Mei-nung sagte.

Drei Wochen später war die Ladung von drei vollen Last-wagen bereits zollfrei angekommen. Teigknete- und Por-tioniermaschinen für Bäckereien sowie Bohrmaschinen und Drehbänke für Metall- und Autowerkstätten, die ersten Im-porte aus Ungarn. Er habe die Generalvertretungen der Ma-schinenfabrik in Syrien erworben, um ein zweites Standbein für die Firma zu sichern, erklärte Taufiq.

»Zweites, sagst du? Ich habe den Eindruck, du hast unsere Firma zu einem Tausendfüßler gemacht«, erwiderte Nassri und beide Männer lachten.

An diesem Tag brachte Nassri der Hure Asmahan ein teu-res Parfum mit. Als er ihre Wohnung betrat, sah er, dass sie am Wohnzimmertisch mit dem Ausschneiden eines schönen Spruchs aus einer Zeitschrift beschäftigt war. Asmahan be-dankte sich für das Parfum und erzählte ihm, während sie wei-ter mit großer Sorgfalt den Spruch ausschnitt und einrahmte, dass sie seit ihrer Kindheit eine Schwäche für Kalligraphie habe. Kalligraphie sei die Fotografie der Wörter, sagte sie, und sie liebe Wörter mehr als alle Männer der Welt.

Erst jetzt fiel Nassri auf, dass die Wände in Schlaf- und Wohnzimmer, Küche und Bad mit gerahmten Sprüchen be-deckt waren. Er war beschämt über seine Blindheit, aber er wusste nun, wie er Asmahan gefügig machen konnte.

Als sie sich zurückzog, um sich für ihn schön zu machen, schrieb er den Spruch ab, den sie gerade ausgeschnitten hatte: Das Vernünftige an der Liebe ist ihre Verrücktheit.

An diesem Tag dachte er zum wiederholten Mal, dass er die Hure heiraten und auf Clan und Ruf hätte pfeifen sollen. Sie war klug wie seine Frau Lamia, konnte bezaubernd lachen und witzig sein wie seine Frau Nasime und hatte dazu den betörenden Körper seiner Frau Saide. Und sie war – anders als alle seine Frauen – dankbar. Sicher, sie verlangte Geld für ihre Mühe im Bett, doch seine Frauen nahmen das Doppelte, nur auf anderen Wegen – das hatte er berechnet. Aber keine war so dankbar, wenn er ihr ein Geschenk brachte. Asmahan freute sich manchmal tagelang über eine Flasche Parfum oder eine teure französische Modezeitschrift aus der Buchhandlung »Librairie universelle«.

Doch als er in diesen sehnsuchtvollen Gedanken versinken wollte, weckte ihn wie immer eine innere Stimme, die sich wie die seines Vaters anhörte: »Und glaubst du Trottel, dass du ihr genügst? So ein Weib hat Sex für sieben Männer, und was soll sie machen mit dem, was übrig bleibt, wenn du ausgelaugt neben ihr schnarchst? Sie wird einen zweiten, einen dritten, einen vierten Mann aufsuchen, so dass du bald siebenstöckige Hörner trägst, mit denen du durch keine Tür passt ...«

Nassri schüttelte niedergeschlagen den Kopf, als Asmahan in einem dünnen Seidenumhang ins Zimmer zurückkehrte. Ihre blonden Haare hatte sie zu einer Pyramide aufgesteckt und mit Strass und Federn geschmückt. Sie war die schönste Hure von Damaskus und nur ihr hoher Preis hielt die Männer davor zurück, vor ihrer Tür Schlange zu stehen. Pro Beischlaf verlangte sie hundert Lira, das war der Wochenlohn von Taufiq.

Nur Parlamentarier, Minister, Großgrundbesitzer, Generäle und reiche Händler konnten sich dieses Vergnügen leisten.

An diesem Tag wollte Nassri nach dem kurzen Liebesspiel aus Frust und ein wenig Scham wissen, der wievielte er jetzt am Mittag war.

»Der dritte«, sagte sie seelenruhig und zog ihre Unterwäsche an.

»Und nun hast du genug«, fragte er, in der Hoffnung, sie würde nach dem Beischlaf mit ihm »Oh ja« sagen. Asmahan lachte nur hell auf, gab aber keine Antwort.

»Beeil dich, bald kommt der Parlamentspräsident! Der will mich als arglose Studentin verführen. Du weißt, er ist Professor ...«

»Und danach?«

»Nun beeil dich doch. Danach kommen noch drei oder vier, vielleicht auch fünf, das kommt auf die Eifersucht der jeweiligen Ehefrau an«, sagte sie und schob ihn lachend, aber energisch zur Tür.

Eigenartig war diese Frau, die – als wäre sie keine Araberin – kein Schamgefühl, sondern eine nüchterne, genaue Vorstellung von ihrer Tätigkeit hatte. »Hurerei ist ein uralter Beruf«, sagte sie ihm eines Tages, »manche verkaufen die Kraft und Arbeit ihrer Hände, ihrer Augen, ihres Rückens und ich verkaufe die Arbeit meiner Vagina.« So konnte man es natürlich auch sehen. Nassri gefiel das nicht. Sie fügte hinzu: »Nehmen wir an, eine schöne und kluge Frau sei reif für die Ehe, welchen Mann wählen die Eltern unter hundert Bewerbern wohl aus? Sie werden weder den Sensibelsten noch den Wortgewandtesten noch den Klügsten geschweige denn den Ehrlichsten aussuchen, sondern den Reichsten und Mächtigsten, und das ist nichts anderes als Kauf und Verkauf. Schöne und gesunde Frauen gegen Macht und Sicherheit für sie und ihre Familie. Aber ich sehe, du verstehst mich nicht.«

Nassri war verwirrt, die Frau sprach arabisch, aber er war eine solche Sprache nicht gewöhnt.

Diesmal ging Nassri erst am Nachmittag zum Kalligraphen, in der Hoffnung, bis dahin hätte der seinen Mundgeruch abgelegt, und in der Tat roch der Atem des Mannes an diesem Tag nach Orange und Koriander.

»Hat auch die letzte Kalligraphie dem Präsidenten gefallen?«, fragte er nach der Erwiderung des Grußes.

»Ja, sehr. Wie sollte sie nicht gefallen, wenn sie aus Ihrer Feder stammt?«, sagte Nassri und richtete seine Augen auf das scharfe Messer, mit dem der Kalligraph die Spitze der Rohrfeder schnitt.

»Ich bin gleich fertig, nehmen Sie Platz, bitte«, sagte er und zeigte auf einen eleganten Stuhl. Ein Geselle trat zu ihm und fragte leise nach Blattgold. Der Kalligraph stand auf und holte aus einem Schrank hinter sich ein dickes Heft. »Es sind noch siebzig Blätter, wenn du fertig bist, trägst du die Zahl der herausgenommenen Blätter mit Datum in die Liste ein, die du am Heftende findest, und achte auf die winzigen Reste. Es ist Gold, verstanden?«, sagte er leise und streng zu dem bereits älteren Gesellen, dem diese Anweisung vor dem Kunden peinlich war. »Ja, mein Herr, ich achte immer darauf.«

»Schicke mir Jusuf, er soll uns zwei Mokka holen«, fügte Hamid Farsi hinzu.

Ein kleiner Junge kam aus der Werkstatt und fragte Nassri höflich, wie er seinen Kaffee wünsche. »Mit viel Zucker und wenig Kardamom.« Der stark schielende Junge machte sich auf den Weg zum Karam-Café am Ende der Straße.

Nassri schaute ihm nach und wunderte sich über seine sauberen Kleider. Alle im Laden schienen auf Anweisung einen Strich eleganter zu sein als die Mitarbeiter in den benachbarten Läden. »Schmuddeligkeit und Kalligraphie vertragen sich nicht«, erwiderte Hamid Farsi knapp auf das Kompliment seines Kunden.

»Heute habe ich eine ausgefallene Bitte«, Nassri rückte seinen Stuhl näher zum Tisch des Meisters, nachdem er seinen Mokka getrunken hatte. »Es ist sehr intim, für eine Frau, verstehen Sie?«, sagte er flüsternd. »Natürlich nicht meine. Wer schreibt schon seiner Frau Liebesbriefe?«

Der Kalligraph lächelte kalt.

»Nein, es ist ein Spruch über die Liebe, hier ist er«, sagte Nassri, holte das kleine Stück Papier aus seiner Brieftasche und faltete es auf dem Tisch auseinander. Hamid Farsi las den Spruch. Er gefiel ihm.

»Wie groß soll es sein?«

»So groß wie meine Handfläche, aber, bitte sehr, edel, wenn es geht in Gold«, fügte Nassri hinzu.

»Eilt es?«

»Ja, wie immer. Und auch diesmal, bitte, einen entsprechenden Begleitbrief mit Ihrer wunderbaren Schrift, aber ohne Briefkopf und Adresse. Sie wissen schon, die Dame könnte es herumzeigen. Es reicht, wenn der Brief mit meinem Vornamen Nassri endet.«

»Aber Sie müssen mir sagen, was im Brief stehen soll. Ich formuliere es dann.«

Nassri saß in der Falle. Er hatte alles vorbereitet, nur nicht die Antwort auf eine solche Frage.

»Irgendwas … Sie wissen schon. Etwas mit Liebe und so …«, stotterte er und kam sich auf einmal lächerlich vor. Der Kalligraph amüsierte sich innerlich über diesen reichen Mann, der Weltformat zeigen wollte, aber nicht fähig war, zwei Sätze über seine Gefühle zu formulieren. »Gut«, sagte er von oben herab wie einer, der einem Ertrinkenden vom Boot aus die Hand reicht, »dann sagen Sie mir, was die Dame gerne mag, was das Schönste an ihr ist, und ich sehe, was sich daraus machen lässt.«

Nassri war seit seiner Kindheit nie etwas derart peinlich gewesen, doch dann begann er von den blauen Augen seiner Hure zu sprechen, von ihrem Körper und ihrem Liebreiz. Und schließlich erwähnte er ihre Bemerkung, die ihn erschüttert hatte, dass sie nämlich die Schrift mehr liebe als die Männer.

Der Kalligraph notierte alles. Er beneidete diesen Reichen darum, dass er eine Liebhaberin der Kalligraphie verehrte.

Als Nassri aus dem Geschäft auf die Straße trat, merkte er, dass er verschwitzt war.

12.

Noch Jahre später dachte Nura mit Sehnsucht an die Zeit bei der Schneiderin Dalia. Drei Jahre verbrachte sie dort. Und wie viel sie dort gelernt hatte! Sie erzählte immer wieder, von ihrem Vater hätte sie lesen, von ihrer Mutter kochen und von Dalia leben gelernt.

Nura genoss die Arbeit bei Dalia auch deshalb, weil sie so ihrer Mutter entkommen konnte. Sie musste zu Hause weder kochen noch putzen. Sie hatte ja einen Beruf. Und davor hatte die Mutter großen Respekt.

Das Haus der Schneiderin lag an der Spitze zweier Gassen. Seine dreieckige Form war selten in der Stadt. Es sah wie der Bug eines mächtigen Dampfers aus und hatte zwei Haustüren, zu jeder Gasse hin eine. Es besaß keinen Innenhof, sondern einen schmalen Garten hinter dem Wohngebäude, der das Haus mittels seiner hohen Pflanzen von den Nachbarhäusern beider Gassen abschirmte. Eine alte knorrige Pomeranze, eine hohe Palme und zwei Zitronenbäume bildeten die Säulen eines Dschungels. Dazwischen wuchsen Oleander und Rosen mächtig in die Höhe. Jasmin webte vor den Nachbarhäusern einen engmaschigen Vorhang aus weißen Blüten und dunkelgrünen Blättern.

Die Terrasse, wie ein Schachbrett mit roten und weißen Fliesen belegt, schmückte ein winziger Springbrunnen. Dieser Ort diente der Schneiderin und ihren Mitarbeiterinnen als Ruheplatz. Hier tranken sie zehn Monate im Jahr ihren Tee und Kaffee und hier durften sie auch rauchen. In der Werkstatt war das streng verboten.

Die Schneiderei lag im Erdgeschoss. Sie verfügte über einen schönen Empfangssalon, zwei lichte Werkstatträume, eine Küche und ein kleines Lager für Material. Als Toilette diente ein verstecktes Häuschen im Garten hinter der Pomeranze.

Im ersten Stock wohnte Dalia. Dort wollte sie nicht besucht werden, auch von Nura nicht. Zur Mansarde im zweiten Stock gelangte man über eine Treppe, die an der hinteren Fassade hinaufführte. Neben der Mansarde war noch eine große Fläche zum Aufhängen der Wäsche. Aber das Dach war nicht wie bei Nura zu Hause durch ein Geländer abgesichert. Ungern ging Nura dort hinauf, um Wäsche aufzuhängen oder zu holen. Es wurde ihr schwindlig auf der Treppe, die immer ein wenig schwankte.

Dalia liebte das Haus, das sie selbst gekauft und wiederhergerichtet hatte. Das Erbe ihres Vaters hatten ihre vier Brüder unter sich aufgeteilt. Trickreich hatten sie Dalia nach dem Tod der Eltern enterbt, als diese mit persönlichen Katastrophen mehr als genug belastet war. Als sie den Betrug bemerkte, war es zu spät. Sie sprach bis zu ihrem Lebensende kein Wort mehr mit ihren Brüdern und deren Söhnen und Töchtern, die immer wieder versuchten, sich mit der bekannten und begehrten Schneiderin zu versöhnen.

»Erst gebt ihr mir zurück, was eure Väter mir geraubt haben, sonst schert euch zum Teufel mit eurer Schleimerei«, wies sie die Verwandtschaft barsch ab.

Das Haus der Schneiderin Dalia war nur einen Steinwurf von Nuras Haus entfernt. Das war am Anfang der einzige Nachteil, denn Nuras Mutter tauchte in den ersten Wochen mehrmals am Tag auf, um der Tochter irgendetwas mitzuteilen. Nura genierte sich, weil ihre Mutter mit ihr wie mit einem kleinen Mädchen sprach. Dalia merkte schnell, dass ihre junge Mitarbeiterin genervt war. Eines schönen Morgens machte sie der Peinlichkeit ein Ende. »Hör mal gut zu«, fuhr sie die Mutter an und sah von ihrer Nähmaschine auf, »erziehe deine Tochter bei dir zu Hause. Hier muss sie von mir etwas lernen. Niemand außer mir hat ihr hier etwas zu sagen. Haben wir uns verstanden?«

Die Mutter hatte verstanden und kam nie wieder. Aber seltsamerweise nahm sie der Schneiderin diese Zurechtweisung nicht übel. »Sie ist eine starke Frau. Drei Männer hat sie ins Grab geschickt. Sie weiß, was sie will«, sagte sie.

Nura lag lange wach in jener Nacht. Wie konnten sich ihre Eltern auf Dauer ertragen? Ihr Vater war ein unbelehrbarer Menschenfreund, der sogar in einem Verbrecher einen armen Menschen sah, der Liebe brauchte. Ihre Mutter dagegen misstraute Menschen. In jedem Passanten sah sie einen Wolf in Männergestalt, der mit einem freundlichen Lächeln getarnt auf Nura wartete, um sie zu fressen. »Mama, kein Mann lacht mich an, und wenn es einer tut, werde ich ihn zum Teufel schicken«, heuchelte sie, um die Mutter zu beschwichtigen. Sie verschwieg ihre Ängste vor dem Friseur, dessen Blicke ihre Haut versengten, und auch die Zuneigung, die sie für den Bohnenverkäufer Ismail empfand, dessen Laden nicht weit von ihrer Gasse lag. Er war immer freundlich, gut angezogen und sauber rasiert, aber auch hässlicher als alle Männer im Viertel. Er hatte ein Gesicht wie ein Geier und einen Körper wie ein Nilpferd, aber er war immer bester Laune und pries lauter als die Straßenbahn seine gekochten Bohnen, gebratenen Falafel und anderen kleinen vegetarischen Gerichte an, die er über die Theke verkaufte. Der Laden war so klein, dass nur er selbst, seine Töpfe und Frittierkessel hineinpassten. Nuras Vater sagte, wenn Ismail noch ein wenig zunähme, fände er keinen Platz mehr für den Salzstreuer. Und doch lobte er wie alle Nachbarn Ismails Gerichte, deren Geheimnisse er von seinen Vorfahren geerbt hatte. Seit zweiundzwanzig Generationen, das stand über der kleinen Tür, kochten und frittierten sie Gemüse in diesem Laden. Und man erzählte, dass der osmanische Sultan Selim auf dem Weg nach Palästina und Ägypten hier angehalten habe, weil der Duft aus dem Laden ihm Appetit machte. Der Sultan habe dem Inhaber einen Dank geschrieben, der nun seit vierhundert Jahren im Laden hing und der bis zum Ende des osmanischen Reiches jedem Beamten verbot, die Besitzer des Ladens zu behelligen.

Wenn Ismail Nura sah, zurrte er seine Lippen zu einem

Kuss zusammen, und manchmal gab er sogar seinem gewaltigen Schöpflöffel einen beherzten Kuss und ließ dabei seine Augenbrauen andeutungsvoll tanzen.

»Damaszener Rose, heirate mich«, rief er ihr zu, als sie eines Morgens in Gedanken versunken an seinem Laden vorbeiging. Sie erschrak kurz, dann lachte sie ihn an. Und seit diesem Tag empfand sie so etwas wie Wärme, wenn sie ihn sah, und sie ging von nun an erhobenen Hauptes und mit langsamen Schritten an seinem Laden vorbei und genoss den Schwall seiner poetischen Worte.

Welche Gefahr sollte von diesem beleibten Mann ausgehen? Im Traum erschien er ihr zweimal als Falafelbällchen, das in Öl schwamm, Bläschen warf und ihr im Singsang zurief: »Iss mich, iss mich.« Sie wachte lachend auf.

Nein, Nura hatte ihrer Mutter ab dem zehnten, elften Lebensjahr nichts mehr anvertraut, um sich selbst und sie zu schonen.

Dennoch kam es immer wieder zum Streit, wenn die Mutter etwas entdeckt hatte, was ihre Angst um Nura schürte.

Damals vergötterten alle jungen Frauen den Sänger und Schauspieler Farid al Atrasch, der melancholische und populäre Liebeslieder sang. Er besaß die traurigste Stimme der arabischen Welt, die alle Frauen zum Weinen brachte. Woche für Woche berichteten die Zeitungen über seine Herzerkrankung. Farid al Atrasch blieb sein Leben lang Junggeselle, man sagte ihm nach, dass er Pferde und Jungen mehr liebe als Frauen, was die Frauen nicht glauben wollten.

Nuras Vater ließ der Sänger kalt, ihre Mutter hasste ihn, weil er Frauen mit seinen Liedern verführte. »Er ist Druse, und was soll einer schon sein, dessen Mutter für Geld Laute gespielt hat? Hast du gehört, wie seine Schwester endete? Sie ertrank im Nil. Sie war die schönste Frau der arabischen Welt, und statt einen König zu heiraten, sang sie in Nachtlokalen und wurde von ihrem Liebhaber, einem eifersüchtigen Engländer, erwürgt und in den Nil geworfen.«

Dalia, die Schneiderin, vergötterte Farid al Atrasch. Sie sang nicht nur gerne seine Lieder, sondern sah alle seine Filme im Roxy-Kino. Manche Filme, wie ›Ahlam al Schabab‹, Träume der Jugend, und ›Schahr al Asal‹, Flitterwochen, hatte sie schon mehr als zehnmal gesehen. Die Wand über ihrem Arbeitsplatz war mit einem großen Plakat des Filmes ›Makdarschi‹, Ich kann nicht, geschmückt. Farid al Atrasch schien genau das zum Betrachter zu sagen, während ihn seine Partnerin, die berühmte Tänzerin Tahija Karioka, eifersüchtig beobachtete. Und immer wenn Kundinnen zur Eile drängten, zeigte Dalia nur stumm mit dem Zeigefinger auf das Plakat und arbeitete weiter.

Eines Tages, Nura war bereits länger als ein Jahr bei Dalia in der Lehre, sprachen die Mitarbeiterinnen aufgeregt davon, dass in ein paar Wochen der neueste Film, ›Achir Kisbeh‹, Letzte Lüge, im Roxy anlaufe und dass Farid al Atrasch, der seit seiner Kindheit in Kairo lebte, bei der Premiere anwesend sein würde.

Woher Dalia die fünf Ehrenkarten hatte, verriet sie niemandem. Jedenfalls gingen alle Mitarbeiterinnen mit ihr ins Kino.

Neunzig Prozent der Besucher waren Frauen, die, wie die Meisterin prophezeit hatte, in den teuersten modischen Kleidern gekommen waren, um dem ewig ledigen Sänger zu gefallen. Als er erschien, ging ein schmachtendes Raunen durch den Saal.

Der Sänger war kleiner, als man vom Plakat her vermutete. Sein Gesicht war blass und glatt. Er trug auch nicht den damals üblichen Schnurrbart. Nura wurde rot und spürte, dass ihr Herz in die Tiefe stürzte, als der Sänger sie mit seinen großen traurigen Augen einen Moment lang fixierte. Sie verliebte sich auf der Stelle unsterblich in ihn. Von der Filmhandlung bekam sie nichts mit. Aber als Farid sang, hatte sie das Gefühl, er singe nicht für Samia Gamal, seine Geliebte im Film, sondern nur für sie. Sie weinte und lachte und dann kam diese kurze Begegnung, die ihr in jener Nacht den Schlaf rauben sollte.

Als die Zuschauer hinausgingen, stand der Sänger flankiert von den wichtigen Persönlichkeiten der Stadt, die sich gerne mit ihm fotografieren ließen, am Eingang und verteilte sein signiertes Porträt. Und die Damaszener Frauen, die niemals eine Schlange bildeten und sich bei jedem Gemüseverkäufer die Augen auskratzten, wenn sie es eilig hatten, standen nun wie Klosterschülerinnen brav und artig da, weil sie dem Sänger gefallen wollten. Sie nahmen das Bild aus seiner Hand entgegen und gingen geordneten Schrittes hinaus. Dalia stand hinter Nura und flüsterte ihr zu: »Jetzt oder nie«, aber Nura war viel zu aufgeregt in ihrem geliehenen teuren Kleid, das einer Braut gehörte.

Als sie an der Reihe war, gab ihr der Sänger sein Porträt, lächelte sie kurz an und berührte ihre Finger. Sie war einer Ohnmacht nahe.

Ganz anders Dalia. Sie fasste sich ein Herz, packte die Gelegenheit beim Schopf und gab dem verdutzten Sänger einen schallenden Kuss auf die Wange.

»Ich, Dalia, die kleine Schneiderin und dreifache Witwe, habe Farid al Atrasch geküsst. Ab jetzt kann ich sterben und Gott kann mich ruhig in die Hölle schicken«, triumphierte sie in der Kutsche auf dem Weg nach Hause. Ihre Mitarbeiterinnen kicherten.

Als Nura am nächsten Tag mittags nach Hause kam, fand sie das Bild unter ihrem Kopfkissen in tausend Stücke zerfetzt.

Sie erstarrte. Und dann fühlte sie, wie ihr die Wut fast den Atem nahm. Immer stärker wurde in ihr der Wunsch, das Elternhaus zu verlassen. Sie wollte bald heiraten, um ihre Mutter loszuwerden.

Dalia entging nichts. »Ach, Kindchen, spar dir deine Tränen, hier hast du ein neues Foto«, sagte sie und gab ihr das Bild. »Ich habe genug davon. Ist er nicht süß? Und erst sein Geruch!«

Nura versteckte das Foto zu Hause unter einem losen Brett in ihrem Kleiderschrank, vergaß es aber bald.

Erst nach ihrer Flucht erinnerte sie sich wieder daran und fragte sich, ob jemand in einem kommenden Jahrhundert, der das Bild im Schrankboden entdecken würde, die Geschichte hinter dem Bild erahnen könnte. Sie schüttelte den Kopf und lächelte.

Dalia war eine wahre Meisterin. Sie hasste das Ungefähre und glaubte ihr Leben lang, dass sich alles Halbe rächen würde. Sie selbst hatte Geduld, aber oft das Pech, dass ihre Mitarbeiterinnen nicht das nötige Feuer mitbrachten. Viele hielten sich schon für Schneiderinnen, weil sie zu Hause einmal eine Schürze oder einen Topflappen genäht hatten. »Mädchen, Mädchen, du bist nicht bei der Sache«, war Dalias häufigster Satz, weil die meisten Gehilfinnen nur ein bisschen nähen lernen wollten, um dann als gute Partie für einen Mann zu gelten. Nach Kochen war Nähen die Fähigkeit, auf die ein Mann in Damaskus bei seiner zukünftigen Frau Wert legte.

»Schere und Nadel, Faden und Nähmaschine sind nur Hilfsmittel«, erklärte sie Nura gleich in der ersten Woche. »Schneidern nach Regeln kann man nach spätestens zwei Jahren, aber erst wenn du beim Anblick eines Stoffes weißt, welches Kleid daraus am besten geschneidert werden kann, bist du eine Schneiderin. Und das steht in keinem Buch. Das musst du im Gefühl haben, um aus dem Brei der Möglichkeiten die Rosine herauszupicken.«

Nura beobachtete genau, wie Dalia den Stoff, den Kundinnen brachten, ausrollte, anfasste, an die Wange legte, nachdachte, ihn wieder in die Hand nahm und gegen das Licht hielt, wie dann ein schüchternes Lächeln über ihren Mund huschte als sicheres Zeichen, dass ihre Chefin jetzt eine Idee hatte. Sie nahm einen Bogen Papier, fertigte in Eile daraus einen Schnitt und hielt diesen prüfend gegen den Stoff. Wenn Dalia zufrieden war, merkte Nura, wie die Idee vom Kopf in das Handgelenk überging, um über ihre Finger in den Stoff zu wandern. Von da an gab es kein Zögern mehr, bis das Kleid mit Nadeln und Heftstichen zusammengehalten war.

Außer der bereits erfahrenen Fatima durfte keine Mitarbeiterin Stoffe zuschneiden. Dalia ermunterte ihre Mitarbeiterinnen aber, mit den Resten zu üben: »Erst mit der gnädigen Baumwolle und dann hinauf bis zu den Majestäten Samt und Seide.«

Nura staunte in ihrem ersten Lehrjahr oft über die langen Debatten, die Dalia mit den Kundinnen führte. Diese kamen in der Regel mit genauen Vorstellungen, was für ein Kleid sie haben wollten. Dalia fand aber häufig, dass genau so ein Kleid nicht zu der Kundin passte.

»Nein, Madame, Orange und Rot passen nicht zu Ihren Augen, nicht zu Ihrer Haarfarbe und vor allem nicht zu Ihrer gesegneten Fülle«, sagte sie.

»Aber mein Mann liebt Rot«, jammerte die Frau des Bankdirektors al Salem. »Dann soll er Rot tragen oder Sie nehmen zehn bis fünfzehn Kilo ab«, sagte Dalia und zeigte ihr, wie gut Blau zu ihr passte und sie dazu schlank erscheinen ließ.

»Wie kannst du das alles sehen?«, fragte Nura eines Tages, als die Frau eines berühmten Chirurgen sich vor Freude und Dankbarkeit über ihr neues Kleid gar nicht mehr einkriegen wollte.

»Ich lernte sehen, bevor ich den ersten Zuschnitt gemacht habe. Versuch einmal die Falten der Wellen, das zauberhafte Grün der Orangenblätter, das Weiß der Jasminblüte, die Schlankheit der Palme zu verstehen. Du wirst sehen, sie sind Meister der Eleganz.«

Dalia war nie zufrieden. Und sie war nicht selten ungerecht. Auch Fatima wurde nicht verschont: »Schau dir Fatima an«, sagte sie oft mit gespielter Verzweiflung und blickte auf ihre älteste und beste Mitarbeiterin, »sie ist seit zehn Jahren bei mir und kann bis heute kein anständiges Knopfloch nähen.«

Fatima hasste Knopflöcher, aber ansonsten war sie eine exzellente Schneiderin. Sie war die einzige treue Mitarbeiterin, die schon vor Nura in der Werkstatt gearbeitet hatte und nach Nuras Weggang noch blieb. Sie arbeitete nicht nur für drei, sie war auch die Seele der Werkstatt. Sie tröstete, kam den jungen Frauen zu Hilfe und widersprach auch laut, wenn ihre Chefin einmal übertrieb.

Die anderen Mitarbeiterinnen wechselten schnell. Sie liebten die Arbeit nicht. Sie kamen mit der Vorstellung, nach einem Jahr bereits Meisterin zu sein, und erfuhren, wie kompliziert das Handwerk war.

Manchmal gingen die Mädchen von selbst, manchmal schickte Dalia sie auch weg: »Das reicht vollkommen, um die Unterhose für deinen Ehemann zu nähen«, sagte sie.

Sie zahlte einen minimalen Lohn, der gerade die monatliche Straßenbahn- oder Busfahrkarte deckte. Aber jede Mitarbeiterin bekam eine warme Mahlzeit am Tag und unbegrenzt Kaffee. Alkohol durfte niemand außer der Chefin trinken.

Nura empfand im Nachhinein das erste Jahr als das schwierigste, vom zweiten Jahr an war sie Feuer und Flamme und konnte bald ganze Kleider allein nähen.

Als sie begann, von der Arbeit zu träumen, lachte Dalia und klopfte ihr auf die Schulter: »Du machst Fortschritte, sogar im Schlaf«, sagte sie. Dabei war der Traum alles andere als lustig. Nura träumte von einer Kundin, die die Schneiderin aufsuchte, um ihr Hochzeitskleid zu probieren. Das Kleid war fast fertig, im Leben wie im Traum. Die Kundin war nicht zufrieden, obwohl das Kleid wunderbar saß und die Schwangerschaft gut kaschierte. Nura dachte, sie koche besser einen Kaffee, um die Kundin zu beruhigen, die den Tränen nahe in ihrem neuen Kleid vor dem Spiegel stand. Auf dem Weg in die Küche bat Nura ihre Chefin, mit der Kundin zu sprechen, weil diese großen Respekt vor Dalia hatte. In diesem Augenblick hörten sie ein erleichtertes Lachen. »So ist es recht«, jubelte die Kundin. Sie hatte die Robe mit einer großen Schere eine Handbreit über ihren Knien abgeschnitten, so dass nur noch ein erbärmlich kurzes Kleid mit Zickzackrand übrig geblieben war.

Nura war aufgewacht und hatte nach Luft geschnappt.

»Nun ist dir der Beruf in Fleisch und Blut übergegangen und bald macht er es sich bequem in deinem Hirn«, sagte Dalia und lachte, als Nura ihren Bericht beendet hatte. Das Kleid war Nuras erste selbständige Arbeit gewesen.

Sie lernte fleißig und zog sich täglich nach dem Abendessen auf ihr Zimmer zurück und lernte die schwierigen Namen der Farben und der Stoffe und wiederholte manchen Schnitt und manche Naht auf den Stoffresten, die sie aus der Werkstatt mitnehmen durfte. Dalia konnte die elf Nuancen der Farbe Blau im Schlaf benennen, von »marin« bis »prune«, auch Pflaumenblau genannt. Von Rot gab es sogar sechzehn Nuancen von Kardinalrot bis Rosa, und sie verwechselte keine mit der anderen.

Dalia war sehr direkt in ihrer Art, auch ihren Kundinnen gegenüber. Einmal hatte eine während der verschiedenen Anproben ihres Hochzeitskleids durch die vielen Einladungen im Vorfeld der Feier fürchterlich schnell zugenommen. Sie kam von Anprobe zu Anprobe dicker in die Schneiderei und Dalia hatte bereits dreimal alles neu markiert und abgesteckt. Als sie bei der nächsten Anprobe sah, dass die Kundin nicht mehr ins Kleid passen wollte, winkte sie mit der Hand ab: »Ich bin Schneiderin für Frauenmode und nicht für Hefeteig. Also Mädchen, entscheide dich, Hochzeitskleid oder Pistazien und Kuchen!« Die junge Frau wurde rot im Gesicht und eilte davon, kam aber zehn Tage später zurück, sehr blass, aber schlank.

»Schöne Menschen brauchen keine Kleider, Gott selbst hat ihnen das schönste genäht. Aber diese Menschen sind selten, bei allen anderen besteht unsere Kunst darin, das Schöne zu betonen und das Hässliche zu verhüllen«, war Dalias Devise für ihren Beruf.

Sie nähte stundenlang an ihrer Singer-Nähmaschine mit Fußpedal, auf die sie sehr stolz war. Für ihre Mitarbeiterinnen gab es drei ältere Maschinen mit Handkurbeln.

Auch Jahre nach ihrer Flucht dachte Nura oft an Dalia und an alles, was sie von dieser rätselhaften Frau gelernt hatte.

13.

W ie ich zu meinem ersten Mann kam, hat natürlich auch mit meinen Eltern zu tun«, erzählte die Schneiderin eines Tages. »Sie waren hier im Midan-Viertel sehr angesehen und hatten ein offenes Haus. Mein Vater und mehr noch meine Mutter tranken gerne Arrak, als wären sie Christen. Dabei waren sie beide gläubige Muslime, betrachteten aber die Gebote und Verbote nur als notwendige Regeln für die Ordnung primitiver Gesellschaften. Ich habe sie nie betrunken erlebt.

Unser Midan-Viertel war seit der Osmanenzeit als rebellisch bekannt und blieb es auch unter den Franzosen. Manchmal wurde das ganze Viertel mit einem Gewirr aus Stacheldraht verriegelt und jeder kontrolliert, der ein oder aus wollte. Und als nicht einmal mehr das half, bombardierten die Franzosen das Viertel.

Mein Vater war so etwas wie der Anführer. Man lebte sehr eng beieinander und kannte sich gut. Meine Eltern waren bekannt für ihre Gastfreundschaft, deshalb wurde ein Fremder höflich oder mit Gewalt zu meinem Vater geführt. Wenn der Fremde in Ordnung war, wurde er als Gast verwöhnt und alle Nachbarn bereiteten ihm ein Festessen. Hatte er jedoch schlechte Absichten, wurde er des Viertels verwiesen oder noch härter bestraft. Zwei Spione wurden in den Jahren des Aufstandes enttarnt, hingerichtet und mit einem Blatt Papier auf der Brust neben den Stacheldraht gelegt. »Schönen Gruß an Sarai« stand darauf. General Sarai war der Chef der französischen Truppen in Syrien.

Eines kalten Januartages im Jahr 1926 – das Land war seit dem Ausbruch des großen Aufstands gegen die Franzosen im Sommer 1925 in Aufruhr – kam ein junger Mann aus Aleppo zu uns. Er wollte lernen, wie die Leute im Midan-Viertel den Widerstand gegen die Franzosen organisierten. Er hieß Salah und konnte wunderschön Gedichte vortragen.

Als er mich sah, wollte er mich auf der Stelle heiraten, und mein Vater stimmte sofort zu. Der Mann war aus einer angesehenen Familie und ziemlich vermögend. Aus der Sicht meines Vaters war es mehr als vernünftig, einem Verehrer des Midan-Viertels eine Tochter ebendieses Viertels zur Frau zu geben. Man hat mich nicht gefragt. Ich war ein junges Ding von sechzehn Jahren und mich machten die Blicke des Mannes schwach. Er hatte schöne Augen und langes lockiges Haar.«

Dalia goss Arrak in ihr Glas, gab Wasser dazu und nahm einen kräftigen Schluck. »Salah war den ganzen Hochzeitsabend lang charmant zu mir. Und während die Gäste sangen und tanzten, sagte er mir ein Liebesgedicht nach dem anderen auf. Ich war verliebt in ihn. Nach der Feier gingen wir in das große Schlafzimmer. Er schloss die Tür hinter sich und lächelte mich an. Ich fühlte eine Atemnot, als hätte er mit dem Schließen der Tür einen Sack um meinen Kopf geschnürt.

Ich versuchte mich an die Ratschläge meiner Mutter zu erinnern: ein wenig Widerstand leisten. Ich zitterte am ganzen Leib vor Unsicherheit: Wie spielte man ein bisschen Widerstand? Er knöpfte mein Kleid auf. Ich war einer Ohnmacht nahe. »Willst du einen Schluck Arrak?«, fragte er. Die Flasche war dezent in einem mit Eissplitter gefüllten Kübel ins Zimmer gestellt worden. Ich nickte. Alkohol macht Mut, dachte ich. Meine Mutter hatte mir gesagt, er belebe auch die eigene Lust, so dass man selbst etwas von der ersten Nacht habe. Salah nahm einen kleinen Schluck. Ich kippte das ganze Glas in mich hinein und fühlte, wie der Schnaps in meinem glühend heißen Inneren zischte. Seine Hände suchten eilig den Eingang zu mir und knöpften zugleich den eigenen Hosenschlitz auf.

Wenn er meine Brüste berühre, hatte mir meine Mutter als Tipp für die Hochzeitsnacht gegeben, sollte ich stöhnen, damit er fortfahre, und dort, wo es mir nicht gefalle, sollte ich steif wie ein Stück Holz werden.

Ich wurde aber sofort, als Salah mich mit der Hand zwischen den Beinen berührte, von Kopf bis Fuß steif wie ein Floß, das fort will, aber irgendwo festhängt. Alles in mir war tot. Er entkleidete sich vollständig und dann sah ich sein Ding: klein und krumm. Ich konnte mein Lachen nicht unterdrücken. Er gab mir die erste Ohrfeige, weil sein Ding nicht reagierte. Er schob meine Beine noch weiter auseinander, als wäre er ein Elefant. Ich sah ihn an, nackt zwischen meinen Beinen: Gott, ist er hässlich! dachte ich. Meine Lust hatte sich durch das offene Fenster verflüchtigt. Er schwitzte und roch merkwürdig fremd, nicht streng, aber fremd, fast wie frisch geschnittene Gurken.

Er bemühte sich in den nächsten Stunden rücksichtsvoll, sein halbschlaffes Ding in mich hineinzupressen. Und am Ende erbrachte eher sein Finger den Beweis meiner Jungfräulichkeit, der Eltern und Verwandte draußen erleichtert jubeln ließ.

Drei Wochen später wurde Salah bei einer Kontrolle gestoppt. Er versuchte zu fliehen, da er Waffen transportierte. Er wurde erschossen. Das ganze Viertel lief hinter seinem Sarg her und alle schworen Rache gegen Sarai und die Franzosen. Gestandene Männer weinten wie verwaiste Kinder. Ich würde lügen, wenn ich sage, ich trauerte. Er war mir in den drei Wochen fremd geblieben. Zwiebeln halfen mir damals. Ich glaube, Gott hat die Zwiebel erschaffen, um den Witwen zu helfen, ihr Gesicht zu retten. So auch bei mir. Die Verwandten beruhigten mich und hatten Sorge um meine Gesundheit. Ich kam mir wie ein Monster vor, aber mein Herz blieb stumm.«

Nura war schon immer etwas weitsichtig gewesen, so dass es ihr bald schwerfiel, den Faden durch das Nadelöhr zu bringen. Also erhielt sie eine Brille. Es war die billigste und hässlichste, die ihr angeboten wurde, aber die Mutter wollte es so. Weil sie niemanden verführen solle, lautete ihre Erklärung. Nura schämte sich, die Brille auf der Straße oder im Haus zu tragen und deponierte sie in ihrer Schublade bei der Schneiderin. Ihre Mutter riet ihr, niemandem von der Brille zu erzählen, denn die Leute wollten keine bebrillte, geschweige denn eine weitsichtige Schwiegertochter.

Dalia dagegen trug stets eine dicke Brille und Nura war überrascht, als sie sie einmal abnahm. Auf einmal hatte sie schöne große Augen und nicht wie sonst kleine Erbsen in den Ringen aus Glas.

Nura liebte die Ruhe, wenn sie über Stunden hinweg eine leichte mechanische Arbeit ausführen musste, dann hatte sie Zeit, sich Gedanken über alles Mögliche zu machen. Merkwürdigerweise dachte sie nie über Heirat nach, wie die anderen Frauen bei Dalia. Sie wollte gerne jemanden leidenschaftlich lieben, von ihm um Herz und Verstand gebracht werden, doch sie traf niemanden. Oft setzte sie in ihrer Fantasie den Mann ihrer Träume aus Einzelteilen zusammen, den Augen eines Bettlers, dem Geist und Verstand ihres Vaters, dem Witz des Eisverkäufers und der Leidenschaft des Bohnenverkäufers, der Stimme des Sängers Farid al Atrasch und dem leichten Gang von Tyron Power, den sie im Kino bewundert hatte.

Manchmal musste sie lachen, wenn ihr der Gedanke kam, dass durch einen Fehler vielleicht eine falsche Montage entstand und der Mann ihrer Wünsche so klein wie ihr Vater wäre, mit Bauch und Glatze des Bohnenverkäufers, dem nichtssagenden Gesicht des Sängers und dem verdorbenen Charakter von Tyron Power.

Eines Tages kam eine Mitarbeiterin ganz aufgelöst zur Arbeit und erzählte schluchzend, sie sei durch die Prüfung gefallen. »Welche Prüfung denn?«, fragte Dalia.

»Die Brautprüfung«, sagte die junge Frau weinend. Dalia ging erleichtert zu ihrer Nähmaschine zurück. Die Mitarbeiterin musste an dem Tag in der Küche aufräumen, Kaffee kochen und gegen Mittag nach Hause gehen und sich erholen, damit die Kundinnen nicht ihr verweintes Gesicht sehen konnten.

Und was war geschehen? Die Eltern eines jungen Metzgers hatten die Frau als Braut für den Sohn ins Auge gefasst. Sie wurde gemustert, man zupfte an ihr herum und war unzufrieden, weil sie schlechte Zähne hatte und vor Aufregung schwitzte. Im Hammam endete die Brautschau mit einer Niederlage, da sie zwei große hässliche Narben am Bauch der Frau entdeckten. Aus der Traum!

Während die junge Frau in der Küche verzweifelt über ihr Schicksal jammerte, erinnerte sich Nura an einen Bildband mit französischer Malerei, in dem eine schöne nackte Frau mit zartem Körper und heller Haut auf dem Sklavenmarkt von einem grobschlächtigen vermummten Mann abgetastet wurde. Er überprüfte ihre Zähne, wie Bauern es machen, wenn sie einen Esel kaufen wollen.

Nuras Mutter war begeistert von den Fähigkeiten ihrer Tochter als Schneiderin. Und sie blieb ihr Leben lang stolz auf das Hauskleid, das Nura ihr zum Opferfest schenkte. Es war dunkelrot mit hellen Arabesken. Der Schnitt war einfach und Nura hatte sich nicht einmal besondere Mühe gegeben.

Nie zuvor und nie danach sah sie ihre Mutter so gerührt wie an diesem Tag. »Mein Leben lang wollte ich Schneiderin werden und Menschen mit Stoffen schön anziehen«, seufzte sie, »doch mein Vater betrachtete es als Schande, wenn eine Frau ihr Brot durch Arbeit verdient.«

Merkwürdigerweise hatte die Mutter absolutes Vertrauen

zu Dalia, obwohl diese so ungnädig sein konnte. Als Nura ihr einmal erzählte, dass sie mit der Schneiderin in das Haus eines reichen Mannes eingeladen war, für dessen Frau Dalia schneiderte, hatte die Mutter nichts dagegen. »Dalia ist eine Löwin, sie wird gut auf dich aufpassen«, sagte sie vertrauensvoll, »aber sag deinem Vater nichts. Er mag Reiche nicht und verdirbt dir den Besuch mit einer Predigt.«

»Machen wir Schluss für heute«, sagte Dalia eines späten Nachmittags und beendete die letzte Naht am Sommerkleid für eine gute Freundin.

Dalia prüfte das Kleid ein letztes Mal und übergab es Nura, die es auf einen Bügel spannte und glättete. »Das wird Sofia mindestens zehn Jahre jünger machen«, sagte sie.

Sie nahm die Arrakflasche, die Zigaretten und ein Glas und trottete hinaus auf die Terrasse. Dort drehte sie den Hahn des Brunnens auf und das Wasser plätscherte leise in das kleine Becken. Nura folgte ihr. Ihre Neugier brachte endlich das Gespräch auf Dalias Leben nach dem Tod ihres Mannes. »Kadir, mein zweiter Mann«, erzählte sie, »war Automechaniker. Er war mein Cousin und arbeitete am Rand von Damaskus in einer großen Autowerkstatt. Ich kannte ihn als schweigsamen Jungen, der so behaart war wie ein Affe. Man schmunzelte in der Familie, seine Mutter habe eine Liebesaffäre mit einem Gorilla gehabt. Aber ganz so schlimm war es nicht.

Kadir tauchte auf, als mein erster Mann starb. Er war im Begriff, seine eigene Werkstatt zu eröffnen. Ich war nicht einmal siebzehn und lebte nicht in den Gassen von Damaskus, sondern in den Filmen, die ich damals sah.

Er war ein kluger Automechaniker und hatte Glück. Bald konnte er sich vor Kundschaft kaum noch retten. Wenn er zu Besuch kam, roch er immer nach Benzin. Er schwieg die meiste Zeit oder er redete mit meinem Vater über Autos. Mein Vater fuhr damals als einer der ersten einen Ford.

Ich mochte meinen Cousin Kadir nicht, aber er gefiel meiner Mutter und mehr noch meinem Vater, dessen Auto von nun an kostenlos repariert wurde.

›Kadir hat gesegnete Hände. Seitdem er das Auto angefasst hat, macht die alte Blechkiste keine Probleme mehr.‹

Mein Verlobter war das genaue Gegenteil von meinem Geliebten, den ich mir in meiner Fantasie ausgemalt hatte. Der war ein redseliger schlanker Araber mit großen Augen, dünnem Schnurrbart und messerscharfen Koteletten. Er kam, wann immer ich ihn sehen wollte, mit glatt rasiertem Gesicht. Sein Haar glänzte wellig und er hatte immer eine Zeitung oder Zeitschrift unter dem Arm. Und diesen Geliebten interessierten meine Lippen und Augen mehr als mein Hintern. Er fand meine Worte sinnlich und versank in meinen Augen.

Doch dieser Geliebte fiel tot um beim ersten Schlag, den ihm mein Bräutigam in der Hochzeitsnacht versetzte. Der machte sich weder was aus Frisuren noch aus Zeitschriften, und Filme waren für ihn glatter Betrug. Alles, was nicht aus Fleisch oder Metall war, interessierte ihn nicht. Er aß kein Gemüse, sang nie und sah keinen einzigen Film in seinem Leben. Er bemerkte nicht einmal, dass ich Mund und Augen besaß. Denn er schaute nur auf meinen Hintern.

In der ersten Nacht mit ihm lag ich, ohne einen einzigen Kuss zu bekommen, unter ihm und er wieherte wie ein kraftvoller Hengst und schwitzte. Sein Schweiß roch nach Heizöl. Ich konnte das üppige Hochzeitsessen in meinem Magen gerade noch bei mir behalten.

Ich musste nicht nur seine Geliebte im Bett, sondern auch sorgende Mutter für ihn sein, dazu Geschäftsfrau und Sklavin im Haushalt. Allein seine Arbeitskleider hätten eine Wäscherin voll beschäftigt. Denn er wollte täglich frische haben. Da waren mir die alten Araber lieber! Die trennten alles fein säuberlich, die Mutter, die Ehefrau als Hausherrin, eine Sklavin für den Haushalt, eine Köchin, eine schöne Gespielin, eine Erzieherin für die Kinder und weiß der Teufel, was noch. Heute wollen die Männer all das von einer einzigen Frau haben. Und möglichst preiswert.

Ein Jahr lang bestieg er mich täglich zweimal, so dass ich bald nicht mehr laufen konnte. Und dann eines Nachts kam die Erlösung. Mitten im Orgasmus stieß er einen Schrei aus, als hätte er sich in Tarzan verwandelt, und fiel seitlich auf das Bett. Er war tot, mausetot. Ich schrie drei Tage lang vor Schreck und man hielt mein Geschrei für Trauer.«

Unglaublich, was Nura alles zu hören bekam. Sie hätte gerne Fragen gestellt, um die Einzelheiten genauer zu verstehen, wagte aber nicht, Dalias Erzählfluss zu unterbrechen.

Diesmal war die Schneiderin schlau und etwas schneller als die Familie ihres Mannes gewesen. Sie verkaufte die Werkstatt an den ältesten Gesellen und seinen großen 16-Zylinder-Cadillac für viel Geld an einen reichen Saudi-Araber und lachte sich kaputt über die empörten Geschwister ihres Mannes, die leer ausgingen.

Vom dritten Mann erzählte Dalia nie. Auch als Nura kurz vor ihrem Abschied nach fast drei Jahren nach ihm fragte, winkte die Schneiderin ab. Es sah nach einer Wunde aus und es war auch eine tiefe Verletzung, wie Nura später von einer Nachbarin erfuhr.

Dalia hatte ihren dritten Mann im Krankenhaus beim Besuch einer kranken Freundin kennengelernt. Er war jung, aber unheilbar an Krebs erkrankt. Dalia verliebte sich in den blassen jungen Mann. Die Frau des Chefarztes war eine begeisterte Kundin von ihr, so durfte Dalia ihren Geliebten sehen, wann sie wollte. Sie beschloss, den kranken Mann zu heiraten, dessen Namen sie nie erwähnte. Alle Verwandten und Freunde warnten sie, aber Dalia hatte schon immer ihren eigenen Kopf gehabt, der einen Vergleich mit Granit nicht zu fürchten brauchte. Sie heiratete den Mann, nahm ihn zu sich und pflegte ihn mit Liebe, bis er wieder aufstehen konnte, der Tod mit seiner Blässe aus seinem Gesicht wich und die Farbe zurückkehrte. Dalia erlebte das Paradies an der Seite eines witzigen und schönen Mannes. Es störte sie nie, dass er ein Müßiggänger war. Sie gönnte es ihm und erwiderte allen Lästerern: »Lasst ihn doch das Leben genießen, ihr Geizigen und Neider. Er hat so viele Jahre gelitten.« Sie gab mit beiden Händen Geld für ihn aus und arbeitete wie eine Besessene, damit sie keine Schulden machen musste. Ihr Mann war sehr charmant und anfangs auch sehr lieb zu ihr, doch dann begann er sie zu betrügen. Alle Welt wusste es, nur Dalia wollte es nicht wissen.

An einem schönen Sommerabend wartete Dalia mit dem Essen auf ihn, weil es der dritte Jahrestag ihrer Hochzeit war und sie sich von der Zahl drei etwas Glück erhoffte. Da klingelte das Telefon und eine Frauenstimme sagte knapp und kalt, sie solle die Leiche ihres Mannes abholen. Er liege nach einem Herzinfarkt im Treppenhaus.

Die Anruferin war eine bekannte Hure im neuen Stadtviertel. Dalia fand ihn tatsächlich dort auf der Treppe liegend. Sein Gesicht war verkrampft und schnitt eine böse Grimasse. Dalia rief die Polizei und noch am selben Abend kam heraus, dass der Tote Dauergast in jenem Puff war und dass die Frauen und Diener im Haus ihn als reichen und verschwenderischen Mann kannten, der nur sehr junge Huren haben wollte. Der Herzinfarkt hatte ihn dahingerafft.

Nach diesem Schock liebte Dalia weiterhin Männer, wollte aber nie wieder mit einem zusammenleben. Nura war sicher, dass Dalia einen Liebhaber hatte, denn manchmal sah sie einen bläulichen Fleck an deren Hals. Wer aber der Liebhaber war, konnte Nura nie herausfinden.

Dalia beriet als erfahrene Frau Mitarbeiterinnen und Kundinnen, wenn sie sich bei ihr über ihre Männer beschwerten. Oft hatte Nura den Eindruck, einige Frauen brauchten keine Kleider, sondern lediglich die Ratschläge der Schneiderin.

Nura konnte von ihrem Arbeitsplatz aus alles hören, was auf der Terrasse besprochen wurde, solange sie ihre Nähmaschine nicht betätigte. Und so hörte sie vom Kummer der feinen Frau

Abbani, einer reichen jungen Frau, die nicht gerade mit Schönheit begnadet war, dafür aber mit einer zauberhaften Stimme. Nura bemerkte eine wundersame Verwandlung bei dieser Frau. Solange sie schwieg, sah sie eher mitleiderregend aus, doch sobald sie erzählte, verwandelte sie sich in eine äußerst anziehende Frau. Sie war sehr gebildet und wusste viel über Sterndeutung, Dichtung und vor allem über Architektur. Aber von Männern hatte sie keine Ahnung und war mit ihrem Mann todunglücklich.

Frau Abbani ließ sich bei Dalia zwölf Kleider im Jahr nähen, so konnte sie jede Woche einmal vorbeikommen und bei einem Kaffee ihr Herz ausschütten. Die Chefin durfte sie Nasime nennen, alle Mitarbeiterinnen mussten ihr als Madame Abbani absoluten Respekt entgegenbringen.

Nasime Abbani war die beste Schülerin ihrer Klasse gewesen und hatte nie etwas von Männern wissen wollen. Sie träumte von einer Karriere als Architektin und zeichnete als Mädchen großartige Entwürfe für Häuser der Zukunft, die das heiße Klima berücksichtigten und im Winter nahezu ohne Heizung auskamen. Ein raffiniertes Belüftungssystem, das Nasime bei einem Urlaub im Jemen gesehen hatte, war das Geheimnis dieser Häuser.

Ihre Mutter war sehr jung verwitwet, aber steinreich. Ihr ganzer Ehrgeiz bestand darin, den Besitz ihres verstorbenen Mannes nicht an einen Erbschleicher zu verlieren. Also beschloss sie, nur gute Partien für ihre zwei Söhne und die einzige Tochter zu finden, was ihr auch gelang. Alle drei heirateten in noch reichere Familien ein.

Bei Nasime war es der Sohn einer Freundin der Mutter. Dass sie die dritte Frau dieses Mannes war, störte offenbar nur Nasime. Dalia kannte Nasimes Mann. Er besaß viele Häuser und Ländereien und war ein mächtiger Mann in der Stadt.

Nasimes großes Problem war, jeden dritten Tag die sehnsüchtige Ehefrau spielen zu müssen. Danach hasste sie sich zwei Tage lang. Sie durfte ihrem Mann gegenüber nie ein ehrliches Wort aussprechen, sondern immer nur bejahen, was er sagte. Sie fühlte sich dadurch wie erschlagen vor Müdigkeit, denn die Lüge macht müde, wenn das Herz sie nicht trägt, und Nasimes Herz war rein wie das eines fünfjährigen Mädchens. Immer musste sie die Muntere spielen und ihn massieren, küssen und erregen, bis er auf Touren kam. Doch sie mochte seinen Körper nicht. Er war schneeweiß und teigig, und da er viel schwitzte, wurde er glitschig wie ein Frosch. Er trank vor dem Liebesspiel immer Arrak, so dass sie bald keinen Anis mehr riechen konnte. Dazu besaß er einen Apparat, der in Damaskus einzigartig war, und je mehr sie ihn um Milde bat, umso wilder wurde er. Es war eine Tortur, unter ihm liegen zu müssen. Sie hatte inzwischen drei Kinder, die sie liebte, und genoss das Leben mit ihnen als Erholung zwischen den Heimsuchungen ihres Mannes.

Eines Tages empfahl Dalia der Frau, vor dem Akt drei Haschischzigaretten zu rauchen, wie einige Kundinnen das taten und so ihre Ehemänner erträglicher fanden. Nasime kam allerdings zu der Ansicht, sie würde das Haschisch nicht vertragen, weil sie sich beim Anblick ihres Mannes stets erbrechen müsse.

Dalia versuchte ihre Kundin damit zu trösten, dass ihr Mann offensichtlich zu viel Samen produziere und ihn, ob er wolle oder nicht, loswerden müsse. Nasime lachte bitter: »Ich glaube«, sagte sie, »bei meinem Mann besteht das ganze Hirn aus Samen.«

Beide Frauen lachten und zum ersten Mal fiel Nura auf, welch zauberhaftes glucksendes Lachen die Frau von sich gab. Wäre sie ein Mann, dachte Nura, sie würde sich auf der Stelle in Madame Abbani verlieben. Sie ahnte nicht, wie nahe die Wahrheit lag. Auch Nassri Abbani hatte sich für diese Frau entschieden, als er sie im Haus ihrer Eltern lachen hörte. Sehen durfte er sie damals nicht, aber er war dem Rat seiner Mutter gefolgt und heiratete die Frau.

Und irgendwann, kurz vor dem Ende ihrer Lehrzeit, hörte

Nura, wie die Schneiderin ihrer Freundin Nasime Abbani den Ratschlag gab: »Es bleibt dir nur eines: Scheidung! Und danach suchst du dir genau den Mann, den du lieben kannst.«

Gegen Ende des dritten Jahres durfte auch Nura die teuersten Stoffe wie Samt und Seide selbständig bearbeiten. Wenn sie dann einen Auftrag ganz allein ausführte, zeigte Dalia ihr deutlich, wie viel sie von ihr hielt, was wiederum die Eifersucht ihrer alten Mitarbeiterin Fatima hervorrief.

Sie hätte glücklich und zufrieden ihre Lehrzeit beenden können, wenn nicht eines Tages die Tante eines berühmten Kalligraphen aufgetaucht wäre.

An jenem Morgen, als sie diese Frau kennenlernen sollte, beobachtete sie auf dem Weg zur Schneiderin zwei Polizisten, die einen Hund erschossen. Seit Wochen ging das Gerücht durch die Gassen, eine Bande würde Hunde fangen, mit Wasserstoffperoxid den Namen des Präsidenten Schischakli auf ihre Rücken schreiben und sie dann durch die Stadt treiben. Der Hund, der vor Nuras Augen erschossen wurde, hatte ein hellbraunes Fell, auf dem die geätzten Buchstaben schneeweiß leuchteten.

Als Nura Dalia an jenem Morgen erzählte, dass sie erlebt hatte, wie elend der Hund starb, weil der Schuss ihn nicht sofort tötete, erstarrte diese: »Das bringt Pech, Gott schütze uns vor dem Kommenden.«

Im Laufe des Tages vergaßen Dalia und Nura jedoch den Hund und den Präsidenten.

Oberst Schischakli, der durch einen Putsch an die Macht gekommen war, wurde im Frühjahr 1954 durch einen Aufstand verjagt. Aber es sollten Jahre vergehen, bis Nura erkannte, dass Dalia an jenem Morgen keinem Aberglauben erlegen war, sondern eine Prophezeiung aussprach.

14.

Nura brauchte Jahre, um aus den einzelnen bunten Fetzen ihrer Erinnerung das Bild ihrer Ehe zusammenzusetzen. Und dachte dabei oft an ihre Großmutter, die ganze Landschaften aus bunten Stoffresten zusammengenäht hatte.

Wie sie erst kurz vor ihrer Flucht erfuhr, war ihre Schulkameradin Nabiha al Azm es gewesen, die Hamid Farsi indirekt zu ihr geführt hatte. Nabihas reiche Familie bewohnte ein schönes Haus nicht einmal fünfzig Schritte von Hamids Atelier entfernt. Ihr Bruder, der Nura bereits als junges Mädchen kannte, war vernarrt in die Kalligraphie und ein guter Kunde von Hamid. Eines Tages erzählte er Nabiha von dem einsamen Kalligraphen und diese hatte sofort einen Namen im Sinn: Nura!

Nura konnte sich später an ein zufälliges Treffen mit Nabiha im Suk al Hamidije erinnern, wo sie für Dalia Spezialknöpfe besorgte. Nura hatte reichlich Zeit und so nahm sie die Einladung ihrer ehemaligen Schulkameradin an, gemeinsam Eis zu essen. Nabiha, die bereits verlobt war und kurz vor der Hochzeit stand, wunderte sich darüber, dass Nura immer noch ledig war.

»Ich habe immer gedacht, dass du dir mit deinem schönen Gesicht gleich mit fünfzehn einen reichen Mann schnappst. Ich bin doch ein zerrupftes Hühnchen im Vergleich zu dir!«

Zwei Wochen später erzählte Nuras Vater, irgendein reicher Sprössling einer adligen Sippe wollte sie als vierte Frau haben. Er habe ihm natürlich abgesagt, weil seine Tochter einen Mann verdiene, der nur sie liebe.

Einen Monat später lud die Nachbarin Badia Nura und ihre Mutter zu einem Kaffee ein. Nura hatte überhaupt keine Lust, aber aus Höflichkeit ging sie mit.

Wenn sie genau nachdachte, kam sie immer wieder zu der Überzeugung, dass ihre Mutter an jenem Tag bereits eingeweiht war und Nura deshalb mehrfach aufforderte, sich schön anzuziehen. Das war ungewöhnlich, weil Nachbarn sich meist in Hauskleidern und nicht selten auch mit Hausschuhen besuchten.

Im Wohnzimmer der Nachbarin saß eine ältere, sehr vornehme Dame, die als Majda vorgestellt wurde. Sie sei die Tochter des berühmten Händlers Hamid Farsi und ihre Freundin, erklärte Badia. Ihr Mann arbeite in Saudi-Arabien, weshalb sie nur selten nach Damaskus komme. Und die Dame bestätigte mehrfach, wie angesehen ihr Mann dort sei und dass sie in einem Palast lebten, das Land sie aber sehr langweile, weshalb sie einmal im Sommer ihr kleines Haus in Salihije aufsuche.

Während sie erzählte, fixierte sie Nura mit ihren kleinen, aber scharfen Augen und Nura spürte, wie der Blick der Frau durch ihre Kleider drang und sie unruhig machte.

Alles war ein furchtbares Schmierentheater, aber sie hatte es nicht durchschaut. Bereits beim ersten Besuch bat Badia Nura, doch bitte den Kaffee zu kochen, weil sie ihn angeblich aus ihren Händen sehr mochte. Nura hatte noch nie einen besonders guten Mokka gekocht. Sie machte ihn so gut und so schlecht wie jedes siebzehnjährige Mädchen in Damaskus. Aber da sie das Haus der Nachbarin in- und auswendig kannte, stand sie auf und ging in die Küche. Sie ahnte nicht, dass die Fremde dabei mit geübten Augen ihren Gang prüfte. Als Nura den Kaffee servierte, rief sie begeistert: »Was für eine Grazie!«

Die Frauen sprachen offen über alles, und Nura fand die Unterhaltung zu intim für ein erstes Gespräch mit einer fremden Frau am Tisch. Plötzlich begann Badia einen früh verwitweten, reichen Kalligraphen, über den sie viel zu wissen schien, zu loben. Nuras Mutter beteuerte, es mache weder ihr noch sonst einer vernünftigen Frau etwas aus, wenn jemand kinderlos verwitwet sei.

»Kinderlos ist er, Gott sei Dank, aber wenn er eine junge Gazelle zur Ehefrau nimmt, würde er von ihr gerne ein paar schöne Kinder haben«, erwiderte die Fremde, musterte Nura und ließ ihre Augenbrauen vielsagend tanzen. Nura wusste nun, dass sie gemeint war, und war peinlich berührt.

Wenig später verabschiedeten sie und ihre Mutter sich und brachen auf. Gleich hinter der Tür blieb die Mutter stehen und deutete Nura an, sie solle mithören, was die Frauen über sie redeten. Das Gespräch ließ nicht lange auf sich warten. Laut und deutlich sagte die Fremde zu ihrer Gastgeberin: »Eine Gazelle. Gott schütze sie vor den Neidaugen. Sie ist noch dürr, aber man kann sie zu einer Schönheit rausfüttern, denn ihr Gerüst ist schön, ihr Gang ist sehr weiblich, ihre Hände sind warm und trocken und ihr Blick ist stolz. Vielleicht ist er ein wenig zu stolz.«

»Sicher, sicher. Das sind alle Frauen, die Bücher lesen, aber wenn dein Neffe ein Mann ist, bricht er ihren Stolz in der ersten Nacht und zeigt ihr, dass er der Herr im Haus ist, und wenn er das nicht schafft, so sei es drum, dann leben die Männer wie bei dir und mir auch nicht schlecht.«

Beide Frauen lachten.

Ihre Mutter schien das intime Gespräch zu fesseln, Nura dagegen war es peinlich. Sie wollte nur weg.

Monate später erfuhr Nura, dass ihre Mutter bereits am nächsten Tag zum Atelier des zukünftigen Bräutigams gegangen war und ihn beobachtet hatte. Es war ein feines helles Atelier, mit einem Empfangssalon aus Marmor und Glas wie ein modernes Museum. Das Suk-Saruja-Viertel galt als erste Adresse. Trotzdem konnte sich die Mutter nicht vorstellen, dass man vom Schreiben leben kann, wo ihr Mann doch etliche Bücher geschrieben hatte und immer noch arm war. Als sie ihre Bedenken Badia anvertraute, meinte diese beruhigend, dass Hamid Farsi einer der besten Kalligraphen in Damaskus sei und ein wundervolles Haus besitze. Deshalb könne man ihn nicht mit Nuras Vater vergleichen. Sie besorgte sogar den Schlüssel des Hauses. Nuras Mutter lehnte es jedoch ab, ohne die Tante des zukünftigen Bräutigams Gemächer zu betreten. So trafen sie sich am Gewürzmarkt, Suk al Busurije, und schlenderten gemeinsam zum Haus.

»Das ist kein Haus, das ist ein Stück Paradies«, flüsterte Nuras Mutter und all ihre Bedenken waren weggefegt. In der Tat hatte das Haus alle Merkmale des Paradieses, wie es sich die Damaszener vorstellten. Wenn man von der Ostseite durch die Haustür eintrat, gelangte man in einen dunklen Korridor, der Lärm, Staub und Hitze der Straße auf ein Minimum reduzierte. Etwa in der Mitte des Korridors öffnete sich links die Tür zu einer sehr großen Küche, genau wie sie sich Nuras Mutter immer erträumt hatte. Gegenüber lag neben einer modernen Toilette eine Kammer für alte Möbel, leere Gläser, große Einmachtöpfe, Destillen und andere Haushaltsgeräte, die man höchstens einmal im Jahr brauchte. Vom Korridor gelangte man zu einem Innenhof, der mit buntem Marmor, Springbrunnen, Zitronen-, Orangen- und Aprikosenbäumen neben etlichen Rosen und einem Kletterjasmin alle Sehnsüchte befriedigte. Überdachte Nischen und großzügige Wohn-, Gäste- und Schlafzimmer umgaben den Innenhof. Nuras Mutter wollte den ersten Stock gar nicht mehr besichtigen. Es war genug, was sie im Erdgeschoss gesehen hatte.

Sie erzählte weder ihrem Mann noch Nura von diesem geheimen Besuch. Auch später nicht.

Aber von da an war sie überzeugt, dass Hamid Farsi das Glück ihrer Tochter sein würde. Und so begann sie, vorsichtig mit dem Vater darüber zu reden. Später, nach Nuras Flucht, behauptete sie jedoch, dass sie von Anfang an Zweifel an dem Mann gehabt habe. Nuras Vater bekam selten Wutausbrüche, aber wenn seine Frau in ihrer Erinnerung diese Phase der Vermittlung falsch darstellte, schimpfte er mit ihr.

Eine Woche nach der besagten Besichtigung kam Badia mit Majda zu ihnen zum Kaffee. Sie saßen gemeinsam um den Brunnen und sprachen über die Träume der Frauen, die alle in einem Punkt zusammenzulaufen schienen, nämlich, den Ehemann glücklich zu machen.

Damals hielt Nura das Geplauder für Heuchelei, denn weder ihre Mutter noch Badia lebten nach dieser Maxime. Ihr Vater wäre mit jeder anderen Frau glücklicher gewesen, davon war sie bereits als Kind überzeugt.

Majda sprach lange auf sie ein, es waren Höflichkeitsfloskeln, die Nura erwidern musste und wie jedes Damaszener Mädchen auch erwidern konnte. Beim Abschied überraschte Majda sie mit einer herzlichen und kräftigen Umarmung. Sie erlaube ihr, sie einfach mit ihrem Vornamen Majda anzusprechen. Dann aber erschrak Nura, als die Frau sie direkt auf den Mund küsste. Es war nicht unangenehm, denn die Frau roch gut und hatte einen schönen Mund, aber Nura war es peinlich.

»Warum?«, fragte sie irritiert, als sie und ihre Mutter später wieder allein waren.

»Majda will aus der Nähe prüfen, wie du riechst und ob du einen appetitlichen Mund hast.«

»Und warum?«, fragte Nura verwundert.

»Weil Majdas Neffe, ein berühmter Kalligraph, nach einer Frau sucht«, antwortete die Mutter, »und du kannst dich glücklich schätzen, wenn es klappt.«

Nura fühlte ein sonderbares Glück, dass ein berühmter Mann um ihre Hand anhielt. Eine Woche später sollte sie mit ihrer Mutter ins Hammam gehen und dort Majda und Nachbarin Badia treffen.

Erst später erfuhr sie, dass Hamid Farsis Tante ihren nackten Körper prüfen wollte, um sich ein endgültiges Urteil zu bilden.

Doch nun kam die nächste Überraschung. Ihre Mutter, die sich vor einem Spatz im Innenhof schämte, erlaubte der Fremden, die eigene Tochter zu betasten und zu überprüfen. Nura war wie benommen, sie ließ sich von der Frau alles gefallen, die Überprüfung von Vagina, Busen, Achselhöhlen, Nase und Ohren.

Eine weitere, sonst übliche Peinlichkeit blieb Nura erspart, denn der gute Ruf der Familie Arabi war weit bekannt und machte die Befragung der Nachbarn überflüssig.

Dann folgten Wochen der Unsicherheit.

Nach dem Hammam meldete sich die Frau lange nicht. Nuras Mutter konnte kaum noch schlafen, als stünde sie selbst vor der Ehe.

Und dann kam sie und beruhigte die Mutter mit der frohen Botschaft, Hamid Farsi würde Nura gerne zur Ehefrau nehmen. Nuras Mutter weinte vor Freude. Tante Majda und sie selbst regelten nun alles ganz genau, vom Brautgeld bis zu dem Termin, an dem die Männer all das aussprechen sollten, was die Frauen wochenlang ausgehandelt hatten.

Hamids Onkel, der Ehemann von Tante Majda, kam extra aus Saudi-Arabien angereist. Er war in Begleitung dreier sehr reicher Händler vom Suk al Hamidij, als wollte er zeigen, welche Männer hinter dem Bräutigam standen.

Nuras Vater, Scheich Arabi, beeindruckte die Besucher mit seinem Wissen und sie stellten ihm um die Wette knifflige Fragen, die Moral und Glaube betrafen, aßen in aller Ruhe Obst, rauchten und tranken süßen schwarzen Tee. Dann erst kamen sie auf den Zweck ihres Besuchs zu sprechen, und bald waren sich beide Parteien einig. Als die Sprache auf das Brautgeld kam, betonte Nuras Vater, gegen den Willen seiner Frau, das sei ihm gleichgültig. Hauptsache, er könne sicher sein, dass seine Tochter in guten Händen sei. Geld sei vergänglich, aber nicht Achtung und Liebe des Partners, die ihm für seine Tochter wichtiger seien. Seine Frau, die in der Küche alles mithörte, warf ihm später vor, er hätte mit etwas Geschick ein wesentlich höheres Brautgeld aushandeln können, wie sie es mit der Tante des Bräutigams schon vereinbart hatte. Er gebe seine Tochter so billig ab, als wäre sie eine alte Jungfer. Auch Hamids Onkel war der Meinung, aber er schwieg und lachte innerlich über Nuras Vater, der ihm wieder einmal bestätigte, dass ein Mann des Buches keine Ahnung von Geschäften und vom wahren Leben hatte. Bei einer solch hübschen und klugen Tochter hätte er das Dreifache an Brautgeld herausgeschlagen.

Als sie sich auch über den Hochzeitstermin einig waren, standen sie alle auf und gaben sich die Hände und Nuras Vater sprach eine Sure aus dem Koran, um diesen Bund zu segnen.

Ein paar Tage später kam ein Bote des Bräutigams und brachte einen Teil des Brautgeldes und dann ging alles sehr schnell. Dalia, die Schneiderin, bekam den größten Auftrag des Jahres, nämlich, Nura für die Hochzeit auf das Schönste auszustaffieren. Im Nachhinein kam Nura die Zeit wie ein Rausch vor, nie zuvor und auch nie danach hatte sie so viele Geschäfte aufgesucht und so viel Geld ausgegeben. Ihre Mutter konnte nicht genug an Geschirr, Kleidern und Schmuck kaufen, obwohl Nura in ein bereits eingerichtetes Haus einziehen sollte, das ihr zukünftiger Mann bereits vor Jahren gekauft und mit seiner ersten Frau bewohnt hatte. Nuras Mutter jedoch bestand darauf, dass Geschirr und Bettwäsche neu sein mussten. Der Bräutigam versuchte, wenigstens sein teures Geschirr zu retten, aber Nuras Mutter behauptete, es bringe Unglück, aus Tellern zu essen, die eine Tote einmal gebraucht hatte. Widerwillig gab der Bräutigam nach, überließ seiner zukünftigen Schwiegermutter einen zweiten Hausschlüssel und kümmerte sich nicht mehr darum, was alles aus seinem Haus entfernt wurde. Und er drückte bei der Umgestaltung seines Hauses durch die Schwiegermutter beide Augen zu. Für Nuras Mutter bewies er damit Großmut und eine edle Haltung. Von nun an schloss sie ihn ins Herz.

Doch nur schwere Möbel wurden direkt in Hamids Haus gebracht. Alles andere lagerte bis zum Hochzeitstag im Haus von Nuras Eltern. Zimmer für Zimmer füllte sich mit den neuen Anschaffungen und ihr Vater sehnte sich nach dem Tag, an dem all das Zeug zum Haus des Bräutigams getragen werden sollte. Er musste aber noch eine Weile warten.

Dalia arbeitete nur noch für Nuras Hochzeit. Sie stöhnte

oft, dass sie es nicht rechtzeitig schaffen werde, trank viel Arrak und schlief wenig.

»Bis ich mit meinem Mann die erste Nacht verbracht habe, bist du auf dem Friedhof«, scherzte Nura, um ihre eigenen Gewissenbisse zu mildern.

Noch Jahre später erinnerte sie sich an die letzten Wochen bei der Schneiderin. Dalia war sehr traurig. »Immer verlassen mich diejenigen, die ich liebe«, sagte sie eines Abends unvermittelt, als Nura mit ihr allein arbeitete. Sie bedauere sehr, dass der Bräutigam sehr reich sei, denn Nura sei ihre beste Mitarbeiterin und würde eine gute Schneiderin abgeben. Und beim Abschied liefen Nura die Tränen über die Wangen, als Dalia ihr ein Hemd aus Seide schenkte. »Nimm, das habe ich dir heimlich genäht«, sagte Dalia mit bewegter Stimme, »die Seide war ein Rest und die teuren Knöpfe habe ich einer reichen Kundin abgeknapst. Also musst du dir keine Gedanken machen. Geklautes schmeckt und trägt sich besser als Gekauftes.«

Dalia war völlig betrunken.

Nura erinnerte sich später besonders gut an den Abschied, weil sie am selben Abend noch ins Hammam ging und dort etwas Unangenehmes erlebte. Es war kurz vor der Hochzeit. Ein paar Minuten nach ihrer Ankunft kam eine im Viertel bekannte Hebamme zu ihrer Mutter und wenig später sollte Nura ihr folgen. Die Frauen lärmten in dem großen Raum und spielten mit Wasser wie junge Mädchen. Sie saßen in Gruppen, seiften sich ein und schrubbten einander oder stimmten Lieder an.

Nura folgte der beleibten Frau in eine ferne Nische, die wie eine türlose Kabine aussah. Die Hebamme warf einen Blick hinein und sagte: »Hier können wir es erledigen.«

Nura wusste von ihrer Mutter, dass sie an dem Tag am ganzen Leib enthaart werden sollte. Die Hebamme ging routiniert und rücksichtslos vor und entfernte die Haare, Streifen für Streifen, mit einem speziellen Zuckerteig. Es schmerzte wie Schläge mit einem Nadelbrett, wie die Stiche einer Wespe. Der Schmerz steigerte sich und wurde unerträglich, als die Schamhaare entfernt wurden. Nura hatte das Gefühl, als risse die Hebamme ihr die Haut vom Leib. Sie weinte, aber statt sie zu trösten, schlug ihr die Hebamme ins Gesicht. »Schweig, Mädchen«, knurrte sie. »Wenn du diese lächerlichen Schmerzen nicht aushalten kannst, wie willst du deinen Mann ertragen. Das hier ist ein Spielchen.« Sie wusch sie mit groben Bewegungen ab und eilte hinaus. Und nach wenigen Minuten kam die Friseuse. Sie beruhigte Nura, dass die Hebamme immer etwas hart sei. Sie schnitt ihr die Fuß- und Fingernägel, wusch und frisierte ihr die Haare und erzählte ihr Tricks, wie sie ihren Mann, den sie nicht mochte, schnell zum Höhepunkt brachte, wenn er mit ihr schlief.

Im Nachhinein kam sich Nura wie ein Lamm vor, das in den Tagen vor der Hochzeit gewürzt und zubereitet wird. Die Friseuse puderte und parfümierte sie. Ein mächtiger Durst ergriff ihren Hals, aber sie wagte nichts zu sagen. Ihr Körper brannte und die Luft im Hammam wurde immer heißer. Als sie sich aufrichten wollte, drehten sich die Wände vor ihren Augen. Die Friseuse griff ihr sofort unter die Achseln, Nura fühlte den Atem der Frau in ihrem Nacken. Die Friseuse küsste sie am Hals. »Mein Kind, was ist mir dir?«, flüsterte sie zärtlich.

»Ich habe Durst«, antwortete Nura. Die Friseuse ließ sie langsam auf den Boden sinken und eilte hinaus. Kurz darauf kam sie mit einer Messingschale mit kühlem Wasser zurück, und als Nura einen Schluck nahm, schmerzte ihre trockene Kehle. Wie benommen beobachtete sie die Hand der Friseuse, die ihre Brüste streichelte. Sie war willenlos und sah ihre Brustwarzen wachsen, als gehörten sie einer Fremden.

»Du kannst mich besuchen, wenn du willst. Ich verwöhne dich so, wie kein Mann dich verwöhnen kann«, flüsterte die Friseuse und küsste sie auf die Lippen.

Nach dem Bad gingen Nura und ihre Mutter schweigend nach Hause. Nura war traurig, weil ihr die Freude auf die Hochzeit gründlich vergangen war.

Nuras offizielle Verlobung fand im Haus ihrer Eltern statt, das die Schar der Gäste gerade noch aufnehmen konnte. Es duftete nach Weihrauch, schwerem Parfum und Wachs. Hundert große Kerzen bester Qualität hatte ihre Mutter aus Aleppo besorgt, um das elektrische Licht zu unterstützen. Die Mutter traute dem Elektrizitätswerk nicht. Solange die Franzosen im Land waren, hatte das Werk immer funktioniert. Seit der Unabhängigkeit brach der Strom in der Altstadt jede Woche zweimal zusammen. Dunkelheit in der Verlobungs- oder Hochzeitsnacht glich für die Mutter dem größten Unglück auf Erden, war ein Omen für ein düsteres Eheleben.

Bei der Hochzeit ihrer Nichte Barake habe man nicht auf sie gehört, erzählte die Mutter oft. Nura erinnerte sich, dass der Strom zusammengebrochen war. Die Leute blieben gelassen, nur ihre Mutter verbreitete damals Panik. Man behalf sich mit Öllampen, aber die Mutter behauptete, sie würde am Ölgestank ersticken.

Drei Jahre später vergiftete sich die junge Frau nach ihrer dritten Fehlgeburt. Und ihre Mutter hatte eine Erklärung: der Stromausfall in der Hochzeitsnacht.

Nura erinnerte sich noch lange nach ihrer Verlobung an den Weihrauch. Ihr Vater hoffte, damit das Haus in einen Tempel zu verwandeln. Sie fand den Duft sehr sinnlich. Eine junge Nichte warf nach Anweisung der Mutter immer wieder kleine Brocken des begehrten Weihrauchharzes in mehrere kupferne Glutschalen.

Als Nuras Vater mit einem Buch in der Hand auf einen Tisch kletterte, wurden die Leute still. Er las ein paar Geschichten aus dem Leben des Propheten vor und warf zwischendurch strenge Blicke auf einige Frauen, die unentwegt Bonbons und kandierte Früchte in sich hineinstopften.

Die offizielle religiöse Zeremonie der Verlobung hielt auf

Wunsch des Bräutigams der bekannte Scheich der großen Omaijaden-Moschee Mahmud Nadir. Der Bräutigam war nicht anwesend. Die Sitte verbot es, dass er seine Braut sah, bevor der religiöse Akt des Ehevertrags abgeschlossen war.

Nura bekam von der langen Zeremonie der Verlobung nicht viel mit. Da der Vater ihres Bräutigams bereits verstorben war, trat Hamids Onkel als Vertreter der Farsis auf. Er war mit seiner Frau am Vortag wieder aus Saudi-Arabien eingeflogen und man flüsterte, er habe für diesen familiären Anlass das königliche Flugzeug nehmen dürfen, da er ja ein enger Freund des saudischen Königs war. Der Mann gab vor dem Scheich Nuras Vater die Hand und bestätigte den Willen seines Neffen zur Heirat und übergab das vereinbarte restliche Brautgeld. Die Männer beteten kurz gemeinsam und dann sprach Scheich Nadir belehrende Worte über die Heiligkeit der Ehe.

Nura musste entfernt auf einem hohen thronähnlichen Stuhl sitzen, umgeben von Rosen, Basilikum und Lilien. Sie durfte nicht lächeln, denn das würde als Hohn, als Sarkasmus gegenüber der eigenen Familie gelten. »Wenn es dir möglich ist, solltest du laut weinen«, hatte die Mutter empfohlen. Nura bemühte sich, an traurige Szenen aus ihrem Leben oder aus Filmen zu denken, doch es fielen ihr nur Hochzeitskomödien ein. Sie musste mehrmals an sich halten, um nicht loszuprusten, wenn sie einen Gast sah, der sich so komisch verhielt wie in einer der billigen ägyptischen Filmklamotten.

Zu allem Übel brachte Onkel Farid sie immer wieder zum Lachen. Er stand mit einer Gruppe ganz in ihrer Nähe. Zum sechsten Mal war er inzwischen geschieden und rund wie eine Wassermelone. Ununterbrochen erzählte er Witze und seine Zuhörer lachten laut und ansteckend, schließlich bat ihre Mutter Onkel Farid, den Platz zu wechseln, um Nura Ruhe zu schenken.

Nura war dankbar, doch erst als sie die Augen schloss und an den hilflosen Jungen dachte, der beschnitten werden musste und erbärmlich weinte, begann sie zu weinen und hörte teilnahmslos die tröstenden Worte ihrer Mutter und der anderen Frauen.

Aus der Ferne drang die Stimme ihres Vaters zu ihr, der nun laut mit den anderen Männern die ausgewählten Zitate aus dem Koran sprach, um die Ehe zu segnen.

»Meine kleine Prinzessin«, sagte die Mutter mit vor Rührung verweintem Gesicht, als Nura die Augen öffnete, »das ist unser Schicksal. Frauen müssen immer ihr Elternhaus verlassen.«

Dann kam der Hennatag, wenige Tage vor der Hochzeit. Eine Unmenge Henna wurde gekauft und das Haus war voller Frauen aus der Verwandtschaft und Nachbarschaft. Alle feierten, tanzten und sangen. Sie färbten sich Hände und Füße mit der rötlichen Erde. Manche ließen sich geometrische Muster aufmalen, andere begnügten sich mit Farbtupfern auf Handflächen, Fingern und Füßen.

Und dann kam endlich der Hochzeitstag, an dem eine lange Prozession die neu erworbenen Sachen zum Haus des Bräutigams trug. Nuras Vater atmete erleichtert auf.

Mehr als zehn angesehene Männer des Midan-Viertels gingen langsamen Schrittes voran. Ihnen folgte ein hochgewachsener Mann in arabischem Gewand. Er hielt einen großen aufgeschlagenen Koran in die Höhe. Nach ihm kam ein kleiner, schön angezogener Junge, der das Kopfkissen des Bräutigams auf dem Kopf trug, gefolgt von einem anderen mit dem Kopfkissen der Braut. Nach ihnen kamen vier kräftige Burschen, die die neuen Matratzen und Betten trugen. Danach folgte eine Kolonne von sechs Männern, die jeweils zu zweit einen zusammengerollten Teppich schulterten. Danach schoben vier Männer einen Karren, auf dem zwei kleine Schränke und zwei Nachttische mit Seilen befestigt waren. Ein Mann von athletischer Gestalt trug vor sich einen großen gerahmten Spiegel, in dem die Häuser einen kurzen Tanz aufführten. Zehn weitere Männer waren mit Geschirr bepackt und sechs mit großen und kleinen Küchengeräten, andere folgten mit Stühlen und Hockern, Kissen, gefalteten Vorhängen und Bettwäsche. Allein Nuras Kleider, in große bunte Bündel gepackt, mussten sechs Burschen tragen.

Im Haus des Bräutigams wurde die Prozession von Verwandten und Freunden mit Jubel, Gesang und Erfrischungsgetränken empfangen.

Die Träger bekamen von Nuras Vater reichlich Lohn für ihre Hilfe, küssten ihm die Hand und zogen fröhlich singend davon.

Nura wurde noch einmal von der Friseuse aufgesucht, die ihren Körper überprüfte und da und dort noch kleine Haare auszupfte, die der ersten Enthaarung entkommen waren, anschließend massierte sie Nuras Körper mit einem stark duftenden Jasminöl. Und dann schlüpfte Nura in das schwere Hochzeitskleid. Zehn goldene Armreife wurden über ihren linken Arm geschoben, eine breite Kette aus Gold zierte ihren Hals, und an ihre Ohren wurden zwei ebenfalls goldene Ohrringe gesteckt. Dann folgte das Pudern und Schminken ihres Gesichts. Als die Frauen fertig waren, erkannte Nura sich nicht wieder. Sie war viel schöner, viel weiblicher geworden.

Nun wurde Nura von ihrer Mutter auf der rechten und Majda auf der linken Seite aus dem Haus ihrer Eltern zu einer geschmückten Kutsche geführt. Nura dachte, das sei mit Sicherheit von ägyptischen Schnulzen abgekupfert. Hinter ihnen stiegen die Freunde und Verwandten in zwanzig Kutschen, und die Kolonne setzte sich in Bewegung und fuhr durch das Viertel in Richtung Gerade Straße. Viele Passanten, Bettler und Straßenverkäufer sahen mit verwunderten Augen die Prozession der Pferdekutschen. Und manch einer rief: »Der Prophet soll euch segnen und euch Kinder schenken.«

»Eine Nichte von mir«, erzählte Majda, »hat letzte Woche eine Katastrophe statt einer Hochzeit erlebt. Die Eltern ihres Bräutigams sind sehr altmodisch und zwei Stunden vor der Hochzeit verlangte die Schwiegermutter, dass eine mit ihr befreundete Hebamme die Jungfräulichkeit meiner Nichte in ihrem Beisein überprüfen sollte. Die Nichte, die ihren zukünftigen Bräutigam sehr geliebt hat und sich nahe dem Paradies fühlte, hatte nichts dagegen, denn sie war in der Tat unberührt. Aber ihre Eltern lehnten es ab. Sie betrachteten es als vorbereiteten Affront der Schwiegermutter, die von Anfang an gegen diese Ehe war. Ein großer Tumult brach aus, in dessen Verlauf beide Familien aufeinander einschlugen. Erst nach einer Stunde konnte die alarmierte Polizei die Streitenden trennen. Der Anblick des Innenhofs konnte einem das Herz brechen. Ein Trümmerhaufen und darin lag auch das Glück meiner Nichte in Scherben.«

Nura drehte sich der Magen um, warum erzählt sie das, fragte sie sich. Soll das eine Andeutung sein?

Vor der Tür ihres zukünftigen Hauses stieg sie aus und ging auf die versammelten Menschen zu, und bereits nach wenigen Schritten begannen diese wie im Chor zu jubeln und sie willkommen zu heißen. Es waren mehr als hundert Leute, die hier ihrer Freude Ausdruck gaben. Dalia umarmte sie kurz. »Du bist schöner als jede Prinzessin im Film«, flüsterte sie und entfernte sich leichtschattig. Ein Mann aus der Verwandtschaft des Bräutigams stellte ihr einen Stuhl vor den Eingang des Hauses und eine Frau reichte ihr einen faustgroßen Teigklumpen. Nura wusste, was sie tun musste. Sie nahm den Teigklumpen, stieg auf den Stuhl und klatschte ihn kraftvoll auf den Steinbogen, der die Haustür umrahmte. Der Teig blieb haften. Die Menschen jubelten: »Wie die Hefe sollt ihr euch vermehren«, riefen sie.

Nura betrat das Haus und war fasziniert von dessen Innenhof, in dem ihre Mutter, wie zuvor im eigenen Haus, eine große Zahl Kerzen und Weihrauchschalen hatte aufstellen lassen.

Nura suchte ihren Vater in diesem wogenden Meer aus Frauen und Männern, sie fühlte eine eigenartige Einsamkeit und hoffte auf ein ermunterndes Wort von ihm, doch er war nirgends zu sehen.

Ihre Mutter zog sie wortlos in ein Zimmer. Eine Meute von alten Frauen grinste sie an. Und nun musste sie eine halbe Stunde lang das billige Theater aushalten, von dem ihr ihre Freundinnen schon berichtet hatten. Die Frauen sprachen einzeln und manchmal im Chor auf sie ein. Sie allein stand mitten im Zimmer und ihre Mutter lehnte sich gegen eine Wand und beobachtete das Ganze unbeteiligt, als wäre Nura nicht ihre Tochter. Die Frauen leierten ihre auswendig gelernten Reden herunter.

»Was er dir auch immer sagt, widersprich nicht. Das mögen Männer nicht.«

»Was er auch fragt, du weißt nichts, auch wenn du die Antwort kennst. Die Männer lieben das Unwissen der Frauen und unser Wissen geht sie nichts an.«

»Gib dich ihm nie hin, leiste ihm Widerstand, damit er dich erobern muss. Das mögen die Männer. Wenn du dich leicht hingibst – und sei es aus Liebe –, hält er dich für ein leichtes Mädchen.«

»Und nimmt er dich, habe keine Angst vor ihm. Eine Sekunde musst du die Zähne zusammenbeißen, dann ist er drinnen, und noch bevor du zehn Atemzüge machst, spuckt er den Saft seiner Begierde in dich hinein. Beginne wieder zu zählen, und noch bevor du hundert sagst, hörst du sein Schnarchen, und wenn er sehr potent ist, dann wiederholt er es dreimal, und spätestens dann ist er nur noch ein verschwitzter Lappen.«

»Du musst ihn in der Hochzeitsnacht leerpumpen, denn nicht beim ersten Erguss, sondern beim letzten ist sein Herz in deiner Hand. Er wird von nun an dein Sklave sein. Ist er in der Hochzeitsnacht nicht zufrieden, wird er dein Herr und ein Freund der Huren.«

So redeten sie auf Nura ein, als wäre sie auf dem Weg zu einem Feind. Warum sollte sie ihn so behandeln, damit er so erschien, wie er nicht war, weil sie nicht so war, wie sie sich gab?

Nura hörte nichts mehr. Sie fühlte, wie sich die Frauen und der Raum zu drehen begannen, als würde sie auf einer Drehscheibe stehen. Ihre Knie sackten unter ihr weg, doch die Frauen hielten sie an den Armen, setzten sie auf eine Bank und redeten weiter ununterbrochen auf sie ein. Aber Nura versuchte einen Tunnel durch den Lärm der Frauen zu schaufeln und durch ihn zu hören, was die Leute draußen im Innenhof machten. Plötzlich hörte sie ihren Vater nach ihr rufen.

Irgendwann klopfte jemand an der Tür, es war ihr Vater. Nura schob die Frauen weg und bahnte sich einen Weg an die frische Luft. Ihr Vater lachte sie an. »Wo warst du? Ich habe dich gesucht.«

»Ich dich auch«, flüsterte Nura und weinte an seiner Schulter. Bei ihm war sie sicher. Dagegen spürte sie, wie ein Hass gegen die Mutter in ihr aufstieg, die sie im Stich gelassen hatte. Der Müll, den die alten Frauen von sich gegeben hatten, blieb Wort für Wort lange Jahre in ihrem Gedächtnis kleben.

Mitten im Hof tanzten Frauen mit bunten Kerzen. Ihre Mutter war mit Anweisungen beschäftigt und Nura stand eine Weile wie verloren herum. Da hörte sie draußen auf der Gasse Lärm. Eine ferne Cousine des Bräutigams nahm sie an der Hand. »Komm mit!«, sagte sie, und bevor sie es sich versah, war Nura in einem dunklen Zimmer. »Wir machen jetzt etwas Verbotenes«, flüsterte sie, »gib acht.« Sie ging zum Fenster und lupfte den schweren Vorhang. Da sah sie Hamid zum ersten Mal. Er war schön anzusehen in seinem europäischen weißen Anzug, wie er in einer Gruppe von Fackelträgern und Schwertspielern auf das Haus zuschritt.

Seit ihrer Verlobung war Nura neugierig gewesen, ihn einmal zu sehen. Sie wusste von ihrer Mutter, wo sein Atelier lag, doch machte sie einen großen Bogen, weil sie Sorge hatte, er würde sie erkennen. »Männer mögen am allerwenigsten neugierige Frauen. Das verunsichert sie«, hatte ihre Mutter gesagt. Das Foto, das ihre Mutter über Umwege und heimlich besorgt hatte, sagte nicht viel aus. Es war ein Gruppenfoto bei einem Picknick. Man sah Hamid nur schemenhaft in der hintersten Reihe.

Der feierliche Zug stockte und in diesem Augenblick stand er so nahe am Fenster, dass sie sein Gesicht hätte berühren können, wenn sie das Fenster aufgemacht hätte. Er war nicht groß, aber von stolzer athletischer Haltung und viel schöner und männlicher als alle Beschreibungen. »Die Fackeln machen alle Männer schöner«, hörte sie die Stimme der Frau neben sich, aber Hamid erschien ihr in dieser Minute wie ein Prinz.

Alles sah so unwirklich aus im Licht der Fackeln.

»Jetzt musst du hinaus und dich auf den Thron setzen«, sagte die Frau, als die Prozession die Haustür erreichte und mit Jubeln und Trillern empfangen wurde. Nura schlüpfte zur Tür hinaus und lief geradewegs in die Arme ihrer Mutter. »Wo warst du die ganze Zeit?«, knurrte sie.

In dem Moment betrat Hamid das Haus und erfasste sie sofort mit seinem klugen Blick. Sie errötete. Er schritt sicher auf sie zu und sie sah zu Boden. Und dann nahm er sie an der Hand und ging mit ihr ins Schlafzimmer.

Hamid redete beruhigend auf sie ein. Er habe sie allein vom Hörensagen gemocht und nun sei sie viel schöner, als er je erwartet habe. Er werde sie glücklich machen. Sie solle ihm gehorchen, ihn aber nicht fürchten.

Er nahm ihr Gesicht in seine Hände und näherte sich ihr so, dass sie ihm in die Augen schauen musste. Da küsste er sie erst auf die rechte Wange und dann auf die Lippen. Sie blieb still, aber ihr Herz raste. Er roch nach Lavendel und Zitronenblüte. Sein Mund schmeckte ein wenig bitter, aber der Kuss war angenehm. Dann ließ er sie allein und ging ins Bad.

In diesem Augenblick kamen ihre Mutter und die Nachbarin Badia ins Zimmer, als hätten sie vor der Tür gestanden. Sie nahmen ihr das schwere Hochzeitskleid und den Schmuck ab, gaben ihr ein schönes seidenes Nachthemd, ordneten das

Bett und verschwanden. »Denk daran, wir haben es alle hinter uns und leben noch«, sagte Badia sarkastisch und lachte obszön.

»Enttäusch mich nicht, Kind«, flüsterte die Mutter unter Tränen. »Er wird deiner Schönheit erliegen und du wirst eine Herrscherin sein, indem du dich ihm unterwirfst«, flüsterte sie. Sie küsste Nura, die verloren auf der Bettkante saß, und huschte hinaus. Nura war sich sicher, dass beide Frauen vor der Tür hockten.

Hamid kam in einem roten Schlafanzug aus dem Bad und breitete die Arme aus. Er kam ihr noch schöner vor als in seinem Anzug.

Die Frauen sangen im Hof Liebeslieder von der Sehnsucht der wartenden Frauen auf ihre ausgewanderten Männer, von den schlaflosen Nächten und dem unstillbaren Durst nach Zärtlichkeit, und bei der dritten Strophe war Hamid bereits in sie eingedrungen. Er hatte sie sehr vorsichtig und sehr höflich behandelt und sie stöhnte und lobte seine Männlichkeit, wie ihre Freundinnen und ihre Mutter ihr das beigebracht hatten, und in der Tat schien er sehr glücklich.

Die Schmerzen waren geringer, als sie befürchtet hatte, aber so richtig genießen konnte sie das ganze Spiel nicht. Für ihn war es noch lange nicht zu Ende. Während sie ins Bad ging und sich wusch, zerrte er das Laken vom Bett und gab es den wartenden Frauen vor der Tür, die es mit großem Jubeln und Trillern begrüßten.

Als Nura aus dem Bad kam, hatte Hamid bereits ein sauberes Bettlaken über die Matratzen gebreitet. »Ich habe das andere den wartenden Frauen gegeben, damit sie uns in Ruhe lassen«, sagte er und lachte verlegen. Er hatte auch recht, denn von nun an kümmerte sich keiner mehr um sie.

Hamid war zutiefst beeindruckt von Nura. »Du bist die schönste Frau meines Lebens«, sagte er mit verliebter Stimme, »mein Großvater hat sich über Tante Majda geirrt«, fügte er hinzu und schlief sofort ein. Nura verstand nichts.

Sie blieb in der Hochzeitsnacht bis zur Morgendämmerung wach. Sie war aufgeregt wegen allem, was sich in ihrem Leben verändert hatte, und fühlte sich eigenartig im Bett neben einem Fremden.

Eine Woche lang dauerten die Feierlichkeiten und Hamid schlief mit ihr, wann immer sie allein im Schlafzimmer waren, ob bei der Siesta, am frühen Morgen, nachts oder auch zwischendurch. Sie fand sein Begehren schön, empfand selbst aber nichts.

»Das kommt noch. Ich bin sicher«, tröstete sie eine Freundin.

Aber die Freundin irrte sich.

15.

Farsis Kalligraphien wurden von Oberst Schischakli geschätzt. Nassri schenkte ihm fast jede Woche eine Kalligraphie mit klassischer Dichtung. Hamid Farsi freute sich über die Aufträge, denn nun kamen viele Bekannte des Präsidenten auf den Geschmack und bestellten bei ihm. Er betrachtete Nassri als Glücksboten und behandelte ihn nun freundlicher, was dieser aber kaum zur Kenntnis nahm.

Der unnahbare Staatspräsident, Schischakli, legte bereits beim zweiten kalligraphierten Spruch, den Nassri zum Dinner mitbrachte, gerührt seinen Arm um Nassris Schultern. Seit dem Tag, an dem er als armes Kind eine ganze Honigwabe allein essen durfte, habe er nie wieder ein solches Glücksgefühl erlebt wie jetzt, behauptete er und umarmte seinen Gast. »Du bist ein wahrer Freund.«

Er ließ die anderen Gäste sitzen und ging Hand in Hand mit Nassri in den Palastgarten, wo er ihm lange und bewegt von seinem Unglück mit Politikern erzählte. Der Präsident sprach nicht wie ein mächtiger Herrscher, sondern wie ein einsamer Dorfjunge, der sein Herz einem Städter öffnen will. Nassri verstand nichts von Politik und hielt lieber den Mund.

Als sie nach zwei Stunden zurückkehrten, saßen die Gäste steif vor Müdigkeit immer noch um den Tisch herum und lächelten ihren Präsidenten untertänig an. Er beachtete sie kaum, bedankte sich ein letztes Mal bei Nassri für die Kalligraphie und ging gebeugt in sein Schlafgemach. Endlich erlaubten die Protokollbeamten den Gästen, den Platz zu verlassen. Nassri strahlte, während die anderen leise vor sich hin fluchten.

Kalligraphie – da hatte Taufiq recht – wirkt wie ein Zaubermittel auf einen Araber. Sogar die Hure verwöhnte ihn seit dem Tag, an dem er ihr die erste Kalligraphie schenkte, außerordentlich. Sie weinte vor Freude, als sie die Signatur des berühmten Kalligraphen unter dem Liebesspruch las.

Zum ersten Mal spürte er im Bett ihre flammende Liebe. Eingebettet in eine Wolke aus Parfum und weicher Haut fühlte er sich wie im Paradies. Ein Gefühl, das er nie zuvor erlebt hatte – weder mit einer seiner Ehefrauen noch mit einer seiner unzähligen Huren. Sein Herz fing Feuer. Sollte er ihr sagen, dass er sich unsterblich in sie verliebt hatte? Besser nicht. Denn er hatte Angst vor ihrem Lachen. Sie hatte einmal erwähnt, dass sie über nichts herzhafter lachen könne, als wenn verheiratete Männer ihr kurz vor dem Orgasmus ihre unsterbliche Liebe erklärten. Kaum seien sie fertig, lägen sie neben ihr, unbeweglich und verschwitzt, und dächten mit Gewissensbissen an ihre Frauen.

Nassri schwieg und beschimpfte seine Feigheit. Bald, als sich die Hure wusch und ihn – wie immer kurz vor dem Abschied – kühl anlächelte, war er dankbar, dass seine Vernunft gesiegt hatte. Er zahlte und ging.

Nassri schwor, sich nie in eine Hure zu verlieben. Aber von nun an schenkte er ihr dann und wann eine Kalligraphie und gab ein wenig damit an, dass er es gewesen sei, der die Begleitbriefe diktiert habe.

Nassri war verblüfft, dass die junge Hure genau wie der Präsident ausführlich über Details der Kalligraphie zu sprechen wusste, die ihm entgangen waren; viele der Wörter, deren Buchstaben sich zu einem undurchdringlichen Wald aus feinen Strichen verschlungen hatten, konnte er nicht einmal entschlüsseln. Der Präsident und die Hure lasen hingegen jedes Wort, als wäre dies die einfachste Sache der Welt. Und erst wenn sie ihm vorlasen, traten auch für ihn die Wörter aus dem Buchstabendickicht heraus.

Er hätte gerne mit dem Kalligraphen über das Geheimnis seiner Kunst gesprochen, doch die Fragen erstarben auf seiner Zunge. Er hatte Sorge, gegenüber diesem eingebildeten Mann seine Überlegenheit zu verlieren, wenn er sein Unwissen zugab.

Nur ein einziges Mal bot sich die Gelegenheit, doch noch einen Zipfel des Geheimnisses zu lüften. Als er nämlich eines Tages das Atelier des Kalligraphen aufsuchte und ihn nicht antraf, bat ihn der ältere Geselle, auf Wunsch des Meisters, zu warten. Man zeigte ihm die Kalligraphie, damit er Trost finden sollte. Es war ein Gemälde aus senkrechten schlanken Linien und schwungvollen Schlaufen sowie einer Menge Punkte, das als Segensspruch für den Präsidenten gedacht war. Aber mehr als Allah konnte er nicht entziffern.

»Ich bin kein Fachmann«, sagte er, »und möchte Sie bitten, mir das Bild zu erklären.«

Der Mitarbeiter war etwas verwundert, lächelte aber freundlich und fuhr mit dem Zeigefinger über die Glasscheibe, entlang der Buchstaben eines jeden Wortes, und plötzlich schlüpfte ein ganzer Satz aus dem Knäuel: Führer des Volkes, Oberst Schischakli, Gottes Hand ist mit dir.

Nassri war erstaunt, wie einfach sich der Text lesen ließ, aber schon nach wenigen Minuten verschwamm er wieder vor seinen Augen. Was blieb, waren die einzelnen Wörter, Allah,

Schischakli und Führer. Der Rest verschwand im Wald der goldenen Buchstaben.

Das Jahr 1954 fing schlecht an. Überall kam es zu Kämpfen gegen die Regierungstruppen. Präsident Schischakli stand unter Druck und sagte die wöchentlichen Treffen ab. Nassri sah ihn nur noch in den Zeitungen, und er erschien ihm blass und geschrumpft in seiner Uniform, sein Blick war verloren und traurig. Nassri dachte wieder an den Bauernsohn, der ihm einsam und verletzt sein Herz geöffnet hatte. »Nur Disteln und Narben«, flüsterte er beim Anblick des traurigen Gesichts.

Im Frühjahr stürzte ein unblutiger Aufstand der Bevölkerung den Oberst. Der Präsident hielt eine kurze Abschiedsrede und verließ das Land, die Taschen gefüllt mit einer Menge Gold und Dollars. Nassri war für Wochen voller Trauer. Er habe nichts zu befürchten, sagte ihm sein Geschäftsführer Taufiq. Die neue demokratische Regierung werde das Land öffnen und in Zeiten der Freiheit werde sich niemand an den Händlern vergreifen. Ihn persönlich habe dieser primitive Bauernsohn genervt, der von nichts eine Ahnung hatte, sich aber zu allem und jedem äußern musste.

»Von nun an musst du nicht mehr monatlich eine teure Kalligraphie liefern«, sagte Taufiq und lachte.

Nassri war über die Kälte und Undankbarkeit seines Geschäftsführers entrüstet. Ihm tanzte das Wort der Entlassung seines langjährigen Mitarbeiters auf der Zunge, doch er zähmte seinen Zorn, als er den Jubel der Nachbarschaft hörte, die noch vor kurzem auf Demonstrationen ihr Leben für den Präsidenten opfern wollte. Er tröstete sich mit der Erkenntnis, Damaskus sei eine Hure, die für jeden Herrscher die Beine breitmacht. Und der nächste Herrscher hieß parlamentarische Demokratie.

Nassri hatte das Empfinden, den gestürzten Oberst wie einen Bruder innig geliebt zu haben, ohne es sich all die Jahre über einzugestehen. Er litt unter einem sich wiederholenden Alptraum, in dem er den Präsidenten sah, wie dieser die Tür seines Hauses öffnete und einen Fremden anlächelte, dessen Gesicht Nassri nicht erkennen konnte. Das Lächeln erstarrte zu einer Maske, als der Fremde seine Pistole auf den Oberst richtete und abfeuerte. Nassri wachte jedes Mal schweißgebadet auf.

Das Land geriet nicht in Chaos, wie Oberst Schischakli vermutet hatte. Im Sommer 1954 schienen Nassri die Damaszener friedlicher als sonst, sie lachten etwas lauter als früher und kein Mensch sprach mehr über den gestürzten Präsidenten. Nie hatten die Bauern eine bessere Ernte eingefahren als in jenem Sommer. Und die Kioske hatten plötzlich über zwanzig Zeitungen und genauso viele Zeitschriften, die um die Leser warben.

Die Hure Asmahan ließen der Aufstand und die Vertreibung des Präsidenten kalt. »Männer sind bei mir alle gleich. Wenn sie nackt sind, unterscheide ich nicht zwischen einem Gemüsehändler und einem General«, sagte sie ohne Gefühl. »Nacktheit tarnt besser als Karnevalmasken.« Nassri lief es kalt den Rücken runter, als er auf dem Heimweg die Bedeutung dieser Sätze verstand.

Aber sie schätzte seine Kalligraphien und genoss die Briefe, die er angeblich dem Kalligraphen diktierte. Sie enthielten Sprüche und Lobeshymnen auf den Genuss und auf die Lebensfreuden. Aber keiner dieser Briefe enthielt auch nur ein Wort über die tiefe Liebe, die Nassri für Asmahan empfand. Als diese Liebe, wenn auch in einem Nebensatz, einmal durchschimmerte, bat Nassri den Kalligraphen um einen neuen Begleitbrief. »Ich will nicht, dass sie mich missversteht. Frauen gewichten die einzelnen Wörter sehr genau und denken auch manchmal um die Ecke, nicht wie wir Männer, die stets geradeaus denken. Und diesen Kummer will ich mir ersparen.«

Farsi gab zu, dass der Satz so verstanden werden könne, als

könnte Nassri vor Sehnsucht nicht einschlafen. Er ahnte aber nicht, dass nicht dichterische Fantasie diese Zeilen diktiert hatte, sondern eine prophetische Ahnung. Die Sehnsucht nach Asmahan hatte Nassri damals fast zerrissen. Wenn er nur den Namen Asmahan hörte, wurde ihm warm ums Herz, und obwohl er sich täglich schwor, sie zu vergessen, musste er feststellen, dass sein Herz ihm nicht gehorchte. Er musste lernen, dass man nicht beschließen kann, sich nicht zu verlieben, so wie man nicht beschließen kann, nicht zu sterben. Nassris Unglück bestand darin, niemandem, auch dem Apotheker Elias nicht, von seiner brennenden Verliebtheit und Eifersucht auf die anderen Freier erzählen zu können, ohne sich lächerlich zu machen. Wer sollte verstehen, dass ein gestandener Mann mit drei Frauen noch wie ein brunftiger Jugendlicher bei einer Hure kopflos wurde?

Keiner wusste, dass Nassri seit seiner Kindheit davon überzeugt war, niemanden lieben zu dürfen, und sollte er es trotzdem wagen, würde ihm der geliebte Mensch entzogen. Als Kind achtete er seinen Vater, seine Mutter dagegen nicht. Sie war für ihn eine von vielen Frauen im Haremhaus. Er begann sie erst zu lieben, als er, fast zwanzig, von ihrer Güte überzeugt war. Von da an verehrte er sie über alle Maßen. Seine dritte Frau hatte er nur deshalb geheiratet, weil seine Mutter sie ins Herz geschlossen hatte. Nasime hatte in der Tat einen guten Charakter und eine wunderbare Zunge, doch war sie zu seinem Leidwesen hässlich. Und was tat die Mutter, statt sich über die Verbindung zu freuen? Sie starb einen Tag nach seiner Hochzeit.

Oft lag er wach und dachte darüber nach, welcher Fluch ihn verfolgte, oder ob die Liebe ein See sei, den der Mensch mit Heirat und Arbeit zuschütte, um nicht darin zu ertrinken. Wie oft liebte er Frauen, die er nicht erreichen konnte. Und hatte er nicht immer unter Zwang geheiratet? Zu seiner ersten Frau Lamia zwang ihn sein Vater, bei seiner zweiten Frau das Gewehr ihres Bruders, bei der dritten Frau wollte er seiner Mutter einen Herzenswunsch erfüllen. Von Liebe konnte keine Rede sein.

Immer wieder beschloss er, Asmahan nicht zu lieben, um sie nicht zu verlieren, doch sobald er in ihren weichen Armen lag und sich in die Tiefe ihrer blauen Augen versenkte, verlor er die Kontrolle über sein Herz. Einmal sang er sogar laut, während er mit ihr schlief, obwohl er wusste, dass seine Stimme grässlich war.

»Du kannst ruhig wie Tarzan brüllen, das ist lustig, aber schau mich dabei nicht so schmalzig an«, sagte Asmahan, »denn dann fürchte ich mich vor dir und empfange lieber die alten Herren, deren eine einzige Sorge ihre Steifheit ist.«

Nassri lächelte verlegen und von nun an legte er einen Schleier der Gleichgültigkeit über seine Augen.

»Können Sie einen Brief schreiben, in dessen Worten die Liebe versteckt ist, die direkt ins Herz geht, ohne für den Verstand lächerlich zu erscheinen?«, fragte er Hamid Farsi. An diesem heißen Mainachmittag brachte er viel Zeit mit. Er wollte Asmahan eine Kalligraphie mit ihrem vollen Namen schenken und dazu einen besonders raffinierten Brief schreiben lassen.

»Wie sollen Wörter das Herz erreichen, ohne durch das Tor der Vernunft zu gehen?«, erwiderte Farsi und malte den Schatten eines Buchtitels. Es faszinierte Nassri, wie der Meister bei jedem Buchstaben konsequent den Schatten genau dort platzierte, wo er entstanden wäre, wenn eine Lampe in der oberen linken Ecke geleuchtet hätte. Die Buchstaben bekamen so eine dritte Dimension und schienen aus dem Papier herauszuragen.

»So wie die Kalligraphie das Herz erfreut, auch wenn man die Wörter nicht entziffern kann«, sagte Nassri. Farsi stockte und blickte auf. Er war überrascht, dass dieser Halbanalphabet zu einer solchen Antwort fähig war.

»Das ist etwas anderes«, entgegnete Hamid Farsi in die gespannte Stille. Das Schweigen hatte nicht einmal zwei Minuten gedauert, aber es war Nassri wie eine Ewigkeit vorgekommen. »Die Kalligraphie übt durch ihre innere Musik Einfluss auf das Hirn aus, sie öffnet dann den Weg zum Herzen – so wie eine Musik, deren Ursprung Sie nicht kennen und bei der Sie nicht verstehen, worum es geht, Sie trotzdem beglückt.«

Nassri verstand nichts, nickte aber.

»Trotzdem macht man keinen großen Fehler, einer Geliebten bekannte Liebesgedichte zu schicken, und je älter desto besser. Man kann dann sagen, man schicke sie, weil sie einem gefallen hätten und man die Frau an diesem Genuss beteiligen wolle ... so in etwa könnte es gehen, aber nicht am Hirn vorbei. Die Sprache weigert sich, geschmuggelt zu werden ...«

»Das ist nicht schlecht, eindeutig in der Zweideutigkeit der Dichtung zu sprechen«, sagte Nassri. Das hatte er an diesem Morgen in der Zeitung gelesen und es hatte ihm gefallen. Es ging um eine Ansprache des neuen Staatsoberhaupts, der immer doppelbödig zu sprechen schien.

»Eilt es?«, wollte Farsi wissen. Das Ministerium hatte ihm den ehrenvollen Auftrag gegeben, alle Schulbücher neu zu gestalten, denn alle sollten – im Sinne der Demokratie – von Spuren des Diktators Schischakli gesäubert werden.

Als Hamid Farsi den Versuch machte, über die vielen Aufträge zu jammern, wurde Nassri zum ersten Mal schroff. »Es gibt keine anderen Termine, die einem Abbani vorzuziehen sind«, sagte er, »nicht einmal fürs Parlament. Das nur, damit wir uns verstehen«, schloss er herrisch.

Hamid Farsi gehorchte, denn Nassri zahlte das Zehnfache des Preises, den jeder Kenner hätte zahlen wollen.

Am fünften Tag lag der Brief in einem roten Umschlag bereit, zusammen mit der kleinen umrahmten Kalligraphie eines bekannten Liebesgedichts von Ibn Saidun. Asmahan fand die Kalligraphie wie immer entzückend, aber der Begleitbrief rührte sie zu Tränen. Nassri stand wie verloren im Salon. Er sah, wie die junge Hure von der Schönheit der Worte überwältigt wurde. Und er sah, wie sie ihren aus dem Stahl ihrer

Kälte errichteten Käfig verließ und direkt in seine Arme fiel. »Mach heute mit mir, was du willst. Du bist der Herr meines Herzens«, sagte sie und gab sich ihm hin wie noch nie zuvor.

Nassri blieb bei ihr die ganze Nacht. Am nächsten Morgen weigerte sich Asmahan, Geld für die Nacht anzunehmen. »Du hast mir mit diesem Brief Dinge zurückgegeben, die mir die Welt gestohlen hat«, sagte sie und küsste ihn innig auf den Mund.

Nassri hielt vor ihrem Haus kurz inne, dachte an ihre schönen Brüste und Lippen und atmete den Jasminduft, mit dem sie seine Haare nach dem Bad eingesprüht hatte. Hamid Farsi war sein Glücksbringer, davon war er überzeugt.

Er machte sich beschwingt auf den Weg zum Büro und ahnte nicht, von Glück und Jasmin umhüllt, wie sehr er sich irren sollte.

16.

Hamid Farsi blieb Nura nicht nur in der Hochzeitsnacht, sondern in all den kommenden Nächten bis zu ihrer Flucht fremd. Alle Beteuerungen der gutmeinenden Frauen, man gewöhne sich an den Ehemann, bewahrheiteten sich nicht. Sie gewöhnte sich an die Räume und die Möbel und auch an das Alleinsein. Aber wie sollte sie sich an einen fremden Mann gewöhnen? Sie wusste keine Antwort.

Im Bett war Hamid freundlich und rücksichtsvoll, dennoch fühlte sich Nura einsam. Sie erstickte beinahe, wenn er in und über ihr war. Sie bekam keine Luft mehr. Und diese Einsamkeit und Fremde schmerzten sie unendlich.

Als alle Hochzeitsgerichte gegessen, alle Lieder gesungen waren und die letzten Gäste das Haus verlassen hatten, verblasste die berauschende Exotik zu einer gewöhnlichen Einsamkeit. Sie sah ihn mit neuen Augen an, als hätte der Bräutigam das Haus verlassen und ein fremder Ehemann seine Stelle eingenommen.

Sie entdeckte sehr schnell seine erste Schwäche: Er hörte nicht nur fremden Frauen, sondern auch ihr nicht zu. Gleich, was sie erzählte, er sprach anschließend nur von seinen eigenen kleinen und großen Vorhaben. Alles beschäftigte ihn offensichtlich mehr als das Leben mit ihr. Wenn sie ihn nach seinen Plänen fragte, wurde er abfällig: »Das ist nichts für Frauen«, sagte er. Jeder Zwerg von einem Mann interessierte ihn mehr als eine kluge Frau.

Bald vertrockneten die Worte auf ihren Lippen.

Auch quälte er sie mit seinem eisernen Tagesablauf, an den sie sich nicht gewöhnen konnte. Obwohl ihr Vater einer Moschee vorstand, hatte er die Zeit nie so ernst genommen. Ein Verhalten, das Hamid verachtete. Es sei ein Zeichen der Dekadenz der arabischen Kultur, dass man die Zeit nicht mehr ernst nehme. Nichts auf der Welt verachtete er mehr als das Wort »morgen«, das viele Araber bei Versprechen, Reparaturen, Bestellungen und Terminen gerne benutzten. »Red nicht herum«, brüllte er eines Tages den Tischler an, »sondern nenne mir einen Tag mit Datum, denn alle Tage haben Anfang und Ende, nur morgen nicht.«

Der Tischler hatte dreimal versprochen, ein Regal für die Küche zu bauen, und am Ende kaufte Hamid es in einem Möbelgeschäft.

Hamid führte sein Leben genau nach Plan und Uhrzeit. Er wachte auf, wusch und rasierte sich, trank Kaffee und verließ Punkt acht das Haus. Schlag zehn rief er an und fragte Nura, ob sie etwas brauche, damit der Laufbursche es ihr bringe, wenn er mittags das Essen hole. Auch dieser wurde von seinem Meister gehetzt. Punkt halb zwölf stand er verschwitzt und atemlos vor der Tür. Die armen Laufburschen.

Punkt sechs kam Hamid nach Hause, um sich zu duschen.

Um halb sieben nahm er die Zeitung, die er aus dem Geschäft mitgebracht hatte, um sie zu Ende zu lesen. Punkt sieben wollte er essen. Immer wieder schaute er auf die Uhr. Montag und Mittwoch ging er Punkt neun ins Bett. Am Dienstag, Freitag und Sonntag schlief er mit ihr und verschob die Nachtruhe um eine halbe Stunde. An diesen Tagen war er aufgesetzt lustig, um sich selbst in Stimmung zu versetzen und die Kalligraphie, von der er besessen war, für ein paar Stunden aus seinem Gehirn zu vertreiben. Nura lernte, an solchen Tagen ein Lächeln auf ihr Gesicht zu malen, mit dem sie ihren Mann empfing.

Am Donnerstag spielte er mit drei anderen Kalligraphen bis nach Mitternacht in einem Kaffeehaus im neuen Stadtteil Karten. Am Samstag nahm er an den wöchentlichen Sitzungen eines Bundes für Kalligraphen teil. Nura erfuhr aber nie, was dort besprochen wurde. »Das ist nichts für Frauen«, sagte er scharf und winkte ab.

Eine Zeit lang hatte sie Zweifel, ob er samstags nicht zu den Huren ging. Doch dann entdeckte sie ein Dokument in der Innentasche seiner Jacke, die er an einem der Treffen getragen hatte. Es waren zwei Seiten Papier mit dem Protokoll einer Sitzung, die von Kalligraphen abgehalten worden war. Sie las die Stichworte und fand sie langweilig und wunderte sich, dass man jeden Beitrag festgehalten hatte. Es ging um die arabische Schrift. Sie steckte die gefalteten Seiten wieder in die Innentasche der Jacke zurück, damit er nichts bemerkte.

Es waren keine drei Monate vergangen und die angespannte Einsamkeit hatte sich fest im Haus eingenistet. Sobald Ruhe einkehrte, zeigte sie Nura ihr hässliches Gesicht. Die geliebten Bücher, die sie mitgebracht hatte, verwandelten sich in fade Schriften, die jedwede Anziehung verloren hatten. Neue Bücher durfte sie ohne Hamids Genehmigung nicht kaufen. Dreimal nannte sie ihm Titel, die sie zu lesen wünschte, aber er winkte nur ab. Das seien moderne Autoren, deren Schriften das Familienleben und die Moral zerstören würden, sagte er. Sie wurde wütend, weil er nicht eines der Bücher gelesen hatte.

Um ihre Einsamkeit zu besiegen, begann Nura laut zu singen, doch schon kurz darauf hörte sie vom Nachbarhaus einen giftigen Kommentar, der ihre Stimme versiegen ließ: »Wenn die Frau so aussieht, wie sie singt, dann schläft ihr Mann mit einer rostigen Gießkanne«, rief einer laut lachend über den Hof. Er war ein kleiner Mann mit einem freundlichen Gesicht, den sie fortan nicht mehr grüßen wollte.

Um sich abzulenken, begann Nura immer und immer wieder, das Haus zu säubern. Erst als sie merkte, dass sie die Fenster zum dritten Mal in der Woche mit einem Tuch polierte, warf sie das Tuch in die Ecke, setzte sich an den Brunnen und weinte.

Die Frauen in den benachbarten Häusern der Gasse waren ausnahmslos freundlich und offen. Wenn sie bei ihnen zum Kaffee eingeladen war, stieß sie auf Aufmerksamkeit und Zuneigung. Die Frauen erfreuten sich ihrerseits an Nuras feiner Sprache und an ihrer Fähigkeit zu schneidern und sie wünschten, dass Nura mit ihnen auch das Bad aufsuchen würde.

Man sah sich am frühen Vormittag, um bei einem duftenden Kaffee die Gerüchte der Nacht auszutauschen, und man saß nach der Siesta beim zweiten obligatorischen Kaffee zusammen.

Dazwischen halfen sie sich beim Kochen oder dem aufwendigen Kandieren und Konservieren von Obst und Gemüse.

Nura lachte viel mit den Nachbarinnen. Sie waren, anders als ihre Mutter, lebenslustig und nahmen alles und jeden auf den Arm, auch sich selbst. Sie besaßen vor allem List, mit der sie sich ihr Leben erleichterten. Nura lernte viel von ihnen.

Doch offen gesagt langweilten sie die Frauen. Sie waren einfache Menschen, die, sobald das Gespräch nicht um Männer, Kochen und Kinderkriegen ging, worin sie wahre Expertinnen waren, nichts über das Leben zu sagen hatten. Sie konnten weder lesen noch schreiben. Nach mehreren jämmerlich gescheiterten Versuchen, den Frauen irgendetwas über die Welt außerhalb ihres Ehetrotts beizubringen, blieb auch Nura stumm. Was sollte sie auch tun?

Das Telefon war ihre Rettung! Mit ihm konnte sie wenigstens den Kontakt zu den Freundinnen aus der Schulzeit wieder aufnehmen. Das erleichterte ihr das Leben ein wenig, wenn auch die Zeit weiterhin langsam verging. Sana, eine lustige Schulkameradin, riet ihr: »Schreibe ein Tagebuch über die Geheimnisse deiner Ehe. Vor allem über all das Verbotene, wonach du dich sehnst. Aber such dir erst ein sicheres Versteck dafür!«

Ein sicheres Versteck entdeckte Nura im Vorratsraum, wo es einen alten Schrank gab, dessen Bodenbrett leicht herauszunehmen war.

Sie begann zu schreiben und zugleich ihren Ehemann genauer zu beobachten. Was sie sah und fühlte, notierte sie in ein großes Heft. Sie lernte schreibend, die schwierigsten Fragen zu stellen, und auch wenn sie nicht immer eine Antwort darauf finden konnte, fühlte sie eine eigenartige Erleichterung, sie überhaupt gestellt zu haben.

Mit jeder Seite, die sie schrieb, vergrößerte sich die Distanz zu ihrem Ehemann. Seltsamerweise erkannte sie nun vieles an ihm, was sie bis dahin nicht wahrgenommen hatte. Sie entdeckte, dass Hamid ein genialer Techniker war, aber anders als ihren Vater interessierte ihn nicht der Inhalt der Wörter, sondern viel mehr ihre Form. »Die Proportion und Musik muss stimmen«, erklärte er ihr eines Tages. »Ich kann nicht glauben, dass einen Kalligraphen nur die Schönheit der Wörter, aber nicht deren Inhalt interessiert«, schrieb sie in ihr Tagebuch und unterstrich die Zeile mit einem roten Stift.

Eines Tages brachte er einen bezaubernd geschriebenen und eingerahmten Spruch mit nach Hause, der im Salon seinen Platz fand. Nura konnte nicht aufhören, die Schönheit der Schrift zu loben, sie vermochte den Spruch aber nicht zu entziffern. Er war kunstvoll verwinkelt, gedreht und gespiegelt. Auch keiner der wenigen Gäste konnte ihn lesen, aber alle, auch ihr Vater, fanden das Gemälde, das die Buchstaben bildeten, unendlich schön, weil es angeblich Seele und Geist befriedigte. Als Nura ihren Mann bedrängte, den Inhalt zu verraten, grinste Hamid nur: »Mit Dünger wächst Gemüse schneller.« Nuras Schreck hielt er für ein Zeichen der Humorlosigkeit.

Hamid war wie in einer Burg umgeben von den Mauern seines stolzen Schweigens. Frauen hatten in dieser Burg nichts zu suchen. Zugelassen waren sein alter Meister Serani und der Ministerpräsident al Azm, dessen Haus in unmittelbarer Nähe des Ateliers lag und der als ergebener Bewunderer des Kalligraphen auch ein sehr guter Kunde war.

Aber selbst diese Männer blieben ihm trotz des Respekts, den er ihnen entgegenbrachte, fern. In seinem Innersten war Hamid Farsi einsam. Es verletzte Nura tief, dass sie, wenn sie zu ihm vordringen wollte, immer nur auf dicke Mauern stieß. Ihre Freundinnen wollten sie damit trösten, dass es ihnen nicht anders ergehe. Sana hatte einen mit krankhafter Eifersucht geschlagenen Mann. »Er macht jedes Mal ein peinliches Theater, wenn mich auf der Straße einer zu lange anschaut. Dann spielt er sich auf als Offizier der Luftwaffe und ich wünsche mir bloß, dass die Erde aufgeht und mich verschlingt. Er hat ständig Angst, dass mich ein Fremder ihm wegnimmt. Als wäre ich sein Esel, sein Auto oder sein Spielzeug. Er geht sofort auf den Mann los, wie er das von seinem Vater, seinem Nachbarn und den unsäglichen ägyptischen Filmen gelernt hat, wo die Männer in Eifersuchtsanfällen aufeinander einschlagen. Und die Frau steht abseits und wartet, wie vor ihr die Ziege, das Schaf oder die Henne gewartet haben, bis im Kampf unter den Böcken, Hammeln oder Hähnen der Sieger triumphiert.«

Sana erfuhr von ihrem Mann kein Wort über seine Arbeit

bei der Luftwaffe. Das sei nichts für Frauen. »Aber Witwen dürfen wir dann werden«, sagte Sana bitter – und prophetisch, denn wenige Jahre später verunglückte er beim Jungfernflug eines neuen Kampfflugzeugs.

Andere Freundinnen betrachteten ihre Männer als unsichere kleine Jungen, die immer ihre Sandburg brauchten. Nura solle doch froh sein, dass ihr Mann sie nicht betrog. Und wieder eine andere warf ihr Undankbarkeit vor, denn ihr Mann schenke ihr Wohlstand, wie sie ihn sich nicht hätte träumen lassen, und sie langweile sich.

»Dieses Herzchen«, knurrte Dalia, »sag ihr, dass Ehemänner mehr für Puff und Restaurant ausgeben als für die Ehefrau – da soll man mir nicht mit Dankbarkeit kommen.«

Nura empfand auch ohne den Beistand der Schneiderin keine Dankbarkeit gegenüber jemandem, der sie nie anfasste, außer wenn er mit ihr schlief, und sie monatelang nicht fragte, wie es ihr gehe.

Als hätte sie eine ansteckende Hautkrankheit, vermied er jede Berührung. Auch auf der Straße lief er immer einen Schritt voraus. Sie bat ihn, an ihrer Seite zu bleiben, weil sie es als demütigend empfand, stets hinter ihm herzuhecheln. Er versprach es, aber bei der nächsten Straße war er wieder mehrere Schritte voraus. Ihre Hand wollte er auch nie halten, »das macht ein stolzer Mann nicht«, sagte er knapp.

Sie rätselte jahrelang, warum sich ein Mann durch das Halten einer Frauenhand in seinem Stolz verletzt fühlen sollte, fand aber keine Antwort. Manchmal stellte sie sich ihm in den Weg, damit er sie berühren musste, aber er fand immer einen Weg, sie zu umgehen. Wenn sie ihn anfasste, zuckte er zurück. Er war bis zur Verkrampfung darauf bedacht, dass er sich ihr nie nackt zeigte, auch wandte er seinen Blick von ihr, wenn sie nackt durch das Schlafzimmer zum Bad lief.

Einmal schimpfte er die ganze Nacht mit ihr, weil sie ihn beim Abendessen unter dem Tisch berührt hatte. Sie waren bei ihren Eltern eingeladen, das Essen war köstlich und ihre

Mutter war so fröhlich wie selten in ihrem Leben. Zum ersten Mal streichelte sie vor Gästen die Wangen ihres Vaters. Nura fühlte sich glücklich und wollte die Freude mit ihrem Mann teilen. Sie stupste mit ihrem Fuß unter dem Tisch sein Bein. Er zuckte erschrocken zusammen. Sie hatte Mühe, ihr Lächeln zu wahren. Zu Hause schrie er sie an, ein solches frivoles Verhalten sei hurenhaft, keine anständige Ehefrau mache so etwas in der Öffentlichkeit.

An diesem Abend schrie sie zum ersten Mal zurück. Sie war außer sich. Wenn es so weitergehe, würde sie an seiner Seite erfrieren, und Hamid lachte nur giftig: »Dann zünde doch den Ofen an. Holz haben wir genug.« Mit dieser schneidenden Bemerkung ließ er sie im Salon sitzen.

Ihr Entsetzen kannte keine Grenzen, als sie kaum eine halbe Stunde später sein Schnarchen hörte.

Was sollte Nura tun? Sie wollte doch nur ihren Frieden. Hatte ihre Mutter nicht oft gesagt, so schlecht eine Ehe auch sei, sie sei der sichere Hafen. Nichts davon stimmte. Noch nie hatte sie so unruhig geschlafen, noch nie so oft an Flucht gedacht.

Was beunruhigte sie? Lange wusste sie es nicht, bis sie Salman begegnete. Erst durch ihn erkannte sie, dass ihre Unruhe von der Gewissheit kam, ihr Leben sinnlos zu vergeuden.

Ihr geheimes Tagebuch füllte sich zusehends und Nura kam sich wie eine Spionin vor, die ein fremdes Wesen zu observieren hatte. Selbst wenn ihr Mann neben ihr stand oder schlief, empfand sie diese Distanz, die es ihr ermöglichte, ihn immer genau zu beobachten.

Er war fanatisch in allem, was er dachte und tat, verbarg jedoch die scharfen Spitzen seiner Meinung unter einer dicken Schicht Höflichkeit. In allem wollte er der Beste sein, aber abgesehen von der Kalligraphie war er unerfahren wie ein kleiner Junge. Oft bemerkte sie, wie ihr Vater ihm gegenüber nachgab, um ihn nicht bloßzustellen. Als sie ihren Vater einmal darauf ansprach, antwortete er: »Aber Kind, du hast recht, er hat in vielen Dingen nur seine Vermutungen, die er für Wissen hält, aber wenn ich ihn jede Woche blamiere, wird er uns bald nicht mehr sehen wollen, und das wäre schlimmer. Dein Gesicht zu sehen ist mir wichtiger als alles Rechthaben auf der Welt.«

Aber nicht nur in theologischen, philosophischen oder literarischen Fragen, sondern auch in vielen anderen wollte Hamid immer der Beste sein, obwohl er außer seiner Tageszeitung nichts las. Nach jahrelangem Kampf um die Ehre des angesehensten Kalligraphen war er als Sieger hervorgegangen und wie fast alle Sieger war er von sich selbst berauscht.

Als er Nura geheiratet hatte, war er so berühmt, dass er sich, trotz stolzer Preise, kaum vor Aufträgen retten konnte. Es blieb ihm nichts weiter übrig, als vieles an seine Mitarbeiter zu delegieren. Die Entwürfe und die letzten Retuschen blieben ihm natürlich vorbehalten. Und die wichtigsten Aufträge, Briefe und Lobesreden in edelster Schrift erledigte er immer noch eigenhändig und mit ungeheurem Genuss. Er verlangte viel, aber seine Werke waren einmalig. Und es schmeichelte ihn, wenn Akademiker, Politiker oder reiche Händler, beglückt über den Erfolg, den sie durch seine Arbeit hatten, ihn extra aufsuchten, um ihm zu danken.

»Was ich in Auftrag gab«, sagte ihm einer der Kunden, »war ein hässliches Skelett meiner Wünsche und du hast es mit Seele, Fleisch und Blut zum Leben erweckt.«

Vor allem reiche Bauern, die sich im Dschungel der Hauptstadt nicht auskannten, baten Hamid Farsi um einen Brief. Sie fragten nie nach dem Preis, denn sie wussten, dass seine Briefe Tore öffnen würden. Briefe, deren einzelne Seiten kunstvolle Unikate waren. Nicht ein einziges Mal wiederholte Hamid ein Schema. Deshalb gab er die vollendeten Stücke auch nur unwillig aus der Hand.

Er beschäftigte sich tagelang mit Sinn und Zweck eines Briefes und gab ihm genau die entsprechende Form, die die

Schrift in Musik verwandelte, in ein Reiten auf einer Welle, die den Leser genau da hinführte, wo der Auftraggeber ihn haben wollte.

Er fühlte sich bei seiner Arbeit sehr einem Komponisten verwandt. Schon sein Meister hatte seinen Sinn für die Musik der Schrift gelobt. Während die anderen nie ein wahrhaftiges Gefühl dafür entwickelten, wie lang eine Dehnung sein musste, wie viele Rundungen ein Wort vertrug und wo die Punkte platziert werden mussten, beherrschte er diese Kunst aus dem Gefühl heraus perfekt. Dissonanz in der Komposition seiner Blätter ließ er aus tiefstem Instinkt heraus nicht zu.

Die arabische Schrift ist wie geschaffen dafür, Musik für das Auge zu sein. Da sie immer gebunden geschrieben wird, spielt die Länge der Bindung zwischen den Buchstaben eine große Rolle bei der Komposition. Die Dehnung und Kürzung dieser Bindung ist fürs Auge wie die Verlängerung oder Kürzung der Dauer eines Tones für das Ohr. Das *A*, im Arabischen *Alif* genannt, ist ein senkrechter Strich und verwandelt sich in einen Taktstrich für den Rhythmus der Musik. Aber da wiederum die Größe des Buchstabens *Alif* nach der Proportionslehre die Größe aller anderen Buchstaben bestimmt, beteiligt er sich auch an der Höhe und Tiefe der Musik, die die Buchstaben waagerecht auf jeder Zeile bilden. Und auch die unterschiedliche Breite sowohl der Buchstaben als auch der Übergänge am Fuß, Rumpf und Kopf der Buchstaben, von haarfein bis ausladend, beeinflusst diese Musik fürs Auge. Die Dehnung in der Horizontalen, das Wechselspiel zwischen runden und eckigen Buchstaben, zwischen senkrechten und waagerechten Linien nimmt Einfluss auf die Melodie der Schrift und erzeugt eine leichte, verspielte und heitere, eine ruhend melancholische oder gar eine schwere und dunkle Stimmung.

Und möchte man sorgfältig mit den Buchstaben musizieren, so erfordert die Leere zwischen den Buchstaben und Wörtern noch größeres Geschick. Die leeren Räume einer Kalligraphie sind Augenblicke der Stille. Und wie in der arabischen Musik setzt auch die Kalligraphie auf die Wiederholung bestimmter Elemente, die nicht nur den Tanz von Körper und Seele, sondern auch das Loslösen vom Irdischen und das Erreichen anderer Sphären fördert.

17.

Alles um Nura versank in eine Totenstille. Die Abende wurden ihr zur Qual. Hamid sprach manchmal kein einziges Wort, und wenn er mit ihr schlief, dann mit zusammengebissenen Zähnen.

Manchmal zwang sich Nura, den ganzen Abend auch keinen Ton von sich zu geben, um zu prüfen, ob es ihm auffiel. Keine Reaktion. Er wusch sich, aß, trank seinen Mokka, schlief mit ihr oder auch nicht und schnarchte die ganze Nacht.

Und wenn er sprach, dann nur als Echo der Lobeshymnen, die andere auf ihn sangen. Wie lange würde sie dieses Leben noch aushalten?

Einmal legte sie aus Protest den schmutzigen Putzlappen auf einen Teller, schmückte ihn mit der Stahlwolle, mit der sie die Pfannen säuberte, und garnierte das Ganze mit Streichhölzern, Kerzenstummeln und Olivenkernen. Sie stellte den Teller neben den Wasserkrug, aus dem er sich bedienen musste. Er merkte nichts. Wortlos saß er da und aß stumm seine Fleischpastete.

Zu alledem war er auch noch geizig. Jeden Mittag, um halb zwölf, musste sie ihm mit einem Boten sein Essen in einer *Matbakia* schicken, einem dreistufigen Gefäß mit Henkel: Salat, Hauptgericht und Beilagen, alles schön übereinander. Nachtisch nahm er nie zu sich, Kaffee trank er in seinem Atelier.

Fast die Hälfte der Nachbarinnen schickte ihren Ehemännern das Essen in der Matbakia in ihre Läden, aber im Gegensatz zu Nura bekamen all diese Frauen Geld von ihren Männern und durften einkaufen gehen. Sie feilschten, tranken Tee und Kaffee, hörten Gerüchte und verbreiteten welche und lachten viel mit den Händlern. Nura liebte es einzukaufen. Schon als kleines Mädchen war sie gerne zum bekannten Gewürzhändler Sami gegangen, um seine fantastischen Geschichten zu hören, die er über jedes Gewürz erzählte.

Aber Hamid meinte, er könne bessere Lebensmittel zum halben Preis besorgen und es sei überdies nicht gut, wenn die schöne Frau des berühmten Kalligraphen auf dem Markt feilschen musste – mit diesen, wie er sich ausdrückte, »Primitivlingen«.

»Hat der eine Ahnung!«, schrieb sie in ihr Tagebuch. Feilschen gehörte ganz oben auf die Liste der paradiesischen Tätigkeiten einer echten Damaszenerin. Hamid hatte dafür kein Verständnis. Er schickte ihr mit seinem Laufburschen billigste Fleischreste und Gemüse, eben all das, was Lebensmittelhändler nur Männern andrehen können. Er kaufte riesige Mengen, als sollte sie das Mittagessen für ein Waisenhaus zubereiten, und obwohl alles von schlechter Qualität war, verlangte Hamid von ihr, dass sie die wunderbarsten Gerichte daraus kochte. Es waren die Nachbarinnen, die ihr zu Hilfe kamen. Sie wussten geheime Rezepte, wie man aus den billigsten Zutaten deftige Gaumenfreuden zaubern konnte. Im Gegenzug nähte Nura kostenlos für sie. So konnten die Frauen das Geld, das sie von ihren Männern für Näharbeiten bekamen, in Kaffee, Kardamom, Süßspeisen und Kinokarten investieren.

Hamid Farsi merkte von dieser gegenseitigen Hilfe nichts.

Er zwang Nura nicht zum Kopftuchtragen. Damals befand sich Damaskus im Aufschwung und nur alte Frauen trugen ein Kopftuch, junge Frauen dagegen kaum und noch seltener einen Schleier. Er war auch nicht eifersüchtig, wollte aber nicht, dass sie in seiner Abwesenheit Besuch empfing.

Es kam auch gar niemand außer den Nachbarinnen, deren

Männer ebenfalls keinen Besuch duldeten, solange sie nicht zu Hause waren, aber keine Frau im Viertel hielt sich an das Verbot.

Hamid merkte auch das nicht.

Die Welt der Verwandten, Freunde und Nachbarn schien ihn überhaupt nicht zu berühren. Er war oberflächlich freundlich zu allen und interessierte sich für niemanden. Erfuhr er durch Zufall vom Besuch einer Freundin oder Nachbarin, verdrehte er die Augen: »Sie sollen dich besuchen, wenn ich da bin.« Doch von ihrer Mutter abgesehen fühlte sich keine Frau wohl in seiner Anwesenheit.

»Das ist geschlechtsbedingt«, sagte Sultane, eine kleine einäugige Nachbarin. »Männer sind Jäger und suchen ihr Glück immer in der Ferne. Wir sind Sammlerinnen und suchen jeden Fußbreit nach Samen und Kräutern ab. Manchmal finden wir eine Geschichte, die wie ein Samen ist, so klein, dass man ihn übersieht, obwohl er in sich ein Leben trägt und so hartnäckig ist, dass er den Tritt eines Elefanten überlebt. Geschichten sind Samen. Deshalb lieben Frauen mehr als Männer Geschichten. Deshalb hören sie besser zu.«

Nura versuchte, Hamids Neugier zu wecken, und erzählte ihm beim Abendessen vom Schicksal der um sie herum lebenden Familien, von wundersamen Ereignissen und abenteuerlichen Begebenheiten. Aber sie merkte bald, dass er nicht zuhörte.

»Halte dich von den Gezeichneten und Benachteiligten fern«, war sein einziger Kommentar, »Elend steckt an wie Grippe.« Woher er diese Sprüche hatte, die er dauernd aus dem Ärmel schüttelte, wusste sie nicht, und ernst nehmen konnte sie diese Äußerungen auch nicht. Bis zu jenem Tag jedenfalls nicht, an dem er ihre Freundin Buschra so herzlos und ungnädig hinauswarf.

Buschra war Badias Tochter und wuchs – wie einst Nura – in der Aijubigasse auf. Badia war es gewesen, die damals Nuras Ehe mit Hamid vermittelt hatte. Badia hatte fünf Söhne und

Buschra. Die Tochter war bald der Liebling des Viertels, da sie so wunderschön hell und laut lachen konnte. Elias, der Süßigkeitenverkäufer, schickte ihr manchmal einen bunten Lutscher, weil ihm das helle Lachen ein Lächeln ins Gesicht zauberte und den Kummer vertrieb. Auch Nura liebte sie, und wenn ihr die sieben Jahre ältere Buschra den Kopf streichelte, sie manchmal sogar küsste und »meine Schöne« nannte, war die kleine Nura selig.

Eltern, Nachbarn und Schulkameradinnen erwarteten, dass der reichste Mann der Stadt Buschra auserwählen würde. Die Prophezeiung schien sich am Anfang auch zu bewahrheiten. Rechtsanwalt Kadri schickte – nachdem er Buschra, die gerade aus der Schule kam, an seinem Fenster vorbeigehen sah – seine Mutter, die mit Badia im Hammam alles vereinbarte. Anschließend soufflierten sie ihren Männern und diese bildeten sich ein, sie würden gerade mit ihrem unbeirrbaren Sinn für Sippe und Anstand entdecken, wie gut die fünfzehnjährige Buschra und der fünfundzwanzigjährige Kadri zueinanderpassten.

Nach Buschras Hochzeit verlor Nura sie über sieben Jahre aus den Augen. Und dann plötzlich tuschelten die Leute im Viertel, dass Buschras Mann seine Cousine geschwängert habe und sie deshalb heiraten wolle. Diese aber bestand darauf, dass er sich von Buschra scheiden ließ. Kurz darauf zog Buschra mit ihren drei Töchtern zu ihren Eltern zurück. Sie war inzwischen zweiundzwanzig und sah blass aus, aber man merkte ihr die drei Geburten nicht an. Sie war schlank und groß wie ihr Vater und hatte das schöne Gesicht ihrer Mutter.

Die Nachbarschaft staunte über die Mädchen. Sie sahen alle wie Kopien ihrer Mutter in verschiedenen Altersstufen aus. Die Älteste war sechs, die jüngste drei Jahre alt.

Nura lernte zu jener Zeit bei Dalia die Schneiderei und begann sich wieder mit Buschra zu treffen. Neben der derben Dalia war Buschra die zweite Frau, die ihr etwas über die Ehe erzählen konnte.

»Was willst du von einem Mann erwarten«, sagte sie einmal, »der dich in der ersten Nacht so lange ohrfeigt, bis du auf den Knien wiederholst: ›Ja, mein Herr, du bist der Herrscher und Besitzer meiner Seele und ich bin ein Nichts.‹ Nach sechs Jahren Ehe und drei Kindern entdeckte er seine Liebe zu seiner Cousine und ließ sich dann von mir scheiden«, erzählte sie Nura bei einem Kaffee.

Beide verstanden sich so gut, als wären sie all die Jahre enge Freundinnen gewesen. Nach etwa einem halben Jahr erfuhr Nura, dass Buschra zum zweiten Mal heiraten würde, diesmal Jusuf, einen Freund ihres Bruders, den sie immer schon gemocht und der auch nichts gegen die drei Töchter hatte.

Nura freute sich über Buschras Glück, Dalia dagegen mochte den Mann nicht, der für diese große Frau zu eifersüchtig sei und eine zu kleine Seele habe. War Dalia betrunken oder meinte sie das ernst?

Es dauerte keine drei Jahre und Buschra erschien unangekündigt zu Besuch bei Nura, die inzwischen verheiratet war.

Nervös und schnell trank Buschra ihren Kaffee, als wollte sie ihr Herz unbedingt erleichtern. »Er wurde verrückt vor Eifersucht, als ich ein Mädchen bekam«, erzählte sie, »er war sich sicher, er bekäme nur Jungen, die ihm ähneln. Dunia ist aber ein Mädchen und sie sieht mir ähnlich. Er unterstellte mir, ich hätte noch Samen von meinem ersten Mann im Körper, der mich mein Leben lang befruchten würde. Der Arzt versicherte ihm, dass Samen spätestens nach ein paar Tagen absterben, aber es half alles nichts. Er beschuldigte den Arzt, mit mir zu schlafen, und rannte mit dem Küchenmesser hinter ihm her.«

Bei diesen Worten betrat Hamid das Haus und geriet sofort in Zorn, als er die weinende Buschra erblickte. Er grüßte nicht, sondern befahl ihr mit eiskalter Stimme, auf der Stelle sein Haus zu verlassen und ihr Unglück mitzunehmen.

Nura fühlte sich gedemütigt und spürte, dass sie Buschra für immer verloren hatte. Sie weinte eine Nacht lang. Hamid nahm seine Decke und schlief auf dem Sofa im Salon und wollte auch in den nächsten Tagen nicht darüber reden. Die Sache war für ihn erledigt, wie wenn Buschra eine abgelieferte Kalligraphie wäre.

Viele Jahre später erfuhr Nura, dass Buschra nur noch für ihre Kinder lebte. Sie bewohnte das erste Stockwerk ihres Elternhauses und arbeitete als Büroangestellte bei einer Fluggesellschaft. Bald lachte sie wieder so hell und laut wie zu ihrer Jugendzeit.

An jenem Tag, als Hamid Buschra aus seinem Haus hinauswarf, umarmte sie Nura weinend im dunklen Korridor neben der Haustür. »Er ist auch krank vor Eifersucht. Arme Schicksalsschwester«, sagte sie und ging.

18.

Arbeit im Café ist auf Dauer nichts für dich. Oder willst du mir sagen, dass du in all den Jahren hier etwas gelernt hast, mit dem du später eine Familie ernähren kannst?« So fragte Karam an einem warmen Herbstmorgen und er wartete nicht auf eine Antwort. »Der Kalligraph Hamid Farsi sucht einen Laufburschen. Sein schielender Mustafa hat das Weite gesucht«, fügte er hinzu und nahm einen kräftigen Schluck Tee. »Du sollst dich dort bewerben. Kalligraphie – und das versichere ich dir – ist eine Goldgrube«, setzte er wieder an.

Salman erstarrte vor Angst. Er dachte, der ältere Diener Samih hätte ihn wegen des Streits am Vortag bei Karam verpetzt.

Es war der erste ernsthafte Streit seit Jahren gewesen. Karam war auch an diesem Montag nicht im Café. Das machte den Kellner Darwisch wie immer aggressiv. Er stellte seine Vermutungen an, aber nur Salman wusste Bescheid. Karam war mit seinem Geliebten Badri, der wie alle Friseure montags frei hatte, den ganzen Tag im Bett. Das Café hatte jedoch keinen Ruhetag.

Der Streit entzündete sich, als der letzte Gast das Café verlassen hatte. Samih, der älteste der drei Mitarbeiter, hatte die Kasse abgerechnet und die unbezahlten Rechnungen von den Zetteln in die Kundenhefte übertragen. Neben den bar zahlenden Gästen gab es Stammgäste und Geschäfte im Viertel, die wöchentlich oder sogar nur monatlich zahlten. Salman und Darwisch räumten auf, wuschen das Geschirr, wischten den Boden, ordneten die Stühle und verteilten saubere Aschenbecher auf die Tische. Nichts war ihrem Chef am frühen Morgen verhasster, als auf Schmutz zu stoßen.

Darwisch stichelte die ganze Zeit und suchte Streit mit Salman, über den er sich ärgerte. Der Juwelier Elias Barakat hatte sich am Nachmittag über Darwischs Arroganz beschwert und verlangt, dass Salman ihn bediene. Samih, der ältere Diener, warnte Salman, Darwisch nicht in den Rücken zu fallen. Aber Salman wollte den Gast nicht verärgern. Der Juwelier war immer großzügig mit Trinkgeld und ein Christ dazu, und das war für Salman ein wichtiger Grund für gutes Benehmen. Samih und Darwisch waren Muslime, und Salman vermutete, dass sie christliche Gäste mit Absicht schroff behandelten.

Salman bediente und erhielt eine ganze Lira Trinkgeld. Er komme wieder, hatte der Gast zum Abschied gerufen, da dieses Café noch eine zivilisierte und gut erzogene Bedienung habe.

Als sie nun allein waren, spürte Salman den aufgestauten Hass der beiden Muslime gegen ihn, den »Schweinefresser«, wie Darwisch ihn genannt hatte. Samih sprach wenig, nickte aber seinem Kollegen bestätigend zu, was auch immer dieser sagte, und stachelte ihn damit an. Es war kurz vor Mitternacht, als Darwisch andeutete, er wisse, dass Salman immer wieder ins Bett ihres Chefs krieche, um seine Stelle zu behalten, sonst wäre er bei seinem linkischen Gehabe schon längst geflogen.

Da riss Salmans Geduld. »Du bist«, schrie er Darwisch an, »nur eifersüchtig, weil der Chef nicht mehr deinen, sondern einen viel schöneren Hintern bevorzugt! Sei sicher, du Dummkopf, an meinem knochigen Hintern findet nicht einmal ein Rabe Gefallen. Karam fickt täglich einen wunderschönen Mann, dessen Name ich dir nicht verraten werde, auch wenn du vor Eifersucht stirbst.«

Darwisch sank wie ein Kartenhaus in sich zusammen und begann vor sich hin zu heulen. Samih zischte hasserfüllt: »Kreuzanbeter, du bist eine Teufelsbrut. Musst du ihn so verletzen? Weißt du nicht, wie sehr er leidet?«

Samih war eigentlich kein Petzer, aber als der Chef ihm eine neue Arbeit schmackhaft machen wollte, dachte Salman, dass der alte Diener ihn doch verraten habe.

Warum sollte er ausgerechnet zum Kalligraphen?

Hätte Karam ihm angeboten, zu einem Tischler oder Schlosser zu gehen, hätte er nicht diesen Magendruck gehabt. Er wusste aber, dass Karam und noch mehr sein Geliebter Badri den Kalligraphen eine Schlange nannten und oft auf ihn schimpften, wenn sie vertraulich über ihn redeten. Und nun wollte Karam ihn ausgerechnet zu diesem Mann schicken? Salman konnte seinen Chef nicht einmal fragen, weil er die Gespräche über den Kalligraphen oft nur durch Zufall mitbekommen hatte. Er hatte heimlich und vergnügt ihr Lästern belauscht und auf diese Weise einige Geheimnisse der Stadt erfahren, mit denen er sogar die allwissende Sarah hatte beeindrucken können.

Seit Adnans Tod konnte Salman ihr nur noch wenige Geschichten erzählen. Der Taxifahrer Adnan, Samiras Sohn, hatte bei seinen Pausen im Café immer die abenteuerlichsten Geschichten zum Besten gegeben. Bis zu seinem Tod kam er täglich zwei- bis dreimal vorbei und trank einen Tee mit viel Zucker. Bei einer nächtlichen Fahrt auf der Landstraße prallte sein Taxi gegen einen stehenden Lastwagen. Adnan und sein Fahrgast waren auf der Stelle tot.

So blieb die letzte große Geschichte die über das Liebespaar Karam und Badri. Sarah konnte davon nicht genug hören. Sie war geradezu süchtig danach.

Badri war nicht gerade als Menschenfreund bekannt. Er war in einem obskuren Bund, der sich »Die Reinen« nannte und gegen Christen und Juden war, vor allem aber gegen eine Geheimorganisation mit dem Namen »Bund der Wissenden«. Anscheinend hatte der Kalligraph Hamid Farsi etwas mit diesem Bund zu tun. Seine Mitglieder seien Schlangen, behauptete Badri, nach außen seien sie Muslime, aber nach innen Feinde des Islam. Sie würden griechische Götter anbeten und mit ihren Schwestern ins Bett gehen. Sarah lachte sich kaputt über den Gedanken, mit dem eigenen Bruder zu schlafen, weil sie ihre drei Brüder nicht ausstehen konnte.

»Dieser Badri hat zwar Muskeln, aber im Kopf nur Kacke«, sagte sie, »trotzdem ist das, was er mit Karam macht, abenteuerlich.«

Salman brachte nichts mehr auf die Reihe. Einerseits konnte Karam Fanatiker überhaupt nicht ausstehen, andererseits sagte er aber kein schlechtes Wort gegen die »Reinen«, um Badri nicht zu ärgern. Er war ihm ergeben und das wiederum nutzte Badri aus. Manchmal, nach einem Streit, weinte Karam vor Sehnsucht nach seinem Freund und musste ihn am Telefon flehentlich um Verzeihung bitten, bis dieser gnädig aufhörte zu schmollen.

Wenn Karam seinem Geliebten Badri begegnete, wurde er ein anhänglicher kleiner Junge, der bei jeder Berührung in Dankbarkeit dahinschmolz und der selbstlos ausführte, was Badri wünschte.

Sarah war der Ansicht, Liebe sei eine doppelgesichtige Göttin, sie befreie und versklave zugleich. Sie habe extra einen langen Spaziergang im Amara-Viertel gemacht, wo Badri seinen schäbigen und düsteren Friseursalon besaß. Karam sei wohl völlig blind durch seine Liebe, denn dieser Muskelprotz könne einen nüchternen Menschen nicht einmal zum Nasebohren animieren. »Mich würde es nicht wundern, wenn dein Chef eines Tages sogar für Badri sterben würde, obwohl der vor Dummheit so strotzt, dass die Nägel rosten«, sagte sie und Salman lachte sich schief über diesen Ausdruck.

Warum zum Kalligraphen? fragte er sich an jenem Morgen. Und als hätte Karam seine nicht ausgesprochene Frage gehört, sagte er: »Eine vornehme Kunst. Sieh dir die Leute an, Minister und Ärzte gehören zu seinen Kunden. Und alle wollen mit ›Hamid Farsi persönlich‹ sprechen.«

Salman nickte, traute dem Frieden aber nicht. Fast jedes Jahr hatte der arrogante und launische Farsi einen Laufburschen rausgeschmissen, wenn dieser nicht, wie kürzlich der schielende Junge, selbst das Weite gesucht hat.

»Du kannst deinen Unterkiefer wieder hochkurbeln«, munterte ihn Karam auf, »es ist eine gute Nachricht! Ich schicke dich doch nicht in den Puff. Kalligraphie ist eine vornehme Kunst. Die Reichen lieben diese Dinge und können nicht genug davon haben. Und das Beste ist, sie fragen nicht, wie viel so etwas kostet. Weißt du, was Hamid Farsi für so einen Spruch wie *Bismillah alruhman alrahim* verlangt? Hundert Lira! Zugegeben, er ist ein Meister, aber die kochen auch nur mit Wasser. Und was kosten ihn Tinte und Papier? Eine Lira! Und wir hier? Ich verdiene nicht in einer Woche so viel und muss dafür auch noch die Fürze und die Spucke, den Mundgeruch und den Schweiß meiner Kunden ertragen. Seine Kundschaft verbeugt sich vor Dankbarkeit. Unsere meldet sich nur, wenn sie sich beschweren will.«

»Aber du weißt doch, ich hasse Schule und Bücher«, versuchte Salman mit einer kleinen Lüge ein Rettungsfloß zu bauen.

»Alter Gauner, willst du Karam reinlegen? Durch Sarah bist du so weit wie die meisten Abiturienten nicht. Und –« Karam beugte sich zu Salman und sprach verschwörerisch leise – »du musst dem Meister verheimlichen, was du alles kannst. Du kannst ruhig sagen, du warst nur bis zur zweiten Klasse in der

Schule und hast kein Interesse an Büchern. Und dann kannst du seine Kunst heimlich lernen. Kalligraphen hüten eifersüchtig ihre Geheimnisse. Du musst also dieses goldene Handwerk heimlich lernen. Und sollte er dich rausschmeißen, kehrst du zu mir zurück.«

Salman atmete erleichtert auf. »Und darf ich dich besuchen?«, fragte er.

»Bist du nun dumm geworden, oder was? Du kommst jeden Mittag hierher zum Essen und einmal die Woche zu mir nach Hause, um die Kalligraphie zu üben. In deiner Behausung kann kein Mensch etwas werden. Ich richte dir eine kleine Kammer ein. Aber zu den andern kein Wort davon! Sie gönnen dir nichts. Haben wir uns verstanden?«

Er nickte stumm.

Salman musste Karam, wenn er zurückdachte, recht geben. Außer Sarahs Unterricht und dem bisschen Trinkgeld, mit dem er seiner Mutter eine Freude machte, war die Zeit im Café, anders als er am Anfang gehofft hatte, öde. Seine Gedanken wanderten zu den dunklen Verstecken seiner Erinnerung. Drei Mal hatte ein Kunde, ein reicher Makler, der allein lebte, versucht, ihn ins Bett zu kriegen. Täglich bestellte er Kleinigkeiten und fasste Salman jedes Mal an, dabei glühten seine Augen vor Sehnsucht. Er flehte Salman an zu bleiben, er wolle ihm nur ein wenig den Hintern streicheln. Salman bekam Angst und bat Karam um Hilfe. Dieser lächelte vielsagend und schickte von nun an Darwisch, der sich fürs Stillhalten ein paar Lira verdiente, zu dem schwulen Makler.

Auch Nadia tauchte in seinen Erinnerungen auf, Nadia, die zwanzigjährige hübsche Tochter des Teppichhändlers Mahmud Bustani. Ihre Eltern besaßen ein schönes Haus auf der Rosengasse, die im Zentrum des Suk-Saruja-Viertels lag. Ihr Vater kam täglich um drei und rauchte seine Wasserpfeife, bevor er ins Geschäft ging. Nadia war nach einjähriger Ehe mit einem jordanischen Prinzen geschieden worden. Sie machte

Salman schöne Augen, bis er sich tatsächlich in sie verliebte, und sie fing ihn immer wieder ab, wenn er Bestellungen für ihre Eltern oder die Nachbarschaft erledigte. Wo er wohne, wollte sie wissen, er log und nannte Bab Tuma, das Zentrum des christlichen Viertels, und als sie ihn fragte, ob er wegen der Liebe zum Islam übertreten würde, antwortete er übermütig, er würde dafür Jude und sogar Buddhist, wenn ihr der Islam nicht genüge. Und immer wenn sie ihn neugierig nach seinem Haus fragte, antwortete er knapp, so dass er seine Armut verstecken konnte. Die Schönheit der Häuser im vornehmen Suk-Saruja-Viertel lähmte seine Ehrlichkeit. Wie sollte er Nadia oder einem anderen dieser reichen Kunden erzählen, in welch elender Behausung er nachts schlief? Hier gab es Häuser mit Innenhöfen, die raffinierte Architekten nach den Bildern des Paradieses entworfen hatten. Karam übertrieb nicht, wenn er sagte, die Damaszener Reichen würden einmal vom Paradies enttäuscht sein und beleidigt ausrufen: »In Damaskus hatten wir es besser. All die Frömmigkeit und all das Fasten waren umsonst.« Salman war derselben Ansicht. Das Paradies wurde wohl für die armen Leute gemacht, und wenn es dort ein solide Behausung und genug zu essen gäbe, wären sie alle zufrieden.

Nadia beschwerte sich oft, dass er nur stumm dastehe und sie anhimmle, sie wünschte sich etwas Schönes von ihm zu hören. Da ihm nichts einfiel, bat er Sarah um Hilfe und sie diktierte ihm die Übersetzung eines feurigen französischen Liebesgedichts.

Aber er hatte Pech, Nadia wollte das Blatt nicht einmal anfassen. Sie habe von einer Freundin erfahren, dass er in einem Rattenloch lebe und sie sei dort gewesen und habe sich davon überzeugt. »Ein Hof der Bettler! Und dann besitzt du auch noch die Frechheit, mich zu belügen. Du liebst mich nicht.« Nadia lachte hysterisch auf, aber Salman spürte die unterdrückten Tränen ihrer Enttäuschung. Er wollte ihr sagen, er habe sie belogen, weil er sie liebe, aber Nadia ließ ihn nicht zu

Wort kommen. Als sie ihm sagte, er sei ein eingebildeter kleiner Lügner und sie werde ihn nur aus Edelmut nicht bei seinem Chef verpetzen, kehrte er langsam ins Café zurück.

Trotz Sarahs tröstender Worte konnte er nicht einschlafen. Er fühlte eine tiefe Scham über seine Lüge. Denn im Grunde wollte er Nadia nur küssen und ihre weichen Arme um sich fühlen.

Karam rief Samih an die Kasse und ging mit Salman zum Suk al Hamidije. Er kaufte für ihn zwei Hemden und zwei Hosen, Socken und neue Schuhe. Als sie alles beisammen hatten, gingen sie ins bekannte Eislokal Bakdasch.

»Meister Hamid stellt lieber einfältige Analphabeten ein als Schlaufüchse«, sagte er, als sie ihr Eis löffelten. »Er ist so eifersüchtig, dass er alle drei Kalligraphen, die in den letzten zehn Jahren versucht haben, im Viertel einen Laden zu eröffnen, mit Gemeinheiten ruiniert hat. Er teilt mit niemandem die fette Beute, die er hier ohne Konkurrenz genießt. Im Kalligraphenviertel al Bahssa dagegen hocken sie übereinander.

Er gibt auch keines der Geheimnisse seiner Kunst preis. Du musst alles ausspionieren. Du darfst die Maske des unbeteiligten, desinteressierten Einfältigen nicht aufgeben. Vielleicht vergisst er dann seine Verteidigung und das musst du ausnutzen und seine Geheimnisse knacken. Finde heraus, welche Rezepte er für seine berühmten Tinten und welche geheimen Tricks er beim Schreiben gebraucht. Was genau macht seine Meisterschaft aus? Ich selbst kenne mich nicht aus, aber wie ich höre, erkennt man seine Kalligraphie bereits aus der Ferne. Wie und warum? Das musst du alles herausfinden, um Erfolg zu haben. Aber behalte die Geheimnisse für dich, schreibe sie auf und verstecke deine Hefte bei mir – und nicht beim Teufel, der ist mit ihm im Bunde! Du darfst niemandem davon erzählen, auch Sarah nicht. Wenn er dich erwischt, wird er dich nicht nur rausschmeißen, bevor du alle Künste gelernt hast, sondern dich auch hart bestrafen. Das hat er zweimal gemacht mit hochbegabten, aber unvorsichtigen Lehrlingen. Der eine sitzt mit verkrüppelter Hand neben der Omaijaden-Moschee und bettelt und der andere verkauft seitdem Zwiebeln. Und keiner der beiden weiß, dass ihr Meister sie zu Krüppeln machen ließ. Er ist des Teufels Zwillingsbruder.« Karam erkannte am besorgten Gesicht seines jungen Freundes, dass er übertrieben hatte. »Aber in deinem Fall wird er nichts Böses tun. Wehe, er krümmt dir ein Haar, dann bleibt nichts, aber auch wirklich nichts in seinem Atelier und an seinen Knochen heil. Also, du sollst alles lernen und keine Angst haben.«

»Aber was, wenn ich das nicht lernen kann?«

»Du bist klug und hast eine ruhige Hand. Es ist auch nicht schwer, wenn man die Geheimnisse kennt. Ein Freund hat mir erzählt, wenn man die richtige Feder und die richtige Tinte hat, beherrscht man bereits die Hälfte der Kalligraphie. Deshalb sollst du genau beobachten, wie der Meister seine Rohrfeder schneidet, bis du das im Schlaf kannst.«

»Und warum tust du das alles für mich?«, fragte Salman, als sein Blick auf die zwei großen Tüten mit den neuen Kleidern fiel.

»Das ist eine Kleinigkeit, mein Junge. Ich habe keine Kinder und ich verdanke dir letzten Endes mein Leben«, sagte er und streichelte zärtlich Salmans Kopf. »Du gehst heute zum Friseur und anschließend ins Hammam und morgen früh erscheinst du wie ein Prinz gegen neun Uhr bei mir, dann schlendern wir zu ihm. Ich rufe ihn aber heute schon an, weil er es nicht mag, wenn man unangekündigt kommt. Wie ich schon sagte, der französische Botschafter ist bescheidener als er«, sagte Karam.

Als sie sich im Suk al Hamidije verabschiedeten, hielt Karam lange Salmans Hand fest. »Ich gebe dir zwei Jahre, dann musst du alle Tricks gelernt haben. Verstanden?«, sagte er mit pathetischer Stimme.

»Ja, mein Herr, ich werde mich bemühen«, antwortete Salman verlegen, lachte und salutierte, um sich von dem bedrückenden Gefühl der Dankbarkeit zu befreien, das ihn zu Tränen gerührt hatte. Er ahnte nicht, dass er Wort halten würde.

Salmans Mutter staunte nicht wenig, als sie ihn am frühen Morgen in den neuen Kleidern sah: »Du siehst wie ein Bräutigam aus. Hat sich Sarah doch für dich entschieden?«, fragte sie. Die Vorbereitungen zu Sarahs Hochzeit waren in vollem Gang.

»Nein, nein, aber ich werde heute versuchen, eine neue Stelle zu bekommen. Bei einem Kalligraphen«, antwortete Salman.

Seine Mutter nahm seinen Kopf in ihre Hände und küsste ihn auf die Stirn. »Du riechst nach Glück«, sagte sie.

Hamid Farsi war nicht so schlimm, wie Salman befürchtet hatte. Karam kannte ihn seit Jahren, aber er war ihm wie alle anderen Nachbarn nie besonders nahe gekommen.

Was Salman neben der Sauberkeit des Ladens sofort auffiel, waren die kleinen klugen Augen des Kalligraphen. Er schien ihn dauernd zu beobachten, und anders als Karam ihm empfahl, wollte Salman nicht lügen und seine Familie besserstellen. Er antwortete aufrichtig auf die Fragen des Meisters. Er verschwieg weder die Krankheit seiner Mutter noch die Sauferei seines Vaters. Hamid Farsi zog die Augenbrauen hoch, erstaunt über die Offenheit dieses dürren kleinen Jugendlichen, der höchstens siebzehn oder achtzehn war, aber alle Höhen und Tiefen des Lebens bereits gesehen hatte. Er sah nicht nur sich als Kind, die abstehenden Ohren erinnerten ihn zudem an seinen geliebten Meister Serani, der ebenfalls solch mächtige Segel besaß.

Als er fragte, was Salman sich von der Arbeit erhoffe, hätte der nach den Übungen mit Karam antworten müssen: ›Dienen, mein Herr, und Geld verdienen‹, aber plötzlich schien Sarah ihm zu soufflieren: »Mein Herr, ich bin kaum zur Schule gegangen, aber ich liebe unsere Schrift. Aus mir wird kein Kalligraph und kein Gelehrter, aber ein guter Assistent möchte ich werden. Ich werde mir Mühe geben und Ihren Ratschlägen folgen und jederzeit auch Ihr treuer Diener sein.«

Karam war sicher, dass Salman nun alles vermasselt hatte. Aber zu seiner allergrößten Verblüffung hörte er den berühmtesten Kalligraphen von Damaskus sagen: »Dann wollen wir es mal versuchen. Du bist ab sofort angestellt und ich zeige dir gleich einmal, mit wem und was du in diesem Atelier zu tun hast. Verabschiede dich von deinem alten Meister, ohne dessen Wort du mein Atelier nicht einmal hättest betreten dürfen.«

Salman ging zu Karam und gab ihm artig die Hand. »Vielen Dank, Meister«, sagte er leise.

»Mach es gut, Junge, und jeden Mittag ab zwölf hast du deine warme Mahlzeit bei mir. Und sei anständig, wie du es all die Jahre bei mir warst«, sagte er bewegt und ging.

Draußen spürte er, dass er vor Aufregung geschwitzt hatte, und atmete erleichtert auf. »Ein gerissenes Schlitzohr«, sagte er und lachte, dann begab er sich zu seinem Café am Ende der Straße.

19.

Karam hatte nicht übertrieben. Die Kalligraphie war eine völlig andere Welt. Nie im Leben hatte Salman gedacht, dass man sich so viel aus der Schrift machen könne. Er dachte, Kalligraphen seien bessere Maler, die Schilder für Geschäfte und Gebäude anfertigen. Aber hier öffnete sich ein Tor zu Geheimnissen, die er wie einen Zauber erlebte. Es hatte auch nichts Bedrohliches für ihn wie die Schule und keine Minute fühlte er die Schwere der Zeit, die damals immer auf seinem Herzen gelastet hatte. Die Tage endeten schneller, als er es wünschte. Im Café hatte ihn die Arbeit körperlich erschöpft, aber sie hatte nicht so viel von seinem Kopf verlangt. Er war in seinen Gedanken überall hingewandert, hatte aber nicht eine Minute an das gedacht, was er machte.

Hier verlangte die Arbeit nicht nur körperliche Mühe, auch der Kopf war bis zum Bersten gefüllt mit dem, was er sah und aufnahm. Im Atelier wie auch hinten in der Werkstatt herrschte Stille, die ihn an die katholische Kirche außerhalb der Messezeiten erinnerte. Nicht nur Hamid Farsi, sondern alle Kalligraphen, die er kennenlernte, waren stille, wortkarge Männer. Und trotzdem war Salmans Kopf so voller Ideen, dass er sogar seine Mutter und Sarah, Flieger und Karam vergaß, weil er den ganzen Tag nur an das dachte, was um ihn herum geschah. Und abends war er erschöpft, aber so glücklich wie noch nie.

Jeden Tag musste Salman das Atelier und die Werkstatt polieren. Der Meister war sauberer als ein Apotheker und konnte Staub nicht ausstehen. Anschließend durfte Salman bei den Gesellen lernen. Über der Tür der Werkstatt hing ein Spruch: Eile ist des Teufels. Nichts wurde mit Hast produziert. Bereits am ersten Tag beobachtete er den Gesellen Samad, die rechte Hand des Meisters und Leiter der Werkstatt, wie er für seine Helfer ein Dreieck mit Ornamenten durch mehrfache Spiegelung in ein Sechseck verwandelte, in dem sich die Wörter verschlungen um ein Zentrum aufbauten. Salman konnte die Buchstaben beim Skizzieren noch erkennen, doch bald verschwanden sie in einer Arabeske, die schön und geheimnisvoll wie eine Rose war.

Jede Linie war scharf wie ein Messer, die Buchstaben sprangen aber erst dann richtig aus dem Papier hervor, als der Helfer Basem dem Buchtitel, den der Geselle Samad mit sicherer Hand geschrieben hatte, Schatten gab. Salman durfte zusehen. Die Gesellen hatten Freude an ihm, weil er blitzschnell all ihre Wünsche erfüllte.

Hamid Farsi schaute kurz herein, betrachtete den Titel,

nickte zufrieden und schrieb seinen Namen unter die Kalligraphie, er notierte etwas in sein Auftragsheft und ging wieder hinaus, um seine Arbeit an einem komplizierten Gedicht fortzusetzen.

Salman nahm ein Schmierpapier, schrieb seinen Namen mit Bleistift und versuchte ihm Schatten zu geben. Das sah nicht einmal schlecht aus, aber die Buchstaben erhoben sich nicht wie bei Basem aus der Seite.

Als er am Nachmittag Tee für die Mitarbeiter kochte, lobten sie seinen Geschmack. Er hatte den Tee so sorgfältig bereitet, wie es ihm Karam beigebracht hatte. »Kaffee ist ein robustes Getränk und verträgt ein paar Fehler, der Tee aber ist der Sohn einer Mimose. Eine Unachtsamkeit und er kippt um und verliert seine Blüte«, hatte ihm Karam damals gesagt. Hamid Farsis Mitarbeiter beobachteten mit Neugier, wie Salman mit sichtlicher Begeisterung den Tee zubereitete. Das waren sie von den früheren Laufburschen nicht gewohnt. Sogar der große Meister Farsi war begeistert: »Bald machst du deinem früheren Chef Konkurrenz«, sagte er und nahm einen kräftigen Schluck von dem duftenden Ceylontee.

»Du darfst die Sonne keine Sekunde vergessen«, sagte Basem freundlich, »schau her, wenn ich eine Linie male, die sich dreht und wendet, gerade und im Zickzack weiterverläuft, und die Sonne dort oben links einsetze, wohin fällt dann der Schatten?«

Und er zeichnete langsam den Schatten ein und trank dabei seinen Tee und Salman sah, wie der Schatten die Linie begleitete und seine Form in Abhängigkeit von den Wendungen veränderte. Meister Hamid schaute kurz in die Werkstatt und nickte zufrieden, als er sah, wie sich sein Helfer um den jungen Burschen kümmerte. Salman sprang vom Hocker auf und stellte sich in Position. Hamid lächelte: »Bleib sitzen, wir sind hier nicht in einer Kaserne, und pass auf, was dir Basem sagt.«

Auch in den nächsten Tagen saugte Salman tüchtig alles auf, was er hörte und sah. Alles war für ihn neu und geheimnisvoll.

Sogar Papier und Tinte wurden auf einmal eine interessante neue Welt.

Jeden Freitag, wenn der Meister – wie alle Muslime – seinen Ruhetag hatte und sein Atelier geschlossen blieb, ging Salman den ganzen Tag in die Kammer, die Karam für ihn hergerichtet hatte. Es war ein schönes kleines Zimmer mit einem Schreibtisch, einem uralten, aber bequemen Hocker, einem schmalen Bett und einem winzigen Regal. Die Kammer war hell, die Wand nach Norden hatte ein großes Fenster auf der Höhe des Schreibtischs, durch das im Frühjahr der schwere Duft von Myrte ins Zimmer kam. Sogar elektrisches Licht war vorhanden.

Salman bekam einen Schlüssel und durfte von nun an außer montags immer kommen. Als Gegenleistung musste er Wasser aus dem Fluss pumpen, die Sträucher, Rosen und Bäume bewässern und dazu die Einkäufe für Karam erledigen und das Haus saubermachen. Das war leicht, denn der Boden war mit bunten Fliesen bedeckt, und Karam kam außer am Montag nur zum Schlafen. Eine Wäscherei kümmerte sich um seine Wäsche.

»Das Telefon in der Küche darfst du benutzen, aber nimm nie ab, wenn es klingelt«, sagte Karam. Er selbst telefonierte viel, wenn er zu Hause war.

Zwei große Hefte hatte Salman von Karam bekommen, eines für die Schreibübungen und eines für die Geheimnisse und Rezepturen.

Salman begann sich nach den Freitagen zu sehnen, an denen er genüsslich seine Eindrücke aufschreiben und die vielen Bemerkungen und Notizen von den kleinen Zetteln sauber in die Hefte eintragen konnte. Jedes Mal wenn er sein Zimmer betrat, fand er zwei, drei Gedichte, die Karam ihm hingelegt hatte. Er sollte sie auswendig lernen. »Gedichte öffnen dein Herz für die Geheimnisse der Sprache«, sagte Karam und Salman schämte sich, wenn er sie einmal nicht behalten konnte.

Die Kalligraphie war ein neuer Kontinent, den Salman bereiste. Allein wie leise die Leute miteinander sprachen! Sie flüsterten! In den ersten Tagen fiel Salman in der Werkstatt auf, dass er, vom Café gewohnt, immer gegen den Lärm anzukämpfen, viel zu laut sprach. Der Chef der Werkstatt, Samad, lachte nur, doch die drei Gesellen Mahmud, Radi und Said und deren Helfer Basem und Ali bemühten sich, Salman auf seine Lautstärke aufmerksam zu machen, indem sie den Zeigefinger auf die Lippen legten.

Abgesehen von Mahmud, der grob im Umgang war, gab keiner den anderen Kopfnüsse, keiner benutzte unanständige Wörter. Als Salman einmal beim Erzählen das Wort »Arsch« in den Mund nahm, mahnte ihn Samad, solche Wörter draußen auf der Gasse zu lassen und erst wieder einzusammeln und zu gebrauchen, wenn er das Atelier verlassen habe. Salman gefiel das und er hielt von da an kurz vor dem Eingang inne und sprach zu seinen unanständigen Wörtern, sie müssten draußen bleiben, aber er verspreche ihnen, sie nach der Arbeit wieder abzuholen. Und als hätten die Wörter das Gewicht von Blei, ging er erleichtert ins Atelier.

Hamid Farsi beobachtete ihn eines Morgens bei dieser Schimpfworterleichterung, und als Salman ihm erklärte, was er gerade gemurmelt hatte, lächelte Farsi. Allerdings war das Lächeln so kalt wie das eines Herrschers. Und er war der absolute Herrscher. Niemand durfte Späße mit ihm treiben oder ihn gar, ins Gespräch vertieft, anfassen, wie das im Café bei Karam üblich war. Farsi saß immer im vorderen Teil des Ateliers an seinem eleganten Tisch aus Walnussholz. Und alle sprachen respektvoll, ja ehrfürchtig mit ihm, sogar Samad, der älter als der Meister war und die Werkstatt leitete. Allen Mitarbeitern war es untersagt, sich vorne im Atelier aufzuhalten, es sei denn, der Meister hatte sie gerufen. Hinten in der Werkstatt herrschte Samad, die rechte Hand des Meisters, ein vierzigjähriger Mann mit schönem Gesicht und fröhlichem Gemüt. Er leitete und überwachte gewissenhaft die Arbeit der drei Gesellen, zwei Helfer und dem Laufburschen. Alles hatte seinen Platz und keiner schien einem anderen etwas zu neiden. Alle hatten ihre festen Gehälter, die an den Jahren ihrer Erfahrung bemessen waren. Wer mehr verdiente, konnte auch mehr und bekam entsprechend schwierigere Aufgaben zugeteilt.

Salmans Gehalt betrug die Hälfte von dem, was er im Café verdient hatte. Karam tröstete ihn, dass alle Meister erst einmal als Laufburschen angefangen hätten.

Jeden Tag schlenderte Salman in der Mittagspause zu Karam. Dort aß er eine Kleinigkeit, trank einen Tee, alles kostenlos, und kehrte dann ins Atelier zurück. Samih und Darwisch waren wie verwandelt, freundlich und zuvorkommend verwöhnten sie ihn. »Sei vorsichtig«, sagte Karam, »erzähl ihnen nichts von deiner Arbeit oder vom Meister. Und kein Wort über dein Zimmer in meinem Haus. Beide sind dumm. Sie verkaufen ihre Mutter für ein Bakschisch.«

Salman fühlte sich ertappt. Beinahe hätte er mit Samih und Darwisch über seinen Meister Farsi gelästert, der so reich war und sich trotzdem nichts gönnte. Er trank und rauchte nicht, spielte nie Backgammon, wettete nie und ging nie ins Café. Er ließ sich das Essen mittags von seiner Frau schicken und trank nur Kaffee und Tee, die er in der eigenen Werkstatt zubereiten ließ. Nur wenn wichtige Kunden kamen, ließ er von Karams Café Limonade oder Mokka holen.

Unter der Aufsicht der Gesellen lernte Salman bereitwillig und schnell. Hamid Farsi schien ihn nicht weiter zu beachten, nur wenn etwas vom Markt zu besorgen oder Kaffee und Tee zu kochen waren, rief er nach ihm. Das störte Salman wenig, da Hamid auch den anderen gegenüber kalt und desinteressiert zu sein schien, obwohl er genau wusste, was jeder von ihnen leistete. Er drängelte nie, aber er war gnadenlos in der Beurteilung der Qualität. Die Mitarbeiter zitterten vor der Abnahme, und wenn sie zur Zufriedenheit ablief, kamen sie erleichtert in die Werkstatt zurück. Begeisterung zeigte Hamid nie. Samad, der Chef der Werkstatt, tröstete den Gesellen Radi, als dieser einmal geknickt vom Meister kam und wie ein Sack Kartoffeln auf seinen Stuhl fiel. Er musste den Briefkopf für einen Gelehrten neu schreiben, weil der Meister die Harmonie der Schriftzeichen nicht ausgewogen genug fand.

»Auch wenn Gott etwas für ihn schreiben würde, würde unser Meister einen Makel daran finden«, sagte Samad und half dem Gesellen beim Entwurf eines neuen Schriftzugs und einer neuen Ordnung der Wörter, und Salman musste zugeben, dass die neue Kalligraphie viel schöner war. Hamid Farsi warf einen Tag später einen Blick auf das neue Werk. Er nickte, rief nach Salman, gab ihm die Adresse des Gelehrten und nannte ihm die Summe, die der Kunde zahlen sollte. Der Gelehrte wohnte im nahe gelegenen Salihije-Viertel. Er war begeistert und gab Salman eine Lira Belohnung. Salman brachte dem Meister das Geld und sagte ihm mit der Unschuld eines Lammes, er habe eine Lira bekommen, ob er sie nicht mit den Mitarbeitern teilen sollte. Hamid Farsi war sichtlich beeindruckt.

»Und wie willst du das gerecht aufteilen?«, fragte er belustigt. Er ahnte nicht, dass Salman unterwegs schon eine Antwort vorbereitet hatte. Er betrachtete die Lira als notwendige Investition für mehr Sympathie.

»Am besten kaufe ich für eine Lira Darjeeling-Tee. Diese Teesorte schmeckt blumig und duftet so, als hätten Sie mit dem Schluck einen Garten voller Blüten im Mund«, antwortete Salman. Hamid war in diesem Augenblick zum ersten Mal begeistert von dem mageren Jungen.

Auch die Mitarbeiter waren angenehm überrascht. Sie tranken gerne den geschenkten Darjeeling, wollten aber anders als Meister Hamid in Zukunft bei ihrem kräftigen Ceylon bleiben.

»Blumig ja, aber er verfliegt zu schnell«, sagte Samad.

»Und ist zu blass fürs Auge«, witzelte Radi. »Er erinnert

mich an den Fencheltee meiner Großmutter, den sie für ihren kranken Magen kochte.«

Salman verfluchte leise ihre Mütter, die ein derart undankbares Volk in die Welt gesetzt hatten. Karam lachte nur. »Du hast auf sehr kluge Weise Sympathie beim Meister erweckt, das ist wichtiger als alle Kommentare der Mitarbeiter«, sagte er.

Und in der Tat, zwei Tage später rief ihn Hamid zu sich. »Du bist nun seit einem Monat bei mir und machst gute Fortschritte. Ab nächster Woche gehst du jeden Tag um elf Uhr zu mir nach Hause, holst das Mittagessen und übergibst meiner Frau die leere Matbakia vom Vortag. Auch bringst du ihr alle Bestellungen, die ich dir auftrage. Der Laufbursche vor dir hat eineinviertel Stunden für die Strecke gebraucht. Er war ein lahmer Kerl und ließ sich von jedem Straßenverkäufer und Taschenspieler ablenken. Du schaffst das sicher in der Hälfte der Zeit. Punkt zwölf auf jeden Fall muss das Essen hier auf dem Tisch stehen, auch wenn Chaos in der Stadt herrscht«, sagte der Meister, der nebenbei mit einem scharfen Messer die Kanten einer Rohrfeder zurechtschnitt.

»Verdirb dir nicht das Leben und geh langsam«, sagte ihm der Geselle Radi, der gerade Tinte anrührte. Und Karam flüsterte ihm beim Mittagessen zu: »Er soll eine hübsche Frau haben, lass deine Augen an ihren Kurven weiden.« Er lachte so laut über seinen Einfall, dass Salman ihn verärgert unter dem Tisch ans Schienbein trat. »Was denkst du von mir?«, brummte er.

»Was soll ich von dir denken«, antwortete Karam und lachte noch lauter. »Ein Mann mit hungriger Schlange zwischen den Beinen und gegenüber wandert ein kleines fettes Häschen.«

»Du bist heute unerträglich«, sagte Salman und stürmte aus dem Café.

Erst draußen beruhigte er sich. Er ging zum Eisverkäufer und kaufte sich sein Lieblingseis, Damaszener Maulbeere, kühlte damit seine brodelnde Seele und versüßte den bitteren Geschmack in seinem Mund. Langsam machte er sich auf den Weg ins Atelier, und als er am Café vorbeiging, rief Karam von innen: »Bis Freitag«, da war Salman versöhnt und erwiderte: »Bis Freitag.«

Am nächsten Tag zahlte Hamid Farsi den alten Mann aus, der täglich das warme Gericht gebracht hatte. Im Anhänger seines Fahrrads standen bis zu fünfzig Matbakias für die Handwerker und Händler der Gegend. Der Mann konnte nicht lesen, deshalb trugen die Gefäße keine Etiketten mit Namen und Adressen. Aber er verwechselte nicht ein einziges Mal Kunden oder Matbakias. Nun musste Salman diese Aufgabe übernehmen.

»Aber immer wenn Sie mich brauchen, bin ich für Sie da«, sagte der alte Mann höflich, verbeugte sich und ging.

»Ein anständiger Mann«, meinte Hamid. Er hatte ihn immer beauftragt, wenn er keine Laufburschen hatte oder ihnen misstraute. Samad witzelte hinten in der Werkstatt über den Geiz seines Meisters. Er selbst aber aß am Tag nur trockenes Brot mit Oliven oder Schafkäse und ging höchstens einmal die Woche zu Karam und nahm ein warmes Gericht zu sich. »Unser Meister ekelt sich vor den Garküchen und Restaurants«, erwiderte Said. Samad lächelte, Radi, der das hörte, schüttelte den Kopf: »Er ist geizig«, flüsterte er und rieb Daumen und Zeigefinger gegeneinander, was nicht nur in Damaskus Geld bedeutet.

Die Gesellen Radi und Said fanden Karams Café zu teuer. Sie aßen täglich mit den Helfern Ali und Basem in einer schmuddeligen, aber billigen Garküche in der Nähe. Nur Mahmud aß den ganzen Tag nichts. Er war ein großer Mann, der ununterbrochen rauchte. Er finde keine Freude am Essen und würde sich am liebsten vom Rauchen ernähren, lautete seine Begründung.

An einem Donnerstag wurde Salman mitgeteilt, er solle abends auf Hamid warten. Gegen achtzehn Uhr schloss er das Atelier und ging vor Salman so schnellen Schrittes durch die Straßen, dass Salman kaum mithalten konnte. Die Strecke führte vom Suk Saruja zur Zitadelle und von dort durch den Suk al Hamidije in Richtung Omaijaden-Moschee. Wollte er ihm mit diesem Dauerlauf beweisen, wie kurz die Strecke war? Gerade als Salman darüber nachgrübelte, rutschte der Meister aus. Er hatte in die Bimaristanstraße einbiegen wollen und war von der glatten Basaltsteinkante des Bürgersteigs abgeglitten. Es war merkwürdig für Salman, seinen großen Meister so hilflos zwischen den Beinen der Passanten zu sehen. War Hamid vielleicht ausgerutscht, weil er ihm das gewünscht hatte?

»Oh, diese Verfluchten«, rief der Meister und niemand wusste, wen er damit meinte. Ein Getränkeverkäufer half ihm aufstehen und bot ihm ein Glas kaltes Wasser. Der Meister lehnte es schroff ab und ging, nun bedeutend langsamer, durch die Bimaristanstraße, vorbei an dem berühmten Bimaristan-Krankenhaus aus dem zwölften Jahrhundert. Er blutete am Knie und seine Hose war an der Stelle zerrissen, aber Salman wagte nicht, ihn darauf aufmerksam zu machen. Er folgte ihm in die Mahkamagasse, mit den vielen bunten Läden, die in die Schneidergasse mündete, die Salman gut kannte, weil er einem Schneider im christlichen Viertel oft Bestellungen gebracht hatte. Die Schneidergasse mündete direkt in die Gerade Straße.

Die Gasse, in der sein Meister wohnte, ging von der Geraden Straße ab. Ihr gegenüber begann die Judenstraße, ging man aber geradeaus auf der Geraden Strasse weiter, erreichte man das christliche Viertel. Nicht einmal hundert Meter vom Eingang der Gasse entfernt lag die römisch-orthodoxe Kirche der heiligen Maria und der römische Bogen. Salmans Gasse lag etwa fünfhundert Meter vom Haus des Meisters entfernt.

»Hier ist es. Du klopfst dreimal und bleibst hier stehen«,

sagte Hamid Farsi vor einem schönen Haus und zeigte auf den bronzenen Klopfer. »Dann händigt dir meine Frau das Mittagessen und du ihr das leere Gefäß vom Vortag aus«, sagte er und öffnete die Haustür, die wie alle Haustüren nur angelehnt war.

»Und noch etwas«, sagte Hamid, »niemand darf meine Adresse erfahren, weder deine Familie noch Samad. Hast du verstanden?«, fragte er und wartete nicht auf die Antwort, sondern verschwand ohne Abschied hinter der Tür, die er von innen verriegelte.

Salman atmete auf. Er wollte nun gründlich den Weg erkunden, denn er hatte nach dem Sturz des Meisters nicht mehr aufgepasst. Er kehrte also zurück und prüfte Gasse für Gasse die Strecke bis zum Atelier. Er brauchte genau zwanzig Minuten, kam dabei aber ins Schwitzen.

Am Samstag, dem ersten Arbeitstag der muslimischen Woche, wachte er sehr früh auf. Ein warmer Herbsttag kündigte sich an. Sein Vater schlief noch und seine Mutter wunderte sich. »So früh? Verliebt? Oder wohnt jetzt ein Wecker in deinem Herzen?«

»Heute soll ich zum ersten Mal das Essen vom Haus des Meisters ins Atelier bringen. Seine Frau wird mir die Matbakia übergeben und ich habe doch noch nie eine muslimische Frau so aus der Nähe und in ihrem Haus erlebt.«

»Muslimisch, jüdisch oder christlich. Was macht das schon? Du wirst die Frau nicht aufessen. Nur die Matbakia abholen und deinem Meister bringen. Mach dir nicht so viele Gedanken, mein Herz«, sagte sie und küsste ihn auf beide Augen.

Um elf Uhr verließ er das Atelier und ging zu Karam, trank einen Tee und verabschiedete sich schnell. Karam hielt ihn am Arm. »Du bist so nervös. Ich glaube, du wirst dich heute verlieben«, sagte er und streichelte Salman über die kurzen Haare.

Salmans Herz pochte laut, als er vor Hamid Farsis Haus stand. Er holte tief Luft, klopfte einmal und sagte leise: »Guten

Tag.« Und als er Schritte hörte, lauter: »Hallo, guten Tag, Herrin … oder Madame?«

Ein schönes knabenhaftes Gesicht erschien im Türspalt. Die Frau war nicht verschlossen und abweisend. Sie war modern angezogen und hatte keine üppigen Kurven, sondern war eher mager.

»Ach, du bist der Junge, der ab heute das Essen holt«, sagte sie freundlich und übergab ihm die dreistöckige Matbakia. Er übergab ihr das gewaschene Gefäß vom Vortag.

»Danke«, sagte sie und schloss die Tür, noch bevor er »Guten Tag« sagen konnte.

Unterwegs versuchte er sich zu beruhigen. Weil er doch ins Schwitzen gekommen war, lief er im Schatten der Gassen zurück ins Atelier. Als er dort ankam, war es kurz vor zwölf. Hamid Farsi schaute ihn mitleidvoll an. »Du musst nicht rennen. Du hast ja gesehen, was mir passiert ist, und mir ist lieber, du kommst nicht ins Schwitzen, bekommst keinen Sonnenstich, und das Essen kommt heil hier an.« Salat, Lammfleisch in Joghurtsoße und Reis. Alles sah in den kleinen Töpfchen appetitlich aus und duftete lecker. Salman verstand, warum sein Meister das Essen im Restaurant verschmähte.

Bei Karam gab es an diesem Tag mit Hackfleisch gefüllte Auberginen, eigentlich ein schönes Gericht, wenn Salmans Mutter es kochte, aber unter Samihs Händen war es zerkocht und schmeckte bitter wie seine Seele.

»Und?«, wollte Karam wissen, als Salman zu Ende gegessen hatte und mit ihm einen Tee trank. »Hast du dich verliebt?«

Salman beunruhigte die Frage.

»Nein, aber sollte es passieren«, sagte er, »so werde ich es dir natürlich sofort erzählen.«

Am nächsten Tag brachte Salman bei der Übergabe des Mittagessens seine Begrüßung an, noch bevor die Frau die Tür ganz geöffnet hatte: »Hallo, guten Tag, Madame«, sagte er. Sie lächelte freundlich und übergab ihm wie am Vortag die Matbakia und dazu eine Tüte mit Aprikosen vom Cousin ihrer Mutter, erklärte die Frau des Meisters.

Fleischpastete, gebackene Kartoffeln und Salat aß Hamid an diesem Tag. Bei Karam gab es *Bamya*, Okras, in Tomatensoße und Reis. Salman konnte die schleimigen Okras nie leiden. Er nahm sich nur Schafkäse, Brot und ein paar Oliven.

Als er ins Atelier zurückkehrte, duftete der ganze Raum bis hinten in die Werkstatt nach Aprikosen. Und seit dem Tag war dieser Duft für Salman mit der schönen Frau des Kalligraphen verbunden.

Mit der Zeit wurde das Verhältnis von Karam zu Salman noch herzlicher und großzügiger. Nun weinte sich der Kaffeehausbesitzer bei Salman aus, weil der Friseur Badri trotz seiner Muskeln mimosenhafter als ein Schulmädchen war. Natürlich hatte Karam seinem Geliebten nicht verraten, dass Salman schon lange von ihrer Liebe wusste, »denn dann wäre er sofort weg. Er hat fürchterliche Angst vor seinen Leuten und geniert sich seiner Liebe zu mir.«

»Welche Leute?«, fragte Salman.

Karam winkte ab. »Das ist nichts für dich. Sie sind sehr religiös, und Männerliebe ist für sie die größte Sünde«, fügte er mit verzweifelter Stimme hinzu.

Badri, normalerweise verschlossen und finster, ging nur aus sich heraus, wenn er seine religiösen Visionen erzählte. Da gingen Menschen in Flammen auf, wurden in hässliche Tiere verwandelt oder bekamen zwei Meter lange feurige Zungen, weil sie in Sünde lebten, während brave Gläubige über Nacht von Engeln nach Mekka getragen und nach Beendigung ihres Gebets zurückgeflogen wurden. Alles Geschichten, die Salman so oder so ähnlich bereits in der Grundschule über heilige und sündige Christen gehört hatte. Geglaubt hatte er nie daran.

Mit Tränen in den Augen berichtete Badri von amerikanischen und europäischen Berühmtheiten – Erfindern, Schauspielern, Generälen und Philosophen –, die alle heimlich dem

Islam beigetreten waren, weil sie in der Nacht von einer arabischen Stimme aufgefordert wurden, zur einzig wahren Religion überzutreten. »Warum sagen sie dann nicht laut, dass sie Muslime sind?«, fragte Salman genervt, weil auch der Pfarrer im katholischen Religionsunterricht von solchen himmlischen Stimmen berichtet hatte.

»Weil sie wichtige Missionen erfüllen müssen an den Ungläubigen«, antwortete Badri ungerührt, als hätte er gerade mit den hohen Persönlichkeiten telefoniert.

Wenn Badri erzählte, brummte Salman nach einer Weile der Kopf.

Das krause Zeug, das er einem auftischte, war ungenießbar. Von Sarah hatte Salman die Weisheit gehört, dass man manchmal Stunden brauche, um den Müll von Nachbarn und Verwandten aus dem Kopf zu kriegen. Für Badris Mischung aus Naivität und Fanatismus brauchte man Tage.

Eines Nachts kam Badri mit einem Begleiter in Karams Haus. Salman hörte die Gäste, aber er hatte an diesem Abend viel zu üben und keine Lust auf Badris Geschichten. Er blieb in seinem Zimmer.

Er hörte das Telefon klingeln und Karam laut lachen.

Wenig später brachte ihm Karam einen Tee und deutete höflich an, dass sie ein wichtiges Gespräch in der Küche hätten und es besser sei, wenn er nicht störe.

»Das habe ich bei Gott nicht vor«, sagte Salman, »ich muss bis Montag dem Meister drei schwere Übungen in Thuluth-Schrift zeigen, die mir einfach nicht gelingen wollen.«

Karam lächelte und ging.

Als Salman eine Stunde später zur Toilette ging, hörte er einen Streit in der Küche. Badri und der Fremde, dessen Gesicht Salman nicht sehen konnte, sagten deutlich, man müsse die »Teufelsbrut« wie eine Ziege schlachten. Karam dagegen warf ein: »Wenn du einem Feind das Böseste antun willst, so töte ihn nicht, sondern quäle ihn und wünsche ihm ein langes Leben.«

Salmans Herz raste, er fühlte seine Beine zittern. Blitzschnell und geräuschlos schlich er in den Garten. Dort konnte er auf der Toilette vor Angst nicht einmal die Hose herunterlassen. Sein Urin schien sich durch den Schock verflüchtigt zu haben.

Wen wollten die zwei umbringen? Und warum beteiligte sich Karam daran?

Erst Jahre später sollte sich alles wie ein Puzzle zusammenfügen und ein Bild ergeben. An jenem Abend konnte er seine Hand nicht mehr ruhig halten, um die anspruchsvolle Kalligraphie auszuführen.

Im Laufe der ersten Monate lernte Salman die Geheimnisse der Tintenherstellung. Er durfte freilich nur als Handlanger dabei sein, aber er beobachtete alles, behielt die Mengen im Gedächtnis und schrieb sie heimlich auf Zettel, die er freitags bei Karam sauber in seine Hefte übertrug.

Das Atelier brauchte Unmengen farbiger Tinte für die Aufträge eines Architekten, der eine neue Moschee entworfen hatte. Samad beaufsichtigte die Herstellung, Radi führte aus. Und Salman musste sackweise Gummiarabikum vom Gewürzmarkt herbeischleppen.

Samad ließ es in Wasser auflösen und fügte eine genau abgewogene Menge Schwefelarsenik und ein Pulver aus einer nicht beschrifteten Tüte hinzu. Als Salman danach fragte, murmelte Samad irgendetwas von Natrium. Radi mischte und kochte an diesem Tag große Mengen leuchtend gelber Farbe. Für kleine und kleinste Kalligraphien nahm Meister Hamid teure Safranextrakte, aber nur er durfte die edle Farbe gebrauchen. Aus Arsensulfid stellte Samad die Farbe Orange her, Bleiweiß nahm er für Weiß. Für Blau benutzte er Lapislazuli-Staub. Verschiedene Rotnuancen wurden aus Zinnoberpulver oder Bleioxid hergestellt, für andere nahm man Seifenkraut, Alaun und Wasser; um das Rot zu intensivieren, gab man diesem Extrakt pulverisierte Koschenille bei, ein rotes Pulver, das aus den gleichnamigen Läusen gewonnen wurde.

Samad mahnte ihn zur Vorsicht mit den Farben, denn anders als die harmlose schwarze Tinte waren die meisten Farbpigmente hochgiftig. Als der Geselle Radi das hörte, machte er sich lustig über Samads Angst. Er mischte alles mit den Händen und aß danach, ohne sich gewaschen zu haben. Ein Jahr später überfielen ihn plötzlich Magenkrämpfe, und da er sehr arm war, konnte er keinen guten Arzt aufsuchen. Er begnügte sich mit Kräutern und anderen Hausmitteln. Dann wurde er fahl und grau, wie wenn er auf dem Bau arbeitete. Im Winter begann er sich regelmäßig zu erbrechen, und kurz nachdem Salman Ende Februar 1957 das Atelier verließ, wurde Radi so schwer krank, dass er nicht mehr arbeiten konnte. Seine Hände waren gelähmt, und wenn er sprach, bot sein Mund ein grausames Bild. Sein Zahnfleisch hatte einen schwarzen Saum. Hamid zahlte ihm eine kleine Abfindung und entließ ihn.

Aber nicht nur der Giftigkeit wegen mochte auch Hamid die Arbeit mit Farbe nicht. Einem Kunden sagte er: »Schwarz-Weiß ist Musik, der Blick schwingt zwischen diesen zwei Polen. Ein Rhythmus entsteht, eine Augenmusik, deren Komponenten Emotion und Präzision sind. Farbe ist verspielt, sie erzeugt leicht Freude am Chaos.« Salman schrieb die Bemerkung auf den Rand einer alten Zeitung, riss den schmalen Streifen ab und steckte ihn in die Hosentasche, bevor er den Tee servierte.

Nur Gold auf grünem oder blauem Hintergrund mochte der Meister. Er nannte es: meine goldene Ekstase.

Eine Zeit lang wunderte sich Salman darüber, dass ihn der Meister immer wieder zum Gewürzmarkt schickte, um Honig zu kaufen, obwohl er nie Honig aß.

Die Antwort fand er Ende August: Goldfarbe. Die war Chefsache und nur Samad, Hamids rechte Hand, durfte Goldfarbe herstellen oder anfassen. Auch durfte den beiden niemand zuschauen. Salman beobachtete heimlich, wie Hamid in der kleinen Küche hinter dem Atelier arbeitete. Die rechteckigen hauchdünnen Goldfolien, aus Gold durch Walzen und Schlagen hergestellt, lagen zwischen Pergamentblättern in einem dicken Heft mit ledernem Umschlag.

Hamid nahm eine Porzellanschale, gab Gelatine, Honig und gelöstes und gesiebtes Harz hinein, legte dann das Blattgold in die Lösung und zerrieb es mit dem Zeigefinger, bis es sich auflöste. Dann zerrieb er eine zweite, dritte und vierte Folie Blattgold. Anschließend wärmte er das Ganze und ließ es ruhen, dann dekantierte er die Flüssigkeit und ließ das wenige Restgold, das sich nicht gelöst hatte, mehrere Tage in der Schale, bis es wieder trocken war. Der goldenen Flüssigkeit fügte er etwas Wasser zu und rührte so lange, bis sie einheitlich wurde, dann kratzte er das Restgold aus der Schale, gab es in eine Flasche und goss die Goldtinte darüber.

Hamid trug die Goldfarbe stets dick auf, ließ sie trocknen und rieb dann die Fläche mit einem glatten Edelstein, bis das Gold der Buchstaben glänzte.

Auch über die Messer des Kalligraphen machte sich Salman Notizen. Meister Hamids scharfes Messer kam aus Solingen. Samads Messer, auf das er mächtig stolz war, war in einer berühmten Stahlwerkstatt in der iranischen Stadt Singan hergestellt worden. Er hatte es einem Iraner abgekauft, der auf der Durchreise war.

Salman besorgte sich ein scharfes Messer von einem schweigsamen armenischen Schuster in der Nähe seiner Gasse. Er malte für ihn eine schöne Preisliste, damit sich der Schuster nicht mit der arabischen Sprache abmühen musste, die er kaum verstehen konnte. Als Lohn bekam er das scharfe Messer.

Salman lernte die komplizierte Kunst, aus einem Schilf- oder Bambusrohr eine scharfkantige Schreibfeder herzustellen. Am schwierigsten war für viele Lehrlinge der letzte Schnitt, der Kantenlänge und Neigung der Feder bestimmte. »Nicht sägen, sondern schneiden«, rief Samad entsetzt, als Helfer Said sein Rohr schnitt. Samad legte das Rohr auf ein Holzbrett und schlug einmal mit Saids Messer darauf, schon war das Rohr geschnitten. Er schliff die Kante und spaltete sie, damit sie Tinte aufnehmen konnte. Die Spitze der Feder verlief schräg und hatte eine Neigung von etwa fünfunddreißig Grad.

Dem Helfer blieb verblüfft der Mund offen.

»Jetzt kannst du Thuluth schreiben. Wenn du zögerst, bekommt deine Feder keine scharfe Zunge, mit der sie dem Papier schmeichelt, sondern Zähne und mit denen kannst du nicht einmal deiner Schwiegermutter schreiben«, sagte Samad und kehrte zu seinem Tisch zurück.

Am nächsten Freitag übte Salman in seiner Kammer bei Karam den Schnitt. Er merkte, dass ihm nicht nur die Erfahrung fehlte, sondern auch der Mut, die Feder mit einem einzigen Schlag zu schneiden.

Man dürfe das Papier mit der Rohrfeder nicht quälen, sondern die Feder wie eine zerbrechliche, sensible Fee über das Papier führen. Samad hatte ihm auch die Funktion eines jeden Fingers der rechten Hand gezeigt. »Die Feder«, sagte er, »liegt so, dass der Zeigefinger sie von oben nach unten bewegt, der Mittelfinger schiebt sie von rechts nach links und der Daumen führt sie in die Gegenrichtung.« Und Samad hatte zufrieden gelächelt, als er Salman beobachtete, der mit Eifer auf jedem verfügbaren Zettel übte.

Später sollte Salman sagen, dass der entscheidende Augenblick in seinem Leben, der ihn zum Kalligraphen machte, ein bestimmter Abend im Januar des Jahres 1956 gewesen war. Er musste Überstunden machen, um seinem Meister zu helfen, auch alle anderen Mitarbeiter legten eine Nachtschicht ein. Der Auftrag war für die saudische Botschaft. Die Saudis zahlten das Zehnfache, forderten aber auch beste Qualität. Sie wollten möglichst schnell ein großes Gemälde aus Sprüchen, das sie ihrem König bei seinem Besuch in Damaskus als Geschenk überreichen wollten.

In jener Nacht war Salman wie verzaubert von der Eleganz, mit der Meister Hamid die große Fläche aufteilte und die Buchstaben aus dem Nichts hervorzauberte. Und bis der Morgen graute, stand das Gemälde vor ihm wie eine göttliche Schöpfung. Salman flüsterte auf dem Nachhauseweg immer wieder vor sich hin: »Ich will Kalligraph werden und ich werde es schaffen.«

Salman lernte – zusätzlich zu seinen Übungen – aus einem kleinen Buch, das im Atelier allen Mitarbeitern zur Verfügung stand. Darin stand, dass die arabischen Buchstaben in ihrer Harmonie auf der Geometrie basieren, die der geniale Kalligraph Ibn Muqla vor mehr als tausend Jahren erfunden hatte. Diese hat mit der Dualität von Bogen und Geraden, von Zusammenziehen und Entspannen, von Sichtbarem und Verborgenem zu tun. Bald versuchte Salman auch die sieben verschiedenen Stile der arabischen Schrift zu unterscheiden. Manche Stile fielen ihm leicht. Er verliebte sich in den populären Nas-chi-Stil, in dem die meisten Bücher geschrieben werden, und fürchtete sich vor dem Thuluth-Stil. Aber er lernte stets mit großem Eifer, was Hamid manchmal sogar lobend erwähnte.

Fast bei jedem Kapitel dieses kleinen Buches stieß er auf den Namen Ibn Muqla. Die Mitarbeiter wussten wenig über dieses Genie. Doch es verging keine Woche, ohne dass Salman von seinem Meister Lobeshymnen auf den genialen Kalligraphen hörte, der in Bagdad gelebt hatte und dessen Proportionslehre immer noch gültig war.

Hamid Farsi sagte über Ibn Muqla: »Wir lernen die Kunst. Er hat sie gelehrt, denn Gott hat sie ihm geschenkt. Deshalb konnte er in seinem kurzen Leben so viel für die Kalligraphie tun, wie Hunderte von Kalligraphen es nicht vermochten.«

Am selben Abend schrieb Salman diesen Satz in sein Heft und machte neben dem Namen Ibn Muqla ein großes Fragezeichen.

Im Verlauf des Jahres 1956 lernte Salman nahezu alles über die Fundamente der arabischen Kalligraphie, ihre Elemente, das Gleichgewicht der Zeilen und der Fläche, den Rhythmus einer Kalligraphie, die wie die Musik Regeln folgte, die Dominanz eines Teils der Wörter oder der Buchstaben über die anderen auf einem Blatt, die Harmonie, die Symmetrie, den Kontrast, die Überlappung und Spiegelung und vor allem über das Geheimnis der Leere zwischen den Buchstaben.

Doch das Wichtigste, was er in diesem Jahr zum ersten Mal in seinem Leben lernte, war, eine Frau zu lieben.

20.

Nuras Onkel Farid war wieder einmal unglücklich in seiner neunten oder zehnten Ehe. Sie konnte sein Geschwätz über Frauen nicht mehr hören. Er lernte die einsamen Frauen kennen, wenn sie bei ihm Briefe bestellten und sich dann in seine Schrift und seine poetischen Worte verliebten. Die Enttäuschung ließ nicht lange auf sich warten. Auch hörte er nicht auf, anderen Frauen den Hof zu machen. »Ehe braucht Reife und dein Onkel ist immer noch ein dummer Junge«, sagte ihr Vater eines Tages, als er von der nächsten Scheidung seines Schwagers hörte. Nura hatte das Gefühl, dass ihr Onkel eines nicht zur Kenntnis nahm, die Zeit. Er war sehr gealtert und wirkte mit seinem beachtlichen Umfang in einem weißen Anzug und roten Schuhen ziemlich lächerlich. Sein Charme gegenüber Frauen war zur lästigen Attitüde eines zahnlosen Casanovas geworden. Als er Nura wieder einmal besuchte, schickte sie ihn weg. Sie bat ihn darum, nur zu kommen, wenn ihr Mann daheim sei, weil sie in seiner Abwesenheit keine Männer empfangen dürfe. Sie wusste, dass Onkel Farid ihren Mann nicht mochte. Sie waren wie Wasser und Feuer.

»Aber Nura, ich bin dein Onkel«, schnurrte Farid, »mich kannst du doch einlassen!«

»Das gilt für alle Männer«, sagte sie streng und schloss die Tür. Er besuchte sie nie wieder und Nura vermisste ihn auch nach seinem Tod nicht.

»Im Gefängnis und in der Ehe ist die Zeit der allerschlimmste Feind«, sagte ihr der Zwiebelverkäufer, der seinen Karren durch die Gassen schob und mit melancholischer Stimme seine billigen Zwiebeln anpries. Er hatte drei Jahre im Gefängnis gesessen und war zum zweiten Mal unglücklich verheiratet. Nura zahlte die Zwiebeln, lächelte den unglücklichen Verkäufer an und schloss die Haustür hinter sich. Sie war den Tränen nahe. Ihre Versuche, die Zeit leichtfüßig zu machen, waren an diesem wie an so vielen Tagen zuvor vergebens gewesen. Das lange Telefonieren mit Freundinnen hinterließ ihr einen schalen Geschmack im Mund.

Die Zeit wurde immer mehr zu einer klebrigen, zähen Masse, vor allem an den drei Beischlaftagen Dienstag, Freitag und Sonntag, an denen sie sich am liebsten nach dem Abendessen versteckt hätte.

Die anfängliche Faszination für ihren Mann war nun vollständig verflogen und sie hatte begonnen, ihn mit offenen Augen zu sehen. Er war langweilig und eingebildet, doch all das hatte noch eine Ecke in ihrem Herzen für ihn gelassen, frei von Groll und Verachtung – bis zu jener Nacht, als er sie zum ersten Mal schlug. Sie waren gerade ein halbes Jahr verheiratet. Und seit dieser grausamen Nacht hatte sich diese Ecke ihres Herzens mit den Gedanken an die Demütigung gefüllt und auch mit einem besonderen Geruch, den sein Körper verströmte: verbranntes Gummi. Sein früherer Körpergeruch verblasste zu einer Erinnerung.

Ein merkwürdiges Gefühl befiel sie, wenn er nach Hause kam. Eiseskälte füllte die Räume, sie fror und fühlte sich wie gelähmt. Sie erinnerte sich an einen Film, bei dem sie im Kinosaal gefroren hatte, als in Sibirien ein Zug am Gleis festgefroren war. Alle Fahrgäste waren erstarrt und Eis bedeckte ihre Augen. Für kurze Augenblicke fühlte sie ein Feuer in sich, als wollte ihr Herz Dampf machen, um ihre Glieder aus der Vereisung zu retten, aber dann merkte sie, wie das Feuer erlosch – und wie die Kälte, die ihr Mann ausstrahlte, in sie drang.

Hamid pflegte sich sorgfältig, duschte täglich und cremte seine Hände mit einer Mischung aus Oliven- und Lavendelöl ein, damit sie immer glatt und geschmeidig blieben – für die Kalligraphie natürlich.

Jener Tag begann mit einer Katastrophe. Ein großes Glas, bis zum Rand gefüllt mit den aufwendig eingelegten und mit Walnüssen gefüllten Miniauberginen, war ihr aus der Hand geglitten und auf dem Boden in tausend Splitter zerbrochen. Dielen und Schränke in der Küche waren voller Olivenöl. Sie musste aus Angst vor winzigen Glassplittern alles wegwerfen und die Küche zwei Stunden lang säubern.

Erschöpft kochte sie für ihn sein Lieblingsgericht, Linsensuppe mit Nudeln, schickte es in der Matbakia zu ihm und ruhte sich eine halbe Stunde lang aus.

Als die Nachbarin Warde sie zu einem kleinen Fest einlud, freute sich Nura, sie dachte, der Tag sei gerettet. Sie ahnte nicht, dass die wahre Katastrophe nun ihren Anfang nahm. Sie verdarb sich bei Warde mit einer süßen Milchreisspeise den Magen und erbrach sich am Abend drei Mal. Sie fühlte sich elend und kraftlos.

Aber Hamid hatte kein Verständnis. »Ich habe heute Lust auf dich«, sagte er und griff nach ihrem Hintern, als sie ihm den Salat servierte.

Als sie ihm von ihrer Schwäche und ihren Bauchschmerzen erzählte, winkte er ab: »Du kannst den ganzen Tag über krank sein, aber nicht in der Nacht von Dienstag, Freitag und Sonntag«, sagte er und lachte breit. »Das ist mein Recht. Hat dir dein gelehrter Vater nicht vorgelesen, dass Gott mir all das erlaubt?«

Sie wollte ihm sagen, dass ihr Vater niemals unter Zwang mit ihrer Mutter schlief. Aber die Zunge gehorchte ihr nicht. Tränen schossen ihr in die Augen.

Im Bett hatte sie Angst vor ihm, Angst um ihr Leben, die sie erstarren ließ. Er wurde zornig: »Schlafe ich mit einer Leiche?« Sie fühlte eine Wut gegen ihn wie noch nie. Als sie ihn von sich wegschieben wollte, schlug er sie. Er war wie im Rausch und schlug erbarmungslos auf sie ein. Sie erschrak so sehr, dass sie nicht einmal weinen konnte.

In dieser verzweifelten Situation erinnerte sich Nura an den Rat ihrer Mutter, stets laut zu sagen, was Männer hören mochten, und sie fing an, sich zu winden und zu stöhnen und nach mehr zu verlangen. Und genau das schien ihm zu gefallen. Als er endlich fertig war, schlief er ohne ein weiteres Wort ein.

Sein Schweiß klebte an ihr und roch nach verbranntem Gummi. Sie stand auf und schlich in die Küche, wo sie ihre Haut mit Wasser und Kernseife so lange abrieb, bis sie wehtat.

Von da an drang dieser besondere Geruch durch alle Parfums, die Hamid benutzte, und jedes Mal erinnerte er Nura an jene schreckliche Nacht.

Immer wenn man sie nicht brauchen konnte, kam Nuras Mutter und wisperte ihre ungebetenen Ratschläge. Eine Schlange. Nura fühlte keinen wirklichen Hass mehr gegen ihre Mutter wie früher, sondern eine tiefe Verachtung. Manchmal hatte sie den Verdacht, dass ihre Mutter sich in Hamid verliebt hatte. Wo immer sie ihn sah, himmelte sie ihn an, berührte ihn zärtlich und stimmte jedem Blödsinn zu, den er von sich gab.

»Der Mann ist die Krone deines Hauptes und du sollst ihm dienen, seine Füße waschen und dann das Wasser trinken als Gabe des Himmels! Die hochmütigen Frauen enden in der Gosse, Tochter.«

Nura drehte das Radio so laut, dass ihre Mutter ohne Abschied das Haus verließ. Sie wollte ihre Eltern für längere Zeit nicht sehen, aber Hamid nahm die Einladung ihres Vaters an, an einem Freitag zum Mittagessen zu kommen. Es war eine Woche vor Neujahr. Das Essen war exzellent und Hamids Lobeshymnen nahmen kein Ende. Ihre Mutter schaute ihn verliebt an: »Bring deinem Schwiegervater solch charmante Worte bei. Er sagt nie was!« Als sich Hamid für den abschließenden Kaffee bedankte, fasste sie ihn kräftig am Bein, was nicht einmal Nura erlaubt war, aber er lächelte die Mutter nur an. Nura hätte schreien können vor Wut.

»Du bist eine Verräterin«, zischte sie ihre Mutter in der Küche an und hasste das dämliche Lächeln, das das Gesicht ihrer Mutter entstellte. Sie schien in einer anderen Welt zu sein.

»Deine Mutter hat ein gutes Herz, sie macht sich Sorgen um dich«, sagte Hamid draußen auf der Gasse zu ihr. Nura hatte das Gefühl, sie müsse ersticken.

»Hallo Nura«, rief Elias, der Süßigkeitenverkäufer, »grüßt du mich nicht mehr?« Nura schämte sich, dass sie den alten, inzwischen zahnlosen, aber immer noch lustigen Mann übersehen hatte.

»Onkel Elias, guten Tag«, erwiderte Nura und lächelte.

»Der Herr Kalligraph hat den schönsten Buchstaben unseres Viertels entführt und so wurde unser Alphabet löchrig. Möchte er seiner Prinzessin ein Kilo gemischte Pralinen kaufen? Oder vielleicht *Usch al Bulbul*, Nachtigallennester, oder, wenn es beliebt, die besten *Barasek*, Butterkekse mit Sesam und Pistazien? Eben all das, was schönen Frauen das Herz erweicht?«

Elias sprach, wie die Mehrheit der Damaszener Händler spricht, verführerisch, im Singsang, und dabei ließ er seine Augenbrauen tanzen.

»Nein, wir brauchen keine Süßigkeiten«, antwortete Hamid schmallippig und ging weiter. Und Nura konnte Elias nur noch einen entschuldigenden Blick zuwerfen, dann rannte sie ihrem Ehemann hinterher.

In jener Nacht, lange bevor er Anfang 1956 begann, jeden

Freitagmittag in die Moschee zu gehen, verbot Hamid ihr, das Haus jemals ohne Kopftuch zu verlassen. Er verbot ihr auch, unter Androhung der Scheidung, auf der Straße mit christlichen Männern zu sprechen. Hamid war wie betrunken. Er zitterte am ganzen Leib und die Worte kamen gepresst aus seinem Mund.

»Was ist passiert?«, fragte Nachbarin Widad, als Nura ihr von ihrer Langeweile erzählte. »Was willst du denn? Selbst ein Wunder, das sich 365 Mal im Jahr wiederholt, verliert seinen Glanz. Nach fünf Jahren wirst du ihn nur noch als Bruder empfinden. Unsere Männer können nichts dafür. Die Zeit schabt das Schillernde eines jeden Bräutigams weg und lässt nur eine spröde Masse namens ›Ehemann‹ und ›Vater meiner Kinder‹ zurück.«

Widad trank heimlich, um Lust auf ihren Mann empfinden zu können, und im Rausch verwandelte sie ihn in einen wilden, nach ihrem Körper hungernden Siebzehnjährigen.

Samia, eine junge Nachbarin aus dem Norden, erzählte, sobald ihr Mann, ein Lehrer und Grobian, sie berühre, fahre sie aus ihrem Körper und wandere weit weg. Sie sei darin inzwischen Meisterin geworden, so dass sie nicht einmal spüre, ob ihr Mann noch bei ihr oder bereits eingeschlafen sei.

Das wollte Nura auch ausprobieren. Während ihr Mann hinter ihr lag und in sie drang, schloss sie die Augen und löste sich von ihrem Körper, wanderte im Schlafzimmer umher und beobachtete sich im Bett. Anschließend ging sie in die Küche, trank Kaffee und dachte an eine Geschichte aus ihrer Kindheit. Als sie das Nudelholz auf dem Tisch sah, mit dem sie an dem Tag gefüllte Teigtaschen gemacht hatte, kam ihr plötzlich der Gedanke, sie könnte es nehmen und ihrem Mann in den Hintern stecken. Und schon sah sie seine erschrockenen Augen vor sich und prustete los vor Lachen.

Nach einem Jahr sprach Hamid nicht mehr mit ihr. Alles lief reibungslos nach seinen Vorstellungen und er schien zufrieden zu sein. Manchmal hörte sie ihn mit anderen telefonieren und beneidete die Gesprächspartner, die sein Interesse erregen konnten. Wenn sie ein Thema anschnitt, würgte er das Gespräch ab. »Klar, so ist es« oder »Das ist Weiberquatsch«, sagte er dann. Sie fand immer weniger Zugang zu ihm.

Dalia, der sie von ihrem Kummer erzählte, zuckte nur mit den Schultern. »Das hört sich an, als würdest du von den Männern meiner Kundinnen reden. Irgendwie ist das System der Ehe nicht ausgereift, obwohl wir es schon seit Adam und Eva proben«, sagte sie und nahm einen kräftigen Schluck Arrak. »Man sollte die Ehe nur für sieben Monate erlauben, danach müssten alle den Partner wechseln. So hätte die Langeweile keine Chance.« Machte sie Witze? Nura war es nicht nach Witzen zumute.

Sie gewöhnte sich an das Kopftuch. Immerhin durfte sie, den Kopf wie zu einem Ei eingeschnürt – wie ihr Vater scherzte –, das Haus verlassen, aber nur um Nachbarinnen zu besuchen oder um Einkäufe zu machen, zu denen ihr Mann nicht kam.

Sie habe es noch viel besser als andere Frauen, sagte die Nachbarin Widad zu ihr. Nura wusste, dass Widad, aber auch Sultana und andere Freundinnen das Haus nie ohne männliche Begleitung verlassen durften. Ihre Grenze war die Haustür. Selbst den Blick aus dem Fenster musste Sultana verstohlen werfen, damit niemand sie sah. Auch durften Widad und Sultana niemanden anrufen, aber immerhin durften sie das Telefon abnehmen, und deshalb rief Nura sie mindestens einmal am Tag an.

Schon als junges Mädchen hatte Sultana davon geträumt, als Mann verkleidet ins Café Brazil zu gehen, unter den Männern zu sitzen und dann ihr Hemd auszuziehen. Sie hatte auch die verrückte Idee, ihren Mann anzuketten, so dass er sich ein halbes Jahr lang nur vom Schlafzimmer zum Bad, zur Toilette, zur Küche und zurück bewegen könnte, um ihn dann zu fragen: »Wie findest du meine Welt?«

Nura fiel auf, wie mutig Sultanas Zunge war, wenn sie mit ihrer Familie abrechnete. Sie ließ kein gutes Haar an ihrem Vater und keines an ihrem Mann, dessen schneeweißer, mit Fleischlappen gepolsterter Körper merkwürdige Gerüche ausströmte. »Aus jedem Lappen ein anderer Gestank«, sagte sie. Nura hatte nicht den Mut, die Qualen, unter denen sie litt, zu beschreiben.

Die Stunden, Tage und Monate wiederholten sich und erstickten jede Überraschung im Keim. Nura fühlte sich wie der Esel der Olivenpresse im Midan-Viertel, wo sie als Mädchen gelebt hatte, der mit verbundenen Augen den Mühlstein zog und von Sonnenaufgang bis Sonnenuntergang seine Runden drehte. »Seine Augen werden verbunden, damit er sich einbildet, er trabe vor sich hin zu einem Ziel, und es wird dem Esel jeden Tag schlecht, wenn ihm die schmutzige Binde abgenommen wird und er sich am selben Fleck sieht«, erzählte Dalia damals. Nura kannte die Mühle.

»Ich bin aber keine Eselin. Gott schuf mich nicht zu einer schönen Frau, damit ich mit verbundenen Augen den ganzen Tag auf der Stelle trete«, sagte sie trotzig. Dalia zog erstaunt die Augenbrauen hoch. »Mädchen, Mädchen«, flüsterte sie und ihr besorgter Blick folgte Nura, als diese ihr Haus verließ.

Nuras Schulkameradin Nariman empfahl ihr, zu einer bekannten Hellseherin zu gehen, die nur wenig verlangte und viel gab. Sie wollte sie beim ersten Mal begleiten, weil Nura Angst hatte, in einer unbekannten Gegend der Stadt durch die Straßen zu gehen.

»Sie ist die einzige Seherin der Stadt«, flüsterte Nariman auf dem Weg zum Muhajirin-Viertel. Sie mussten mit zwei verschiedenen Bussen fahren und noch eine Weile zu Fuß gehen. Bei ihr, sagte Nariman, habe die Seherin sofort erkannt, dass ihr Mann durch den bösen Zauber einer anderen Frau gefesselt war. Sie habe ihr das richtige Mittel gegeben und die richtigen Zaubersprüche beigebracht und siehe da, derselbe Mann, der sie mit gleichgültigen Augen angeschaut hatte, als wäre sie ein altes Stück Holz, kam von der Arbeit und hatte nichts anderes im Sinn, als sich ihr in Liebe hinzugeben«, sagte Nariman etwas lauter und machte eine bedeutungsvolle Pause. »Bald stellte sich heraus, wer ihn die ganze Zeit ausgelaugt und mir entfremdet hatte. Es war eine ferne Cousine von ihm, die sich, früh verwitwet, Hoffnungen machte, er würde mich verlassen und zu ihr kommen. Die Seherin hat diese Cousine genau beschrieben und vorausgesagt, dass der Dschini, der meinen Mann bewohnte und sein Ding verknotet hatte, aus ihm herausgehen, die Täterin am Ohr fassen und zu mir führen würde. Und in der Tat kam die Frau mit rotem Ohr bei mir an und fragte ganz frech nach ihrem Cousin, der sie seit einer Weile nicht mehr besuche. Ich ließ sie nicht ins Haus. Sollte sie doch auf der Straße warten und dort ihr Theater mit ihm veranstalten«, lachte sie kurz.

»Und, hat sie gewartet?«

»Ja, bis er von der Arbeit kam. Da versperrte sie ihm den Weg und wollte eine Begründung für sein Wegbleiben hören. Mein Mann aber schob sie zur Seite und sagte, sie solle zum Teufel gehen, er sei nun geheilt und wolle zu seiner Frau. Und sie schrie die ganze Gasse zusammen, bis sie müde wurde und sich verzog.«

Als Dank für diese Heilung habe Nariman der Hellseherin das versprochene Lamm gebracht.

»Kann sie meinen Mann dazu bringen, weniger mit mir zu schlafen und dafür mehr mit mir zu reden?«, fragte Nura und kam sich lächerlich vor. Nariman schaute sie erstaunt an.

»Wie? Du willst weniger? Bist du krank?«

Nura antwortete nicht. Schon waren sie bei der Wahrsagerin angekommen. Nura fühlte eine große Angst in sich aufsteigen, als sie das Zimmer betrat. Alles war schwarz verhüllt und roch nach Hühnerdreck und ranzigem Fett.

Die Hellseherin war klein und hässlich. Sie trug ein fleckiges schwarzes Kleid und viele silberne Klunker um den Hals, die bei jeder Bewegung Geräusche machten.

Nachdem Nariman sich verabschiedet hatte, legte die Zauberin Karten und schaute Nura immer wieder mit kleinen scharfen Augen an. »Dein Herz hat sieben Siegel. Dein Mann liebt dich, aber er hat nicht die geeigneten Schlüssel gefunden. Du musst ihm helfen. Sieben Pulver soll er sieben Tage lang einnehmen und zu jedem dieser Pulver musst du einen von sieben Zetteln mit Sprüchen verbrennen. Und diese sieben Bleistücke legst du ihm unter das Kopfkissen.«

Sie verlangte fürs Erste drei Lira. Das war viel, aber wenig, wenn es helfen würden.

Nach ein paar Tagen bekam ihr Mann fürchterlichen Durchfall und beschwerte sich über den fremden Geschmack der Gerichte. Das war alles, was er sagte.

Nura suchte – nun allein – die Zauberin noch einmal auf, um ihr von einem merkwürdigen Traum zu berichten. Am vierten oder fünften Tag der »Behandlung« ihres Mannes mit Pulver und Sprüchen hatte sie von Omar, dem Gemüsehändler, geträumt. Er war ein kräftiger Mann mit einer immer glänzenden Glatze. Sein Gemüsegeschäft lag auf der Geraden Straße. Er war kein schöner Mann, aber er besaß unwiderstehlichen Charme. Sie sah ihn im Traum eine Aubergine polieren. Als er sie anlachte, merkte sie, dass sie nackt war. Er legte sie auf einen Jutesack, bedeckte ihren Körper mit Rosenblättern und schnitt mit einem großen Messer eine Wassermelone auf, riss ein riesengroßes Stück Fruchtfleisch heraus und schob es zwischen seinen und ihren Mund. Und während sie aß, spürte sie, wie er in sie drang, und sie aß weiter, bis das letzte Stück auf ihren nackten Bauch fiel, und Omar beugte sich über sie und schlürfte die Stücke in sich hinein und stieß sie, dass ihr vor Lust die Sinne vergingen.

Sie sei in heiterster Stimmung aufgewacht.

Als sie der Hellseherin diesen Traum erzählte, sagte diese:

»Dann hat mein Zauber den Richtigen getroffen, der die Schlüssel zu deinen Schlössern hat.«

Das kam ihr sehr albern vor und sie beschloss, die Hellseherin in Zukunft zu meiden. Beim Hinausgehen traf sie eine Frau, die eine Freundin bis zur Haustür der Zauberin begleitete, das Haus aber selbst nicht betreten wollte.

»Sie ist eine Scharlatanin. Sie lebt wie eine Made im Unglücksspeck vieler Frauen«, sagte die Fremde. Nura war fasziniert von ihren Worten. Sie wollte mehr hören, um sich zu trösten, und lud sie zu einem Eis ein. Auf dem Weg zum Eissalon erzählte Safije – so der Name der Frau – von ihrem glücklichen Leben mit ihrem Mann, den sie Tag für Tag mehr liebte und an dem sie Tag für Tag neue Seiten entdeckte. Sie war Lehrerin und er Schlossermeister. Vor der Ehe hatten sie sich nur kurz gekannt und doch war er vom ersten Tag an liebevoll gewesen und in den zehn Jahren ihrer Ehe noch zärtlicher geworden.

Safije sprach viel an diesem Vormittag und Nura hörte aufmerksam zu. Es war für sie spannender als ein Märchen, zu hören, dass es in Damaskus glückliche Paare gab. Beim Abschied tauschte sie mit Safije die Adressen und versprach, sie zu besuchen.

»Ich glaube«, sagte Safije beim Abschied, »ein Teil des Unglücks liegt darin, dass du deine Fähigkeiten nicht nutzen darfst. Du bist eine intelligente Frau, du solltest etwas tun, das dich erfüllt, und nicht den ganzen Tag auf deinen Mann warten.«

Aber Hamid reagierte mit einem Wutanfall, als sie ihm vorsichtig andeutete, sie wolle als Schneiderin arbeiten. In der Gasse gebe es niemanden, der diesen notwendigen Beruf ausübe. Er brüllte sie an und wollte sofort wissen, wer ihr diese Idee in den Kopf gesetzt habe.

Sie schwieg.

Mehrmals besuchte sie in den nächsten Wochen Safije und überzeugte sich davon, dass die Frau nicht übertrieben hatte.

Einmal war ihr Mann bei einem dieser Besuche zu Hause, weil er sich einen Tag zuvor bei der Arbeit die Hand verletzt hatte. Er war freundlich und ließ beide allein, kochte aber Kaffee für sie und lachte, als seine Frau nach dem ersten Schluck fragte, ob Kaffee inzwischen Mangelware sei. Für Nura war es der erste Mann, den sie je erlebt hatte, der Kaffee für seine Frau kochte.

Das Glück der anderen schmerzte Nura, also beschloss sie, Safije nicht mehr aufzusuchen. Alles war so einfach. Warum weigerte sich Hamid auch nur einen Schritt auf diesem Weg zu gehen. Nicht einmal Salz wollte er holen, wenn es nicht auf dem Tisch stand. »Salz«, sagte er, und als Nura absichtlich nicht reagierte, in der Hoffnung, er würde aufstehen, packte er sie am Arm und knurrte: »Bist du schwerhörig? Ich sagte Salz.«

Nura wusste nun, dass sie am Ende einer Sackgasse stand. Eine verzweifelte Lage, aber ihr Wissen darum betrachtete sie als Fortschritt.

Als sie in dieser Zeit verzweifelt nach einem Ausweg aus ihrer Sackgasse suchte, tauchte Salman auf. Ausgerechnet Salman, der bettelarme Mann mit dem bartlosen Kindergesicht und den Segelohren! Sie hatte ihn zuerst für fünfzehn gehalten, war sehr verblüfft, als er, rot über beide Ohren, erwiderte, er sei bereits zwanzig. Man musste an sich halten, um bei seinem Anblick nicht zu lachen.

Warum sie sich ausgerechnet in ihn verliebte? Sie fand keine Antwort. Sie tröstete sich damit, dass die Liebe wie der Tod eigenwillig ist. Sie kommt unerwartet und lässt sich nicht erklären. Und sie sucht sich manchmal Menschen aus, an die man nie gedacht hat, so wie der Tod, der bisweilen völlig gesunde Menschen ins Jenseits befördert, während Schwerkranke ihn täglich um Beeilung bitten.

Nura fühlte an jenem Tag ein ungeheures Bedürfnis, all das aufzuschreiben, was wie Wellen durch ihren Kopf schlug und von dem sie keinem Menschen erzählen durfte. »Liebe ist ein wildes und daher unhöfliches Kind, sie geht direkt ins Herz, ohne anzuklopfen.«

Das Besondere an ihrer Liebe zu Salman war, dass sie nicht beim ersten Blick da war, wie man in Damaskus zu sagen pflegt. Anfang Oktober, als er zum ersten Mal vor der Tür stand, bekam er kaum einen Gruß heraus.

Sie übergab ihm täglich die Matbakia und nahm ihm den schweren Korb mit den Einkäufen ab, die Hamid besorgt hatte.

Mehr als zweihundert Mal wiederholte sich diese Szene in den sieben Monaten zwischen Oktober 1955 und April 1956. Mal wechselte sie aus Höflichkeit oder Mitleid ein Wort mit ihm, mal nicht. Mal gab sie ihm einen Apfel, mal nicht. Er war schüchtern und nicht gerade gesprächig. Und immer wenn sie die Tür schloss, war er aus ihrem Kopf verschwunden.

Aber eines Tages schloss sie die Tür und konnte ihn nicht mehr vergessen und es tat ihr leid, dass sie ihm gegenüber so kalt und überheblich gewesen war.

Das war an einem warmen Tag Mitte April. Die ganze Nacht dachte sie an Salman. Jahre später sollte sie erzählen, dass ihre Gedanken an Salman damals zu einem Meißel wurden, der von der Mauer am Ende der dunklen Sackgasse Brocken für Brocken herausschlug, und kurz bevor sie in der Morgendämmerung einschlief, sah sie, wie sich vor ihren Augen eine lichtdurchflutete Landschaft atemberaubend schön entfaltete.

Nura fragte sich am nächsten Morgen mehrmals: »Habe ich mich tatsächlich in ihn verliebt?«

Drei Mal schaute sie auf die Uhr, und als sie den Türklopfer hörte, wäre sie vor Freude fast gestorben. Sie zwang sich zur Ruhe, aber als sie ihn erblickte, wusste sie, dass es um sie geschehen war. Er sprach kein Wort, blickte sie ängstlich an und wartete auf einen Befehl. Als sie Salman in die Augen sah, fühlte sie sich wie am Meer, sie fühlte, wie Wellen durch sie hindurchgingen und sie ein Teil dieser Wellen wurde.

Sie zog ihn rasch an der Hand ins Hausinnere und schlug

die Tür hinter ihm zu. »Willst du?«, fragte sie atemlos. »Willst du einen Kaffee, ein Bonbon oder eine Praline?« Ihr Herz tanzte betrunken in ihrem Brustkorb.

Er antwortete nicht, sondern lächelte nur. Am liebsten hätte er gesagt, ich habe Hunger, hast du ein Brot und ein paar gekochte Eier oder ein Stück Käse, verkniff es sich aber.

»Oder willst du lieber etwas essen?«, fragte sie in dem Moment, als hätte sie ihm seinen Hunger von den Augen abgelesen.

Er nickte und schämte sich, dass sie ihn ertappt hatte. Sie atmete erleichtert auf und lief in die Küche und füllte einen großen Teller mit Leckereien, mit Käse, Pasturmaschinken, Oliven, eingelegtem Paprika und Gurken.

Er stand immer noch verlegen im Korridor, angelehnt an die Wand gegenüber der Küche. Sie reichte ihm den Teller und zwei kleine Fladenbrote.

Salman hockte sich auf den Boden und stellte den Teller behutsam vor sich. Sie beobachtete ihn und fühlte sich so glücklich wie noch nie. Er aß und lächelte.

An jenem Tag erfuhr sie zum ersten Mal in ihrem Leben, dass sich ihre Hand ohne ihren Willen bewegen konnte. Noch während sie Salman von der Küchentür aus beobachtete, machte sich ihre rechte Hand auf den Weg in seine Richtung. Nura musste ihr folgen und die Hand legte sich auf Salmans Stirn, als wollte sie sein Fieber fühlen. Er hörte auf zu essen und weinte gleichzeitig.

»Auf einmal verstehe ich«, sagte er und schwieg, als würde er gegen seine Tränen ankämpfen, »wie sich mein Hund gefühlt hat, als er zum ersten Mal bei mir seinen Hunger stillen konnte.« Er erzählte ihr von der ersten nächtlichen Begegnung mit dem kleinen verlassenen Welpen, der dann sein Hund Flieger wurde.

Sie küsste ihn auf die Lippen, die salzig schmeckten. Er küsste sie ebenfalls und atmete den Zitronenblütenduft ihrer Wangen.

Und als er ihr Gesicht in seine Hände nahm und sie auf die Augen küsste, fühlte sie, wie eine Flamme in ihr aufloderte. Sie drückte Salman an sich. Plötzlich fiel ihr ein, dass er sich beeilen musste. Sie küsste ihn ein letztes Mal und stand auf.

»Die sieben Schlösser sind aufgebrochen und gerade auf meine Füße gefallen«, sagte sie. Er verstand nicht, was sie damit meinte. Schnell nahm er die Matbakia und rannte los.

Erst da entdeckte sie, dass er kaum etwas gegessen hatte.

Nura fühlte sich erschöpft, als hätte sie Berge und Täler überquert. Sie wunderte sich, dass sie die höchsten Genüsse allein durch Salmans Berührungen und Küsse empfunden hatte.

Am Nachmittag fühlte sie sich schuldig. War sie vielleicht eine undankbare Verräterin, die im Reichtum lebte und den betrog, der ihr das ermöglichte? Sie nahm sich vor, Salman am nächsten Tag kühl zu begegnen, ihm die Matbakia zu geben und die Tür zu schließen wie immer zuvor. Hundert Mal versicherte sie sich am nächsten Morgen, dass es das Beste für alle wäre. Sie wollte sich – wie in einem der ägyptischen Filme – für die traumhaften Minuten bedanken und ihm dann einen Vortrag über Treue und Pflicht halten. Aber als sie mitten in der Vorbereitung zu dieser Rede auf die Uhr schaute, war es kurz nach elf, und sie fühlte eine solche Sehnsucht nach Salman wie ein Ertrinkender nach Luft. Und noch bevor er den Klopfer zum zweiten Mal fallen ließ, zerrte sie ihn ins Haus und an ihr Herz.

Von diesem Tag an verflüchtigte sich die Zeit, als wäre sie reiner Äther.

21.

Meister Hamid war selten aus der Ruhe zu bringen. Im Vergleich zu ihm, sagte Samad, sei Buddha ein bedauernswerter Choleriker. Nur wenn seine Schwester kam, eine hübsche große Frau, wurde er nervös. Er mochte sie nicht, denn sie war vulgär und ziemlich aufreizend angezogen, was ihm peinlich war. Wenn sie da war, konnte der Meister nicht mehr ruhig sitzen und warf immer wieder besorgt einen Blick zur Tür, als fürchtete er, dass einer seiner vornehmen Kunden hereinkommen und fragen könnte, wer diese verwegen aussehende Frau sei.

Auch die Mitarbeiter wurden eigenartig unruhig. Obwohl die Frau die Schwester ihres Brotgebers war, beäugten sie gierig und ungeniert den Hintern der Frau.

Meister Hamid gab seiner Schwester Siham das Geld, um das sie ihn anbettelte, nur damit sie so schnell wie möglich sein Atelier verließ. Er schimpfte danach lange auf seinen unfähigen Schwager, der angeblich ein miserabler Fotograf war.

Auch der gelegentliche Besuch seiner jung gebliebenen Schwiegermutter brachte seinen Tagesablauf durcheinander. Er wurde freundlich schüchtern und schmolz vor Verlegenheit dahin. Da er mit ihr jedes Mal das Atelier verließ, behauptete Samad, sie gingen in ein nahes Hotel. Aber das entsprach nicht der Wahrheit. Hamid lud seine Schwiegermutter in ein Familiencafé nicht weit vom Atelier ein und kehrte nach einer Stunde ziemlich fröhlich zurück.

Doch als die Schwiegermutter im Laufe des Jahres immer öfter kam, ging sie dem Meister schwer auf die Nerven. Das spürten natürlich auch seine Mitarbeiter und Samad sagte kopfschüttelnd: »Dieses Weib zerstört noch sein Leben.«

Aber plötzlich ließ sie sich nicht mehr blicken.

Im Frühjahr hatte Meister Hamid viele Termine im Kultusministerium, und immer wenn er nicht in der Werkstatt war, entspannten sich die Mitarbeiter etwas. Seit Monaten hatten sie so viele Aufträge wie noch nie und Meister Hamid forderte bedingungslosen Einsatz.

Eines sonnigen Tages, Anfang Mai, war Hamid wieder im Ministerium, und da es im Atelier in diesem Moment nicht viel zu tun gab, erlaubte Samad allen Mitarbeitern, eine Stunde Pause zu machen. Salman lief zu Karam. Dieser rief ihm gut gelaunt entgegen: »Na, mein tüchtiger Kalligraph. Will dein Chef etwa Essen bestellen?«

»Nein, nein. Er ist wieder im Ministerium und Samad gab uns eine Stunde Pause als Belohnung, weil wir alle Aufträge erledigt haben, die heute Nachmittag abgeholt werden.« Salman schwieg eine Weile und überlegte, ob er seinem väterlichen Freund Karam nicht von der Liebe zu Nura, die nun schon drei Wochen alt war, erzählen sollte. Er fühlte ein großes Vertrauen und ein ebenso großes Bedürfnis, ihm alles zu erzählen. »Hast du ein bisschen Zeit für mich?«

»Ich habe alle Zeit der Welt für dich, worum geht es?«

»Da ist eine Frau, frag mich bitte nicht nach ihrem Namen. Ich kenne ihn selbst nicht, aber sie ist wunderschön und ich … ich bin nicht sicher, aber ich glaube, sie mag mich«, erzählte Salman stockend.

»Und wo ist das Problem?«

»Vielleicht bilde ich mir nur ein, dass sie mich liebt. Vielleicht will sie nur ihre Langeweile vertreiben. Dazu ist sie Muslimin.«

»Das eine zu überprüfen ist nicht schwer. Das andere ist eine delikate Angelegenheit, die man langsam angehen muss, aber es gibt immer eine Tür.«

Salman lächelte bitter. »Die Frau ist verheiratet – mit einem mächtigen Mann«, fügte Salman schnell hinzu.

»Ach, du meine Güte! Du bist mir einer. Erst erzählst du eine harmlose Geschichte, dann kommt mit jedem Satz ein weiterer Hammer. Liebst du die Frau? Das ist das Wichtigste. Alles andere wird sich fügen, wenn du sie nur liebst und sie dich liebt. Verheiratet, Muslim, Christ, Jude, Mann, Frau. Das alles spielt nur bei verstockten Geistern eine Rolle.« Er beugte sich über den Tisch und sprach weiter: »Wie du weißt, liebe ich Badri, was er auch tut oder nicht tut, sagt oder nicht sagt. Er liebt mich auch, nicht so, wie ich es mir wünsche, sondern so, wie er kann. Das ist mein Pech, aber ich liebe ihn. Und wenn mich das auch das Leben kosten sollte, ich rücke keinen Zentimeter von ihm weg. Liebe rechnet nicht Positives gegen Negatives, Sicheres gegen Unsicheres, Harmloses gegen Gefährliches, denn sonst wäre sie keine Liebe, sondern eine Handelsbilanz. Also, wie steht es mit deinem Herzen?«

»Ich liebe sie sehr, aber ich weiß wirklich nicht, ob sie mich auch liebt. Sicher mag sie mich, aber ich glaube, sie würde erschrecken, wenn sie wüsste, dass ich im Gnadenhof lebe.«

»Sollte dem so sein, dann verlasse sie sofort, denn dann wäre sie deiner Liebe nicht wert. Aber ich glaube, dass es der Frau völlig gleichgültig ist, woher du kommst. Wichtig ist, wer du bist, und da hat sie mit dir ein großes Los gezogen. Aber wenn ich dir einen Tipp geben darf, denke nicht viel, handle – und du wirst schnell erfahren, ob sie dich liebt oder sich nur amüsieren will. Hat nicht euer Jesus gesagt, klopfet an, so wird euch aufgetan? Oder war das Buddha?«

Salman wusste es nicht. Die Stunde war vorbei und Salman musste zum Atelier zurückgehen. Da hielt ihn Karam am Arm fest. »Ich habe etwas für dich«, sagte er und zeigte auf ein Fahrrad, das am Bürgersteig abgestellt war. Es war ein robustes Transportrad mit etwas breiteren Reifen als die durchschnittlichen Räder und einer kleinen, fest montierten Ladefläche vorne über dem kleineren Vorderrad, wie es viele Lebensmittelhändler und Bäcker für die Belieferung ihrer Kunden gebrauchten. »Made in Holland«, rief Karam, »ich habe es für die Schulden bekommen, die ein Taugenichts von einem Dichter ein Jahr lang bei mir gemacht hat. Er tröstete mich mit sensationellen Büchern, die er gerade schreibt, in Wirklichkeit schrieb er Gedichte, die unsere lahmen Sprinter alle olympischen Rekorde hätten brechen lassen, hätte man sie ihnen eine Stunde lang vorgetragen und dann eine Tür ins Freie aufgemacht. Das Fahrrad deckt gerade ein Viertel seiner Rechnung. Erst wenn die Hälfte der Schulden beglichen ist, darf er sich wieder einen Tee bestellen.«

Salman war überwältigt von diesem Geschenk und umarmte seinen Freund.»Ich dachte, mit dem Fahrrad kannst du mittags mindestens eine halbe Stunde sparen und die Zeit mit ihr genießen«, flüsterte er Salman ins Ohr. Salman erstarrte. »Von deinem Fahrrad darfst du keinem im Atelier erzählen. Stell es bei meinem Freund, dem Töpfer Yassin, ab. Du kennst seinen Laden. Du holst es dir ab, wann immer du willst, und von dort gehst du zu Fuß zum Atelier zurück. Sieht dich einer von Hamids Mitarbeitern, sagst du, das Fahrrad gehöre Karam, du dürftest es ab und zu benutzen.«

Salman dachte die ganze Zeit nur an Nura und um Viertel vor elf war seine Geduld am Ende. Er schnappte die Tüte mit dem gerösteten Kaffee, die Meister Hamid von der nahe gelegenen Großrösterei für seine Frau besorgt hatte.»Es ist aber noch nicht elf«, nörgelte Samad.

»Lass ihn doch einmal in Ruhe schlendern«, verteidigte ihn Radi, und Samad stimmte schließlich zu. Salman ging die ersten fünf Schritte langsam, dann raste er zum Töpferhof, stieg auf sein Rad und fuhr los.

Mit dem Fahrrad brauchte er genau zehn Minuten.

»Du hast mir mehr als zwanzig Minuten brennendes, kitzelndes Warten geraubt«, sagte Nura und drückte ihn gleich im dunklen Korridor hinter der Haustür an sich. Er küsste sie so lange, wie er kein Wesen vor ihr geküsst hatte. Bald konnte sie nicht mehr stehen und führte ihn zur Kammer gegenüber der Küche. Es war eine Art Rumpelkammer mit einem alten breiten Sofa. Nura hatte sie geputzt und von vielen Töpfen,

Lampen, Haushaltsgeräten und unzähligen Kartons mit altem Kram befreit.

Salman erschien ihr lange Zeit wie ein Wesen aus einer anderen Welt. Er machte seit dem ersten Kuss Mitte April keine Anstalten, mit ihr zu schlafen. Sie brannte danach, aber er streichelte sie so zärtlich und vorsichtig, als wäre ihre Haut ein empfindliches Rosenblatt und als hätte er Sorge, es unter seinen Fingern zu zerdrücken. Das machte sie vollends verrückt nach ihm.

Als sie es an diesem Tag nicht mehr aushalten konnte, vergaß sie seine Sorge und ihre Zerbrechlichkeit. Sie zog ihm die Hose herunter und nahm ihn ohne lange Erklärungen. Zum ersten Mal in ihrem Leben fühlte sie das, wovon manche Freundinnen berichteten: den vollkommenen Genuss.

Sie spürte, wie ihre Adern Feuer fingen und heißer Dampf durch ihren Körper fuhr. Ihr Herz schlug heftig und sie sah das schönste Gesicht der Welt in ihren Händen, das Gesicht eines Mannes, der aus Freude Töne von sich gab wie ein Delphin, und sie fühlte Sorge um ihn und drückte ihn an sich.

»Du schmeckst nach gerösteten Pistazien«, sagte er verwundert, nachdem er ihre Brüste geleckt hatte.

Dann lag er neben ihr auf dem Sofa und erst jetzt merkte sie, dass er nicht beschnitten war. »Hat dich der Beschneider vergessen?«

»Nein, wir werden nicht beschnitten«, sagte er.

»Warum denn nicht? Es ist doch ein Zeichen, dass ein Junge erwachsen ist. Warum bei euch Christen nicht?«

»Vielleicht wollte Jesus, dass seine Anhänger immer Kinder bleiben.«

22

Nie im Leben hätte Nassri Abbani gedacht, dass eine leidenschaftliche Liebe so abrupt enden konnte. Über ein Jahr war er in das fünfzehnjährige Mädchen Almas verliebt gewesen. Auch wenn er bei anderen Frauen lag, schloss er die Augen und sah Almas. Sie hatte einen göttlichen Körper mit einer derart glatten und weichen Haut, dass seine Finger kaum Halt fanden. Und wie weiblich sie roch! Und wie sie die Kunst der Koketterie beherrschte. Sie verdrehte den Männern die Köpfe mit dem Pendeln zwischen Andeutung des Möglichen und einer ihr eigenen Zurückweisung, wie sie Nassri zuvor bei keiner Frau erlebt hatte, eine Zurückweisung, die weder beleidigte noch abstieß, sondern lediglich sagte: Du hast dich noch nicht genug bemüht.

Sie war die Tochter eines seiner Pächter. Gewiss war sie noch ein Kind, aber sie war viel weiter als alle seine drei Frauen zusammen. Sie besaß einen wunderbar komischen Mutterwitz, der ihn erfreute, und blieb niemandem eine Antwort schuldig. Ihre scharfe Zunge – das imponierte Nassri besonders – hinterließ bei ihren Feinden tiefe Wunden. Sie überragte ihn um drei Finger und hatte dazu ein schönes Gesicht, das eher an eine Schwedin als an eine Araberin erinnerte.

Er kannte sie bereits, als sie noch mit Puppen spielte. Damals schon hatte sie diesen mit Wollust geschminkten Blick, der Männern schmeichelt und sie zugleich provoziert. Ihre Eltern taten so, als verstünden sie all das nicht.

Immer wenn Nassri ihren Vater besuchte, der nicht viel älter war als er, schien sie nur auf ihn gewartet zu haben. Sie klebte richtig an ihm. Er beschenkte sie großzügig und vergaß nie, ihre Lieblingssüßspeise mitzubringen, Pistazienrollen. Einmal, es war im kalten Monat Januar 1955, wollte er mit ihrem Vater über ein Projekt sprechen, traf aber nur Almas im Haus an. Ihre Eltern waren für ein paar Tage zu einer Beerdigung im Norden gereist. Eine Tante kam abends nach der Arbeit und übernachtete bei dem Mädchen. Als sie an jenem Tag in die Pistazienrolle biss, ihre Lippen leckte und ihn mit halb geschlossenen Augen schräg anschaute, verlor er die Kontrolle und den Verstand.

Er schwängerte sie.

Seine Brüder und sein Mitarbeiter Taufiq waren außer sich und er hätte die Sache gerne mit Geld geregelt, aber Almas' Vater war ein Hitzkopf. Entweder heirate Nassri das Mädchen oder er leere seine doppelläufige Schrotflinte zweimal, einmal in Nassris Mund und anschließend in den eigenen. Lieber sterben als eine derartige Schmach schlucken, sagte er und ließ sich weder durch Zureden noch durch Erpressung davon abbringen.

Taufiq, Nassris Geschäftsführer, war der erste, der einlenkte. Lieber Almas heiraten und den Clan mit ihren Kindern stärken als einen Skandal mit unbestimmtem Ausgang entfesseln. Die schlechteste Ehefrau sei besser als die edelste Hure, denn dort vergeude man nicht nur sein Geld, sondern vor allem seinen Samen.

»Immerhin bin ich in diesem Punkt besser als meine Brüder«, sagte Nassri gequält. »Ich werde den Abbani-Clan vervierfachen. Ich bin ein echter Damaszener Zuchtbulle«, rief er in Erinnerung an die Damaszener Internationale Messe vom vergangenen Herbst, wo er im niederländischen Haus der Industrie und Landwirtschaft zum ersten Mal in seinem Leben einem grässlichen Zuchtbullen gegenüberstand, der laut Information mehr als dreitausend Mal Vater geworden war.

Also gab Nassri nach und heiratete im März Almas. Er fühlte eine starke Liebe zu ihr, die ihn verjüngte. Seine drei anderen Frauen dagegen machten ihn älter mit ihrem Kummer und ihrer Nörgelei.

Nach der Hochzeitsfeier flog Nassri mit Almas nach Kairo und da war es richtig um sein Herz geschehen. Diese junge Frau, die außer ihrem bäuerlichen Elternhaus am Rand von

Damaskus nichts von der Welt gesehen hatte, erwies sich, geschminkt und in schönen Kleidern, als eine Dame von Welt, die die Männer in den Hotels und auf den Schiffen bei den Nilfahrten anherrschte, dass sie nur noch für sie rannten. Alle wollten Almas dienen. Nassri verschlug es die Sprache. Im Bett aber, kurz nach dem schönsten Augenblick, wenn er erschöpft und von Glück trunken neben ihr schlummerte, führte sie etwas auf, das er lange nicht verstand und erst später als eine Mischung aus krankhafter Eifersucht und ausgeprägter Herrschsucht erkannte. Sie drängte ihn zu Aussagen gegen seine anderen drei Frauen und wollte ständig das Versprechen hören, dass sie die uneingeschränkte Nummer eins und die Herrin seines Herzens sei und dass er nur mit ihrer Zustimmung zu den anderen drei Frauen gehen dürfe.

Er konnte und wollte ihr das Versprechen nicht geben, war aber zu Kompromissen bereit. So kam er ihrem Wunsch, aus vierzehn Tagen Urlaub einen Monat zu machen, nach, aber in Sachen Herrschaft verstand er keinen Spaß. Im Haus Abbani, sagte er, herrsche immer ein Mann. Trotzdem solle sie sich darüber freuen, dass sie seine Lieblingsfrau sei, mehr könne sie nicht verlangen.

Er teilte Taufiq telefonisch mit, er habe ägyptisches Fieber bekommen und müsse sich in einem Sanatorium am Roten Meer kurieren. Taufiq solle die Frauen mit allem versorgen, was ihre Herzen begehrten.

Mit der Verlängerung des Urlaubs war das Problem keinesfalls aus der Welt. Denn Almas nervte ihn weiterhin mit ihrer Eifersucht, und wenn Nassri zu irgendeiner Frau, einer Bedienung oder einer Straßenverkäuferin, ein freundliches Wort sagte, veranstaltete sie ein Theater. Alle Frauen schienen nach ihrer Vorstellung nur ein Ziel zu haben, nämlich ihr Glück mit Nassri zu zerstören.

Nach der Rückkehr zogen sie in ein herrschaftlich eingerichtetes Haus in der vornehmen Bagdader Straße, doch Almas jammerte bereits in der ersten Nacht, alles sei so kalt und so europäisch. Sie wolle einen Springbrunnen und einen Garten mit Orangen und Zitronen, Jasmin und Weinreben, Blumenrabatten und Kräuterbeeten. Nur so könne sie leben, nicht aber in diesem abweisenden Gebäude.

Und dann nahm Almas durch die Schwangerschaft auf unheimliche Weise zu. Wahrscheinlich waren die Unmengen an Kuchen und süßen Speisen schuld, die sie in sich hineinstopfte, und die vielen gefüllten Teigtaschen, die ihre Mutter ihr wöchentlich zukommen ließ, als würde ihre Tochter von einer Hungersnot bedroht.

Nassri wusste, wie eine Schwangerschaft die Frauen verändern kann. Nur seiner ersten Frau Lamia hatte man bis auf die letzten Wochen nichts angemerkt. Seine zweite Frau Saide wurde etwas dicker und ihre Abneigung gegen ihn wuchs stetig bis zur Geburt. Drei Monate davor durfte er nicht mehr mit ihr schlafen, da sein Ding, wie Saide angeblich gelesen hatte, auf den Kopf des Kindes in ihrem Bauch hämmere.

Seine dritte Frau Nasime machte sich eigentlich nichts aus Sex, wenn sie jedoch schwanger war, wurde sie wollüstig und hatte das Bedürfnis, jeden Tag mit ihm zu schlafen.

Almas dagegen machte eine eigenartige Entwicklung durch. Sie nahm an Brust, Bauch und Hintern so gewaltig zu, dass ihre Freundinnen und Verwandten sie kaum noch erkannten.

Sie atmete nicht mehr, sondern schnaufte, sie aß nicht mehr, sondern verschlang und sie rührte sich kaum noch und fasste nichts mehr im Haushalt an. Sie holte ihre Verwandten zu Hilfe und bezahlte sie großzügig aus seiner Tasche. Nur ihr Geruch blieb unverändert weiblich und zog ihn weiterhin an.

Und mit jedem Kilo, das sie zunahm, wurde sie noch eifersüchtiger, weil er nur noch selten mit ihr schlief. Sie beschuldigte alle seine Frauen und alle Huren der Stadt, eine Verschwörung gegen sie angezettelt zu haben. Als würde sie nun ihre Zunge in Peperoniöl wetzen, brannten die Sticheleien in seinen Wunden.

Nach der Geburt, so tröstete man ihn, würde alles wieder verschwinden, das Gewicht wie auch das Gift der Zunge, und auch ihre schlechte Laune würde verfliegen. Doch als Nariman im September zur Welt kam, wurde Almas noch unangenehmer. Nun war ihre Tochter der Mittelpunkt der Welt und alle sollten auf der Stelle ihre Sklaven werden. Das Schlimmste dabei war, dass ihre Verwandten sich begeistert auf ihre Seite schlugen. Almas' Eltern mutierten zu brabbelnden Schwachsinnigen, und wenn Nassri ihnen manchmal zuschaute, stand er kurz davor, die Irrenanstalt anzurufen und seine Schwiegereltern abholen zu lassen.

Dann musste er mit Almas in die Altstadt umziehen, da ihre Eltern dort von einer Tante ein Haus geerbt hatten und es nicht an einen Fremden verkaufen wollten. Viele Häuser der Stadt standen damals leer. Damaskus mit Umgebung zählte nicht einmal dreihunderttausend Einwohner, hatte aber eine Fläche so groß wie Kairo. Weil Nassri es ablehnte, zur Miete zu wohnen oder von der Gnade der Schwiegereltern abhängig zu sein, kaufte er ihnen das Haus ab.

Das Haus lag südlich der Omaijaden-Moschee in einer Seitengasse nahe der Geraden Straße. Es hatte einen kleinen, aber schönen Innenhof mit Garten, Pomeranzen, einem Orangenbaum und einem Springbrunnen. Alles war klein und verwinkelt in diesem Haus, aber es verfügte nicht nur über ein erstes Stockwerk wie alle arabischen Häuser der Umgebung, sondern auch noch über eine Mansarde, zu der man vom ersten Stock mit Hilfe einer hohen Holzleiter gelangen konnte.

Der Umzug im November raubte Nassri die letzte Kraft, da Almas kaum etwas anfasste und mit nichts zufrieden war. Als er sich darüber bei seinem Freund, dem Apotheker Elias, beklagte, lachte dieser zynisch: »Wenn du weitere Frauen heiratest, wird bald eine Wohnungsnot in Damaskus ausbrechen.«

Nassri konnte nicht darüber lachen.

Almas' Eltern schienen sich fest im Haus eingenistet zu haben. Wann auch immer er kam, waren sie da. Mehrmals stand er kurz davor, sich von Almas scheiden zu lassen, doch seine Brüder und sein Geschäftsführer empfahlen ihm, im Interesse der Sippe Gelassenheit zu üben.

So begann er nach langer Unterbrechung, wieder Asmahan, seine Lieblingshure, aufzusuchen. Allerdings hatte sie sich völlig verändert. Sie wollte von ihm nicht nur leidenschaftlich geliebt werden, sie machte zudem den irrsinnigen Vorschlag, ihr Leben als Hure aufzugeben, um nur noch für ihn da zu sein.

Asmahan stellte eine Gefahr dar, weil sie sich in ihn verliebt hatte. All die Jahre, als er ihretwegen nächtelang nicht schlafen konnte, war sie kalt geblieben, und jetzt, wo er nichts mehr von ihr wollte, wurde sie aufdringlich.

Da blieb ihm nur noch die Flucht.

Natürlich erfuhr Almas von seinen Besuchen bei Asmahan und stellte ihn zur Rede. Er wisse genau, dass sie seine Liebe und Fürsorge brauche, und wenn er trotzdem herumhure, werde sie sich eines Tages an ihm rächen.

Ihre Eltern, die zugegen waren, erstarrten vor Scham. Sie wollten aufstehen und gehen, aber Almas bedeutete ihnen mit dem Zeigefinger, sitzen zu bleiben.

»Die Weiber quatschen viel. Ich habe nichts mit Huren zu tun«, erwiderte Nassri herablassend.

Der Apotheker Elias allerdings mahnte ihn, er solle die Drohung nicht auf die leichte Schulter nehmen. Aber Nassri fühlte sich sicher, denn die Beziehung zu Asmahan hatte er längst auf Eis gelegt.

Almas schien sich bald beruhigt zu haben, blieb aber abweisend. Wenn er einmal alle vier Tage zu ihr kam, war ihm langweilig. Almas' Eltern wurden ihm so unangenehm, dass er sie oft wütend nach Hause schickte, doch manchmal empfand er ihr Getue sogar als Trost. Sie spielten den ganzen Tag den Clown für das Baby Nariman und waren Sklaven ihrer eigenen Tochter.

Meist ekelte ihn das Theater an. Er verlegte sein Schlafzimmer in den ersten Stock und überließ das Erdgeschoss der Herrschaft seiner Frau. Hier oben war er ungestört.

Almas nahm nach Narimans Geburt nicht ein Kilo ab und bewegte sich wie ein Samuraikämpfer. Nur ihr zauberhafter Duft und ihre Tochter erinnerten ihn schmerzhaft an ihre frühere Schönheit.

An einem Oktobertag trank er mit seinem Schwiegervater eine kleine Flasche Arrak mit Eiswasser auf der winzigen Terrasse vor der Mansarde. Es war sommerlich warm. Sie schauten über die Dächer der Stadt, die bei Sonnenuntergang langsam zur Ruhe kam. Taubenzüchter schickten ihre Schützlinge in die Luft und dirigierten sie mit Pfiffen von ihrem Dach aus und die Vögel vollführten über der Altstadt weitläufige Kreise, akrobatische Sturzflüge und Drehungen. Der Geräuschteppich, der den Himmel über Damaskus füllte, wurde zu dieser Abendstunde leiser und melancholischer.

Sie aßen geröstete Erdnüsse, tranken den eisgekühlten milchigen Arrak aus zierlichen Gläsern und sprachen über Glück und Frauen, die diesjährige Ernte und den Suez-Krieg am Suezkanal.

Als die Flasche leer war und die Nüsse gegessen waren und sie sich alle Gerüchte und Geschichten erzählt hatten, machte sich der Schwiegervater auf den Weg zurück ins Erdgeschoss. Er sprach den Namen Gottes als Schutz, weil er die wacklige alte Holzleiter fürchtete, die von der Mansarde zur Wäscheterrasse im ersten Stock hinunterführte. Nassri trug die Stühle und den kleinen marmornen Tisch in die Mansarde, die nur aus einem Zimmer bestand, mit einem Fenster in Richtung Osten, gegenüber der Tür.

Dieses kleine Fenster gewährte einen Blick auf das benachbarte Haus. Zwar war der Winkel nicht günstig, aber er konnte das Fenster der Küche im Erdgeschoss und einen Teil des Innenhofes mit Springbrunnen und Bäumen sowie eine Abstellkammer im ersten Stock sehen.

Absichtslos blickte er durch die halb geschlossenen Läden seines Fensters – und da sah er sie. Sie badete gelassen und sang dabei fröhlich vor sich hin. Was für ein Anblick! Welche Schönheit! Nassri konnte sich nicht sattsehen und musste schlucken, weil ihn die Trockenheit seines Halses schmerzte. In diesem Moment rief seine Frau, er solle endlich zum Abendessen herunterkommen.

Er nahm weder das Essen noch die Gespräche wahr.

Am nächsten Morgen wachte er sehr früh auf, schlich sich hinauf zur Mansarde und beobachtete erneut das Nachbarhaus. Das Haus war absolut ruhig in der Morgendämmerung.

Die unbekannte Frau hatte von ihm Besitz ergriffen. Sie hatte ein feines Gesicht mit schönen großen Augen und war etwas kleiner als er und fast knabenhaft schlank. So eine Frau hatte er noch nie gehabt. Wer war sie? Warum war kein Mann im Haus? War sie Witwe? Oder eine von mehreren Frauen eines Mannes, der jede Woche nur einmal zu ihr kam?

Wer auch immer sie war, Nassri begehrte sie.

Er musste sich aber in Geduld üben, denn eine Reise mit Taufiq nach Saudi-Arabien, Jordanien und Marokko stand an, um wichtige Geschäfte abzuschließen. Seine Anwesenheit war unverzichtbar.

Zwei Wochen später trat er in einer bereits in die Jahre gekommenen Maschine der syrischen Fluggesellschaft den Rückflug nach Damaskus an. Sein Mitarbeiter Taufiq hatte traumhafte Aufträge in der Tasche und strahlte vor Zufriedenheit, während Nassri Abbani übernächtigt und schlecht gelaunt war.

Als Nassri sofort nach der Rückkehr in die Mansarde schlich, um nach seiner unbekannten Geliebten Ausschau zu halten, war die Frau wie vom Erdboden verschluckt. Wo war sie abgeblieben? Er würde ihr vorsichtig nachspionieren, ohne dass die eifersüchtige Almas etwas merkte.

Während er noch darüber grübelte, kam Almas die Treppe heraufgewalzt und wollte wissen, was er da oben zu tun hätte.

Die günstigste Zeit für ihn war während der Siesta. Dann schlief Almas felsenfest. Auch wenn Nariman weinte, hatte sie keine Chance, die Aufmerksamkeit ihrer Mutter zu bekommen. Sie musste sich selbst beruhigen, wenn die Großeltern nicht da waren, denn Almas lag wie eine Leiche und schnarchte, dass die Fliegen im Schlafzimmer das Weite suchten.

Was konnte Nassri tun? Dann und wann meldete sich die Stimme der Vernunft, die ihn tadelte, er verhalte sich wie ein verliebter Junge. Überall in der neuen Stadt lockten Huren, eine schöner als die andere, und er wartete mit klopfendem Herzen auf eine Nachbarin. Aber diese Stimme überhörte er gerne. Trotzig flüsterte er: »Ja, was ist schon dabei? Verliebtheit macht uns zu Kindern.«

An einem eiskalten, nassen Dezembermorgen betrat er, blass vor Kummer, Hamid Farsis Atelier. Der Kalligraph hatte Kundschaft, ein Ehepaar, das gerade ein gerahmtes Schriftbild abholte. Nassri grüßte höflich und übte sich in Geduld. Er war zerstreut und bekam von dem heftigen Gespräch nicht viel mit, außer dass die Leute das Bild zu teuer fanden.

»Ihr Mokka«, sagte jemand neben ihm. Es war ein magerer junger Mann mit abstehenden Ohren, der ihm den süßen Mokka servierte.

Der Kaffee schmeckte fade und die lästigen Kunden hörten nicht auf zu feilschen. Hamid Farsi war sichtlich verärgert. Nassri versuchte seine Gedanken zu lesen: dem besten Kalligraphen erst großkotzig einen aufwendigen Auftrag geben und dann bei der Zahlung weiche Knie bekommen.

Nach einer geschlagenen Viertelstunde einigte sich Hamid mit dem Mann auf einen Preis, der zehn Lira niedriger lag als der, den er selbst genannt hatte. Die kleine zierliche Ehefrau mit den roten Haaren war nicht zufrieden. Sie zischte ihrem Ehemann etwas Unverständliches zu, und als dieser nicht reagierte, verdrehte sie die Augen und zeigte Nassri ihren Unmut. Dieser verweigerte ihr das solidarische Lächeln, das Kunden sonst gegen den Händler verbündet. Er war entnervt von diesen Geizkragen.

Als das Geschäft endlich ausgehandelt war, warf der Kalligraph das Geld in die Tischschublade und wandte sich mit einem breiten Lächeln Nassri zu.

»Wo steckten Sie all die Zeit? Seit einer Ewigkeit habe ich nichts mehr von Ihnen gehört! Ich war sogar kürzlich bei Ihnen, um einen Vorschlag zu unterbreiten!«

»Sie haben mich aufgesucht?«, wunderte sich Nassri, verärgert, dass man ihn im Büro nicht informiert hatte.

»Ja, wir wollen eine Schule für Kalligraphie gründen. Und wir erhalten bereits großzügige Unterstützung vom Kultusministerium und den bedeutendsten Familien in Damaskus. Al Azm, Bakri, Sihnawi, Barasi, Asfar, Ghazi, Mardam Bey und viele andere Persönlichkeiten wie Schukri al Quatli, Fares al Churi, Chalid al Azm, Fachri al Barudi und Sabri al Assali haben unser Vorhaben nicht nur begrüßt, sondern wollen sich auch mit großen Spenden zu uns bekennen. Und ich dachte, Sie dürfen in dieser Reihe ehrenhafter Männer nicht fehlen. Die arabische Schrift muss das Anliegen aller sein. Unsere allerschönste Kunst darf nicht verwahrlosen und nur noch dem Zufall überlassen werden, sondern sie muss erforscht, von Ballast gereinigt und weiterentwickelt werden. Wenn wir nichts unternehmen, werden wir unsere Schrift bald mit europäischen Maschinen schreiben.« Der Kalligraph merkte, dass sein Zuhörer etwas zerstreut war, also musste er ihn locken: »Natürlich wird eine Marmortafel all die Namen verewigen, die die Schule ermöglichten. Sie werden bestimmt ganz oben stehen, wie ich Ihre Großzügigkeit kenne.«

Nun wusste Nassri, warum man ihm die Nachricht im Büro verschwiegen hatte. Es war abgemacht, alle Bitten um Spenden nicht abzulehnen, sondern im Sande verlaufen zu lassen, so lange und so oft, bis der Bittsteller, und derer gab es in Damaskus viele, mürbe wurde und von allein aufgab.

Aber hier lagen die Dinge anders. Er stellte sich genüsslich zuerst den Neid seiner zwei Brüder vor, die seinen Namen unter den Spendern und den Großen aus Politik und Kultur finden würden, dann stellte er sich den Ärger seiner Lehrer vor, die ihm vorgeworfen hatten, die arabische Sprache würde sich schämen, weil er sie täglich verhunzte. Er dachte eine Sekunde lang besonders ausgiebig an seinen verhassten Lehrer Scheich Raschid Dumani, den er unbedingt zur Einweihung einladen wollte.

»Eine gute Idee«, sagte er, »an der ich mich beteiligen möchte. Ich besitze ein leerstehendes, frisch renoviertes Haus in der vornehmen Bagdader Straße, das ich Ihnen für die nächsten zehn Jahre mietfrei zur Verfügung stelle. Danach kann die Schule das Haus mieten oder kaufen. Wichtig ist, dass das Haus nach zehn Jahren in demselben tadellosen Zustand ist wie heute. Wie finden Sie das?«

»Ich bin sprachlos«, sagte der Kalligraph und konnte seine Tränen der Rührung nicht zurückhalten. Nassri empfand nichts, als er die Gefühle dieses sonst so kalten Mannes aufwallen sah. Das Haus stand wie vier weitere seiner Häuser leer, und wenn er durch ein leeres Haus zu Ruhm gelangte, während Gelehrte arm lebten, dann hatte er wieder einmal damit recht, dass Schule nicht der Weg zu Ruhm und Reichtum war.

»Haben Sie schon Lehrer und genügend Schüler?«, fragte Nassri, um der bedrückenden Stille zu entkommen.

»Lehrer ja, Schüler müssen wir landesweit noch auswählen. Nur die besten dürfen sich unsere Schüler nennen und bald wird die Schule weltberühmt sein, da wir Wert auf die Qualität der Ausbildung nach den Maßstäben des legendären Ibn Muqla legen. Schüler aus allen arabischen und islamischen Ländern werden zu uns kommen und Damaskus zu einem Zentrum machen. Wann kann ich übrigens das Haus besichtigen?«

»Es gibt nicht viel zu besichtigen, da es sich um ein modernes europäisches Haus handelt. Unten hat es sieben und im ersten Stock fünf und im zweiten Stock ebenso fünf Räume. Küche, zwei Bäder und zwei Toiletten gibt es auf jeder Etage. Gehen Sie heute noch zu meinem Geschäftsführer und unterschreiben Sie einen Vertrag. Ich rufe ihn an und gebe ihm die Anweisung. Wann gedenken Sie die Schule zu eröffnen?«

»Wenn Gott will, im Mai, aber die offizielle Feier soll bereits im März stattfinden, so dass wir ab Februar mit der Werbung beginnen und die Einladungen verschicken können.« Hamid hielt kurz inne und drehte sich zur Werkstatt. »Salman«, rief er, der Jugendliche, der Nassri mit Mokka bedient hatte, erschien, »lauf zu Karam und hole uns zwei Tassen Mokka ...«

»Nein, danke, ich muss gleich gehen und dort, wohin ich will, muss ich wieder Kaffee trinken ... Vielen Dank, bitte heute nicht mehr, aber könnte ich Sie kurz unter vier Augen sprechen?«, sagte Nassri und warf einen Blick auf den mageren Mann mit den Segelohren.

»Wir können für einen Moment hinausgehen. Im Stadtteil Salihije gibt es jedoch einige Cafés, die schon sehr früh aufmachen«, sagte Hamid.

Zehn Minuten später saßen sie fast allein im Café al Amir. »Es geht um eine Frau«, sagte Nassri, nachdem der alte Diener mürrisch die dampfenden Mokkatässchen gebracht hatte, »eine Frau, die mir das Herz geraubt hat. Ich brauche einen Brief. Sie ist eine junge Witwe und lebt völlig zurückgezogen. Deshalb brauche ich Ihre Hilfe. Ihre Briefe hatten bislang immer Zauberwirkung. Niemand schreibt besser in der Stadt.«

»Wie alt ist die Frau? Ist sie wohlhabend? Liest sie Gedichte?«

»Sehen Sie die Verkäuferin im Textilladen gegenüber? Sie hat ihre Figur. Das Gesicht aber ist viel hübscher, wie das eines schönen Jünglings. Ob sie Gedichte liest, weiß ich nicht.«

Der Kalligraph warf einen Blick auf die Verkäuferin im Laden: »Sie ist doch auch hübsch«, sagte er lächelnd. Aber Nassri schüttelte den Kopf und beschrieb, wie viel erotischer seine Angebetete im Vergleich zu der Verkäuferin war. Er nannte Details, die sichtbar oder unsichtbar den Unterschied ausmachten, die Art der Bewegung und die Ausstrahlung, die von innen kam. Er erklärte den feinen Unterschied in der Ausstrahlung einer Frau, wenn sie befriedigt war. »Diese Frau hat noch nie eine Befriedigung erlebt«, sagte er in verschwörerischem Ton, »während die Verkäuferin absolut satt ist.« Hamid schaute prüfend hinüber in den Laden, konnte aber beim besten Willen nicht herausfinden, woran der reiche Kunde die sexuelle Sättigung erkannte.

»Ich schreibe Ihnen nicht nur diesen Brief, sondern alle Briefe in den nächsten zehn Jahren kostenlos!«, versprach der Kalligraph.

Nassri rief seinen Mitarbeiter Taufiq an und erklärte ihm, dass er jetzt Kulturförderer sei und dass das Haus in der Bagdader Straße der Kalligraphieschule für zehn Jahre kostenlos zur Verfügung stehen solle. Er erwartete einen Aufschrei der Empörung, aber Taufiq reagierte gelassen, fast fröhlich: »Das hört sich gut an, wer macht sonst noch mit?« Und als Nassri ziemlich laut alle Honoratioren der Stadt aufzählte und erwähnte, dass sein Name an erster Stelle auf der Marmorplatte stehen würde, fürchtete Taufiq, dass Nassri betrunken war.

»Taufiq erwartet Sie«, sagte Nassri lachend, als er zurückkam.

»Ich muss Sie etwas fragen«, sagte Hamid, »und will Ihnen und Ihrer Angebeteten nicht zu nahe treten. Aber ich muss es wissen, um zu entscheiden, was für einen Brief ich schreiben soll. Wie wohnt die Frau?«

Nassri brach der kalte Schweiß aus. Nie hätte er erwartet, dass dieser steife Kalligraph plötzlich so aufdringlich werden könnte.

»Wie sie wohnt? Hier in der Nähe, nicht weit vom Parlament«, log er.

»Nein, nein, Sie haben mich falsch verstanden. Wo sie wohnt, interessiert mich nicht, aber wie und mit wem sie wohnt, muss ich wissen. Wie ich vermute, müssen Sie ihr den

Brief heimlich geben, und wenn Gefahr besteht, dass jemand im Haus Sie sieht, so formuliere ich den Brief eindeutig, aber ohne dass er Sie verrät. Ist es Ihnen möglich, der Frau den Brief persönlich in die Hand zu geben, dann kann ich direkter schreiben, als wenn ein Bote ihr den Brief überbringt. In diesem Fall sollte man besser Geheimtinte nehmen. Darum muss ich wissen, ob sie allein wohnt oder mit anderen Nachbarn.«

»Nein, nein. Sie wohnt allein in einem Haus. Ich weiß noch nicht genau, wie ich ihr den Brief überbringe. An was für eine Geheimtinte dachten Sie?«

»Man kann mit vielen Flüssigkeiten schreiben, die erst durch Behandlung mit Wärme oder Chemikalien lesbar werden. Sie können mit Milch, Zitronen- und Zwiebelsaft schreiben. Es gibt auch Tinten, die wesentlich teurer sind, aber die Schrift bleibt dann nur für eine gewisse Zeit lesbar.«

»Nein, nein, lieber nicht. Ich möchte der Frau wunderschöne Briefe aus Ihrer Hand zukommen lassen. Mein Name Nassri Abbani muss darunterstehen. Einen solchen Namen versteckt man nicht«, sagte Nassri stolz.

»Also nicht mit Geheimtinte. In Ordnung, ich mache mir ein paar Gedanken und in drei, vier Tagen können Sie den Brief abholen.«

»Warten Sie mit dem Ausformulieren, spätestens morgen rufe ich Sie an, wenn mir klar ist, in welche Richtung es gehen soll«, sagte Nassri beim Abschied. Er musste sich beeilen. Seine Frau Lamia musste dringend zum Augenarzt. Seit Monaten platzten Äderchen in ihrem linken Auge, das inzwischen dunkelrot war, als hätte er sie geprügelt. Sie hatte Angst, Augenkrebs zu haben. Es war wie eine Hysterie. Jede Anomalität, die früher mit Kräutertee beruhigt werden konnte, drohte nun Krebs zu sein, und man suchte nicht mehr die Großmütter auf, die genau wussten, welches Kraut welchem Gebrechen gewachsen war, sondern ging sofort zum Spezialisten.

23.

Hamid war überrascht, wie freundlich er von Geschäftsführer Taufiq empfangen wurde. Der grauhaarige kleine Mann mit den aufmerksamen Augen hatte ein intelligentes Lächeln und stellte seine Fragen nicht mit Misstrauen und Hinterlist. Dabei waren sie messerscharf formuliert und enthielten geschickt getarnte Fallen. Als er aber hörte, dass der bedeutende Hamid Farsi selbst dieser neuen Schule vorstehen und der zu Lebzeiten bereits zur Legende gewordene Kalligraph Serani Ehrenpräsident sein würde, wurde der Geschäftsführer fast unterwürfig höflich. Er übergab Hamid den Vertrag und schrieb dort, wo der Mietbetrag stehen sollte, die Bemerkung: »Nutzer zahlt für die Dauer des Vertrags keine Miete.« Er machte Hamid Farsi aber freundlich auf den Paragraphen aufmerksam, der besagte, dass dem Mieter fristlos gekündigt würde, wenn er das Haus zu anderen Zwecken gebrauchte oder es verwahrlosen ließ. »Bei so vielen Häusern und Mietern, wie Herr Abbani sie hat, wären wir sonst nur noch am Renovieren und könnten keiner anderen Tätigkeit nachgehen.«

Hamid, der volles Verständnis zeigte, unterschrieb mit Schwung.

Am nächsten Tag teilte Nassri dem Kalligraphen telefonisch mit, was er sich in diesem Brief erhoffte: »Gold soll eine Rolle spielen. Sie müssen erwähnen, dass ich bereit bin, ihr Gewicht in Gold aufzuwiegen, wenn ich ihre schönen Augen sehen und das Muttermal auf ihrem Bauch küssen darf. So oder so ähnlich, Hauptsache im Brief kommt Gold vor.«

»Die Glückliche«, rief Hamid in den Hörer, »die Hälfte der Damaszenerinnen würde Ihnen zu Füßen liegen, wenn Sie sie in Baumwolle aufwiegen würden, geschweige denn in Gold.«

»So ist es, aber das Herz ist ein wildes Tier und hat sich noch nie mit der Vernunft verstanden.«

»Das haben Sie schön gesagt, den Satz nehme ich auf: Das Herz ist ein wildes Tier. Das ist schön«, wiederholte der Kalligraph im Singsang. »Ich habe bereits einen Entwurf und ich glaube, er wird Ihnen gefallen. Zwei Seiten, normales Briefpapierformat, aber auf extrafeinem Papier aus China, handgeschöpft, weiß wie Schnee, so entfaltet sich das Schwarz der Schrift königlich darauf, und gerade habe ich die Idee, das Wort ›Gold‹ mit Blattgold zu schreiben. In zwei Tagen können Sie den Brief abholen. – Hat Ihnen übrigens Ihr freundlicher Mitarbeiter gesagt, dass wir den Vertrag bereits unterschrieben haben? Ich habe auch schon die Schlüssel bekommen. Gestern Nacht war ich so neugierig, dass ich in die Bagdader Straße ging, um das Haus zu betrachten. Wirklich eine Perle. Sie haben nicht übertrieben. Anfang Januar werden die Marmorplatten fertig sein …«

»Mehrere Platten? Sind es inzwischen so viele Spender?«

»Ja, auf der einen Platte will ich nur die edelsten Spender und Freunde der Schule nennen. Sie stehen hier natürlich an erster Stelle. Auf die zweite setzen wir den Rest.«

Nassri hatte beschlossen, seine Briefe zu der schönen Frau segeln zu lassen. Er hatte Tage zuvor die Idee aufgegeben, ihr Haus aufzusuchen und ihr den Brief direkt oder durch einen Boten zukommen zu lassen, nachdem er die Gasse gefunden hatte.

Er versuchte das Haus der Frau genau zu orten. Es fiel ihm sehr schwer, von seinem Mansardenfenster aus ihre Haustür zu erkennen. Er hatte sich jedoch die ungewöhnliche braune Farbe der Dachrinne gemerkt und hoffte, von ihrer Gasse aus das richtige Haus auszumachen.

Er hatte aber noch nicht einmal die Gerade Straße verlassen, um in die Gasse der geheimnisvollen Nachbarin zu gelangen, als er die Stimme von Balal Abbani hörte, einem fernen Cousin. Balal war ein Mann von geringem Verstand, aber einer langen Zunge. Nach einem Unfall war er gelähmt und saß vierundzwanzig Stunden am Fenster. »Ja, wen sehe ich denn da?«, krächzte die grässliche Stimme. »Meinen Cousin Nassri Abbani! Was suchst du denn hier in unserer Gasse? Hast du schon wieder jemanden flachgelegt und bringst die Alimente?« Und er lachte so dreckig, dass Nassri ihm den Tod wünschte. »Guten Tag«, rief er nur und eilte unter dem Fenster vorbei. Zehn Schritte weiter lauerte die zweite Überraschung. Die Schwester eines seiner Pächter erkannte ihn und stürzte sich auf seine Hand. Sie wollte sie aus Dankbarkeit küssen und rief laut ins Hausinnere, wo sie zur Miete wohnte: »Hier ist der großzügige Abbani, kommt her und schaut euch dieses Bild von einem Mann an!« Er machte seine Hand los und ging eiligen Schrittes, sein Pech verfluchend, davon, da rief die Frau ihren herbeigeeilten Nachbarinnen zu: »Er ist schüchtern, ein echter Abbani.«

Keine fünf Meter weiter grüßte ihn ein Bettler: »Sie, Herr Abbani? Das ist ja eine Überraschung«, rief er heiser.

Nassri wusste nicht, woher der Bettler, der ihn nun am Ärmel festhielt, seinen Namen kannte. Er befreite sich wütend und war so durcheinander, dass er nicht nur das Haus der schönen Frau nicht mehr fand, sondern auch nicht mehr wusste, wie er aus der Gasse wieder hinauskommen sollte.

Nein, dachte er, diese Gasse ist ein Feld voller Minen. Sein Cousin war eine, die Schwester seines Pächters eine andere, der Bettler und all die vielen, die hinter Fenstern und Türspalten lauerten, um seinen Ruf in Fetzen zu reißen, waren eine ganze Batterie. Nassri erinnerte sich an die Geschichte von einem Liebhaber, der vierzig Jahre brauchte, um seiner Angebeteten unbeobachtet einen Liebesbrief auszuhändigen. Da hatte die Frau bereits vier Söhne und zwanzig Enkelkinder.

Er musste einen anderen Weg finden. »Warum nicht den Brief zu einer Papierschwalbe falten und ihn der Frau von der Mansarde aus ins Zimmer oder in den Innenhof segeln lassen?«, fragte er sich, als er zwei Jungen neben der Omaijaden-Moschee sah, die einander raffiniert gefaltete Schwalben zusegeln ließen.

Der Besuch beim Augenarzt dauerte nicht lange. Dr. Farah untersuchte das leidende Auge genau fünf Minuten, beruhigte Abbani und seine Frau, verschrieb ihr ein Heparinderivat und kassierte dreißig Lira. »Der ist aber teuer«, wunderte sich seine Frau Lamia beim Hinausgehen. Nassri zeigte auf das Arztschild: »Irgendjemand muss die Reisen in diese herrlichen Länder bezahlen.« Lamia hatte gerade die letzte Zeile unter dem Arztnamen zu Ende gelesen. Die Krankenhäuser von New York, London, Lyon, Madrid und Frankfurt waren als Zeugnis seiner Spezialisierung genannt.

Zu Hause, bei seiner Frau Lamia, begann er Papierschwalben zu falten und sie vom Balkon im ersten Stock aus segeln zu lassen. Die vier älteren Mädchen hüpften aufgeregt um ihn herum, die zwei jüngsten Mädchen zeigten verwundert lachend auf die Papiervögel, die mal im Sturzflug unter dem Balkon landeten, mal elegante weite Schleifen zogen, um irgendwann in den Bäumen des großen Gartens hängen zu bleiben oder auch einfach bäuchlings zu landen.

Die Papierschwalben waren, befand Nassri, unzuverlässig, eine von ihnen wurde sogar von einer Windböe erfasst und in den Nachbargarten getragen. Er stellte sich die Nachbarin vor, die unerwartet den Brief erhielt und sich ihn von seinem Cousin vorlesen ließ. Er spürte seine Wut wie einen Stein in seinem Hals.

»Was ist nur in diesen Mann gefahren?«, fragte sich Lamia. Nie zuvor sah sie ihn mit ihren Töchtern spielen. Und nun plötzlich an einem zwar sonnigen, aber eiskalten Dezembertag.

Es war sein drittes Mädchen, Samira, die sich statt der komplizierten Schwalbe für einen viel einfacheren Trick entschied. Sie faltete das Blatt dreimal der Länge nach. Der gefaltete Papierstreifen hatte das Aussehen eines Lineals. Nun knickte sie den Streifen in der Mitte zu einem V und ließ ihn vom Balkon fallen. Und siehe da, das Papier drehte sich sanft wie der Rotor eines Hubschraubers und sank langsam zu Boden, nicht weit vom Balkon. Nassri war begeistert. »Das ist es!«, rief er. Und auch er faltete das Papier der Länge nach, beschwerte es mit einer Münze, die er mit etwas Kleber in der Mitte der V-Form befestigte, und nun segelte das Papier senkrecht nach unten und kam zuverlässig genau unter dem Balkon an.

24.

Eine Woche nach der Unterzeichnung des Vertrags saßen etwa vierzig Männer im größten Raum der neuen Schule. Da es noch keine Stühle und Tische gab, saßen sie alle auf Teppichen, die Hamid besorgt hatte. Sie tranken Tee und lauschten ihrem Vorsitzenden Hamid Farsi, den sie Großmeister nannten. Er erklärte ihnen die wichtigsten Punkte für die Planung der neuen Schule. Seine Worte klangen siegesgewiss und seine Haltung war die eines stolzen Generals vor einer gut geplanten Schlacht. An der Wand hinter ihm hing der Entwurf eines großen Schildes, vorläufig noch auf Papier: Ibn-Muqla-Schule für Kalligraphie.

»Damit werden wir einen gewaltigen Fortschritt für unseren Bund erzielen, die erste Schule in Syrien für die Kunst, die unser verehrter Meister Ibn Muqla im Jahre 937, drei Jahre vor seinem Tod, entwickelt hat. Unsere Feinde werden nicht ruhen, deshalb sollen die Eröffnungsfeier und die Namen der Förderer sie einschüchtern und kleinlaut werden lassen. Und bevor sie sich vom ersten Schock erholt haben, ist die zweite Schule in Aleppo bereits gegründet. Der Vorsprung ist das Geheimnis des Siegers. Und während sie über die Schulen in

Damaskus und Aleppo debattieren, haben wir die dritte in Homs und die vierte in Latakia eröffnet.

Diese Schulen werden der Keim für eine neue Zukunft der Kalligraphie sein. Wir werden hier die Tradition bewahren und auf der Suche nach Neuem experimentieren und weiterentwickeln, bis wir ein dynamisches Alphabet entwickelt haben, und nebenbei werden wir – ich schätze in vierjährigem Rhythmus – eine Gruppe nach der anderen von jungen, bestens ausgebildeten Kalligraphen ins Land schicken. Sie werden überall die Buchstaben aus dem Morast der Rückständigkeit herausholen, sie bereichern und wieder ins Leben entlassen. Ich schätze, in zwanzig Jahren haben wir die Kalligraphie zu dem erhoben, was sie ist, eine göttliche, reine Kunst.

Der Angriff der bärtigen Dummköpfe, die sich ›die Reinen‹ nennen, besteht darin, uns vorzuwerfen, die Religion zu missachten, weil wir Schrift und Sprache reformieren wollen. Lasst euch nicht einschüchtern, liebe Brüder, gerade weil wir den Islam lieben und den Koran heiligen, wollen wir diese schönste aller Sprachen nicht vermodern lassen. Wer Sprache pflegt, pflegt auch die Vernunft und Gott ist die größte und reinste Vernunft. Von den Dummen wird Gott gefürchtet, von uns werden er und sein Prophet bis zum Ende aller Zeiten selbstbewusst geliebt und verehrt werden.

Mein Traum wäre eine arabische Sprache, die alle Töne und Laute der Erde vom Nord- bis zum Südpol ausdrücken kann. Aber bis dahin ist ein weiter Weg. Also macht euch auf, Soldaten der Zivilisation, und spitzt eure Federn. Wir gehen zum Angriff über.«

Beifall hallte durch das ganze Haus. Hamid hatte sich erhoben und nahm bewegt das Lob seiner Vertrauten entgegen. Auch seine härtesten Gegner mussten zugeben, dass es Hamid Farsi als Erstem gelungen war, dem Bund eine offizielle Schule zu schenken.

Zwölf der Männer gehörten dem »Rat der Weisen«, dem höchsten Gremium des Bundes an, sechsunddreißig Männer dem Kreis der »Eingeweihten«, beide zusammen führten den »Bund der Wissenden«, einen Geheimbund der Kalligraphen. Dieser war im Jahre 1267 von Yakut al Musta'simi, einem der genialsten Kalligraphen, gegründet worden. Er war Kalligraph und Bibliothekar und erlebte damals in den kalten Februartagen des Jahres 1258 die Zerstörung Bagdads durch die Mongolen, die sämtliche Bibliotheken in Brand steckten und derart viele Bücher in den Tigris warfen, dass das Wasser sieben Tage lang Schwarz trug, als würde es über den Niedergang der arabischen Kultur trauern.

Yakut hatte keine Zeit zum Weinen. Er begnügte sich nicht mit der Gründung einer großen Kalligraphieschule in Bagdad, sondern schickte fünf seiner besten und angesehensten Schüler in alle Himmelsrichtungen mit der Anweisung, überall in der damaligen islamischen Welt Kalligraphenkreise und Schulen zu gründen. Den Geist von Yakut wollte Hamid in der Gegenwart wieder aufleben lassen.

25.

Es war ein eiskalter Dezembertag und der Regen hatte erst in der Morgendämmerung aufgehört, nachdem er alle Vertiefungen im Gnadenhof in Pfützen verwandelt hatte. Salman wachte sehr früh auf und war hundemüde. Die Nacht war für alle Mitarbeiter in Hamids Werkstatt wegen der Überstunden kurz gewesen. Er war todmüde ins Bett gefallen, konnte aber nicht einschlafen. Er dachte an Nura, hörte den Regen auf das Blechdach seines Zimmers trommeln und beneidete ihren Mann, der nun neben ihr liegen durfte. Ihm wurde warm bei der Erinnerung an ihre weiche Haut. Es überfiel ihn in der Dunkelheit aber auch große Angst: Was, wenn Meister Hamid etwas erfuhr!?

Er sprang aus dem Bett, wusch sich schnell und verschlang das Marmeladenbrot, das ihm seine Mutter vorbereitet hatte. Das Brot war frisch und duftete nach Erde. Seine Mutter lächelte nach langer Zeit wieder, das merkwürdige Fieber, das ihr das Leben monatelang erschwert hatte, war abgeklungen.

Sein Vater war bereits zur Arbeit gegangen. Salman steckte seiner Mutter fünf Lira in die Tasche ihrer Strickjacke: »Kauf dir, was dein Herz begehrt, damit du ganz gesund wirst«, sagte er. Sie küsste ihn, nahm seinen Kopf in die Hände, schnüffelte geräuschvoll und strahlte ihn an: »Du riechst nach Glück«, sagte sie. Er lachte und eilte hinaus, erwischte gerade noch den Bus und war pünktlich in der Werkstatt.

Meister Hamid Farsi war schlecht gelaunt. Seine Schwester Siham war schon am frühen Morgen da gewesen und hatte um Geld gebettelt, weil ihr Mann angeblich operiert werden musste, sagte Samad. Hamid habe sie angeschrien, er sei keine Armenkasse, ihr Mann solle arbeiten, statt nur zu saufen und Haschisch zu rauchen. Jedoch habe er ihr das Geld schließlich gegeben. Die schlechte Laune des Meisters drückte auf die Stimmung der Mitarbeiter. Nicht einmal der lebenslustige Radi brachte einen Witz über die Lippen und Mahmud, der Geselle, war mürrisch und gab Salman im Gegensatz zu Samad immer langweilige Aufgaben, bei denen er nichts lernen konnte.

Der große Auftrag an diesem Tag bestand darin, massenhaft Zettel anzufertigen mit jeweils einem großgeschriebenen Buchstaben und einem Zitat aus dem Koran oder einem Spruch des Propheten, der mit diesem Buchstaben begann. Alle Gesellen arbeiteten wie am Fließband. Zehn Exemplare von jedem Buchstaben des Alphabets waren bestellt, und Salman musste die Papiere falten, sobald die Tinte trocken war, und in kleine Stofftüten schieben. Später würde die Kundin, eine bekannte Hebamme, diese zunähen und für viel Geld an abergläubische Frauen verscherbeln.

Salman erinnerte sich an einen Witz, den Benjamin damals

in der Schule über einen dummen Pfarrer im Dorf seiner Eltern erzählt hatte. Der Pfarrer wurde eines Tages geholt, um aus der Seele eines besessenen Jungen den Teufel auszutreiben. Der Pfarrer war als Exorzist bekannt. Er legte die Bibel auf den Kopf des knienden Jungen und begann zu lesen: »A. M. macht zusammen Am. A.N.F.A.N.G. macht zusammen Anfang. S.C.H.U.F. macht zusammen schuf. G.O.T.T. macht zusammen Gott.«

»Wie lange willst du noch so weiterlesen?«, fragte der Teufel mit fürchterlich gurgelnder Stimme.

»Die ganze Bibel«, antwortete der Pfarrer seelenruhig und setzte seine Lesung fort: »H.I.M.M.E.L. macht zusammen Himmel.«

»Das reicht!«, schrie der Teufel. »Das reicht. Ich gehe schon, aber nicht, weil du heilig, sondern weil du langweilig bist.«

Salman lachte vor sich hin, wollte den Witz aber nicht erzählen, weil alle Mitarbeiter Muslime waren. Zum Glück war es schon Zeit, die Matbakia für Meister Hamid zu holen und vor allem Nura zu treffen.

Als Salman das Essen ins Atelier brachte, war Hamid, der mit einem reichen Kunden weggegangen war, noch nicht zurück. Er stellte die Matbakia ab und ging zu Karam. Salman fühlte zum ersten Mal ein unbeschreibliches Glück und verstand nun, was Sarah mit dem paradiesischen »Geliebt-Werden« gemeint hatte. Er wollte auf dem Weg zum Café am liebsten alle Passanten umarmen.

Karam schien ein Fieber erfasst zu haben. Jeden Tag wollte er mehr über die Kalligraphieschule wissen. Das nervte Salman, weil er auch nicht mehr zu erzählen wusste, als dass die Schule im Mai ihre Tore öffnen sollte. Es werde eine große Feier Anfang März mit den bekanntesten Persönlichkeiten aus Politik und Kultur geben, große Spenden aus dem ganzen Land kämen bereits und mit dem Überschuss solle eine zweite Schule in Aleppo gegründet werden. Das Ganze stärke irgendeinen Bund, dem Hamid nahestehe, und schwäche einen anderen.

Mehr gab es nicht zu erzählen, weil der Meister nur sehr vage darüber sprach. Aber Karam bohrte weiter, weil er geheime Pläne hinter der Schule vermutete.

»Geheime Pläne? Du spinnst wohl. Du redest langsam wie Badri, der hinter jeder Wetterveränderung eine jüdische Verschwörung vermutet. Es gibt keine geheimen Pläne. Hamid will nichts anderes als seinen Namen verewigen!«

Karams Gesichtsausdruck wurde angespannt. Er schwieg.

Im Gegensatz zu Karam war Hamid nun bester Stimmung. Noch nie hatte Salman seinen Meister so fröhlich und freundlich wie in dieser Zeit erlebt. Er arbeitete für zwei. Er führte alle Aufträge präzise aus wie immer und telefonierte zudem stundenlang wegen der Schule, der notwendigen Genehmigungen, der Möbel, der Werbung in der Presse und anderen Dingen, die vor der Eröffnung erledigt werden mussten. Manchmal blieb er bis Mitternacht im Atelier, schickte aber alle Mitarbeiter immer kurz nach siebzehn Uhr nach Hause.

26.

Salman hatte an diesem Morgen die Aufgabe, selbständig den Schatten für einen großen Spruch zu zeichnen, den Samad angefertigt hatte. Es war die erste verantwortungsvolle Arbeit, die er machen sollte. Deshalb hörte er dem Gespräch, das der Meister am Telefon führte, nicht zu.

»Salman«, erschreckte ihn sein Meister mitten in der Arbeit, »du bringst meiner Frau den Korb mit Nüssen vom Gemüsehändler Adel und dann holst du auf dem Weg zu ihr die Gewürze, die ich bei Halabis bestellt habe. Sag ihr, dass ich mit dem Kultusminister zu Mittag esse und sie deshalb nichts zu schicken braucht«, sprach er so laut, als wollte er alle seine Mitarbeiter informieren. Salman wunderte sich, weil sein Meister all das seiner Frau am Telefon hätte sagen können. Und in der Tat rief er später seine Frau an, wiederholte alles noch einmal und sagte ihr, sie solle abends zu ihren Eltern gehen. Er hole sie dort ab, wenn er vom Ministerium zurückkomme, wo er an einer wichtigen Sitzung mit Experten teilnehmen werde.

Kurz nach zehn Uhr war Salman mit seiner Aufgabe fertig und Samad lobte seine saubere Arbeit. Da er wusste, dass der Meister nicht mehr zurückkommen würde, schickte er Salman nach Hause.

»Du erledigst den Auftrag mit den Nüssen und den anderen Dingen und genießt den Nachmittag. Es reicht für heute. Morgen früh bist du frisch und pünktlich wieder hier, dann ist er auch zufrieden«, sagte Samad freundlich zu ihm. Er selbst hatte noch bis zum späten Nachmittag zu tun und wollte dann auch nach Hause gehen.

Salman ließ das Fahrrad stehen und ging lieber zu Fuß zu Nura. Er balancierte den großen schweren Korb auf dem Kopf und bahnte sich mühselig den Weg zwischen Passanten, Karren und Eseln hindurch, die alle an diesem Tag schwerhörig und lahmfüßig waren und es nur darauf abgesehen hatten, ihm im Weg zu stehen.

Nura küsste seine Augen: »Du hast nicht nur herrliche Ohren, sondern auch die schönsten Augen, die ich je gesehen habe. Sie sind rund und klug wie die der Katzen«, sagte sie, als er gerade dabei war, ihre Nasenspitze zu liebkosen.

Noch Jahre später dachte er daran, dass Nura die erste Frau in seinem Leben war, die überhaupt etwas Schönes an ihm fand. Sarah mochte ihn, aber sie hatte mit keinem Wort seine Augen gelobt. Sie waren tatsächlich schön, wie er fand. Aber dass Nura seine Ohren »herrlich« fand, verstand er nicht.

»Zeig mir, wie man mit Murmeln spielt. Ich habe die Jungen meiner Gasse immer beneidet, weil wir Mädchen nie Murmeln spielen durften«, sagte sie plötzlich und brachte ihm eine kleine Holzschachtel mit zehn Murmeln.

Sie spielten. Nura war recht geschickt, aber sie konnte Salman nicht besiegen. »Dir fehlt nur die Übung. Ich bin im Gnadenhof durch eine harte Lehre gegangen und habe meine Hände wund geschabt«, sagte er, als sie sein Spiel bewunderte.

Er hockte hinter ihr und nahm ihre rechte Hand in die seine, um ihr zu zeigen, wie sie die Murmel besser fassen konnte. Eine warme Woge durchströmte ihren Körper und ihr Herz schlug heftig vor Verlangen nach ihm, aber sie nahm sich zusammen, um das Spiel zu lernen.

Sie waren beide nackt.

»Wenn dein Mann kommt, lande ich nach fünf Minuten in der Hölle«, sagte er, als sie die Murmeln einsammelte.

»Das tut er nicht. Der Kalligraphie wegen wird er seine Hände nicht beschmutzen. Nein, er wird dreimal die Scheidungsformel wiederholen: Du bist geschieden, du bist geschieden, du bist geschieden. Und dann ist er mich los. Das ist anders als bei euch, der Strick, an den jede Muslimin gebunden wird, ist die Zunge ihres Mannes. Er braucht dabei einen Zeugen und mit dir hat er bereits Täter und Zeugen in einer Person«, sagte sie, schubste Salman auf das Sofa und gab ihm einen Klaps auf den Hintern.

»Aber ich gelte nicht als Zeuge. Du vergisst, dass ich Christ bin«, erwiderte er und küsste sie auf die Schulter.

»Das vergesse ich nicht, aber vergiss du jetzt meinen Mann«, erwiderte sie und küsste ihn. Und Salman vergaß alles.

27

Der Regen hörte nicht auf und die Gesichter der Damaszener, die erst leuchteten, da Regen in dieser trockenen Gegend eine bessere Ernte versprach, wurden düsterer, je heftiger und länger er auf die Lehmhäuser fiel. Nach fünf Tagen kam das Hochwasser. Die Altstadt stand schnell unter Wasser. Der Barada-Fluss, der im Sommer zu einem Rinnsal zusammengeschrumpft war, wurde nun zu einem reißenden Fluss. Er trat, lange bevor er Damaskus erreichte, über die Ufer, zerstörte die Gärten und riss viele Hütten mit sich. Viele der romantischen Restaurants und Cafés am Ufer des Flusses standen bis zum ersten Stock unter Wasser. Und von der Viktoriabrücke bis zum Märtyrerplatz war die Stadt ein großer See geworden. Am schlimmsten traf es Suk al Chatatin, die Straße der Kalligraphen im Bahssa-Viertel. Und weil das Wasser über Nacht gekommen war, womit keiner gerechnet hatte, waren die Verluste der Kalligraphen verheerend.

Hamid freute sich, denn sein Atelier – im etwas höher liegenden Suk-Saruja-Viertel – blieb unbeschadet und nun bekamen er und ein paar andere Kalligraphen, die das schlammige Wasser nicht erreicht hatte, all die Aufträge, die ihre Kollegen nicht erledigen konnten.

Nach genau sieben Tagen hörte der Regen auf. Die Sonne schien und blendete die Damaszener mit einem blitzblauen Himmel.

Als Salman kurz nach elf mit seinem Rad durch die Altstadt fuhr, dampften die Flachdächer unter der sengenden Sonne wie frische Fladenbrote.

Immer wieder musste er Umwege fahren, um dem kniehohen schlammigen Wasser auszuweichen. Er staunte über die vielen Kinder, die fröhlich lärmend im Wasser spielten, als wären sie am Meeresstrand. Nura hatte für sie beide eine kleine Portion grüne Bohnen mit Fleisch und Tomaten vorbereitet. Es schmeckte ihm, aber er hatte keine Ruhe und verschlang das Essen. »Ich muss leider schnell wieder weg, weil die Überschwemmung viele Wege unpassierbar gemacht hat«, rechtfertigte Salman sein eiliges Schlingen.

»Du Geizkragen, ich wollte dich als Nachtisch aufessen«, sagte sie und biss ihn zärtlich ins Ohrläppchen.

»Du kannst ruhig mit den Ohren anfangen, davon habe ich reichlich«, erwiderte Salman.

Als er gegangen war, schaute sie durch das Fenstergitter auf die Straße und beobachtete ihn, wie er mit seinem Fahrrad an den Menschen vorbeifuhr und auf allen Gesichtern ein Lächeln aufleuchtete. Es sah so aus, als hätte Salman einen Zauberpinsel, mit dem er die Herzen der Menschen kitzeln konnte.

Nura kannte niemanden in ihrem Leben, der so viel Freude verbreitete, und wunderte sich über ihre frühere Blindheit.

»Pass auf dich auf«, flüsterte sie.

Mahmud zeigte ihm, wie Papier marmoriert wird. Das wäre interessant gewesen, wenn Salman bloß einen anderen Gesellen als Lehrer gehabt hätte. Mahmud kniff ihn immer in den Arm, gab ihm – auch ohne Grund – Kopfnüsse und konnte nur schlecht erklären, wie alles funktionierte.

Es war Radi, der ihm dann in der Mittagspause die Geheimnisse des Marmorierens erklärte. Das Atelier brauchte Unmengen von marmoriertem Papier für die Umrandung der Kalligraphien.

Mitte Dezember kam Sarah zu Besuch. Sie war schwanger und sah schöner aus als jemals zuvor. Sie strahlte vor Glück.

Es war ein sonniger Tag, aber einige Pfützen waren noch vom letzten Regen geblieben. Ein alter Mann schaute durch das Tor in den Hof und rief mit müder Stimme: »Alte Kleider, Schuhe, Eisen.« Seine Rufe zeigten, dass er von den Bewohnern nicht sehr viel erwartete. Eine Mutter, deren vierjähriges Kind weinte, rief dem Mann zu: »Kaufst du diesen Teufel?«

Der Junge erstarrte, schaute ängstlich den schmutzigen Mann mit dem großen Sack an und verschwand blitzschnell in der Wohnung.

»Ach Madame, davon habe ich genug. Neun an der Zahl und jeder von ihnen ist eine Dreschmaschine, die alles zermalmt, was in ihre Hände kommt«, erwiderte er und winkte ab.

Salman entdeckte Sarah, die vor der Wohnungstür ihrer Eltern die Sonne genoss. Er nahm einen Hocker und setzte sich zu ihr. Er fühlte sich wie in alten Zeiten mit ihr verbunden und so sprachen sie in aller Offenheit über Sarahs Leben mit ihrem Mann, über die Erkrankung von Salmans Mutter und das Schicksal einiger Bewohner des Gnadenhofs. Sarah wusste, dass Samira seit dem tragischen Tod ihres Sohnes Adnan um Jahre gealtert und sehr fromm geworden war. Sie wollte keine Männer mehr empfangen und sah den Tod ihres Sohnes als ihre Strafe auf Erden.

Sarah schien in der fernen Stadt Homs besser über die Nachbarn Bescheid zu wissen als Salman selbst. Sie erzählte ihm von Saids Schicksal. Er hatte den schönen Jüngling zu einem fetten großen Mann heranwachsen sehen. Saids Gang war weiblich. Schon lange wurde über Said getuschelt, dass er sich seltsam entwickle.

»Said ist eine männliche Prostituierte«, erklärte Sarah jetzt, »erst waren es ein paar Gäste des Hammams, die den schönen Jungen hofierten und ihm reichlich Trinkgeld gaben. Dann verführte ihn einer von ihnen, und der zweite erpresste ihn mit Geld und der dritte brauchte keine Erpressung mehr«, sagte sie traurig. Als Mädchen hatte sie den schönen Jungen sehr gemocht.

»Das ist schlimm«, flüsterte Salman. Er erinnerte sich an manche Gäste im Café, deren Trinkgeld immer mit Fummelei verbunden war. Es waren einsame Männer, reiche und arme, und Salman versuchte, ohne sie zu beleidigen, klarzustellen, dass er nicht der Junge war, den sie suchten.

»Und?«, unterbrach sie ihn plötzlich. »Hast du dich inzwischen verliebt oder lebst du noch wie ein Mönch?«

Salman lächelte: »Auch Mönche können der Liebe nicht widerstehen. Das habe ich vor kurzem gelesen«, erwiderte er. »Sie heißt Nura. Sie würde auch jeden Mönch vom Gebet abhalten.«

»Na, du könntest deine Zunge ein wenig bremsen oder bist du noch in der ersten Phase der Verliebtheit, wo die Hormone einen blenden?«, entgegnete Sarah überlegen wie immer. Salman schüttelte den Kopf: »Ich übertreibe überhaupt nicht. Kennst du die Schauspielerin Audrey Hepburn?«

»Klar, sowohl ›Ein Herz und eine Krone‹ als auch ›Sabrina‹ habe ich zweimal gesehen, aber was ist mit ihr?«

»Nura sieht wie eine Zwillingsschwester von ihr aus.«

»Wirklich? Oder willst du mich auf den Arm nehmen?«

»Nein, wirklich«, sagte er und hielt kurz inne, Karams Worte kamen ihm ins Gedächtnis: »Wichtiger als ihre Schönheit ist, dass ich sie liebe, ich würde sie auch lieben, wenn sie einäugig wäre und einen Klumpfuß hätte. Sie wohnt hier«, er klopfte auf seine Brust. »Sie ist fast so wunderbar wie du«, sagte er.

»Und du bist der größte Charmeur, wie soll man dich nicht mögen!«

»Oh, da kann ich dir ein paar Exemplare der Gattung Mensch aufzählen, es gibt genug davon, im Café wie auch im Atelier«, sagte Salman.

»Und was macht sie, deine Schönheit?«, fragte Sarah, gerade als Said in den Hof kam, müde grüßte und gleich in seine Wohnung ging, die er seit dem Tod der Witwe, die ihn adoptiert hatte, allein bewohnte.

»Sie ist eigentlich gelernte Schneiderin, darf aber ihren Beruf nicht ausüben, weil ihr Mann ein reicher Kalligraph ist«, sagte Salman und konnte ein Grinsen nicht unterdrücken, weil er schon ahnte, was Sarah gleich sagen würde.

»Salman, Salman, welche Wege gehst du? Ist sie die Frau deines Meisters oder eines seiner Feinde?«

»Sie ist seine. Wenn ich die Frauen seiner Feinde lieben würde, bräuchte ich ein Haremhaus. Er hat unendlich viele.«

»Junge, Junge. Wie du dich verändert hast, du redest wie ein Journalist«, staunte sie.

»Nicht ich habe mich, sondern die Liebe hat mich verändert und mir ist egal, dass sie Muslimin ist.«

»Ach, nein! Aber mich interessiert, dass du nicht irgendwann mit einem Loch im Kopf in der Gasse liegst. Dir zu sagen, die Finger von der Frau zu lassen, wäre Blödsinn, denn die Finger können nichts dafür. Sei nur vorsichtig! Ich werde jede Nacht, bevor ich meine Augen schließe, die heilige Maria bitten, dich zu beschützen«, sagte sie, streichelte ihm den Kopf und stand auf. Sie wollte mit ihrer Mutter, die bereits wartete, eine kranke Tante besuchen.

»Wie damals deine Käfer«, flüsterte Salman, aber Sarah hörte ihn nicht mehr.

Am Mittwoch sollte er das letzte Mal in dieser Woche das Essen für seinen Meister Hamid holen, der am Donnerstag für drei Tage in den Norden fahren wollte. Salman schlug Nura vor, sich in Karams Haus zu treffen, wo er jeden Freitag den ganzen Tag allein verbrachte und arbeitete.

»Wir könnten den ganzen Tag ungestört zusammen sein«, sagte er bittend.

Sie ließ sich Karams Adresse, die Buslinien und Straßenbahnen aufschreiben, die sie nehmen sollte, und küsste ihn zum Abschied. »Soll ich etwas zum Essen mitbringen?«, fragte sie. Er verneinte. Essen gab es immer genug bei Karam.

»Dich sollst du mir mitbringen, denn ich habe Hunger nach dir«, sagte er und küsste sie. Sie lachte. Wenn jemand ihn fragen würde, was das Schönste auf der Welt sei, würde er ohne Zögern Nuras glucksendes Lachen nennen.

Nura übergab ihm die Matbakia mit dem Essen und eine

Tüte mit einem gebügelten Hemd und frischen Socken für Hamid. Er hatte abends einen wichtigen Termin mit einem einflussreichen Gelehrten und die Zeit war zu knapp, um nach Hause zu kommen.

»Mir ist noch etwas eingefallen«, sagte Salman schon im Gehen. Nura lachte, weil sie seine Tricks inzwischen kannte. »Ja, dass wir uns seit einer Ewigkeit nicht geküsst haben«, ahmte sie seine Stimme nach.

»Nein, im Ernst: Kennst du dich in Sachen Kalligraphie aus?«, fragte er.

»Nur ein wenig. Aber Hamid hat die beste Bibliothek. Kann ich dir was suchen?«

»Wer ist Ibn Muqla? Alle Kalligraphen verehren ihn. Dein Mann redet über ihn wie über einen Heiligen! Und was ist das für ein Bund, in dem dein Mann Mitglied ist? Du darfst ihn aber nicht selbst fragen. Es ist ein Geheimbund. Ich habe ihn bei einem Telefongespräch belauscht.«

»Ich weiß nichts von einem Geheimbund. Hamid und Geheimbund? Das gibt es doch nicht. Ich versuche auch darüber etwas herauszufinden, und wenn wir uns am Freitag sehen, weiß ich etwas für dich«, sagte Nura und küsste ihn lange auf den Mund. »Warum schmeckst du immer so gut?«

»Ich lerne gerade bei Samad die Kunst des Spiegelns in der Kalligraphie, also habe ich vorhin beim ersten Kuss all deine Düfte in meinem Mund gespiegelt. Du schmeckst dich selbst«, sagte er selbstsicher und verschwand. Ein Junge hatte es sich auf der kleinen Ladefläche seines Fahrrads bequem gemacht. Als er Salman mit der Matbakia in der Hand kommen sah, sprang er auf und rannte davon.

28

So früh wie an diesem Freitag war Nura seit der Schulzeit nicht mehr aus dem Haus gegangen. Sie zögerte lange, ob sie zur Sicherheit einen Schleier tragen sollte oder nicht. Sie entschied sich dagegen.

Ein starker Wind schob Staub, Papierfetzen und Blätter vor sich her. Tauben und Spatzen flogen tief durch die Gassen. Ob sie ein Spatz oder eine Taube wäre, fragte sie sich und wusste nicht, warum sie weder das eine noch das andere sein wollte. Eine Nachbarin hatte ihr einmal gesagt, sie finde, sie sei einem Kaktus ähnlicher als irgendeinem Tier. »Ich bin die Rose von Jericho«, flüsterte Nura. Jahre treibt der Wind sein Spiel mit der Wüstenrose. Und dann glaubt er, dass er die Rose beherrscht. Doch beim ersten Tropfen Regen erinnert sie sich, dass sie einst eine kleine grüne Oase war.

Ihr Mann sollte sich nur in Acht nehmen. Sie hatte den ersten Tropfen Wasser bereits geschmeckt.

Um halb sieben stieg sie an der Haltestelle gegenüber ihrer Gasse in den Bus ein. Damaskus hatte jetzt am frühen Morgen ein unschuldiges Gesicht, auch die Damaszener, die unterwegs waren, wirkten noch verschlafen und friedlich wie kleine Kinder. Sie sah den Bettler Tamer, den sie schon seit einer Ewigkeit vermisst hatte. Man erzählte Geschichten über sein plötzliches Verschwinden, doch da stand er vor ihr, munter, gewaschen und gekämmt. Sein Gesicht war noch nass und seine Haare trieften. Tamer spielte vor dem Hidschasbahnhof auf seiner Nayflöte. Er spielte göttlich. Er war ein hoch angesehener Musiker des Rundfunkorchesters gewesen, bis irgendetwas ihn aus der Bahn geworfen hatte. Nun lebte er nur noch auf der Straße.

Wenn Tamer spielte und man beim Zuhören die Augen schloss, hörte man den Wind in der Wüste singen. An diesem Morgen drang die Melancholie seiner Flöte selbst durch den höllischen Lärm des von Schülern überfüllten Busses zu ihr.

Plötzlich dachte sie an ihr Tagebuch. Sie hätte bestimmt über den Bettler Tamer geschrieben, wenn sie das Heft nicht vor einer Woche verbrannt hätte. Bereits nach dem ersten Kuss von Salman schrieb sie selten Tagebuch und wenn, dann nicht mehr eindeutig und direkt. Ihr Geheimnis mit Salman durfte kein Mensch erfahren. Auch hatte sie kein Interesse mehr, über ihren Mann zu schreiben, also schrieb sie nur noch über ihre Zerrissenheit. Immer wieder hatte sie notiert, Salman nie wieder sehen zu wollen. Sobald es aber elf Uhr wurde, hoffte sie, dass er an diesem Tag etwas früher kommen würde. Eine animalische Kraft zog ihr Herz zu ihm. Sie fühlte nicht nur ein tiefes Verlangen, Salman zu beschützen, als ob er ein zerbrechliches Kind wäre, sein Geruch, der Geschmack seines Mundes und der Blick seiner Augen machten sie zudem körperlich so wild auf ihn, wie sie es zuvor weder gekannt noch gehört oder gelesen hatte. Sie behielt das Geheimnis für sich. Er musste auch nicht wissen, dass sie mehr als einmal gleich beim ersten Kuss im Paradies des Genusses geschwebt und dort wie im Rausch lange verweilt hatte. Danach schwor sie sich zum wiederholten Male Schluss zu machen. Ihr Verstand mahnte sie, dass diese Liebesaffäre einer verheirateten Muslimin mit einem Christen in einer Katastrophe enden müsste. Was sonst sollte aus dieser Liebe werden? Nura hörte die Frage nur so leise, wie wenn ein kleines Mädchen im Tumult eines wilden Volkstanzes nach der Uhrzeit fragt.

Wie oft hatte sie sich auf ein vernünftiges Gespräch mit ihm vorbereitet, bei dem sie alle Gründe ruhig und sachlich ausführen wollte, die gegen dieses tierische Verlangen sprachen, doch sobald er an der Tür klopfte, änderte sie ihren Beschluss: Sie werde es ihm später sagen, wenn sie entspannt und weich vor Erschöpfung nebeneinanderlagen, dann würde sie es fertig bringen. Doch wenn es so weit war, hatte sie es vergessen, »planmäßig vergessen«, wie sie damals in ihrem Tagebuch eingetragen hatte. Als das Tagebuch sie aber nur noch quälte wie ein gnadenloser Spiegel ihrer nicht eingehaltenen Entschlüsse und als sie einsehen musste, dass ihn – obwohl sie Salman nicht namentlich nannte – jeder nach zwei Zeilen erkennen würde, fand sie es leichtsinnig, sein Leben zu gefährden. Sie verbrannte das Heft in einer kupfernen Schale und legte die Asche um eine Rose.

Im Bus musste sie über ihre kindischen Entschlüsse lächeln, Salman nicht mehr sehen zu wollen. Nach fast einer Stunde erreichte sie ihr Ziel, drückte die Klinke des Gartentors nieder, wie Salman ihr gesagt hatte, und ging mit schnellen Schritten zum Haus. Plötzlich öffnete sich die Tür. Nura erschrak sich zu Tode, aber Salman lachte sie an und zog sie ins Hausinnere. Sie stolperte in seine Arme, und bevor sie noch aufatmen konnte, sank sie in seinen tiefen Kuss.

»Das Frühstück ist angerichtet, Madame«, sagte er, nahm ihr den Mantel ab und legte ihn in seiner Kammer auf den Stuhl.

Sie war zutiefst gerührt. In der Küche wartete ein liebevoll bereitetes Frühstück, Marmelade, Käse, Oliven, frisches Brot und Tee. Alles sehr bescheiden, aber es war das erste Frühstück ihres Lebens, das ein Mann ihr zubereitet hatte.

Salman merkte, dass Nura bewegt war, und wurde verlegen. Er wollte ihr so viel sagen, aber es gelang ihm nur der allerdümmste Satz: »Essen wir!« Auch Jahre danach ärgerte er sich darüber, dass von all den poetischen Eröffnungen, die er sorgfältig vorbereitet hatte, nur das dumpfe »Essen wir« geblieben war.

Wie oft sie sich an diesem Vormittag geliebt hatten, wusste er später nicht mehr. Salman küsste Nura noch einmal. »Wenn ich einmal gefragt werde, ob ich an das Paradies glaube, werde ich sagen, ich glaube nicht nur daran, ich habe es schon erlebt.« Er streichelte ihr Gesicht, sie küsste ihm die Fingerkuppen.

Als sie aus dem Bett aufstand und ihre Armbanduhr anlegte, pfiff sie durch die Zähne: »Vier Stunden Liebe, Frau Nura, wir gratulieren zum Aufenthalt im Paradies der Sinne«, sprach sie ironisch zu sich selbst.

»Willst du schon gehen?«, fragte Salman besorgt.

»Nein, nein, aber ich möchte meine Kleider tragen, wenn ich dir jetzt etwas sehr Trauriges vorlese«, sagte sie, »ich kann so etwas nicht im Liegen lesen und schon gar nicht nackt oder im Pyjama. Das habe ich von meinem Vater. Er zog sich stets sehr vornehm an, wenn er las, als würde er sich mit dem Autor oder dem Helden der Geschichte treffen.

Wenn ich zu Ende gelesen habe, komme ich wieder ins Bett und liebe dich so wild wie eine Äffin ihren Affen.«

Salman sprang auf: »Dann muss ich erst recht aufstehen. Ich bin der Gastgeber und es gehört sich nicht, dass eine Gästin in elegantem Kleid dasitzt und vorliest und der Gastgeber lümmelt nackt herum.«

Er zog sich schnell an, ordnete sein Bett, kämmte sich und setzte sich ihr gegenüber.

»Also, über den Geheimbund habe ich nichts gefunden. Das muss eine Verwechslung oder ein Missverständnis sein. Auch mein Vater wusste nichts davon. Ich habe ihm vorgemacht, ich hätte den Bericht eines Journalisten gelesen, der vom Geheimbund der Kalligraphen berichtete. Mein Vater empfahl mir, Journalisten nicht so ernst zu nehmen, denn täglich berichten zu müssen sei ein harter Beruf, und eine Zeitung, die nicht übertreibe, gehe unter. Aber über Ibn Muqla habe ich etwas gefunden, eine sehr traurige Geschichte, die mein Mann einmal in einer Zeitschrift veröffentlicht hat.

Ich habe sie dir abgeschrieben und habe lediglich die islamische Zeit in christliche Zeit umgerechnet. Willst du die Geschichte lesen oder soll ich sie dir vorlesen?«

»Lies sie mir bitte vor«, bat Salman.

»Ibn Muqla«, begann sie zu lesen, »wurde im Jahre 885 oder 886 in Bagdad geboren. Genaues weiß man nicht, weil er in eine sehr arme Familie geboren wurde. Er starb im Juli 940, diese Angabe ist deshalb so präzise, weil er im Gefängnis unter Aufsicht starb und weil er damals in der ganzen arabischen und islamischen Welt berühmt war. Bereits sein Name ist ein Kuriosum, *Muqla*, ein poetisches Wort für Auge, war der Kosename seiner Mutter, den ihr ihr Vater gegeben hatte, weil er diese seine Tochter besonders liebte. Sie heiratete einen armen Kalligraphen und nun hieß die Familie nicht nach ihrem Mann oder dessen Sippe, sondern schlicht nach ihr, was damals wie heute eine Seltenheit in Arabien war und ist. Muqlas Kinder und Enkelkinder wurden alle Kalligraphen, doch der berühmteste unter ihnen war unbestritten Muhammad Ibn Muqla.

Er war der größte arabische Kalligraph aller Zeiten, ein Architekt der Schrift. Er erfand nicht nur mehrere Stile der Schrift, er begründete zudem die Lehre der Maße der Buchstaben und deren Harmonie und Symmetrie. Seine Proportionslehre gilt bis heute. Nach ihr kann man leicht überprüfen, ob etwas falsch oder richtig kalligraphiert ist.

Alif, das arabische A, ist ein senkrechter Strich und wurde von ihm als Maß für alle Buchstaben gewählt. Seitdem legt jeder Kalligraph für die gewählte Schrift am Anfang die Länge des Alifs fest. Die Berechnung erfolgt mit senkrecht übereinanderstehenden Punkten. Der Punkt richtet sich wiederum nach der verwendeten Feder und entsteht, wenn man mit der Feder aufs Papier drückt. Alle anderen Buchstaben nehmen, gleich ob sie horizontal oder senkrecht stehen, eine Größe an, die von Ibn Muqla berechnet und mit einer Zahl von Punkten festgelegt wurde. Auch die Rundungen mancher Buchstaben liegen auf einem Kreis, dessen Durchmesser der Länge des Alifs entspricht. Die Einhaltung dieser Maße entspricht der Einhaltung des Rhythmus in einem Musikstück. Nur durch sie erscheint die Schrift harmonisch und wird zu

Musik für das Auge. Jeder Meister beherrscht die Regeln nach Jahren der Übung automatisch. Die Punkte ermöglichen aber eine schnelle Überprüfung, ob die Proportion stimmt.

Ibn Muqla war ein begnadeter Mathematiker, Schriftgelehrter und Naturforscher. Er las auch die Schriften der Theologen und Atheisten wie Ibn al Rawandi, Ibn al Muqaffá, al Rasi und al Farabi. Vor allem aber faszinierte ihn der Universalgelehrte al Gahiz. Doch im Gegensatz zu diesem war Ibn Muqla angewiesen auf die Nähe zu den Herrschern. Al Gahiz hielt es nicht länger als drei Tage am Hof des großen Förderers der Wissenschaft und Literatur, des Kalifen al Ma´mun, Sohn des legendären Harun al Raschid, aus.

Ibn Muqla war erster Wesir – das entspricht dem heutigen Premierminister – bei drei Kalifen in Folge. Doch diese Nähe, die er immer wieder suchte, wurde ihm am Ende zum Verhängnis.

Ibn Muqla erkannte, dass die arabische Schrift nicht von göttlicher, sondern von menschlicher Hand war. Ihre Schönheit faszinierte ihn, aber er erkannte auch ihre Schwächen. Deshalb begann er früh mit Überlegungen, das Alphabet, die Quelle der Schrift, behutsam zu reformieren, er experimentierte, notierte und wartete auf einen geeigneten Augenblick. Bagdad war damals die Hauptstadt eines Weltreichs, das Zentrum der weltlichen und religiösen Macht des Islam.

Viele Schriftgelehrte und Übersetzer seiner Zeit bemängelten, dass Buchstaben fehlten, die sie für die Wiedergabe einiger Laute und Namen aus fremden Ländern und Sprachen brauchten. Diese Kritik machte Ibn Muqla Mut, seinen Weg weiterzugehen. Und nun brachte ihn seine Naturforschung auf die entscheidende Idee. Er wusste natürlich, dass die religiösen Fanatiker die arabische Schrift als heilig betrachteten, weil das Wort Gottes im Koran auf Arabisch niedergeschrieben war. Er wusste jedoch, dass die arabische Schrift schon mehrmals reformiert worden war.

Die radikalste Veränderung wurde, ebenfalls in Bagdad,

fast hundert Jahre vor Ibn Muqlas Geburt eingeleitet. Bis dahin kannte die arabische Sprache keine Buchstaben mit Punkten, und da viele Buchstaben ähnlich waren, begleiteten Unsicherheiten, Missverständnisse und Fehlinterpretationen jeden Lesevorgang, selbst wenn Gelehrte vorlasen. Mit mehreren kleinen Reformen hatte man versucht, die Schrift zu verbessern, doch dann erfolgte die größte und radikalste Reform. Sie liegt nun ganze zwölf Jahrhunderte zurück.

Fünfzehn Buchstaben, also mehr als der Hälfte der Buchstaben des arabischen Alphabets, wurden Punkte hinzugefügt, und zwar über oder unter den Zeichen. Damit konnte man Lesefehler fast vollständig verhindern. Kalif Abdulmalik bin Marwan und sein blutrünstiger Gouverneur der Ostprovinz al Hagag erstickten damals alle konservativen Stimmen, die sich gegen jedwede Reform erhoben. Der Kalif ließ den Koran mit der reformierten Schrift neu kopieren und seitdem kann jeder Schüler die Wörter des heiligen Buches deutlich erkennen und fehlerfrei lesen.

Aber nicht nur die religiösen Texte gewannen an Klarheit. Auch die arabische Sprache der Poesie, der Wissenschaft und des Alltags gewann an Schärfe und Eindeutigkeit. Doch ohne die starke Hand des Kalifen wäre ein derartiger Schritt unmöglich gewesen.

Ibn Muqla wusste das. Und auch er brauchte den Rückhalt eines aufgeklärten weitsichtigen Kalifen, um die fällige große Reform der Schrift durchzusetzen.

Ibn Muqla liebte die Schrift wie ein eigenes Kind, er stellte alles in ihren Dienst und verlor am Ende alles.

War ihm daran gelegen, Macht zu erlangen, wie seine Feinde behaupteten, die hasserfüllt Berichte über Umsturzpläne in die Welt setzten und Seite um Seite mit fadenscheinigen Begründungen füllten?

Nein, Ibn Muqla hatte bereits alles erreicht, bevor er den radikalen Schritt für die Reform einleitete, der zu seinem Untergang führte.

Dem letzten Kalifen, al Radi Billah, diente er als Hauslehrer und unterrichtete ihn in Philosophie, Mathematik und Sprache. Er war wie Aristoteles für Alexander den Großen, doch Kalif al Radi Billah hatte nicht die große Seele des makedonischen Welteneroberers.

Als Ibn Muqla noch im Zenit seines Ruhms stand, ließ er sich einen Palast in Bagdad errichten, der von Legenden begleitet war. In die großen Steinquader auf der Innenseite der Gartenmauer war nach eigener Vorlage der Spruch eingemeißelt: ›Was ich schaffe, überdauert die Zeit‹.

Der Palast hatte einen gewaltigen Garten, den Ibn Muqla aus Liebe zur Tierwelt in einen einmaligen Zoo verwandeln ließ, in dem alle Tiere in voneinander getrennten Gehegen frei herumlaufen durften. Um auch Vögeln ein Gefühl von Freiheit zu geben, ließ er seinen Zoo mit einem seidenen Netz überspannen. Eine große Mannschaft von Wärtern und Pflegern war unter der Führung eines persischen Wissenschaftlers namens Muhammad Nureddin für die Tiere zuständig.

Ibn Muqla wollte die Schöpfung durch Beobachtung der Tierwelt verstehen lernen. Seine Mitarbeiter begannen mit Kreuzungsversuchen, die im Palast des Kalifen für Bewunderung, aber auch für Hass und Verachtung sorgten. Von all den Diskussionen und Experimenten drang nichts durch die dicken Mauern der Paläste hinaus und das Volk blieb unwissend.

Zwar erzielten Ibn Muqlas Mitarbeiter bald kleine Erfolge sowohl in der Vogelwelt als auch bei Hunden und Katzen, Schafen und Ziegen, Eseln und Pferden, aber viele dieser Experimente führten zu Missbildungen.

Die Fortschritte auf naturwissenschaftlichem Gebiet ermunterten Ibn Muqla zu einem weiteren Schritt, der ihm Weltruhm hätte bringen können. Der zwanzigste Kalif der Abbassiden, al Radi Billah, war ihm sehr zugeneigt. Ibn Muqla sah in ihm den Mann, der ihm bei dem bevorstehenden Schritt der Schriftreform beistehen könnte. Der Kalif war vierundzwanzig Jahre alt und ein weltoffener Mensch, der selbst

Gedichte schrieb und den Wein und die Frauen liebte. Dafür verbannte er die konservativen Gelehrten aus der Hauptstadt Bagdad und umgab sich nur mit liberalen Theologen, doch an seinem Hof hatte er, wie auch die späteren Kalifen, immer weniger zu bestimmen. Palastbürokraten, Prinzen, hohe Offiziere und die Frauen des Kalifen sorgten durch Intrigen und Verschwörungen dafür, dass kein Reformer zu lange in der Nähe des Kalifen blieb.

Durch sein Ansehen, sein Wissen und seinen Reichtum zog Ibn Muqla viel Neid und Hass auf sich. Er war damals Ende vierzig und erkannte, dass das Kalifat durch und durch verdorben war. So hatte er Sorge, dass er seine revolutionären Pläne nicht mehr würde realisieren können. Bagdad war ein Ort der Unruhe, der Revolten und der Verschwörungen geworden. Auch war er selbst von stolzer Natur und hitzigem Temperament. Nicht selten reagierte er gereizt, ungeduldig und schroff im Umgang mit den Hofbeamten. Damit machte er sich in der unmittelbaren Umgebung des Kalifen unbeliebt.

Doch war er trotz aller Intrigen und gegen ihn gerichteten Verschwörungen Wesir beim jungen Kalifen al Radi geworden. Ibn Muqla fühlte sich in seinem Genius bestätigt und wurde hochnäsig.

Treue Freunde rieten ihm, zu Recht besorgt, sich vom Palast zu entfernen und sich in seinem Ruhm als begnadeter Kalligraph zu sonnen, aber Ibn Muqla hatte ehrgeizige Reformpläne für das arabische Alphabet und dafür war der Beistand des Kalifen gegen die Macht der Moscheen notwendig. Doch er irrte sich in der Einschätzung des Kalifen und zahlte dafür einen teuren Preis.

Ibn Muqla hatte die persische, arabische, aramäische, türkische und griechische Sprache sowie die Metamorphose der arabischen Schrift von den Anfängen bis zu seiner Zeit studiert. Sorgfältige Studien ermöglichten ihm die Erfindung eines neuen arabischen Alphabets, das mit nur fünfundzwanzig Buchstaben alle damals bekannten Sprachen wiedergeben konnte. Dafür mussten einige ›tote‹ Buchstaben verschwinden und einige neue aufgenommen werden. Für den Fall, dass der Widerstand dagegen zu groß wäre, plante er, die Buchstaben des alten Alphabets beizubehalten und zusätzlich vier neue Buchstaben aufzunehmen, nämlich P, O, W und E, mit denen persische, japanische, chinesische, lateinische Wörter und viele Sprachen Afrikas und Asiens besser hätten wiedergegeben werden können.

Er wusste, dass allein der Gedanke an eine Veränderung der Schrift unter allen Kalifen als Todsünde galt. Sie, die in ihren Palästen zu ihrem Vergnügen bis zu viertausend Frauen und Eunuchen hielten und nicht selten dem Wein mehr als der Religion zugeneigt waren, griffen in religiösen Fragen unerbittlich durch. Sie ließen bekannte Philosophen und Dichter auspeitschen oder barbarisch töten, wenn diese geringste Reformen der Herrschaftsstruktur oder der Religion verlangten oder am Koran zweifelten.

Die Kalifen betrachteten sich ungeniert als ›Schatten Gottes auf Erden‹ und ihr Kalifat als den vollkommenen Ausdruck göttlicher Herrschaft. Deshalb reagierten sie und noch mehr ihre Verwalter auf alle Veränderungsvorschläge absolut unnachgiebig.

Ibn Muqla wollte mit seinen revolutionären Reformen die arabischen Buchstaben eindeutig machen und ahnte nicht, dass er damit die herrschenden Sunniten im Kampf gegen die Schiiten unterstützte. Deren extreme Fraktionen, wie die Ismailiten, hatten den Koran immer als Buch mit mehreren Ebenen und Erklärungsmöglichkeiten angesehen. Einige Extremisten gingen so weit zu behaupten, dass das, was das gemeine Volk vom Koran verstand, *al saher* sei, nur die Oberfläche, die Hülle, die jedoch ein wichtigeres komplexes Inneres, *batin*, verberge. Deshalb hießen sie ›Batiniten‹. Nach ihrer Lehre hatte jedes Wort im Koran einen doppelten Boden. Die Lehre der Sunniten stand dem diametral entgegen, nach ihr gab es in der Sprache Gottes keine Doppeldeutigkeit.

Der Kalif in Bagdad, seine Berater, Hofphilosophen und Theologen waren Sunniten. Ihren Kampf gegen die Schiiten verkleideten sie als Kampf eines von Gott erwählten gläubigen Kalifen gegen Abtrünnige und Ungläubige. Sie waren begeistert, dass Ibn Muqla ein präzises System für die Maße der Buchstaben entwickelt und dazu mit der Nas-chi-Schrift eine einfache, schöne und schlanke Schrift erfunden hatte, mit der die Kopisten – nas-ch heißt kopieren – den Koran nun klar und ohne jeden Schnörkel abschreiben konnten. Diese Schrift ist bis heute die meistgebrauchte Schrift für den Buchdruck.

Die Worte des Korans waren nun eindeutig lesbar und Ibn Muqlas Schriften die beste Waffe im Kampf gegen die schiitische Opposition. Der Kalif und seine Theologen ahnten aber nicht, dass Ibn Muqla die Schrift noch radikaler reformieren wollte.

Kalif al Radi liebte Ibn Muqla und ließ ihn öffentlich loben, doch als dieser ihm ein Detail seiner neuen Kalligraphie anvertraute, war der Kalif schockiert. Er warnte Ibn Muqla, dass seine Feinde inzwischen gegen ihn rebellierten, doch dieser interpretierte die Warnung als Hinweis eines Verbündeten, blieb bei seinem Vorhaben und begann Gleichgesinnte um sich zu scharen. Einige der Gelehrten und bekannten Übersetzer teilten seine Meinung über die Notwendigkeit einer radikalen Reform der Schrift und der Sprache, ahnten jedoch die Gefahr, weil die Konservativen darin einen Angriff auf den Koran sahen. Deshalb hielt sich die Mehrheit der Reformer zurück. Aber Ibn Muqla missachtete die Gefahr, da er sich der Sympathie des Kalifen al Radi sicher war.

Ibn Muqlas Feinde erfuhren von seinen Plänen, hinterbrachten sie dem Kalifen und stellten sie in Zusammenhang mit den Tierexperimenten, die ihrer Meinung nach nur das Ziel hatten, Gott zu verhöhnen, da sich Ibn Muqla als Schöpfer aufspielen wolle. Und nun wolle dieser Mann auch noch die heilige Sprache des Korans verändern! Der junge Kalif forderte daraufhin Ibn Muqla auf, sein Vorhaben aufzugeben.

Doch Ibn Muqla, der in seinem Herzen sehr gläubig, aber nicht fanatisch war, versicherte dem Kalifen, dass er lieber sterben würde, als an einem Wort des Korans zu zweifeln. Vielmehr würde die Vereinfachung der arabischen Schrift dem Koran zu noch größerer Verbreitung verhelfen.

Die beiden Freunde trennten sich in einem gefährlichen Missverständnis: Jeder glaubte, er habe den anderen überzeugt.

Der Kalif wollte seinen geschätzten Gelehrten vor den Intrigen schützen und dachte, dieser habe nun die Gefahr, die sein Leben bedrohte, erkannt.

Ibn Muqla dagegen sah sich als Reformer im Recht und betrachtete seinen Weg als den einzig möglichen, die arabische Schrift auf das Niveau eines Weltreiches zu erheben.

Er schrieb mehrere Abhandlungen, in denen er die Fehler der arabischen Sprache und Schrift aufzählte, und machte Vorschläge zu ihrer Verbesserung.

Kalif al Radi stand der Reform zunächst nicht ablehnend gegenüber. Die Gelehrten hatten ihm jedoch damit gedroht, ihm die Gefolgschaft zu verweigern und dem Islam treu zu bleiben, wenn er Ibn Muqlas Reform zustimmen würde. Der Kalif, der bereits die Ermordung seines Vaters durch einen aufgebrachten Mob und die seines Onkels durch eine Palastverschwörung erlebt hatte – er selbst war einem Mordanschlag nur knapp entgangen –, wusste, was das bedeutete.

Dazu ließen die Intriganten den Kalifen wissen, dass Ibn Muqla sich gegen ihn verschworen hätte. Der Kalif wurde zornig und gab den Befehl, Ibn Muqla zu verhaften, ohne ihn selbst zuerst zu befragen. Er hatte jedoch nicht den Mut, den großen Kalligraphen und Wesir persönlich zu bestrafen, sondern delegierte die Ausführung der Strafe an einen zuverlässigen Emir und Hofbeamten, nicht ahnend, dass dieser in der Verschwörung gegen Ibn Muqla federführend war. Er ließ Ibn Muqla auspeitschen, der aber gab das Versteck der Niederschrift seines neuen Alphabets nicht bekannt. Aus Rache ließ der Hofbeamte Ibn Muqlas rechte Hand abhacken. Er enteignete ihn und ließ seinen Palast samt Zoo in Brand stecken. Es wird erzählt, dass alles niederbrannte, bis auf das Stück Mauer, auf der das Wort »Zeit« stand.

Was das Feuer nicht fraß, raubte das hungrige Volk von Bagdad. Die Intriganten behaupteten öffentlich, Ibn Muqla habe sich gegen den Kalifen verschworen. Gegen diese Lüge der Palasthistoriker spricht, dass er nicht – wie in solchen Fällen üblich – hingerichtet wurde, sondern später sogar vom Leibarzt des Kalifen behandelt wurde und mit dem Herrscher tafelte.

Ibn Muqla beweinte die Verstümmelung sein Leben lang: ›Man hat mir die Hand abgehackt wie einem Dieb, die Hand, mit der ich den Koran zweimal kopiert habe.‹

Er war nun fünfzig Jahre alt und wollte nicht aufgeben. Geschickt band er das Schreibrohr an seinen Armstummel. Auf diese Weise konnte er wieder kalligraphieren, wenn auch nicht mehr so schön wie früher. Er gründete die erste große Schule für Kalligraphie, um sein Wissen weiterzugeben und um die Begabtesten in einem Kreis von Eingeweihten um sich zu scharen, die seine Reformen verstehen, verinnerlichen und weitergeben sollten, für den Fall, dass ihm etwas zustieße. Die Enttäuschung darüber, dass sich seine Gelehrten öffentlich von ihm distanziert hatten, als er bestraft worden war, verbitterte ihn. Er wollte nun das geheime Wissen um die Schrift in die Herzen junger Kalligraphen pflanzen, um es über seinen Tod hinaus zu retten.

Doch er ahnte nicht, dass er damit seinen Feinden erneut in die Falle ging. Sie stellten auch seine Pläne für die Schule als eine Verschwörung gegen den Kalifen dar.

Der Kalif war erzürnt, weil Ibn Muqla nicht auf ihn hörte, und befahl seinem Richter, ihn in einem Haus fern der Stadt gefangen zu halten und dafür zu sorgen, dass er seine Geheimnisse niemandem mehr diktieren konnte. Dort sollte der Kalligraph bis zu seinem Lebensende auf Kosten des Palastes leben, aber außer seinem Wächter niemanden mehr sprechen.

Einer seiner Erzfeinde ließ ihm die Zunge abschneiden und ihn in ein Gefängnis am Rand der Wüste werfen, wo er isoliert und in großem Elend lebte. Proteste der Dichter und Gelehrten seiner Zeit halfen nicht.

Ibn Muqla starb im Juli 940. An seinem Grab hielten die großen Dichter seiner Epoche wie Ibn Rumi und al Sauli bewegende Reden. Wäre er tatsächlich in eine Verschwörung gegen den Kalifen oder den Koran verwickelt gewesen, wie seine Feinde behaupteten, hätte kein Dichter gewagt, ihn zu loben, geschweige denn Trauer zu zeigen, denn die Dichter und Gelehrten jener Zeit arbeiteten alle am Hof des Kalifen und lebten von dessen Gnade.

›Was ich schaffe, überdauert die Zeit‹, heißt das berühmteste, von Ibn Muqla überlieferte Zitat und es zeugt bis heute von der Weitsicht eines Mannes, der wusste, dass die Regeln, die er für die arabische Kalligraphie schuf, gelten werden, solange es diese Schrift gibt«, schloss Nura, schob die Blätter zusammen und legte sie auf den Tisch.

Stille herrschte in dem kleinen Zimmer. Salman wollte so viel sagen, fand aber keine Worte.

»Er war niemals ein Verschwörer«, sagte Nura leise. Salman nickte und in diesem Augenblick hörten beide das Gartentor knarren.

»Da kommt jemand«, rief Nura und zog eilig ihren Mantel an. »Geh nachschauen und kümmere dich nicht um mich. Sollte es Karam sein, bin ich weg«, sagte sie, blass im Gesicht, und zeigte mit dem Kopf in Richtung Fenster, und noch bevor Salman die Tür seines Zimmers erreichte, hatte sie es geöffnet. Da das Zimmer ebenerdig lag, brauchte sie nur über die Fensterkante zu steigen.

»Na, mein kleiner Kalligraph«, sagte Karam am Hauseingang, »ich dachte, ich schaue mal vorbei. Im Café ist heute Flaute«, sagte er, legte die Tüte mit Brot auf den Küchentisch und warf einen Blick auf Salman. »Du bist aber blass. Hast du was zu verbergen vor deinem Freund Karam?« Ohne zu fragen, öffnete er die Tür zu Salmans Zimmer und blieb an der Schwelle stehen. Salman erwartete einen Schrei. Sein Herz klopfte hämmernd gegen seine Brust.

Enttäuscht kehrte Karam in die Küche zurück. »Ich dachte, du hast vielleicht Besuch. Ich habe nichts dagegen, aber du darfst es mir nicht verheimlichen. Warum bist du nur so blass?«

»Du hast mich erschreckt. Ich dachte, du bist ein Einbrecher.«

Salman kehrte in sein Zimmer zurück, schloss das Fenster, das Nura angelehnt gelassen hatte, setzte sich an den Tisch und schob den Stapel Blätter mit Ibn Muqlas Geschichte in die Schublade. Karam telefonierte wahrscheinlich mit Badri, doch dieser schien nicht gewillt, zu ihm zu kommen.

Er durchsuchte das Zimmer nach Spuren, die Nura verraten könnten, und war ihr zutiefst dankbar, dass sie die Küche so perfekt und schnell aufgeräumt hatte und vom gemeinsamen Frühstück nichts mehr zu sehen war.

Plötzlich entdeckte Salman auf dem Boden Nuras silberne Haarspange. Er ergriff das schöne Schmuckstück und presste es an sein Gesicht.

Er hätte weinen können, so leid tat es ihm, dass er Nura mit seiner Einladung so viel Mühe und Angst bereitet hatte. Und trotzdem lachte sein Herz über Karams Enttäuschung.

Er öffnete die Schublade, um den Artikel über Ibn Muqla noch einmal durchzublättern. Da entdeckte er die letzte Seite, die Nura ihm noch hatte vorlesen wollen: ein Gedicht, das eine Frau im elften Jahrhundert über ihre Liebhaber geschrieben hatte.

Schnell stopfte er die Blätter in die Schublade zurück.

Und schon stand Karam in der Tür. »Du bist heute aber sehr fleißig. Hast du überhaupt schon etwas gegessen?«, fragte er.

Salman schüttelte den Kopf: »Ich habe keinen Hunger«,

sagte er und beugte sich wieder über sein Heft. Karam stellte sich hinter ihn und las laut von dem Zettel ab, den Salman vor sich hatte: »Die Schrift ist ein universelles Gleichgewicht zwischen Irdischem und Himmlischem, Horizontalen und Vertikalen, Bogen und Gerade, Offenheit und Verschlossenheit, Weite und Enge, Freude und Trauer, Härte und Weichheit, Schärfe und Verspieltheit, Schwung und Fall, Tag und Nacht, Sein und Nichts, Schöpfer und Schöpfung.«

Er hielt inne: »Ein wunderbarer Spruch. Woher hast du das?«, fragte er.

»Aus einem großen, dicken Heft, in dem der Meister seine Geheimnisse aufbewahrt«, sagte Salman, »das Heft schließt er mit seinen wichtigsten Sachen in einem großen Schrank ein.«

»Was für Geheimnisse?«, fragte Karam.

»Seine Rezepturen für Geheimtinten, zwei Bücher über Geheimschriften, das Heft mit den Goldblättern, sein teures Messer, seine Tintenrezepturen und eben das Heft.«

»Und was steht im Heft außer klugen Sprüchen?«

»Ich weiß nicht, ich konnte nur einen Blick hineinwerfen. Es ist sehr dick«, antwortete Salman und ordnete seine Zettel, um seine Nervosität zu überspielen. Dann legte er die Hand nachdenklich an den Mund, als hätte er sich an etwas erinnert: »Ja, da steht noch etwas über tote und lebendige Buchstaben, aber ich habe es nicht verstanden. Manchmal sind es Seiten, die in Geheimschrift geschrieben sind. Die Buchstaben sind arabisch, aber die Sprache ist weder arabisch noch persisch noch türkisch«, fügte er hinzu.

»Tote Buchstaben? Bist du sicher?«, fragte Karam überrascht.

»Ja, aber warum interessiert dich das?«

»Nun, es ist immer gut zu wissen, was harmlose Leute so im Schilde führen. Tote Buchstaben?«, erwiderte Karam und seine Augen blitzten teuflisch.

Karam musste wieder ins Café zurück und ließ Salman endlich allein. Er ging in die Küche und stieg auf einen Stuhl, um aus einem kleinen Fenster über dem Gewürzregal auf die Straße zu schauen. Er sah Karam die Straße in Richtung Straßenbahnhaltestelle laufen.

Er machte sich einen Tee und beruhigte sich langsam. Als er Nura anrief, war es bereits nach vier.

»Hier ist Salman«, sagte er aufgeregt, »ist alles in Ordnung?«

»Ja, mein Herz. Ich habe aber beim Sprung durch das Fenster meine Haarspange im Garten verloren.«

»Nein, nein. Sie war schon vorher unter das Bett geraten. Soll ich sie behalten als Erinnerung an unser erstes Abenteuer?«

»Sie gehört dir. Ich habe sie mir vor Jahren vom Trinkgeld einer reichen Kundin bei der Schneiderin Dalia gekauft. Aber sag mir, was war das für ein plötzlicher Kontrollbesuch?«

»Ich verstehe es auch nicht. War das ein Zu- oder ein Überfall, reine Neugier oder wollte er uns erwischen und wenn ja, warum?«

»Vielleicht, um mich zu erpressen. Vielleicht ist er auch ein einsamer armer Teufel …«

»Nein, nein. Karam macht sich nichts aus Frauen, wenn du verstehst, was ich meine«, unterbrach Salman sie, »da bin ich sicher und gerade das macht seinen plötzlichen Besuch unglaubwürdig, angeblich hat er sich im Café gelangweilt.«

Sie sprachen eine Weile, stellten ihre Vermutungen an und träumten vor sich hin, dann aber fiel Salman etwas ein, was er Nura unbedingt erzählen wollte.

»Bete für mich, dass das Verhör friedlich vorübergeht«, sagte er bittend. Er hätte es ihr am liebsten schon im Bett gesagt und dabei ihre tröstenden Küsse geschmeckt, hatte es aber vergessen.

»Was für ein Verhör?«, fragte Nura.

»Irgendjemand hat den Chef bespitzelt und die Nachricht von der bevorstehenden Gründung der Kalligraphieschule an seine Feinde, die Fanatiker, verraten, noch bevor es offiziell bekannt wurde. Und Radi, der sympathische Geselle, hat mich gewarnt, weil er gehört hat, dass Meister Hamid und sein Assistent Samad mich verdächtigen.«

»Dich als Christ! Wie können sie bloß so dumm sein zu glauben, dass du mit den radikalen muslimischen Fanatikern unter einer Decke steckst. Aber sei beruhigt, mein Mann ist als Ehemann unmöglich, aber er ist ein kluger und behutsamer Mensch. Ich bete nicht, die Sache ist wahrscheinlich ein grober Scherz. Du wirst sehen«, sagte sie zum Abschied, bevor sie auflegte.

Salman arbeitete etwa eine Stunde, dann aber wurde er so unruhig und unkonzentriert, dass er seine Hefte und Zettel in der Schublade verstaute und die Haarspange in die Hosentasche steckte. Als er seine Zimmertür öffnete, um hinauszugehen, wäre er beinahe vor Schreck gestorben, denn in diesem Augenblick kam Karam wieder durch die Tür: »Irgendwie habe ich heute keine Lust, im Café zu sitzen, da dachte ich, ich kehre zurück und mache uns etwas zu essen. Du hast genug gearbeitet«, sagte er und grinste kalt.

»Vielen Dank, aber ich muss nach Hause. Meine Mutter fühlt sich unwohl«, sagte Salman und hatte zum ersten Mal Angst vor Karam.

Draußen war die Abendluft kühl. Die Straßenbahn fuhr durch das abendliche Damaskus und er fand, dass die Stadt ein anderes Gesicht hatte als am Tag. Die Leute waren in Eile. Beladen mit Einkaufstüten, voller Pläne, freudig und müde zugleich liefen sie durch die Straßen.

Einen Augenblick lang vergaß er, dass er in einer Straßenbahn saß. Er kam sich wie in einem Karussell vor, das sich an beleuchteten Zimmern, bunten Läden, fröhlichen Kindern und vom Gewicht der Jahre gebeugten alten Frauen und Männern vorbeidreht. Er schloss für einen Augenblick die Augen. Als er sie wieder öffnete, schaute er direkt in das lachende Gesicht eines betrunkenen Mannes. Dieser drehte sich um und fragte den Fahrer laut: »Fährst du heute nach Argentinien?«

Der Fahrer schien den Mann zu kennen: »Nein, heute nicht. Wir fahren nach Honolulu und erst am 30. Februar wieder nach Argentinien«, rief er zurück.

Nur wenige Fahrgäste fuhren wie Salman ins Zentrum der Stadt. Dort stieg er in eine andere Straßenbahn, die nach Bab Tuma im christlichen Viertel fuhr. Sie war ziemlich voll und Salman war froh, dass er einen Sitzplatz fand. Männer und Frauen in feierlichen Kleidern scherzten auf dem Weg zu einem Fest miteinander.

Der teuflische Glanz in Karams Augen ging ihm nicht aus dem Sinn. Er fragte sich, warum der Freund plötzlich ein solches Interesse an den Geheimnissen des Kalligraphen hatte. Aber gerade als er darüber nachdenken wollte, fuhr die Straßenbahn mit voller Wucht in eine Kurve. Der Fahrer, angesteckt durch die feierliche Gesellschaft, begann mit ihnen zu singen und drückte den Schalthebel bis zum Anschlag. Eine schöne, ziemlich beleibte Frau konnte sich nicht festhalten und landete lachend auf Salmans Schoß. Auch andere lagen sich plötzlich in den Armen. Der Fahrer sah die schwankenden Fahrgäste im Rückspiegel, bremste und wirbelte die kreischende Menge vergnügt durcheinander.

»Der arme Junge, du zerdrückst ihn noch«, rief ein Mann in einem schönen dunkelblauen Anzug und mit roter Nelke im Knopfloch.

»Ach, was! Er vergnügt sich«, widersprach ein anderer in feierlicher Uniform.

Die Frau versuchte kichernd, von Salmans Schoß wegzukommen. Er genoss den Duft ihres Parfums, eine Mischung aus Zitronenblüten und reifen Äpfeln, als ihre Wange kurz sein Gesicht streifte. Er saugte den Duft in sich auf. Die Frau stand nun wieder und sah Salman verlegen an.

Es sollten Jahre vergehen, bis er den teuflischen Glanz in Karams Augen wieder vor sich sah. Nur mit Mühe konnte er in Gedanken zu dem Paradies zurückkehren, dessen Geschmack er in Nuras Armen gekostet hatte. Auch an die abendliche Straßenbahnfahrt konnte er sich erinnern, und da verstand er, warum der Teufel Karams Augen jenen Glanz verlieh.

In der Nacht nach seiner abenteuerlichen Straßenbahnfahrt erfuhr Salman, dass Schimon, der Gemüsehändler, nach Israel geflüchtet war. Warum nur? In den folgenden Tagen schaute er von seinem Fenster aus immer wieder zu Schimons Zimmer hinauf und hoffte, Licht zu sehen. Aber es blieb dunkel.

Erst einen Monat später mietete ein Ehepaar die Zweizimmerwohnung. Und der Vermieter des Ladens jammerte noch Jahre später, dass Schimon ihm die Miete von drei Monaten schuldig geblieben sei.

Salman und alle Nachbarn im Gnadenhof wussten jedoch, dass der Geizkragen log. Allein die getrockneten Kräuter, das Olivenöl und die exotischen Früchte, die nun sein Eigentum waren, glichen die Miete für ein Jahr aus.

29.

Meister Hamid unterschätzte die Fanatiker. Er war selbst kein religiöser Mensch. Er glaubte zwar, dass irgendein mächtiges Wesen hinter der Schöpfung stand, und er war stolz bis in die kleinste Ecke seiner Seele, dass Gott eine solch besondere Zuneigung für die arabische Sprache empfand, dass er seinem Propheten Muhammad den Koran in dieser Sprache diktiert hatte. Aber ansonsten waren ihm alle Religionen gleichgültig, und Frömmigkeit und übertriebener Glaube waren für ihn Grundpfeiler der Einfalt. Er achtete aber Juden mehr als Christen, weil er große Parallelen zwischen Judentum und Islam fand, während Christen arrogant und unbelehrbar daran festhielten, dass Gott ihnen einen Sohn gezeugt hatte, der Wein trank und sich kreuzigen ließ. Und dieser Jesus forderte von seinen Anhängern auch noch, den Feind zu lieben.

Hamid ging selten in die Moschee. Aber das änderte sich plötzlich Anfang Januar 1956, als sein altehrwürdiger Meister und Lehrer Serani ihm empfahl, freitags in die Omaijaden-Moschee zu kommen. Dort trafen sich angesehene Theologen, Politiker, die bekanntesten Händler und auch einflussreiche Clan-Oberhäupter. Serani sorgte sich um seinen Lieblingsschüler Hamid. »Die Leute tuscheln über deine Pläne und langsam nimmt das Züge an, die mir nicht gefallen. Komm am Freitag mit in die Moschee und sie werden sehen, dass du ein guter Muslim bist.« Hamid rührte die Fürsorge des alten Mannes und er beschloss, von nun an jeden Freitag in der großen Moschee zu beten.

Schon kurz darauf, im Frühjahr 1956, erkannte er die Weisheit seines Meisters. Große Männer der Theologie, Wissenschaft und Politik luden ihn zum Tee ein, staunten über seine radikale Befürwortung von Schleier und Kopftuch und mussten eingestehen, dass sie ein völlig anderes Bild von ihm gehabt hatten.

Im Mai protzte er in dieser Runde, dass er einen großen Auftrag für die katholische Kirche abgelehnt habe und in Kürze zum ersten Mal nach Mekka pilgern werde. Nur seine Mitarbeiter nahmen ihm die neue Frömmigkeit nicht ab.

»Wahrscheinlich steht ein großer Auftrag für die Saudis bevor«, vermutete Samad hinter vorgehaltener Hand. Aber auch die anderen Gesellen hatten Zweifel an der Echtheit der neuen Religiosität ihres Chefs, der sich, wie Mahmud behauptete, jeden Donnerstag mit drei anderen Kalligraphen in einem kleinen exklusiven Puff im neuen Stadtteil treffe.

»Donnerstags spielt er doch Karten«, warf Samad ein.

»Ja, aber nicht in einem Café, sondern bei Madame Juliette. Das hat mir mein Cousin verraten, der bei einem dieser Kalligraphen gearbeitet hat und in der Nähe dieser Matrone wohnt.

Sie spielen jeden Donnerstag und der Gewinner der Runde darf sich auf Kosten der anderen eine Hure aussuchen.«

Im Herbst 1956 war sich Hamid Farsi sicher, alle angesehenen Männer der Stadt, auch die strengsten Theologen, davon überzeugt zu haben, wie wichtig die Pflege der Kalligraphie sei. Er sprach mit ihnen kein Wort über Reformen und trotzdem blieben die meisten bei aller Freundlichkeit seinem Projekt gegenüber reserviert. Dennoch war er davon überzeugt, die konservativen Theologen hätten ihre Hunde, »die Reinen«, fest an der Leine.

Er überschätzte aber den Einfluss dieser liberalen Theologen auf die Fanatiker im Untergrund. Zwei Wochen nachdem Farsi den Mietvertrag für die Kalligraphieschule unterschrieben hatte, betrat ein bärtiger Mann das Büro Nassri Abbanis und fragte trocken, wo der »Ladenbesitzer« sei. Taufiq musste an sich halten, um nicht loszuprusten. »Ich bin der Laufbursche in diesem Laden, wie kann ich Ihnen helfen?«

»Dein Herr hat einen Fehler begangen. Wir haben nichts gegen seine Sippe, aber er hat mit seinem Geld Hamid Farsis Teufelswerk unterstützt. Er soll davon ablassen und das Geld lieber armen Muslimen geben oder es für die Renovierung unserer Moscheen spenden, dann passiert ihm nichts.« Der Mann sprach ohne jede Regung und rief bei Taufiq große Angst hervor. Er fürchtete kalte Typen wie ihn seit seiner Kindheit. Sie verstanden wenig und schreckten vor nichts zurück, weil sie in ihrer Verblendung mit einem Fuß bereits im Paradies standen. Keine Wissenschaft der Welt konnte Krieger besser ausrüsten.

»Hören Sie, mein Chef hat eine Schule für Kalligraphie unterstützt und kein Bordell«, erwiderte Taufiq hochnäsig, um seine Angst zu überspielen.

»Wir meinen aber, diese Kalligraphie ist nur ein Mantel, um das Werk des Teufels zu verdecken. Und ich bin nicht gekommen, um mit dir oder mit ihm zu diskutieren, sondern um eine Warnung zu hinterlassen«, erwiderte der Mann plötzlich doch erregt, drehte sich um und ging.

Taufiq stand zitternd in seinem Büro und musste den Auftritt des Fanatikers erst einmal verkraften. Dann atmete er tief durch und rief Nassri an. Dieser war bester Laune.

»Die sollen sich zum Teufel scheren und sich lieber duschen und rasieren. Wenn Kalligraphie Gotteslästerung und Teufelswerk ist, so gibt es nichts mehr, was noch für Gott steht«, sagte er.

Taufiq nickte. Sein altes Misstrauen aber erwachte erneut, sobald er aufgelegt hatte, und er erinnerte sich an einen Spruch des verstorbenen Vaters: »Diesen Nassri kannst du nicht fünf Minuten aus den Augen lassen und schon schwängert er eine Frau oder reitet sein Geschäft in den Ruin.«

Lange dachte der treue Mitarbeiter darüber nach, wie er das Unheil von seinem Herrn abwenden könnte. Er telefonierte mit Islamgelehrten, Professoren, liberalen wie konservativen Journalisten, und alle lachten über seine Angst und bestätigten ihm, Kalligraphie sei die höchste Kunst, die die arabische Kultur hervorgebracht habe. »Und nun wollen diese Barbaren uns auch noch das göttliche Spiel der Buchstaben als Werk des Teufels verbieten«, zürnte Mamduh Burhan, Chefredakteur der konservativen Zeitung ›al Aijam‹, »sie sind ohnehin feindselig gegen alle Freuden des Lebens und insofern antiislamisch. Unser Prophet, Gott segne seine Seele, war ein Mann der sinnlichen Genüsse«, schloss er seine Rede.

Nur einer gab eine Antwort, die über eine bloße Beruhigung hinausging. Es war Habib Kahale, der erfahrene Journalist und Chefredakteur der Satirezeitschrift ›al Mudhik al Mubki‹: »Nicht die Schrift oder die Kalligraphie«, sagte der elegante Mann, »sondern – wie ich hörte – die geheimen Pläne des Kalligraphen beunruhigen die Fanatiker, und wenn dem so ist, brauchen Sie keine Sorge um Nassri Abbani zu haben. Hamid Farsi ist ihre Zielscheibe.«

Er empfahl Taufiq, den verrückten Fanatiker zu vergessen,

doch die toten Augen des Bärtigen verfolgten Taufiq bis in den Traum.

Im Gegensatz zu ihm vergaß Nassri Abbani das Telefonat augenblicklich, er nahm den süßen Nachtisch zu sich, trank einen Kaffee und stieg zu seinem Zimmer im ersten Stockwerk hinauf.

Aus seiner Aktentasche zog er eine Mappe, öffnete sie, und vor ihm lag der zweiseitige Brief. Ein Kunstwerk. Die Beschreibung der Frau war perfekt. Und wenn man die Augen zusammenkniff, verwandelten sich die Zeilen in eine lodernde Flamme.

Welch göttliche Schrift! Nassri musste sich überwinden, um dieses herrliche Papier zu falten. Die Knicke kamen ihm brutal vor, aber er machte es genau so, dass die Papierkante auf die mittlere Falte traf. Er nahm die schwere Goldmünze, die er in der Goldschmiedestraße nahe der Omaijaden-Moschee gekauft hatte, legte sie genau auf den Mittelpunkt des entstandenen Streifens und befestigte sie locker mit Kleber. Er schüttelte den Streifen mehrmals, die Münze war fest. Er stieg auf das Bett, hielt den Streifen hoch und ließ ihn fallen. Der Streifen rotierte wie ein Propeller fast senkrecht zu Boden.

Nun wartete er geduldig, bis seine Schwiegermutter das Geschirr gespült und die Küche aufgeräumt hatte. Nach einer Ewigkeit legte auch sie sich hin. Er wusste, Almas schnarchte längst neben ihrer Tochter Nariman, die ihr Tag für Tag ähnlicher wurde.

Es war stiller als auf einem Friedhof, als Nassri langsam zur Holzleiter ging, vorsichtig und geräuschlos hinaufstieg und schnell die Mansardentür hinter sich schloss.

Draußen legte die Sonne einen hellen Teppich über die Stadt. Es war angenehm warm, doch in der Mansarde hielt sich noch die Kälte der Nacht. Nassri zitterte und näherte sich dem Fenster. Er warf einen Blick auf den Hof hinunter, in dem die Frau sich in einem großen Stuhl am Brunnen sonnte. Sie las. Als er das Fenster aufstieß, schaute sie herauf und lächelte. Nassri hätte sterben können vor Glück. Er grüßte sie mit einem Nicken und zeigte ihr das Papier. Der Wind war nun still. Er ließ den Streifen hinuntersegeln und sah das Staunen auf dem Gesicht der Frau. Sie lachte und legte sich die Hand auf den Mund. Der Propeller landete zwei Meter neben der Mauer nicht weit vom Brunnen entfernt.

Die Frau richtete sich auf, lächelte ihn noch einmal an und stand auf, um den Papierstreifen zu holen. Da hörte Nassri Schritte und einen Schlag. Es hörte sich an, als hätte jemand mit einem Hammer gegen eine Tür geschlagen. Er schloss schnell das Fenster, hielt kurz inne und trat auf die kleine Terrasse vor der Mansarde. In diesem Augenblick sah er seine Frau das Treppenhaus betreten, das vom ersten Stock zum Erdgeschoss führte. Er wartete vor der Leiter, um zu sehen, ob er sich nicht geirrt hatte. Aber niemand trat aus dem Treppenhaus heraus.

Eine Halluzination wegen meiner Gewissensbisse, dachte er und lächelte, da er eigentlich seit seiner Kindheit keine Gewissensbisse mehr kannte. Er trat auf die erste Sprosse der Leiter, und als er mit dem anderen Fuß die nächste suchte, krachte das Holz unter ihm zusammen und er fiel in die Tiefe, fuchtelte Halt suchend in der Luft herum und schlug mit seinem linken Bein hart auf dem Boden auf.

Eine von Schmerz erfüllte Dunkelheit fiel wie ein Brett über ihn. Als er zu sich kam, lag er im Krankenhaus. Sein linkes Bein war eingegipst und ließ sich nicht mehr bewegen.

30

Hamid Farsi tobte vor seinen versammelten Mitarbeitern, denn nur sie wussten von Nassri Abbanis großem Geschenk und von den beiden Marmortafeln, die der Geselle Samad nach Entwürfen seines Chefs in der Werkstatt gemeißelt hatte. Und er war es auch, der Hamid auf den Laufburschen Salman als möglichen Verräter aufmerksam gemacht hatte, denn der Laufbursche war derjenige unter den Mitarbeitern, der die meisten Gespräche mit der Kundschaft belauschen konnte.

»Aber der ist doch Christ«, winkte Meister Hamid ab. Samad kümmerte das wenig: »Ob Christ oder Jude, die sind doch alle Verräter. Sie haben ihren Jesus für dreißig Silberlinge verkauft. Mahmud soll alles aus ihm herausquetschen, bis er trillert wie ein Kanarienvogel.«

Der Meister schwieg, stimmte schließlich zu.

Der arme Laufbursche kam am nächsten Tag voller blauer Flecken, seine Hände und ein Auge waren geschwollen, eine Wunde an der linken Ohrwurzel war eklig dick und braun verkrustet. Aber Mahmud hatte nichts aus ihm herausgeholt, nichts. Samad stand mit gesenktem Kopf vor seinem Meister.

Hamid fragte Salman scheinheilig, was ihm passiert sei, und dieser sagte aus Angst vor Mahmud, er sei vom Fahrrad gefallen und in eine tiefe Böschung gestürzt.

Es war ein Tag vor Weihnachten. Hamid schaute den dürren Jungen mitleidig an: »Ihr feiert morgen die Geburt eures Propheten, nicht wahr?«, fragte er. Salman nickte. »Danach feiert die Welt Silvester. Bleib also bis zum zweiten Januar zu Hause und erhole dich gut«, sagte er, zog sein Portemonnaie aus der Tasche, händigte Salman seinen vollen Monatslohn aus und verabschiedete sich von ihm. In diesem Augenblick erschien seine Schwester Siham in der Ateliertür. »Du verschwindest hier«, rief Hamid aufgebracht. »Heute habe ich keine Zeit für dich und auch kein Geld«, sagte er und schob sie hinaus. Die Schwester murmelte irgendetwas, schlug mit der Faust gegen die Glastür und ging.

»Und zur Strafe wird Mahmud den Laufburschen spielen«, schrie Hamid, damit auch alle in der Werkstatt es hören konnten.

Das war für den erwachsenen Gesellen Mahmud tatsächlich eine schlimme Strafe. Aber die schlimmere sollte im Januar noch folgen.

Als Salman Nura von einer Telefonzelle aus von dem Vorfall berichtete, wollte sie ihn unbedingt sehen. Salman schämte sich ihrer Blicke, aber sie bestand auf einem Treffen.

Sie saßen in einem Café im neuen Stadtteil in der Nähe des Fardus-Kinos. Salman schwieg. Nura war entsetzt. Wie sie ihn zugerichtet hatten! Wie konnte ihr Mann nur so grausam sein? Sie weinte bei Salmans Anblick, küsste ihn auf die Augen und fühlte dennoch keine Angst. Der Wirt schaute das Paar mitleidig an. Nura fühlte einen bitteren Hass gegen ihren Mann. Sie ging nach dem Treffen zu Dalia, erzählte ihr nichts, trank aber zum ersten Mal in ihrem Leben Arrak. Danach fühlte sie sich leichter. Als sie sich verabschiedete, drückte die Schneiderin sie fest: »Pass auf dich auf, mein Kind«, sagte sie leise. Nura nickte und ging langsam nach Hause.

Am dritten Januar, wieder zurück in der Werkstatt, fragte Karam Salman beim Mittagessen, ob er von Mahmuds Erkrankung gehört hätte. Salman schüttelte den Kopf.

»Er ist – wie ich hörte – schwer krank und wird ab morgen nicht mehr arbeiten können«, sagte Karam und lächelte vielsagend. Salman war an diesem Tag besonders zerstreut. Nura hatte in einem Nebensatz erwähnt, sie kenne jemanden, der einem für hundert Lira echte Papiere besorge und eine neue Identität verschaffe.

Wie kann jemand echte Papiere mit anderen Namen besorgen, wollte er fragen. Bis dahin hatte er nur von guten und schlechten Fälschungen gehört. »Anscheinend«, fuhr Nura fort, als hätte sie seine Frage gehört, »hat er Zugriff auf die Daten im Einwohnermeldeamt und kann Tote wiedererwecken oder Menschen verdoppeln.«

Salman war noch immer mit den Fragen beschäftigt, die diese Geschichte von der zweiten Identität aufwarf, und es war ihm ziemlich gleichgültig, ob der Grobian Mahmud krank war oder nicht.

Erst am nächsten Tag sollte er feststellen, dass er weder zugehört, geschweige denn verstanden hatte, was Karam gesagt hatte.

Der Kalligraphengeselle wurde in der Nacht vom dritten Januar von vier muskulösen bärtigen Männern überfallen. Sie schlugen erbarmungslos auf ihn ein und riefen bei jedem Hieb: »Allahu Akbar«, Gott ist groß, als ob sie dabei einer religiösen Übung nachgingen. Und dann zerschmetterte ihm der größte unter ihnen die rechte Hand mit einem Vorschlaghammer.

Hätte nicht ein Passant den leise wimmernden Mann im dunklen Eingang einer Lagerhalle entdeckt, Mahmud wäre an seinen inneren Blutungen gestorben. Doch nicht genug damit, ein Unbekannter rief am frühen Morgen bei Hamid an und teilte ihm mit, sein Geselle habe versucht, eine junge Frau zu vergewaltigen. Deshalb hätten ihre Brüder ihm die Hand gebrochen, mit der er die Frau angefasst habe.

Hamid warf den Hörer so schnell auf die Gabel, als würde dieser seine Hand verbrennen. Er verlor zunächst kein Wort über den Vorfall, doch einen Tag später wussten alle im Atelier Bescheid. Meister Hamid war zu einer Sitzung mit dem Kultusminister gegangen, und als das Telefon klingelte, nahm Samad ab.

Es war Mahmuds Frau, die Samad unter Tränen mitteilte, dass ihr Mann nun – Gott sei Dank – nicht mehr in Lebensgefahr schwebe. Aber seine rechte Hand könne er nie wieder gebrauchen. Sie weinte bitterlich, weil alle im Krankenhaus wüssten, dass Mahmud die Strafe wegen einer Vergewaltigung bekommen hatte. Jetzt verachtete man sie beide gleichermaßen.

Samad sprach zwei, drei tröstende Sätze und legte auf. Salman war hin- und hergerissen zwischen Dankbarkeit gegenüber Karam, der bei dieser Lektion mit Sicherheit die Fäden gezogen hatte, und Abscheu wegen der Brutalität der Strafe, die auch Mahmuds Familie mitbestrafte, da sie nun in Armut leben musste. Was für ein grausames Spiel spielte Karam?

An diesem traurigen Tag erbrach sich der Geselle Radi zum ersten Mal. Man verheimlichte es dem Meister. Es sah nicht gut aus, aber Radi richtete sich in den nächsten Tagen wieder etwas auf. Salman half ihm mit Kräutertees, wenn der blasse Radi Magenkrämpfe bekam.

Hamid trauerte nicht lange um Mahmud. Eine Woche später schickte er seinen Assistenten Samad, um einen fähigen jungen Kalligraphen, von dem der Meister gehört hatte, abzuwerben. Samad solle die Sache bei einem guten Mittagessen abwickeln. Hamid gab ihm zwanzig Lira: »Sei großzügig beim Füttern. Der Magen macht die Seele schüchtern.«

Zwei Tage später kam der neue Geselle. Er hieß Baschir Magdi und träumte davon, eines Tages alle Schriften von Zeitungen und Zeitschriften neu zu entwerfen. Er war ein lustiger Zeitgenosse und mochte Salman vom ersten Augenblick an. Nur Hamid hatte etwas an ihm auszusetzen: »Du sollst hier nicht für Wegwerfpapier, sondern für die Ewigkeit produzieren. Lass die Zeit und nicht die Hast in deinen Buchstaben wohnen.«

Aber Baschir konnte nicht langsam arbeiten. Zwei Monate nach seiner Einstellung warf er das Handtuch. Er ging zu einer großen Zeitung und wurde dort Chefkalligraph.

Salmans Mutter ging es schlecht. Sie fieberte über die Weihnachtszeit, erholte sich dann etwas und fiel wieder entkräftet ins Bett. Salman kaufte ihr teure Medikamente, die doch nur den Schmerz linderten, heilen konnten sie die Mutter nicht.

Er brachte sie jeden Freitag zu Doktor Sahum, der an diesem Tag kostenlos die Armen behandelte. Die Praxis war überfüllt und man musste lange warten, aber Doktor Sahum blieb bis zum letzten Patienten freundlich. Er konnte am Ende auch nicht genau sagen, was der Mutter fehlte. Allgemeine Erschöpfung? Eine Virusinfektion? Und dann nahm er Salman beiseite und teilte ihm mit, die Mutter werde nicht mehr lange leben. Sie war nicht einmal vierzig Jahre alt.

Salman und sein plötzlich zur Besinnung gekommener Vater pflegten sie und auch die Nachbarn halfen mit. Doch die Mutter kam nicht zu Kräften.

Was für ein Elend, dachte er auf dem Weg zur Arbeit. Ein Mensch wie seine Mutter wurde in Armut geboren, an einen fremden Mann verscherbelt, den sie weder liebte noch achtete und von dem sie nicht geliebt und geachtet wurde, sie verbrachte ein Leben in Schmerz und starb jetzt einen qualvollen, langsamen Tod.

»Manchmal denke ich, Gott rächt sich an den falschen Leuten«, sagte er zu Nura.

Salman sollte am Vormittag, nachdem er wie jede Woche die gründliche Reinigung des Ateliers vorgenommen hatte, einem Kunden eine bereits bezahlte gerahmte Kalligraphie bringen. Er wickelte die kostbare Arbeit in Zeitungspapier ein und machte sich kurz vor zehn auf den Weg. Auf der Höhe der Viktoriabrücke erblickte er Flieger, der artig vor einem blinden Bettler saß. »Flieger, mein lieber Hund, wer hätte das gedacht«, flüsterte er aufgeregt. Er wollte am liebsten schnell zu ihm hinlaufen, hatte aber Angst um die teure Kalligraphie. Er ging also zuerst zu dem Architekten drei Straßen weiter, um das Kunstwerk abzuliefern. Er musste warten, bis der Architekt persönlich die Kalligraphie entgegennahm und sich bedankte, das hatte ihm Hamid aufgetragen. Hamid war ein stolzer Kalligraph, der oft die Geschichte von dem ägyptischen Herrscher und dem persischen Kalligraphen erzählte. Muhammad Ali, der große Herrscher von Ägypten, bat den persischen Kalligraphen Sinklach, ein berühmtes religiöses Poem zu kalligraphieren, um es in der großen Moschee aufzuhängen, die Muhammad Ali gerade in Kairo erbauen ließ. Der Kalligraph arbeitete zwei Monate an seinem Kunstwerk. Nach Beendigung der Arbeit befahl er seinem Diener, die Rolle nach Ägypten zu begleiten. Am Hofe solle er ankündigen, dass er das kalligraphierte Poem bei sich habe. Für den Fall, dass der Herrscher nicht aufstand und die Rolle in Ehren entgegennahm, solle der Diener wieder kehrtmachen. Er verlange Respekt vor der Kalligraphie. Doch nicht nur Muhammad Ali, sein ganzer Hofstaat erhob sich und jubelte, als der Diener den Saal mit der großen Rolle betrat.

Im Büro des Architekten wollte ihn die Sekretärin zunächst abwimmeln, aber Salman blieb stur, bis sie ihren Chef endlich holte. Der nahm die Kalligraphie freudig entgegen, gab Salman ein Trinkgeld und richtete dem Meister herzliche Grüße und besten Dank aus, wie es sich gehörte.

Salman stürzte hinaus und rannte ohne Unterbrechung bis zur Viktoriabrücke zurück. Der Hund war, gottlob, immer noch an seinem Platz. Er hatte sich in der Zwischenzeit hingelegt und beobachtete die Passanten. Hinter ihm sang der junge blinde Bettler mit herzbewegender Stimme von seinem Schicksal. Plötzlich richtete sich der Hund auf und schaute um sich. Er sah vernarbt und alt aus, aber der freche verschmitzte Blick, den er schon als Welpe hatte, war unverändert. Hunde können einen manchmal so anschauen, dass man denkt, sie verstehen alles, dachte Salman.

Flieger rannte los, sprang schwanzwedelnd an Salman hoch und warf ihn fast um. Er hatte ihn erkannt und bellte seine

Wiedersehensfreude aus sich heraus! »Flieger«, rief Salman, »lieber Flieger!« Der Bettler hörte auf zu singen. »Aini«, rief er, »Aini, komm her, Aini, Platz!« Aber der Hund beachtete die Rufe nicht. »Hilfe, jemand will mir den Hund stehlen«, schrie er aus Leibeskräften, »so helft bitte einem Blinden, Gott wird es euch vergelten!«

»Hör auf zu schreien«, rief Salman zurück, »niemand will dir was wegnehmen. Der Hund ist mein. Ich habe ihm das Leben gerettet, als er ausgesetzt wurde, und er wuchs bei mir auf, bis man ihn mir gestohlen hat. Er heißt Flieger.« Salman sah Unsicherheit und Furcht auf dem Gesicht des jungen Bettlers. »Schau, wie er auf mich hört. Flieger! Sitz!« Und der Hund saß und wedelte mit dem Schwanz, und obwohl es ihn zu Salman zog, blieb er sitzen. Der Bettler spürte, dass der Hund gehorchte.

»Er ist mein Hund und ich suche ihn seit Jahren. Wie viel willst du für ihn?«, fragte Salman.

»Vielleicht war er dein Hund«, sagte der Bettler kläglich, »aber jetzt ist er mein Augenlicht. Jetzt heißt er *Aini*, mein Auge, und er passt den ganzen Tag auf mich auf. Du darfst ihn mir nicht nehmen. Einmal hat er mich, als böse Jungen mich berauben wollten, tapfer gerettet, sieh dir seine Narben an.«

»Aber ...«, wollte Salman protestieren.

»Kein aber, Aini und ich, wir leben seit Jahren in Harmonie miteinander. Er ist mein fürsorglicher Bruder, der sogar mit mir weint, wenn ich traurig bin.«

»Ist schon gut. Ich habe verstanden«, sagte Salman. »Ich überlasse dir den Hund und mache dir ein Geschenk dazu. Du nennst ihn von heute an Flieger und ich zeige dir ein Kaffeehaus, ein sehr vornehmes im reichen Suk-Saruja-Viertel, nicht weit von hier. Flieger hat dem Wirt Karam einmal das Leben gerettet. Er kennt und liebt den Hund. Jeden Mittag Punkt zwölf erhältst du dort eine Mahlzeit, und Flieger auch. Einverstanden? Karam ist ein großzügiger Mann, aber nur, wenn du den Hund in Zukunft Flieger rufst.«

»Einverstanden, für eine warme Mahlzeit nenne ich mich auch Flieger. Seit Tagen habe ich keine gehabt. Wie heißt das Kaffeehaus?«

»Café Karam. Ich bin dort zwischen zwölf und halb eins«, sagte Salman und streichelte Flieger, der, beruhigt über den versöhnlichen Ton, vor sich hin döste.

Karam war wie verwandelt. Er wollte weder von Flieger noch von dem Bettler etwas wissen. Er weigerte sich lautstark, ein Essen zu spendieren.

Als Karam Salman kommen sah, schüttelte er den Kopf, dann schnappte er ihn am Hemd und zog ihn ins Café hinein, während Darwisch den Bettler etwas höflicher als sein Chef bat, doch weiterzugehen und die Gäste nicht mit dem Hund zu belästigen. Heimlich steckte er ihm ein Falafelbrot zu.

»Bist du wahnsinnig, mir diesen verlausten Bettler und seinen räudigen Hund ins Café zu schicken?«, fauchte Karam Salman an.

Salman war schockiert und beschämt zugleich, er wollte fragen, was daran so schlimm sei, wenn ein Bettler einmal im Café sitzen dürfe, aber Karam ließ ihm keine Möglichkeit. »Du sollst den Mund halten. Weißt du, wer alles hier verkehrt? Hast du nicht lange genug hier bedient? Leute aus den besten Kreisen, ehemalige Minister, der jetzige Ministerpräsident, sein Cousin, Juweliere, Professoren, Gelehrte, der Scheich der Omaijaden-Moschee, mehrere Generäle zählen zu meinen Stammgästen und dir fällt nichts Besseres ein, als mir diesen frechen Bettler zu schicken. Geh hinaus und schlepp diesen Lautsprecher weg von meinem Café«, rief er aufgebracht. Genau in diesem Augenblick hörte Salman den Bettler seinen Hund rufen: »Komm, Aini, hier stinkt es nach Geiz und Verwesung. Gott bestrafe den, der uns reingelegt hat. Komm, Aini, komm«, rief er und machte sich auf den Weg.

Salman weinte vor Wut. Er hasste Meister Hamid, der ihm am Vormittag keine Minute Ruhe gegönnt hatte, er hasste

Karam, der ein solches Theater veranstaltete, aber am meisten hasste er sich selbst.

Flieger sah er nie wieder.

Salman benutzte das Fahrrad nur für die Mittagstour zum Haus seines Meisters und zurück. Er hätte es gerne einmal im Gnadenhof gezeigt, aber er hatte Sorge, verraten zu werden, da Basem und Ali, die im Atelier arbeiteten, nicht einmal hundert Meter von seiner Gasse entfernt wohnten.

Mit dem Fahrrad sah Salman die Stadt Damaskus anders als zu Fuß oder vom Bus aus. Auf einmal waren ihm die vielen Ausländer aufgefallen, die in der Stadt arbeiteten. Eines Tages sah er einen Bauern, der hinter seinem kräftigen und schwer beladenen Maulesel herlief. Man konnte das Tier unter den langen Stämmen und Ästen kaum sehen. Mit schläfriger Stimme rief der Bauer immer wieder: »Brennholz! Gebt acht auf euren Rücken! Brennholz!«

Von seinem Vater wusste Salman, dass die Bauern das Holz der alten und kranken Bäume verkauften, weil es gutes Geld einbrachte. Sie selbst verbrannten nur getrocknete Fladen aus Kuhdung und Stroh.

Der Bauer erreichte eine Kreuzung, in deren Nähe drei Männer, gestützt auf riesenhafte Beile, rauchten und scherzten.

Als eine Frau zwei Stämme kaufte, trat einer der Männer hinzu und zerhackte das Holz. Er kam aus Albanien und verdiente hier seinen kargen Lohn.

Die Messerschleifer in Damaskus kamen aus Afghanistan, die Uhrmacher waren Armenier, die Teppichhändler Perser und die Nussverkäufer auf der Straße waren aus dem Sudan.

Anfang Februar besserte sich das Wetter und nach ein paar sonnigen Tagen atmeten die Damaszener auf. Auch Salmans Mutter fühlte sich wohler. Sie stand auf, hatte rote Wangen und tausend Pläne. Der Arzt mahnte sie aber, ihre Kräfte zu schonen.

Eines Morgens überraschte ihn seine Mutter beim Frühstück. »Weißt du, was immer mein Traum war?«, fragte sie ein wenig verlegen. Salman schüttelte den Kopf.

»Eine Runde auf dem Fahrrad zu fahren. Ich kann ja nicht fahren, aber wenn du mich fahren würdest, wäre ich sehr stolz auf dich. Willst du mir diesen Wunsch erfüllen?«

»Gerne«, sagte Salman.

Eines Nachmittags war es so weit. Nach der Arbeit fuhr er mit dem Fahrrad durch das Eingangstor in den Gnadenhof. Er holte eine Steppdecke, mit der er die kleine Ladefläche auslegte, und lud die Mutter ein, aufzusitzen.

Stolz fuhr Salman sie im Kreis durch den großen Hof. Die Nachbarn, Frauen und Männer, kamen heraus, setzten sich vor ihre Türen auf ihre Hocker und beobachteten die fröhliche Frau vorne auf dem Transportrad. Barakat, der Bäckergeselle mit den schönen Töchtern, die inzwischen alle verheiratet waren, warf der Mutter ein rotes Windrad zu, das an einem Holzstab befestigt war. Sie lachte, hielt es in die Höhe, und der Wind ließ das rote Rädchen drehen. Zum ersten Mal in seinem Leben hörte Salman seine Mutter ein fröhliches Lied singen.

Mehr als zwanzig Runden fuhr Salman, inzwischen mit einer Kindermeute im Schlepptau, die jubelte und sang. Wer ein Fahrrad besaß, fuhr hinter Salman her, und alle klingelten ununterbrochen. Es sah aus wie ein Hochzeitszug. Der Polizist Kamil, Sarahs Vater, stellte sich in seiner Uniform mitten in den Hof und regelte mit Pfiffen den Verkehr.

Salman fiel auf, wie schön und jugendlich Sarahs Vater aussah im Gegensatz zu ihrer Mutter, die alt und müde wirkte – und sehr eifersüchtig war. Er erinnerte sich, was Sarah vor Jahren erzählt hatte: »Jeden Abend schluckt meine Mutter ihre Eifersucht hinunter und beschließt, meinem Vater zu vertrauen, doch in der Nacht schleicht die Eifersucht wieder aus ihrem offenen Mund und sobald mein Vater die Wohnung am frühen Morgen verlässt, springt die Eifersucht behende auf die

Schulter meiner Mutter und flüstert ihr zu, ihre Bedenken seien berechtigt. Und sie füttert diese scheußliche Klette wie ein Haustier. Bis zum Abend ist sie dann so groß wie ein Huhn. Und wenn mein Vater müde von der Arbeit nach Hause kommt, schämt sich meine Mutter, voller Gewissensbisse gibt sie ihm einen Kuss, schlachtet ihre Eifersucht und isst sie wieder auf.«

Salman fuhr seine Mutter so lange im Kreis herum, bis sie ihn erschöpft und glücklich bat, anzuhalten. Er fuhr sie bis zur Wohnungstür. Sie stieg ab und umarmte ihn: »Es war schöner als der Traum, den ich seit meiner Kindheit mit mir herumgetragen habe.«

Eine Woche später fiel sie ins Koma. Salman sang an ihrem Bett leise ihre Lieder, aber sie reagierte nicht mehr. Manchmal bildete er sich ein, sie würde ihre Hand bewegen, um anzudeuten, er solle weitersingen.

Ende Februar, einen Tag nach Salmans Entlassung, starb sie in der Nacht. Ganz still lag sie da, ein Hauch von einem Lächeln lag auf ihren Lippen. Salman weckte der Schrei seines Vaters, der wie ein Kind weinte und seine Frau immer wieder küsste und um Verzeihung bat. Unter ihrem Kopfkissen fand man das rote Windrad.

Nach dem Zwischenfall mit dem Bettler blieb Salman dem Café von Karam eine Woche lang fern. Auch am Freitag ging er nicht zu dessen Haus.

Tage später wollte er das Fahrrad in den Hof der Töpferei zurückbringen, als er dort Karam erblickte. Salman sperrte das Rad ab und wollte schnell verschwinden. »Warte doch, wo rennst du hin?«, fragte Karam freundlich, fast bittend.

Salman antwortete nicht, blieb aber stehen und senkte den Blick. »Du musst auch mich verstehen«, sagte Karam, »ich kann nicht alle Hungrigen der Welt bei mir aufnehmen.«

»Niemand hat das von dir verlangt. Ich wollte nur Flieger wiedersehen und an dem Tag habe ich es nicht mehr geschafft, dich vorher zu informieren. Das tut mir leid, aber du musst mir nicht vorwerfen, ich hätte dich ruiniert.«

»Nein, du hast mich nicht ruiniert. Es tut mir aufrichtig leid und ich bitte dich um Verzeihung. Wollen wir wieder Freunde sein?«, fragte er. Salman nickte und Karam zog ihn an sich und umarmte ihn.

»Nicht so fest, sonst könnte jemand Badri gegen mich hetzen«, scherzte Salman.

Sie gingen nebeneinander zum Café. »Und?«, wollte Karam wissen, als sie allein an einem Tisch in einer ruhigen Ecke saßen. »Was Neues an der Liebesfront?« Salman aber wollte ihm kein Wort von seiner leidenschaftlichen Liebe zu Nura erzählen. Nicht einmal aus Misstrauen, sondern einfach, weil er diese Kostbarkeit, die Liebe zu Nura, mit niemandem teilen wollte.

»Nein, es ist immer noch eine einseitige Liebe von mir zu ihr. Sie mag mich vielleicht, ist freundlich zu mir, aber sie hält ihrem Mann die Treue und kann mit Männern nichts anfangen, die abstehende Ohren haben«, sagte er und grinste innerlich so sehr, dass er beinahe Schluckauf bekam.

31.

Es waren seine Briefe, die Asmahan vergessen ließen, dass sie niemals und niemanden lieben dürfe. Sie war aber längst nicht mehr Herrin über ihr Herz und verlor ihre aufgesetzte Nüchternheit, sobald Nassri das Haus betrat. Sie wurde wieder zu dem jungen Mädchen, das vor mehr als zehn Jahren sehnsüchtig auf die Worte ihres damaligen Geliebten gewartet hatte und die Nacht wach geblieben war, wenn sich einer der Briefe verspätet hatte.

Sie war damals zehn oder elf, als sie sich unsterblich in den blassen Nachbarjungen Malik verliebt hatte. Er war nicht einmal fünfzehn, aber er besaß den geheimen Schlüssel der Poesie, mit dem er ihr die Welten hinter den Buchstaben öffnete. Das war lange her.

Asmahans Mutter stammte aus einer reichen Familie. Sie hatte als dritte Frau in Syrien 1930 Abitur gemacht, zwei Jahre vor Asmahans Geburt.

Ihr Vater entstammte einer städtischen Händlerfamilie, die seit dem Mittelalter Handelsbeziehungen zu Venedig, Wien, London und Lübeck unterhalten hatte. Er war Leiter einer Tabakfabrik, und obwohl Muslim, schickte er sie genau wie seine anderen vier Kinder in eine Eliteschule der Christen. Sie ging in eine Mädchenschule im Stadtteil Salihije, drei Straßen von ihrem jetzigen Haus entfernt. Die Schule wurde von strengen Nonnen mit merkwürdigen Kostümen geführt. Sie trugen eine schneeweiße Kopfbedeckung, die auf beiden Seiten ausladende scharfkantige Krempen hatte. Wenn die Nonnen gingen, wippten die Krempen so, als würde ein Schwan auf ihren Köpfen balancieren und sich durch Flügelschläge im Gleichgewicht halten.

Die Schule verfügte über eine große Bibliothek, doch die Schülerinnen durften die Bücher nicht anfassen. Auch zu Hause durfte Asmahan sich nicht aussuchen, was sie lesen wollte. Ihr Vater bewahrte seine Bücher in einem schönen Wandschrank mit Glastüren auf. Sie lernte die Titel auf den Buchrücken alle auswendig, aber sie kam nie auf den Gedanken, eines der Bücher herauszunehmen und zu lesen. Malik war es, der ihr sagte, dass genau die verbotenen Bücher alles Wertvolle für einen Menschen enthielten. Eines Tages fand sie den Schlüssel zum Bücherschrank und nahm eines der Bücher, dessen Titel sie schon immer fasziniert hatte: ›Geheimnis der Worte‹. Sie las mit klopfendem Herzen. Malik kannte das Buch und er sagte ihr, sie solle weiterlesen, denn auch das, was sie nicht verstehe, sammle sich in ihr wie eine

Knospe und warte auf den richtigen Augenblick, um sich zu entfalten.

Es sollte fünf Jahre dauern, bis sie alle Bücher der Bibliothek ihres Vaters gelesen hatte. Zu den heimlichen Treffen mit Malik nahm sie stets ein Buch mit und las ihm ein Gedicht oder eine Anekdote vor, die von Liebe handelte. Malik schien beim Zuhören noch blasser zu werden, als er sowieso schon war. Manchmal weinte er, wenn das Gedicht von der Qual der Liebe berichtete.

Nie wieder war Asmahan einem Menschen begegnet, der besser zuhören konnte. Sie spürte, dass Malik ihre Worte mit einem unsichtbaren Magneten in seinen Ohren so gierig anzog, dass er ihr die Worte beinahe herausriss. Ihre Zunge kitzelte deshalb merkwürdig, wenn sie ihm erzählte.

Und nach dem Vorlesen erklärte er ihr, was die Anspielungen in den Versen bedeuteten, und sie hatte das Gefühl, als würde er sie an die Hand nehmen und sie in geheime Lustgärten bringen. Malik konnte nicht nur die sichtbaren Worte lesen, sondern zudem ihre verborgenen Wurzeln sehen.

Durch einen heimlichen Durchschlupf in der Hecke betrat sie fast täglich den Garten seines Elternhauses, wo sie sich im Geräteschuppen trafen. Der große Garten war zu einem Dschungel wilder Bäume und Sträucher geworden, weil seine Eltern die Gartenarbeit hassten und mit Rosen, Weinreben, Orangen- und Maulbeerbäumen nichts anfangen konnten. Sie hatten das Haus geerbt und heruntergewirtschaftet. Und noch bevor sie 1950 nach Amerika auswanderten, war das einst herrschaftliche Haus fast verfallen.

Aber das kam erst viele Jahre später, da war Asmahan bereits verheiratet und Malik seit drei Jahren unter der Erde.

Fünf Jahre lang traf sie ihn fast täglich. Ihre Mutter und ihre Geschwister merkten bis zu Maliks Tod nichts davon.

Es war wie die Sucht nach einer Droge. Er saß immer da, als hätte er ihr Kommen erwartet. Und doch war er jedes Mal sichtlich erleichtert, wenn sie kam.

Sobald sie auf dem großen alten Sofa saßen, das früher einmal in seinem roten Samt Luxus ausgestrahlt haben musste, berührte er ihre Lippen mit seinen zarten Fingern und begann Gedichte über die Schönheit der Frauen zu rezitieren. Es waren, wie sie erst spät begriffen hatte, seine Gedichte, die ihre Schönheit besangen. Sie vergaß die aufgestapelten Blumentöpfe, die rostenden Werkzeuge der früheren Gärtner, die Gießkannen und Schläuche. Berührt durch seine Worte bewegte sie sich in einer anderen Welt, die nur ihnen beiden gehörte.

Einmal brachte er ein großes Buch mit, dessen Seiten mit für sie unverständlichen Ornamenten aus verschlungener Schrift gefüllt waren. Da und dort erkannte sie ein Wort, einen Buchstaben, aber das Ganze blieb ein Geheimnis. Die Buchstaben bildeten einen eleganten Dschungel aus schwarzer Farbe und weißen Zwischenräumen.

Er küsste sie an diesem Tag lang und ihr wurde schwindelig. Er nahm ihren Zeigefinger und streifte damit die Buchstaben entlang und sie spürte, wie die Schrift in sie hineinfloss. Das Buch lag vor ihr auf einem niedrigen alten Tisch. Malik beugte sich näher zum Blatt und suchte den Weg der Schrift im Labyrinth der Linien, Bögen und Punkte, und er sah im einfallenden Licht durch das bunte Glasfenster göttlich schön aus. Als sie ihn aufs Ohrläppchen küsste, lächelte er und fuhr mit dem Finger ein Wort entlang, das sie nun aus dem Dschungel der Buchstaben befreit sah und lesen konnte: Liebe.

Eines anderen Tages sah sie ihn vor einem großen Buch im Gartenhaus sitzen. Er stand sofort auf, lächelte sie an, nahm sie an der Hand und führte sie zum Sofa. Er küsste sie heftig, so dass sie völlig durcheinandergeriet. Er machte ihr Angst, denn er schien wie im Rausch zu sein. Sie lag unter ihm und er küsste sie nicht nur auf Lippen, Hals und Wangen, sondern traf manchmal wie ein Blinder ihren Gürtel und küsste ihn, und er traf ihre Armbanduhr und küsste sie, er küsste ihr

Kleid, ihre Knie und ihre Wäsche und gab dabei einen Ton von sich wie das leise Jammern eines Säuglings, der hungrig die Brust seiner Mutter sucht.

Dann lächelte er, richtete sich auf und wartete, bis auch sie sich aufgesetzt hatte, nahm ihren rechten Zeigefinger in seine Hand und wanderte über die Worte des ersten großen Ornaments im Buch.

Es waren Verse einer feurigen erotischen Poesie und sie begriff schnell, dass dieses Buch ein verbotenes Buch der Liebe war. Der Schreiber hatte im vierzehnten Jahrhundert gelebt und verwegene, offen erotische Verse aus aller Welt gesammelt und durch die Kunst der Kalligraphie verborgen. Nur Kenner vermochten die Geheimnisse der Buchstaben zu lüften. Für Nichteingeweihte sah das Schriftbild nach einem schönen Ornament aus.

Seite für Seite wurden verbotene Liebe, Liebespraktiken und das wachsende Verlangen nach Berührung des Geliebten beschrieben. Und immer wieder besangen die Verse die körperliche Schönheit von Männern und Frauen in allen Details. Oft stand zur Tarnung über den erotischen Versen ein leicht lesbarer religiöser Spruch. Malik fuhr mit Asmahans Finger fort, bis sie ein heftiges Verlangen nach ihm verspürte. Sie umarmte ihn und lauschte, auf ihm liegend, dem schnellen Klopfen seines Herzens.

Sie liebte ihn mit aller Erotik und aller Unschuld gleichzeitig. Tage, Monate und Jahre vergingen so leichten Fußes wie eine Sekunde, deshalb wusste sie später nicht die Jahre voneinander zu unterscheiden. Sie erwachte erst, als er plötzlich krank wurde.

Hatte sie all die Jahre nicht gewusst, dass er schwer krank war? Hatte sie nie Angst um ihn gehabt? Warum hatte sie in ihren Tagträumen so vieles geplant, wissend, dass sein Herz unheilbar krank war? Hatte sie ihn vielleicht so abgöttisch geliebt, damit er länger lebte?

Völlig überraschend stand seine Schwester eines Tages vor

ihrer Haustür und nuschelte mit gesenktem Blick, Malik liege im Sterben und wolle sie sehen. Asmahan rannte auf der Stelle los, ohne Pause von ihrer Gasse bis zum weit entfernt gelegenen italienischen Krankenhaus. Sein Zimmer war voller Menschen. Malik sah sie und lächelte. In die schlagartig eingetretene Stille flüsterte er: »Das ist sie. Das ist sie.«

Die abschätzigen Blicke der Anwesenden machten sie darauf aufmerksam, dass sie in Hausschuhen dastand. »Komm zu mir, ich will dir was zeigen«, sagte Malik nun kaum hörbar, aber sie konnte von der Tür aus alles so deutlich verstehen, als würde er ihr die Worte ins Ohr flüstern. Ihre Füße klebten jedoch am Boden, als hätten die Blicke der anderen sie mit Blei beschwert.

»Ich will allein sein«, hörte sie Malik seine Mutter bitten, die mit roten, geschwollenen Augen seine Hand hielt. Asmahan setzte sich auf die Bettkante, und als er die Hand nach ihr ausstreckte, blickte sie verlegen um sich. Da war das Zimmer bereits wie durch Zauberhand leergefegt.

»Ich habe etwas für dich geschrieben«, sagte er und holte aus dem kleinen Nachtschrank ein unbeholfen in Papier gewickeltes und mit einem dicken Faden umschnürtes rechteckiges Päckchen hervor. Asmahan löste mit zitternden Fingern die vielen festen Knoten der Verpackung und zerriss vor Ungeduld das Papier. Eine kleine gerahmte Kalligraphie kam zum Vorschein. Sie sah sehr kompliziert und wie eine Rose aus.

»Wenn du das lesen kannst, wirst du an mich denken«, sagte Malik nach Luft ringend.

»Liebe ist die einzige Krankheit, von der ich nicht geheilt werden will«, konnte sie – ein halbes Jahr später – entziffern. Der kleine umrahmte Spruch begleitete sie ihr Leben lang wie eine Ikone.

Zwei Tage nach ihrem Besuch im Krankenhaus wachte sie nach einem Alptraum in der Morgendämmerung auf. Sie hörte jemanden nach ihr rufen, lief aus ihrem Zimmer auf die kleine Terrasse, doch ihre Eltern und die drei jüngeren Brüder schliefen noch auf der anderen Seite in ihren Zimmern.

Erst später sollte Asmahan von Maliks Schwester, die alle Nächte auf dem Boden neben seinem Bett geschlafen hatte, erfahren, dass Malik in jener Morgenstunde, als er starb, laut ihren Namen gerufen hatte.

Malik war nicht einmal zwanzig, Asmahan gerade fünfzehn Jahre alt. Eine Woche später wurde sie von einem Fieber heimgesucht und verlor das Bewusstsein. Als sie zu sich kam, wusste ihre Mutter bereits die ganze Geschichte mit Malik. Wie sie davon erfahren hatte, blieb ihr Geheimnis. Sie tröstete Asmahan und fragte, ob bei ihr »unten« alles in Ordnung sei, und sie war sichtlich erleichtert, als sie erfuhr, dass Asmahan noch Jungfrau war.

Asmahan schwor sich, niemanden mehr zu lieben. Sie erklärte ihr Herz für tot und ahnte nicht, dass Herzen keinen Verstand haben, um eine Erklärung zu begreifen.

Die Blicke der Männer, die ihr sehnsüchtig entgegenfieberten, je erwachsener und weiblicher sie wurde, ließen sie kalt.

»Was heißt erst fünfzehn? Sie hat in Sachen Liebe mehr Erfahrung als ich. Sie braucht dringend einen Mann«, sagte die Mutter am selben Abend zu Asmahans Vater.

Asmahan heiratete ein Jahr später ihren zehn Jahre älteren Cousin, einen grobschlächtigen, derben Chirurgen, der als Gerichtsmediziner mehr von Leichen als von lebenden Körpern und Seelen verstand.

Anfang 1950 bekam Asmahans Vater einen denkwürdigen Brief aus Florida. Dieser Brief kam zur rechten Zeit, denn ihr Vater hatte durch Spekulation sein ganzes Geld verloren. Er lebte noch von seinem Gehalt als Direktor der Tabakfabrik, doch schon bald musste er Schulden machen, um sein aufwendiges Leben zu finanzieren. Es verging kein halbes Jahr und das Haus war mit Hypotheken belastet. Nun kam der Brief wie eine göttliche Rettung in letzter Minute. Der Onkel des Vaters war ein reicher Hotelier, der jedoch kinderlos geblieben war. Nach mehreren Scheidungen und verlustreichen Prozessen hasste er die Amerikaner. Aus Angst, dass am Ende eines langen Arbeitslebens dieser Staat auch noch sein großes Vermögen erbte, schickte er nach dem einzigen Neffen, den er noch aus der Zeit vor seiner Auswanderung kannte. Er solle kommen, die Green Card erwerben und alles erben. Ein Ticket überzeugte den Vater, dass das kein Scherz war.

Schon drei Wochen später hatte er die notwendigen Papiere zusammen, löste alles auf und wanderte mit der ganzen Familie endgültig aus.

Der Abschied im Hafen von Beirut war bewegend. Alle weinten, nur Asmahans Mann lachte und scherzte ununterbrochen. Asmahan fühlte Ekel vor diesem Mann. Sie wartete, bis das Schiff aus dem Hafen auslief, dann beschimpfte sie ihn. Auf der ganzen Rückfahrt nach Damaskus stritten sie und kurz vor der Ankunft verlangte sie die Scheidung.

»Erst wenn ich eine schönere Geliebte finde«, sagte er und lachte derb. »Aber wenn du es eilig hast, besorge mir doch eine«, und er schüttelte sich so vor Lachen, dass er beinahe die Kontrolle über den Wagen verlor.

Eine Woche später hatte Asmahan ihren ersten Liebhaber. Auf einem Empfang beim damaligen Kultusminister Fuad Schajeb wurde sie von den Frauen beneidet und von den mächtigsten Männern umschwärmt. Sie brauchte nur zu wählen.

Sie genoss den Champagner und beobachtete die Gockel, die ihr wie kleine Jungen vorkamen, eitel, kopflos und unzuverlässig. Und sie sah, wie ihr arroganter Mann plötzlich vor dem Gesundheitsminister klein und bucklig wurde, und dieser vor dem Ministerpräsidenten, und dieser wiederum vor dem Armeechef, einem Zwerg mit roter vernarbter Riesennase, geschmückt und behangen mit bunten Orden und Firlefanz, die ein blechernes Geräusch von sich gaben, wenn der Zwerg sich bewegte. Er ähnelte dem Affen, den Asmahan als kleines Mädchen auf einem Jahrmarkt erlebt hatte. Der Affe trug damals eine übertrieben geschmückte Napoleonuniform und konnte sich auf einen Wink aufrichten, salutieren und dabei grässlich grinsen.

»Einer dieser Affen wird schon dafür sorgen, dass dir das Lachen noch vergeht«, flüsterte Asmahan bei sich, als ihr Mann wieder einmal laut auflachte. Sie lächelte den Gastgeber an, einen kleinen charmanten Mann aus dem christlichen Dorf Malula. Er war mit großem Wissen und schöner Sprache bedacht. Er gefiel ihr, aber er war viel zu kultiviert und zugleich zu machtlos für die Aufgabe, die Asmahan ihrem zukünftigen Liebhaber geschneidert hatte. Der einzige, der in Frage kam, war ein Mann, der an diesem Abend noch lauter und noch primitiver lachte als ihr Ehemann, nämlich der Innenminister Said Badrachan. Er war ein verwegener Abenteurer, entstammte einer der reichsten Familien des Nordens und verhielt sich entsprechend.

Er war derjenige, der ihren Mann wie eine Schachfigur wegfegen konnte. Und so geschah es auch. Ein halbes Jahr später wusste alle Welt von der Affäre. Ihr Mann willigte in die Scheidung ein, um einen noch größeren Skandal zu vermeiden. Der Innenminister ließ ihn wissen, dass er, sollte er Asmahan auch nur ein Haar krümmen, seine Leichen in Zukunft nicht mehr sezieren könne, weil er dann selber eine sei.

Sie zog aus und bekam von ihrem Liebhaber das kleine Haus nahe dem Parlament geschenkt. Zwei Monate später kam Said Badrachan bei einem mysteriösen Autounfall ums Leben. Fest stand, dass die Bremsleitung manipuliert worden war. Die Unterlagen verschwanden und die Regierung reagierte nicht mehr auf die Gerüchte, er sei auf Geheiß des Präsidenten umgebracht worden, weil er im Innenministerium eine Akte über die Bestechlichkeit, die Verfehlungen und Ausschweifungen des ersten Mannes im Staate angelegt hatte. Seine Witwe aber ließ durch einen Journalisten verbreiten, die Liebesaffäre mit einer jungen Hure habe ihn das Leben gekostet. Der Exmann habe Killer angeheuert, um seine Ehre zu rächen.

Asmahan ließ der ganze Rummel kalt, und ob Zufall oder nicht, genau am Tag der Beerdigung schlief sie zum ersten Mal gegen Geld mit einem Mann. Er war Abgeordneter und sehr großzügig. Er war es auch, der ihr den Rat gab, nie eine feste Summe zu verlangen: »Schau dich in der Welt um, edle Waren haben in den Schaufenstern nie Preisschilder. Sei wählerisch und klug bei der Auswahl deiner Freier und sie werden kommen und dich mehr als gut belohnen, wenn sie zufrieden sind.«

Die Worte des Abgeordneten sollten sich als Prophezeiung erweisen. Bald konnte sich Asmahan vor Freiern der feinsten Klasse kaum noch retten. Man sagte später von ihr, sie habe in einer Woche mehr Geld eingenommen als der Ministerpräsident im Monat oder ein Gymnasiallehrer im Jahr, und Asmahan legte das Geld klug an.

Drei Monate nach ihrer Scheidung betrat Nassri ihren Salon und von Anfang an war er ein besonderer Mann. Er war mit allen Wassern gewaschen und kannte die halbe Stadt über und unter der Erde, wie er ihr einmal im Scherz sagte. Nassri war verschwenderisch, großzügig und hatte einen feinen Geschmack. Lange hatte Asmahan widerstanden, ihm Gefühle oder Regungen zu zeigen, aber Nassris Briefe mit den Kalligraphien schlugen hohe Wellen, die ihren Damm zum Einsturz brachten.

Sie vergaß ihren Schwur, niemals und niemanden zu lieben, und verliebte sich nach dem dritten, vierten Brief rettungslos in ihn. Und genau diese Briefe, die sie beschwingten und ihr ein federleichtes Gefühl vermittelten, machten ihr das Leben schwer. Sie konnte nicht mehr gelassen in den Armen der anderen Männer liegen. Sie setzte ein maskenhaftes Lächeln auf, aber einige erfahrene Freier durchschauten sie. Sie waren unzufrieden und sagten beim Abschied nicht mehr wie früher, dass sie sich paradiesisch gefühlt hätten, sondern sprachen fast wie Ärzte mit ihr, sie sei verspannt, steif und abwesend.

Sie konnte sich keinen Tag mehr vorstellen, ohne Nassri zu sehen, ihn zu riechen und sich ihm hinzugeben. Und er kam auch täglich gegen Mittag.

Aber er reagierte fast erschrocken, als sie ihm eröffnete, dass sie sich vorstellen könne, mit ihm und nur für ihn zu leben. Er schrieb ihr keine Briefe mehr und kam seltener, und je mehr sie hinter ihm her telefonierte, umso häufiger ließ er sich verleugnen, und es vergingen vier der schwersten Wochen ihres Lebens. Nassri schien verschwunden zu sein. Sie machte sich große Sorgen und ging eines Vormittags zu seinem Büro. Da saß er und lachte mit einem grauhaarigen Mitarbeiter. Als er sie sah, veränderte sich sein Gesicht. Der Mitarbeiter verschwand aus dem Büro, lautlos und schnell wie einer, der sich vor einem drohenden Gewitter in Sicherheit bringen will.

»Was suchst du hier?«, fragte Nassri schroff.

»Dich, ich habe mir Sorgen gemacht. Freust du dich nicht, mich zu sehen?« Sie sah ihn flehend an. Er antwortete nicht, sondern lächelte unsicher und schwadronierte von seinen Geschäften, die ihn binden würden, und er versprach, bald zu kommen. Doch er kam nicht.

Als sie ihn – wieder nach langer Zeit – im Büro aufsuchte, hielt Taufiq, der grauhaarige Mitarbeiter, sie am Arm fest und verbot ihr den Zutritt. »Das hier ist eine anständige Firma und kein Bordell«, sagte er, schob sie ins Treppenhaus und schlug die Tür zu.

Die Worte einer alten betrunkenen Hure klangen bedrohlich in ihrem Ohr: »Wenn du das erste Mal abgewiesen wirst, liegt der Gipfel bereits hinter dir und die Talfahrt geht schneller, als du denkst.«

»Nein«, schrie sie, als sie zu sich kam, lief die Treppe hinunter und aus dem Haus. Sie schwor Rache und kehrte zu ihrer Arbeit zurück, in der Hoffnung, ihre Wunde durch Bitten und Lobeshymnen ihrer Freier zu vergessen. Sie musste nicht lange warten. Bereits der erste Freier, ein berühmter Konditor, lobte sie beim Abschied überschwenglich, er sei so zufrieden wie bei niemandem sonst.

Bald vergaß sie über dem Schwärmen der Freier den Spruch der alten Hure. Aber sie beschloss, sofort aufzuhören, würde sie das nächste Mal abgewiesen, und in den Norden ans Mittelmeer zu ziehen, sich dort als junge Witwe auszugeben und ein Strandcafé zu eröffnen. Sie würde sich amüsieren und nie wieder als Hure arbeiten, sondern neugierig auf die Überraschungen des Lebens warten. Geld und Sicherheit habe ich genug, dachte sie stolz.

32.

Nassri war weder durch den Knochenbruch noch durch die Eifersucht seiner vierten Frau Almas einzuschüchtern. Anfang Februar konnte er wieder ohne Krücken gehen. Eine eiserne Wendeltreppe verband nun den ersten Stock mit der Mansarde.

Er erzählte Hamid kein Wort von seinem Unfall, sondern schwärmte von der wunderbaren Wirkung des ersten Briefes und bestellte einen zweiten. Er diktierte dem Kalligraphen ein paar Details, vom Lachen der Frau und ihren zarten Händen, und wollte schon gehen, als der Kalligraph ihm sagte: »Ich danke Ihnen, dass Sie keinen Rückzieher gemacht haben.«

»Rückzieher? Warum um alles in der Welt sollte ich einen Rückzieher machen?«

»Wegen der unverschämten Erpressung der so genannten ›Reinen‹, die einen ihrer bärtigen Fanatiker zu Ihrem Geschäftsführer geschickt haben. Er rief mich damals besorgt an und ich beruhigte ihn, dass wir inzwischen auch den Staatspräsidenten al Quatli ins Boot geholt haben sowie alle Patriarchen der Christen.

Ich habe keine Ahnung, wie die Nachricht überhaupt zu diesen Dummköpfen gelangen konnte!«

Nassri hörte bereits seit Jahren von den »Reinen«, mit denen auch sein jüngster Bruder heimlich sympathisierte. Er konnte sie nicht ausstehen. Sie sahen wie eine Karikatur des hässlichen Arabers aus und er fand ihre Propaganda dümmlich. Sie waren gemeingefährlich. Sie wollten Republik, Demokratie und Parteien abschaffen und zu Scharia und Kalifat zurückkehren. Sie hatten in der aufgeschlossenen bunten Gesellschaft Syriens als Partei keine Chance, deshalb unterhielten sie eine Armee im Untergrund, die feindselig und kompromisslos agierte, erpresste, hetzte und Anschläge ausübte, während die vornehmen »Reinen« Vorträge über die glorreiche arabische Vergangenheit hielten, zu der sie zurückkehren wollten.

»Aber hören Sie. Sie kennen Nassri Abbani schlecht. Jetzt betrachte ich die Schule erst recht als eine Notwendigkeit.« Er hielt inne, weil ihm sein eigenes Pathos auf die Nerven ging. Die Kalligraphie hielt er für eine harmlose Kunst.

»Vergessen Sie im Gefecht mit den Bärtigen nicht meinen Brief, den ein ebenfalls Bärtiger dringend braucht«, sagte er, lächelte süffisant, reichte Hamid die Hand und ging rasch hinaus, bevor der Kalligraph den Sinn so richtig verstanden hatte.

Drei Tage später ließ Nassri den nächsten Brief segeln. Die schöne Frau saß im Innenhof und schrieb etwas aus einem großen Buch in ein Heft ab. Sie lächelte, als sie ihn oben in seinem kleinen Fenster sah. Nassri hatte ihr wieder eine Goldmünze mitgeschickt und vorgeschlagen, sich an einem Ort ihrer Wahl zu treffen.

Die Frau lachte, nahm den Brief und verschwand.

Von Mitte Dezember an reiste Hamid Farsi immer wieder durch das Land. Er sammelte Geld und überzeugte einflussreiche Gönner, sein Projekt, die Kalligraphieschule, zu unterstützen. Die Spenden flossen so reichlich und großzügig, dass er Überlegungen anstellte, unmittelbar nach der Eröffnung der Schule in Damaskus eine zweite in Aleppo, der Metropole im Norden, zu eröffnen. Danach sollten fünf weitere Niederlassungen in den Großstädten des Landes gegründet werden. Die Zentrale aber sollte in Damaskus bleiben.

Weit wichtiger als die Spenden war für ihn die Bestätigung seiner Vision, dass die Zeit reif war für eine radikale Reform der Schrift. Als er ein Jahr zuvor dem »Rat der Weisen«, dem höchsten Organ im »Bund der Wissenden«, seine Vorstellungen präsentiert hatte, war er ausgelacht worden. Einige Feiglinge sahen darin eine Gefährdung des Bundes und hätten lieber ein weiteres Jahrhundert in Frieden geschlafen. Als er aber von seinen Plänen nicht abließ und verkündete, persönlich die Verantwortung – und sei es um den Preis seines Lebens – zu übernehmen, verwandelten sich die zuerst misstrauisch auf ihn zeigenden in Beifall klatschende Hände.

Das Land befand sich im Aufschwung und alle Wege standen offen, auch die, die man sich Jahre zuvor nur erträumt hatte.

Mitte Februar bestieg Hamid einen Bus der Linie Damaskus – Aleppo. Gegen neun Uhr fuhr der Bus, der um acht schon hätte fahren sollen, endlich los. Er quälte sich durch die Stadt, bis er beim Dorf Qabun auf die Nationalstraße Richtung Aleppo gelangte.

Auf der Port-Said-Straße sah er, wie Nassri Abbani mit dem bekannten Apotheker Elias Aschkar vor dessen Laden in eine Unterhaltung vertieft war. Die zwei schienen einen herzlichen Umgang zu pflegen. Hamid fragte sich, warum er zu diesem merkwürdigen und großzügigen Nassri Abbani keine enge Beziehung aufbauen konnte, der gewollt oder ungewollt dem »Bund der Wissenden« die größte Unterstützung geleistet hatte.

Einige Mitglieder seines Bundes misstrauten dem steinreichen Lebemann, einige andere wollten sein Geld nehmen, aber seinen Namen nicht auf der Ehrentafel sehen.

Hamid war bei dieser Sitzung aus der Haut gefahren. Ob sie im »Rat der Weisen« nun die Rolle der Weiber übernehmen wollten, die in ihren Kaffeerunden eine Nachricht so lange durchkauten, bis sie zu einem schlechten Gerücht wurde, oder ob es um die Verwirklichung ihrer Idee gehe. »Wir wollen Nassri Abbani nicht heiraten, sondern für unsere Seite gewinnen, deshalb geht uns seine Hurerei überhaupt nichts an. Oder weiß einer von euch, wie oft der Minister oder jener General, Gelehrte oder Händler seine Frau, irgendwelche Kunden oder Gott betrügt?«

Seine Zuhörer klatschten. Er fand sie für eine Sekunde so ekelhaft, dass er einen Schauer über den Rücken laufen fühlte. Eine eiskalte Mauer trennte ihn von allen Mitgliedern genauso wie von Abbani, den er verteidigt hatte.

Drei Tage wollte Hamid in Aleppo bleiben und von dort nach Istanbul weiterreisen, wo er an einem Kongress der islamischen Kalligraphen teilnehmen und über einen großen Auftrag verhandeln wollte. In Ankara sollte eine neue Moschee mit Geldern aus Saudi-Arabien erbaut werden und berühmte Kalligraphen sollten bei der Gestaltung mitwirken. Drei Meister aus Arabien waren eingeladen worden und Hamid rechnete sich die besten Chancen aus.

Schon am Tag nach seiner Abreise begannen die Mitarbeiter in Hamid Farsis Atelier kürzer zu arbeiten und immer ausgedehntere Pausen einzulegen.

Samad war ein guter Techniker, der alle Tricks der Kalligraphie beherrschte, die vorgeschriebenen Regeln aber nicht um einen Deut überschritt. »Ohne Grenzen zu überschreiten, wirst du nie ein Meister«, sagte ihm Hamid. Aber Samad besaß weder Ehrgeiz noch Fantasie. Er wollte auch nie wie Hamid Farsi nur für die Kalligraphie leben. Er liebte seine Frau und seine drei Söhne abgöttisch, kochte und sang mit ihnen und diese vier Menschen schenkten ihm all das, was ihm lebenswert schien. Kalligraphie war ein wunderbarer Beruf zum Geldverdienen, mehr nicht. Das sagte er natürlich nicht laut, denn dann wäre er auf der Stelle entlassen worden. Und so gut wie bei Hamid, dessen rechte Hand er nach jahrzehntelanger Arbeit geworden war, verdiente er nirgends.

Samad ließ seine Kollegen spüren, dass er ihre Arbeit schätzte, deshalb liebten sie ihn. Hamid dagegen fürchteten sie. Sie freuten sich immer, wenn der Meister auswärts zu tun hatte. Diesmal schickte Samad sie bereits am frühen Nachmittag nach Hause. Nur einer musste bis sechs Uhr Telefondienst leisten, um Aufträge entgegenzunehmen.

Hamid kehrte schlecht gelaunt zurück. Die Sitzung in Aleppo war nicht so verlaufen, wie er es sich vorgestellt hatte, und den Auftrag in Istanbul hatte ein Ägypter bekommen. »Die Türken wollten mir die Arbeit anvertrauen, aber der Vertreter der Saudis entschied sich gegen mich, weil er mich für einen Schiiten hielt. Er konnte in seinem Hirn nicht zusammenbringen, dass einer Farsi heißt, was ›Perser‹ bedeutet, und Sunnit ist«, berichtete er empört. Von der Sitzung in Aleppo erzählte er kein Wort. Die Kalligraphen hatten lautstarken Protest gegen die Schule für Kalligraphie in Damaskus erhoben. Warum die Schule nicht im Norden, abseits vom Zentrum der Macht, ansässig sein sollte? Und wer habe die Macht im Bund? Das Land, keiften sie, sei demokratisch, aber der Bund stecke noch im Kalifat, ein Großmeister vererbe die Macht an einen von ihm auserwählten Nachfolger, das gehe doch nicht. Doch Hamid blieb standhaft. Und schließlich beruhigten sich die Meister der Kalligraphie und boten an, sich in der Öffentlichkeit hinter seinen Vorstoß zu stellen und einstimmig für die Kalligraphieschule in Damaskus einzutreten.

»In Aleppo streitet man leidenschaftlich, aber man lässt – anders als in Damaskus – den Freund nicht im Stich«, sagte ihm der Vorsteher der Sektion arrogant. Die Spitze tat weh.

Erst später sollte Hamid begreifen, dass die Sitzung in Aleppo nicht so schlecht war, wie er es in den ersten Tagen danach empfunden hatte. Er lernte den Kalligraphen Ali Barake kennen, einen kleinen jungen Mann, der bedingungslos zum Großmeister hielt und sich die Beschimpfung der anderen ungerührt anhörte. Ali Barake vergötterte Hamid Farsi und hing an seinen Lippen. Deshalb entschied sich Hamid später für ihn als Nachfolger, auch in der Hoffnung, damit Aleppos Sympathie zu gewinnen, aber da war es bereits zu spät.

Als er nun nach der Rückkehr sein Atelier betrat und alles sauber und bestens organisiert vorfand, war er beruhigt. Er verspürte Lust, seine Gedanken und Eindrücke von Aleppo und Istanbul niederzuschreiben. Er ließ sich von Salman einen Mokka kochen, öffnete den Schrank und holte das dicke Buch hervor, in das er seine Einfälle und Geheimnisse schrieb. Bereits beim Öffnen des Schranks spürte er, dass irgendetwas am Schloss nicht in Ordnung war.

Drinnen fehlte nichts, doch als er das schwarze leinengebundene Buch aufschlug, erkannte er, dass eine fremde, grobe Hand es beschädigt hatte. Die Bindung hatte einen Riss. Jemand hatte das Buch mit Gewalt geöffnet. So ein Riss konnte nicht repariert werden. War das Buch schlecht gebunden, flogen die Seiten heraus, war es, wie sein dickes Heft, gut gebunden, öffnete es sich, immer wenn man es aufschlug, genau an dieser Stelle. Sein Heft war das Geschenk seines Meisters Serani und von dem legendären Binder Salim Baklan hergestellt worden.

Hamid explodierte. Er schrie und schimpfte so laut, dass das ganze Atelier zusammenzuckte. Er rief Samad zu sich und beschuldigte und beschimpfte ihn. Sein Assistent stand mit gesenktem Kopf vor ihm und überlegte, wer von den Mitarbeitern in den letzten Tagen unnatürlich nervös gewesen war. Er brauchte nicht lange zu überlegen: Salman.

Als Hamid endlich Pause machte, weil ihm die Luft wegblieb und die Nachbarschaft sich langsam vor dem Schaufenster versammelte, schaute ihn Samad verächtlich an: »Du machst mich vor allen Nachbarn lächerlich, Gott möge dir verzeihen. Aber ich war es nicht. Einbrechen kann heutzutage jeder, aber wenn ich den Schrank ansehe, war das ein Profi. Und ich kann nichts dafür, wenn er in der Nacht kommt und dein Buch oder das Blattgold, dein Messer oder irgendetwas anderes entwendet. Du kannst dir einen Tresor aus Stahl kaufen, aber wie ich höre, kann der König der Damaszener Einbrecher alle Tresore der Stadt mit verbundenen Augen öffnen.« Samad machte eine Pause. »Wenn du auf mich hören willst, entlasse den Laufburschen. Ich habe das Gefühl, dass er nicht sauber ist.«

Hamid schaute auf, seine Augen glühten.

»Schicke ihn weg«, sagte er mit brüchiger Stimme.

33.

In den folgenden Tagen war Hamid glücklich über den rasanten Fortschritt der Schule. Maler, Elektriker, Schlosser und Tischler arbeiteten rund um die Uhr, damit das Gebäude bereits eine Woche vor der Eröffnung fertig eingerichtet war und in frischer Farbe erstrahlte.

Die feierliche Eröffnung sollte am ersten März sein. Von den hundertzwanzig geladenen Persönlichkeiten hatten nur vier abgesagt. Und alle Redaktionen der Zeitungen und Zeitschriften, die in Damaskus erschienen, wollten berichten, sogar die wichtigste libanesische Zeitung ›al Nahar‹ hatte sich angekündigt.

Zwei Tage vor der Eröffnungsfeier der Kalligraphieschule nahm ein verzweifelt wirkender Nassri den dritten Brief aus der Hand des Meisters entgegen. Hatte er kein Glück bei seiner Angebeteten gehabt? Der Text, den Hamid geschrieben hatte, triefte nur so von Tadel über das Versteckspiel und stellte Fragen nach dem Grund der Ablehnung. Dazu hatte Hamid aus einem alten Lyrikband zwei Gedichte aus dem siebten Jahrhundert abgeschrieben. Sie sprachen von der Sehnsucht nach einer einzigen Begegnung. Vielleicht würde Nassri damit ihr Herz erreichen? Hamid wünschte es ihm aufrichtig.

Nassri musste erst ins Büro gehen und mit Taufiq etwas besprechen und dann machte er sich auf den Weg zu seiner Frau Almas, die an einer schweren Grippe erkrankt war. Sie würde ihm heute nicht auf die Schliche kommen.

In dieser Nacht wollte er nun sehen, ob die schöne Frau überhaupt da war. Er stieg hoch zur Mansarde und schaute hinunter in den beleuchteten Innenhof. Er konnte alles klar erkennen – und bei dem, was er sah, stockte ihm der Atem: Kein anderer als Hamid Farsi saß bei der schönen Frau.

Blind vor Wut stieg Nassri die Wendeltreppe hinunter. Was für eine Niedertracht! Er hatte ihm anvertraut, dass er von dieser Frau abgewiesen wurde, und zahlte Geld und Gold, und dann nutzte dieser scheinheilige Schleicher die günstige Stunde und erpresste womöglich die junge Frau.

Die ganze Nacht lang dachte Nassri über eine Rache nach. Und als ihm endlich einfiel, wie er Hamid schaden konnte, grinste er so breit in der Dunkelheit seines Zimmers, dass es fast leuchtete: »Hamid, Hamid, du hast den größten Fehler deines Lebens begangen.«

Das aber war Nassris größter Irrtum.

34

Salman liefen die Tränen die Backen hinunter, als er neben seinem Vater dem Sarg der Mutter folgte. Erst als vier Männer die bescheidene Holzkiste in die Grube senkten, verspürte er keine Trauer mehr. Eine seltsame Angst ergriff ihn. Die Vorstellung, dass seine Mutter nun nie mehr aufstehen würde, drückte ihm schwer aufs Herz.

Nur die Nachbarn vom Gnadenhof und Karam begleiteten die Mutter auf ihrem letzten Weg. Der alte Pfarrer Basilius machte das Elend perfekt. Er war gereizt, schimpfte mit den zwei Ministranten, die Unsinn machten, nuschelte seinen Text herunter wie eine lästige Pflicht und eilte dann nach Hause. Es war ihm zu kalt und alles schien ihm zu schäbig.

Karam verabschiedete sich am Friedhof von Salman und drückte ihn fest: »Gott hab sie selig. Ich fühle deine Trauer, aber glaub mir, es ist eine Erlösung nach all den Qualen«, er sah in die Ferne, Salman schwieg. »Ich habe eine gute Stelle für dich gefunden, beim Juwelier Elias Barakat. Du kennst ihn. Er mag dich sehr.« Er küsste Salman auf die Stirn und war verschwunden.

Auch alle anderen drückten ihr Mitleid aus, doch bis zum Ende seines Lebens blieb Salman nur der Spruch des Nachbarn Marun im Gedächtnis wie ein einsamer Berg in einer weiten Ebene: »Ich will dich nicht trösten, ich beweine meine Mutter bis heute, Mütter sind göttliche Wesen, und wenn sie sterben, stirbt das Göttliche in uns. Jeder Trost ist eine Heuchelei.« Als Salman zu ihm aufschaute, liefen dem Mann die Tränen über die Wangen. Nie zuvor hatte er Maruns Gesicht so weise und schön gesehen wie in jenem Augenblick.

Als Salman an diesem kalten Nachmittag allein nach Hause zurückkehrte, fand er die Wohnung furchtbar leer. Sein Vater verbrachte den Rest des Tages mit Marun, Kamil und Barakat im Weinlokal am Eingang der Abbaragasse.

Salman wanderte durch die Wohnung und fand die alten Hausschuhe seiner Mutter. Sie standen noch genauso unter dem Tisch, wie sie sie das letzte Mal hatte stehen lassen, bevor sie sich endgültig ins Bett gelegt hatte. Er nahm sie in die Hand und begann erneut zu weinen.

Erst gegen Mitternacht torkelte sein Vater ins Bett.

Zwei Tage später rief Salman Nura vom Postamt aus an. Als er ihre Stimme hörte, fühlte er sich erleichtert. Und sie fühlte wieder, dass Salman so zerbrechlich war wie eine Vase aus dünnem Glas, die nun einen Sprung bekommen hatte und drohte, jeden Augenblick auseinanderzubrechen. Als sie auflegte, fragte sie sich, ob sie so traurig sein würde, wenn ihre Mutter sterben sollte. Nein, gewiss nicht, sagte sie sich und schämte sich.

Salman hatte Nura zu sich eingeladen. Sie wollte schon immer wissen, wie und wo er lebte, doch hatte sie ihn aus Schüchternheit nie danach gefragt. Nun sollte sie an einem Nachmittag zu ihm kommen. Bei den Christen hatte keiner großes Interesse daran, wer wen besuchte. Die Häuser waren offen und Männer und Frauen besuchten einander. Das hatte sie bereits als kleines Mädchen gesehen, da im Midan-Viertel, wo sie aufwuchs, viele Christen lebten. Dort saßen die Frauen bei jedem Besuch mit den Männern zusammen.

Salman war es gleichgültig, was die Nachbarn sagten, die Einzige, deren Meinung ihm je etwas bedeutet hatte, war längst nicht mehr da: Sarah. Sein Vater war den ganzen Tag und nicht selten auch nachts weg. Wo er sich herumtrieb, interessierte niemanden, am wenigsten Salman. Die Mutter war die Brücke zwischen ihnen gewesen und nun waren sie zwei Ufer eines Flusses, die sich nie trafen.

An dem Tag, an dem Nura gegen zwei Uhr nachmittags kommen wollte, stieg er kurz nach elf auf sein Fahrrad und fuhr zu Karam.

Der war hinreißend charmant wie in alten Zeiten, doch als

die Sprache auf den Einbruch kam, bei dem Salman ihm geholfen hatte, wand er sich wie ein Aal.

Salman hätte sich ohrfeigen können für seine Naivität. Er hatte wirklich geglaubt, dass Karam alles nur aus Neugierde wissen wollte. Salman hatte ihm einen Abdruck des altmodischen Schrankschlosses angefertigt. Nach ein paar Tagen händigte Karam ihm ein Schlüsselduplikat aus, mit dem Salman, als der Meister verreist war, den Schrank – unter Mühen – aufmachen und das schöne dicke Buch mit den Geheimnissen des Kalligraphen herausholen konnte.

Alles abzuschreiben war in der kurzen Zeit unmöglich gewesen. So blieb als einzige Möglichkeit im Damaskus der fünfziger Jahre der Fotograf. Spätestens wenn er daran dachte, hätte sich Salman dreimal ohrfeigen können, weil er so arglos geblieben war und das Ganze lustig und spannend fand. Vierhundertzwanzig Seiten. Der Fotograf hatte eine sehr gute Kamera und machte zweihundertzehn Aufnahmen, jeweils eine von einer Buchdoppelseite. Salman stand abseits und sein Herz fiel ihm in die Hose, als der Buchrücken in der Mitte hörbar knackte, weil der Fotograf eine glatte Oberfläche brauchte.

»Keine Angst, das gibt sich wieder«, beschwichtigte ihn Karam.

Es gab sich nicht wieder.

Für die Befriedigung der Neugierde zweihundertzehn teure Fotografien anzufertigen und seine, Salmans, Stelle zu riskieren, das gehe ihm nicht in den Kopf, sagte er jetzt mit ruhiger Stimme zu Karam, der ihn weiter umschmeichelte und zu der Stelle beim Juwelier verführen wollte. Er schwadronierte von großen und kleinen Opfern einer Freundschaft. Zum ersten Mal entdeckte Salman, dass Karams Lachen oft gar keine innere Freude ausdrückte, sondern lediglich ein Akt der Gesichtsmuskeln war, die die Lippen zurückzogen und die Zähne entblößten.

Ein kleiner Junge kam ins Café und bestellte etwas an der Theke. »Hassan, der neue Laufbursche. Er ist ein entfernter

Neffe von Samad«, sagte Karam. Salman warf einen Blick auf den kleinen Kerl, der gerade voller Freude in ein Falafelsandwich biss.

Salman beschloss, schnellstmöglich sein Werkzeug und vor allem seine wichtigen Hefte zu retten, die in der Kammer in Karams Haus lagen. Er musste sich von Karam trennen. Vor allem wollte er auf kein Angebot dieses undurchsichtigen Mannes mehr eingehen. Lieber wollte er hungern, als noch einmal sein Café aufzusuchen. Nächtelang lag Salman wach im Bett. Nicht nur seine Enttäuschung über Karam raubte ihm den Schlaf, ein Gedanke quälte ihn zudem besonders: Konnte es sein, dass Karam so bösartig war, ihn von Anfang an zu missbrauchen, als Spion gegen Hamid Farsi und als Liebhaber von dessen Frau? War das die Dankbarkeit für die Errettung vor dem Ertrinken? Karam hatte oft gezeigt, dass er nichts von Dankbarkeit hielt. Er hinterging jeden und schmeichelte jedem. Und was, wenn er ihn gezielt auf Nura angesetzt hatte? Würde das seine, Salmans, Liebe trüben? Er konnte keine Antwort finden, aber er beschloss, Nura alles zu erzählen, genau so durcheinander, wie es in seinem Kopf brodelte. Sarah hatte einmal zu ihm gesagt, das Verschweigen in der Liebe sei der erste Riss, der unbemerkt bei jedem weiteren Verschweigen wachse, bis die Liebe in Scherben zerbreche.

Aber jetzt musste er erst einmal Karam gegenüber den Arglosen mimen, bis er seine Hefte in Sicherheit gebracht hatte. In den ersten beiden Heften hatte Salman all seine Erfahrung in Hamids Atelier aufgeschrieben, Technik, Ratschläge des Meisters, Tintenherstellung, Zusammensetzung und Geheimnis der Farben sowie die Korrekturtricks. Aber vor allem das dritte Heft lag ihm am Herzen. In diesem Heft hatte ihm Nura die Antworten auf seine Fragen aufgeschrieben, die er – ermuntert durch die Informationen über Ibn Muqla – immer wieder gestellt hatte. Nura war dankbar für diese Aufgaben. Nicht nur, weil die Bibliothek ihres Mannes ihr die Suche erleichterte, sondern vor allem, weil damit die Zeit schnell verflog. Und Salman war einer, der gierig und dankbar alles hörte, was sie über berühmte Kalligraphen und Kalligraphinnen der Geschichte und über die Geheimnisse der alten Meister zu berichten hatte. Er küsste ihr danach jede Fingerkuppe und ihre Ohrläppchen so zärtlich, dass sie es manchmal nicht aushielt, sich über ihn warf und ihn leidenschaftlich liebte.

»Bei einer solchen Lehrerin kann man nicht genug Fragen stellen«, sagte er ihr einmal.

Es war kurz vor halb zwei, als Salman seine Wohnung erreichte. Er öffnete Fenster und Türen, kehrte, wischte den Boden mit einem feuchten Tuch, stellte einen Teller mit frischen Keksen auf den Tisch und bereitete das Wasser für einen besonders guten Tee, den er beim besten Teehändler auf der Geraden Straße, schräg gegenüber dem Eingang zum Suk al Busurije, dem Gewürzmarkt, gekauft hatte.

Nuras Herz schlug heftig, als sie durch das Tor in den Gnadenhof trat und Salman sah. Er stand an die Tür seiner Wohnung gelehnt auf der linken Seite des großen Rechtecks, das der ärmliche Gnadenhof bildete.

Er lächelte und ging ihr entgegen, begrüßte sie offiziell und zurückhaltend und begleitete sie bis zur Haustür, wo er ihr, wie es Sitte war, den Vortritt ließ.

Sie staunte über die Frische der Wohnung und die penible Ordnung. Er las ihren Blick richtig.

»Zwei Stunden vormittags und eine Viertelstunde nachmittags«, schmunzelte er. Sie legte ihren Mantel ab und er war fasziniert von ihrem neuen Kleid aus Baumwolle: »Du bist so schön wie die Frauen in den Modezeitschriften«, sagte er und umarmte sie zärtlich. Sie wollte sich für das Kompliment bedanken, da sie das neue Kleid selbst genäht hatte, aber ihre Lippen fanden eine bessere Beschäftigung. Sie saugten sich an ihm fest und ließen ihn erst los, als sie nackt und verschwitzt neben ihm im Bett zu sich kam. »Schließt du die Tür nicht ab?«, fragte sie ziemlich spät.

»Niemand schließt die Türen in dieser Gasse ab und niemandem fehlte bisher etwas.«

Als sie beide wieder hergerichtet am Küchentisch saßen und Tee tranken, sah sie ihn lange nachdenklich an: »Ich will mit dir aus Damaskus verschwinden«, sagte sie schließlich. »Seitdem ich dich liebe, kann ich ihn immer weniger ertragen. Hier haben wir keine Chance. Er wird uns umbringen. Aber wir finden bestimmt einen Ort, wo wir leben und uns ungestört Tag und Nacht lieben können.« Sie lächelte über ihre eigene Naivität. »Natürlich erst, nachdem wir unser tägliches Brot verdient haben. Ich mit der Schneiderei und du mit der Kalligraphie.«

Salman schwieg, fast erschrocken vor der Schönheit des Traumes, den Nura gerade mit wenigen Worten geschildert hatte.

»Und sollten sie mich erwischen«, fuhr sie in der Stille fort, »dann bedauere ich es nicht, wenn ich nur bis dahin eine Woche lang das Paradies an deiner Seite genossen habe.«

»Nein, sie werden uns nicht erwischen«, sagte Salman, »wir werden so unauffällig wie möglich leben. Und wir werden umso unsichtbarer, je größer die Stadt ist.«

»Aleppo«, rief Nura sofort aus, »das ist die zweitgrößte Stadt hier in Syrien.« Salman wollte Beirut vorschlagen, da er gehört hatte, dass die libanesische Hauptstadt ein Herz für alle Abtrünnigen und Ausgestoßenen habe. Aber sie überzeugte ihn, dass im Inland seltener Papiere verlangt würden als im Ausland, und tröstete ihn mit der wunderbaren Küche von Aleppo, die Damaskus und Beirut in den Schatten stellte.

»Ich brauche zwei Passfotos von dir, auf denen beide Ohren zu sehen sind.«

»Beide Ohren?«, wunderte er sich. »Da reicht ein normales Foto nicht, ich brauche ein Panoramafoto, damit beide Ohren Platz darauf finden.« Und trotz aller Angst, die immer mit am Tisch saß, musste sie lachen. Sie konnte das Teeglas kaum noch halten, stellte es auf den Tisch und hustete, weil sie sich verschluckt hatte. Salmans Lachen reinigte ihr Herz. Es war kein glucksendes, trillerndes oder musikalisches Lachen, es war ihm gänzlich eigen. Fast atemlos wie ein Asthmatiker lachte er, holte Luft und lachte wieder wie eine Meereswelle. Er steckte damit alle an, selbst die Stühle, dachte sie, als sie beim Lachen versehentlich einen Stuhl anstieß, der ein glucksendes Geräusch von sich gab.

»Apropos Fotos. Ich würde dir dringend empfehlen, die vielen Negative des Buches von dem Fotografen zu holen, bevor Karam darauf kommt. Das ist mir gestern Nacht eingefallen. Mein Mann hat vor ein paar Tagen den Einbruch in sein Atelier erwähnt, und im Nebensatz sagte er, in seinem Buch seien Schätze aus zehn Jahrhunderten an Wissen, Philosophie, Technik und der Geschichte der Kalligraphie aufbewahrt. Du hast alles riskiert, warum sie also nicht mitnehmen? Wer weiß, wozu es dir eines Tages nützlich sein kann.«

»Aber wie sollen wir den Fotografen überzeugen? Die Negative gehören Karam, der sie nur aus Sicherheitsgründen beim Fotografen gelassen hat, falls jemand sein Haus oder das Café danach durchsuchen sollte.«

»Kennt der Fotograf Karam gut?«, fragte Nura.

»Nein, überhaupt nicht. Er ist einer der vielen im neuen Stadtteil. Karam wollte die Fotos bei niemandem machen lassen, der ihn später erkennen würde.«

»Wunderbar, dann rufst du als Karam an und sagst, dass du die Negative brauchen und deine Frau zum Abholen vorbeischicken würdest. Sie heiße Aischa und die Zahl der Fotos, zweihundertzehn, solle das Losungswort sein. Beschreibe ihm, wenn es darauf ankommt, meine Haare und dass ich eine Brille trage«, fuhr Nura fort.

»Brille, warum Brille?«, fragte Salman.

Nura lachte. »Das ist das Geheimnis der Kalligraphenfrau«, sagte sie. »Und du wartest dann in einer Seitenstraße und übernimmst das Paket mit den Fotos«, sagte sie und gab ihm zum Abschied einen langen Kuss. An der Tür drehte sie sich noch einmal um: »Deine Ordnung gefällt mir. Du gibst einen guten Ehemann einer sehr beschäftigten Schneiderin ab.«

Als sie aus der Abbaragasse in die Gerade Straße trat, fragte sie sich, ob es richtig war, Salman noch nichts von den drei Briefen des lästigen Gockels erzählt zu haben. Jedes Mal hatte sie es sich vorgenommen und dann hatte ihre Zunge die Worte gestoppt und in die Speiseröhre umgeleitet. Sie musste schwer daran schlucken.

Sie tröstete sich auch diesmal damit, dass in der Zukunft noch genug Zeit bliebe, um auch diese langweilige Geschichte zu erzählen. Jetzt standen andere gefährlichere Aufgaben an und bei diesem Gedanken ballte sie die rechte Faust in ihrer Manteltasche. Sie war entschlossen, den Weg zu Ende zu gehen.

Zwei Tage später fuhr Salman mit dem Fahrrad nach Hause. Ein Paket tanzte bei jeder Straßenunebenheit im Korb. Als er das Rad vor der Wohnungstür abstellte, grüßte ihn Barakat, der im Hof stand.

»Ist das essbar?«, fragte Barakat vergnügt.

»Nein, es ist nur lesbar«, erwiderte Salman und lachte.

»Dann lasse ich dir das Ganze, viel Vergnügen«, sagte der Nachbar.

Salman öffnete den großen Koffer, den er für die Reise gekauft hatte. Noch war er leer. Er wog das schwere Paket einen Augenblick in den Händen und legte es ungeöffnet in den Koffer.

Erst etwa drei Monate später sollte Salman das Paket aufmachen und darüber staunen, welch geheimes und gefährliches Wissen er vor Augen hatte.

Als er bei ihrem nächsten Treffen Nura von seinem Verdacht erzählte, Karam hätte ihn auf sie angesetzt, hörte sie aufmerksam zu. Salman sah aus, als hätte ihn dieser Gedanke sehr bedrückt.

»Und wenn?«, sagte Nura und lächelte ihn an. »Wenn ich dich nicht lieben würde, hätte Karam keine Chance gehabt, auch wenn er den raffiniertesten Mann eingesetzt hätte. Lassen wir Karam, Badri, Hamid, die Wissenden und Unwissenden, die Reinen und die Schmutzigen ihre Verschwörungen weiterweben und machen uns auf und davon«, sagte sie entschlossen. Salman atmete erleichtert auf.

35.

Die Eröffnungsfeier am ersten März war größer und schöner, als Hamid sich hätte erträumen können. Nur eine Kleinigkeit trübte seine Freude: Nassri Abbani war nicht gekommen. Aber bald vergaß Hamid ihn.

Seine vornehmen Gäste überschlugen sich mit Lob. Auch Staatspräsident al Quatli war anwesend, hielt sich aber dezent zurück. Angesichts der vielen Gelehrten wollte er keine Rede halten.

Man munkelte, die Saudis, mit denen seine Familie seit Jahrzehnten eng verbunden war, hätten ihn darum gebeten, bei der Eröffnung keine Rede zu halten, um nicht einer privaten Kalligraphieschule eine politische Dimension zu geben. Als Hamid das hörte, wölbte sich seine Brust vor Stolz.

Die Gelehrten waren alle der Meinung, Hamid Farsi gebühre ein Denkmal am Eingang der Schule, denn noch nie habe ein Mann im Alleingang so viel für die arabische Schrift und Kultur erreicht.

Der Kultusminister lobte Fleiß, Vision und Hartnäckigkeit des ersten Schuldirektors Hamid Farsi, der ihn fast wöchentlich aufgesucht habe, bis er endlich die schriftliche Genehmigung des Kultusministeriums in der Hand gehalten hatte.

»Ich fragte den Meister«, plauderte der Minister, »seit wann dieser kühne Plan verfolgt wurde. Er antwortete: ›Seit 940.‹

Ich hatte wohl falsch verstanden und dachte, er meinte 1940. ›Siebzehn Jahre?‹, fragte ich anerkennend.

Hamid Farsi lächelte und korrigierte mich nicht, aus Höflichkeit! Doch mein belesener Mitarbeiter, ein Bewunderer des Herrn Farsi, sagte mir später: ›Herr Farsi meinte das Todesjahr des größten Kalligraphen aller Zeiten, Ibn Muqla, 940.‹

Es ist mir deshalb eine besondere Ehre, die Schule eröffnen zu dürfen, die seinen Namen wieder lebendig macht.«

Anhaltender Beifall donnerte durch das Haus.

Als Hamid zum Rednerpult ging, blitzten die Kameras der Fotografen um die Wette. Er bedankte sich und versprach, alles nur erdenklich Mögliche für die Kalligraphie zu tun. Seine Rede war kurz und strotzte trotzdem vor Kraft. »Meine Damen und Herren, hier in Damaskus, das verspreche ich Ihnen«, rief er zum Schluss, »hier im Herzen Arabiens wird die Kalligraphie aufblühen und Damaskus wieder zur Hauptstadt einer starken Nation machen.«

Der Beifall rührte Hamid zu Tränen.

Als er die Liste der Förderer genüsslich langsam verlas, fiel ihm wieder auf, dass Nassri Abbani nicht anwesend war. Warum war er nicht erschienen?

Die Gäste aßen und tranken, lärmten und lachten bis Mitternacht. Immer wieder zuckte ein Kamerablitz, weil viele ein Erinnerungsfoto mit legendären Persönlichkeiten wie dem genialen Fares al Churi, dem einzigen christlichen Ministerpräsidenten der Geschichte Syriens, machen wollten.

Nach der Feier, als alle Gäste die Schule verlassen hatten, umgab Hamid eine tiefe Stille. Er ging durch das leere Haus und ließ die Bilder der vergangenen Stunden an sich vorbeiziehen. Sein großer Traum hatte sich erfüllt, aber war er nun ein glücklicher Mann?

Warum war Nassri Abbani der Feierlichkeit ferngeblieben? Alle rätselten darüber. Nassri Abbanis ehemaliger Lehrer, Scheich Dumani, ein seniler alter Mann, den Hamid eingeladen hatte, um Nassri Abbani eine Freude zu machen, staunte, dass sein schlechtester Schüler in fünfzig Jahren Lehrzeit an der Spitze derer stand, die die Kultur der Kalligraphie förderten: »Er schrieb so unleserlich, als hätte er die Hühner bestochen, seine Hausaufgaben zu machen«, sabberte er zahnlos.

»Wie immer ist der Bursche mit seinem Widerhaken irgendwo hängen geblieben«, rief er laut in die Runde und fasste sich andeutungsvoll an seinen Hodensack.

»Diese Gefahr droht uns beiden nicht«, kommentierte der alte Fares al Churi zynisch. Die Runde der Männer lachte laut.

Warum war Nassri nicht gekommen? Steckten die idiotischen »Reinen« dahinter, dass Taufiq, Nassri Abbanis rechte Hand, plötzlich, einen Tag vor der Feier, anrief und herumschwafelte, er bekomme viele Drohungen, deshalb wolle sein Chef den Mietvertrag gerne wieder lösen, »aus Gründen der Sicherheit für unser Eigentum, verstehen Sie?« Hamid verstand nicht und sein Rechtsanwalt beruhigte ihn, der Mietvertrag gelte und keine Macht auf Erden könne ihn rückgängig machen.

Nassri Abbani blieb nicht nur der Feier fern. Er ließ sich auch danach verleugnen und rief nicht zurück.

Was war geschehen?

Hamid wusste keine Antwort.

36.

Am zehnten April 1957 stiegen Nura und Salman in den Linienbus Damaskus–Aleppo. Sie hatten drei große Koffer und eine Handtasche mit Proviant und Getränken dabei.

»Mach beide Hände auf«, sagte Nura, als sie endlich saßen, und legte einen schweren Samtbeutel hinein.

»Was ist das?«, fragte er.

»Siebzig Goldmünzen, die mir Hamid zur Hochzeit geschenkt hat. Das war mein Lohn im Voraus für vier Jahre Putzen, Kochen und Bügeln. Und dafür, seine Launen zu ertragen. Das andere kann er nicht mit Geld bezahlen«, sagte sie mit leiser, trauriger Stimme.

Sie schaute zum Fenster hinaus auf die Arbeiter, die dabei waren, Straßenbahnschienen aus dem Boden herauszureißen. Es war die dritte Straßenbahnlinie, die eingestellt wurde. »Man sieht gar keine Mietesel mehr«, sagte sie und schüttelte den Kopf. Was sie für Probleme hatte, dachte Salman. Da flüchtete sie aus Heimatstadt und Ehe und dachte an Esel. Er legte den Arm um sie. »Ich werde immer dein Esel sein!«, sagte er, aber sein Scherz konnte Nura nicht erheitern.

Erst zwei Stunden vor der Abfahrt hatte sie Dalia aufgesucht. Die Schneiderin hatte von ihrer Nähmaschine zu ihr aufgesehen und sofort verstanden. »Ich verschwinde«, flüsterte Nura.

»Das habe ich gleich vermutet, als du kamst. Hast du es dir genau überlegt?«, fragte Dalia. Nura nickte.

Sie weinten beide beim Abschied, Dalia wusste, sie würde ihre junge Freundin nie wiedersehen. Später sollte sie sagen, an dem Tag hätte sie zum ersten Mal begriffen, dass man sich in Lebensgefahr begeben kann, nicht weil man das Leben hasste, sondern weil man es liebte.

Zuletzt lief Nura zu ihrem Elternhaus. Sie wusste, dass ihr Vater seit Tagen mit einer Grippe im Bett lag. Sie gab ihm einen Umschlag mit Briefen, erklärte ihm kurz, was das für Briefe waren, und bat ihn, sie gut zu hüten. Dann war sie schon wieder auf dem Sprung. Er lief in Hausschuhen hinter ihr her. »Kind«, fragte er erschrocken, »ist etwas passiert?«

Sie weinte.

»Kann ich dir helfen, mein liebstes Kind?«, fragte er und fühlte sich so schwach auf den Beinen, dass er sich stützen musste.

»Lies meinen Brief und sieh, was du machen musst. Ich

helfe mir selber«, sagte sie und sah, dass er weinte. Seine Tränen zogen sie wie Blei in die Tiefe. Sie machte sich innerlich von ihm los und eilte hinaus.

»Gott schütze dich auf deinen Wegen«, flüsterte er und hoffte, sie würde sich am Ende der Gasse umdrehen und winken, wie sie das immer gemacht hatte, aber Nura war schon um die Ecke zur Hauptstraße verschwunden.

Rami Arabi ging langsam in sein Schlafzimmer zurück. Mit zitternden Fingern öffnete er den großen Briefumschlag. Er enthielt Nuras langen Abschiedsbrief und mehr als dreißig Zettel mit seinen Bonmots und Redewendungen. Sein Herz ahnte, dass die Rückgabe seiner Worte eine tiefe Trennung bedeutete. Doch der große Schreck kam mit Nassris Briefen.

Er war entsetzt, suchte Halt, nahm Nuras Brief wieder zur Hand und las ihn sorgfältig. Sie schrieb ihm von ihrer Enttäuschung, von der Qual eines unglücklichen Ehelebens, das er ihr zugemutet hatte. Sie versicherte ihm, dass sie weder ihn noch ihre Mutter dafür hassen werde, aber sie wolle ihr Leben in die eigenen Hände nehmen, da sie als Eltern ihre erste Pflicht verletzt hätten, sie zu beschützen.

Rami Arabi kannte seine Tochter viel zu gut, um sich nun dumm zu stellen. Sie hatte ihm all das geschrieben, bevor sie flüchtete, weil sie sich wie ein Schwamm fühlte, der vollgesaugt war mit bitteren Worten. Sie musste den Schwamm auspressen, um das aufnehmen zu können, was ihr das neue Leben bieten würde.

Als er alles zum dritten Mal gelesen hatte, warf er einen Blick auf die verführerischen Briefe mit der Handschrift des Ehemannes. Seine Hände zitterten. Er fühlte sich wie gelähmt.

»Verfluchter Zuhälter«, hörte er sich laut rufen.

Ihre Mutter erfuhr an jenem Apriltag erst abends von Nuras Besuch und den Briefen, als sie von der wöchentlichen Sitzung einer religiösen Frauenvereinigung nach Hause kam. Sie bat ihren Mann, den Abschiedsbrief vorzulesen, und begriff durch die Offenheit der Worte, dass Nura bereits geflüchtet war. Sie stieß einen Schrei aus und klagte so laut über ihr bitteres Schicksal, dass drei Frauen vom Nachbarhaus kamen, weil sie dachten, der Ehemann ihrer Nachbarin Sahar hätte sein Leben ausgehaucht.

Salman war an jenem Tag in das Haus des Kaffeehausbesitzers Karam zurückgekehrt, hatte seine Hefte und Utensilien an sich genommen und Karam eine kreisrunde Kalligraphie hinterlassen. Dieser staunte am Abend nach der Arbeit über den Schlüssel, der im Schloss der Haustür steckte. Er dachte, Salman sei wiedergekommen, und freute sich auf ihn.

Als Karam ihn, Mitte März, im Gnadenhof besuchen wollte, ihn aber nicht fand, sagte eine Nachbarin, Salman lerne bei einem Meisterkoch die Kunst der feinen Damaszener Küche. Das Restaurant »Al Andalus« sei nobel und sehr teuer und liege in der Nähe von Bab Tuma.

Salman schien sich über Karams Besuch zu freuen. Nachdem er das Kochen entdeckt habe, sagte er, sei ihm der Umgang mit dem Löffel lieber als der mit der Rohrfeder. Er habe zurzeit viel zu tun, weil zwei Hochzeiten anstünden, sobald er aber etwas Luft hätte, würde er Karam besuchen und vielleicht noch ein wenig Kalligraphie üben. Sein neuer Chef, Carlos, ein Viertel Spanier, ein Viertel Jude, ein Viertel Araber und höchstens ein Viertel Christ, liebe die Kalligraphie und halte sie neben Kochen, Reiten und Fechten für die Kunst, die einer beherrschen müsse, bevor er sich Mann nennen dürfe.

Es war für Karam eine bewegende Begegnung. Zum ersten Mal entdeckte er, dass Salman auch gut sprechen konnte. Als er ihm das scherzhaft sagte, lachte Salman, ja, er könne recht haben. All die Jahre habe er so etwas wie einen Knoten in der Zunge gefühlt und nun hätten Liebe und Gewürze ihn befreit.

»Er ist kein Junge mehr, er ist ein Mann«, sagte sich Karam damals auf dem Weg zurück zu seinem Café. Er fühlte eine tiefe Zuneigung fern jeden Mitleids oder jeglicher Gewissensbisse für diesen mutigen jungen Mann, eine Zuneigung, die nun wie eine Lilie in seinem Herzen aufging, die weit mehr war als die Liebe zu Badri und dessen göttlichem Körper. Zum ersten Mal erschien ihm Salman so unwiderstehlich attraktiv. Er wollte es ihm bei der nächsten Begegnung sagen. Immer wieder hoffte er auf einen Anruf, auf einen spontanen Besuch im Café, doch der März ging zu Ende, ohne den Wunsch des verliebten Karam zu berücksichtigen. Badri war gekränkt, weil Karam nur noch von Salman schwärmte, und er irrte sich nicht in seinen Mutmaßungen, weil das Herz der Betrogenen einen unsichtbaren Kompass besitzt.

Karam öffnete also an diesem Apriltag die Haustür und rief nach Salman, aber die Stille verschluckte seine Stimme. Langsamen Schrittes ging er zur Kammer, wo Salman immer arbeitete. Die Tür war auf. Die Tischschublade gähnte ihm offen und ausgeräumt im leeren Raum entgegen. Nur eine handgroße Kalligraphie lag auf dem Tisch, die Karam nicht entziffern konnte.

Zwei Tage später zeigte er sie Samad, Hamids Gesellen, der eine Kleinigkeit im Café zu Mittag aß. »Kannst du dieses Durcheinander entziffern?«, fragte er ihn und legte dem Fachmann das kartonierte Blatt hin.

»Das ist kein Durcheinander. Es ist Kufischrift mit Spiegelung. Es ist sauber geschrieben, die Maße, Winkel und Dehnungen stimmen, aber es fehlt der Schrift an Eleganz. Wer hat sie geschrieben?«

»Ein Freund«, erwiderte Karam stolz.

»Das kann nicht sein«, sagte Samad.

»Und wieso nicht, wenn ich fragen darf?«

»Weil das kein Freund geschrieben haben kann. Da steht: Karams Herz ist ein Friedhof.«

Die Farbe schwand aus dem Gesicht des Wirts. Auch seine dunklen Augen schienen hellgrau geworden zu sein. Er schleppte sich in sein Büro hinter der Theke. Seine Mitarbeiter schworen, als er herauskam, seine Haare seien nicht mehr blauschwarz, sondern aschgrau gewesen.

Salman verschwand leise, wie es schon immer seine Art war. Er verabschiedete sich von niemandem. Er schrieb lediglich einen langen Brief an Sarah und bat sie um eine Notlüge, um seine und Nuras Spuren zu verwischen.

Sein Fahrrad verkaufte er für gutes Geld an einen Gemüsehändler im fernen Amara-Viertel.

Im Gnadenhof bemerkte außer Sarahs Mutter kaum jemand Salmans Verschwinden. Erst als sein Vater zwei Monate später schwer an der Leber erkrankte, stellten einige Nachbarn fest, dass sie Salman schon lange nicht gesehen hatten. Mancher Nachbar freute sich schon voreilig auf die Möglichkeit, bald eine gute Zweizimmerwohnung zu besetzen. Salmans Vater jedoch erholte sich und lebte lange Jahre, trank aber keinen Tropfen Alkohol mehr.

Etwa zu dieser Zeit kehrte Faise, Sarahs Mutter, aus Homs zurück, wo ihre Tochter ihr erstes Kind, ein Mädchen, bekommen hatte. Faise erzählte dem Metzger Mahmud und der Nachbarin Samira vertraulich, dass Salman für viel Geld als Koch in Kuwait arbeite. »Das bleibt unter uns«, sagte Faise verschwörerisch. Und das galt in Damaskus als Aufforderung, diese Nachricht besonders schnell zu verbreiten. Metzger Mahmud und Nachbarin Samira leisteten gute Arbeit.

Innerhalb von siebenundzwanzig Stunden und dreiunddreißig Minuten erreichte die Nachricht Karam in seinem Café. Er glaubte nicht, was er hörte, rief bei »Al Andalus«, dem vornehmen Restaurant im christlichen Viertel, an und fragte den Wirt nach seinem Freund Salman.

»Leider ist er flügge geworden. Ich hätte den witzigen Kerl gerne zu meiner rechten Hand gemacht. Keiner meiner Gesellen hier hat so schnell gelernt wie dieser kleine Bursche, der singend vor sich hin gearbeitet und alles mit solch einer Begeisterung gemacht hat. Und eine feine Nase hatte der Kerl. Das ist in unserem Beruf Gold wert. Schade, aber ich gönne es ihm. Er verdient in Kuwait, wie ich gehört habe, mehr als ich mit meinem Restaurant.«

Karam legte auf und weinte vor Wut auf die Ölscheichs, auf die »Reinen«, auf seine Dummheit, auf Badri und auf Salmans hartes Herz, das ihm keine Chance gegeben hatte, seinen Fehler wiedergutzumachen.

Die Nachricht von Salmans Karriere als Koch in Kuwait erfuhr nach dem zwanzigsten oder dreißigsten Wechsel der Zunge etliche Metamorphosen. Mal kochte Salman für den Emir von Kuwait, ein andermal war er Besitzer einer Restaurantkette in der Golfregion. Einige ließen ihn zum Islam übertreten und eine Cousine des Herrschers heiraten, andere wussten davon, dass er zu Fischfutter verarbeitet worden war.

Im Herbst jedenfalls, als die Geschichte zu Sarahs Mutter zurückkehrte, hatte sie so viele Veränderungen erfahren, dass nicht einmal Faise sie wiedererkannte.

37.

Jahre später sollte Hamid allen, die Ohren und Geduld hatten, erzählen, die Flucht seiner Frau habe ihm die Augen gereinigt. Am Tag ihres Verschwindens sei ihm der Niedergang der Araber klar geworden. Er wollte nicht mehr mitmachen. Er habe die Menschen aufrütteln wollen, aber nun lasse er sie in ihrem tiefen Schlaf und bedauere nichts. Ein Volk, das seine Reformer bestraft und seine Propheten verfolgt, vertreibt und tötet, sei dem Untergang geweiht.

Hamid hatte vom Verschwinden seiner Frau erfahren, als er abends nach Hause kam. Er hatte an der Kalligraphieschule viel zu tun gehabt und am Nachmittag lange, zähe Verhandlungen zu einem guten Ende geführt. Er bekam den Auftrag, alle Kalligraphien und Ornamente für die von Saudi-Arabien finanzierte Saladin-Moschee zu fertigen. Die Verhandlung war nicht leicht gewesen, zumal die Kalligraphen aus den anderen arabischen Ländern bereit waren, die Arbeit für ein Fünftel seines Honorars zu leisten. Auch drei der berühmtesten syrischen Kalligraphen gingen leer aus. Hamid bot ihnen an, gegen gute Bezahlung für ihn zu arbeiten, was sie dankend annahmen. Es war ein gesegneter Tag.

In jener warmen Aprilnacht kehrte er also glücklich und zufrieden heim. Die Kalligraphieschule hatte Anfang April, einen Monat früher als geplant, mit dem Unterricht begonnen und im »Bund der Wissenden« hatte er sich gegen alle Neider durchgesetzt, die ihm die Stelle als Großmeister streitig machen wollten. Eine überwältigende Mehrheit der Mitglieder gab ihm ihr absolutes Vertrauen. Seine Gegner hatten den Augenblick miserabel gewählt. Hamid war nicht nur der beste Kalligraph, sondern auch der Held, der den Bund so weit gebracht hatte wie keiner vor ihm.

Auf dem Weg nach Hause flüsterte er mehrmals: »Hamid, du hast es geschafft.« Und er atmete tief ein und rief etwas zu laut: »Ja.«

Jetzt wollte er seine Frau und die Nacht genießen. Er hatte für sie ein dünnes Nachthemd aus roter durchsichtiger Seide gekauft und wollte, dass sie ihn darin verwöhnte.

In einem teuren Laden ließ er sich zweihundert Gramm Pasturma, einen luftgetrockneten Rinderschinken mit pikanter Hülle aus scharfen Gewürzen, hauchdünn schneiden. Auch teuren Käse und Oliven ließ er sich einpacken. Für seine Frau nahm er ein Glas in Olivenöl eingelegte Miniartischocken aus Italien mit. Beim Obsthändler auf der Geraden Straße, an der Ecke zu seiner Gasse, kaufte er zum ersten Mal in seinem Leben eine teure Ananas.

»Macht nichts«, sagte er dem Gemüsehändler, »heute ist ein besonderer Tag.«

Er pfiff seine Lieblingsmelodie und öffnete die Tür.

Den Augenblick bedrohlicher Stille konnte er nie mehr vergessen. Merkwürdigerweise ahnte er sofort, dass Nura weder bei den Nachbarn noch bei ihren Eltern war. Etwas Furchtbares musste passiert sein. Er ging in die Küche, legte die Papiertüten auf den Küchentisch und rief: »Nura!« Sein Herz pochte.

Keine Antwort, kein Zettel, nichts. Er ging in den Hof und setzte sich am Brunnen kraftlos auf einen Stuhl. In diesem Moment erkannte er die Katastrophe.

»Es gibt Sekunden, in denen man weiß, was man alles falsch gemacht hat. Ich war dem Sterben nahe, als ich in einem einzigen Augenblick alles Falsche in meinem Leben erkannt habe. Ich bin zur falschen Zeit in eine falsche Gesellschaft geboren«, wiederholte er später. Seine Zuhörer hatten Mitleid mit ihm, aber verstehen konnte ihn niemand

Viele seiner Entscheidungen erschienen ihm jetzt als Fehler. Er wollte doch nur eines: die Schrift ehren. Diese göttliche Erfindung, die mit ein paar Buchstaben Ozeane, Wüsten und Berge entstehen ließ, das Herz bewegte und den Geist anregte. Und gab sie nicht allem, was sie mit Tinte auf Papier festhielt, ein langes Leben? Nur Götter konnten das. Er hätte begreifen sollen! Die Schrift war eine Göttin, und nur der würde in ihr Paradies eingelassen, der auf alles verzichtete. Welchen Platz hatten da Ehefrau und Kinder? Und war er nicht schon von Anfang an in die falsche Familie geboren worden? Wer sonst als ein Verrückter ohrfeigte seinen Sohn für eine göttliche Gabe? War sein Vater krank? Und seine Mutter, die ihn nie geliebt oder verteidigt hatte, war sie nicht genauso krank?

Was für eine Idiotie war es, ein Eheleben führen zu wollen. Klar brauchte er eine Frau. Aber er war nicht süchtig wie der Gockel Nassri. Nein. Irgendwie befriedigte ihn ein Liebesspiel nicht halb so viel wie die Arbeit an einer Kalligraphie.

Eine halbe Stunde saß er damals in seinem verlassenen Haus und wünschte sich, ein Nachbar würde ihm mitteilen, Nura sei verunglückt oder in Ohnmacht gefallen und man habe sie ins Krankenhaus gebracht.

Aber es klopfte nicht, stundenlang nicht, obwohl er überall Licht machte und das Radio aufdrehte, um den Nachbarn seine Anwesenheit mitzuteilen.

Die Vermutung eines Unfalls erschien ihm Stunden später absurd und das schmerzte ihn, weil er seine Hilflosigkeit erkannte. Er war sich auch sicher, dass seine Schwiegereltern von einem Unfall nichts wussten, sonst hätten sie bei ihm angerufen.

Wie lange hatte er geschlafen? Er wusste es nicht mehr. Von diesem Tag an endete seine Disziplin, die ihn jeden Tag um sechs Uhr aufwachen und spätestens um zweiundzwanzig Uhr ins Bett gehen ließ. Tag und Nacht gingen ineinander über.

Ein aufdringliches Klopfen weckte ihn. Er schaute erschrocken um sich und schüttelte seine Hand, weil er einen Alptraum gehabt hatte, in dem ihn eine große Wespe genau zwischen den Zeige- und den Mittelfinger stach. Er lag angezogen auf dem Bett. Es war das erste Mal in seinem Leben, dass er ungewaschen und in seinen Straßenkleidern auf dem Bett lag.

Es war noch früh, aber draußen dämmerte es bereits.

Nuras Vater stand in der Tür, fahl im Gesicht und mit rot verweinten Augen. Er war hässlicher denn je.

»Assalam aleikum«, grüßte er trocken. Scheich Rami Arabi war nie ein Heuchler gewesen, das wusste Hamid. Er kam direkt zur Sache. Er warf wortlos die Briefe auf den kleinen Tisch im Innenhof und blieb stehen. Hamid erkannte natürlich seine Schrift. Wie um alles in der Welt war Nuras Vater in den Besitz dieser Briefe gekommen? Und mit einem Schlag wurde ihm alles klar. Hamid verstand, was der Gelehrte wortlos sagte. Seine Knie sackten ihm weg, er fiel auf den nächstbesten Stuhl. Wie sollte er sich dem Vater seiner Frau erklären? Er hoffte, dass das Ganze nur ein Alptraum wäre.

»Bitte setz dich. Es ist ein großes Missverständnis und ich kann es Nura erklären«, sagte er mit brüchiger Stimme.

Er war für einen Augenblick insgeheim erleichtert, dass Nura Zuflucht bei ihren Eltern gesucht hatte und den Vater vorschickte. Er hielt jedoch die Fassade des schockierten Ehemannes aufrecht: »Sie hätte es mit mir besprechen sollen, bevor sie euch unnötig beunruhigt. Es sind Briefe, die ich für einen Kunden ...«, wollte er erklären, aber Scheich Arabi schüttelte nur abweisend den Kopf. »Nura ist nicht bei uns. Sie ist geflüchtet ... ich habe dir eine Blume zur Frau gegeben und was hast du mit ihr gemacht, Ehrloser?«, sagte der Scheich und seine Stimme erstickte an seiner nicht ausgesprochenen Trauer. Er warf einen verächtlichen Blick auf seinen Schwiegersohn und ging.

Hamid Farsi war wie vor den Kopf geschlagen.

Dieser Hurenbock Nassri Abbani hatte ihn hereingelegt. Er hatte Nura, seine Frau, mit den Briefen verführt und wer weiß wem allem er das erzählt hat, um seinen Ruf zu zerstören und ihn zu demütigen. Hatte Nassri Abbani das von Anfang an geplant?

Aber noch glaubten der Kalligraph und seine lauschenden Nachbarn, dass Nura nicht endgültig geflüchtet war. Er rief im Atelier an und sagte, er werde an diesem Tag nicht kommen. Das war bisher nicht vorgekommen. Von nun an und bis zur Schließung des Ateliers wurde es aber fast die Regel.

Hamid wusch und rasierte sich, zog seinen Sommeranzug an und ging zielstrebig zu seinen Schwiegereltern ins Midan-Viertel. Scheich Arabi war nicht zu Hause. Nur seine Frau Sahar schaute verheult durch den Türspalt.

»Was hast du gemacht? Ich habe dich wie einen Sohn geliebt«, sagte sie, um ihre anderen Gefühle zu verschweigen, denn einst hatte sie sich unsterblich in diesen drahtigen und willensstarken Mann verliebt. Immer wenn er ihr ein Wort sagte oder sie nur leicht berührte, fühlte sie sich tief im Herzen angesprochen. Doch sie hatte ihr Herz geopfert, um die Ehre und den Ruf der Familie zu retten. Und nun erstarb alles in ihr und sie fühlte, dass sie richtig gehandelt hatte, denn dieser Mann hatte mit seiner Ausstrahlung nur geblendet. Sie wäre bei ihm ohnehin verloren gewesen.

Sie machte keine Anstalten, ihn hereinzulassen. Es war in dem traditionellen Viertel nicht üblich, dass eine Frau in Abwesenheit ihres Mannes einen anderen Mann empfing. Auch Cousins und Schwiegersöhne mussten warten, bis der Hausherr kam.

»Lass mich dir erklären«, sagte er und fasste nach ihrer Hand. Aber sie zog sie schnell zurück und schlug die Tür zu. Hamid rief noch gegen die Tür: »Aber wann ist sie geflüchtet?«

»Wir wissen nichts«, sagte die Mutter weinend. Er klopfte leise, vergeblich. Die Nachbarin Badia erschien an der Türschwelle ihres Hauses.

»Was ist denn los? Kann ich dir helfen?«, fragte sie den Kalligraphen, den sie gut kannte. Sie ahnte etwas Schlimmes, denn Nuras Mutter hatte zum ersten Mal kein Wort mit ihr gesprochen, sie hatte immer nur »Katastrophe, Katastrophe« gemurmelt und wurde nicht mehr gesehen.

»Nein, danke«, sagte der Kalligraph kurz angebunden und schleppte sich zur Hauptstraße, wo er sich von einer Kutsche nach Hause fahren ließ.

Es war schlimmer, als er gedacht hatte.

»Ich bin ein Esel«, rief er aus, als er abends allein vor dem Brunnen saß und an Nassri dachte. Er klagte so laut, dass die Nachbarn es hörten. Bis zu dieser Stunde wusste noch keiner, dass Nura geflüchtet war. Erst im Laufe des Abends drang die sichere Nachricht zum Nachbarhaus, sie brauchte aber noch bis zur Morgendämmerung, bis sie als reifes Gerücht den ersten Schritt ihrer Runde durch die Bäckereien und Garküchen machte.

Nassri Abbani war wie vom Erdboden verschluckt. Auch Wochen nach Nuras Flucht konnte Hamid ihn nicht finden. Und in seiner verletzten Fantasie entwickelte er ganze Filme, in denen der reiche Abbani Frauen verführte, um sie an Ölscheichs zu verkaufen.

Ins Atelier ging Hamid nur ein- oder zweimal im Monat. Selbst dann, als es um größere Aufträge ging und er dringend benötigt wurde, winkte er ab.

Ende Mai erzählte ihm Salim, ein Friseur, dessen Laden nicht weit von Hamids Atelier lag, er habe gehört, Nassri Abbani sei nicht zufällig zu Hamid gekommen, er habe es vielmehr von Anfang an darauf abgesehen, ihn in den Ruin zu treiben. Nassri Abbani habe von höherer Stelle den Auftrag bekommen, sich mit den Aufträgen für extravagante Kalligraphien an Hamid heranzumachen und ihn mit Großzügigkeit nach und nach zu verführen, bis er schriftliche Zeugnisse seiner Charakterlosigkeit vorlegen könne. Salim fügte verschwörerisch hinzu, die Rollen seien gut verteilt. Während Nassri Abbani Hamids Ruf mit den Briefen ruiniert habe, habe eine Bande erfahrener Krimineller Nura entführt. Das sei drei-, viermal in Beirut, Kairo und Bagdad praktiziert worden, um unbeliebte Zeitgenossen oder politische Gegner fertigzumachen.

»Und wodurch kann man jeden arabischen Mann tiefer demütigen, als von ihm das Bild des Zuhälters der eigenen Frau zu verbreiten?«, fragte Salim, wartete die Antwort aber gar nicht mehr ab. Er stand auf und verabschiedete sich mit einem weichen Händedruck von ihm. »Der Abbani-Clan hat auch meinen Vater ruiniert, weil er ihm arglos vertraute. Sie stehen mit dem Teufel im Bund! Oder denkst du, es ist ein Zufall, dass der Hurenbock Nassri inzwischen die Hälfte der Baugrundstücke in Abu Rummane besitzt, ohne einen Finger gerührt zu haben?«

Hamid hätte weinen können vor Wut. Der Mann sprach genau das aus, was er sich längst selbst zusammengereimt hatte. Nassri Abbani war eine Schlange. Nun verstand er auch, warum er der öffentlichen Feier in der Kalligraphieschule ferngeblieben war.

Um Nassri, diesem gerissenen Verbrecher, beizukommen und die laufenden Kosten zu stoppen, beschloss Hamid im Juli, das Atelier vorläufig zu schließen. Samad erinnerte ihn vergeblich an mehrere große Aufträge, die noch im Herbst geliefert werden mussten. Aber Hamid ließ sich nicht erweichen.

Es war an jenem Tag, als die Gerüchte in Damaskus wie ein von unsichtbarer Hand dirigierter Choral ein weiteres Lied über Nura anstimmten: Nura sei auf einem englischen Passagierschiff gesehen worden, das Beirut in Richtung Golf verlassen habe.

Hamid entließ in einem Anfall sämtliche Angestellte seines Ateliers, von Samad bis zum jungen Laufburschen Hassan, alle. Und beim Abschied teilte er ihnen mit, was er all die Jahre von ihnen gehalten hatte: sie seien stümperhafte Handwerker und deshalb für die Kunst der Kalligraphie hoffnungslose Fälle. Er verhöhnte Samad, er solle mit dem Laufburschen Hassan die nächste Autowerkstatt aufsuchen, denn dort könnten sie der Menschheit endlich nützlich sein.

Nicht nur Samad, alle Mitarbeiter waren zutiefst beleidigt. Sie dachten, ihr Meister wäre vollkommen durchgedreht, dass er nicht einmal ein Minimum an Höflichkeit und Dankbarkeit bewahrte. Nur der kleine magere Junge Hassan folgte dem Rat seines Meisters und suchte die nächste Autowerkstatt auf. Er stand klein und fast verhungert vor dem grobschlächtigen Meister und sagte geradeheraus, ein Meister der Kalligraphie habe ihm prophezeit, er werde ein guter Automechaniker. Der ölverschmierte Mann lachte und zeigte seine gelben Zähne: »Ach, Kalligraphen quatschen viel, aber was soll's! Wir brauchen einen Laufburschen. Kannst du Tee kochen?«

»So gut, wie du ihn noch nie getrunken hast, Meister«, sagte der kleine Junge stolz.

»Dann rein mit dir, eine Lira die Woche und dann werden wir sehen«, sagte der Besitzer der Autowerkstatt.

38.

Am 19. April 1957, neun Tage nach Nuras Flucht, stürmten am späten Vormittag zehn bärtige Männer die Schule für Kalligraphie. Sie schlossen die Tür von innen ab, rissen das Telefonkabel aus der Wand und schlugen das gesamte Mobiliar kurz und klein. Es war ein Freitag und nur die Sekretärin war gekommen, um die vielen Schreibarbeiten, die sich in der Woche angesammelt hatten, zu erledigen. Sie erlebte den Schock ihres Lebens. Die Männer sahen aus, als wären sie gerade einem schlechten Film über Araber entstiegen. Einer von ihnen brüllte sie an. »Du arbeitest am Freitag, du Ungläubige!« Er gab ihr eine Ohrfeige, die sie zu Boden warf. Ein anderer riss ihre Jacke vom Kleiderständer und warf sie ihr über den Kopf. »Bedecke deinen Kopf, du Hure«, rief er. Sie konnte nicht einmal schreien. Man knebelte sie und band sie auf dem Bürostuhl fest. Anschließend liefen die Männer durchs Haus und sie hörte, wie Möbel, Spiegel, Glastische und Bücherschränke zu Bruch gingen. Als sie wieder in ihr Büro kamen, malten sie mit einem breiten Pinsel in roter triefender Farbe ihre hässlichen Sprüche und Drohungen an die Wände. Dann war der Spuk vorbei.

Anfang Mai wurde die Schule zum Schutz der Schüler geschlossen. Hamid war sich nun sicher, dass Nassri Abbani zu den Drahtziehern gehörte, die hinter der Schließung der Schule standen.

39.

Manche erzählten, er sei in Beirut, andere wollten ihn in Istanbul gesehen haben, wieder andere berichteten, er sei längst in Brasilien bei seinem Freund, dem ehemaligen Präsidenten Oberst Schischakli.

Niemand hätte eine Lira darauf gewettet, dass Nassri Damaskus nie verlassen hatte.

Wie er die Frauen liebte, so liebte er auch seine Heimatstadt: süchtig und maßlos. Er war ein echter Damaszener, der seine Stadt für das Paradies hielt. Jedes Mal wenn er die Stadt verlassen musste, empfand er eine Art Folter und war sich sicher, dass der Weg in Dunkelheit und Kälte enden würde – und in einem Leben voller Mühsal und Beschwernis, wozu Nassri nicht fähig war.

Es war sein Mitarbeiter Taufiq, der ihm riet, die Demütigung des Kalligraphen ernst zu nehmen. Er glaube ihm, sagte Taufiq, dass er die Frau nicht angefasst habe, aber sein Glaube zähle nicht. In der Stadt behaupte jeder, als ob er dabei gewesen wäre, dass der Kalligraph gegen Geld Liebesbriefe für ihn, einen berühmten Frauenhelden, geschrieben habe. Nicht genug damit, dass Hamid Farsi die Frau weggelaufen sei, auch sein großer Traum von der Kalligraphieschule sei endgültig zunichtegemacht worden. Der gehörnte Mann sei also blind und unberechenbar vor Wut. »Und es interessiert mich nicht, ob du dein Ding in die Frau oder in ein Wespennest gesteckt hast, aber mich interessiert brennend, dass dieser Wahnsinnige nicht irgendetwas in dich hineinsteckt«, sagte Taufiq.

Was für einen Ton sein Buchhalter anschlug! Zum ersten Mal fühlte Nassri, dass er Taufiq bislang unterschätzt hatte. Das war kein Rechen- und Zinsentrottel, der blind durchs Leben ging, sondern ein erfahrener und nervenstarker Mann. Seit Nassri sich vor Hamid verstecken musste, bemerkte er eine Veränderung im Tonfall seines Mitarbeiters. Er wurde nicht unhöflicher, sondern ungeduldiger, und seine Stimme nicht lauter, aber herrischer. Sie erinnerte entfernt an die Stimme des Vaters.

»Es geht um Leben und Tod«, hatte Taufiq gesagt, um zu unterstreichen, dass er auf der Befolgung seiner Befehle bestand, die er – höflich wie alle Damaszener – Vorschläge nannte. Und Nassri hatte, entgegen seiner Neigung, zu gehorchen.

Die ersten sechs Wochen seines Lebens im Verborgenen waren äußerst schwer. Er musste alles neu lernen. Aufzuwachen, wenn die anderen schlafen, lange Stunden und Tage in geschlossenen Zimmern zu verbringen, weil niemand wissen sollte, dass er im Nebenraum sitzt, Stunden – wenn nicht Tage – zu schweigen, das erlebte Nassri zum ersten Mal. Die Einsamkeit füllte die Zeit mit Stacheln und machte sie zu einem Folterinstrument. Er hatte sein Leben lang die Zeitungen nur überflogen, nun las er auch die Werbung und die Todesanzeigen und es war immer noch Zeit übrig.

Er dachte über Dinge nach, die ihm nie durch den Kopf gegangen waren, und kam zu Einsichten, von denen er vorher nichts geahnt hatte.

Von Stunde zu Stunde nahmen seine Qualen zu, seine Augen schmerzten bei allem, was er sah, seine Ohren schmerzten bei allem, was er hörte, sein Herz drohte, stillzustehen und gleich darauf zu explodieren, und er hatte dröhnende Kopfschmerzen, als wäre sein Hirn zu eng geworden für all seine Gedanken. Plötzlich wuchsen Worte in seinem Innern, wie einem Embryo Füße und Hände wachsen. Und seine Zunge warf sie gegen die Wand, gegen das Fenster oder, wenn er lag, gegen die Decke. Sein Herz beruhigte sich und seine Kopfschmerzen verschwanden. So muss es am Anfang der Menschheit gewesen sein, dachte er, die Einsamkeit der Menschen ließ die Sprache in ihnen wachsen, damit ihr Herz nicht explodierte und ihr Hirn nicht vor Traurigkeit einging.

Jede Begegnung auf der Straße konnte ihn das Leben kosten. Jede auch noch so kleine Nachlässigkeit war ihm nicht mehr gegönnt. Er musste immer schneller sein als die Petzer und geschickter als dieser gottverfluchte intelligente Kalligraph.

Die wenigen Menschen, mit denen er noch verkehrte, verhielten sich ihm gegenüber anders als vorher. Ein Freund aus der Kindheit weigerte sich, ihn zu treffen, und ein hoher Offizier, der auf allen Vieren vor ihm gekrochen war, als Präsident Schischakli noch an der Macht war, wollte nun nicht einmal ans Telefon kommen. Ein junger Offizier im Vorzimmer wimmelte Nassri mit der Bemerkung ab, sein Kommandant kenne keinen Nassri Abbani.

Er lag stundenlang wach und dachte nach. Er war nicht einmal verbittert über diese Freunde, die nicht ihn, sondern seine Aura gesucht hatten, mit der sie die Dunkelheit ihres Daseins etwas erhellen wollten.

Versteckt und verfolgt fiel ihm immer wieder sein Großonkel ein, der auch vor seinen Häschern flüchten musste. Ahmad Abu Chalil Abbani, der Bruder seines Großvaters. Er war als Kind bereits vom Theater begeistert und hatte diese niedrige Kunst, die man damals in den Kaffeehäusern und Tanzlokalen zur Belustigung der Gäste ausübte, zu einer großen Kunst auf der Theaterbühne gemacht. Er hatte ein Ensemble gegründet und seine eigenen und viele aus dem Französischen übersetzte Stücke aufgeführt. Er hatte als erster moderner Theatermann Syriens Brandanschläge, Demütigungen, Morddrohungen und Verfolgung erdulden müssen. Sein ganzes Geld steckte er in sein geliebtes Theater, das der Pöbel, angeheizt von den Fanatikern, in Brand steckte. Das Theaterspiel war noch dreißig Jahre später verpönt, und bis 1930 verbot der Mufti von Damaskus den Männern und vor allem den Frauen das Schauspiel, weshalb die wenigen Sänger und Schauspieler, die überhaupt noch auftraten, Christen und Juden waren.

Ahmad Abu Chalil Abbani musste sich verstecken, bis er endlich mit seinem Ensemble in Kairo Unterschlupf fand, wo er wieder ein Theater gründete und eine Generation von ägyptischen, syrischen und libanesischen Schauspielern ausbildete. Aber auch dort wurde sein Theater im Jahre 1900 angesteckt. Er kehrte verbittert nach Damaskus zurück und starb 1903 an gebrochenem Herzen.

Nassri weinte in seinem Versteck, als er sich an das Bild seines Großonkels erinnerte. Es hing, neben vielen anderen Bildern, im Salon seines Vaters. Diese unendliche Traurigkeit seiner Augen schnitt ihm ins Herz.

Die ersten zwei Wochen auf der Flucht lebte Nassri bei seiner ersten Frau Lamia. Aber als im Viertel die ersten Gerüchte über seinen Verbleib aufkamen, hatten die Nachbarinnen Lamia geraten, ihn wegzuschicken. Er sollte wegen seiner Hurerei nicht auch noch die Kinder gefährden.

Lamia wurde blass, weinte oft in der Nacht und zuckte bei jedem Geräusch erschrocken zusammen. Es war die Hölle.

Er ging aber erst, als seine Kinder ihm ihre auswendig gelernte Bitte, sie zu schonen und endlich zu gehen, im Chor entgegenheulten. Er verfluchte Lamia und seinen Vater, der ihm diese Ehe aufgezwungen hatte, und fuhr in der Nacht zu seiner dritten Frau Nasime, weil er wusste, dass das Haus seiner zweiten Frau Saide voller Gäste war. Ihre ganze Familie war aus dem Süden zu Besuch gekommen, und wenn sie kamen, ließen sie aus lauter Liebe zu Saide keinen Angehörigen zu Hause zurück.

Nasime, seine dritte Frau, die früher eine so süße Zunge besaß, dass er für Augenblicke ihre Hässlichkeit vergessen konnte, ergriff nun die gute Gelegenheit, mit ihm abzurechnen. Sie hielt ihm täglich ihr vergeudetes Leben und ihr versäumtes Architekturstudium und die Häuser vor, die sie hätte bauen wollen. Nach sieben Tagen hielt er es nicht mehr aus und schlug sie. Sie schrie so laut, dass die Nachbarn kamen, weil sie dachten, Nasime wäre überfallen worden. Sie schickte die Nachbarn zurück, ohne ihn zu verraten, befahl ihm aber, auf der Stelle das Haus zu verlassen. Nassri wollte sich gleich bei seiner Frau entschuldigen und für die Tapferkeit bedanken, denn er hatte in seinem Versteck alles gehört, aber Nasime ließ ihm keine Wahl. »Du verlässt mein Haus innerhalb von drei Stunden oder ich kenne dich nicht mehr«, rief sie weinend. In ihrer Familie – das hatte sie ihm früher immer wieder stolz erzählt – hatte nie ein Mann seine Hand gegen eine Frau erhoben.

Er rief Saide, seine zweite Frau, an, die sich freute, dass er zu ihr komme, sie habe große Sehnsucht nach ihm, nachdem die Verwandten abgereist waren.

Sie empfing ihn mit einem üppig gedeckten Tisch und einer langen Liebesnacht. Sie habe schon immer gewusst, stichelte sie, dass Nasime keine Frau, sondern ein Mann sei, nur Männer würden sich für solche Hirngespinste wie Häuserbau interessieren. Lamia wiederum sei immer etwas hysterisch gewesen. Bei ihr dagegen könne er ewig versteckt bleiben, damit sie ihn jede Nacht genießen könne. Sie habe gar keine Angst. Nassri bewunderte sie zum ersten Mal in seinem Leben und fand sie von Tag zu Tag anziehender.

Da das Haus im neuen Stadtteil Salihije lag, konnte er sich nachts, wenn Saide schlafen ging, in den Nachtlokalen herumtreiben.

Das ging wochenlang gut. Aber Saide war nicht mutig, wie er vermutet hatte, sie nahm nur die Gefahr nicht ernst, in der Nassri schwebte, und erzählte anscheinend jedem, dass er bei ihr versteckt war. Und so pilgerten ihre Verwandten und Freunde herbei, um ihn zu sehen, und Nassri fühlte sich bald angegafft wie ein Affe im Käfig.

Das war ziemlich ärgerlich.

Was ihn jedoch bewog, das Haus hastig und ohne Abschied zu verlassen, war ein Anruf von Taufiq, der im Café erfahren hatte, wo sich Nassri verbarg. »Verlass sofort das Haus. Geh nicht zu deinen anderen Frauen, weil Hamid nun alle vier Häuser im Visier hat. Fahr mit einem Taxi zu mir nach Hause. Ich komme auch gleich und wir besprechen alles.«

Nassris schnelles Handeln rettete ihm das Leben. Denn genau eine Stunde nach seinem überstürzten Abgang stürmte Hamid Farsi mit gezücktem Messer in das vornehme Haus, stieß die schreiende Saide beiseite und durchsuchte alle Räume. Hamid bebte am ganzen Leib, als er enttäuscht abziehen musste. »Diesmal ist er mir entkommen. Aber ich werde ihn finden und umbringen«, rief er ihr atemlos zu und schlug die Tür hinter sich ins Schloss.

Taufiqs Frau hatte ein üppiges Essen vorbereitet, zog sich aber mit den Kindern zurück. Und als ob nichts passiert wäre, gab Taufiq beim abschließenden Tee einen kurzen Bericht über die Geschäfte, die er erfolgreich für Nassri abgewickelt hatte. Alles nur gute Nachrichten! Nassri schluckte seine bissigen Kommentare, die sich auf seiner Zunge zu einer Meute versammelten, mit einem kräftigen Schluck Tee hinunter.

Nur eine Bemerkung entkam ihm: »All diese Geschäfte sind sinnlos, wenn er mich erwischt.«

Taufiq war der Ansicht, Nassri solle die Stadt sofort verlassen, aber Nassri ließ in diesem Punkt nicht mit sich reden. Also bemühte sich Taufiq um den sichersten Ort in Damaskus und Umgebung, und der war bei Nassris Onkel Badruldin. Dieser besaß eine schlossähnliche Villa in Dummar, einem Dorf in der Nähe von Damaskus.

Nassri folgte, er hatte keine andere Wahl. Als er ein einziges Mal aus Sehnsucht nach dem Lärm der Stadt am helllichten Tag ins Café Havanna ging, wäre die Sache beinahe schiefgelaufen. Er trank einen Mokka und ließ seine Augen und Ohren an der Damaszener Geschäftigkeit teilnehmen, als er plötzlich Hamid Farsi auf der anderen Seite der Straße bemerkte, der das berühmte Café zu beobachten schien, und wäre die Straßenbahn nicht dazwischengekommen, er wäre in dessen Hände gefallen. Nassri schlüpfte zur Hintertür hinaus, sprang in ein Taxi und flüchtete nach Dummar. Der Kalligraph wuchs langsam zu einem Kraken, der überall seine Tentakel nach ihm ausstreckte.

Onkel Badruldin war ein reicher Bauer der alten Schule, der Städter für verlorene arme Teufel hielt. Nassri fand ihn schon als Kind ziemlich beschränkt. Wenn der Onkel sie in der Stadt besuchte, seine Äpfel mitbrachte und anfing zu philosophieren, warum die Zeit so schlecht geworden war – »die Menschen haben die Mutter Erde vergessen«, pflegte er zu sagen –, und wenn es zu einem Gespräch über das Benehmen der Jugend, die Untreue der Eheleute, den Gestank der neuen Fabriken oder die Kriege kam, die überall auf der Welt entflammten, waren alle schnell gelangweilt. Nassri hielt es höchstens zehn Minuten aus. Der Onkel konnte nicht einmal eine Geschichte erzählen, sondern nur predigen, predigen und noch einmal predigen gegen die Verlotterung der Sitten.

Er war inzwischen um die siebzig und neben die Beschränktheit seines Geistes trat verstärkt seine Angst vor dem Jüngsten Gericht, das er jeden Tag erwartete. Ob ein Unwetter, ein Krieg oder eine Epidemie, für ihn war alles der sichere Beweis, dass das Ende der Welt nahte.

Es war nicht einfacher geworden, sich in seiner Nähe aufzuhalten, und da er keinen einzigen Zahn mehr im Mund hatte, wurde man nicht nur vollgeredet, sondern auch noch vollgesprüht.

»Das Ende naht und die Erde wird in die Sonne fallen und aufglühen wie ein Stück Papier über der Glut«, sagte er eines Abends. Und nach solchen apokalyptischen Verheißungen fiel es Nassri immer schwerer, Schlaf zu finden. Alles Mögliche sauste durch seinen Kopf, bis er irgendwann in der Nacht schweißgebadet aufwachte.

Wie lange er sich schon bei seinem Onkel versteckt hielt, wusste er bald selbst nicht mehr. Der Onkel erschlug ihn mit seiner bäuerlichen Gastfreundschaft. »Was knabberst du so wie ein Schulkind? Lang zu. Wir haben viel und wollen nicht, dass unser Gast hungrig ins Bett geht wie bei den modernen Gastgebern. Iss ruhig, wir schauen nicht zu«, rief er und Nassri war sich sicher, der Onkel zählte jeden Bissen, den er machte.

Nassri aß nie im Leben Nachtisch, und Obst sollten Kinder und Kranke zu sich nehmen. Er brauchte einen starken Kaffee mit Kardamom. Der Onkel dagegen äußerte die Ansicht, Kaffee sei giftig, und da er nur das zu sich nehme, was die syrischen Felder hergaben, komme Kaffee für ihn ohnehin nicht in Frage.

Rauchen durfte Nassri auch nicht und seinen Arrak musste er heimlich aus der Flasche trinken, ohne Wasser und ohne Eiswürfel. Es war ein Elend.

Die Tage und Wochen verloren ihr Gesicht. Irgendwann wachte Nassri nach einem Alptraum auf und eilte hinaus in die noch kühle Nacht. Er lief, als würde sein Onkel ihn verfolgen. Erst auf der Landstraße, als er die Lichter eines Busses erblickte, der Richtung Damaskus fuhr, kam er zur Ruhe. Nassri winkte, der Bus hielt an, er stieg ein und setzte sich. Der Bus war fast leer. Einige Bauern auf dem Weg zum Markt in Damaskus hatten ihr Gemüse und ihre Hühner aufgeladen.

Bald fiel er in einen tiefen Schlaf. Er wachte erst auf, als der Bus am Rand der Stadt stark bremste, um eine kleine Schafherde über die Straße gehen zu lassen. Der Schäfer schimpfte auf den Leithammel, der mitten auf der Straße stand und die erwachende Stadt anblökte.

»Auch ein Hammel verliebt sich in Damaskus«, sagte Nassri zu seinem Nachbarn.

Nach drei Tagen in Damaskus würden die Schafe nur noch Backgammon spielen und Arrak trinken. »Deshalb werden die Viecher schnell geschlachtet. Wer entkommt, wird Bürger der Stadt«, erwiderte der Mann, als der Stock des Schäfers auf dem Schädel des Hammels landete.

Der Himmel über Damaskus hellte sich bereits auf.

Nassri schlich in sein Büro und rief Taufiq an. »Wohin willst du gehen?«, fragte sein Vertrauter. Seine Stimme klang müde.

»Zu meiner Hure. Dort vermutet mich keiner«, sagte Nassri.

»Kein schlechter Gedanke, aber pass auf dich auf und geh nicht bei Tag aus dem Haus«, warnte Taufiq.

Auf dem Weg zu Asmahan fragte er sich, warum er seine Ehefrauen alle so hässlich fand. Er war sicher, dass jede auf ihre Art schön war, aber nicht mehr für ihn. Warum werden die Menschen hässlich, die wir nicht mehr lieben. Für ihn war Asmahan bildhübsch und anziehend, sein Mitarbeiter dagegen fand sie grässlich. Also, folgerte Nassri, kurz vor Asmahans Straße, liebte er Asmahan. Wahrscheinlich, weil sie nicht ihm gehörte. Sie gehörte wie die Wüste allen und niemandem. Vom Bürgersteig gegenüber Asmahans Haus sah er einen eleganten alten Freier das kleine Haus verlassen. Er überquerte schnell die Straße und drückte auf die Klingel.

40.

Asmahan hatte von der Flucht der schönen Frau des Kalligraphen gehört. Nassris Rolle wurde von Woche zu Woche undurchsichtiger. Er aber war verschwunden. Plötzlich stand er vor ihr. Er musste ihr Haus eine Weile beobachtet haben, denn nur einen Augenblick nachdem der alte Juwelier Habib die Tür hinter sich zugeschlagen hatte, hatte es geklingelt. Sie dachte, der betagte Mann habe Tabletten, Brille oder Spazierstock vergessen, denn immer vergaß er etwas, und sie hatte den Verdacht, er tat das absichtlich, um sie noch einmal – kostenlos – in den Arm nehmen zu können. Habib war ein Geizkragen. Sie öffnete lachend die Tür. Da stand Nassri, blass im Gesicht.

»Lass mich bitte rein, ein Verrückter will mich umbringen«, sagte er atemlos. Sie ließ ihn herein und hatte für einen Moment sogar etwas wie Mitleid mit ihm. Nassri kam sofort zur Sache. Er wollte sich für eine Zeit bei ihr im ersten Stock, den kein Freier betreten durfte, verstecken. Der Kalligraph, so Nassri, habe inzwischen Killer angeheuert. »Und wenn sie dich finden«, sagte Asmahan, »werden sie auch mich umbringen. Ich will wenigstens wissen, wofür! Hat der Kalligraph auch die Liebesbriefe geschrieben, die du mir gegeben hast? Hast du nicht ein einziges Wort für mich gefunden? Hast du ihn dafür bezahlt, deine Liebe auszudrücken?«

In ihrer Aufregung holte sie ein Stück Papier und legte es mit dramatischer Geste vor ihn hin. »Schreib mir hier einen kurzen Brief«, sagte sie. Nassri war aufgebracht, er tobte und führte sich auf wie toll. Aber es nützte nichts. Sie wusste nun, dass er sie belogen hatte. Ihr Mitleid schlug um in tiefe Verachtung.

Da klingelte es. Asmahan lächelte, denn sie wusste genau, wie sie ihn für immer loswerden konnte. Eine alte Geschichte, die ihr einst eine Schulkameradin erzählt hatte, hatte sie auf den Gedanken gebracht, wie sie eitle Männer demütigen konnte.

»Du musst dich verstecken, schnell.« Sie schubste ihn in eine enge Kammer, in der er sich auf einem Hocker zwischen Putzeimer und Besen niedersetzen konnte. Was war das für ein Leben? Eben noch gehörte er zu den angesehenen Bürgern der Stadt, nun musste er sich zwischen all diesem Gerümpel vor der Welt verstecken!

Und während er noch sein Schicksal beklagte, hörte er Asmahan lachen. Die Kammer war nur durch eine dünne Holzwand von ihrem Schlafzimmer getrennt. Er musste mit anhören, wie Asmahan und der Unbekannte sich liebten und offenbar großen Gefallen aneinander hatten. Als die Liebesgeräusche endlich vorüber waren, hörte er, dass die beiden über ihn sprachen. Der Mann erzählte ausführlich, welche Gerüchte über Nassri und Nura zurzeit in Damaskus kursierten. Nassri platzte fast und sein Herz wollte ihm vor Scham aus der Brust springen.

»Dieses Schwein zahlt für Briefe«, rief der Mann aus, »damit er Frauen verführen kann, und seine Frauen werden täglich von irgendwelchen Nachbarn verführt, ganz ohne Briefe.«

»Ist das wahr?«, fragte Asmahan. »Und, hast du dich auch an die Frauen herangemacht?«

»Nein«, kam aus dem Bett zurück, »aber ein Freund von mir hat Nassris Frauen alle durch.«

Nassri stand kurz vor einer Explosion. Er hätte Asmahan am liebsten den Hals umgedreht, doch was er nun erlebte, verschlug ihm den Atem.

Denn langsam begriff er, dass der Freier ein hohes Tier des Geheimdienstes sein musste. Er neigte, wie alle Männer seines Schlages, zur Angeberei, aber er war erstaunlich gut informiert.

»Inzwischen machen sogar meine Männer Jagd auf Nassri!«

»Warum denn das? Hat er denn auch ihre Frauen unter sich gehabt?«

Der Mann lachte. »Nein, das nicht, aber der Kalligraph ist hinter ihm her. Und da Geheimdienstler in einer Demokratie nicht mehr viel zu tun haben, nehmen sie gerne solche Privataufträge an. Und ich verdiene immer ein bisschen mit, ohne mir die Hände schmutzig machen zu müssen.

Was soll man tun? Ich sehne mich nach der Zeit der starken Regierungen, die man verleumderisch Diktatur nennt. Meine Männer waren ausgelastet.«

»Und nun haben sie den Auftrag, Nassri Abbani zu suchen und zu ermorden?«, fragte Asmahan.

»Nein, nur suchen, die Ermordung behält sich der Kalligraph vor. Es ist seine Ehre, die in den Schmutz gezogen wurde. Meine Männer können schnüffeln, so viel sie wollen, aber sie dürfen nie Hand anlegen. Mischt sich einer mehr ein, als ich erlaube, wird er sofort entlassen. Gründe für die Entlassung der ganzen Armee habe ich in meinen Schubladen.« Der Mann lachte so laut über seinen Witz, dass Nassri die Ohren schmerzten.

»Und was bekommt derjenige, der Nassris Versteck verrät?«

»Es sollen zwanzig- bis fünfundzwanzigtausend Lira sein. Der Kalligraph hat es eilig und ist sehr reich.«

Nassri saß in der Falle. Er wurde von Todesangst erfasst, je länger er zuhörte. Wie konnte dieser dahergelaufene Schriftenmaler, dessen Schule er unterstützt hatte, nach seinem Leben trachten? Und wie war es gekommen, dass Asmahan ihn plötzlich in der Hand hatte und durch eine einzige Bemerkung um sehr viel reicher sein könnte? Was war nur mit seinem Leben los?

Irgendwann wurde es still im Zimmer nebenan und nach einer weiteren Ewigkeit öffnete Asmahan die Kammer. Sie war verweint und betrunken. »Scher dich auf der Stelle zum Teufel, bevor ich schwach werde und den Kalligraphen anrufe.«

Nassri war dem Heulen nahe: »Lass mich dir etwas erklären«, flehte er sie an.

»Scher dich zum Teufel«, schrie sie und zeigte auf die angelehnte Haustür.

Nassri ging von Asmahans Haus in das nächstgelegene Hotel »al Amir«, rief Taufiq zu sich, erzählte ihm, was bei Asmahan vorgefallen war, und beriet mit ihm, wo er sich verstecken könnte.

Taufiq legte ihm nahe, nach Beirut umzusiedeln, doch Nassri hasste Beirut. Er vertrug das Meer und auch die libanesische Lebensart nicht.

»Dann bleibt uns nur die Wohnung meiner verstorbenen Schwester«, sagte Taufiq, der von einigen Pförtnern der Häuser, die Nassri besaß, gehört hatte, dass Fremde ihnen Geld zusteckten und fragten, ob der Besitzer in irgendeiner seiner leerstehenden Wohnungen versteckt sei. »Sie ist bescheiden, aber bequem eingerichtet und soll verkauft werden«, fuhr Taufiq fort, »das kann ein paar Monate warten, bis wir diese Krise hinter uns gebracht haben. Sie liegt anonym in einem modernen vierstöckigen Gebäude mit sechzehn ähnlichen Wohnungen, deren Mieter oder Besitzer dauernd wechseln. Das wahre Niemandsland!«, sagte Taufiq und stand auf. »Übrigens, das Gebäude hat zwei Ausgänge zu zwei verschiedenen Straßen. Ich hole das Auto«, sagte er dann und ging zur Zimmertür. Er drehte sich um. »Sei vorsichtig«, sagte er mit väterlichem, fast zärtlichem Ton und machte sich auf den Weg. Nach einer Viertelstunde sah Nassri aus dem Hotelfenster, wie Taufiq seinen Citroën vor dem Hoteleingang parkte. Nassri zahlte das Zimmer und getarnt mit einer Sonnenbrille schlüpfte er ins Auto.

Die Wohnung lag im dritten Stock eines modernen Gebäudes nahe dem Berg Qassiun. Vom Balkon aus überblickte Nassri einen kleinen staubigen Platz und die Hauptstraße des Viertels, die bergab in das Zentrum der Stadt führte. Von hier aus hatte er einen herrlichen Blick über Damaskus.

»Hier kann ich ewig ausharren«, sagte er zu Taufiq, bevor dieser die Wohnung verließ. Nassri fühlte Dankbarkeit gegenüber diesem Menschen, der die Wohnung anscheinend am selben Tag hatte putzen und den Kühlschrank mit Leckereien hatte füllen lassen. Auch Zucker, Mokka, Kardamom, Tee und andere Dinge fand Nassri in der Küche. Dazu ein Zettel: »Ruf mich an, wenn du etwas brauchst.«

Nassri rief nur zwei Stunden später tatsächlich an, bedankte sich und fragte Taufiq, ob er den Apotheker Elias Aschkar in die Wohnung bringen könnte, da er ihn vermisse. Er sei ein zuverlässiger Freund und ein äußerst zivilisierter Mensch.

Taufiq war nicht begeistert. »Er ist Christ«, gab er zu Bedenken.

»Und wenn schon«, sagte Nassri und fühlte auf einmal Wut

gegenüber diesem Mitarbeiter, dem er dankbar sein wollte, »er kann Jude oder auch Feueranbeter sein. Er ist anständig wie du und ich«, fügte er hinzu und dachte, dass der fromme Taufiq sicher nicht begeistert von diesem Vergleich war.

»Wie du wünschst. Ich bringe ihn morgen Abend zu dir«, sagte Taufiq. Seine Worte waren eingezwängt in ein Korsett aus Höflichkeit und Trauer.

»Und sag ihm, er soll eine Flasche Löwenmilch mitbringen«, fügte Nassri hinzu, weil er wusste, dass sich Taufiq bei allem Gehorsam weigern würde, Arrak, im Spaß Löwenmilch genannt, auch nur zu kaufen.

Abends kamen die beiden Besucher. Taufiq, sichtlich nervös, verabschiedete sich schnell und fuhr wieder nach Hause. Elias Aschkar fühlte sich geehrt, seinen langjährigen Freund im Versteck besuchen zu dürfen, und drückte Nassri mit Tränen der Rührung in den Augen fest an sich. »Ich vermisse den morgendlichen Mokka mit dir«, sagte er bewegt.

Elias bestätigte nur, was Nassri längst wusste, dass der Kalligraph keine Mühe oder Kosten scheute, um ihn zu fassen.

»Und warum lässt du ihn nicht umbringen? Es gibt so viele arbeitslose Kriminelle, die für hundert Lira jeden umlegen. Dann hast du deine Ruhe«, sagte Elias, als beide bereits betrunken waren. Die Arrakflasche war fast leer.

»Nein, das macht man nicht. Ihm ist die Frau weggelaufen, die Kalligraphieschule ist zertrümmert, das Atelier hat er geschlossen – und dann soll er auch noch sterben.« Nassri schüttelte den Kopf. »Er ist ein armer Teufel und wird bald herausfinden, dass ich mit der Sache nichts zu tun habe. Taufiq geht übermorgen zu ihm und versucht ihn zur Vernunft zu bringen. Der Goldschmied Nagib Rihan vermittelt das Treffen.«

Nassri hatte gegenüber dem Kalligraphen immer noch ein Gefühl der Dankbarkeit, und als der Arrak die letzten Reste der Angst weggewischt hatte, erzählte er dem Apotheker, welche Wirkung Hamids Briefe auf Huren und Präsidenten hatten.

Als der Apotheker auf die Toilette ging, warf Nassri einen

Blick auf die Zeitung, die ihm sein Freund mitgebracht hatte. Er sah eine Anzeige: »Modenschau. Pariser Models zeigen die Winterkollektion 56/57 des Pariser Modehauses Carven im Hotel Samir Amis.« Er lächelte in Erinnerung an die Modenschau des letzten Jahres im selben Hotel, veranstaltet vom selben Modehaus Carven aus Paris. Es sah aus, wie wenn die Zeitung ein Jahr alt wäre.

Es war spät, als der Apotheker das Haus verließ. Er schaute sich im Schatten des Eingangs erst lange um, bevor er auf die von Laternen beleuchtete Straße torkelte.

Drei Tage später kam Taufiq mit der Nachricht, dass der Kalligraph nun vollends verrückt geworden sei. Verfolgungswahn. Obwohl er die Vermittlung des Goldschmieds abgelehnt habe, sei er, Taufiq, zu ihm gegangen, und Hamid Farsi habe ihm allen Ernstes erzählt, Nassri sei Drahtzieher einer Verschwörung gewesen, die ihn in der Öffentlichkeit blamieren sollte, weil er, Hamid Farsi, revolutionäre Reformen der Schrift durchsetzen wollte. Es gehe nicht um Nura, sondern lediglich um seine Demütigung und dafür werde er Nassri töten.

Nassri tobte, der Apotheker habe recht, dieser Kalligraph sei eine Katastrophe, die man verhindern müsse. Man müsse ihn töten, um nicht von ihm getötet zu werden.

Taufiq schwieg. Als Nassri Luft holte, stand er auf. »Ich muss zurück ins Büro. Wir haben heute ein großes Geschäft mit den Japanern vor uns«, sagte er und ging. Nassri war empört über seinen Mitarbeiter und verfluchte ihn und alle Japaner.

Als er ans Fenster trat, stockte ihm das Blut vor Angst. Auf der anderen Straßenseite stand nicht einmal zehn Meter entfernt hinter dem breiten Stamm einer Pappel Hamid Farsi und beobachtete das Gebäude. Taufiq verließ das Haus und ging zu seinem Citroën. Hamid wartete noch einen Augenblick, bis ein Bus sein Versteck abschirmte, dann eilte er wie ein Wiesel auf das Gebäude zu.

Nassri erstarrte. Er wusste, dass weder seine noch die meisten anderen Wohnungstüren Schilder trugen. Aber vielleicht war dem Kalligraphen das Versteck genau verraten worden. Er ging in die Küche und suchte nach einem großen Messer, fand aber nur kleine, alte Messer mit morschen Holzgriffen. Dann aber entdeckte er einen langen spitzen Kebabspieß. »Komm nur her. Ich spieße dich auf«, flüsterte er und grinste böse bei der Vorstellung, den Kalligraphen wie Schaschlik mit Zwiebeln und Paprika über ein Feuer zu halten. Er ging mit dem Spieß in der rechten Hand auf Zehenspitzen zur Wohnungstür. Dort lauschte er auf die Geräusche im Treppenhaus. In der Nachbarwohnung rechts von ihm weinte laut ein Mädchen, in der linken fiel ein Topfdeckel krachend zu Boden. Unter ihm fluchte eine Frau. Er glaubte Schritte zu hören. Da fiel ihm ein, dass zu viel Stille in einer Wohnung verdächtig sein konnte. Er lief ganz gelassen ins Wohnzimmer und drehte das Radio an, und als er auf ein weinerliches Lied stieß, dachte er: »Das mögen Hausfrauen.« Dann ging er zurück in die Küche, ließ Wasser laufen, klopfte mit einem Kochlöffel gegen ein Brett und stieß ein Wasserglas gegen eine blecherne Schüssel.

Er kam sich lächerlich vor und hätte heulen können, wenn ihm die Angst nicht das Selbstmitleid ausgetrieben hätte. Er schlich zum Fenster und beobachtete die Straße. Da sah er, wie Hamid Farsi aus dem Gebäude kam und wieder zu seinem Beobachtungsposten hinter der Pappel ging.

Nassri rief Taufiq an. Dieser schwieg, als hätte er es geahnt. »Ich habe eine Nachricht für dich«, sagte er dann, »sie ist kurios und nur du kannst entscheiden, ob sie gut für dich ist.« Noch bevor Nassri fragen konnte, worum es ging, hörte er: »Deine Frau Almas war hier. Sie hat Sehnsucht nach dir. Du sollst zu ihr kommen und von ihrem Haus aus Hamid Farsi beobachten.«

Nassri dachte nach.

»Die Idee ist gar nicht so schlecht«, sagte er dann, »sag ihr, ich komme morgen gegen Mitternacht zu ihr.«

Nassri dachte an die vielen Geschichten über kluge Frauen, die er bereits als Kind gehört hatte. Er lächelte und schüttelte den Kopf, als er sich die Absurdität vorstellte, wie er nachts seinen Verfolger Hamid Farsi beobachtete.

Auf so eine List kann nur eine Frau kommen, dachte er.

Am nächsten Abend beobachtete Nassri seinen Jäger, der bis spät in die Nacht bei der alten Pappel ausharrte.

Kurz vor Mitternacht verließ er das Haus durch den hinteren Eingang, nahm ein Taxi und fuhr in der Spätsommernacht durch die Stadt. Er dachte über sein Leben nach, während die Lichter seiner geliebten Stadt seine Seele beruhigten. Er fragte sich, ob es nicht Zeit wäre, ein völlig neues Leben anzufangen. Der erste Schritt in seinem neuen Leben wäre die Trennung von all seinen Frauen. Es würde nicht einfach und auch sehr teuer, aber mit Frauen, die er nicht liebte, wollte er nie mehr zusammen sein.

Nassri war entschlossen wie noch nie, dieses Ziel zu verwirklichen, aber er ahnte nicht, dass ihm nicht mehr viel Zeit blieb.

41.

Hamid Farsi suchte verzweifelt nach Nassri Abbani. Ende Juli war er sich sicher, dass sein Feind in der Stadt war, denn drei Detektive hatten ihn unabhängig voneinander im Café Havanna auf der Port-Said-Straße, nahe dem Abbani-Gebäude gesehen.

Hamid lauerte also neben der Buchhandlung »Librairie universelle« gegenüber dem Café auf den Gockel. An einem

Nachmittag sah er ihn plötzlich am Fenster sitzen. Aber Hamid war nicht geschickt genug, Abbani entdeckte ihn und nahm durch die Hintertür Reißaus.

Hamid ließ die Häuser von Nassris Frauen durch eine Detektei beobachten. Das kostete viel und immer wieder war der Alarm falsch. Einmal rief ihn ein Detektiv an, er sei sicher, Nassri lebe nun versteckt bei seiner zweiten Frau in Salihije. Hamid eilte hin, klopfte und stürmte hinein. Die Frau fiel zu Boden. Sie tat ihm leid, aber Nassri war nirgends zu finden.

Auch bei der dritten Frau im Midan-Viertel hatte er keinen Erfolg. Und die vierte Frau ließ ihn nicht einmal zu Wort kommen, geschweige denn ins Haus. Breit stand sie da, verfluchte ihn und ihren eigenen Ehemann und schlug die Tür zu. Er hörte, wie sie hinter der verschlossenen Tür noch laut rief: »Zuhälter.«

Das schnitt ihm ins Herz.

Auch im Büro war Nassri nicht mehr erschienen. Sein Stellvertreter warnte Hamid, sollte er ihn noch einmal vor dem Büro herumschleichen sehen, würde er ihm die Polizei auf den Hals hetzen.

Hamid spürte nicht die geringste Angst vor der Polizei. Er fürchtete nur, seine Rache könnte durch sie vereitelt werden. Von dem Tag an vermied er es, allzu oft durch die Port-Said-Straße zu gehen.

Er heftete sich an Taufiqs Fersen. Das war der Rat eines alten Geheimdienstlers und jener fuhr eines Tages mit seinem alten Citroën zu einem Gebäude am Fuß des Qassiun-Bergs. Hamid war sicher, der Mitarbeiter würde ihn ungewollt zu seinem Herrn führen, doch nirgends fand er auch nur eine Spur von Nassri. Zwei Tage und eine lange Nacht beobachtete er das Gebäude. Vergeblich.

Und dann, eine Woche später, rief ihn Karam an. Der Kaffeehausbesitzer meinte, er habe eine wichtige Nachricht für ihn.

Hamid machte sich sofort auf den Weg. Im Café ließ Karam

ihn wissen, dass sich Nassri Abbani seit ein paar Tagen bei seiner vierten Frau Almas versteckt habe.

»Und woher weißt du das?«, fragte Hamid misstrauisch. Er hatte Sorge, dass der Kaffeehausbesitzer ihn hereinlegen wollte. In den letzten Wochen hatten nicht nur ein paar unfähige Detektive, sondern auch bösartige Männer mit seinen blank liegenden Nerven gespielt. Sie riefen in der Nacht an und gaben ihm eine Adresse durch, wo Nassri sich aufhalten sollte. Die Adressen waren einmal der Puff und zweimal bekannte Nachtlokale und in allen drei Fällen machte sich Hamid lächerlich.

»Hör mal, meine Nichte Almas ist Nassris vierte Frau. Sie ist entsetzt über den Hurenbock, der keine Hure in der Stadt ausließ und nun auch noch den Saudis für viel Geld Frauen liefert.« Nassri sei zurückgekehrt und tue so, als wäre nichts passiert. »Du kennst doch ihr Haus in der Dakakgasse«, fuhr Karam fort, »du warst einmal bei ihr, wie sie mir erzählt hat, die Häuser dieser Gasse liegen fast parallel zu denen deiner Gasse.«

Hamid war völlig überrascht. Ja, er war einmal kurz bei der dicken Frau mit dem losen Mundwerk gewesen, aber er hätte nie gedacht, dass das Haus in der Dakakgasse Mauer an Mauer mit seinem Haus liegen könnte.

»Nassri wohnte mit meiner Nichte zuerst in der Bagdader Straße, genau in dem Haus«, setzte Karam seine Rede fort, »das später die Kalligraphieschule wurde, doch schon bald entdeckte meine Nichte, dass Nassri mit zwei Nachbarinnen schlief. Das war eine Schmach ohnegleichen für Almas, sie wollte keinen Tag länger in diesem Haus leben. Deshalb zogen sie so überstürzt in die Altstadt um. Almas hatte eine Weile Ruhe, bis Nassri deine Frau entdeckte.«

»Wie konnte er meine Frau denn sehen?«, fragte Hamid mit trockener Kehle.

»Sein Haus hat eine Mansarde, die direkt auf deinen Innenhof schaut.«

»Mansarde? Welche Mansarde? Nach drei Seiten ist unser Haus das höchste und es umgibt uns nur der freie Himmel. Auf der vierten Seite sieht man nur eine hohe Lehmmauer ohne Fenster. Ich habe dort noch nie einen Menschen gesehen«, sagte Hamid und fand das Gespräch langsam absurd. Auch konnte er sich nicht vorstellen, dass sich Nassri, der doch wusste, dass er hinter ihm her war, ausgerechnet in seiner Nähe versteckte.

»Du siehst nichts, weil du ein anständiger Mann bist. Nicht aber Nassri. Du hältst den Blick auf den Boden, weil die Frauen der anderen für dich tabu sind. Du weißt nicht einmal, wie viele Frauen in den Häusern leben, zu denen du von deiner Terrasse aus hinunterblicken kannst. Er aber benützt ein winziges Fenster als Guckloch. Schau genau hin, wenn du heute nach Hause gehst«, sagte Karam und stand auf, weil sein Mitarbeiter ihm andeutete, er würde am Telefon verlangt.

Auch Hamid erhob sich, bedankte sich und ging gleich nach Hause. Dort angekommen, entdeckte er tatsächlich das unauffällige Fenster in der Mauer. Dort oben, höher als sein Haus, musste die Mansarde liegen. Die Mauer war so verwittert, dass man kaum einen Unterschied zwischen dem Verputz und den hölzernen Fensterflügeln sah, wenn sie geschlossen waren. Nun standen sie offen. Hamid bildete sich ein, eine Frau hätte ihm zugewunken. Er reagierte nicht.

Er musste sich eingestehen, dass er weder dieses Haus noch die anderen Nachbarhäuser je beachtet hatte. Sein Haus endete für ihn ohnehin im Erdgeschoss. Er ging nie in die Räume des ersten Stockwerks oder aufs Flachdach, wo seine Frau immer die Wäsche aufhängte. Er hatte nie in die anderen Innenhöfe geschaut. Das ging ihn nichts an, so hatten es ihm sein Großvater und sein Vater eingetrichtert. Die Häuser der anderen waren tabu.

Hamid stellte sich unter das Fenster und schaute nach oben. Jedes Papier, mit einem kleinen Kieselstein beschwert, könnte hierher gelangen, dachte er.

Er kehrte zu seinem Stuhl am Brunnen zurück und sah noch einmal nach oben. Das Fenster war nun wieder geschlossen und kaum noch zu erkennen.

Am nächsten Morgen ging er früh aus dem Haus und kam erst abends wieder. Konnte es sein, dass der Hurenbock Nura immer am Vormittag verführt hatte? Er erinnerte sich, dass Abbani ihm einmal gesagt hatte, vor neun Uhr wache er nicht auf, da er fast jede Nacht unterwegs sei. Dafür esse er am frühen Abend mit derjenigen seiner Frauen, die an der Reihe sei.

Wie auch immer, wenn es nur die Hurerei eines Gockels gewesen wäre, hätte Nassri spätestens bei der ersten Begegnung gewusst, dass Nura Hamids Frau war, und sofort aufgehört, den Ehemann um weitere Briefe zu bitten. Oder war das Ganze von langer Hand geplant? Hatte Nassri Nura von Anfang an aufgesucht, um ihn, Hamid, zu demütigen, überlegte er und fühlte einen unendlichen Hass gegen Nassri Abbani, dem er nur Schönheit geschenkt und von dem er den tödlichen Schlag gegen seinen Ruf bekommen hatte. Und plötzlich erschien ihm die Großzügigkeit der Spende für die Kalligraphieschule wie ein Teil des teuflischen Plans, seinen Traum wie ein Kartenhaus zusammenbrechen zu lassen. Der Feind war kein bärtiger Idiot. Nein, der Feind war ein lächelnder Mann, der nur darauf wartete, sein scharfes Messer in seinen Leib zu stoßen.

Am nächsten Morgen rief Hamid mehrmals vergeblich bei Karam an. Er ging durch die Altstadt und fühlte zum ersten Mal die Blicke der anderen, die sich in seine Haut einbrannten.

Er kehrte auf halber Strecke um, schlug die Tür hinter sich zu und verkroch sich in das dunkle Schlafzimmer.

Plötzlich hörte er das Telefon klingeln.

Er lief in den Salon, wo das Telefon stand. Laila Bakri, eine Schulkameradin seiner Frau, wollte sich erkundigen, ob Nura zurückgekommen sei.

Er schloss die Augen und sah Funken vor dem dunklen Firmament. »Was geht dich das an, blöde Hure«, schrie er in die Muschel und legte auf.

42.

Fünf Monate nach dem Verschwinden seiner Frau erstach Hamid Farsi mit einem scharfen Messer Nassri Abbani, als dieser zu später Stunde vom Hammam Nureddin im Gewürzmarkt kommend in die dunkle Gasse einbog, die zum Haus seiner vierten Frau Almas führte.

Nassri starb, ohne zu wissen, dass ihn seine Frau Almas, von Karam unterstützt, verraten hatte. Sie war bitter enttäuscht über seine Hurerei. Er, der in einem Augenblick der Schwäche in ihr Leben eingedrungen war, ließ ihr, nachdem er sie geschwängert hatte, nur noch einen Weg – wenn sie nicht sterben wollte –, nämlich ihn zu heiraten. Und dann betrog er sie, wann immer er konnte.

Sie begann Nassri nach der Hochzeit leidenschaftlich zu lieben. Allein seine Großzügigkeit ihr gegenüber wäre Grund genug gewesen. Aber je mehr sie ihn liebte, umso kälter wurde er. Und als sie ihm nach Narimans Geburt noch einmal sagte, wie sehr sie ihn liebe, erwiderte er verächtlich: »Schon gut, schon gut, du wirst dich bald davon erholen. Es ist wie Fieber, normalerweise harmlos. Du solltest lieber abnehmen.«

Von dem Tag an war ihre Liebe verdunstet.

Als Karam sie eines Tages besuchte, erzählte er ihr von Asmahan, der Edelhure, die Nassri jahrelang täglich besucht hatte. Sie habe sich angeblich in ihn verliebt, und da er ihre Liebe nicht erwidert habe, sei sie nicht länger bereit gewesen, ihn noch einmal als Freier zu empfangen.

Und dann kam der Skandal mit der Frau des Kalligraphen.

Sie hatte schon seit geraumer Zeit einen Verdacht gehabt, weil Nassri immer öfter zur Mansarde hinaufstieg, und sie fühlte sich noch tiefer getroffen als damals durch die Hure Asmahan. Jetzt war es ihr Haus, von dem aus Nassri seine neue Hurerei betrieb.

Den Sturz, der eine kleine Lektion sein sollte, hatte Nassri vergessen, noch bevor man ihm den Gipsverband abnahm. Und dann hatte er voller Hintergedanken eine eiserne Wendeltreppe zur Mansarde bauen lassen.

Sie rief ihren Onkel Karam zu sich und er kam sofort, wie immer, wenn sie ihn brauchte. Er war kein richtiger Onkel, sondern ein ferner Cousin ihres Vaters, aber er war ein freundlicher Mensch, half ihr oft und verlangte nichts dafür. Sie liebte seine tiefe Stimme und er gab ihr gerne Ratschläge unter der einen Bedingung, ihrem Mann kein Wort davon zu erzählen, weil er ihn nicht mochte.

Während ihre Eltern sie beschwichtigen wollten, stand Karam felsenfest an ihrer Seite. Er war unversöhnlich. Beim Skandal um die Frau des Kalligraphen deutete Karam so etwas wie Zuhälterei an, in die ihr Mann verwickelt sei. Aber er riet ihr, sich nichts anmerken zu lassen, denn Nassri könnte sie hinausschmeißen und dann müsse sie mit Nariman in Armut leben. Die Abbanis hätten alle Richter der Stadt auf ihrer Seite.

Nassri werde bald sterben, da sei es besser für sie, ihm gegenüber die Treue zu spielen und ihm nun, da alle seine Frauen sich als feige erwiesen hatten, ein Versteck anzubieten. Damit würde sie die Erbschaft für sich und ihre Tochter sichern.

»Ich sage es dir geradeheraus. Hamid wird ihn erwischen. Es ist eine Sache von Tagen oder Wochen. Dreimal ist er ihm in letzter Sekunde entwischt. Bis er aber stirbt, musst du alles für dich abgesichert haben.«

Almas rief also sofort Taufiq an und teilte ihm kurz angebunden mit, sie würde in der nächsten halben Stunde zu ihm ins Büro kommen. Er solle seine Mitarbeiter wegschicken, denn sie wolle mit ihm unter vier Augen sprechen, sie habe eine Idee, die sie am Telefon nicht verraten wolle.

Karam lächelte, drückte Almas fest und ging.

Zwölf Stiche in die Herzgegend hatte Hamid seinem überraschten Opfer versetzt. Jeder einzelne Stich mit dem rasierklingenscharfen Messer wäre tödlich gewesen, wie der Gerichtsmediziner bei der Obduktion feststellte. Nassri Abbani kam nicht einmal dazu, seine Pistole aus der Tasche zu ziehen, und selbst wenn, er hatte sein Leben lang nicht ein einziges Mal geschossen.

Noch viele Jahre sollte Hamid an die letzten Minuten im Leben des Nassri Abbani denken. »Hamid, du bist ein Wahnsinniger«, röchelte er, »du tötest mich, obwohl ich dir nichts Böses getan habe.«

»Du Dreckschwein, und meine Frau?«, hatte ihn Hamid angeschrien. Abbani, in seiner Blutlache, hob die Hand wie ein Ertrunkener. Seine Lippen zitterten im fahlen Licht der Straßenlaterne.

Raschid Sabuni, einer der bekanntesten Rechtsanwälte in Damaskus, hatte keine Mühe, die Geschworenen und den Richter zu überzeugen, dass eine lebenslängliche Haftstrafe für diesen brutalen, vorsätzlichen Mord die unterste Grenze der Gerechtigkeit darstellte.

Nicht nur die Zahl der Stiche, alle Indizien sprachen gegen Hamid Farsi. Auch der Kaffeehausbesitzer Karam Midani belastete den Angeklagten schwer. Er habe den Kalligraphen immer wieder getroffen, und seit dem Verschwinden seiner Frau habe dieser nur ein Ziel gehabt, nämlich Abbani zu töten.

Hamid schüttelte entsetzt den Kopf. Er glaubte den Verstand zu verlieren. Er beschimpfte den Zeugen als Mitglied im Geheimbund der »Reinen« und als einen stadtbekannten Homosexuellen. Karam habe ihn auf Nassri gehetzt und ihm sogar eine Pistole angeboten. Hamid war so außer sich, dass er versuchte, den Zeugen tätlich anzugreifen. Da wurde er von zwei Polizisten gezwungen, den Gerichtssaal zu verlassen.

Seine anhaltende Respektlosigkeit dem Richter gegenüber und der völlige Mangel an Reue brachten ihm »lebenslänglich« ein.

Davon verbüßte er aber nicht einmal zwei Jahre im Damaszener Zitadellengefängnis, wo er gleich zu Beginn, zum Ärger der Familie Abbani, eine der drei schönsten Zellen bekam, die von den Insassen »Villa« genannt wurde. Er wurde verwöhnt und gehätschelt und durfte für den Gefängnisdirektor Kalligraphien anfertigen. Protest half nichts, weil der al-Azm-Clan, dem der Direktor angehörte, noch mächtiger war als der Abbani-Clan.

Nassris jüngerer Bruder Muhammad, wirr geworden durch Trauer und Wut, beauftragte über dunkle Beziehungen einen im selben Gefängnis einsitzenden Mörder, Hamid Farsi zu töten. Dieser aber wurde von dem Wärter, der die drei Zellen der Privilegierten bewachte, überwältigt. Nach drei harten Schlägen ins Gesicht verriet der bereits in die Jahre gekommene und zittrige Verbrecher den Namen seines Auftraggebers.

Die Anklage lautete: Anstiftung zum Mord.

Die Familie Abbani war froh, mit einem Dokument davonzukommen, das sie unterschreiben mussten. Am nächsten Tag erst erklärte ihnen ihr Rechtsanwalt, was sie in ihrer Angst vor Strafe und Skandal unterschrieben hatten. Ihr Entsetzen war grenzenlos. Sie, die Unterzeichner, nahmen die Verantwortung auf sich, für den Fall, dass Hamid Farsi, dem Mörder Nassri Abbanis, etwas Böses zustoßen sollte.

النُّوَاةُ الثَّانِيَةُ لِلحَقِيقَةِ

Der zweite Kern der Wahrheit

Die anderen lesen, um zu studieren,
während wir studieren müssen,
um lesen zu können.

Taha Hussein
(1882–1973)
Ägyptischer Schriftsteller

Die Wahrheit ist ein Juwel. Sie macht das Leben
ihres Besitzers reich, aber gefährlich.

Josef S. Fadeli
(1803–1830)
Syrischer Alchimist

1.

Erst im Gefängnis kam Hamid Farsi dazu, über sein Leben nachzudenken, das ihm nun fremd und fern schien. Er fühlte Erleichterung, dass er in dieser Zelle gelandet war. Aber genau dieses Gefühl befremdete ihn. »Lebenslänglich in einer Gefängniszelle«, wiederholte er, um sich seine Katastrophe so dramatisch wie möglich darzustellen, aber er konnte nichts Dramatisches daran finden.

Auf seiner Pritsche liegend staunte er, wie schnell alles, was er mühselig aufgebaut hatte, verfallen war. Sein Ruf als Mann, sein Ruhm als Kalligraph, seine Sicherheiten und seine Lebenslust waren dahin, als wären sie nicht bis vor kurzem uneinnehmbare Burgen gewesen.

Am Nachmittag, beim Tee mit Direktor al Azm, sagte er beiläufig, als spräche er zu sich selbst: »Das Leben ist ein einziger Kampf gegen Verfall und Verwahrlosung. Und wir sind am Ende immer die Verlierer.«

Nuras Flucht hatte seinen Verfall eingeleitet. Warum sie nicht mit Nassri geflüchtet war, sondern ihm den Hurenbock zurückgelassen hatte, war ihm nicht klar. Als wollte sie, dass er Nassri umbrachte, als sollte Nassri für etwas büßen. Vielleicht hatte Nassri ihr ja verschwiegen, dass er vierfach verheiratet war, und sie damit böse überrascht, nachdem er mit ihr geschlafen hatte.

Wollte sie Nassri vielleicht eine Lektion erteilen? Hatte sie ihn, Hamid, unterschätzt? Dachte sie vielleicht, er, Hamid, würde Nassri ein paar Ohrfeigen geben und ihn damit der Lächerlichkeit preisgeben. Oder hatte sie sich gewünscht, dass Nassri ihn tötet? Hamid hatte Frauen noch nie verstanden. Sein Großvater hatte einmal den klaren Sternenhimmel über Damaskus angeschaut und ihm gesagt, erst wenn er alle Sterne gezählt hätte, würde er Frauen verstehen können.

Das Zitadellengefängnis umfasste ein großes Areal im äußersten Norden der Altstadt. Die Zitadelle war seit der Zeit Saladins mehrmals zerstört und wiederaufgebaut worden und stand während der osmanischen Herrschaft vierhundert Jahre lang nicht unter der Leitung des Gouverneurs von Damaskus, sondern samt der dazugehörigen Garnison direkt unter dem Befehl des Sultans in Istanbul. Die osmanischen Sultane wussten, dass die unruhige Stadt Damaskus ohne die mächtige Zitadelle leichter zu beherrschen war. Und in der Tat griffen die dem Sultan treuen Elitesoldaten bei jedem Aufstand die Stadt von der Zitadelle aus an und unterwarfen sie.

Die Franzosen verwandelten die Zitadelle dann für fünfundzwanzig Jahre in eine französische Garnison und ein Gefängnis für syrische Aufständische. Seit der Unabhängigkeit diente sie für mehrere Jahrzehnte als Zentralgefängnis. Aber aus Faulheit nannten die Damaszener das Gefängnis weiterhin einfach »Zitadelle«. Dies sollte sich als klug erweisen, denn fünfzig Jahre nach der Unabhängigkeit wurde das Gebäude renoviert und offiziell wieder Zitadelle genannt. Das Gefängnis wurde verlagert.

Diese Zitadelle war eine der wenigen im Orient, die nicht auf einem Berg errichtet worden war, sondern auf gleicher Höhe mit der Stadt lag. Ein Gewirr aus rostigem Stacheldraht und unförmigen Stangen sicherte alle Mauern und verhinderte die Sicht.

Hamids Zelle lag im zweiten Stock des nördlichen Flügels. Das war ein Vorteil, weil diese Seite von der sengenden Sonne im Sommer verschont blieb. Von seiner Gittertür aus konnte er auf den Innenhof der Zitadelle sowie über die Dächer und Gassen der Altstadt blicken, in deren Gewirr sein schönes Haus lag. Das kleine vergitterte Fenster gegenüber der Tür zeigte ihm einen Ausschnitt der Dächer des Suk-Saruja-Viertels, wo einst sein Atelier lag.

Hamid war einer von drei Privilegierten unter achthundert Gefangenen. In der Nachbarzelle saß der Sohn eines reichen Damaszener Händlers wegen siebenfachen Mordes. Er war ein stiller Mann von mitleiderregender Blässe, der die Familie seiner Frau in einem Streit niedergemetzelt hatte. In der dritten, etwas größeren Zelle verbüßte der Sohn eines ihm unbekannten Emirs seine lebenslange Haftstrafe wegen des heimtückischen Mordes an einem Cousin. Es war um einen großen Waffenschmuggel gegangen. Wäre der Ermordete nicht der Schwiegersohn des Präsidenten gewesen, hätte er keinen einzigen Tag im Gefängnis verbracht, beteuerte der Mörder. Er war ein unangenehmer Schwätzer, laut, angeberisch und primitiv. Hamid mied jedwede Begegnung mit ihm.

Hamids Zelle war ein geräumiges Zimmer. Und ohne Gitter an Tür und Fenster hätte man sie für eine vornehme Mansarde gehalten. Er durfte seine Kalligraphieutensilien bei sich haben, weil der Gefängnisdirektor, ein ferner Verwandter des Ministerpräsidenten Chalid al Azm, ein großer Verehrer seiner Kunst war. Er hatte ihm bereits am ersten Tag bei einem Tee gesagt, er bedaure es sehr, dass er wegen einer Frau im Gefängnis sitze. Er selbst habe vier offizielle und fünf inoffizielle Frauen und für keine von ihnen würde er Streit mit einem anderen Mann anfangen.

Er bedaure, dass er ihn nicht freilassen könne, aber solange er Direktor dieses Gefängnisses sei, werde Hamid wie ein Adliger behandelt werden, denn Kalligraphen seien die wahren Fürsten der arabischen Kultur. »Was bin ich mit meinem Jurastudium an der Sorbonne im Vergleich zu dir?«, fügte er mit gespielter Bescheidenheit hinzu.

Hamid war nicht nach geschwollenen Reden zumute und der Mann schwatzte ohne Punkt und Komma wie ein Betrunkener. Aber er sollte bald feststellen, dass Direktor al Azm es ernst meinte. Sowohl die Wärter wie auch die älteren Häftlinge, die wahren Herrscher im Gefängnis, zollten ihm Respekt. Er musste weder Dienste leisten noch sich für irgendetwas anstellen. Ein Wärter klopfte zweimal am Tag und fragte untertänig, aber nicht ohne Humor, was er sich außer der Freiheit wünsche.

Blumentöpfe mit seinem geliebten Jasmin und seinen Rosen wurden schnell herbeigeschafft und schmückten den Gang unter freiem Himmel, der seine Zelle vom Geländer zum Innenhof trennte. Auch Tinte und Papier bester Qualität durfte er bestellen.

Es verging keine Woche und schon kam der erste Auftrag des Direktors, ein Koranspruch in der Kufischrift, die Hamid nicht besonders mochte. »Und es eilt«, fügte der Wärter hinzu, wie später bei allen Aufträgen, mit denen der Herr Direktor seine vornehmen Freunde im In- und Ausland bedachte.

Auf seiner ersten und einzigen Wanderung durch die unteren Stockwerke des Gefängnisses, die er in Begleitung eines Wärters machen durfte, wurde Hamid klar, in welchem Luxus er und die zwei Sprösslinge mächtiger Clans in der Zitadelle lebten. Alle anderen waren in feuchtem, dunklem Elend gefangen, das nach Verwesung stank.

Was waren das für Menschen? Es gab unter den Gefangenen Professoren, Dichter, Rechtsanwälte und Ärzte, die nicht nur eine Stunde lang frei über die arabische Dichtung und Philosophie referieren konnten, sondern auch die französische, englische und griechische Dichtung liebten und hier drinnen bereit waren, für eine Zigarette, eine Suppe oder auch ohne

Grund einen Menschen bestialisch umzubringen. Sie schienen beim Eintritt ins Gefängnis die Zivilisation wie einen dünnen Regenmantel abgestreift zu haben.

Nie wieder wollte er diese unteren Stockwerke betreten.

Neben den wichtigsten Kalligraphieutensilien, dem Zertifikat, das ihn als Meister der Kalligraphie auswies, einem handgroßen Unikat aus dem dreizehnten Jahrhundert, mehreren Heften mit theoretischen und geheimen Schriften über die Kalligraphiekunst und drei raren Kalligraphien aus dem 18. Jahrhundert, die er von seinem Meister geschenkt bekommen hatte, ließ er sich aus dem Atelier ein Foto aus alten Zeiten holen, das dort immer gerahmt über seinem Arbeitsplatz hing. Zeit und Feuchtigkeit hatten das Bild fleckig werden und seine schwarze Farbe in helle Sepia übergehen lassen. Er hängte es an die Wand neben dem Fenster.

Das Bild war nach einer Feier im Haus der Großeltern aufgenommen worden. Er selbst war noch ein kleines Kind. Weder seine Schwester Siham noch sein jüngerer Bruder Fihmi waren schon auf der Welt. Nie zuvor hatte er das Bild so gesehen, wie er es jetzt sah.

2.

Auf einem thronähnlichen Stuhl saß in der ersten Reihe der Großvater, mit ihm, dem Lieblingsenkel, auf dem Schoß und beide schauten mit triumphierendem Blick in die Kamera. Großmutter Farida hatte in einer gewissen Entfernung links von ihnen auf einer kleinen Bank mit Blumen Platz genommen, als gehörte sie nicht zu ihrem Mann. Hinter der Großmutter, genau in der Mitte des Bildes, stand der jüngste Onkel Abbas und links von ihm Onkel Baschir. Zu ihrer Linken stand einsam Hamids Vater. Er war der erstgeborene

Sohn. Statt das Geschäft seines Vaters zu übernehmen, wie das bei Erstgeborenen Sitte war, entschied er sich für die Kalligraphie, blieb aber sein Leben lang ein mittelmäßiger Handwerker. Sein Blick war matt. In gewissem Abstand zu ihm, als wollte sie ihre Distanz zu dieser Familie demonstrieren, stand die Mutter mit düsterem Gesicht und sah in die Ferne.

Rechts hinter dem Großvater stand Tante Majda mit ihrem Mann Subhi, dieser in Uniform. Damals war er noch Offizier der französischen Luftwaffe. Später wurde der erfahrene Flieger mit viel Geld und der Aussicht auf die Staatsangehörigkeit von der jungen saudischen Armee abgeworben. Er wanderte nach Saudi-Arabien aus, aber Tante Majda fand das Leben dort langweilig und vertrug Hitze und Einsamkeit nicht. Sie kam jeden Sommer mit ihren Kindern nach Damaskus. Sie hatte bald neun Kinder und ihr Aufenthalt in Damaskus wurde mit den Jahren immer länger. Irgendwann wurde gemunkelt, dass ihr Mann eine saudische Prinzessin geheiratet habe. Das Königshaus sah das gerne, weil Subhi einen hohen Posten im Verteidigungsministerium bekleidete.

Später, als Tante Majda alt wurde, kam sie nur noch allein nach Damaskus, ihre Söhne und Töchter blieben beim Vater oder ihren Familien und nur langsam begriff man, dass die Tante allein lebte. Der Ehemann ließ ihr eine großzügige Rente zukommen, aber er besuchte weder sie noch seine Stadt jemals wieder.

Majda mochte Hamid, aber er konnte nur schwer Kontakt zu ihr halten, weil sie seine Eltern nicht leiden konnte, doch wenn er ihre Hilfe brauchte, stand sie ihm bei, so auch bei der Vermittlung seiner ersten und seiner zweiten Frau.

»Großvater hatte recht, Tante Majda ist eine Pechbringerin, was immer sie anfasst, geht schief«, flüsterte Hamid. Er richtete seinen Blick erneut auf das Bild. Zwischen der Tante und ihrem Mann stand ihr erstgeborener Sohn Ruschdi. Er war drei Jahre älter als Hamid und schielte stark. Hamid dachte damals, Ruschdi mache Spaß und schiele, um andere zum Lachen zu bringen, aber als der Junge ihn an beiden Ohren zog und dabei immer noch fürchterlich schielte, lachte Hamid nicht mehr. Die vier Schwestern von Ruschdi wohnten der Feier nicht bei und waren daher auch nicht auf dem Foto zu sehen. Sie waren bei ihren anderen Großeltern, die im Gegensatz zu Großvater Farsi Mädchen mochten.

Rechts von Schwager Subhi posierte Tante Sa'dije mit ihrem Verlobten Halim, wie wenn sie in der Presse erscheinen würden. Halim war damals ein berühmter Volkssänger und Schwarm aller jungen Frauen in Damaskus. Er brachte die Tante nach drei Jahren Ehe zurück, als unangetastete Jungfrau, wie die Frauen lästerten. Er reichte die Scheidung ein und flüchtete mit seinem Liebhaber, einem kanadischen Diplomaten, ins Ausland. Tante Sa'dije war bildhübsch und heiratete schon kurz darauf einen jungen Regisseur. Sie wanderte mit ihm in die USA aus und die Familie hörte nie wieder von ihnen.

Schräg vor Halim, dem Sänger, stand Tante Basma, die damals erst zwölf war. Die Großmutter hatte sie mit vierzig bekommen und mochte sie überhaupt nicht. Basma war das schwarze Schaf der Familie. Selbst auf dem Foto konnte Hamid erkennen, dass sie mit dem Ganzen nicht einverstanden war. Sie schaute weder feierlich noch freundlich, sondern sah den Fotografen empört an, als wollte sie von ihm eine Erklärung für den ganzen Aufwand, den die Familie an diesem Tag getrieben hatte.

Basma hatte sich Mitte der dreißiger Jahre in einen jüdischen Arzt verliebt und war mit ihm nach Israel ausgewandert. Das Land hieß damals Palästina und stand unter englischer Besatzung.

Großvater fühlte sich persönlich beleidigt und enterbte sie demonstrativ, mit angesehenen Händlern und Scheichs als Zeugen, um etwas von seinem Ruf zu retten.

Neben Tante Basma stand, weil Großmutter abergläubisch

war und Angst vor der Zahl dreizehn hatte, die alte Köchin Widad. Hamid erinnerte sich gut an die Frau, die immer mit einer Schürze voller Fettflecken in der Küche stand, hier auf dem Bild aber ein elegantes schwarzes Kleid trug.

Das Bild schien ihm Zeuge einer anderen Welt, wie Bilder von Indianerhäuptlingen, Haremsdamen oder Hawaiitänzerinnen. Und diese Welt war bald darauf für immer verschwunden. Das Foto hielt einen Augenblick des Glücks fest. Es war eine jener wenigen Stunden seiner Kindheit und Jugend, in denen er den Geschmack unendlicher Freude genoss. Großvater liebte ihn und sagte jedem, Hamid würde mit fünfzehn das Teppichgeschäft übernehmen, denn er habe im Gegensatz zu den eigenen Söhnen seinen scharfen Verstand geerbt. Er erlaubte niemandem, Hamid hart anzufassen, verwöhnte ihn und spielte wie ein Kamerad mit ihm. Er war es auch, der Hamid in die Geheimnisse der Mathematik und Arithmetik einführte. Diese Stunden mit den wundersamen Rechnungen waren es, die ihn für immer die Zahlen lieben lehrten. Und wenn Hamid etwas nicht verstand und nachfragte, so antwortete der Großvater geduldig, als hätte er alle Zeit der Welt.

Hamid wollte immer beim Großvater bleiben, deshalb gab es nach jedem Besuch eine Tragödie, denn er wollte nicht zurück in das Haus seiner Eltern, in dem Grabeskälte herrschte. Das Haus der Eltern roch immer säuerlich, das der Großeltern nach Jasmin und Rosen.

Sein Großvater Hamid Farsi war bis zu seinem Tod sein Beschützer, was besonders seine Mutter ärgerte, die ihren Schwiegervater hasste. Sie stand auf dem Bild so weit wie möglich von ihm entfernt, mit verkniffenem Mund, als hätte sie und nicht Hamid kurz zuvor Schläge bekommen. Auf dem Foto sah man ihm nichts an, obwohl sein rechtes Ohr damals wie Feuer brannte. Aber der Triumph über seine Mutter ließ ihn die Schmerzen vergessen.

Sie war an dem Tag, irgendeinem runden Geburtstag seiner

Großmutter, besonders schlecht gelaunt gewesen. Während der Fotograf im Hof Vorbereitungen für das große Familienbild traf, schlug sie ihn in einem der kleinen fensterlosen Zimmer des großen Hauses, weil er nicht zwischen ihr und seinem Vater stehen, sondern unbedingt auf dem Schoß des Großvaters sitzen wollte.

Die Köchin hörte ihn schreien, öffnete die Tür und bat die Mutter, sofort mit dem Schlagen aufzuhören, sonst würde sie dem Hausherrn, Hamid Bey, erzählen, dass sie seinen Liebling quälte.

Daraufhin stürzte die Mutter beleidigt hinaus, die Köchin wusch ihm das Gesicht, kämmte ihm sorgfältig die Haare und flüsterte ihm aufmunternd zu, dass der Großvater ihn ganz besonders liebe. Und dann gab sie ihm ein Karamellbonbon.

Damals war er vier oder fünf, gerade alt genug, um alles zu verstehen.

3.

Als Erstgeborener trug Hamid nach alter, seit dem Mittelalter bestehender Sitte den Namen seines Großvaters, nicht ahnend, dass dieser Name sein Schicksal bestimmen sollte.

Ein Jahr nach der Aufnahme des Familienfotos kam sein Bruder Fihmi zur Welt. Er sah seiner Mutter sehr ähnlich, war blond, blauäugig und rundlich, während Hamid die dunkle Haut-, Augen- und Haarfarbe von seinem Großvater geerbt hatte.

Fihmi wurde der absolute Liebling der Mutter, die in ihrem Herzen keinen Platz für andere übrig ließ. Als er zwei wurde und weder sprechen noch richtig laufen konnte, schleppte ihn seine Mutter von Arzt zu Arzt – und da man damals die Ärzte in Damaskus an den Fingern einer Hand abzählen konnte, lief sie von Scharlatan zu Scharlatan.

Doch es half alles nichts. Später sollte sich herausstellen, dass Fihmi unter einer unheilbaren Hirnkrankheit litt. Er war schön wie eine Puppe. Die Mutter ließ seine lockigen Haare lang wachsen, so dass Fihmi wie ein hübsches Mädchen aussah. Fast jede Woche ließ ihn die Mutter für teures Geld fotografieren, schmückte die Bilder mit Olivenzweigen, zündete bisweilen sogar eine Kerze davor an und ließ in einer Schale Weihrauch verbrennen.

Auch Siham, die ein Jahr nach Fihmi zur Welt kam, empfing keine Liebe von der Mutter. Das Mädchen wäre verwahrlost, wenn nicht eine Witwe aus dem Nachbarhaus gekommen wäre und sie wie ihre eigene Tochter gepflegt hätte. Manchmal vergaß die Mutter, die Tochter abzuholen, und so blieb diese über Nacht bei der Witwe, die sich immer ein Kind gewünscht und nie eines bekommen hatte.

Und dann kam der Tag, der das Leben der ganzen Familie umkrempeln sollte. Während die Mutter bei der Witwe im Nachbarhaus einen Plausch hielt, schlich sich Hamid ins Schlafzimmer der Eltern, wo sein Bruder im großen Bett schlief. Er wollte mit ihm spielen und ihn vielleicht auch ein bisschen ärgern. Hamid schüttelte den Jungen, aber der wollte nicht aufwachen. Als er ihn stärker kniff, fing Fihmi so laut zu schreien an, dass Hamid es mit der Angst zu tun bekam und den Mund des Bruders zuhielt. Der Kleine zappelte und schlug um sich. Was dann geschah, konnte nie aufgeklärt werden. Hamid sprach mit niemandem darüber.

Der Bruder fiel jedenfalls kopfüber auf den Fliesenboden und war schlagartig still. Hamid, von entsetzlicher Angst gepackt, rannte in sein Zimmer und tat so, als würde er mit Murmeln spielen. Kurz darauf hörte er die Mutter schreien, dass es ihm durch Mark und Bein ging. Sie schrie so durchdringend und laut, dass bald die Nachbarschaft das Haus füllte. Um ihn kümmerte sich keiner.

Fihmis Tod traf seine Eltern hart. Sein Vater machte der Mutter Vorwürfe, dass nicht der Sturz den Jungen umgebracht hätte, sondern die vielen Pillen der Scharlatane. »So musste er mehr leiden, als wenn du ihn dem Willen Gottes anvertraut hättest«, rief er. Der Sturz sei von Engelshand ausgeführt, um den Jungen von weiteren Qualen zu befreien.

Als Hamid das hörte, glaubte er für einen Augenblick, er hätte an jenem Tag die unsichtbare kräftige Hand eines Engels gespürt. Was er allerdings für sich behielt, weil er die verzweifelte Laune seines Vaters fürchtete und die Mutter mit ihrer Trauer beschäftigt war. Sie hatte für keinen und nichts Augen, klagte und weinte und machte sich Vorwürfe. Und weil sie bei der Nachbarin Kaffee getrunken hatte, als Fihmi starb, verfluchte sie den Kaffee und rührte ihn nicht mehr an bis zu ihrem tragischen Tod.

Nun wurde aus dem armen Pechvogel Fihmi endgültig ein Heiliger, den die Mutter Tag und Nacht anbetete. Ihre trauernde Verehrung ging so weit, dass sie sein Konterfei auf ein Goldmedaillon prägen ließ, das sie an einer Kette um den Hals trug, was für den Vater wiederum eine lächerliche Nachahmung eines christlichen Brauches war.

Siham war bereits mit sechs Jahren so abgehärtet und reif, dass sie keine Achtung mehr vor ihren Eltern und ihrem Bruder zeigte. Der religiöse Wahn ihrer Mutter, vom dem sich der Vater, trotz anfänglicher Gegenwehr langsam anstecken ließ, widerte sie an. Plötzlich beteten beide, zündeten Kerzen und Weihrauch an und sprachen nur noch von Engeln und Dämonen.

Siham lachte frech, wenn sich der Wahn ihres Vaters und ihrer Mutter wie in einer Spirale steigerte. Und obwohl es Ohrfeigen gab, ließ sie nicht davon ab. Ihr Herz wurde mit den Jahren kälter als der Eisblock, der täglich geliefert wurde, um Gemüse und Fleisch im Schrank frischzuhalten.

Aus dem dürren Mädchen wurde eine große, sehr weibliche Frau, die allen Männern den Kopf verdrehte. Die Eltern lebten nun Tag und Nacht in der Angst, dass die Tochter Schande über das Haus bringen würde, und willigten sofort ein, als ein armer Fotograf um Sihams Hand anhielt. Siham war gerade sechzehn. Jahre später verriet sie Hamid, dass sie das Ganze eingefädelt hatte. Sie hatte den Fotografen gleich bei der ersten Begegnung um den Finger gewickelt. »Ich wollte diesem verfluchten Grab entkommen«, hatte sie gesagt. Ihr Mann, der nicht besonders helle war, glaubte wirklich, diese Schönheit, die sich von ihm in Posen amerikanischer Filmdiven fotografieren ließ, wäre in ihn verliebt. Dagegen behandelte sie ihn wie einen Hund. Hamid machte einen großen Bogen um ihr Haus, weil er weder die Kälte der Schwester noch die Untertänigkeit des Mannes ertrug.

Seine Katastrophe ließ sie kalt. Sie hatte nur ein Interesse: alles an sich zu reißen. Sie, die ihm mit Respekt und schleimiger Anbiederung begegnet war, als er im Zenit seiner Berühmtheit stand. Sie suchte ihn immer wieder in seinem Atelier auf, um Geld für irgendwelche Geschmacklosigkeiten zu erbetteln. Jedes Mal verfluchte er sein weiches Herz, wenn sie frech kicherte, triumphierend das Geld in ihre Handtasche steckte und Kaugummi kauend aus dem Laden hinauswackelte.

Nun, da er im Gefängnis saß, genierte sie sich, ihn zu besuchen, hatte aber keine Skrupel, sein Geld und sein Hab und Gut einzukassieren.

Um die düsteren Gedanken an seine Schwester zu vertreiben, versuchte Hamid mit einer kleinen Lupe das Gesicht seines Vaters auf dem Foto näher zu erkunden.

Konnte man erkennen, dass er große finanzielle Schwierigkeiten hatte? Er hatte ein Jahr zuvor seine Ausbildung bei dem berühmten Kalligraphen al Scharif aus reiner Faulheit abgebrochen und sich selbständig gemacht. Er ahnte noch nichts von den großen Schwierigkeiten, in Damaskus auf eigene Faust und ohne das Zertifikat seines Meisters an Aufträge zu kommen. Er mietete aus purer Angeberei einen Laden im damaligen Kalligraphenviertel al Bahssa, musste ihn aber wieder aufgeben, zumal ein Hochwasser die Gegend überflutet hatte. Von da an arbeitete er zu Hause. Das Zimmer, das er großspurig Atelier nannte, hatte ein Fenster zum Hof und eines zum Kinderzimmer und so konnte Hamid seinen Vater stundenlang bei der Arbeit beobachten, ohne dass dieser es merkte.

Seine Mutter war wie abwesend. Sie war wie besessen von Fihmi. Sie sprach nur von ihrem toten Liebling, zu dem sie, in teuren Sitzungen bei Scharlatanen, Kontakt aufnehmen wollte. Das Haus verkam. Und da Hamids Vater ein charakterschwacher Mann war, ließ er sich nicht scheiden, sondern klammerte sich immer heftiger an seine in den Wahnsinn gleitende Frau. Von den wenigen kleinen Aufträgen, die er noch erhielt, konnte er die Familie gerade über Wasser halten.

Etwa ein Jahr nach Fihmis Tod war die Mutter dem Wahn vollkommen verfallen, sein Vater folgte ihr etwas später nach. Hamid musste schweigen, denn wenn er nur den geringsten Zweifel anmeldete, erhielt er Schläge und dabei geriet die Mutter außer sich. Sie schlug um sich und schrie und einmal traf sie sein rechtes Ohr, das daraufhin stark blutete und für Wochen taub blieb. Auch Jahre später hörte er auf diesem Ohr nur schlecht.

Wenn er jetzt darüber nachdachte, warum er bei der Beerdigung seiner Eltern nicht geweint hatte, so lag es nicht an der Lächerlichkeit der wenigen schwarzen Überreste, die man ihm nach dem Busunfall seiner Eltern ausgehändigt hatte, und auch nicht an den geheuchelten Worten über seinen Vater, die der Scheich gegen gutes Geld von sich gegeben hatte. Nein, der wahre Grund fiel ihm hier im Gefängnis ein. Sie hatten ihn so oft weinen lassen, dass er am Ende keine Träne mehr für sie übrig hatte.

4.

In der Ferne donnerte es. Hamids Schläfen pochten, wie immer wenn ein Unwetter aufzog. Blitz und Donner rückten näher, und als sie genau über Damaskus angekommen waren, ließen seine Kopfschmerzen nach. Der Strom fiel aus, die ganze Stadt lag im Dunkeln und er hörte in seiner Zelle die Flüche der Damaszener aus den nahe gelegenen Gassen, Läden und Cafés, die die Zitadelle umgaben.

Er zündete eine Kerze an, um die Gesichter auf dem Foto noch einmal genau anzuschauen. Er fragte sich, ob das, was er über seine Familie wusste, seiner Fantasie oder seiner Erinnerung entsprang. Er war sich nicht sicher.

Bald kehrte das Licht zurück. Aber nur in das Bürogebäude und die drei privilegierten Zellen. Die unteren Stockwerke blieben in tiefe Finsternis getaucht, aus der Schreie zu ihm nach oben drangen wie die Rufe der Gequälten aus der Hölle. Eine Stimme ließ ihm das Blut in den Adern erstarren, ein Mann schrie um Gnade, seine Stimme klang hoffnungslos und erschrocken wie die eines jungen Kalbs, kurz bevor es geschlachtet wird. Seine Rufe wurden immer wieder vom Lachen der anderen Gefangenen übertönt. Der Mann flehte die Wärter um Schutz an, aber er rief vergeblich.

Aufgewühlt ging Hamid zu dem Foto an der Wand zurück und betrachtete es noch einmal. Die Haltung seines Großvaters Hamid Farsi verriet Stolz, Lebenslust, Melancholie und Schmerz. Er schien stolz zu sein auf seine adlige Herkunft und auch auf seine Leistung. Hamid erinnerte sich, dass sein Großvater, der nicht religiös war, oft von einem alten Sufimeister namens al Halladsch erzählte, der Mensch und Gott gleichstellte und sie sich als eine unzertrennliche Einheit dachte. Dafür wurde der Sufigelehrte im Jahre 922 in Bagdad gekreuzigt.

Und er, Hamid? Was hatte er für eine Schuld auf sich geladen? Hatte seine Katastrophe nicht ihren Anfang genommen, als er beschlossen hatte, die Schrift zu reformieren? Schrift und Sprache zu reformieren heißt auch, den Menschen zu bessern. Warum begegnete man ihm mit so viel Ablehnung, mit so viel Starrsinn, als wäre er ein Hasser des Islam? Ihm, der immer gläubig und rein gelebt hatte, so gläubig, dass ihm der Großvater einst geraten hatte, er solle nicht so streng mit sich umgehen? Paradies und Hölle habe der Mensch erfunden und auf Erden eingerichtet.

Hamid sah um sich, war das nicht die Hölle, dass man ihn einsperrte, während sich seine verräterische Frau irgendwo auf dieser Welt amüsierte?

Der Großvater war ein Lebemann mit vielen Gesichtern und Seelen gewesen. Er war der glücklichste Mann in Damaskus und zugleich so bitter enttäuscht über seine Söhne, dass er Hamid aufgefordert hatte, doch bitte schnell zu wachsen und sein Ansehen zu retten, sonst wäre alles, was er aufgebaut habe, verloren.

Hamid war damals noch nicht einmal sieben und nahm sich vor, doppelt so viel zu essen, damit er schneller wüchse.

Später erfuhr Hamid, dass seine Großmutter ihn deshalb nicht mochte, weil sie alles, was ihrem Mann gefiel, nicht leiden konnte: Feste, Frauen und Lachen. »Wenn ich jemanden unsympathisch finde«, sagte der Großvater einmal, »ist sie am nächsten Tag mit ihm verbrüdert.«

Hamid hielt die Lupe näher an das Gesicht des Großvaters. Schmerz sah er in den Winkeln der Augen und des Mundes. Und Schmerzen, schwer wie Berge, musste der Großvater ertragen. Er war Perser und als vierjähriges Kind mit seinem Vater aus dem Iran nach Damaskus geflüchtet. Er hatte erleben müssen, wie Fanatiker seine Schwester und seine Mutter umbrachten, weil jemand den Vater wegen seiner Sympathie für eine rebellische Sufisekte angezeigt hatte.

Ahmad und sein Sohn Hamid entkamen ihren Häschern wie durch ein Wunder nach Damaskus, das für viele Flüchtlinge eine gastliche Stadt war, die auch ihn und seinen Vater aufnahm. Ahmad Farsi, ein Teppichhändler, war damals bereits sehr reich. Mit seinen geretteten Golddinaren kaufte er ein herrliches Haus in der Nähe der Omaijaden-Moschee und das große Geschäft im Suk al Hamidije, das Großvater Hamid Farsi nach dem Tod seines Vaters weiterführte.

Bald wurden Ahmad und sein Sohn Syrer. Religiöse Fanatiker, welcher Sekte auch immer sie angehörten, hasste er mehr als den Teufel, »denn der Teufel ist ein Fürst von edler Gestalt«, erzählte er bis zum Ende seines Lebens, »er hat mir weder Tochter noch Frau genommen. Ein fanatischer Nachbar hat beide eigenhändig erwürgt.«

Er betete nie.

Auch sein Sohn, Hamids Großvater, suchte die Moschee nur dann auf, wenn er einen der religiösen Händler treffen wollte. Er lebte in einem für jedermann offenen Haus, tafelte mit Juden und Christen, als wären sie seine Verwandten.

Auf dem Bild trug Großvater Krawatte und Weste, in deren Tasche eine goldene Uhr steckte, die Uhrkette konnte man auf dem Bild noch erkennen, obwohl sie aus feinen Goldfäden geflochten war. Hamid Farsi war zur Zeit der Aufnahme der bekannteste Teppichhändler der Stadt.

Als der Großvater starb, ging sein Enkel Hamid wie betäubt hinter dem Sarg her. Er war elf oder zwölf und bereits Lehrling bei Serani, dem großen Meister der Kalligraphie. Er konnte nicht verstehen, dass der Tod endgültig war. Und auch nicht, warum der Tod es so eilig hatte mit dem liebsten Menschen. Er hätte die Gasse um viele widerliche Nachbarn erleichtern können.

Erst viel später begriff er, dass er an diesem Tag sein Glück begraben hatte. Es lag unsichtbar im Sarg neben seinem Großvater. Nie wieder fühlte er das Kribbeln, das ihm das Herz erfrischte, sobald er seinen Großvater erblickte. Natürlich hatte er viel erreicht, wofür ihn Hunderte von mittelmäßigen Kalligraphen beneideten, aber keiner von ihnen wusste, dass er, der bekannte Hamid Farsi, unglücklich lebte.

Nach Großvaters Tod zerstritten sich die drei Söhne. Sein Vater bekam nichts außer fünf Teppichen. Das Haus hatte der Großvater dem mittleren Sohn vererbt. Besitz und Vermögen des großen Geschäfts im Suk al Hamidije erhielt der jüngste Sohn. Ihn, den Erstgeborenen, hatte der Großvater übersehen, oder er hatte ihm nicht verziehen, dass er nicht im Geschäft arbeiten wollte und seinen eigenen Weg gegangen war.

Hamids Vater war ein religiöses Kind gewesen. Ihn faszinierte die Schrift im Koran und an den Moscheenwänden, lange bevor er sie lesen konnte. Er wollte von Anfang an Kalligraph werden und wurde schließlich auch einer, aber er war in allem, was er tat, ein braver Nachahmer von mittelmäßiger Begabung.

Hamids Mutter behauptete, Großvater habe ihren Mann enterbt, weil er sie verachtete und seinen Sohn lieber eine Cousine heiraten lassen wollte, was die Mutter in ihrer Meinung bestärkte, dass die Familie ihres Mannes – ihn ausgenommen – aus Halunken und Bösewichtern bestand.

Siham, Hamids Schwester, war der Ansicht, der Vater wäre enterbt worden, weil er Hamid kurz vor Großvaters Tod gezwungen hätte, zu einem Kalligraphen statt zum Großvater in die Lehre zu gehen. Er soll gesagt haben: »Dieser Unnutz Ahmad hat mir dreimal das Herz gebrochen: er heiratete gegen meinen Willen, weigert sich, mein Geschäft zu übernehmen, und verbietet meinem liebsten Enkel, Teppichhändler zu werden. Jetzt reicht es.«

Was auch immer der wahre Grund gewesen sein mag, Hamids Vater ging so gut wie leer aus. Er wollte aber keinen Skandal hervorrufen, um das Gesicht der Familie Farsi zu wahren. Er beobachtete mit Genugtuung, wie beide Brüder unglücklich wurden und am Ende elend zugrunde gingen. Dass nicht er sich, sondern Gott ihn gerächt hatte, verlieh ihm das Gefühl der Erhabenheit.

Baschir, der ältere der beiden Onkel, erkrankte kurz nach dem Tod des Großvaters an Muskelschwund. Bald konnte er nicht mehr gehen und fluchte Tag und Nacht auf seine Frau, die ihn quälte. Hamids Vater weigerte sich, seinen schwer kranken Bruder zu besuchen, obwohl das Haus nicht einmal hundert Meter entfernt von seiner Gasse lag.

Der Anblick war furchtbar. Der Onkel saß auf einer schäbigen Matratze mitten im Müll. Das Haus war heruntergekommen und die Frau war entweder unterwegs oder gerade im Begriff wegzugehen, wenn Hamid seinen Onkel besuchen wollte. Sie sah nicht schön aus, weshalb sie sich sehr raffiniert schminkte, aber sie besaß einen betörenden Körper und duftete immer nach einem exotischen Parfum namens »Soir de Paris«. Einmal nahm Hamid eine der kleinen blauen Flaschen mit, die im Badezimmer unter dem großen Spiegel standen. Immer wenn er daran roch, erinnerte er sich an seine Tante.

Er schlich, ohne dass seine Eltern es wussten, immer wieder zu Onkel Baschir. Nicht aus Mitleid, wie er seiner Schwester beteuerte, sondern weil ihn der Onkel faszinierte. Der konnte von seinem Platz aus seine Frau durch die Gassen in fremde Häuser verfolgen, wo sie sich den verschiedensten Männern hingab, um an bunte Kleider, Schmuck und Parfum zu kommen.

Es waren schaurige erotische Abenteuergeschichten, die der Onkel von sich gab. Aber er erzählte sie so, als wäre die Tante nicht seine Frau, sondern die Heldin einer Geschichte. Er erzählte begeistert von ihren Abenteuern und war voller Sorge, wenn sie in Gefahr geriet, entführt zu werden, oder wenn sie von einem eifersüchtigen Liebhaber mit dem Messer bedroht wurde.

»Sobald sie aus der Tür geht, ist sie die Heldin meiner Geschichte«, sagte der Onkel, als Hamid eines Tages fragte, warum er sich so freue, wenn seine Frau in seiner Erzählung andere Männer liebe und Wein trinke, während er gerade noch mit ihr geschimpft hatte, weil sie ihm nichts Warmes kochen wollte.

»Hier ist sie meine Frau und hier bereitet sie mir die Hölle.«

Nicht ein einziges Mal wiederholte er eine Geschichte, und wenn er merkte, dass seine Worte Hamid erregten, hörte er mittendrin auf. »Schluss für heute. Es ist eine Sünde, geil auf die eigene Tante zu werden. Geh nach Hause und komm erst wieder, wenn du sie vergessen hast.«

Hamid kam natürlich am nächsten Tag und tat wieder ganz unschuldig, um mehr von ihren Abenteuern zu hören.

Hamid ging mit dem Gesicht näher an das Foto. Er betrachtete Onkel Baschir genau, der mit geschwellter Brust und strahlend wie ein Held hinter der Großmutter stand und selbstsicher und verwegen lachte. Was für ein schwaches Wesen war doch der Mensch. Ein Virus, eine falsche Schaltung im Hirn – und schon wurde der Held zu einem Haufen Elend.

5.

Hamid ließ den Blick zur Großmutter weiterwandern. Sie saß nicht, wie es damals üblich war, auf einem Stuhl neben ihrem Mann, sondern allein auf einer Bank. Ein Blumenstrauß lag neben ihr, wie um anzudeuten, dass niemand neben ihr sitzen solle. Es war ihr Geburtstag. Sie war eine Tochter des herrschaftlichen Damaszener Clans al Abed und liebte Blumen und Gedichte. Ihr Vater Ahmad Isat Pascha al Abed war der beste Freund und Berater des osmanischen Sultans Abdulhamid.

Großmutter verehrte den osmanischen Sultan und hasste alles, was Republik hieß. Deshalb verstand sie sich auch nicht mit ihrem Bruder Muhammad Ali al Abed, der als fanatischer

Anhänger des osmanischen Reichs durch die Vermittlung ihres Vaters zum Botschafter des Sultans in Amerika ernannt wurde, dann über Nacht umschwenkte und den glühenden Republikaner spielte. Er wurde erster syrischer Staatspräsident.

Ahmad Isat war steinreich und ließ sich von einem spanischen Architekten ein wunderschönes Haus am Märtyrerplatz im Zentrum der Stadt errichten. Dort war Großmutter Farida, umgeben von einer großen Dienerschaft, aufgewachsen. Sie sprach wie ihr Vater vier Sprachen, Arabisch, Türkisch, Französisch und Englisch. Sie war die erste Muslimin, die dem syrischen Frauenliteraturclub beitrat, der 1922 von christlichen Frauen aus wohlhabenden Familien gegründet wurde. Unter der Führung seiner Präsidentin Madame Muschaka trat er dafür ein, Lesesäle für Frauen in den öffentlichen Bibliotheken einzurichten, die damals eine Domäne der Männer waren. Bald war Farida für die Korrespondenz und die Organisation von Lesungen zuständig. Sie lud Schriftstellerinnen aus aller Welt nach Damaskus ein. Stolz zeigte sie jedem Besucher die Briefe der englischen Autorin Agatha Christie, die auch einmal nach Damaskus gekommen und in Großmutters Salon aufgetreten war.

Und sie war unendlich stolz auf ihren aufgeklärten Vater, dessen Bild alle anderen Fotos in ihrem Salon übertraf. Oft stand sie in Gedanken versunken vor ihm und schien ein Gespräch mit dem Verstorbenen, einem kleinen bärtigen Mann mit winzigen klugen Augen und großer Nase, zu führen. Er trug auf dem Bild seine feierliche Uniform und hatte den Kopf mit einem roten Fes bedeckt, wie das damals üblich war. Seine Brust war von den Schultern bis zum Gürtel mit großen achtstrahligen Sternen, diversen Kreuzen und an bunten Bändern hängenden Medaillons übersät. Der Mann wirkte auf Hamid komisch und mit all dem Metall in keiner Weise majestätisch, und hätte er nicht Angst vor der Großmutter gehabt, so hätte er ihr seine Meinung gesagt.

»Ein Affe in Uniform«, flüsterte Hamid den Satz, den er über so viele Jahre sorgfältig unter Verschluss gehalten hatte.

Großmutter Farida gab den Besuchern immer das Gefühl, als würde sie ihnen eine kurze Audienz erlauben. Sie war schön, aber sehr überspannt. Hamid erinnerte sich nicht an eine einzige normale Antwort auf seine vielen Fragen. Wie damals kurz vor ihrem Tod, als er sie um einen Schluck Wasser bat. »Das Wasser in den Augen des Geliebten«, antwortete sie und schaute in die Ferne, »kommt aus den Wolken seines Herzens.«

Großvater Hamid verehrte seine Frau Farida über alle Maßen, und sosehr er auch das lustige Leben liebte, war er ihr sein Leben lang treu und duldete all ihre Verrücktheiten. Und wenn er sie einmal im Jahr küsste, schimpfte sie mit ihm auf Französisch, rieb die Stelle so theatralisch, als wollte sie Fettspuren von ihrem Gesicht abwischen, und rückte ihr Kleid zurecht, als wäre der Großvater anzüglich geworden.

Als das Foto entstand, hatte die Großmutter nur Augen für Abbas, ihren jüngsten Sohn. Alle anderen waren Statisten in diesem Theaterstück, in dem sie und Abbas die Hauptrollen spielten. Sie versuchte alles, um jung zu erscheinen, was manchmal peinliche Züge annahm. Die alte Dame schminkte sich oft wie eine junge verruchte Frau, doch die Falten der Zeit ließen sich nicht vertreiben. Und das schief gemalte Rouge gab Faridas Gesicht den Anstrich eines alternden Clowns. Abbas aber verstand es, die Verrücktheit und Verliebtheit seiner Mutter auszunutzen. Er bestärkte sie bis zum Tag ihres Todes in allem, was sie tat, als hätte er weder Augen noch Ohren.

»Onkel Abbas, dieser Gockel«, flüsterte Hamid abfällig und betrachtete mit der Lupe den jungen lachenden Mann, der als einziger auf dem Foto keinen Anzug trug, sondern eine elegante weiße Jacke über einem offenen dunklen Hemd. Seine Hand lag auf der Schulter der Mutter, die zu ihm aufschaute, als wäre er ihr Bräutigam.

Ein Jahr vor dem Tod des Großvaters bekam Farida hohes Fieber und starb plötzlich.

Und keine drei Jahre nach dem Tod des Großvaters hatte Onkel Abbas das Geschäft bereits ruiniert. Er verfiel dem Alkohol, flüchtete vor seinen Gläubigern aus Damaskus und starb als Bettler in Beirut. Er wurde dort anonym begraben, weil keiner die Leiche nach Damaskus transportieren wollte.

Hamids Vater war davon überzeugt, dass Gott alle seine Feinde niederschlug. Damals war er bereits im Bann der Mutter, sein Hirn war benebelt von Weihrauch und Aberglauben.

Merkwürdig, dachte Hamid immer wieder, wie seine Familie in der dritten Generation zugrundeging. Mit ihm würde der letzte Farsi in Damaskus sterben. Und wo? Im Gefängnis. Ein Wärter erzählte ihm, auch er sei die dritte Generation eines einst herrschenden Clans. Und wo sei er gelandet? Ebenfalls im Gefängnis. Das sei eine ewige Regel, sagte der Mann und hustete, die erste Generation würde auf-, die zweite aus- und die dritte abbauen.

Hamids Blick wanderte noch einmal über das Foto. Was war aus seinen Tanten geworden? Er wusste es nicht. Großvater liebte keine von ihnen. Sie wollten seit dem Erbstreit nichts mehr mit der Familie zu tun haben. Auch die Versuche seiner Mutter, sie um sich zu scharen und einen Prozess anzustreben, waren gescheitert.

Das Foto war in der Nähe des großen Brunnens aufgenommen worden, den der Großvater so liebte. Hamid erinnerte sich, dass er dort zum ersten Mal in seinem Leben Fische gesehen und bewundert hatte.

Das Haus stand noch. Als Hamid es vor drei Jahren aufgesucht hatte, schien der Innenhof geschrumpft zu sein im Vergleich zu seiner Erinnerung. Der freundliche Hausbesitzer lud ihn zu einem Kaffee ein, als Hamid fragte, ob er das Haus seiner Kindheit noch einmal sehen dürfe.

Von Familie Farsi wusste der Zollbeamte nichts. Er hatte

das Haus über einen Makler erworben, der über die hoch verschuldeten Vorbesitzer nicht sprechen wollte. Auch ihm habe das Haus Unglück gebracht, erzählte er, einer seiner Söhne habe sich beim Spiel auf dem Orangenbaum selbst stranguliert. Danach habe er alle Bäume gefällt. Jetzt wolle er das Haus verkaufen und im modernen Stadtteil eine geräumige Wohnung für sich, seine Frau und seine fünf Kinder kaufen. Ob Hamid interessiert sei?

Nein, er wollte es nie wieder sehen.

6.

Der Donner rückte von der Stadt in Richtung Süden, und der Regen wurde noch heftiger. Das Licht flackerte. Hamid stand auf und zündete vorsichtshalber noch einmal die Kerze an.

Er betrachtete seinen Vater, sein unbewegliches Gesicht. So hatte er bei den Beerdigungen der Großeltern dagesessen und so auch bei Hamids erster Hochzeit, mit einem Gesicht wie eine Maske aus gegerbtem Leder. Er trug sie immer. Ob er nun seine Kalligraphien anfertigte oder ob er seine Schuhe band.

Hamid erinnerte sich an den einen Augenblick, als er dem Vater seine erste Kalligraphie gezeigt hatte. Er war neun oder zehn Jahre alt und hatte zuvor über Jahre hinweg heimlich geübt. Er vergaß zu spielen und manchmal sogar zu essen, aber er verbrachte nicht einen Tag, ohne stundenlang zu üben.

Der Vater geriet außer sich vor Zorn und Neid auf die Schönheit der Thuluth-Schrift, mit der sein Sohn ein Gedicht geschrieben hatte. Hamid ahnte nicht, dass er die eleganteste und anspruchvollste Schrift gebraucht hatte. Nur Meister beherrschten sie. Sein Vater nicht.

»Das hast du abgeschrieben«, sagte dieser abschätzig und

kehrte zu seiner Arbeit an einem großen Kinoplakat für einen indischen Spielfilm zurück.

Nein, das habe er selbst geschrieben, das Gedicht hätten sie in der Schule gelernt und er habe es ihm schenken wollen!

»Abgeschrieben«, sagte der Vater und legte seinen Pinsel zur Seite, mit dem er die großen Buchstaben auf dem Plakat ausfüllte, deren Konturen er bereits mit Tinte vorgezeichnet hatte. Er stand langsam auf und kam auf Hamid zu und in dieser Minute wusste dieser, dass er geschlagen würde. Er versuchte seinen Kopf zu schützen. »Lügner«, schrie der Vater und schlug auf ihn ein. Aber Hamid wollte nicht lügen, um den Schlägen zu entkommen.

»Ich habe es selbst geschrieben«, schrie er und bettelte um Gnade, dann rief er nach seiner Mutter. Sie erschien kurz in der Tür, schüttelte nur den Kopf und verschwand wortlos.

»Das kannst du nicht, das kann nicht einmal ich«, sagte der Vater, »wo hast du das Gedicht abgeschrieben?« Und er schlug erbarmungslos zu.

Ein Schlag hatte ihn aufs rechte Auge getroffen. Damals dachte er, er hätte es verloren, weil alles schwarz wurde.

Hamid schüttelte den Kopf, während er das Gesicht des Vaters anstarrte. »Stumpfsinnig«, flüsterte er. Er sah sich in der kleinen dunklen Besenkammer sitzen. Seine Angst vor Ratten ließ ihn alle Schmerzen vergessen. Niemand tröstete ihn, niemand brachte ihm ein Stück Brot oder einen Schluck Wasser. Nur eine winzige Ratte streckte kurz ihren Kopf aus einem der Löcher, fiepte, schaute ihn mit melancholischen Augen an und verschwand.

Er konnte in jener Nacht kaum schlafen, weil seine Mutter ihm erzählt hatte, dass Ratten am liebsten Nasen und Ohren der Kinder fressen, die lügen.

»Ich habe nicht gelogen«, flüsterte er leise flehend, in der Hoffnung, die Ratten verstünden ihn.

Erst in der Morgendämmerung nickte er ein und träumte,

er würde in einem Dschungel umherwandern, dessen Bäume, Lianen und Büsche nur aus verschieden großen bunten Buchstaben bestanden. Auch jede Blume bestand aus kunstvoll geformten Schriftzügen. Er sollte später noch öfter von diesem Traum erzählen, nicht nur, weil er die Ankündigung eines neuen Lebens war, sondern auch, weil er seit dem Tag keine bunten Schriften mehr mochte und nur noch die schwarze Farbe liebte.

Aber der Traum ging noch weiter. Irgendwo hinter ihm rief jemand seinen Namen. Hamid drehte sich kurz um und ging weiter. Er beachtete einige Baumwurzeln nicht, die aus dem Boden ragten, stolperte und wachte auf.

Sein Vater stand vor der Kammertür.

Hamid griff nach seiner Nase und seinen Ohren und war erleichtert, dass die Ratten ihm geglaubt hatten.

»Komm raus und schreib das Gedicht noch einmal«, befahl er ihm. Erst später sollte Hamid den Grund dieser Einsicht erfahren. Der reiche Kino- und Theaterbesitzer, für den sein Vater eine Serie von Plakaten anfertigte, hatte ihm erzählt, dass es immer wieder Talente gebe, die man nicht begreife. Er habe am Vortag in seinem Theater einen bettelarmen Jungen gehört, der die alten Lieder besser singen und die Laute sauberer spielen würde als die Mehrheit dieser Esel, die im schwarzen Anzug herumlaufen und sich Musiker nennen.

Hamids rechtes Auge schmerzte fürchterlich und Siham lachte über sein Aussehen: »Du siehst wie unser Nachbar Mahmud aus«, rief sie, um ihn zu ärgern. Mahmud war ein Trinker, der oft in Schlägereien verwickelt war und immer Spuren davon trug. Siham rief so lange vom Innenhof aus: »Mahmud, Mahmud«, bis eine Ohrfeige sie ereilte, da jammerte sie dann und zog sich ins Schlafzimmer zurück.

Sein Vater gab ihm ein Papier von bester Qualität und eine Rohrfeder. »Setz dich hin und schreib«, sagte er, als Hamid das Blatt streichelte. Die neue Rohrfeder war viel besser als seine, die er sich mit dem Küchenmesser aus einem Schilfrohr geschnitten hatte. Sie lag gut in der Hand und ihre Schreibspitze war messerscharf.

Nur, sein Vater stand zu dicht bei ihm.

»Vater, ich bitte Euch, zwei Schritte zurückzutreten«, sagte er, ohne zu ihm aufzublicken. Nie zuvor und nie danach sprach er seinen Vater in der Ihr-Form an. Lange Jahre danach wurde ihm klar, dass genau dieser kurze Augenblick seine Zukunft als Kalligraph bestimmt hatte. Und während er sprach, schaute er auf das scharfe Schustermesser, mit dem sein Vater die Rohrfeder zurechtgeschnitten hatte. Es lag auf dem Tisch neben dem Tintenfass. Wenn sein Vater ihn noch einmal grundlos schlagen sollte, nahm er sich vor, würde er ihm das Messer in den Bauch rammen.

Wie benommen trat sein Vater zwei Schritte zurück und Hamid schrieb zügig das Gedicht. Jahrelang hatte er beobachtet, wie sein Vater seine Kalligraphien anfertigte, und nie verstanden, warum dieser in allem, was er schrieb, zögerte, Fehler machte, die Tinte ableckte, die restlichen Spuren mit einem Messer abkratzte, dann die Stelle anfeuchtete und mit einem kleinen Stück Marmor glatt walzte, trocknen ließ und noch einmal glatt rieb.

Manchmal zerstörte er dabei das Papier und fluchte, weil er nun alles wiederholen musste.

Hamid betrachtete den Spruch ein letztes Mal mit zusammengekniffenen Augen. Nur so konnte er das Verhältnis von Schwarz zu Weiß genau einschätzen, ohne an den Buchstaben hängen zu bleiben. Er atmete erleichtert auf. Der Rhythmus stimmte und das Ganze war noch schöner geworden.

»Hier hast du das Gedicht«, sagte er. Seine Stimme klang nicht stolz, sondern trotzig. Sein Vater erstarrte, so schön konnte er selbst nicht schreiben. Die Schrift hatte etwas, was er immer gesucht und nie gefunden hatte: Musik. Die Buchstaben schienen einer Melodie zu folgen.

»Das hast du durch Zufall so gut hingekriegt«, sagte er, als er die Fassung wiedererlangt hatte. »Schreibe mal: ›Deine Eltern sollst du verehren und ihnen sollst du dienen.‹ Wenn du kannst, in Diwani-Schrift.«

»Du bleibst aber vom Tisch weg«, sagte Hamid, als er merkte, dass sein Vater im Begriff war näher zu rücken.

»Wie du willst, aber schreibe, was ich dir diktiert habe.«

Hamid nahm ein neues Blatt, tunkte die Feder in das silberne Tintenfass. Die Tinte seines Vaters stank moderig. Sein Leben lang sollte er daran denken und seinen Lehrlingen die Aufgabe auferlegen, täglich alle Tintenfässer in seinem Atelier umzurühren. Wenn man die Tinte nicht rührt, schimmelt sie. Man kann sie nicht mehr gebrauchen. Er gab in sein Fass immer einen Tropfen Kampferlösung. Der Geruch animierte ihn sehr. Andere Kalligraphen ließen ihre Tinte nach Jasmin, Rosen oder Orangenblüten duften.

Unter dem strengen Blick seines Vaters überlegte er kurz, dann schloss er die Augen, bis er die Form fand, die am besten zu den Worten passte: eine Meereswelle.

Dann schrieb er entschlossen den Spruch und man hätte meinen können, die Buchstaben bildeten eine sich überschlagende Meereswelle.

»Das muss ich Meister Serani zeigen«, rief der Vater aus. So hörte Hamid den Namen des größten syrischen Kalligraphen zum ersten Mal.

Sein Vater umarmte ihn plötzlich, küsste ihn und weinte: »Gott hat dir alles gegeben, was ich mir wünschte. Warum, das weiß nur er, aber ich bin stolz auf dich. Du bist mein Sohn.«

Endlich kam der ersehnte Tag, an dem Serani sie empfangen konnte. Hamid durfte zum ersten Mal einen Anzug tragen. Es war ein heller sommerlicher Anzug, den sein Vater in einem der besten Kleidergeschäfte im Suk al Hamidije gekauft hatte. Oder vielmehr getauscht hatte, denn er zahlte kein Geld, sondern einigte sich mit dem Mann, dass er ihm für den Anzug ein neues Schild für das Geschäft malen würde.

Das alte hatte bereits fünfzig Jahre auf dem Buckel und war an mehreren Stellen abgeblättert und kaum noch zu entziffern.

»Wie lange musst du dafür arbeiten?«, fragte Hamid seinen Vater auf dem Rückweg.

»Eine Woche«, sagte sein Vater. Hamid warf einen Blick zurück auf das Schild und dann auf den Anzug in der großen Tüte, die er trug, und schüttelte den Kopf. Er schwor, wenn er so alt sein würde wie sein Vater, würde er für einen Anzug nicht einmal einen Tag arbeiten.

Meister Serani besaß ein großes Atelier in der Nähe der Omaijaden-Moschee, in dem er drei Gesellen und fünf Helfer sowie zwei Laufburschen beschäftigte.

An jenem Tag hatte Hamid erkannt, wie unbedeutend sein Vater war. Zweimal stand dieser bereits vor dem Atelier des Meisters Serani und beide Male wagte er nicht einzutreten, sondern machte kehrt. Seine Hände schwitzten und erst beim dritten Anlauf wagte er, die Tür zu öffnen und untertänig zu grüßen.

Dann stand er gebeugt vor dem auf seinem großen Stuhl thronenden Meister. Serani war eher klein von Gestalt. Seine schütteren Haare hatte er sorgfältig gekämmt und sein schmaler, gerade geschnittener Schnurrbart gab seinem Gesicht einen Hauch Traurigkeit, doch die Augen waren hellwach. Niemand besaß einen solchen Blick, der Traurigkeit, Klugheit und Angst in sich vereinte. Seinen ersten Eindruck sollte Hamid später oft bestätigt sehen. Meister Serani lachte selten, war streng religiös und höflich zurückhaltend, und wenn er sprach, waren seine Worte eines Philosophen würdig.

Nur eine Äußerlichkeit wirkte komisch für Hamid, das rechte abstehende Ohr war fast doppelt so groß wie das linke und es sah aus, als ob jemand den Meister ohne Unterlass am Ohr gezogen hätte.

»Was führt dich zu mir, Ahmad?«, fragte Serani nach einer

kurzen Erwiderung des Grußes. Seine Stimme war höflich und leise, dabei aber bemüht, unfreundlich und abweisend zu wirken.

Meister Serani und sein Vater waren einst Lehrlinge bei dem berühmten Kalligraphen Mamduh al Scharif gewesen. Sie hatten sich nie gemocht.

Hamids Vater wollte schnell Geld verdienen und schied bald aus. Er begnügte sich mit kommerziellen Kalligraphien, die mehr auf Effekt und Farbigkeit als auf Kunst zielten. Serani jedoch blieb über ein Jahrzehnt Meisterschüler bei al Scharif, bis er alle Geheimnisse der Schrift erkundet hatte. Sein Ruf war bereits Mitte der zwanziger Jahre bis nach Istanbul und Kairo gedrungen, wo er wichtige Aufträge für die Restaurierung von historischen Kunstwerken, Moscheen oder Palästen erhielt.

»Es geht um meinen Sohn Hamid«, sagte der Vater.

Meister Serani betrachtete lange den kleinen dürren Jungen. Hamid scheute den Blick des Meisters nicht und hielt ihm stand. Es war wie eine Prüfung und Hamid konnte Meister Serani offensichtlich überzeugen. Sein Blick wurde milder, der Hauch von einem Lächeln überzog das gütige schmale Gesicht des damals sechsunddreißigjährigen Mannes, der aber wie ein Fünfzigjähriger aussah: »Dann zeige mir, was du kannst, mein Kleiner«, sprach er mit sanfter Stimme, stand auf und holte aus einem Schrank eine Rohrfeder.

»Welche Schrift magst du?«, fragte Serani.

»Thuluth, Meister«, antwortete Hamid leise.

»Dann schreibe mir den Satz, mit dem alles anfängt«, sagte Serani. Es war der meistkalligraphierte Satz der arabischen Sprache. Alle Gebete, Bücher, Briefe, Reden, Gesetzbücher und Schriften der Muslime – gleich ob sie Araber oder Nichtaraber waren – begannen mit ihm: *Bismillahi ar rahmani ar rahim.* Im Namen Allahs, des Allerbarmers, des Barmherzigen.

Hamid schloss die Augen. Hunderte von Varianten dieses

Spruches rasten durch seine Erinnerung, doch er fand keine, die ihm gefiel. Er wusste nicht, wie lange er nachgedacht hatte, als er die leise Stimme seines Vaters hörte: »Mach schon, der Meister hat nicht die Zeit der Ewi …«. Anscheinend sah der Meister ihn zornig an, denn es wurde wieder still. Etwa ein Jahr später hörte Hamid mit großer Freude den Meister sagen, erst wenn die Kalligraphie als klares Bild im Kopf erscheine, könne die Hand sie ausführen.

Hamid fand endlich die Form, die in der Thuluth-Schrift den musikalischen Klang der Betenden zum Ausdruck bringen konnte. Die Wörter erhielten akkordeongleich eine melodische Dehnung oder Pressung. Er öffnete die Augen und begann zu schreiben. Jedes Wort in einem Zug, dann tauchte er kurz die Feder in das Tintenfass und schrieb weiter. Die Tinte duftete angenehm nach Zitronenblüte. Meister Serani liebte diese kleine Blüte, die in Damaskus destilliert wurde.

Als Hamid zu Ende geschrieben hatte, nahm der Meister das Blatt an sich, prüfte es genau und sah den Jungen an. Er fragte sich, wie eine Distel eine solche Blüte zur Welt bringen konnte, und war erneut davon überzeugt, dass Gottes Wille unergründlich war.

»Schreibe deinen Namen unten links hin und das Datum nach islamischer Zeitrechnung und in einem Jahr werden wir sehen, welchen Fortschritt du gemacht haben wirst.«

Das war eine Anstellung. Sein Vater weinte vor Freude. Für Hamid war sie in jeder Hinsicht eine Gnade, denn von nun an war sein Vater freundlicher zu ihm. Er musste beim Meister vom ersten Tag an nicht nur die Schreibtechnik und Rezepte für Tinte lernen, sondern auch, wie man Rohrfedern zuschneidet. Außerdem Geometrie, Symmetrie sowie Perspektive, Licht und Schatten, Harmonielehre und andere wichtige Voraussetzungen. Vor allem aber musste er die Geschichte der Kalligraphie und alle Arten der arabischen Schrift gründlich studieren. Und wenn er eine kurze Pause hatte, gab ihm der

Meister den Koran oder einen Sammelband mit arabischer Dichtung und sagte: »Entdecke die geheimen Früchte der Sprache.«

7.

Serani war unter den Kalligraphen bekannt dafür, dass er kein Lob aussprach, aber er war der höflichste Mensch auf Erden. Sein Atelier glich einem Bienenstock. Neben Gesellen, Mitarbeitern, Laufburschen und Kunden kamen jeden Sommer zwei bis drei Söhne der reichsten Familien zu ihm, um eine Einführung in die Kunst der Kalligraphie zu erhalten. Es gehörte damals zum guten Ton, dass Söhne nicht nur exzellent reiten konnten, sondern auch die arabische Schrift vollendet beherrschten.

Hamid lernte begierig und sein Meister war gnädig bei offensichtlichen Fehlern, doch unversöhnlich bei versteckten und retuschierten Mängeln. Vor allem das Kratzen verachtete der Meister. »Was sich nicht ablecken lässt, muss wiederholt werden«, lehrte er. Serani kratzte einen Fehler nie mit dem scharfen Messer weg. Er leckte aber blitzschnell die frische Tinte vom Papier weg, wenn er einen Fehler bemerkte. Erst war Hamid schockiert und angeekelt, dass nicht nur sein Meister, sondern alle Gesellen Tinte ableckten, aber bald lernte er beim heimlichen Üben, dass Ablecken der beste und schnellste Weg war, Fehler auszutilgen. Jahre später erfuhr er, dass alle Kalligraphen so vorgingen, wenn sie den Fehler oder die Ungenauigkeit früh genug erkannten, und man sprach belustigt darüber, dass ein Meister erst als erfahren galt, wenn er mit den Jahren eine ganze Flasche Tinte geleckt hatte.

Wer aber viel kratzte, galt als unsicher. Und sein Vater kratzte bei jeder Kalligraphie.

Meister Serani rechnete nie die Zeit, die er oder einer seiner Mitarbeiter für eine Kalligraphie benötigten, sondern wiederholte unermüdlich: »Lasst die Zeit in euer Werk einziehen.« Mit dieser Einstellung wurde er nie reich durch seine Arbeit. Dafür schmückten seine Kalligraphien die wichtigsten Moscheen, Ministerien und Paläste der Stadt.

Hamid besuchte den Meister nie zu Hause und wusste auch nach Jahren nicht, wo er wohnte, obwohl Serani ihn von Anfang an wie seinen persönlichen Schüler behandelte. Er sei sein Meisterschüler und viel zu schade für Dienstbotenarbeit, die solle der Laufbursche Ismail erledigen.

Dieser suchte mehrmals täglich das Haus des Meisters auf, um der Ehefrau die Einkäufe zu besorgen und dem Meister in einer Matbakia das warme Mittagessen zu bringen. Ismail beschrieb Hamid, wie bescheiden Serani lebte.

Er war so streng, dass er zehn Jahre lang keinem seiner Gesellen die begehrte Entlassungsurkunde verlieh, die bei Kalligraphen als Meisterbrief galt. Viele verließen verbittert sein Atelier und gaben den Beruf auf, andere gründeten mehr oder weniger erfolgreich ihre eigene Schreibwerkstätte und verzichteten auf die Anerkennung ihres Meisters.

Hamid bekam nichts geschenkt. Er musste alles gründlich lernen und neben all seinen Aufgaben täglich an den Hilfsarbeiten in der Werkstatt teilnehmen, denn Serani hielt die arabische Kalligraphie für eine Gemeinschaftskunst. Er wiederholte immer, dass der Europäer seine Kunst im Alleingang ausübe, weil er glaube, er sei ein Universum für sich. Doch das sei die Einbildung der Ungläubigen. Der gläubige Mensch aber wisse, dass er nur ein Teil des Universums sei, deshalb sollte jeder der Mitarbeiter an der gerade entstehenden Kalligraphie teilhaben.

Das waren keine schweren Arbeiten, aber sie verlangten Geduld und Ausdauer, und beide Tugenden besaß Hamid. Auch wenn er abends todmüde ins Bett fiel, wusste er, dass die Arbeit bei Meister Serani ein Paradies im Vergleich zur Schule war. Hier sprachen alle leise miteinander und selten wurde ein Lehrling geschlagen oder beschimpft. Nur einmal hatte Hamid eine Ohrfeige vom ältesten Gesellen, Hassan, bekommen, als er das große Gefäß mit der frisch hergestellten Tinte umkippte. Hassan war anständig. Die Hand war ihm ausgerutscht, aber er verpetzte ihn nicht beim Meister. Nach der alten Rezeptur eines Alchimisten kochte er noch einmal stundenlang eine Mischung aus Gummi arabicum, Ruß und verkohlten Rosenblättern mit Wasser, siebte, dickte ein, bis die Lösung zu einem weichen Teig wurde, löste das Ganze auf, kochte noch einmal, siebte und dickte wieder ein, bis eine geschmeidige nachtschwarze Tinte entstand. Das Ganze erledigte der erfahrene Geselle auch noch heimlich, damit der Meister nichts von dem Malheur erfuhr. Als Serani drei Tage später danach fragte, war die Tinte fertig und sogar mit Zitronenblüte parfümiert.

Auch als Hamid einmal ein Schilfrohr zu Kleinholz zerschnitt, wurde ihm dies nicht nachgetragen. Hamid hatte nicht gewusst, dass dieses billig aussehende Schilfrohr drei Jahre lang in Persien bearbeitet wurde, bevor es auf den Markt kam. Meister Serani kaufte immer die teuersten Utensilien für seine Werkstatt: »Wer beim Einkauf spart, bedauert es später beim Kalligraphieren.«

Es war eine andere Welt. Und Hamid fühlte große Dankbarkeit, wenn er hörte, was andere Jugendliche an Schmutz und Härte ertragen mussten, um einen Beruf zu erlernen. Er kam sich wie ein Prinz vor.

Jeden Morgen schauten ihm die Schüler seiner Gasse nach und er lächelte glücklich, weil er diesen Weg in die Hölle nicht mehr gehen musste. In der verfluchten Grundschule ließen die Lehrer weiterhin den ganzen Tag ihre Stöcke pfeifend über die Köpfe der Kinder sausen. Sie waren Riesen und ihre Schüler Winzlinge, die ihnen ohne Rechte oder Schutz ausgeliefert waren.

Auch Hamid hatte es geliebt, die Geschichte der alten Zeit

zu hören und den Koran zu rezitieren, und er war der Beste im Rechnen gewesen, doch es verging kein Tag, ohne dass ihn ein Lehrer oder ein Jugendlicher schlug. Hamid war immer klein und mager gewesen. Ein gemeiner Kerl verfolgte ihn von Pause zu Pause. Man nannte ihn *Hassun*, Distelfink, obwohl es keinen größeren Gegensatz zu diesem zierlichen Vogel gab als diesen Jungen. Er war ein Koloss, der auf ihn und drei weitere kleine Schüler herabsah und ihnen jeden Morgen die Brote wegnahm. Wenn sie sich wehrten, schleppte er sie nacheinander in eine dunkle Ecke, wo ihn keine Aufsicht sah, und drückte ihnen die Hoden zusammen, bis sie vor Schmerz beinahe ohnmächtig wurden. Hamid überlegte jede Nacht, wie er seinem Peiniger am nächsten Morgen ins hässliche Gesicht schlagen würde, doch sobald die Glocke zur Pause läutete, fühlte er bereits, wie die Hoden schmerzten, und rückte sein Brot freiwillig heraus.

Zu allem Übel hatte die Schule einen guten Ruf, weshalb er seine Eltern nicht überzeugen konnte, dass sie die Hölle auf Erden war. »Das ist eine Fabrik für die Männer von morgen«, lautete die feste Überzeugung seines Vaters.

Hamid betrachtete seinen Vater auf dem Bild. »Männerfabrik«, flüsterte er bitter und schüttelte den Kopf. Er wanderte in seiner Zelle auf und ab, schaute kurz durch das vergitterte Fenster in den dunklen Himmel. Warum hielt man ihn hinter Gittern gefangen? Es war doch ein fairer Kampf gewesen. Er hatte sich nur gegen den mächtigen Abbani gewehrt, der immer alles bekam, was er wollte, ohne Rücksicht darauf, ob er das Leben anderer zerstörte oder nicht. Er hatte nicht heimtückisch gehandelt, wie der verfluchte Rechtsanwalt der Familie Abbani es dargestellt hatte.

Karam, der Kaffeehausbesitzer, hatte ihm verraten, dass der Hurenbock Nassri Abbani bei seiner Frau Almas versteckt lebe, aber jeden Dienstagabend in das Hammam Nureddin gehe.

Als sie sich, Karam und er, im Havanna Café trafen, warnte ihn dieser, dass Nassri bewaffnet sei, und riet ihm, eine Pistole mitzunehmen. Er bot sogar an, ihm eine zu besorgen.

Doch Hamid wollte keine Pistole. Das war nichts für Männer. Jedes Kind konnte damit einen Helden aus der Ferne erschießen. Nur ein Messer konnte die Ehre reinwaschen.

Ebendieser Karam belastete ihn dann vor dem Richter. Ein charakterloser Mann. Niemand wusste, welche Rolle er in dieser Geschichte gespielt hatte.

Er, Hamid, hatte Nassri gegenübergestanden und ihm gesagt, dass er ihn töten wolle, weil er seine Ehre verletzt habe, und statt sich zu entschuldigen, rief dieser, seit wann solche Ratten wie Hamid Farsi eine Ehre hätten. Er sei nicht einmal Araber, sondern ein persischer Bastard, ein Flüchtling. Dabei fuhr er mit der Hand in seine Jackentasche, aber der sperrige Revolver blieb hängen. Hätte er etwa warten sollen, bis dieser Hurensohn ihn durchsiebte? Nein, er war auf ihn gesprungen und hatte zugestochen.

Was war daran so kaltblütig?

Hamid lächelte bitter. Es war ein Kampf um Leben und Tod gewesen. Warum gönnte man ihm seinen Sieg nicht? Als Antwort schüttelten nicht nur Richter und Anwälte, sondern auch sein Meister Serani, als er ihn im Gefängnis besuchte, den Kopf. »Du bist in eine Falle geraten«, sagte er leise. Er sah hinter all dem eine Verschwörung. Er habe gehört, der Kaffeehausbesitzer hätte den Revolver für Abbani besorgt, obwohl dieser das gar nicht wollte und nie zuvor eine Pistole in der Hand gehalten hatte. Ohnehin war er an jenem Abend völlig betrunken, wie die Obduktion zeigte.

Sein Meister glaubte wirklich, Abbani sei unschuldig gestorben. Und Karam und die »Reinen« stünden hinter allem. Aber das wäre noch harmlos gewesen, wenn sich sein Lehrer und Meister nur in der Sache Abbani geirrt hätte. Doch er bat ihn zusätzlich darum, die Großmeisterurkunde zurückzugeben, damit der Bund einen Nachfolger wählen könne, um eine

Spaltung zu vermeiden. Die Hälfte der Kalligraphen bewundere ihn und überlasse ihm die Wahl seines Nachfolgers, die andere Hälfte wolle ihn aus dem Bund ausschließen, aber sie seien bereit, darauf zu verzichten, wenn er die Urkunde freiwillig zurückgebe.

»Sag ihnen, ich hätte bereits einen Nachfolger gefunden, dem ich die Urkunde übergeben werde.«

Serani ging, gebeugt vor Kummer. Er drehte sich ein letztes Mal um und winkte, in der Hoffnung, Hamid würde seine Meinung ändern und ihn zu sich rufen, doch dieser stand da wie eine Statue, steif und reglos.

Hamid ging aufgeregt in seiner Zelle auf und ab. Er erinnerte sich, dass Nassri stark nach Schnaps gestunken und seine Worte eher gelallt als gesprochen hatte. Karam, der Kaffeehausbesitzer, spielte eine undurchsichtige Rolle. Hat er ihn hereingelegt oder wurde er selbst erpresst und gezwungen, als Zeuge auszusagen? Vielleicht hatte man ihn dafür bezahlt? Karam hatte ihn gegen Abbani gehetzt, weil dieser angeblich Karams Nichte Almas vergewaltigt hatte. Ihre Familie war erleichtert, als der Herr als Wiedergutmachung die schwangere Tochter heiratete. Und von dieser Nichte, Abbanis vierter Frau, hatte Karam erfahren, wann und wo der Hurenbock zu treffen war. Karam stritt vor Gericht alles ab und auch die Witwe heuchelte im Zeugenstand die liebende Ehefrau und lobte die Treue ihres verstorbenen Mannes, bis der Richter sie nach Hause schickte. Der Richter war, wie Hamids Rechtsanwalt ihm zuflüsterte, des Öfteren mit Nassri im Puff gewesen.

»Wie hätte ich sonst erfahren können, wo dieser Gockel zu erwischen ist, wenn mir nicht Karam seinen Weg verraten hätte?«, schrie Hamid, aber der Richter schien das Wort Logik noch nie gehört zu haben. Er hielt sich angeblich nur an die Fakten und die besagten, dass Hamid nachweislich monatelang nach Nassri gesucht und bei mehreren Männern und Frauen nach ihm gefragt hatte. Das sei das wichtigste Argument für den Urteilspruch und spreche für vorsätzlichen Mord.

Es half nichts.

Hamid schlug mit der Faust gegen die Wand: »Verfluchte Gerechtigkeit. Auch sie ist eine Hure und wird mit verbundenen Augen an der Nase herumgeführt.«

Er setzte sich auf die Kante seiner Pritsche, bückte sich und zog eine längliche große Holzkiste hervor. Er öffnete sie und nahm das Blatt heraus, das er beim ersten Besuch im Atelier seines Meisters beschrieben hatte.

Was sein Meister dem Vater damals beim Abschied gesagt hatte, klang noch frisch in seinem Ohr. »Ahmad, Gott gibt dem, den er auserwählt, ohne dass wir es verstehen müssen oder können, und diese Gabe ist, das kannst du mir glauben, kein Anlass für Jubel. Sie ist eine lästige Verpflichtung. Es grenzt an Blasphemie, was ich sage, aber ich sage es trotzdem. Die Gabe ist ein Geschenk und eine Strafe zugleich. Geh und freue dich darüber, dass du sie nicht hast, und achte auf den Jungen. Ich will nicht hören, dass du ihn schlecht behandelst. Haben wir uns verstanden?«

Sein Vater nickte wortlos.

Meister Serani wollte nicht, dass jemand anderer die Aufsicht über Hamid übernahm. Er nannte ihn seinen persönlichen Schüler und war sehr zufrieden über seine Fortschritte. Es dauerte etwa fünf Jahre, bis die Damaszener begannen, von dem »Wunderknaben der Kalligraphie« zu sprechen. Hamid fand es übertrieben. Er konnte seinem Meister nicht das Wasser reichen und doch sprachen die Leute davon, dass man die Kalligraphien des Meisters und seines Schülers nicht mehr unterscheiden könne.

Sein Meister übergab ihm immer größere Aufgaben. Mit sechzehn sollte er bereits das Atelier leiten, während Serani auf Reisen war, und er war die Hälfte der Zeit nicht da. Mancher Geselle war so alt wie Hamids Vater, aber das zählte für Serani nicht. Auch nicht, dass Hamid durch die Bevorzugung unbeliebt wurde. Und zudem ließ Hamids Neigung zur Perfektion ihn auch gnadenlos gegen jede Nachlässigkeit der routinierten Gesellen vorgehen, was ihn auch nicht gerade beliebt machte.

Serani wusste von dem Unmut seiner Mitarbeiter, aber er war wie verzaubert von seinem Schüler: »Hamid ist mein Stellvertreter. Wer seinem Wort nicht folgt, kann gleich gehen«, beschied er sie knapp.

Hamid legte das Blatt mit seiner ersten Kalligraphie in die Holzkiste zurück und wollte sie unter das Bett schieben, als er das dicke Heft mit dem schwarzen Deckblatt sah, in das er seine Gedanken und Geheimnisse eingetragen hatte. Es war Arbeitsjournal und Tagebuch in einem, und auf Anraten seines Meisters hatte er es ohne Titel gelassen, um weniger Neugierige anzuziehen.

Damals hatte ihm Serani das große dicke Heft bei dem bekannten Buchbinder Salim Baklan gekauft, dessen Werkstatt die teuersten Korandrucke mit kunstvollen Einbänden versah. »Was Baklan bindet, ist unverwüstlich«, sagte Serani.

Die Bindung hatte einen einzigen Riss erlitten, als irgendjemand das Buch gewaltsam auseinandergebogen hatte. Samad, sein Mitarbeiter, beschuldigte damals den Laufburschen Salman, der durch die Vermittlung von Karam zu ihm gekommen war.

Hamid schüttelte den Kopf, um die Gedanken an den dubiosen Kaffeehausbesitzer zu verscheuchen, und kehrte zum Heft zurück. Er hatte jeden Abend die Themen seiner Übungen und seine Empfindungen notiert. Später vertraute er seinem Tagebuch seine Gedanken über die Schrift und seine geheimen Pläne an.

Er konnte offen schreiben, weil er im Atelier eine eigene Schublade in einem großen Schrank hatte. Den Schlüssel trug er an einer Kette bei sich. Aber auch wenn er manchmal die Schublade offen ließ, fasste keiner etwas an.

Zu Hause konnte er nichts aufbewahren, denn seiner Schwester Siham entging nichts und kein Verschluss widerstand ihrer Neugier länger als drei Tage.

Als er selbständig geworden war und sein eigenes Atelier hatte, legte er das Heft in den Schrank hinter seinem Schreibtisch. Es war sein kostbarer Besitz. Es enthielt nicht nur all seine Erfindungen, Gedanken und Pläne für eine Reform der Kalligraphie, sondern auch Ansichten und Namen seiner Freunde im geheimen »Bund der Wissenden«. Es lag unauffällig und sicher unter vielen anderen Heften und Büchern über Ornamentik und Kalligraphie, denn der Schrank wurde immer abgeschlossen, weil darin auch das Blattgold und teure Schreibutensilien aufbewahrt wurden.

Keiner seiner Mitarbeiter hatte je den Schrank angefasst. Da war er sich sicher. Eine Weile hatte er geheime Markierungen ausgelegt, die ihm gezeigt hätten, wenn jemand die Schranktür aufgemacht hätte. Aber außer ihm schien sich keiner für den Schrank zu interessieren.

Nur dieser kleine Salman war auffallend neugierig. Er saugte jede Bemerkung über Kalligraphie auf, notierte vieles eifrig auf Zetteln, war aber ansonsten minderbemittelt. Später, nach der Verdächtigung und Entlassung, soll er sich in einem Restaurant verdingt haben. Wäre er hinter den Geheimnissen der Kalligraphie her gewesen, wäre er nicht Koch in einem Restaurant geworden.

Die übrigen Mitarbeiter waren brave und drei von ihnen sogar gute Handwerker, aber keiner von ihnen verdiente es, Kalligraph genannt zu werden.

»Die Feder ist die Zunge der Hand«, las er leise den Spruch, den Meister Serani auf seine Bitte hin auf die erste Seite des Heftes geschrieben hatte.

Die Kalligraphie, hatte er selbst enthusiastisch notiert, ist die Kunst, mit schwarzer Farbe helle Freude in das verlorene Weiß des Papiers zu bringen. Sie gibt ihm Gestalt und wertet es dadurch auf.

Er blätterte ein paar Seiten mit technischen Maßangaben für die richtige Proportion der Buchstaben durch, dann stieß er auf eine Episode, die ihn damals beeindruckte. Er hatte sie Wort für Wort festgehalten.

Meister Serani hatte erzählt: »Der Prophet schätzte die Schrift und der Koran, das Wort Gottes, ist eine Schrift. Der erste Satz, den der Prophet Muhammad hörte, war:

> *Lies im Namen deines Herrn, der erschuf,*
> *Den Menschen erschuf er aus geronnenem Blut,*
> *Lies, dein Herr ist großherzig,*
> *Der unterwies mit dem Schreibrohr,*
> *Den Menschen unterwies er*
> *In dem, was er nicht weiß zuvor …*

Nach der siegreichen Schlacht von Badir hatte der Prophet jedem Gefangenen die Freilassung in Aussicht gestellt, wenn er zehn Muslimen Lesen und Schreiben beibringen konnte.«

Hamid überblätterte ein paar Seiten über Herstellung und Pflege der Schreibutensilien. Er erinnerte sich genau an diese Zeit. Er war etwa ein Jahr in der Lehre, als er den Meister mit einem Spruch erfreute, den er in der Nacht auf Bestellung eines Kunden geschrieben hatte. Serani lobte seine Arbeit. Ein älterer Kollege war neidisch und giftete den ganzen Vormittag, bis Serani ihn zur Seite nahm und tadelte. Hamid hatte hinter einer spanischen Wand alles mitgehört.

Auf der Pritsche sitzend und das Heft in den Händen haltend erinnerte er sich so gut an Seranis Worte, als würde er sie gerade sprechen: »Du bist fleißig, aber er ist begnadet. So wie Bienen nicht wissen, wer sie zu dieser perfekten Sechseckform für ihre Waben geleitet hat, weiß Hamid nicht, wer seine Feder diesen unsichtbaren Linien und Formen folgen lässt. Also sei nicht neidisch, denn er kann nicht einmal etwas dafür.«

Hamid hatte damals einen Einfall. Er lag am frühen Morgen im Bett. Er war wie immer ganz auf sich gestellt, denn sein Vater oder seine Mutter beachteten ihn nicht weiter. Seine Mutter war immer schon bereits in der Morgendämmerung wach, aber sie weckte ihn nicht ein einziges Mal. Sein Vater schnarchte bis zehn Uhr. So lernte er, früh aufzustehen und sich frisches warmes Brot von der Bäckerei zu holen, um sich sein Lieblingsbrot mit Thymian und Olivenöl zu bereiten. Den einen Brotfladen aß er in der Küche, den anderen wickelte er als Proviant in eine Tüte. Er wusch sich gründlich und parfümierte sich mit einem Tropfen Zitronenblütenöl und machte sich pfeifend auf den Weg zu seinem Meister. Er freute sich auf die Arbeit und darauf, dass er bis zum Abend nicht zu Hause sein musste.

Er vertraute Meister Serani seinen Einfall an, und als dieser bewundernd mit dem Kopf nickte, schrieb Hamid den Satz auf: »Die Buchstaben führen einen Tanz auf und die Zeile wird so Musik fürs Auge.«

Meister Serani hatte nur korrigiert: »Nicht fürs Auge, Musik für die Seele«, aber Hamid fand es damals und auch später übertrieben und hatte es deshalb nicht in sein Heft übernommen.

Er lächelte.

Drei Seiten lang behandelte er den Schwierigkeitsgrad der einzelnen Buchstaben. Für ihn war der Buchstabe H sehr schwer zu beherrschen. Meister Serani sagte aber, wer ein elegantes U schreiben könne, brauche sich vor keinem anderen Buchstaben zu fürchten. Geselle Hassan, stand im Heft, meinte, das R mache ihm die größte Mühe, weil der Buchstabe nur scheinbar leicht sei, und dabei bestimme er mit seiner Eleganz ein ganzes Wort.

Der arme Hassan, dachte Hamid jetzt, ein wild gewordener Rappe traf ihn später im Stall seiner Eltern tödlich an der Schläfe. Er blätterte schnell vorwärts, bis er das Foto fand, das er in die Mitte einer Seite geklebt hatte: Meister Serani und seine Mitarbeiter bei einem Ausflug mit Picknick am Barada-

Fluss. Hassan hielt seinen Schaschlikspieß wie einen Degen gegen den Fotografen. Schade, er war eine Seele von einem Menschen. Er hat diesen schäbigen Tod im Stall nicht verdient.

Hamid blätterte zu der Stelle mit den Schwierigkeitsgraden zurück. Ein paar Seiten später hatte er ein Streitgespräch notiert, das Serani mit zwei Kollegen geführt hatte. Hamid wollte sich in die hinteren Räume der Werkstatt zurückziehen, nachdem der Laufbursche den Gästen Kaffee gekocht hatte, aber der Meister bestand darauf, dass er, sein Meisterschüler, der Diskussion beiwohnte. So blieb er in der Ecke des großen Raums sitzen und hörte dem Streit zu.

Die Eintragung aber zeigte, dass er nicht bei der Sache war. Nur ein paar Fetzen und markante Sprüche waren im groben Sieb seiner Aufmerksamkeit hängen geblieben. Sie standen lose nebeneinander wie Kieselsteine. Hamid war in jenen Tagen verliebt. In eine hübsche Christin. Sie arbeitete als Dienstmädchen in einem großen Haus auf halber Strecke zwischen seinem Haus und dem Atelier seines Meisters. Sie war fünf oder sechs Jahre älter als er und sehr mutig. Er hatte sie ein paar Mal geküsst und sie wartete immer hinter ihrem Fenster, bis er vorbeikam. Doch eine Woche vor diesem im Heft erwähnten Streitgespräch war sie plötzlich verschwunden. Er wusste von ihr nur den Namen: Rosa.

»Der Koran ist schließlich auf Arabisch geschrieben«, stand da. In Klammern: Scheich Mustafa.

»Der Koran wurde in Mekka und Medina offenbart, in Bagdad festgelegt, in Ägypten rezitiert, aber in Istanbul am schönsten geschrieben«, meinte Meister Serani.

Die Gedankensplitter, die er noch notiert hatte, während er wegen Rosa im Ozean seiner Traurigkeit verloren war, konnte kein Mensch verstehen. Er schrieb sie damals nur auf für den Fall, dass sein Meister danach fragen sollte, aber Serani fragte nie.

Erst später erfuhr er, dass, obschon Araber und Perser einiges für die Schrift getan hatten, die arabische Kalligraphie vieles den Osmanen verdankte. Die osmanischen Kalligraphen entwickelten die Schrift zu einer vollendeten Kunst. Sie erfanden auch mehrere neue Stile wie Diwani, Diwani gali, Tughra, Ruq'a und Sunbuli.

Hamid fand mitten auf einer sonst leeren Seite rot unterstrichen den Satz: »Ich werde einen neuen Stil erfinden.« Als er seinem Meister damals stolz diesen Satz zeigte, schüttelte dieser nur den Kopf: »Das sind die übermütigen Sprünge eines Fohlens. Lerne erst einmal richtig zu atmen beim Schreiben. Du hechelst ja vor Aufregung wie ein Hund in der sengenden Sonne«, sagte er gutmütig.

»Die Nähe vergrößert manchmal Nebensächlichkeiten und lässt Wesentliches übersehen«, hatte er ein paar Seiten weiter den später verunglückten Gesellen Hassan zitiert, »so ist es kein Wunder, dass Propheten, Schriftsteller, Maler, Musiker und Kalligraphen am meisten unter ihrer Umgebung gelitten haben.«

Wie recht der arme Kerl hatte. Hassan musste mehr gewusst haben, als er preisgab. Ein bescheidener Bauernsohn mit messerscharfem Urteil und unglücklich. Er war Junggeselle geblieben, weil er hinkte. In seiner Kindheit hatte er das rechte Bein gebrochen und irgendein Pfuscher hatte es ihm falsch gegipst.

Hamid war gerade zwölf, als er Hassan bei einem komplizierten Ornament helfen sollte. Sie hörten an diesem Vormittag einen lauten Streit, den zwei Freunde des Meisters über die arabische Schrift führten. Serani selbst blieb neutral, gab mal dem einen, mal dem anderen höflich recht, und man merkte an seiner Stimme und seinen Worten, dass er die Debatte am liebsten abgebrochen hätte.

Hassan nahm Partei für den Gast, der gegen die Heiligsprechung der Sprache und der Buchstaben war: »Mit denselben Buchstaben kannst du das schlimmste und das schönste Wort schreiben«, sagte er. »Und die arabischen Buchstaben können nicht von Gott erfunden sein. Sie sind voller Unzulänglichkeiten.«

Auch diesen Satz hatte Hamid mit roter Tinte mitten auf eine leere Seite geschrieben, als hätte er damals schon geahnt, dass er die Saat eines Zweifels war, der sein Leben verändern sollte.

8.

Hamid hatte viele Bücher über Schriften gelesen, alle Laute und Wörter beschrieben und aufgelistet, die mit der arabischen Schrift nur schlecht ausgedrückt werden konnten, und Schwächen der Schrift, Fehler der Sprache und Vorschläge der Reformer aus vielen Jahrhunderten gesammelt.

Er betrachtete einen Titel, den er sorgfältig im Nas-chi-Stil geschrieben hatte: »Reform der arabischen Schrift. Eine Abhandlung des Sklaven Gottes Hamid Farsi.« Die Bezeichnung »Sklave Gottes« hatte er damals mit sechzehn von seinem Meister gelernt und gebrauchte sie, bis er sich selbständig machte und sie als geheuchelte Bescheidenheit empfand.

Seine Pläne, die er in zwei Jahren mehrmals formuliert und auf lose Blätter geschrieben hatte, bevor er sie ins Heft übertrug, las er nun wieder und war stolz auf ihre Frische und Genauigkeit. Auf fünfzig Seiten hatte er in winziger, aber leserlicher Schrift seine Reformvorschläge und die Grundlagen für drei neue Stile niedergeschrieben.

Die arabische Schrift hatte seit mehr als tausend und die Kalligraphie seit hundertfünfzig Jahren keine Entwicklung mehr durchlaufen. Einzig ein paar Verbesserungen seines Meisters wurden anerkannt und eine scheußliche ägyptische Schrift, deren Erfinder, Muhammad Mahfuz, sie aus purem Opportunismus für König Fouad I. entworfen hatte. Er schlug – den Europäern nacheifernd – vor, Großbuchstaben einzuführen, dazu sollte jeder Buchstabe so umgeformt werden, dass er eine Krone darstellte, weshalb er seine langweilige Erfindung auch Kronenstil nannte. Ein Rückschritt, wie er fand, der auch kaum von jemandem beachtet wurde.

Zwei große Schwächen der arabischen Schrift, die nur ein Kalligraph lösen konnte, hatte Hamid in seinem Heft ausgeführt: »Die arabischen Buchstaben werden auf vier verschiedene Weisen geschrieben, abhängig davon, ob sie am Anfang eines Wortes, in der Mitte, am Ende oder frei stehen.« Das heißt, ein Schüler muss hundert verschiedene Formen von Buchstaben lernen. Und weiter: »Viele arabische Buchstaben sehen einander ähnlich und unterscheiden sich nur durch einen, zwei oder drei Punkte. Man müsste eine neue Schrift erfinden, in der jeder Buchstabe nur einmal geschrieben wird und mit keinem anderen verwechselbar ist«, notierte er hochmütig und radikal wie jeder Revolutionär.

Über der Arbeit daran erkannte er eine dritte Schwäche der arabischen Schrift: »Einige Buchstaben sind überflüssig, andere fehlen.« Seinen Vorschlag nannte er: »Das effektive Alphabet«.

Er experimentierte unzählige Nächte und Tage lang und lernte viele Alphabete. Er war inzwischen neunzehn und wartete auf eine Gelegenheit, um seinem Meister seine Reformvorschläge zu unterbreiten. Er fühlte sich sicher, doch sah er bereits das skeptische Gesicht Seranis vor sich, der sehr konservativ und schwer für Erneuerungen zu gewinnen war. Er lehnte die Kunst der getrennten Buchstaben entschieden ab, die damals in Mode kam. Das sei nur eine billige Anbiederung an die Europäer, Kalligraphie für Touristen, die nicht lesen können und müssen, also Kalligraphie für Analphabeten.

»Nein, die arabische Kunst besteht in der Gestaltung ganzer Wörter und nicht losgelöster Buchstaben. Und wenn ein Franzose ein chinesisches Wort in sein surrealistisches Bild einbaut, nennt man das dann chinesische Kalligraphie?«, fragte er und lächelte spöttisch.

Manche Kalligraphen, die auch Hamid verachtete, fertigten gerade diese Art von Bildern für die Ölscheichs an, die zum größten Teil Analphabeten waren. Riesige Ölgemälde mit einem Buchstabensalat in Form von Wüsten und Oasen oder Kamelen und Karawanen, Kompositionen, die den Scheichs jeden Vorwurf ersparten, sie würden in ihren Räumen Gemälde aufhängen, was der Islam verbot.

Genauso wie diese Unsitte lehnte Meister Serani die Nachahmung der Japaner und die grobe Kalligraphie mit Pinseln ab, die damals ebenfalls in Mode kam.

»Da hat ein Esel seinen Schwanz in Tinte eingetunkt und über das Blatt gewedelt«, sagte er abfällig, als sein Geselle Hassan die Arbeit eines Kollegen zeigte, die in dieser Weise ausgeführt war.

Also hatte sich Hamid auf eine harte Auseinandersetzung mit seinem Meister vorbereitet. Er wollte ihm, den er wie einen immer erträumten Vater liebte, nicht länger verheimlichen, was sein Herz und seinen Geist vollkommen besetzt hatte. Und er nahm einen Streit, ja sogar eine Entlassung in Kauf.

Doch es kam anders.

In jener Phase fühlte Hamid sich wie ein Zelt im Sturm. Er reagierte gereizt und ungeduldig auf Späße und Fehler der Lehrlinge. Eines Nachts konnte er nicht schlafen, seine Unruhe trieb ihn aus dem Bett und er beschloss, ins Atelier zu gehen. Er besaß als einziger neben Meister Serani einen Schlüssel.

Zu dieser Stunde dämmerte der Morgen schon schüchtern durch die dunklen Gassen. Als er aus der Ferne Licht im Atelier sah, wunderte er sich und hatte Sorge, dass irgendein Geselle die ganze Nacht das Licht hatte brennen lassen.

Seine Überraschung war groß, als er Meister Serani an seinem Schreibtisch sitzen und in seinem, Hamids, Heft lesen sah.

»Du hast viel gewagt und keine schlechte Ernte eingefahren. Ich habe deine Korrekturvorschläge zweimal gelesen. Das Heft lag auf meinem Tisch. So etwas würde ich nicht überall herumliegen lassen. Es enthält Juwelen für Kenner, und sie sind ein Messer in der Hand von Ignoranten«, sagte er.

Hamid war auf einmal kalt. Er goss sich heißen Tee ein, den der Meister gerade zubereitet hatte, und setzte sich auf einen kleinen Stuhl ihm gegenüber.

»Wie wenn eine Engelshand dich zu mir geführt hätte«, sagte Serani und sah Hamid nachdenklich an. »Es ist doch unglaublich, ich wache nach zwei Stunden Schlaf auf und fühle, dass ich hierherkommen muss. Manchmal ist so ein Gefühl auch die Vorahnung einer Katastrophe. Ich komme und sehe dein Heft auf meinem Tisch liegen. Ich schlage es auf und was lese ich? Das, was ich selbst vor zwanzig Jahren heimlich geschrieben habe. Ich habe die fünfzig Seiten zweimal gelesen und verglichen. Hier, das ist mein Heft, du kannst es ruhig lesen, denn du bist nicht mehr mein Schüler, sondern mein junger Kollege«, sagte er und zog aus seiner Schublade ein etwas dünneres großformatiges Heft hervor. Jede Seite war handliniert und sorgfältig beschrieben. Hamid blätterte darin herum, konnte aber vor Aufregung kaum etwas lesen.

»Die Hefte sind identisch im Guten wie im Schlechten. Genau die gleichen Fehler, die ich damals begangen habe, finden sich auch bei dir.«

»Was für Fehler?«, fragte Hamid mit trockener Kehle.

»Das Alphabet reduzieren zu wollen, was du ›effektives Alphabet‹ nennst, habe ich ›reines Alphabet‹ genannt. Du willst zwölf Buchstaben abschaffen, ich vierzehn. Mittlerweile denke ich – und vielleicht spricht da mein Alter –, das wäre jedoch keine Verbesserung, sondern eine Zerstörung.«

»Zerstörung?« Hamid war hellwach. »Und was ist mit all den Doppelungen einiger Buchstaben und dem überflüssigen *LA*, dem aus zwei einzelnen Buchstaben, die bereits im Alphabet vorkommen, zusammengeklebten Zeichen?«

»Ich will dich nicht entmutigen. Diesen Buchstaben *LA* hat der Prophet dem Alphabet hinzugefügt und er bleibt, bis die Erde untergeht. Wenn du auf mich hören willst, streiche keinen einzigen Buchstaben, weil sonst die ganze islamische Welt gegen dich sein wird, denn diese Buchstaben kommen im Koran vor.

Die arabische Sprache hat nur neunundzwanzig Buchstaben und je mehr du davon zerstörst, umso unsicherer und ungenauer wird die Sprache.

Aber du musst dich nicht schämen. Das ist in meinem Heft Vorschlag Numero drei. Damals war ich noch radikaler als du. Ich habe gewettet, dass ich die arabische Sprache mit nur fünfzehn Buchstaben perfekt wiedergeben kann. Heute kann ich darüber nur lachen. Kannst du Englisch?«

Hamid schüttelte den Kopf. Er hatte in der Schule nur etwas Französisch gelernt.

»Im Englischen gibt es viele Buchstaben, die in einem geschriebenen Wort auftauchen, aber nicht ausgesprochen werden, andere wiederum verschwinden aus dem Mund, sobald sie zu zweit im Wort erscheinen, wie gh in ›light‹ und ›night‹. Es ist doch schön, oder? Zwei Buchstaben sitzen still beieinander und beobachten die anderen. Andere wiederum tragen manchmal allein oder zu zweit die Maske eines anderen Buchstaben. Besonders das O tarnt sich oft und gerne als U. Übrigens, ein Freund von mir zählte über siebzig verschiedene Schreibweisen für Buchstaben, die im Englischen ein U ergeben. Auch das I ist gar nicht schlecht in seinen Erscheinungsformen. Auch gibt es Buchstaben wie das C und das H, die, sobald sie nebeneinanderstehen, ineinander verschmelzen und einen neuen Buchstaben ergeben, den das englische Alphabet nicht beinhaltet. Das ist Reichtum. Die schlauen Engländer schmeißen keinen Buchstaben weg, sondern kombinieren manchmal mehrere Buchstaben zu einem neuen Buchstaben. Sie bewahren alles auf, um Vergangenes oder Zukünftiges lesen zu können.

Der Wunsch, Buchstaben entfernen zu wollen, war auch eine meiner Jugendsünden ...«

Serani lächelte verlegen und wedelte mit der Hand, als wollte er seine Fehler wie lästige Fliegen aus dem Gedächtnis vertreiben. Er schenkte Tee nach.

»Im Französischen tarnen sich die drei Buchstaben A, U und X, wenn sie zusammenkommen, als wären sie der Buchstabe O«, bemühte sich Hamid mit seinen dürftigen Kenntnissen, Schritt zu halten.

Serani blätterte lange in Hamids Heft und trank seinen Tee und blieb stumm, als hätte er ihn nicht gehört.

»Genau. Man nimmt keinen Buchstaben weg«, sagte er schließlich, als hätte er die ganze Zeit nach einem Argument gesucht, »den die Jahrtausende geformt haben, aber Franzosen und Engländer haben ja nicht einmal einen Koran, und der ist, solange du dich Muslim nennst, das Wort Gottes. Nimm dich also in Acht, Junge, bei diesem Punkt wird es gefährlich. Damals wie heute. Man muss auf der Hut sein vor Fanatikern. Ein Kollege zahlte mit dem Leben, weil er die Türken nachahmen wollte und die Abschaffung der arabischen und die Einführung der lateinischen Buchstaben vorschlug. Er wollte nicht auf mich hören.«

Trauer überzog Seranis Gesicht.

»Nein«, sagte er leise, »so etwas müsste man lange im Untergrund vorbereiten, man müsste nach und nach Gelehrte gewinnen, die später eine vorsichtige Reform mit all ihrer Autorität in der Öffentlichkeit verteidigen können. Ohne sie ist nichts zu machen.«

»Aber sie werden einer Umwälzung nie zustimmen«, erwiderte Hamid.

»Wer spricht hier von Umwälzung. Nichts wird umgewälzt. Das Alphabet soll lediglich erweitert werden, damit Arabisch die eleganteste und fähigste Sprache der Erde wird. An ihrem Stolz kannst du die Leute packen. Deshalb finde ich deinen zweiten Vorschlag klug: Du schreibst, unser Alphabet braucht vier – meiner Meinung nach sechs – zusätzliche Buchstaben, um Türkisch, Persisch, Japanisch, Chinesisch und alle lateinischen Sprachen perfekt ausdrücken zu können. Der Koran und seine Buchstaben werden nicht angerührt, aber für unser modernes Leben wird eine moderne Schrift immer wichtiger. Da bist du auf dem richtigen Weg. Auch neue Formen für Buchstaben zu erfinden, die keine Verwechslung mehr verursachen, ist in Ordnung, aber das kann nicht an einem Tag geschehen, sondern braucht ein Jahrhundert, bis man behutsam die besten Buchstaben herauskristallisieren kann.«

»Und was ist, wenn Gelehrte sagen, das sei gegen den Islam, weil die arabische Sprache heilig sei und keinen Buchstaben mehr haben dürfe als der Koran?«

»Das werden sie auf jeden Fall sagen, aber du kannst sie mundtot machen, wenn du sie daran erinnerst, dass Arabisch bereits zwei-, dreimal reformiert wurde. Die Buchstaben, mit denen die ersten Exemplare des Korans geschrieben wurden, sahen anders aus, hatten keine Punkte und wurden mehrmals reformiert, bis sie vor über tausend Jahren die heutige Form annahmen. Du kannst auch sagen, Persisch wird auch mit einem erweiterten arabischen Alphabet mit zweiunddreißig Buchstaben geschrieben. Ob die Perser dadurch weniger gläubig oder schlechtere Muslime geworden sind?«

Serani stand auf und ging zum Fenster. Er beobachtete eine Weile aufmerksam die Straßenkehrer, die zu dieser frühen Stunde ihre Arbeit verrichteten. »Vielleicht kränkt dich, was ich dir jetzt sage, deshalb versprich mir, dass du erst einen Tag schweigst, bevor du mir eine Antwort gibst. Ich weiß, wie viel Mühe du dir gibst und du bist mir näher als mein einziger Sohn, der von Kalligraphie nichts wissen will. Aber du hast etwas, was ich nie gehabt habe. Deine göttliche Begabung hat dich stolz werden lassen und Stolz führt zu Hochmut. Kalligraphie ist aber eine Kunst der Bescheidenheit. Nur wer Demut im Herzen hat, kann die letzten Tore ihrer Geheimnisse aufstoßen. Hochmut ist hinterhältig, du merkst seine böse Hand nicht, aber er verwandelt deine Wege in Sackgassen.«

Hamid stockte der Atem. Er war den Tränen nahe. Plötzlich fühlte er Seranis kleine Hand auf seiner rechten Schulter. Er erschrak, weil er die Schritte seines Meisters nicht gehört hatte.

»Nimm dir heute mein Heft vor und lies es durch. Du bist so lange von jeder Arbeit befreit. Lies das. Du wirst sehen, dass ich seit über zwanzig Jahren versucht habe, nur einen einzigen Stil neu zu erfinden. Mir ist es nicht gelungen, nicht weil ich keine Vorstellungsgabe habe, sondern weil die alten Osmanen kaum etwas übrig gelassen haben. Und was machst du? Du schreibst, du hättest sieben neue Stile erfunden und drei davon seien reif. Aber schauen wir sie uns einmal genau an. Der Stil, den du ›Morgana‹ nennst, sieht aus wie ein betrunkener Thuluthstil. ›Pyramide‹ nennst du diese zwanghaft auf ein Dreieck reduzierte Gestaltung aller Buchstaben. ›Fantasia‹ hat keine Struktur, und was du ›Modern I‹ nennst, kann man auch mit einem Seil vergleichen, das in Stücke zerrissen wurde. Die Buchstaben besitzen keine innere Musik. ›Salimstil‹ besitzt keine Eleganz. Und schließlich noch der Stil, dem du – mir zuliebe – meinen Namen gegeben hast. Er ist mir fremd. Nein, so viel braucht ein Kalligraph nicht zu erfinden. Wenn du dich auf eine einzige Erneuerung, einen einzigen Stil konzentrierst, wirst du erkennen, wie schwierig eine wahre Erfindung ist. Und gelingt sie dir, so wirst du verewigt.«

Hamid hatte leise zu weinen begonnen. Er weinte vor Wut auf sich selbst und aus Enttäuschung über seinen Meister. Er wollte vieles sagen, aber er schwieg einen Tag lang. Danach musste er seinem Meister recht geben und war dankbar für den Rat, einen Tag lang zu warten, denn er hätte seinen Förderer Serani für immer verloren, wenn er ihm sofort seine Meinung gesagt hätte.

Einen Monat später hielt ihn Serani, als Hamid gerade gehen wollte, zurück. Er schloss das Atelier, kochte Tee und setzte sich an seinen Platz.

Lange schwieg er.

»Vom ersten Augenblick an – ich habe es dir schon einmal gesagt – warst du mir wie der Sohn, den ich mir gewünscht habe. Vor neun Jahren kamst du zu mir, heute bist du der Leiter der Werkstatt und meine rechte Hand, und du bist noch mehr. Die anderen Gesellen sind brave und fleißige Mitarbeiter, aber das Feuer hat ihr Herz nicht erfasst. Ich möchte dir heute den Titel eines Meisters geben. Es ist Sitte, dass der dafür Auserkorene, sozusagen als Abschlussarbeit, sein Zertifikat selbst anfertigt. Vorgeschrieben ist nur dieser offizielle Text, der etwa in der Mitte stehen soll. Ansonsten steht dir alles frei, Gestaltung und Auswahl der Sprüche. Du kannst die unseres Propheten oder welche aus dem Koran aussuchen oder auch Weisheiten, die dir wichtig sind, und sie in dieses große Zertifikat einarbeiten. Schau dir die Sammlung der Zertifikate in diesem Band an, bevor du deines gestaltest.«

Serani gab ihm einen kleinen Zettel, auf dem stand, dass Meister Serani ihm, Hamid Farsi, dieses Zertifikat aushändige, weil er alle Voraussetzungen für einen Meister der Kalligraphie erfüllt habe. »Dieses Zertifikat fertigst du in aller Ruhe an und bringst es mir Anfang des nächsten Monats zum Unterschreiben. Und sobald ich es unterschrieben habe, nimmst du es mit nach Hause. Du bist noch viel zu jung, und der Neid der anderen könnte dir schaden. Lass es unser Geheimnis sein.«

Hamid, in jenem Augenblick der glücklichste Mensch auf Erden, nahm die Hand des Meisters und küsste sie.

»Um Gottes willen«, sagte dieser halb im Spaß, aber doch auch etwas erschrocken. »Was ist in dich gefahren? Du hast nicht einmal als kleiner Junge meine Hand geküsst.«

»Weil ich noch zu dumm war, um zu begreifen, wer du bist«, sagte Hamid und weinte unversehens vor Glück.

Als er das Zertifikat nach einem Monat vollendet hatte, brachte er es in einen großen Schal gewickelt mit ins Atelier und versteckte es in seiner Schublade, bis alle Mitarbeiter nach Hause gegangen waren.

Serani rief: »Heute machst du den Tee«, und arbeitete so lange weiter, bis Hamid mit dem duftenden Ceylontee kam.

Serani betrachtete das Zertifikat mit sichtlichem Genuss. »Meine Güte, kannst du auch eines für mich anfertigen?«, scherzte er.

»Deines ist himmlisch. Das hier ist nur Staub«, erwiderte Hamid.

»Ich war schon immer ein Bodentier, deshalb liebe ich den Staub. Du hast merkwürdigerweise nur Sprüche gewählt, die mit Veränderung zu tun haben. Ich habe damals, wie du auf meinem Zertifikat lesen kannst, nur Dank und noch einmal Dank geschrieben. Ich war damals ziemlich naiv und mir fiel nur meine Dankbarkeit ein.«

Serani unterschrieb das Zertifikat mit den Worten: »Den Meistertitel verleiht und bestätigt der arme Sklave Gottes Salem Serani.«

»Nun setz dich heute zum ersten Mal als Meister zu mir. Es gibt etwas sehr Wichtiges, was ich dir aufbürden muss.«

Und der Meister begann ihm vom »Geheimbund der Wissenden« zu erzählen. Vom Himmel der Unwissenden, dem Fegefeuer der Halbwissenden und der Hölle der Wissenden.

Eine Woche später war er feierlich in den Bund aufgenommen worden.

Er blätterte in seinem Heft und fand die Seiten, die er wie alle Mitglieder des Geheimbundes in der geheimen Siyakat-Schrift geschrieben hatte.

Hamid erinnerte sich an die ersten Sitzungen des Bundes. Ihn faszinierte das enzyklopädische Wissen der Herren, aber sie kamen ihm ziemlich träge und überaltert vor. Und dann dieses Pathos: »Die Erde ist eine Hölle für Wissende, das Fegefeuer für Halbwissende und das Paradies nur für die Unwissenden.« Den Spruch soll Ibn Muqla gesagt haben. Hier im »Rat der Weisen«, dem Vorstand des Bundes, merkte er nichts von einer Hölle. Alle Meister waren wohlhabend, mehrfach mit jüngeren Frauen verheiratet und warfen einen runden anständigen Schatten ihres wohlgenährten Daseins.

Das Schweigegelübde hatte er verstanden, weil seit der Gründung des Bundes tödliche Gefahr auf allen seinen Mitgliedern lauerte und man sich vor Verrätern nicht genug schützen konnte.

Ihr Gruß beinhaltete einen Code, um fremde Kalligraphen zu erkennen. Das war ein Ritual aus vergangenen Zeiten und hatte in der modernen Zeit keine Bedeutung mehr, weil der Bund sich jeweils auf ein Land beschränkte und die Zahl der Mitglieder begrenzt war. Man kannte sich, hatte Kontakt zu den Mitgliedern in den anderen Städten und versah fremde Kalligraphen immer mit empfehlenden Begleitbriefen.

Als Hamid die von Kalligraphen des osmanischen Sultans entwickelte Geheimschrift Siyakat lernte, war er so fasziniert, dass er sie seitenweise in seinem Tagebuch gebrauchte. Unter den Sultanen erschien Siyakat wie eine Reihe von stenographierten arabischen Buchstaben und war für die damalige Welt sehr kompliziert. Alle Berichte des Sultans wurden in dieser Schrift festgehalten, um sie vor den Augen der Neugierigen zu schützen, aber jeder begabte Kalligraph konnte den Schleier dieser Geheimschrift lüften.

Der »Rat der Weisen« stimmte später Hamids Vorschlag zu, Siyakat abzuschaffen, weil die Geheimschrift die Verständigung unter Freunden erschwerte, nicht aber das Entschlüsseln durch erfahrene Feinde verhinderte.

Er fühlte sich damals von einer Woge der Begeisterung getragen und merkte, dass er imstande war, vieles zu verändern. Doch bald schon wehte ihm ein kalter Wind ins Gesicht. Seine Vorschläge, die Aufbruchstimmung im Land auszunutzen und die radikale Reform der Schrift zu einer öffentlichen Sache zu machen, wurden schroff abgelehnt. Das sei verfrüht und gefährde den Bund.

Später, als der Kultusminister einige radikale Reformen durchsetzte, jubelten die Mitglieder des Geheimbundes, aber niemand wollte sich erinnern, dass er, Hamid Farsi, diese Vorschläge lange vor dem Minister gemacht hatte. Keiner fand auch nur ein Wort der Entschuldigung.

Er las nun den Satz, den er damals wütend geschrieben hatte: »Die arabische Sippe erlaubt kein Eingeständnis von Fehlern und Zivilisation ist nichts anderes als die Summe aller Fehlerkorrekturen.«

Er schüttelte den Kopf: »Das war kein Rat der Weisen, sondern eine Schafherde«, flüsterte er. Und sie widersetzten sich den nächsten Schritten, so dass – abgesehen von der Gründung der Schule für Kalligraphie – in zehn Jahren kein einziger Beschluss zu Gunsten einer seiner Ideen gefasst wurde.

»Neidhammel«, sagte er und klappte das dicke Heft zu.

Auch seine zwei Kalligraphiestile, die er im Laufe der Jahre entwickelt hatte, wurden im Bund nur belächelt. Hamid verteidigte seine Erneuerung, schrieb einen Rundbrief an alle Mitglieder und stellte seine zwei neuen Stile vor. Die *Damaszener Schrift* voller Eleganz war offen, hatte aber sehr viel mit der Geometrie des Kreises zu tun. Die *junge Schrift* war sehr schmal, glatt, frei von jedem Schnörkel. Sie hatte Tempo, war spitz und voller Energie. Sie bevorzugte schräge statt der senkrechten Linien. Er bat um Kritik und hoffte auf ermutigendes Lob, doch erhielt er keine Antwort.

Damals hatte seine Einsamkeit begonnen, bitter zu schmecken.

9.

Hamid schloss das Heft, legte es in die Kiste zurück und schob diese wieder unter die Pritsche. Er stand auf, ging zur Wand gegenüber und ließ seinen Blick aufmerksam über die dort hängende Kalligraphie wandern: Der Spruch »Gott ist schön und liebt die Schönheit« war in Thuluth-Schrift aus dem Jahr 1267 mit Goldblatt auf dunkelblauen Hintergrund geprägt. Das Bild war nicht größer als seine Handfläche, doch es war ein unbezahlbares Unikat. Er hatte sich dieses Juwel der Kalligraphie mit sieben anderen Kalligraphien unauffällig aus seinem Atelier ins Gefängnis bringen lassen. Niemand wusste, dass dieses kleine Bild ein Geheimnis barg: das Dokument seiner Zugehörigkeit zum geheimen »Bund der Wissenden«, deren Großmeister er zwei Jahre nach seinem Eintritt geworden war. Das Dokument übergab ihm sein Meister in einer geheimen Feier des Bundes. Serani hatte seinerseits das Dokument von seinem Meister al Scharif und jener wiederum von seinem Meister Siba'i bekommen. Die Liste aller Besitzer war im Futteral des Bildes versteckt, sie reichte bis zum Jahr 1267 zurück und dokumentierte die geheime Verbindung bis zum Großmeister Yakut al Musta'simi. Er war der Gründer des Geheimbundes der Kalligraphen. Er bezeichnete sich selbst im Dokument als bescheidener Schüler des Meisters aller Meister Ibn Muqla.

Der Geheimbund strebte auch im zwanzigsten Jahrhundert noch treu die Ziele seines Gründers an. Damals hatte er zwölf seiner Meisterschüler und treuen Anhänger in zwölf Regionen des seinerzeit großen arabischen Reiches geschickt, das sich von China bis Spanien ausdehnte. Der Hauptsitz für den Meister aller Meister war zunächst Bagdad, später verlagerte er sich nach Istanbul und blieb dort vierhundert Jahre lang. Nach dem Zusammenbruch des osmanischen Reichs und der Entscheidung des Gründers der modernen türkischen Republik,

Mustafa Kemal Atatürk, ab 1928 Türkisch mit lateinischen Buchstaben zu schreiben, entflammte ein erbitterter Kampf zwischen den Meistern in Damaskus, Bagdad und Kairo um den Hauptsitz. Dieser Kampf sollte noch ein halbes Jahrhundert später unentschieden bleiben. Aber die Prinzipien der Organisation blieben die gleichen. In jedem Land stand je nach Größe ein Großmeister im »Rat der Weisen« drei, sechs oder zwölf anderen Meistern vor, und diese leiteten kleine Kreise von Kalligraphen, die die »Eingeweihten« genannt wurden. Jeder der Eingeweihten musste einen Kreis von Persönlichkeiten beeinflussen, die man im Bund »Halbwissende« nannte.

Die Aufgabe des Bundes war es, nicht öffentlich, sondern im Geheimen über den Kreis der Eingeweihten und der Halbwissenden die Schwächen der Sprache und Schrift auszutilgen, damit sie eines Tages das Prädikat göttlich verdienen würde. Viele der Meister verloren ihr Leben durch Verrat. Neben ihren Namen stand der Vermerk: Märtyrer.

Hamid erinnerte sich an jenen Augenblick, als er vor seinem Meister kniete. Serani stand vor ihm, legte ihm seine linke Hand auf den Kopf. Den Zeigefinger der rechten Hand legte er senkrecht auf Hamids Lippen: »Ich bin dein Meister und Beschützer und befehle dir, den Spruch im Herzen zu wiederholen, dass du dein Leben im Dienste der Schrift verbringst und nie das Geheimnis verrätst.«

Hamid hatte benommen genickt.

Er musste gemeinsam mit dem Meister ein Dankgebet verrichten, anschließend führte ihn Meister Serani zu einem Tisch, auf dem ein kleines Brot und ein Teller mit Salz standen. Der Großmeister teilte Brot und Salz mit ihm. Erst jetzt zog er den kleinen goldenen Ring hervor, schob ihn an Hamids linken Ringfinger und sprach leise zu ihm: »Mit diesem Ring binde ich dein Herz an unser Ziel, das uns der große Meister Ibn Muqla nannte.« Serani wandte sich danach dem »Rat der Weisen« zu und verabschiedete sich mit dem Versprechen, dem Bund immer verpflichtet zu bleiben und den neuen Großmeister zu begleiten.

Die zwölf Meister kamen auf Hamid zu, küssten den Ring, umarmten ihn und jeder flüsterte dabei: »Mein Großmeister.«

Einige Tage später sagte ihm Serani, als alle Mitarbeiter das Atelier verlassen hatten: »Ich bin alt und müde und freue mich, dass ich dich für den Bund gefunden habe. Das ist meine größte Leistung. Dein Feuer im Herzen hatte ich, als ich noch jung war, aber ich spüre, wie die Asche der Jahre immer mehr die Glut erstickt. Ich habe nicht viel erreicht, das Wichtigste waren vielleicht ein paar unbedeutende Verbesserungen am Taalik-Stil, aber ich habe in dreißig Jahren den Kreis der Eingeweihten im Land verdoppelt und den Kreis der Halbwissenden verdreifacht.

Diese beiden Kreise, die zwischen den Meistern und der Masse der Unwissenden stehen, musst du erziehen, ermuntern und unterweisen und immer wieder Eingeweihte hinausschicken, damit sie die Menschen aufklären und mit ihnen die Sache der Schrift gegen die Söhne der Dunkelheit, die sich die ›Reinen‹ nennen, verteidigen.

Du bist jetzt der Großmeister. Dafür hat dich Gott reichlich beschenkt. Dein Amt verpflichtet dich, so jung du auch bist, die zwölf Meister, wie wenn sie deine eigenen Kinder wären, zu lieben und zu beschützen. Du musst immer die Balance zwischen der Sicherheit der Stille und der Notwendigkeit der Unruhe halten. Du sollst dich nicht einmischen, wenn Halbwissende Unwissende aufklären und den einen oder anderen als Mitglied ihres Kreises gewinnen. Denn sie wissen nichts, was dem Bund schaden könnte, und können leicht wieder ausgeschlossen werden, wenn sie gegen unsere Grundsätze verstoßen. Du bist aber derjenige, der urteilen muss, ob man einen Halbwissenden zu einem Eingeweihten erhebt oder nicht. Noch sorgfältiger wählst du einen Nachfolger im ›Rat der Weisen‹ für ein Mitglied, das der Tod entführt hat. Lass dich bei deiner Entscheidung nicht vom Ruhm eines Meisters blenden. Du bist das Haupt des Bundes. Du nimmst den Eingeweihten und Meistern am Ende den Schwur der Treue ab und gefährdest damit dich selbst.

Du kannst mich noch fünf Jahre fragen, ich kenne alle Meister und jeden Eingeweihten persönlich. Danach wirst du sie selbst kennen.

Ich bin müde. Ich merke es schon seit längerem, aber meine Eitelkeit stand mir im Wege, ich wollte es nicht wahrhaben, aber wenn ich dich sehe, weiß ich, was Feuer und Leidenschaft bedeuten. Deshalb übergebe ich dir gerne das Banner. Von jetzt an bin ich nur noch ein alter, zahnloser Löwe.«

Serani war nicht einmal fünfzig, aber er sah abgekämpft aus.

In jener Nacht saßen sie noch lange zusammen. »Ab morgen früh«, sagte der Meister lächelnd beim Abschied, »beginnst du mit der Suche nach einem Meisterschüler. Man kann nie früh genug damit anfangen. Ich brauchte zwanzig Jahre, bis ich dich gefunden habe. Und weißt du, was das Entscheidende war? Deine Fragen, deine Zweifel. Diese Fragen, die du mir gestellt hast, kann man nicht lernen. Die Buchstaben waren und sind allen Schülern zugänglich und nur du hast die Fragen nach ihrem wahren Gehalt gestellt. Du hattest keine Antwort, aber Antworten sind niemals wichtiger als die Fragen«, sagte er mit eindringlicher Stimme. »Suche nicht den sympathischsten und liebenswürdigsten, sondern den absoluten Meister unter deinen Schülern. Er kann auch der widerlichste Mensch sein, du musst ihn ja nicht heiraten, sondern ihm die Bestätigung seiner Aufnahme in unseren Bund verleihen.«

»Meister, wie soll ich wissen, welcher Mann sich am besten als Nachfolger eignet, wenn mehrere nicht nur genug Feuer im Herzen haben, sondern auch gleich gut kalligraphieren?«, hatte Hamid damals gefragt.

»Es ist derjenige, bei dem du anfängst, Neid zu fühlen, und den du insgeheim für den besseren von euch beiden hältst«, sagte Serani und lächelte gütig.

»Das heißt, ich bin … nein«, Hamid wagte nicht den Satz zu Ende zu denken.

»Doch, doch, du bist besser als ich«, sagte Serani. »Von der Sympathie her ist mir Geselle Mahmud hundertmal, Hassan auch zehnmal lieber als du, aber du kennst sie ja, Hassan scheitert am Diwani- und Mahmud am Thuluth-Stil, weil beide die Geometrie nicht ausstehen können. Es ist so, wie wenn ein Mathematiker Algebra nicht mag«, fügte er hinzu. »Und du? Du schreibst Buchstaben, die auf den Millimeter genau einem unsichtbaren Kreisdurchmesser folgen. Ich habe beiden einmal ein Lineal gegeben und sie darum gebeten, mir einen einzigen Buchstaben in einem von dir geschriebenen Gedicht in Diwani-Schrift zu zeigen, der eine Abweichung von mehr als einem Millimeter aufweist. Sie wussten so gut wie ich, dass du kein Lineal benutzt und keine Kreise mit Bleistift vorzeichnest, in die man die Buchstaben hineinbauen kann. Sie kamen nach einer Stunde mit blassen Gesichtern und gesenktem Blick zu mir zurück.«

Die hinter dem Bild versteckte Liste der Kalligraphen enthielt die Namen arabischer, persischer und ab dem 16. Jahrhundert vor allem osmanischer Meister, die die arabische Kalligraphie zu höchster Blüte gebracht hatten. Hamid war erst der dritte syrische Meister seit dem Zusammenbruch des osmanischen Reichs.

Er hatte ein Jahrzehnt nach einem Nachfolger gesucht, doch unter all seinen Kollegen und Gesellen nur durchschnittliche Kalligraphen gefunden.

Erst einen Monat vor der Flucht seiner Frau machte ihn ein alter Meister auf Ali Barake aufmerksam, einen außergewöhnlichen Kalligraphen aus Aleppo. Dessen Hand war mutig und seine Schrift voller virtuoser Musik. Hamid ließ sich Fotos von seinen Kalligraphien besorgen und war nach eingehender Prüfung sicher, dass Ali Barake der richtige Nachfolger wäre, wenn er neben der Technik des Schreibens das adäquate Herz eines Meisters besitzen würde.

Als es dann nach der Gründung der Schule im Bund kriselte, stand Ali Barake wie ein Fels hinter ihm. Seine Entscheidung für diesen jungen Kalligraphen als Nachfolger war gefallen.

Die tragischen Ereignisse seines Lebens hatten aber verhindert, Barake rechtzeitig zu benachrichtigen. Im Gefängnis wartete Hamid ab, bis der Direktor Anfang Januar eine großformatige kalligraphische Arbeit wünschte. Sie sollte im Sommer als Geschenk der Familie al Azm für eine neue große Moschee in Saudi-Arabien überreicht werden. Der Gefängnisdirektor bot ihm die große Tischlerei an als Atelier für die Arbeit an dem acht Meter langen Spruch. Das unverwüstliche, edle Zedernholz, auf dem der Spruch geschrieben werden sollte, war aus dem Libanon eingeführt worden. Drei Tischlermeister hatten es unter Hamids Anweisung zu einer großen spiegelglatten Fläche mit kunstvoll geschnitzten Rahmen verarbeitet.

Hamid wünschte sich jetzt die Hilfe dieses Kalligraphen aus Aleppo, der in vielen Moscheen seiner Stadt hervorragende Arbeit geleistet hatte, und zeigte dem Direktor ein paar Fotografien davon. Direktor al Azm war begeistert.

Hamid schrieb Meister Barake einen Brief mit einem komplizierten Ornament als Briefkopf, das nur ein Meister lesen konnte. Der Brief selbst enthielt die offizielle höfliche Einladung. Im Ornament aber war die geheime Botschaft verborgen, dass Hamid Farsi ihm das Dokument als Großmeister des Geheimbundes überreichen wolle.

Ali Barake schrieb dem Gefängnisdirektor postwendend einen freundlichen Brief, er fühle sich geehrt, für die Moschee im heiligen Land des Islam einen religiösen Spruch zu schreiben. Daher verlange er auch keinen Lohn, sondern nur einen bescheidenen Platz für die Übernachtung und eine einzige Mahlzeit am Tag.

Er bat um Verständnis, dass er erst im April anfangen könne, denn Ende März würde die Moschee in Aleppo, an deren Gestaltung er arbeite, in Anwesenheit des Staatspräsidenten eingeweiht. Er arbeite nun zwölf bis vierzehn Stunden am Tag, damit die Kalligraphien rechtzeitig fertig würden. Aber den April würde er dieser wunderbaren Aufgabe im Gefängnis von Damaskus widmen.

Der Gefängnisdirektor jubelte vor Freude. Er ließ Hamid zu sich ins Büro bringen und legte ihm den Brief vor. Im Ornament, das den Brief wie eine Schmuckleiste umgab und von keinem Normalsterblichen gelesen werden konnte, schrieb der Meister aus Aleppo, dass er sich geehrt fühle, den größten Preis seines Lebens zu erhalten, obwohl er im Vergleich zu ihm, Großmeister Hamid, ein Dilettant sei.

Als er sicher war, dass sein Nachfolger kommen würde, schickte Hamid den Wärter zu seiner Schwester Siham, sie solle sofort kommen. Diese staunte nicht wenig, einen Hamid anzutreffen, der sogar hinter der Gefängnismauer mächtig zu sein schien.

Hamid empfing sie gleich mit seiner Forderung: »Du hast, wenn ich alles zusammenrechne, fast eine Million Lira an dich gerissen. Du bringst mir fünfzigtausend hierher und ich verzeihe dir alles. Und verkaufe das Haus nicht, wenn ich herauskomme, werde ich da wohnen. Vermiete es, ich gönne es dir, aber bring mir das Geld. Ich brauche es für einen edlen Zweck.

Habe ich das Geld nicht innerhalb einer Woche, hetze ich dir Rechtsanwälte an den Hals, dass sie alles aus dir herauspressen, was du mir genommen hast. Und denk daran, ich komme bald heraus. Der Direktor sagt, nach sieben Jahren werde ich begnadigt. Hörst du? Was sind sieben Jahre? Bringe mir die fünfzigtausend Lira und du bist aus dem Schneider.«

»Ich werde mein Bestes versuchen«, sagte Siham schließlich ausweichend und ging.

Nach zehn Tagen rief der Direktor Hamid zu sich. Er übergab ihm eine große Tasche mit Bambus und Schilfrohren.

Hamid belohnte den Wärter, und als er wieder allein war, schlitzte er den Boden der Tasche auf und grinste. »Eine Teu-

felstochter«, sagte er und lachte. Siham hatte ihm das Geld geschickt, aber nur vierzigtausend Lira. Doch auch das war damals ein Vermögen.

Sein Nachfolger Ali Barake sollte mit diesem Geld eine
geheime Straftruppe gegen die »Reinen«, die schlimmsten
Feinde des Bundes, aufstellen und selbst mit Mord und Tot-
schlag gegen sie vorgehen. »Es geht nicht an, dass wir wie ge-
horsame Schafe immer darauf warten, dass sie uns nieder-
metzeln. Sie müssen lernen, dass es für jeden Toten in unseren
Reihen drei in ihren gibt«, flüsterte er.

Anfang April 1958 sollte Ali Barake in Damaskus ankom-
men. Hamid trug bereits im Februar seinen Namen und das
Geburtsjahr 1929 in die Liste im Futteral ein. Nun war er
sicher, dass er zumindest sein Geheimnis retten und einige seiner Träume durch diesen fähigen Mann verwirklichen würde.

Aber es kam alles anders.

10.

Gefängnisdirektor al Azm ließ Hamid durch einen Wärter
zu sich bitten. Er war wie immer zuvorkommend, genau
wie all diese Großbürger, aus denen Hamid nie schlau wurde.
Sie lächelten dauernd wie Chinesen, selbst wenn sie einem ein
Messer in den Bauch rammten oder die bitterste Niederlage
schlucken mussten. Das hatte er, Hamid, nie gekonnt. In seinem Gesicht waren die Gedanken so deutlich zu lesen wie
Buchstaben in einem Buch.

Er hatte Mitglieder dieser feinen Kreise immer nur als Kunden getroffen. Er wusste, dass diese Männer, ob mit oder ohne
Pascha- und Beytitel, nicht an ihm interessiert waren, sondern
nur an seiner Kunst. Ihr und nicht ihm galt ihre Bewunderung.

Hamid trat ihnen gegenüber nicht leise und bescheiden auf, sondern stolz bis zur Grenze der Arroganz, um ihnen, die in Seide geboren waren, zu zeigen, dass er alles selbst geschaffen und nicht wie sie geerbt hatte und dass sie, wenn sie ihn schon nicht in ihre Kreise aufnehmen wollten, ihm zumindest ein Minimum an Respekt zeigen mussten. Hamid wusste, der al-Azm-Clan, dessen Oberhäupter alle Kunden bei ihm waren, hatte schon seit dem achtzehnten Jahrhundert immer mit den Herrschern gegen die Bevölkerung paktiert. Die anderen Clans waren nicht um einen Deut besser. Deshalb reagierte Hamid bisweilen aggressiv, wenn einer dieser feinen Emporkömmlinge zu seiner Arbeit bemerkte: »Eine große Begabung.« Man wollte sein Können herabsetzen, Begabung war etwas, was Kinder und Dilettanten als Lob empfanden, aber nicht der beste Kalligraph in Damaskus.

Auch an diesem Tag kam Direktor al Azm hinter seinem Schreibtisch hervor und hieß ihn willkommen.

»Eine kleine, aber feine Kalligraphie«, sagte er, nachdem ein Wärter den Tee serviert hatte, »wenn es geht, in Gold auf Grün. Das sind die Lieblingsfarben meines Cousins. Ali Bey ist ein großer Bewunderer deiner Kunst. Er ist Parlamentspräsident und in einer Woche kommt er aus dem Krankenhaus, Magengeschwür, man könnte es auch Politik nennen. Ich hasse Politik, aber er wollte immer Politiker werden. Als wir noch klein waren und spielten, rate mal, welche Rolle er immer übernommen hat?«

Hamid schüttelte den Kopf. Er wusste nicht, wovon der Direktor sprach.

»Er wollte immer den Präsidenten spielen. Aber sei's drum. Er ist ein großer Kenner der Kalligraphie und er bedauert immer, dass er nie die Zeit findet, um zu zeichnen und zu malen. Aber er bewundert dich über alle Maßen und meint wie ich, dich im Gefängnis festzuhalten ist eigentlich das größte Verbrechen. Ich habe dir doch vor kurzem erzählt, dass er dich nach sieben Jahren begnadigen lassen will. Er ist der Schwiegersohn des Staatspräsidenten. Ich dürfte dir das eigentlich nicht verraten. Wo bin ich stehen geblieben? Ach ja, wenn es geht, schreibe irgendetwas, das wie ein Falke oder Adler aussieht. Mein Cousin ist in die Falkenjagd vernarrt.«

Hamid verdrehte die Augen, er hasste sowohl den Pflanzenals auch den Tierstil, bei dem die Buchstaben zu Blumen, Landschaften, Löwen und Raubvögeln mutieren. Er fand es lächerlich, dass man die Buchstaben so lange bog, bis sie sklavisch im Dienste des Bildes standen. Was herauskam, konnte jeder Anfänger der Malerei oder Fotografie besser.

Direktor al Azm bemerkte Hamids Unwillen: »Es war ja nur eine Anregung. Ich verstehe sowieso nicht viel davon. Du sollst schreiben, was dir gefällt«, Direktor al Azm stockte ein wenig, er schenkte Hamid Tee ein. »Und dann gibt es noch eine Kleinigkeit«, sagte er leise, »meine Tante, die Mutter des besagten Cousins Ali Bey und Schwester des Ministerpräsidenten al Azm, hat Geld für die Restaurierung der kleinen Omar-Moschee gespendet – habe ich dir von dieser Tante erzählt?«

Hamid wusste nicht, was der Direktor mit all diesen Geschichten wollte, und schüttelte den Kopf.

»Sie ist hundertzehn und geht noch jeden Tag einkaufen, hält ihre Siesta und trinkt jeden Abend einen Liter Rotwein und nun bekam sie vor einem halben Jahr zum zweiten Mal Milchzähne. Wenn ich sie nicht gesehen hätte, hätte ich es nicht geglaubt. Kleine schneeweiße Zähne wachsen ihr im Mund. Aber wie dem auch sei. Die Legende erzählt, ein Sufimeister soll geträumt haben, der dritte Kalif Omar wünsche sich an diesem kleinen Platz, nahe der Seidengasse, eine Moschee. Damals, im 18. Jahrhundert, war die Gegend ein Sündenpfuhl!« Der Direktor lachte vielsagend und nahm einen kräftigen Schluck Tee. »Eine Marmorplatte am Eingang soll nun ihre große Spende verewigen und es wäre eine Ehre für meine Familie, wenn du den Entwurf auf Papier dafür machen würdest. Ich habe hier drei Steinmetze, die deine Kalligraphie in Marmor eingravieren können. Zwei von ihnen sitzen lebenslänglich und der dritte fünf Jahre.«

Auf dem Weg zu seiner Zelle erzählte ihm der Wärter, sein Bruder habe einen siebenjährigen Sohn, der völlig behaart und geschlechtsreif sei. Hamid kam sich wie in einer Irrenanstalt vor. Er schüttelte den Kopf, als der Wärter die Tür seiner Zelle absperrte und hustend davonging. Er brauchte eine Zeit, bis er sein Gehirn von diesem ganzen Müll befreit hatte.

Erinnerungen kamen hoch. Er war damals neunundzwanzig und auf dem Höhepunkt seines Ruhmes und Glücks. Nicht weit von seinem Atelier wohnte in einem der schönsten Häuser des Suk-Saruja-Viertels Minister Haschim Ufri, ein reicher Industrieller und großer Liebhaber der Kalligraphie. Er bestellte oft kleine und große Kalligraphien bei Hamid, sagte ihm aber nie, wem er sie schenkte.

1949 brachte dieser Minister Ufri König Faruk von Ägypten bei einem Staatsbesuch eine Kalligraphie von Hamid Farsi mit. Einen Monat später kam der ägyptische Botschafter zu ihm ins Atelier und teilte ihm umständlich mit, der König sei noch nie von einer Kalligraphie so begeistert gewesen wie von dieser – ausgenommen natürlich einige der alten osmanischen Meister, aber diese seien ja bekanntlich tot und malten ihre Kalligraphien beim Herrscher aller Herrscher.

»Vielleicht überrascht es Sie, dass unser König ein leidenschaftlicher Kalligraph ist, wie sein Vater und sein Großvater es auch waren. Er wünscht sich, die Federn zu kaufen, mit denen Sie diese göttliche Schrift hervorgezaubert haben.«

Hamid wich alle Farbe aus dem Gesicht. Er war blass vor Zorn, nahm sich aber zusammen.

»Wenn seine Majestät ein Kalligraph ist, dann weiß er, Feder und Messer sind kleine unverkäufliche Heiligtümer.«

»Es gibt nichts Unverkäufliches, schon gar nicht für seine Majestät. Machen Sie mich und sich nicht unglücklich«, sagte der Botschafter.

Hamid fiel ein, dass der König von Ägypten sehr eng mit

dem seit März herrschenden Diktator Hussni Hablan befreundet war, und Letzterer war ein primitiver Analphabet, der nicht davor zurückschrecken würde, das ganze Atelier auseinanderzunehmen und zum König der Ägypter zu verschiffen, um ihm einen Gefallen zu tun.

Erstaunlicherweise sah das, was der Botschafter unter den Buchstaben seiner dezenten Drohung versteckt hatte, nicht viel besser aus als die Angstfantasien des Kalligraphen.

»Sie sind unverkäuflich, aber ich schenke sie seiner Majestät«, sagte Hamid verzweifelt, stand auf und öffnete den Schrank hinter sich. Dort lagen sie. Er wickelte sie in ein rotes Filztuch und übergab es dem dunkelhäutigen kleinen Mann mit der gewaltigen Glatze. Der Botschafter strahlte über das ganze Gesicht. Er staunte über die Kenntnisse seines Freundes im syrischen Außenministerium, der die außerordentliche Vernunft von Hamid Farsi gelobt hatte.

»Von Ihrer Großzügigkeit werde ich seiner Majestät persönlich berichten, weil er es aus Respekt vor Ihnen angeordnet hat, dass ich selbst diese unbezahlbaren Stifte nach Kairo bringe«, sagte der Botschafter.

Hamid Farsi beweinte den Verlust nicht lange. Er schnitt, spaltete und schliff zwei Tage lang, bis er mit den neuen Federn zufrieden war.

Einen Monat später kam der Botschafter wieder und übergab Hamid einen Brief vom König persönlich. Er enthielt einen der größten Aufträge, die Hamid Farsi je bekommen hatte, und eine Frage: »Warum schreiben die Federn nicht eine solch schöne Schrift wie die Ihre?«

Drei Monate arbeitete Hamid Farsi an dem mehr als gut bezahlten Auftrag. Es waren große Schriftbänder für die Palastwände. Als er damit fertig war, schrieb er einen Begleitbrief.

»Eure Majestät. Wie Ihr erkennt und Euer Botschafter, seine Exzellenz Mahmud Saadi, bezeugt, schickte ich Euch meine besten Federn, aber ich konnte und kann nicht die Hand schicken, die diese Federn führt.«

König Faruk war angeblich von diesem Brief mehr beeindruckt als von den Kalligraphien, mit denen er sein Schlafgemach schmückte. Er schrieb in sein Tagebuch, dass noch niemand aus der Ferne erkannt habe, mit welcher Feder er schrieb. Nur dieser Syrer, der ihm riet, nie mit diesen Stahlfedern zu schreiben, die damals aus Europa gekommen waren.

Hamid Farsi schrieb selten mit Metallfedern. Er bevorzugte Schilf- oder Bambusrohr und schnitt für jede noch so feine Schrift seine Rohrfedern selbst. Es gab ganz bestimmte, streng geheime Methoden, wann man das Rohr erntete und wie lange man es in Pferdedung und anderen geheimen Zutaten eingraben musste, um ein gutes Schreibutensil zu erhalten. Das beste Rohrmaterial kam aus Persien.

»Stahlfedern sind aus totem Erz. Sie schreiben gut, aber grob und kalt«, sagte Meister Serani immer, »Rohr hat Härte und Geschmeidigkeit zugleich, wie das Leben.«

Schnitt und Spaltung der Feder waren die bestgehüteten Geheimnisse eines jeden Kalligraphen. »Wer schlecht schneidet, kann niemals gut schreiben«, sagte Hamid. Und wenn er seine Rohre zuschnitt, wollte er niemanden um sich haben, nicht seine Gesellen und auch nicht die Laufburschen. Er zog sich in eine kleine Kabine zurück, schloss die Tür hinter sich, machte Licht und arbeitete ununterbrochen, bis seine Federn geschnitten, gesäubert und gespalten waren.

Sein Messer hielt er im Schrank mit den Federn und Tinterezepturheften versteckt. Niemand durfte es anfassen, selbst wenn es einmal offen herumlag.

11.

Direktor al Azm gefiel der Spruch an der Wand von Hamids Zelle und er wollte ihn haben. Hamid bat ihn, ihm diese eine Kalligraphie zu lassen, da er sie von seinem geliebten Lehrer und Meister bekommen habe. Dafür wolle er dem Direktor eine ebenso schöne neu schreiben. »Wenn möglich, doppelt so groß«, sagte der Direktor und lächelte auf dem Weg in sein Büro, weil er keinen besseren Spruch für seine junge Geliebte hätte finden können als »Gott ist schön und liebt die Schönheit«. Sie fragte immer wieder: »Warum liebst du ausgerechnet mich?« Hier hatte er die Antwort gefunden. Die Kalligraphie an Hamids Wand war ohnehin verstaubt und an den Rändern eingerissen, da konnte er mit einer nagelneuen besser punkten. Vergnügt und stolz über seine Gerissenheit betrat er sein Büro.

Hamid dagegen war über den Wunsch des Gefängnisdirektors zutiefst erschrocken. Die Vorstellung, diese eine Kalligraphie weggeben zu müssen, machte ihn sprachlos und erst nach geraumer Zeit war er in der Lage, etwas Neues für den Direktor zu entwerfen. Schon bald wusste er, welche Form der Spruch haben sollte. Er kannte die oft beschriebene Angst seiner Kollegen vor einem weißen Blatt nicht. Ganz im Gegenteil fühlte er sich voller Kraft und Mut. Und genau dieses Gefühl war der schönste Moment bei der Arbeit, die erste Berührung der schwarzen Tinte auf der gestaltlosen weißen Fläche. Mitzuerleben, wie das Schwarz dem Weiß Gestalt gab. Es war kein Rausch wie bei Musik und Opium, bei dem man schwebte und träumte, sondern ein höchster Genuss im wachen Zustand. Er erlebte, wie die Schönheit aus seiner Hand auf das Papier floss, ihm Leben, Form und Musik gab. Erst wenn die Worte zu Ende geschrieben waren, fühlte er Erschöpfung. Dann folgte die mühselige Routinearbeit am Schatten der Buchstaben, am Zierbalken, an den Vokalzeichen unter und über den Buchstaben, um ein einwandfreies Lesen zu ermöglichen, und schließlich die Ausarbeitung der Ornamente der umgebenden Fläche. Hier waren sein erlerntes Handwerk und seine Geduld gefragt.

Er tunkte seine Rohrfeder in die Tinte und schrieb in einem Zug ganz oben das Wort Gott. Kein Wort durfte in einem seiner Gemälde höher als der Name Gottes stehen.

Als er zwei Tage später fertig war, ging er zur Wand und streichelte die alte Kalligraphie. »Gerettet«, flüsterte er.

»Gott ist schön und liebt die Schönheit«, las Hamid den Spruch. Bilder stiegen in ihm auf. Seine erste Frau Maha war schön gewesen, aber sie war krank vor Dummheit. Hatte Gott sie geliebt?

Er erinnerte sich, wie alles angefangen hatte. Serani hatte ihm ohne Umschweife, aber sehr schüchtern empfohlen, sich eine Frau zu nehmen, weil Hamids Blick sofort unruhig wurde, sobald er die Schritte einer Frau hörte. Hamid machte sich damals nicht viel aus einer Ehe. Er lebte gerne unabhängig, suchte einmal in der Woche ein Bordell auf und aß oft in Cafés. Seine Kleider ließ er für ein paar Piaster waschen, bügeln und flicken, so dass er mehr Zeit für seine Arbeit hatte.

Einen Tag nach diesem denkwürdigen Gespräch kam – als hätte das Unglück sie geschickt – seine Tante Majda, vor der sommerlichen Hitze und Einsamkeit in Saudi-Arabien flüchtend, nach Damaskus. Sie teilte ihm unumwunden mit, sie kenne eine Perle von einer Frau, wie für ihn geschaffen. Hamid war erstaunt, woher eine Frau, die neun Monate des Jahres in der Wüste Saudi-Arabiens lebte, wissen wollte, wer in Damaskus zu ihm passte, und noch erstaunter war er, als sie den Namen der Frau nannte: Maha, die hübsche Tochter seines Meisters Serani. Hamid kannte sie nicht, aber die Begeisterung seiner Tante steckte ihn an. Sie war von der stillen Schönheit Mahas fasziniert und handelte persönlich alles aus, da seine Eltern zu jener Zeit bereits den Kontakt zu den irdischen Dingen des Lebens verloren hatten.

Maha war die einzige Tochter seines Meisters Serani und Hamid dachte natürlich, sie wäre ein Glückstreffer. Sein Meister, der ihn doch zu seiner Entscheidung gedrängt hatte, äußerte sich ausgesprochen zurückhaltend, wie es seiner Art entsprach. Zu spät stellte Hamid fest, dass Serani seine eigene Tochter nicht gekannt hatte. Sonst hätte er gewusst, dass sie ihn und seine Kalligraphie alles andere als liebte und ihn auch noch für einen Tyrannen hielt.

War er wirklich so schlimm, wie sie ihn darstellte? Maha jedenfalls erzählte nur Schauergeschichten über ihn.

»Ich wäre gerne ein Schilfrohr gewesen«, sagte sie einmal unter Tränen, »denn mein Vater hat seine Schilfrohre täglich gestreichelt und gepflegt, mich aber nicht ein einziges Mal umarmt.«

Da die Ähnlichkeiten zwischen ihrem Mann und ihrem Vater immer auffälliger wurden, konnte sie Hamid auch bald nicht mehr riechen.

Er war inzwischen der erste Kalligraph im Atelier seines Meisters und der erste, der seit einem Jahrzehnt das Zertifikat aus der Hand Seranis bekommen hatte. Nun war es an der Zeit, ein eigenes Atelier aufzumachen. Nur wagte er es nicht, seinem Meister davon zu erzählen, vor allem wenn dieser – inzwischen als sein Schwiegervater – anfing, offen von dem Tag zu sprechen, an dem er ihm das Atelier übergeben und sich zur Ruhe setzen wollte. »Wenn meine Hand anfängt zu zittern, so in zwanzig oder dreißig Jahren«, fügte er ironisch lächelnd hinzu. Es gab tatsächlich alte Meister, die noch mit fünfundsiebzig gestochen scharf schrieben.

Hamid musste also mit Geduld auf eine gute Gelegenheit warten, um dem Meister die bittere Pille zu überreichen.

Es war die Zeit, als er auf der Suche nach dem absoluten Schwarz war. Schon kurz nach seiner Hochzeit experimentierte er in einer kleinen Kammer im hinteren Teil der Werkstatt mit allen möglichen Materialien, er verbrannte sie, löste die verkohlten Reste in Wasser auf und gab diverse Salze,

Metallpulver und Harze hinzu, doch ein dunkleres Schwarz als das von ihnen verwendete erzielte er nicht.

Serani hatte zehn Jahre seines Lebens auf der Suche nach dem reinen Schwarz vergeudet. Hamid wollte seinen Meister nicht übertreffen, sondern das Geheimnis der schwarzen Farbe ergründen und ihre reinste Form finden. Und als Dank wollte er die Farbe Serani-Schwarz nennen. Doch sosehr er sich auch abmühte, Alchimisten, Drogisten, Gewürzhändler, Apotheker und Zauberer befragte, keiner war in der Lage, ihm die geheime Rezeptur zu verraten.

Erst im Gefängnis konnte er ermessen, wie viel Kraft er verschwendet hatte, um das absolute Schwarz in die Hand zu bekommen. Ein ganzes Kapitel in seinem Buch trug den Titel »Tinte«, darunter schrieb er später: »Meine Tinte ist schwarz, bestell bei mir keinen Regenbogen.«

»Schwarz ist die mächtigste Farbe. Sie löscht alle anderen Farben und tötet das Licht. Schwarz ist kühn wie die Vernunft und kalt wie die Logik«, notierte er selbstbewusst und pathetisch, nachdem er monatelang alles gelesen hatte, was über die Farbenherstellung greifbar war. Meister Serani beobachtete seinen Eifer mit Bewunderung und nicht ohne Belustigung, wenn Hamid mit verschmutztem Gesicht nach Hause ging.

Er suchte den dunklen Ton des schwarzen Samts und träumte vom absoluten Schwarz des Weltalls. Dort in der Ferne ist der schwärzeste aller Töne zu finden. Und plötzlich entdeckte er seine Liebe zur Nacht und fragte sich, warum ihn die Sehnsucht nach Frauen immer in der Dunkelheit befiel. Als er seinem Meister sagte, er denke, es gebe eine Beziehung zwischen Nacht und Eros, tadelte ihn dieser, er solle lieber bei seiner Tinte bleiben.

Er begann mit den bekannten Methoden, ließ gepresste Traubenabfälle, Blauholz, Galläpfel, Knochen, Elfenbein, Olivenkerne, Blätter der Gerberpflanze Sumach und Anilin in geschlossenen Gefäßen verkohlen, zerkleinerte sie, kochte sie mit Eisen- und Kupfersalzen oder Silbernitraten –, aber er erreichte nicht das, was er suchte.

Auch versuchte er mit Alkohol und Essig noch mehr Schwärze zu extrahieren. Alles geringfügige Verbesserungen, aber doch kein überzeugender Durchbruch.

Die anderen Gesellen nannten ihn bald Kaminfeger, wenn er über und über mit Schwarz bedeckt herumlief, doch in seinem Fieber hörte er nichts.

Er fand uralte Rezepte aus Griechenland und der Türkei. Verkohltes Bienenwachs, Lampen- und Petroleumruß sollte man zur Herstellung der Tinte verwenden, sie mischen mit zerkleinertem Harz, kochen, eine Woche ziehen lassen, sieben, eindicken. Hamid machte alles genau nach und am Ende bekam er ein sattes Schwarz, aber immer noch nicht das, was er suchte.

Eines Tages stieß er in einem Café in der Nähe des Ateliers auf einen maghrebinischen Alchimisten. Hamid trank seinen Tee und hörte zu, was der Alchimist seinen Zuhörern zur Erhaltung ihrer Potenz empfahl. Dieser Mann im weißen Gewand hatte ein intelligentes Gesicht und schien der Männer müde, die ihn bedrängten und ihm seine Pulverchen abkauften. Plötzlich erfasste er Hamid mit einem Blick, den dieser auch Jahrzehnte später nicht vergessen konnte. Er war dem Blick nicht ausgewichen, sondern hatte den Mann vielsagend angelächelt und dieser war aufgestanden, hatte sein Teeglas ergriffen und war zu ihm in die Ecke gekommen.

»Der Herr ist mit anderen Dingen beschäftigt, als Frauen zu verführen oder zu vergiften. Vielleicht sucht er das Geheimnis der Goldmacherei?«

»Wir werden nicht ins Geschäft kommen. Mich interessieren weder Gold noch Frauen«, hatte Hamid gelacht.

»Aber etwas Dunkles, Schweres hockt auf deinem Herzen«, sagte der Mann unerschrocken.

»Da hast du recht«, war ihm entfahren, »ich bin auf der Suche nach dem absoluten Schwarz.«

»Also bist du ein Kalligraph«, stellte der Fremde lakonisch fest. »Die Erde ist beschränkt, warum verlangst du nach dem Absoluten? Das gibt es nur im Himmel. Aber unter allen irdischen Farben ist meine die dunkelste«, sagte der Mann.

Hamid hatte nur bitter gelächelt.

»Ich gebe dir ein Rezept, und wenn du mit dem Ergebnis zufrieden bist, schickst du mir an eine Adresse in Beirut hundert kleine Kalligraphien mit Sprüchen aus dem Koran oder dem Hadith unseres Propheten. Die Blätter dürfen nicht größer sein als deine Handfläche und müssen alle in Spiegelschrift geschrieben sein. Bist du einverstanden?«

»Und warum nach Beirut?«, fragte Hamid belustigt.

»Morgen früh muss ich Damaskus verlassen. Ich bleibe einen Monat in Beirut, und wenn du mir meinen Lohn nicht schickst, werde ich dich verfluchen, dass du vom Unglück heimgesucht wirst. Schreib auf, was ich dir nun sage«, sagte der Mann ernst.

Hamid holte sein kleines Heft, das er immer bei sich trug, um Einfälle und Kuriositäten aufzuschreiben. Das war ein Rat seines Meisters Serani, der nie ohne Heft und Stift aus dem Haus ging.

Der Alchimist schien das Rezept auswendig zu kennen. Er diktierte, seinen Blick in die Ferne gerichtet, die Menge der Zutaten, das Verfahren und die Zeit, die für alles benötigt wird, als würde er es aus einem unsichtbaren Buch ablesen.

Es war, wie sich herausstellte, vielleicht nicht das absolute Schwarz, doch noch dunkler hatte damals in Damaskus keiner die Farbe herstellen können. Diese Tinte sollte Hamid später viel Ruhm und Reichtum bringen, aber auch schlaflose Nächte verursachen, denn er hatte den Alchimisten eine Weile vergessen, und als er ihm dann den vereinbarten Lohn nach Beirut schickte, kam der Taxifahrer unverrichteter Dinge zurück mit der Nachricht, dass der Maghrebiner bereits abgereist sei.

Hatte der Fluch des Alchimisten sein Unglück verursacht?

Er hatte für die Herstellung der Tinte die Wolle vom Bauch der schwarzen Schafe genommen, sie angesengt, zerrieben, mit Harzen, Gummi arabicum und Gerbsäuren gemischt, das Ganze in Wasser aufgelöst, auf einer kleinen Flamme eingedickt, den entstandenen Teig geknetet. Dann hatte er Metalloxide hinzugefügt, das Ganze aufgelöst, wieder eingedickt und eine Paste erzeugt, die bei Erkalten zu einem rabenschwarzen Block erstarrte. Ein Stück davon in Wasser gelöst ergab eine außerordentlich schwarze Tinte.

Bald schon sprach sich die hohe Qualität herum und alle Kalligraphen, die etwas auf sich hielten, gaben ihre Bestellungen auf. Meister Serani gefiel das gar nicht. »Wir werden langsam zu einer Tintenfabrik«, brummte er.

Als Hamid sein eigenes Atelier besaß, betrieb er die Produktion von schönem Schwarz in großem Stil.

Die Herstellung der schwarzen Tinte war aufwendig, aber im Gegensatz zu den giftigen Farben harmlos. Viele Kalligraphen starben sehr jung, ohne zu ahnen, dass sie sich an den Mineralien, aus denen sie die Farben herstellten, vergiftet hatten. Hamid musste an seinen Mitarbeiter Radi denken, der immer alle Mahnungen in den Wind geschlagen und dann mit dem Leben bezahlt hatte.

Als Maha, seine erste Frau, noch lebte, kam er oft erschlagen vor Müdigkeit nach Hause, stinkend und mit einem von Ruß verschmutzten Gesicht. Seine Frau hasste den Gestank, der in seinem Schlepptau ins Haus kam, und suchte immer häufiger einen Grund, um nicht mit ihm ins Bett gehen zu müssen.

Auch als er sich selbständig machte und durch einen großen Auftrag der orthodoxen Kirche das schöne Haus von Ehud Malaki, einem reichen Juden, kaufen konnte, brachte das keine Besserung ihrer Laune. Maha lobte das Haus nicht mit einem Wort.

Ebenfalls ihretwegen hatte er seinen Laden nicht im Kalligraphenviertel al Bahssa eröffnet, sondern sich für die allerschönste Straße im Suk-Saruja-Viertel entschieden, wo nur die Wohlhabenden wohnten. Die Damaszener nannten diese elegante Gegend Klein-Istanbul, aber Maha wollte den Laden nicht einmal sehen, auch betreten hatte sie ihn nie.

Er hörte – ihr zuliebe – auf, mit Farben zu experimentieren und kam abends zurück, wie er morgens aus dem Haus ging, elegant und parfümiert. Doch es half alles nichts. Seine Frau wurde immer düsterer und zog sich immer mehr zurück. Ein Jahr lang duldete er ihre Widerspenstigkeit, dann aber, als sie sich wieder einmal weigerte, im Bett ihre Pflicht zu tun, schlug er sie.

Etwa zwei Jahre nach der Hochzeit wurde sie schwer krank, nahm rapide ab und bekam einen eitrigen Hautausschlag am ganzen Körper. Die Nachbarn begannen zu tuscheln, die Frau sei durch die Gifte der Farben krank geworden, die Hamid im Keller in schwarzen Dosen aufbewahrte.

Das Leben in seinem Haus wurde zur Hölle. Er bekam Angst, dass sie ihn vergiften würde, doch sie wollte ihn nicht töten. Sie beneidete die Lebenden nicht. Ihre Rache war, das flüsterte sie heiser auf dem Sterbebett, ihm ein langes Leben zu wünschen.

Zunächst hatte er sich schuldig gefühlt, doch dann begann er seine Freiheit und die absolute Ruhe im Haus zu genießen.

Trauerte er ihr nach? Er erschrak, als er nun auf der Pritsche liegend seine Stimme hörte: »Keine Sekunde lang.«

Von nun an lebte er allein in seinem schönen Haus, wollte nie wieder heiraten. Er interessierte sich weder für Kundinnen noch für einsame Nachbarinnen, die immer wieder wegen irgendetwas bei ihm anklopften. Er wusste genau, warum sie anklopften, und behandelte sie dementsprechend mürrisch.

Und dann kam eines Tages einer seiner reichsten Kunden, Munir al Azm. Er habe über seine Schwester erfahren, dass die Tochter des berühmten, aber armen Gelehrten Rami Arabi eine Ausnahme unter den Frauen sei. Sie könne lesen und schreiben, besser als viele Männer, sei sehr schön und gut erzogen. Er hätte sie gern zur fünften Frau genommen, aber ihr Vater lehnte es ab, weil seine Tochter das Herz ihres Mannes allein besitzen wolle.

Hamid Farsi schaute kaum von seiner Arbeit auf. »Ich muss einen Monat warten, bis meine Tante aus Saudi-Arabien kommt und sie besichtigt, dann werden wir sehen«, sagte er im Scherz.

»Komm uns doch besuchen. Ich werde meine Schwester dazu bringen, die Kleine einzuladen«, bot der freundliche Mann an, aber Hamid schüttelte nur den Kopf. Er hatte anderes zu tun.

Kurz darauf erkältete sich Hamid. Er bekam Fieber, konnte sich kaum bewegen und vermisste eine Hand, die ihm half. Sein Haushalt geriet durcheinander und er musste eine alte Nachbarin bitten, das Notwendige für ihn zu kochen, zu waschen und die vielen Blumen zu versorgen.

In der Nacht fühlte er sich zunehmend einsam, das leere Haus ängstigte ihn und im Widerhall seiner Schritte wurde seine Einsamkeit noch stärker. Sein Verlangen nach Frauen zwang ihn, nach der Genesung eine Hure aufzusuchen. Doch er ekelte sich, als er dort dem Freier begegnete, der die Frau gerade verließ. Ein großer, schmutziger und vulgärer Mann, der sich, als er Hamid sah, zu der Hure umdrehte und sagte: »Bei so einem kleinen Fahrrad kann sich deine Garage von meinem Lastwagen erholen.« Als Hamid die betrunkene Hure lachen hörte, verließ er das Haus.

So wartete er sehnsüchtig auf die Ankunft seiner Tante, die ihrerseits großes Interesse hatte, ihre erste unglückliche Vermittlung wieder wettzumachen. Als er ihr den Namen der jungen Frau nannte, fand sie im Labyrinth ihrer Beziehungen schnell eine Freundin aus der Schulzeit, Badia, die in derselben Gasse wie die Familie des gesuchten Mädchens wohnte.

Badia war auch der Meinung, dass Nura genau die passende Frau für Hamid sei.

War sie das? Was hätte er gegeben, wenn sie es gewesen wäre. Sie war etwas zu mager, aber ihr Gesicht hatte etwas Unwiderstehliches. Und für seinen Geschmack redete sie zu viel. Nach außen hin schien sie gut erzogen, aber sie hatte es nicht gelernt, den Mund zu halten. Vor allem wenn er ihr etwas erzählen wollte, übernahm sie den Faden und mischte sich ein. Manchmal wusste er nicht mehr, was er sagen wollte. Irgendwie war sie wie ein Mann erzogen und meinte, wie Männer über alles reden zu können. Am Anfang fand er es lustig, aber bald verlor sie in seinen Augen ihre Weiblichkeit. Im Bett fühlte er sich unwohl, da sie sehr kleine Brüste hatte und sich zudem einen Monat nach der Hochzeit ihre Haare wie ein Junge hatte kurz schneiden lassen. Aber sie hatte einen angenehmen Geruch und war vornehm in allem, was sie tat. Manchmal sah er, dass sie weinte, aber, wie sein Großvater eines Tages sagte, »Frauen sind Meereswesen. Sie verfügen über unendlich viel Salzwasser.« Wenn er auf die Tränen seiner Frau achten würde, käme er zu nichts mehr.

Er hatte gehofft, dass sie schwanger würde. Man hatte ihm oft erzählt, solche Frauen gewännen während einer Schwangerschaft an Brust, Bauch und Hintern. Er versuchte sooft wie möglich mit ihr zu schlafen und so wenig wie möglich mit ihr zu sprechen. Und wenn sie redete, tat er so, als ob er nicht hörte. Doch statt weiblicher oder schwanger zu werden, wurde sie widerspenstig. Manchmal hatte er das Gefühl, dass sie verrückt war. Mitten im Liebesspiel begann sie auf einmal zu lachen, er wurde das Gefühl nicht los, dass sie sich über ihn lustig machte.

Manchmal kam er müde und hungrig nach Hause und stellte fest, dass sie nicht gekocht hatte. Sie habe den ganzen Tag gelesen und nachgedacht, sagte sie. Mehrmals kam er unangekündigt nach Hause, weil er den Verdacht hatte, sie habe entweder einen Liebhaber oder sitze mit den Nachbarinnen zusammen, was er ihr verboten hatte. Aber sie beteuerte immer wieder, sie besuche niemanden und keine Nachbarin besuche sie, aber sie lächelte dabei kalt. Oft klingelte das Telefon, und wenn er abnahm, wurde aufgelegt.

Sein Verdacht, sie sei verrückt geworden, bestätigte sich, als er sah, wie sie eines Tages im Innenhof Murmeln spielte. Allein! Er tobte und sie lächelte nur. Es war für ihn ein Schock, und spätestens hier hätte er einen Arzt fragen sollen. Er aber dachte, Frauen verstünden die Seele anderer Frauen besser als jeder Arzt.

Und was sagte ihm diese verfluchte Tante Majda: »Das machen Frauen nur, wenn sie unbefriedigt sind und deshalb den Mann verachten. Du musst öfter mit ihr schlafen und sie brechen. Es gibt Frauen, die erst dann vernünftig und weiblich werden. Dann wird sie nur deine Murmeln in die Hand nehmen und küssen.«

Er schlief nun jeden Tag mit Nura, und als sie wieder einmal lachte, schlug er auf sie ein, und sie weinte tagelang und wurde ängstlich. Sie sprach nicht mehr viel und wurde immer blasser. Ihr Vater suchte ihn dreimal auf und mahnte ihn, auf Nura aufzupassen, er habe seine Tochter noch nie so unglücklich erlebt. Hamid solle sich nicht in der Kalligraphie verlieren. Bücher und Schrift seien dazu da, um den Menschen glücklich zu machen. Bei ihm existierten Glück, Gastfreundschaft und Ehe aber nur noch als Opfergabe auf dem Altar des Buches. Er fragte ihn ungeniert, wann er zum letzten Mal einen Gast zu Besuch gehabt habe.

Hamid wusste keine Antwort. Er versuchte Nura zu verwöhnen, doch sie wollte nicht mehr. Mit Hausarbeit und Kopfschmerzen baute sie einen Wall gegen seine Versuche, ihre Einsamkeit zu erstürmen.

Eines Tages kam ihre Mutter zu ihm ins Atelier und benahm sich, als hätte sie sich in ihn verliebt. Er ging mit ihr zu einem Familiencafé in der Nähe, denn in der Werkstatt hätte Samad jedes Wort mitgehört. Im Café gestand Nuras Mutter ihm, sie hätte ihn gerne ohne Grund aufgesucht, nur um ihn zu sehen, aber ihr Mann habe sie geschickt. Er solle nicht so viel arbeiten und sich besser um seine Frau kümmern. Sie wisse aber, dass Nura Männer nicht richtig schätzen könne. Sie sei nicht reif, denn eine reife Frau würde sich genau so einen Mann wünschen, wie er einer sei. Er sei für sie der Inbegriff des anständigen und männlichen Gatten. Sie wäre glücklicher, wenn ihr Mann nur ein Zehntel seines Fleißes besäße und sich besser um die Haushaltskasse kümmern würde. Nura habe vieles von ihrem Vater geerbt, auch die Redseligkeit. Das tue ihr aufrichtig leid. Aber, sagte sie und streichelte ihm heimlich die Hand, gemeinsam würden sie das Kind schon zur Frau erziehen.

Beim Abschied küsste sie ihn sehr innig und ihr Körper strahlte eine Hitze aus, die er bei seiner Frau nie spürte.

Er konnte mit den Ratschlägen seines Schwiegervaters nichts anfangen und die Zuneigung seiner Schwiegermutter verwirrte ihn und entfernte ihn von seiner Frau. Sie kam immer öfter, um mit ihm über Nura zu reden, und bei ihrem vierten, fünften Atelierbesuch musste er sie bitten, nicht mehr allein zu kommen, da die Mitarbeiter und Nachbarn anfingen zu tuscheln. Das war gelogen, aber er war nach jeder Berührung der Frau wie berauscht. Sie war nur drei Jahre älter als er, wirkte aber auf ihn jünger und erotischer als ihre Tochter.

Als seine Tante Majda die Mutter einmal bei ihm sah, meinte sie süffisant, sie könne auch hier vermitteln und die Mutter gegen die Tochter tauschen.

»Pechbringerin«, flüsterte Hamid und richtete seinen Blick von der Pritsche aus auf das kleine Foto, auf dessen rechter Hälfte er seine Tante Majda vermutete.

12.

Hamid lief unruhig in seiner Zelle umher. Wie wenn er zehn Stunden geschlafen hätte, war er hellwach. Solche Nächte hatte er schon lange nicht mehr erlebt. Kurz vor der Trennung von seinem Meister war er auch so aufgeregt gewesen. Er schlief damals nicht mehr als drei Stunden in der Nacht. Und trotzdem halfen all die Vorbereitungen nichts. Schon Wochen bevor er seine Entscheidung mitgeteilt hatte, sah sein Meister so krank und alt, so traurig und verlassen aus, als würde er die bevorstehende Abnabelung ahnen.

Serani wünschte ihm beim Abschied Glück und Erfolg, doch zwei Tage später nannte er die Trennung Verrat. Noch Jahre später fragte sich Hamid, warum sein Meister von Verrat sprach, wo er doch selbst den großen Auftrag abgelehnt hatte, mit dem Hamid seinen Absprung finanzieren wollte.

Einen Monat davor hatte Serani zweimal hintereinander Aufträge für katholische Kirchen ausgeschlagen. Es waren kleine, doch sehr gut bezahlte Aufträge, aber Serani interessierte sich nicht für den Lohn. Er lehnte es aus religiösen Gründen ab, Kalligraphien für Christen zu fertigen.

Sowohl die arabische Schrift als auch die arabische Sprache waren ihm heilig, weil sie mit dem Koran eng verbunden waren, und deshalb wollte er seine Kalligraphien nie an Ungläubige verkaufen. Viele seiner Kollegen nahmen ihm das übel, weil Damaskus immer eine offene Stadt gewesen war, wo oft christliche, jüdische und muslimische Steinmetze, Architekten und Maurer an den Renovierungen der Moscheen zusammenarbeiteten. Tagelang hatte Hamid versucht, Serani umzustimmen. Vergebens.

Eines Tages hatte Alexandros III., Patriarch der Damaszener orthodoxen Kirche und großer Bewunderer der Kunst der arabischen Kalligraphie, seinen Gesandten zu Meister Serani geschickt. Er bat ihn, die neu renovierte Kirche der heiligen Maria mit arabischen Kalligraphien und Arabesken zu schmücken. Den Lohn sollte er frei bestimmen. Dieser lehnte schroff ab. Er schreibe nicht mit der göttlichen Schrift für Ungläubige. Serani glaubte sein Leben lang, die Kalligraphie mache die Moschee zu einem großen religiösen Buch für Weise, während die Ungläubigen ihre Kirchen zu Bilderbüchern für Primitive machten.

Alexis Dahduh, der Gesandte des Patriarchen, stand wie versteinert da und Hamid schämte sich zum ersten Mal für seinen Meister. Er begleitete den eleganten Mann hinaus und sagte ihm beim Abschied, er solle seiner Exzellenz nichts von der unfreundlichen Antwort berichten, er werde ihn in den nächsten Tagen in seinem Büro aufsuchen und mit ihm gemeinsam das Ganze noch einmal besprechen.

Eine Woche später, als Hamid den Vertrag mit dem Patriarchen unterschrieben und die erste Vorauszahlung bekommen hatte, kehrte er in das Atelier zurück, nahm seine wenigen Utensilien, verabschiedete sich höflich und deutete an, dass er selbständig werden wolle. Serani, der zusammengesunken auf seinem Stuhl saß, murmelte kaum hörbar: »Ich weiß, ich weiß. Ich wünsche dir als Schwiegervater Glück und als dein Meister Gottes Segen.« Hamid wollte am liebsten weinen vor Trauer und seinen Meister umarmen, aber er drehte sich wortlos um und ging.

Er machte sich also selbständig und nahm die bestbezahlte Arbeit seines Lebens in der orthodoxen Kirche auf. Er gestaltete die Sprüche, wie Architekten und Kirchenleitung es wünschten, ohne auch nur eine Sekunde daran zu zweifeln, dass Christen dumm waren, weil sie an einen Gott glaubten, der seinen Sohn zur Erde schickte, ihn von ein paar ausgemergelten Juden ärgern und von den Römern auch noch umbringen ließ. Was für ein Gott war das? Wenn er an seiner Stelle gewesen wäre, hätte er den Daumen auf Palästina gedrückt und die Gegend zum tiefsten Punkt eines Ozeans gemacht.

Die Kirchenleitung war ihm gegenüber so dankbar, dass sie seine Bedingung akzeptierte, selbst nur drei Tage in der Woche in der Kirche vorzuarbeiten und dann seine Gesellen und Lehrlinge, die Steinmetze und Tischler seine vorgezeichneten Schriften, Ornamente und Arabesken in Farbe, Marmor, Stein und Holz ausführen zu lassen. An den anderen Tagen richtete er sein neues Atelier ein und suchte sich die ersten Kunden.

Die Arbeit in der Kirche dauerte zwei Jahre und die Kirchenleitung war großzügig. Mit dem Geld kaufte Hamid sein Haus und rüstete sein Atelier aus. Er war allein in diesem reichen Viertel und sorgte bald durch seine mächtige Kundschaft dafür, dass kein Kalligraph in der Straße ihm Konkurrenz machte.

Sein Meister Serani aber boykottierte ihn und spätestens nach dem Tod seiner Tochter ging er seinem ehemaligen Zögling, soweit er konnte, aus dem Weg. Manche sagten, der Grund liege darin, dass Hamid die Schrift nicht heilige und nicht nur für Christen und Juden arbeite, sondern auch Briefe, Todesanzeigen und sogar Badezimmer gegen Geld mit Kalligraphien ausschmücke. Die ganze Stadt sprach über die Liebesgedichte, die er für den Ministerpräsidenten auf große Tafeln geschrieben hatte. Dieser hatte mit siebzig eine zwanzigjährige Frau geheiratet, die die Gedichte des gelehrten Sufimeisters Ibn Arabi liebte. »Philosoph der Liebe« nannten die Damaszener den Dichter, der in Damaskus begraben wurde.

Von nun an konnte sich Hamid kaum noch retten vor Aufträgen aus den Ministerien und dem Parlament. Meister Serani soll ihn für ein charakterloses Genie gehalten haben, das für jeden gegen Bezahlung schreiben würde. Man erzählte aber auch, Serani meide Hamid, weil er ihn insgeheim beschuldige, am Tod seiner Tochter schuldig zu sein.

Den wahren Grund erfuhr Hamid erst bei einem Besuch des schwer erkrankten Meisters im Gefängnis. Serani hatte Krebs. Er kam, um sich zu verabschieden und um Hamid dazu zu bewegen, als Großmeister abzutreten und den Weg für einen Nachfolger freizumachen.

Der Besuch seines Meisters hatte ihn erschüttert. Nicht nur, weil dieser die Großmeister-Urkunde verlangte, sondern auch, weil der alte Mann ihm offen den Grund erklärte, weshalb er keinen Kontakt zu ihm hatte halten können: Angst.

Hamid sei zu schnell und zu laut nach vorne geprescht und habe die Reform der Schrift voller Ungeduld in die Öffentlichkeit getragen.

»Und du hattest nicht nur die Konservativen gegen dich, sondern auch alle Fanatiker. Das machte mir Angst«, gestand der Meister, »denn man kann mit den Konservativen oder Fortschrittlichen zumindest streiten, aber diese Fanatiker sprechen nicht. Sie ermorden ihre Widersacher.«

»Du wusstest von Verbrechern, die man auf mich gehetzt hat?«, fragte Hamid empört.

»Nein, ich wusste von nichts. Wissen tut man das erst, wenn es zu spät ist. Es gibt vier, fünf fanatische religiöse Gruppen, die im Untergrund agieren. Woher das Messer kommt, kann niemand wissen. Sie haben in der Geschichte mehr Kalligraphen und Denker auf dem Gewissen als Zuhälter. Da sind sie nachsichtiger.«

»Das sind doch Verrückte …«, wollte Hamid die Ausführungen seines Meisters abtun. Serani sah ihn verzweifelt an: »Das sind keine Verrückten«, sagte er, »seit den Anfängen war es so und es wird immer so bleiben. Das, und nur das, beschämt mich, weil ich selbst erkannt habe, dass unser Bund auf dem Holzweg ist. Ich hätte dich nicht hineinverwickeln sollen, sondern einfach die Dokumente verbrennen und dich als glücklichen, begabten Meisterkalligraphen weiter fördern sollen. Ich habe dich hineingezogen und bitte dich um Verzeihung.«

»Ach«, winkte Hamid ab, weil er keine Schuld seines Meisters erkennen konnte, »das sind ein paar Verrückte und du wirst sehen, wir …«

»Verrückte, Verrückte, hör doch auf damit«, unterbrach ihn sein Meister zornig. »Sie sind überall und sie lauern uns auf. Sie lauern jedem auf, der nur einen Schritt vom vorgeschriebenen Weg abweicht, und plötzlich findet man ihn mit einem Messer in den Rippen oder erwischt ihn völlig betrunken bei einer Hure, obwohl er nie einen Tropfen Alkohol getrunken hat. In Aleppo haben sie vor etwa zwanzig Jahren einem großen Kalligraphen einen Strichjungen ins Bett gelegt und dieser schrie beim Kadi, dass Meister Mustafa ihn mit Geld verführt hätte. Alles Lüge, aber der Richter verurteilte einen unserer besten Kalligraphen zu zehn Jahren Gefängnis. Was brauchst du noch an Beweisen, um aufzuwachen? Ibn Muqla baute eine Welt der Philosophie, Musik, Geometrie und Architektur für die Buchstaben, für die Kalligraphie. Wenn die Propheten für die Moral auf die Erde gekommen sind, so kam Ibn Muqla als Prophet der Schrift. Er machte als Erster aus der Schrift eine Kunst und eine Wissenschaft. Er war für die arabische Schrift, was Leonardo da Vinci für die europäische Malerei war. Und wurde er belohnt? Er endete schlimmer als ein räudiger Hund mit abgehackter Hand und abgeschnittener Zunge. So sind wir alle zum Untergang verdammt.

Schau die Osmanen an, waren sie etwa schlechtere Muslime als wir? Niemals. Ihre Sultane verehrten Kalligraphen wie Heilige. In Kriegszeiten versteckte mancher Sultan seine Kalligraphen wie einen Staatsschatz und in der Tat, als der Sultan Salim I. Tabriz eroberte, ließ er Mediziner, Astronomen und Architekten zurück, aber er nahm alle sechzig Kalligraphen mit, damit sie Istanbul schmücken sollten.

Sultan Mustafa Khan hielt das Tintenfass für den berühmten Kalligraphen Hafiz Osmani und bat den Meister, ihn als Schüler aufzunehmen und ihn in die Geheimnisse der Schrift einzuweihen. Habe ich dir erzählt, was sein letzter Wunsch war?«, fragte Serani und lächelte, als wollte er seinen Schüler mit einer Geschichte erheitern. Hamid schüttelte den Kopf.

»Als Hafiz Osmani im Jahre 1110 starb, erfüllten ihm seine

Schüler seinen letzten Wunsch. Die Holzspäne, die beim Schneiden, Schleifen und Zuspitzen der Bambus- und Schilfrohre herunterfielen, hatte er sein Leben lang sammeln lassen. Zehn große Jutesäcke waren damit gefüllt. Man sollte nun die Späne kochen und mit dem Wasser die letzte Waschung seiner Leiche durchführen.«

Serani sah seinen Lieblingsschüler traurig an. »Weißt du«, sagte er und lächelte, »als ich zwanzig war, wollte ich die Welt verändern und ein neues Alphabet erfinden, das alle Menschen gebrauchen können. Als ich dreißig wurde, wollte ich nur Damaskus retten und lediglich das arabische Alphabet radikal reformieren. Mit vierzig wäre ich glücklich gewesen, wenn ich unsere Gasse in der Altstadt retten und ein paar dringende Reformen der Schrift hätte durchsetzen können. Ich habe dir, wie du weißt, alles gegeben. Als ich sechzig wurde, hoffte ich nur noch, dass ich meine Familie rette.«

Serani weinte beim Abschied im Besucherraum und bat seinen ehemaligen Schüler noch einmal um Verzeihung und Hamid beteuerte ihm mit pathetischer Stimme, er hege keinen Groll gegen ihn und sein Herz sei ihm gegenüber nur von Dankbarkeit erfüllt.

Gebeugt und mit schlurfendem Schritt ging der alte Meister an der Seite des Wärters hinaus. Er drehte sich um und winkte, doch Hamid fand nicht mehr die Kraft zurückzuwinken.

Ihm war elend zumute, denn er wusste nun, dass sein Meister nicht übertrieben hatte. Einiges, was ihm früher unverständlich oder absurd erschienen war, hellte sich nun auf.

»Wann aber war genau der Zeitpunkt der Wende?«, fragte er sich. Er suchte nicht lange. Der Monat vor der Eröffnung der Schule war voller Aktivitäten gewesen. Er war viel gereist, hatte für Zeitungen Artikel über die Schule geschrieben und war äußerst vorsichtig gewesen. Immer wieder hatte er die Notwendigkeit einer Reform angedeutet, aber zur Beruhigung betont, dass der Koran unantastbar bleiben müsse. Nur ein Korrespondent einer kleinen libanesischen Zeitung, ein großer Verehrer von Hamid, verriet mehr, als dieser wollte. In einem Interview hatte er direkt nach der Notwendigkeit der Reform gefragt. Hamid hatte geantwortet, das Alphabet habe Schwächen, man müsse es erweitern, um eine modernere Sprache für den Alltag zu haben. Im zweiten Schritt – »dies brauchen unsere Kinder und Kindeskinder erst in fünfzig oder hundert Jahren zu leisten« – könne man überflüssige Buchstaben ausmerzen und auch die Form der Buchstaben so verbessern, dass sie immer weniger miteinander verwechselt würden. Der Journalist kürzte den Satz mit den Kindern und Kindeskindern und der großen Zeitspanne, ohne Hamid zu fragen, und fügte eigenmächtig hinzu, dass das Alphabet wie das persische werden sollte.

Das brachte Hamid Beschimpfungen und drei unangenehme Anrufe ein, dann aber beruhigte sich die Lage wieder. Härter war die Kritik aus den eigenen Reihen. Sunnitische Kalligraphen wollten nichts mit Persien zu tun haben. Er beruhigte sie und wusste, dass er sie belog, weil er bei der Erweiterung des Alphabets sehr wohl plante, sich dem persischen Alphabet zu nähern.

Hamid lächelte bitter. Solange die Idee der radikalen Reform der Schrift nur als Schwärmerei im Bund besprochen wurde, herrschte Harmonie, als er jedoch an die Öffentlichkeit trat, spaltete sich die ganze Organisation in Gruppen und Grüppchen. Plötzlich war er nicht mehr das Haupt des Bundes, wie es die Gesetze seit Jahrhunderten vorschrieben, sondern es entstand eine mehrköpfige Hydra. Dies alles begleitete die Gründung der Schule, als er jede Kraft und Solidarität gebraucht hätte. Viele Neider sahen genau da den Augenblick gekommen, ihn zu stürzen. Die einen fanden die Reform zu langwierig und zu verwässert, die anderen wollten mit der Gründung der Schule sofort ein neues Alphabet einführen, das alle Schwächen der arabischen Schrift mit einem Schlag beseitigte, die dritten wollten plötzlich keine einzige Veränderung, die irgendetwas mit Persien zu tun hatte, sondern begnügten sich mit dem Gejammer über die Untauglichkeit des arabischen Alphabets.

Hamid verlangte Disziplin und Gehorsam und musste all sein Ansehen in die Waagschale werfen, um Geschlossenheit zu erreichen. Merkwürdigerweise standen alle Meister des Nordens hinter ihm, während die zwei Vertreter der Stadt Damaskus den Bund verließen.

Dann war Ruhe. Die Eröffnungsfeier der Schule bestätigte, dass der ganze Wirbel innerhalb des Bundes nur ein Sturm im Wasserglas gewesen war. Die Elite des Landes war über diesen Schritt hocherfreut.

Doch musste er bald feststellen, dass er sich getäuscht hatte. Als die Schläger seine Schule zertrümmerten und besudelten, gab der Scheich der Omaijaden-Moschee ihnen Rückendeckung und zitierte in einem Interview Hamids Worte bewusst falsch. Er wurde daraufhin zum ersten Mal als »abtrünnig« beschimpft. Und die demokratische, angeblich zivilisierte Regierung verbot die Schule, statt die »Reinen« zu Staatsfeinden zu erklären.

Seine Gegner im »Bund der Wissenden« hielten still, aber nur so lange, bis er ins Gefängnis kam. Nun wollte die Mehrheit der Meister im Süden auf Demokratie pochen und Wahlen veranstalten, um einen Großmeister zu bestimmen. Der Norden, geführt von Ali Barake, hielt felsenfest zu Großmeister Hamid und bat ihn, selbst den Nachfolger zu bestimmen.

Doch nicht nur im Bund hatte Hamid Ablehnung erfahren. Von dem Tag an, als er anfing, öffentliche Schritte zu unternehmen, um seine radikale Reform bekannt zu machen, boykottierten ihn die religiösen Auftraggeber. Zwei Moscheen zogen umgehend ihre Aufträge zurück. Erst jetzt fiel ihm auf, dass dies immer mit dunklen Andeutungen verbunden war.

Auch, dass Serani jeden Kontakt mit ihm gemieden hatte, war ihm nun klar. Serani hatte Angst um seine Aufträge und um sein Leben gehabt.

13.

Hatte er die »Reinen« unterschätzt, weil ihre bärtigen Handlanger der dümmsten Schicht der Menschheit angehörten? Waren sie in der Zentrale der »Reinen« vielleicht so klug, dass sie alles mit Kälte und Berechnung planten, um ihre Feinde auf mehreren Ebenen zu zerstören? Wollten sie mehr als den Tod ihrer Feinde?

Hatten die »Reinen« sogar seinen »Bund der Wissenden« unterwandert? Bei manchem religiösen, konservativen Kalligraphen im Bund und auch im »Rat der Weisen« hatte er zwar Sympathie für die Ansichten der »Reinen« erkannt, konnte aber nicht offen mit ihnen sprechen, weil die Grenzen zwischen religiösen Konservativen und religiösen Fanatikern fließend waren. Hatten sie vielleicht auch beim Widerstand gegen ihn, der im Bund ausbrach, als er gerade die Solidarität aller brauchte, ihre Finger mit im Spiel gehabt?

Hatte man Nura vielleicht entführt, um ihn zu entehren? Bestand die Rolle des Hurenbocks Abbani vielleicht nur darin, ihn zu beauftragen, Briefe zu schreiben, die sich für einen Außenstehenden lasen, als wäre er der Zuhälter seiner eigenen Frau?

Hatte er den Falschen getötet?

Warum hatte der Kaffeehausbesitzer gegen ihn ausgesagt? War er womöglich mit belastenden Zeugenaussagen erpresst worden, die ihn, den Schwulen, ins Gefängnis hätten bringen können? Es war für Abbanis Brüder und Rechtsanwälte nicht schwer gewesen herauszufinden, dass Almas, die vierte Ehefrau, irgendwie mit dem Mord zu tun hatte. Abbani hatte erst kurz zuvor sein Versteck in ihr Haus verlagert.

Warum aber hatte Karam ihn auf Abbani gehetzt? Alles wegen der matronenhaften Cousine? Schwer zu glauben. War der Mord geplant als Strafe für die große Unterstützung, die Abbani der Kalligraphieschule gewährt hatte? Oder musste

Karam Abbani töten lassen, bevor dieser Hamid die Wahrheit über die Liebesbriefe sagen konnte?

Hatte nicht der Nachbar Nagib, ein knauseriger Goldschmied, der sonst nie sein Atelier betrat, ihn plötzlich besucht und angedeutet, vornehme Leute hätten ihn beauftragt zu fragen, ob er, Hamid, zu einem klärenden Gespräch mit Nassri und seinem Geschäftsführer Taufiq bereit sei? Hamid hatte den Mann wütend hinausgeworfen und ihm nachgerufen, sein Atelier wie bisher nicht zu betreten.

Wie konnte Karam von diesem Vermittlungsversuch gewusst haben? Er hatte ihn im Voraus vor dem Goldschmied gewarnt, da dieser ein ungläubiger Christ und selbst mehrfach gehörnt sei. Nagib Rihan war fast sechzig und hatte eine zwanzigjährige Frau geheiratet, die damals als drittklassige Sängerin auftrat.

Wenn Abbani nicht der Liebhaber seiner Frau gewesen war, warum musste er dann sterben?

War er selbst durch die Ereignisse zu einem Instrument geworden, um den Bund zu zerstören?

Hamid erstarrte bei diesem Gedanken und schüttelte heftig den Kopf, nicht um zu verneinen, sondern um sich von diesem tödlichen Gedanken zu befreien.

Auf all diese Fragen wusste er keine Antwort.

14.

Hamid war vielleicht zwölf oder dreizehn Jahre alt, als er den Vers zum ersten Mal hörte:

Elend leiden die Vernünftigen im Paradies
Und paradiesisch wohl fühlen sich Ignoranten im Elend.

Damals hatte er gedacht, es handele sich um ein akrobatisches Wortspiel.

Aber nein, darin lag die bittere Wahrheit. Sein Wissen über die Buchstaben und die Unzulänglichkeiten der arabischen Sprache hatten ihn in die Hölle gebracht, zu einem Volk der Ignoranten, das sich täglich schweinisch in Sünden suhlte und in seiner Mehrheit aus Analphabeten bestand, das die Schrift nicht als Instrument des Verstandes ansah, sondern als unantastbares Heiligtum.

In Europa, das sagte ihm der Minister damals, hätte man ihm ein Denkmal gesetzt, hier musste er um sein Leben fürchten. Er presste die Lippen zusammen bei diesem Gedanken und betrachtete seine nackten Füße. Sie steckten in erbärmlichen Schuhen, die einst elegant waren. Jetzt mussten sie, hinten aufgeschnitten, als Hausschuhe dienen.

Was ist aus meinem Leben geworden?

15.

Lange Zeit dachte Hamid Farsi, die Angriffe gegen ihn hätten um das Jahr 1956 begonnen, also zu dem Zeitpunkt, als die Gründung der Kalligraphieschule bekannt wurde.

Eines Morgens entdeckte er jedoch in seinem geheimen Tagebuch eine Bemerkung, die ihn erschreckte. Er musste sie viele Male überlesen haben. Es war nur eine unauffällige kurze Zeile: »Ein böser Anruf, der aufgeregte Mann bezeichnete mich als Agenten der Ungläubigen.« Das Datum war der 11. Oktober 1953.

Eine Seite weiter las er: »Zwei große Aufträge für die Renovierung der Omaijaden-Moschee wurden zurückgezogen«, darauf folgte ein Ausrufezeichen und dann das Datum vom 22. November 1953.

Natürlich hatte er all das damals nicht beachtet, weil er ohnehin zu viele Aufträge hatte und seine Mitarbeiter schon bis an den Rand ihrer Kraft arbeiteten.

Wie oft hatte er den Hinweis übersehen? Jetzt in seiner Zelle erkannte er, dass er wesentlich früher ins Fadenkreuz seiner Feinde geraten war, als er bisher gedacht hatte.

Dieses Datum war kein Zufall.

Kurz nach seiner Hochzeit mit Nura hatte er mit mehreren Kalligraphen versucht, liberale Scheichs, Islamgelehrte, Professoren und konservative Politiker von der Idee einer notwendigen Reform der Schrift zu überzeugen. Vergebens.

Sein Schwiegervater, Rami Arabi, der als einer der radikalsten Verfechter der Modernisierung im Lande galt, war überzeugt von der Notwendigkeit der Korrekturen an der arabischen Sprache und Schrift. Aber er vermutete, kein einzelner Muslim würde sich daran wagen, weil viele irrtümlich glaubten, dass dies dem Koran widerspreche. Deshalb wollte er auch Hamid zurückhalten.

Als Hamid ihn fragte, warum er als angesehener Scheich und Gelehrter nicht für die Reform eintrete, zumal sein Name an den hochgeachteten und in Damaskus sehr beliebten Dichter und Sufigelehrten Ibn Arabi erinnere, lachte dieser nur laut auf. Hamid sei naiv, sagte er, ob er nicht begreife, dass er wegen viel kleinerer Differenzen mit großen Scheichs hier in dieser kleinen Moschee gelandet sei. Man habe ihm erst kürzlich einen Fanatiker in die Moschee geschickt, der ihn mit Fragen nach der Kalligraphie und nach ihm, seinem Schwiegersohn, provoziert habe, und er hatte gefürchtet, der junge Mann würde auch ihn angreifen, doch Gott sei gnädig gewesen. Aber auch ohne ein Messer in den Rippen sei seine Versetzung in diese Moschee Strafe genug. Einen Mann des Buches zu Ignoranten und Analphabeten zu schicken sei schlimmer als die Todesstrafe.

Ob Hamid noch nicht begriffen habe, dass die entscheidende Frage nicht die nach Mut oder Feigheit, sondern die von Macht und Gewalt im Staat sei. Alle radikalen Veränderungen an Sprache und Schrift der Araber waren immer nur vonseiten des Staates durchgeführt worden. Und der arabische Staat war niemals das Resultat des Willens oder der Vernunft der Mehrheit, sondern der Sieg einer Sippe gegen die anderen. Deshalb müsse er nicht ihn, sondern zehn Männer der stärksten Sippen des Landes gewinnen. Dann würden die »Reinen« sogar den Vorschlag akzeptieren, die Araber sollten ihre Sprache mit chinesischen Schriftzeichen schreiben.

Hamid wusste, dass sein Schwiegervater recht hatte, und dennoch war er enttäuscht. Er solle nicht so ein Gesicht machen, sagte sein Schwiegervater beim Abschied, was solle ein Moscheescheich wie er denn machen, wenn man ihn endgültig aus dem Dienst entlassen würde, betteln könne er nicht und für einen Sänger sei er zu hässlich. Er klopfte Hamid zärtlich auf die Schulter und meinte, er könne für ihn vielleicht Tinte kochen und das Atelier aufräumen.

Eine Woche später folgte eine noch größere Ernüchterung, als Hamid Scheich Muhammad Sabbak begegnete, der unter den muslimischen Gelehrten als mutiger Reformator galt, der mit gewagten Thesen über die Befreiung der Frau und die soziale Gerechtigkeit provozierte. Man witzelte in Damaskus, der Scheich dürfe wegen seiner Haltung gegenüber der Frau die eine Hälfte der arabischen Länder nicht betreten, die andere Hälfte der Länder deswegen nicht, weil man ihn als getarnten Kommunisten betrachte. Aber in Syrien war er sehr angesehen, zumal er auch der Schwiegervater des Verteidigungsministers war. Hamid eröffnete ihm unter vier Augen seine Idee von der Notwendigkeit der Reform der Schrift. Er bat ihn um seinen Beistand. Der untersetzte Mann sprang auf, als hätte ihn ein Skorpion in den Hintern gestochen. Er schaute Hamid mit aufgerissenen Augen an: »Bist du verrückt oder tust du nur so? Ich habe Frau und Kinder. Wer soll sie ernähren, wenn ich als Gottloser in Schande sterbe?«

Ende 1952 hatte man Hamid erzählt, die Islamgelehrten von Aleppo seien besonders mutig, aber bei einem Besuch bei ihnen und bei mehreren Professoren in der Metropole des Nordens erntete er nur Ablehnung.

Als er Serani von seiner Niederlage in Aleppo erzählte, blieb dieser ungerührt und zeigte nicht die geringste Verbundenheit. Erst beim Abschied sagte er: »Geh nicht zu schnell voran, die Leute sind sehr langsam, sie verlieren sonst deine Spur.«

Hamid hatte damals nicht verstanden, dass er durch die Ungeduld, die ihn immer weiter vorwärtstrieb, dabei war, sich von seinen Anhängern abzusetzen.

Auch das Treffen mit dem Kultusminister schien ihm zunächst wie eine glückliche Fügung. Es war aber ein böses Omen, wie er jetzt im Gefängnis erkannte.

Mitte April 1953 erhielt er ein Schreiben vom Kultusministerium, das damals alle Schulbücher herausgab. Der neue Kultusminister wollte mit Autoren, Pädagogen, Sprachwissenschaftlern, Geographen, Naturwissenschaftlern, Illustratoren und Kalligraphen die Schulbücher auf den neuesten Wissensstand bringen und ihnen Einheitlichkeit und vor allem Eleganz geben. Mehr stand nicht auf der Einladung.

Hamid sollte alle Schriften betreuen.

An jenem Morgen der Sitzung stand er um vier Uhr auf, mit der Vorahnung, dass es ein wichtiger Tag werden würde. Im Ministerium angekommen, erkannte Hamid nur den alten berühmten Gelehrten Sati' al Husri, der unermüdlich öffentlich debattierte und von den Nationalisten hoch geachtet war. Er betrachtete die Sprache als wichtigstes Fundament einer Nation.

Hamid setzte sich auf den nächsten freien Stuhl und wunderte sich über ein Schild mit einem ihm fremden Namen. Sein Tischnachbar klärte ihn auf, der Minister habe im Voraus festgelegt, wer wo sitze. »Das hat er bestimmt von den Franzosen gelernt«, fügte der Mann sarkastisch hinzu. Hamid fand seinen Platz zwischen zwei schweigsamen Druckereibesitzern. Bald waren alle Teilnehmer bis auf den Minister eingetroffen und Hamid fiel auf, dass kein einziger Scheich in der auserwählten Runde anwesend war.

Dann betrat der Minister den großen Raum. Man spürte seine Kraft bis zum letzten Sitz am großen ovalen Tisch. Georges Mansur war ein hochgebildeter junger Literaturwissenschaftler, der nach seinem Studium in Frankreich für kurze Zeit als Professor an der Universität Damaskus gearbeitet hatte, bis ihn der Staatspräsident Schischakli Ende 1952 mit der Reform des Schulsystems beauftragte.

Hamid verstand nicht, wie ein Christ mit der Erziehung der Kinder in einem Land beauftragt werden konnte, dessen Mehrheit Muslime waren. Doch nach einer Stunde war er vom Charme und von der Vision des Ministers so fasziniert, dass er selbst nicht mehr verstand, warum er am Anfang dieses Unbehagen gespürt hatte.

»Ich habe die Religionslehrer nicht eingeladen, weil wir über Reformen sprechen müssen, die die Religion nicht betreffen. Sie werden morgen zu einer separaten Sitzung eingeladen, bei der nicht ich, sondern der gelehrte Scheich Sabbak ihnen die neuen Richtlinien vorstellen wird, die unser Staatspräsident beschlossen hat.

Ich habe aber für heute die zwei besten Damaszener Drucker eingeladen, damit sie uns beraten und auch retten, für den Fall, dass wir zu viel träumen! Sie als Männer der Druckerschwärze wissen, dass unsere Träumereien unbezahlbar sein können.«

Der Minister wusste genau, was er wollte. Georges Mansur war ein begnadeter Redner, der das Arabische besser als viele muslimischen Gelehrten beherrschte. Er jonglierte meisterlich mit Zitaten, Versen und Anekdoten aus der arabischen Literatur.

»Damaskus war immer das Herz Arabiens, und wenn das

Herz krank ist, wie soll der Körper gesund bleiben?«, fragte er zu Anfang seiner Rede.

Hamid hing, wie die meisten Männer im Raum, dem Mann an den Lippen. Der schien alles bis ins letzte Detail vorbereitet zu haben. Er leitete seine Rede damit ein, dass der Staatspräsident grünes Licht für eine radikale Reform im Schulsystem gegeben habe und dass er ihnen, den Experten, diesen offenen und großzügigen Spielraum zur Verfügung stellen werde. Nun gelte es, für die syrischen Schüler das Beste daraus zu machen.

Hamid spürte sein Herz klopfen, denn er ahnte langsam, wohin der Weg des Ministers führen würde. Er irrte sich nicht.

»Die erste radikale Reform betrifft die Sprache«, sagte dieser mit ruhiger Stimme, »denn mit der Sprache gestaltet der Mensch seine Gedanken. Dass wir eine schöne, in mancher Hinsicht aber veraltete Sprache benutzen, ist kein Geheimnis mehr. Sie leidet unter mehreren Schwächen, die ich hier nicht auszuführen brauche. Nur eine davon wollte ich gerne erwähnen, damit Sie sehen, wie heikel die Heilung von den Narben der Zeit ist. Es ist die Überfrachtung unserer Sprache mit Synonymen. Keine andere Sprache der Welt kennt diese Schwäche, die wie eine Stärke schillert und manchen Araber sogar mit Stolz erfüllt. Wir müssen das Arabisch von allem Ballast befreien, es schlanker machen, damit es eindeutig wird. Schauen Sie die Franzosen an. Sie haben ihre Sprache mehreren radikalen Reformen unterzogen, bis sie eine moderne Sprache wurde und anderen Völkern als Vorbild galt. Bereits im Jahre 1605 begann man unter Malherbes Einfluss die Sprache zu reinigen. Es folgte eine Reihe mutiger Reformen. Alle Schritte schienen vom Spruch des Philosophen Descartes inspiriert, wonach Klarheit das oberste Gebot der Sprache sei. So konnte dann Antoine Comte de Rivarol 1784 frech ausrufen: *Ce qui n'est pas clair n'est pas français*, was nicht klar ist, ist kein Französisch.

Was können wir dagegenhalten? Ein Wort, das nicht über fünfzig Synonyme hat, ist kein Arabisch?«

Die Männer im Saal lachten verhalten.

»Und in der Tat, Französisch ist präzise«, fuhr der Minister fort. »Jedes Wort hat eine Bedeutung, kann jedoch auch dichterisch etwas variieren. Aber die Sprache wird immer wieder erneuert und damit wird Platz für moderne, lebendige und für die Kultur lebensnotwendige Wörter geschaffen. Nur dieser permanente Verjüngungsprozess treibt eine Sprache voran und ermöglicht ihr, mit der Zivilisation Schritt zu halten, ja sie auch mitzugestalten.

Unsere Sprache ist wunderschön, aber diffus, was den Dichtern großen Spielraum schenkt, aber Verwirrung bei Philosophen und Wissenschaftlern verursacht. Sie wissen besser als ich, dass wir für den Löwen über dreihundert, nach Ibn Faris sogar fünfhundert Synonyme haben, zweihundert für den Bart und eine enorme Zahl für Wein, Kamel und Schwert.«

»Aber all diese Wörter sind bereits in Wörterbüchern festgehalten. Sollen wir sie wegwerfen?«, meldete sich ein junger Sprachwissenschaftler. Der Minister lächelte, als hätte er gewusst, was nun kommen würde. Sati' al Husri hob die Hand: »Junger Mann«, sagte er väterlich, »nicht wegwerfen, sondern ins Museum stellen und neue frische Wörterbücher produzieren. Die Europäer haben Mut bewiesen und begruben die Leichen ihrer Wörter, die kein Mensch mehr gebraucht und die nur noch Verwirrung stiften. Bei uns spazieren die Leichen herum. Die Wörterbücher sollten das Haus der lebendigen und nicht der Friedhof der toten Wörter sein. Wer braucht mehr als fünf Wörter für den Löwen? Ich bestimmt nicht. Sie etwa? Zwei, drei für Weib und Wein reichen auch vollkommen. Alles andere wird die Sprache verunreinigen ...«

»Aber der Koran, was wollen Sie mit den Synonymen anstellen, die dort vorkommen?«, unterbrach ihn ein Mann mit grauen Haaren und gepflegtem Schnurrbart. Er war Autor mehrerer Bücher zur Pädagogik.

»Jedes Wort, das im Koran vorkommt, wird in die neuen Wörterbücher aufgenommen. Daran rüttelt kein Mensch. Aber der Koran ist zu erhaben, als dass er sich mit Synonymen vom Löwen und anderem Getier füllt«, wandte der alte Husri ungeduldig ein.

»Und der Koran sagt an keiner Stelle, wir sollen unsere Sprache mit so viel Ballast lähmen«, fuhr der Minister fort, »nur ein Beispiel von vielen. Man schätzt die Wörter der modernen Physik auf etwa sechzigtausend, die der Chemie auf hunderttausend, die der Medizin auf zweihunderttausend Wörter. In der Zoologie zählt man über eine Million Tierarten und in der Botanik kennt man über dreihundertfünfzigtausend Pflanzenarten. Ich wäre froh, wenn wir sie alle vom Lateinischen übernehmen und auf Arabisch buchstabieren könnten, aber stellen Sie sich die Katastrophe vor, wenn wir alle diese Wörter mit Synonymen aufnehmen müssten. Deshalb sollen wir den Mut haben, unsere Sprache zu entlasten und all diese neuen Begriffe, die uns den Eintritt in die Zivilisation ermöglichen, aufzunehmen. Dann werden die Wörterbücher zwar umfangreich, aber voller Leben sein. Deshalb bat ich meinen verehrten Lehrer Sati' al Husri, einer Kommission vorzustehen, die diese heikle Aufgabe in den nächsten zehn Jahren in Angriff nehmen soll.« Er wandte sich dem alten Mann zu: »Ich danke Ihnen für Ihren Mut.«

Husri nickte zufrieden. »In fünf Jahren übergebe ich Ihnen das neue Wörterbuch meiner Kommission«, sagte er stolz.

Sati' al Husri sollte im Sommer 1968, fünfzehn Jahre nach dieser Sitzung, auf dem Sterbebett an diesen Augenblick zurückdenken. Es war eine seiner vielen Angebereien, die das Leben bestrafte. Er galt damals in den fünfziger und sechziger Jahren als geistiger Vater aller arabischen Nationalisten. Deshalb kamen seine Schüler, als sie von seiner schweren Erkrankung hörten, aus allen arabischen Ländern, um Abschied von ihrem Lehrer und Idol zu nehmen. Es waren zwölf gestandene Männer, deren Gefängnisjahre zusammengezählt mehr als ein

Jahrhundert ausmachten, aber sie waren alle inzwischen in ihren Ländern an der Macht – meist durch Putsche, aber das störte den alten Husri nicht. Unter den Zwölf waren drei Ministerpräsidenten, zwei Parteivorsitzende, zwei Verteidigungsminister, drei Geheimdienstchefs und zwei Chefredakteure von Regierungszeitungen.

Sie umgaben ihn an diesem Tag wie Kinder ihren sterbenden Vater, dankten ihm für alles, was er für sie getan hatte, und lobten sein Lebenswerk. Sati' al Husri lächelte bitter zu all den Reden. Die Reformkommission, der er vorstand, war gescheitert wie alles, was er unternommen hatte. Kein einziges Wörtchen durfte er aus den arabischen Wörterbüchern streichen. Die arabische Sprache blieb mit all ihren Unzulänglichkeiten wie vor tausend Jahren. Seine Idee von der Gründung einer vereinten arabischen Nation erlebte tausendundeine Niederlage. Die arabischen Länder waren zerstritten wie nie zuvor, und statt sich zu vereinigen, waren sie bemüht, sich durch Spaltungen zu vermehren. Das größte Debakel aber ereilte ihn und seine Idee spätestens im Sommer 1967, als Israel den Arabern ihre größte Niederlage beibrachte. Das war ein Jahr vor seinem Tod. Deshalb konnte er die schleimigen Lobeshymnen seiner Schüler nicht ertragen. Er hob seine müde Hand: »Hört auf zu heucheln. Ihr langweilt mich. Ich gehe von euch als gescheiterter Mann. Aber nicht nur ich. Hat euch die verheerende Niederlage gegen Israel noch nicht genügt? Und was habt ihr dagegen getan? Statt nach den Fehlern zu suchen, habt ihr in den arabischen Nachschlagewerken über siebzig Synonyme für das Wort Niederlage gefunden und habt neue dazu erfunden.

Vielleicht seid ihr einfach infantil und begreift Politik und Weltordnung nicht. Gut, dann sagt mir, liebe Kinder, wie man das in euren Ländern nennt«, bat er mit gekünstelt lieblichem Ton, hob seine rechte Gesäßhälfte und presste einen solch mächtigen Furz hervor, dass seine Frau im Nebenraum aus dem Schlaf hochfuhr.

»Wie nennt man das in euren Ländern?«, fragte der alte Mann und lächelte.

Seine Schüler waren sich nicht einig. Sie nannten, jeder für sich, etliche arabische Synonyme, die in ihren Ländern für das Wort Furz gebraucht wurden.

»Und ihr wollt eine Nation sein?«, unterbrach Husri die Streithähne laut. »Ihr könnt euch nicht einmal über einen Furz einigen«, schrie er und lachte so heftig, dass seine Aorta platzte. Er war auf der Stelle tot.

Als seine Frau das Zimmer betrat, waren die Männer bereits verschwunden. »Es riecht hier nach Verwesung«, soll ihr erster Kommentar gewesen sein.

Aber kehren wir zu der Sitzung zurück, bei der Hamid anwesend war und bei der der Kultusminister nicht ganz überzeugt war, dass sein Lehrer in nur fünf Jahren, wie er geprotzt hatte, das neue Wörterbuch würde produzieren können. Er schaute in die Runde. Die Männer nickten nachdenklich.

»Auch die Art und Weise, wie wir lernen, ist rückständig. Wir prügeln unsere Kinder, bis sie auswendig lernende Papageien sind. Das Prinzip des Auswendiglernens ist in der Wüste verständlich und nützlich, aber hier haben wir inzwischen Bücher, die das Wissen besser als jedes Gedächtnis aufbewahren. Das Nachplappern erzieht zu Untertanen und erwürgt die Fragen der Kinder. Sie geben an, mit zehn Jahren ganze Bücher zu rezitieren, ohne aber eine Zeile davon verstanden zu haben. Unsere Kinder sollen durch Fragen verstehen lernen und nicht nur auswendig wiedergeben. Schluss damit. Ich will ab nächstem Schuljahr eine Methode einführen, die ich in Frankreich beobachtet habe, das Alphabet soll den Kindern durch sinnvolle Wörter beigebracht werden, so wie wir sprechen, so sollen die Kinder lernen. Die Methode heißt Ganzwortmethode.« Der Minister hielt inne und schaute prüfend auf seine Gäste. »Apropos Alphabet. Ich bin nicht der Meinung wie manche Möchtegern-Reformer, dass sich die arabische Sprache modernisiert, wenn wir unsere Kultur verleugnen und unsere Sprache mit lateinischen Buchstaben schreiben, wie Mustafa Kemal Atatürk es den Türken aufgezwungen hat. Auch sind solche Vorschläge nicht neu oder einfallsreich. Die in Spanien verbliebenen Araber begannen nach der endgültigen Niederlage im Jahre 1492 und der Vertreibung der Araber aus Angst und zur Tarnung Arabisch mit lateinischen Buchstaben zu schreiben. Man benannte die Schrift nach ihnen, so wie vieles in der Architektur ihren Namen trägt, ›Mudacher‹.

Aber auch der französische Orientalist Massignon, der Iraker Galabi und der Ägypter Fahmi haben sich vor langer Zeit solche geschmacklosen Scherze erlaubt und nun kommt der Libanese Said Akil und tut so, als hätte er das Atom mit einer Zange gespalten. Er schlägt wieder einmal vor, lateinische Buchstaben einzuführen, damit wir zivilisiert werden.

Nein, mit lateinischen Buchstaben lösen wir kein einziges Problem unserer Sprache, sondern schaffen eher neue«, sagte der Minister. »Das Haus der Sprache ist würdig und alt. Irgendjemand muss mit der Renovierung anfangen, bevor es zusammenbricht. Und lassen Sie sich nicht damit erpressen, dass sich die arabische Sprache nicht verändert. Nur tote Sprachen lassen sich von der Zeit nicht beeindrucken.

Ich denke, es gebührt Damaskus die Ehre, den ersten ernsthaften Schritt zur Reform zu tun. Ab dem nächsten Schuljahr sollten alle Schüler in Syrien nur achtundzwanzig Buchstaben als Alphabet lernen. Der vorletzte Buchstabe *LA* ist keiner. Er ist ein über tausenddreihundert Jahre alter Irrtum. Der Prophet Muhammad war ein Mensch und niemand außer Gott ist fehlerfrei. Deshalb aber müssen wir unsere Kinder nicht bereits beim Lernen des Alphabets zwingen, der Logik abzuschwören und Falsches für Wahres zu betrachten. Es sind achtundzwanzig Buchstaben. Das ist nur eine kleine Korrektur, aber sie geht in die richtige Richtung.«

Ein Raunen ging durch die Versammlung. Hamids Herz hätte vor Freude fliegen können. Sati' al Husri lächelte vielsagend. Der Minister gewährte seinen Zuhörern Zeit. Als hätte er, wie ein Theaterregisseur in einem gut durchdachten Stück, an alles gedacht, ging bei den letzten Worten die Saaltür auf, Bedienstete des Ministeriums trugen Tee und Gebäck herbei.

Alle Anwesenden wussten, wovon der Minister sprach. Und der Tee war richtig, um ihre trockenen Kehlen anzufeuchten.

Viele Legenden bildeten sich um diesen Buchstaben *LA*. Nach der bekanntesten Anekdote fragte ein Mitkämpfer der ersten Stunde den Propheten, wie viel Buchstaben Gott Adam gab, der Prophet antwortete neunundzwanzig. Der gelehrte Weggefährte korrigierte höflich, er habe aber in der arabischen Sprache nur achtundzwanzig Buchstaben gefunden. Der Prophet wiederholte, es seien neunundzwanzig, doch der Freund zählte noch einmal nach und erwiderte, es seien nur achtundzwanzig. Da bekam der Prophet rote Augen vor Zorn und sagte dem Mann: »Gott hat Adam aber neunundzwanzig arabische Buchstaben gegeben. Siebzigtausend Engel wohnten dem bei. Der neunundzwanzigste Buchstabe ist *LA*.«

Alle Freunde des Propheten wussten, dass er sich geirrt hatte, *La* ist ein Wort und besteht aus zwei Buchstaben, es bedeutet »nein«. Aber nicht nur die Freunde des Propheten, tausende von Gelehrten und unzählige Menschen, die des Lesens mächtig waren, schwiegen über tausenddreihundert Jahre lang und lehrten ihre Kinder ein Alphabet mit einem überflüssigen und dazu falschen, weil zusammengesetzten Buchstaben.

»Mein Ziel ist es«, fuhr der Minister fort, »syrische Kinder zu erziehen, die nichts lernen sollen, was sie nicht zur Wahrheit führt. Wie wir das erreichen, ist unsere Sache. Der Prophet selbst war ein Vorbild: ›Sucht das Wissen und wenn es in China sein sollte‹, sagte er mit Recht.«

Er wandte sich an Hamid: »Und von Ihnen, meinem Lieblingskalligraphen Hamid Farsi, erwarte ich Großes. Durch die Kalligraphie passiert Eigenartiges. Sie wurde erfunden, um die Schrift, die Zeichen der Sprache, auf Papier zu verehren, und doch vernichtet sie die Sprache, indem sie sie unleserlich macht. Die Schriftzeichen verlieren ihre Funktion als Gedanken überliefernde Zeichen und verwandeln sich in reine Dekorationselemente. Dagegen habe ich nichts, wenn dies als Fries oder Arabeske auf Wänden, Teppichen oder auch Vasen steht, aber in Büchern haben solche Schnörkel nichts verloren. Vor allem die Kufi-Schrift lehne ich ab.«

Hamid hätte aufspringen können vor Freude. Er konnte die Kufi-Schrift nicht ausstehen. Er war fasziniert von der Stimmung, die der Minister bei den Experten erzeugt hatte, und gerührt, als der Minister ihn in der Pause zu sich winkte.

»Von Ihnen erwarte ich die größte Unterstützung. Sie müssen sich in die Gestaltung der Sprachbücher einmischen. Kalligraphen sind die wahren Sprachmeister. Erfinden Sie oder reformieren Sie eine Schrift, die das Lesen erleichtert und nicht erschwert wie die Schriften, die die Kalligraphen bisher gepflegt haben.«

Hamid hatte bereits mehrere Alternativen entwickelt. Er suchte bald den Minister auf, der immer Zeit für ihn zu haben schien und mit ihm Tee trank, während sie gemeinsam die Stile verglichen und die Proben in verschiedener Buchstabengröße lasen. Nach vier Sitzungen hatten sie sich auf die Schriftarten geeinigt, mit denen die Schulbücher geschrieben werden sollten.

Das Lob, das er für seine Arbeit erhielt, war für Hamid wichtig als Hebel, mit dem er den Stein der Reform ins Rollen bringen wollte, eine Reform, die weiter gehen sollte, als der Minister der allgemeinen Runde erklärt hatte.

Nächtelang schlief er unruhig.

Sie sprachen beide offen miteinander. Als sich Hamid darüber wunderte, dass sich ein Christ so intensiv mit der arabischen Sprache beschäftigte, die die Muslime für heilig hielten, lachte der Minister,

»Mein lieber Hamid«, sagte er, »es gibt keine heilige Sprache. Der Mensch hat sie erfunden, um seine Einsamkeit zu lindern. Sie ist also ein Spiegel des vielschichtigen menschlichen Daseins. Mit ihr kann man Hässliches und Schönes sagen, Mord und Liebe aussprechen, Krieg und Frieden erklären. Ich war als Kind ängstlich und die Ohrfeige, die ich vom Arabischlehrer bekam, weil ich darauf bestand, dass es nur achtundzwanzig Buchstaben waren und sind, zwang mich zu suchen. Ich wollte den Lehrer mit meinen Beweisen erschlagen, aber als ich so weit war, war er zu meinem Pech bereits gestorben.«

»Aber wir brauchen auch neue Buchstaben«, nutzte Hamid die Gelegenheit, um seinen Traum zu realisieren, »es fehlen vier und dafür kann man andere rausschmeißen, so dass wir am Ende ein dynamisches Alphabet haben, das elegant alle Sprachen der Welt in sich aufnehmen kann.«

Der Minister schaute ihn erstaunt an. »Ich verstehe Sie nicht ganz, wollen Sie das Alphabet verändern?«

»Von seinem Ballast befreien und vier neue Buchstaben hinzufügen«, erwiderte Hamid. »Wenn unsere Buchstaben verkrüppeln, hinkt unsere Sprache und kann dann unmöglich mit dem gewaltig schnellen Schritt der Zivilisation mithalten«, setzte Hamid noch einmal nach und fügte hinzu: »Jahre habe ich experimentiert. P, O, W und E könnte ich ohne großen Aufwand aus den bestehenden arabischen Buchstaben ableiten ...«

»Oh nein«, rief der Minister empört, »dann habe ich Sie doch verstanden. Mein lieber Hamid«, sagte er, »ich bin froh, wenn ich ab Oktober, im neuen Schuljahr, mit meiner bescheidenen Reform durchkomme und die Rente ohne Messer in den Rippen erreiche. Ihre Vorschläge mögen genial sein, aber sie müssen bei den Gelehrten erst noch Anerkennung finden. Mit meinen Vorschlägen zur Abschaffung von *LA* und meinem Sprachsystem, das sich auf der Ganzheit der Wörter aufbaut, gerate ich bereits an den Rand meiner Möglichkeiten.«

Er stand auf und gab ihm die Hand. »Ich finde Ihre Idee

mutig, aber sie ist nicht durchführbar, solange Staat und Religion nicht getrennt werden. Und dies liegt noch in weiter Ferne. Ich habe es eilig und will jetzt etwas ändern. Aber«, sagte der Minister und hielt Hamids Hand fest, »gründen Sie doch ein, zwei, drei, zehn Kalligraphieschulen im ganzen Land. Wir brauchen eine Menge für die neuen Druckereien und den Aufschwung der Presse und der Bücher. Und noch wichtiger ist, dass Sie mit diesen Männern, die Sie schulen, Verbündete gewinnen, die Ihre Ideen verstehen und verteidigen, und sie werden effektiver sein als zehn Ministerien«, fügte der Minister hinzu. Und schließlich sagte er ihm im Vertrauen, er solle auf sich aufpassen. Auch bei ihm im Kultusministerium solle er leise reden, weil das Haus voll von Mitgliedern der Moslembruderschaft sei. Die meisten seien harmlos, aber einige unter ihnen bildeten im Untergrund geheime Verbindungen, die sich die »Reinen« oder »Jenseitigen« nannten und nicht davor zurückschreckten, jemanden umzubringen.

Hamid verspürte keine Angst.

Als er ging, brodelte seine Seele. Er fühlte sich wie der Fischer, den er einmal in einem Film gesehen hatte. Er war in einem winzigen Boot mitten im stürmischen Ozean gesessen und das Boot ritt so waghalsig über die Wellenberge und in die Tiefe, dass Hamid damals im Kino Atemnot spürte. So wie jetzt. Der Minister hatte ihn durch seine Abweisung und die darauf folgende Ermunterung völlig durcheinandergebracht. Aber recht hatte er, es mussten Kalligraphieschulen gegründet werden als Basis für eine kleine Armee von Kalligraphen, die mit Rohrfeder und Tinte gegen die Dummheit kämpfen sollten.

Er konnte sich über das Vorhaben aber nicht freuen, sosehr er sich bemühte. Die Gründung von Kalligraphieschulen war wieder eine Vertagung der Aktionen um Jahre. Noch auf dem Weg ins Atelier fasste er wieder Hoffnung. Wenn er einen einzigen angesehen Islamgelehrten überzeugen könnte, würde er den Minister mit Sicherheit für einen zweiten radikalen Reformschritt gewinnen. Im Atelier wirkte er auf seine Mitarbeiter abwesend und er verspürte auch keine Lust zu arbeiten. Er ging lange spazieren und kam erst um Mitternacht nach Hause. Seine Frau fragte ihn, ob er einen Unfall gehabt habe, weil er so blass und zerstreut auf sie wirke. Er schüttelte nur den Kopf und ging sofort schlafen, doch kurz nach Mitternacht wachte er auf und schlich leise in die Küche. Er schrieb die Namen von mehreren Gelehrten auf, die in Frage kamen.

Hamid hatte sich in der folgenden Zeit bemüht, jeden der bekannten Islamgelehrten auf seine Seite zu ziehen, doch alle reagierten aggressiv. Der eine empfahl ihm, nach Mekka zu pilgern, um dort um Heilung zu beten, und der andere weigerte sich, ihm beim Abschied die Hand zu geben. Drei weitere lehnten es ab, mit ihm zu reden, noch bevor er ihnen verriet, was er von ihnen wollte.

Konnte es sein, dass ihn einer von ihnen bei den dunklen Kreisen verraten hatte?

Alles deutete darauf hin, aber sicher war er auch jetzt, nach all den Jahren, noch nicht.

Der Minister hatte recht behalten, denn bereits ab September, als die Reform bekannt wurde, und noch bevor das Schuljahr anfing, ging eine Welle der Empörung durch die Moscheen der Großstädte und die Fanatiker hetzten gegen den Kultusminister und seine Helfer als Ungläubige und mancher Scheich rief zur Tötung der Abtrünnigen auf.

Aber der Staatspräsident reagierte entschlossen, stellte sich hinter seinen Kultusminister und ließ die Redner verhaften und wegen Volksverhetzung unter Anklage stellen.

Hetzreden wurden nicht mehr gehalten, aber geflüstert wurde viel. Auch gegen ihn, deshalb empfahl ihm sein Meister Serani damals, freitags in die Omaijaden-Moschee zu gehen und dort nicht nur zu beten, sondern auch durch die Gespräche mit den angesehensten Männern der Stadt die Vorurteile gegen ihn abzubauen.

Jetzt im Gefängnis erst wurde ihm so einiges klar. Bereits am 10. Oktober 1953, eine Woche nach Einführung des neuen Alphabets mit achtundzwanzig Buchstaben, hatten eine Moschee und die zentrale Verwaltung des großen Friedhofs ohne Begründung ihre Aufträge zurückgezogen. Das hatte er damals in sein Tagebuch eingetragen, aber nicht einmal kommentiert, weil er eben in Aufträgen schwamm. Erst jetzt im Gefängnis erinnerte er sich daran.

Das war der Grund seines Schreckens.

Spätestens ab Mitte 1953 und nicht erst Ende '56 oder Anfang '57 hatten ihn die Fanatiker auf ihre Abschussliste gesetzt. Sein Name als Kalligraph stand in jedem Schulbuch. Dass sie ihn nicht getötet hatten, war ein Teil ihres gemeinen und raffiniert eingefädelten Plans. Sie wollten ihm nicht erlauben, als Märtyrer zu sterben. Sie ruinierten zunächst seinen Ruf, dann wollten sie ihn lebendig begraben, ihn jeden Tag quälen, bis er sich den Tod wünschte.

»Nicht mit mir«, rief er ziemlich laut, »ihr werdet euch wundern, wozu ich imstande bin.«

Ende einer Geschichte und
Anfang eines Gerüchts

Im Winter 1957 begannen Tischler und ihre Helfer in der großen Gefängnistischlerei mit den Vorarbeiten für ein großes Kalligraphiegemälde. Ende April sollte der weithin bekannte Kalligraph Ali Barake aus Aleppo anreisen und mit Hamid gemeinsam an dem großen Gemälde arbeiten.

Dieser hatte bereits zugesagt. Die Vergoldung des Rahmens sollte unter Hamids Leitung im Mai 1958 angefangen und bis Mitte Juni abgeschlossen werden.

Gefängnisdirektor al Azm war überglücklich, denn dieses Gemälde sollte den Namen seiner Familie als Spender in einer neuen Moschee in Saudi-Arabien verewigen. Obwohl er Atheist war, kannte sein Stolz keine Grenzen. Ihm als Juristen waren alle Religionen gleichgültig, aber nicht der Name seiner Sippe und schon gar nicht der Respekt, den ihm nun alle Verwandten zollten.

Von nun an ließ er Hamid besonders verwöhnen. Ab Januar bekam der Kalligraph eine warme Mahlzeit vom nahe gelegenen Restaurant *Aschi*. Hamid schlief so ruhig wie noch nie.

Doch nicht lange.

Im Februar 1958 schloss Syrien übereilt eine Union mit Ägypten. Eine düstere Phase der Geschichte nahm ihren Anfang. Über Nacht wurden alle Parteien aufgelöst und alle

Zeitungen verboten und eine Verhaftungswelle jagte die andere.

Ende März 1958 wurde al Azm als Gefängnisdirektor abgesetzt und kurz darauf verhaftet. Man warf ihm vor, Mitglied einer vom CIA unterstützten Organisation zu sein, die zum Sturz des neuen Regimes aufgerufen habe.

Ein neuer Direktor sollte in Kürze eintreffen.

Hamid fühlte die erste Stufe der Hölle unter seinen Füßen. Er konnte kaum noch laufen.

Aber Hamid war zäh, der Schlag lähmte ihn nicht lange. Er überwand seinen Schock und überlegte, dem neuen Direktor anzubieten, auf der nun gut vorbereiteten Holzfläche einen patriotischen Spruch zu schreiben, als Geschenk der Gefangenen für ihren Präsidenten. Die Zeit der islamischen Sprüche war vorüber. Die Saudis hassten Nasser und dieser ließ nach einem fehlgeschlagenen Attentat die Islamisten verfolgen, einsperren, foltern und töten.

Nun wartete er gespannt auf den neuen Direktor. Er empfand sich zwar selbst als gemein, seinen Beschützer al Azm so schnell zu vergessen, aber der Geheimbund und seine Zukunft hatten Vorrang. Und alles, was die Übergabe der Leitung an den Kalligraphen Ali Barake erleichterte, war ihm recht.

Doch der neue Gefängnisdirektor war eine bittere Enttäuschung. Er war ein Offizier bäuerlicher Herkunft, der gerade seinen Namen richtig schreiben konnte. Er lief immer – auch in geschlossenen Räumen – mit Sonnenbrille herum, als wollte er seine Augen verbergen. Er war ein Grobian und machte keinen Hehl aus seiner Verachtung für Bücher und Gelehrte. Er hielt die Kalligraphie für eine aufwendig betriebene Gemeinheit mit dem einzigen Zweck, das Lesen zu erschweren. Nur hochnäsige Sadisten konnten den Menschen so etwas zumuten.

Hamid litt, als er das hörte, vor Sorge drei Nächte an Schlaflosigkeit, und das nicht ohne Grund. Am fünften Tag erlebte er den tiefsten Sturz seines Lebens.

Der Gefängnisdirektor lachte grölend über ihn und seine Idee. »Millionen und Abermillionen Patrioten lieben unseren Präsidenten Nasser, ob ihn dazu noch ein paar Ratten im Gefängnis lieben, ist ihm doch scheißegal«, schrie er und brüllte vor Lachen. Die große Tafel ließ er zu Brennholz zerkleinern. Aber das war noch nicht das ganze Unheil: Da der neue Direktor die drei Zellen der Privilegierten auch für seine Lieblinge unter den Gefangenen brauchte, stieß er deren bisherige Insassen in die Hölle der gewöhnlichen Zellen hinunter. Hamids Kalligraphien, die an den Zellwänden hingen, sowie seine Fotos, Bücher, Hefte und teuersten Kalligraphieutensilien ließ der Direktor kurzerhand auf den Müll werfen. Es sei verboten, solche Dinge zu besitzen. Er solle als Strafgefangener froh sein, dass er vom Staat ernährt werde, sagte ihm der neue Wärter zynisch. Auch noch Kunst im Knast wolle er? »Wo sind wir denn? In Schweden?«, fragte der Beamte und wartete nicht auf eine Antwort. Er wusste nicht einmal, wo Schweden lag, aber das sagte man so in Damaskus. Schweden und die Schweiz galten bei vielen Arabern so viel wie der vollkommene Staat eines zufriedenen Volkes.

Der Karren der Müllmänner, der damals noch von einem uralten knochigen Maulesel gezogen wurde, transportierte an diesem Tag unter Abfällen aus der Küche, den Werkstätten und der Schreibstube einen Schatz von unglaublichem Wert an Kalligraphieunikaten zur Müllhalde des Vergessens.

Von den vierzigtausend Lira fand man nie eine Spur. Hamid hatte außer seinen Kleidern nichts bei sich, als er in die Gemeinschaftszelle geführt wurde.

Ende April fragte nach einer ermüdenden Busreise von Aleppo ein dürrer Mann am Gefängnistor höflich nach Hamid Farsi und Direktor al Azm. Er legte sein Einladungsschreiben vor. Als der wachhabende Offizier den Brief sah, schickte er den Mann schroff weg und meinte, er solle verschwinden, bevor er die Geduld verliere. Ein alter Wärter mit zwei gelben Zähnen mitten in einer dunklen Mundhöhle empfahl dem empörten Fremden, möglichst schnell das Weite zu suchen, da der ehemalige Gefängnisdirektor al Azm nachweislich ein CIA-Agent und ein Spion für Israel sei und Hamid Farsi ein Schwerverbrecher.

Ali Barake, so erzählte man sich, hätte unter Tränen beteuert, er wisse nichts von al Azm und dem CIA, aber er sei sicher, Hamid Farsi sei ein göttlicher Kalligraph und gehöre auf Händen getragen und nicht ins Gefängnis. Er wisse von einigen jungen Kalligraphen in Aleppo, die bereit seien, ihr Leben für ihn zu geben.

Der Wärter schüttelte den Kopf bei so viel Pathos. Er schob den dürren verheulten Mann zur Seite. »Es ist besser für dich, die Namen der beiden nicht in den Mund zu nehmen, und nun verschwinde, bevor ich dich zu ihm lege.«

Hamid kam enteignet und gebrochen in die Abteilung der Schwerstverbrecher, die alle lebenslänglich, wenn nicht sogar mehrfach lebenslänglich bekommen hatten.

Hier war die Hölle auf Erden zwischen Ratten und Killern, denen die Feuchtigkeit der Jahre das Hirn zerfressen hatte. Die Wände schwitzten vor Nässe, da die Zitadelle an einen kleinen Fluss grenzte. Als die Franzosen noch das Land besetzt hielten, befand ein Veterinär der französischen Armee, dass das Erdgeschoss als Stall für Pferde und Maultiere nicht geeignet sei.

Diese ganze Misere entsetzte Hamid Farsi nicht mehr als die Tatsache, dass ihm sein schlechter Ruf vorausgeeilt war. Er erntete nur Verachtung und keiner, aber wirklich keiner der vierzehn Insassen in dieser großen dunklen Zelle wollte ihm seine Version der Geschichte abnehmen.

»Aber ich habe ihn umgebracht. Mit zwölf Stichen meines Messers«, versuchte er sich aufzuwerten. Er hatte die Stiche nicht gezählt, aber der Rechtsanwalt der Familie Abbani hatte die Zahl zwölf betont.

»Du bist nicht nur ein gehörnter Idiot«, sagte Faris, viermal lebenslänglich, »du hast den Falschen getötet. Nassri hat deine Frau nur bestiegen, aber Direktor al Azm hat sie nun in seinen Harem aufgenommen. Oder denkst du wirklich, dass er dich wegen deiner Scheißschrift oben in die Villa gesetzt hat?«

Hamid schrie und weinte vor Wut, aber das zählte bei den Lebenslänglichen nur als Schuldbekenntnis.

Zwei Monate später musste der neue Gefängnisdirektor, alarmiert von den Wärtern, Hamid Farsi in die psychiatrische Anstalt *al Asfurije* nördlich von Damaskus einweisen lassen.

Er warf einen letzten Blick auf den Kalligraphen, dessen Körper mit blauen Flecken und Kot bedeckt war. »Ich bin ein Prophet der Schrift und Urenkel Ibn Muqlas. Warum quälen mich diese Verbrecher jede Nacht?«, rief er. Die anderen Gefangenen brüllten vor Lachen. »Gebt mir doch ein Stück Papier und ich zeige euch, wie die Schrift aus meinen Fingern fließt. Wer kann das wie ich?«, wimmerte er.

»Jeden Tag das gleiche Theater, bis er die Fresse poliert kriegt, dann heult er wie ein Weib«, erklärte ein hünenhafter Gefangener mit vernarbtem Gesicht und tätowierter Brust.

»Spritzt ihn mit Wasser ab und wascht ihn zweimal mit Seife und Spiritus, bevor die Männer der Psychiatrie kommen. Ich will nicht, dass sie schlecht von uns reden«, sagte der Direktor angeekelt.

Hamid kam für mehrere Monate in eine Klinik und von dort, nachdem er sich etwas erholt hatte, in eine geschlossene psychiatrische Anstalt. Dort verlor sich seine Spur. Doch sein Name lebte.

Den gesamten Besitz Hamids erbte seine Schwester Siham. Das Haus verkaufte sie Jahre später an einen General. Doch auch nach zehn Jahren nannten die Nachbarn das Anwesen noch »das Haus des verrückten Kalligraphen«. Das war auch ein Grund für den General, das Haus wieder zu verkaufen. Der finnische Botschafter kaufte es, es machte ihm nichts aus, im schönen Haus des Verrückten zu leben. Arabisch verstand er sowieso nicht.

Das Atelier ging für sündhaft viel Geld an den ältesten Mitarbeiter Samad. Geschäftstüchtig wie dieser war, behielt er den Namen *Atelier Hamid Farsi* auf dem Schild über der Tür, dem Stempel und allen offiziellen Papieren. Er unterschrieb seine Arbeiten so klein, dass man es nur schwer entziffern konnte. Der Ruf des Kalligraphen Hamid Farsi war bis Marokko und Persien gedrungen und von dort bekam das Atelier immer wieder Aufträge.

Samad war ein guter Techniker, aber niemals erreichte er die Eleganz, den Esprit und die Perfektion seines Meisters. Experten erkannten das gleich, aber für die Mehrheit reicher Bürger, Geschäftsleute und Firmenbesitzer war eine Kalligraphie besonders wertvoll, wenn sie aus dem Atelier Farsi kam. Samad war ein bescheidener, aber witziger Mann, und wenn man ihn fragte, warum die Kalligraphien nicht so gut seien wie die seines Meisters, lächelte er und antwortete: »Damit ich nicht so ende wie er.«

Doch wie endete Hamid Farsi? Das ist eine Geschichte mit unendlich vielen Ausgängen. Ein Gerücht kam kurz nach seiner Einlieferung in die Psychiatrie in Umlauf und hielt sich hartnäckig: Hamid sei mit Hilfe seiner Anhänger aus der Anstalt geflüchtet und lebe nun als anerkannter Kalligraph in Istanbul.

Dafür gab es Zeugen. Ein ehemaliger Wärter in der Zitadelle berichtete zehn Jahre später einer Zeitung, Hamid habe damals als Häftling drei Briefe aus Aleppo erhalten, die man selbstverständlich vorher kontrolliert habe. Es seien harmlose Briefe gewesen mit breitem Ornament und schöner Schrift geschrieben. Er erinnere sich genau, dass Hamid Farsi unmittelbar nach Erhalt des dritten Briefes verrückt geworden war, zumindest schien es so.

Die Psychiatrie weigerte sich, einen Kommentar abzugeben.

Die Flucht eines Verrückten habe in Damaskus noch niemanden interessiert. Nur, weil er jetzt Hamid Farsi heiße und seine Todfeinde, allen voran der Abbani-Clan, hinter allem eine raffiniert geplante Flucht sähen.

Ein Rundfunkjournalist deckte zwanzig Jahre später in einer sensationellen Reportage den Skandal auf. Hamid sei damals geflüchtet und der langjährige Direktor der Psychiatrie habe seine Flucht vertuscht.

Hamid habe keine Chance gehabt, aus der Zitadelle zu flüchten, »und schon gar keine Lust, lebenslänglich mit Verbrechern eingesperrt zu sein, also spielte er in Absprache mit seinen Freunden in Aleppo verrückt, und es hat sich offensichtlich gelohnt. Hier ist nur ein kleiner Gartenzaun zu überwinden. Mit ein paar Geschenken für den Direktor wird der Zaun noch niedriger«, sagte er und interviewte Passanten, die den Zuhörern versicherten, jeder, selbst der Unsportlichste, könne den unbewachten Zaun aus Maschendraht überwinden. Die Sendung löste in Damaskus große Heiterkeit aus. Viele Witze über den Austausch von Politikern und Verrückten entstanden in jener Zeit.

Der Reporter aber hatte nicht das Heitere im Sinn gehabt, sondern eine Abrechnung mit dem seit vierzig Jahren amtierenden Direktor der Psychiatrie, den er für korrupt hielt. Seine Sendung endete mit der Feststellung, der Anstaltsleiter habe gelogen, als er behauptete, Hamid Farsi sei gestorben und auf dem Anstaltsfriedhof begraben worden. Auch die Schwester des Kalligraphen erklärte vor dem Mikrophon empört, sie hätte es erfahren, wenn ihr geliebter Bruder gestorben wäre. Sie fügte aufgebracht hinzu: »Die Leitung der Psychiatrie soll doch, wenn sie kann, mir und der Presse das Grab meines Bruders Hamid Farsi zeigen.«

Doktor Salam, Direktor der Psychiatrie, hatte trotz des Skandals keine Sorge um seine Stelle, sein jüngster Bruder war ein General der Luftwaffe. Er hüllte sich in Schweigen. Nicht aber der reiche Autohausbesitzer Hassan Barak. Er gab dem

Journalisten ein Interview, das in der Hauptstadt für Wirbel sorgte.

Hassan Barak sprach ungeschminkt vom Niedergang der arabischen Kultur. »Hamid Farsi war ein Prophet. Da seht ihr es«, rief er heiser vor Aufregung, »das ist das Ende eines Propheten in Damaskus: ein Gerücht. Wir sind ein von Gott verdammtes Volk. Wir bekriegen und verfolgen unsere Propheten. Sie werden vertrieben, gekreuzigt, erschossen oder in Irrenhäuser gesteckt, während andere zivilisierte Länder sie auf Händen tragen. Hamid Farsi lebt bis heute in Istanbul«, sprach er beschwörend. Nur langsam beruhigte sich der Mann, der als kleiner Laufbursche vor mehr als dreißig Jahren Hamid Farsis Rat befolgt hatte, der Kalligraphie den Rücken zu kehren, und zum bekanntesten und reichsten Automechaniker von Damaskus geworden war. Er habe, erzählte er den staunenden Zuhörern weiter, bei einem Urlaub in Istanbul durch Zufall eine Kalligraphie als Werk des Meisters Hamid Farsi erkannt und viel Geld für das Unikat bezahlt. Der Galerist hatte den Kalligraphen haargenau beschrieben. Aber als er, Hassan Barak, darum bat, seinen alten Meister zu sehen, winkte der erfahrene Galerist ab. Der Meister, sagte er und lachte dabei, als hätte er einen Witz gemacht, wolle keinen Araber sehen oder sprechen.

Eine Woche später berichtete der Journalist, der Autohausbesitzer habe ihm wie auch anderen Reportern und Besuchern das Gemälde gezeigt. Professor Bagdadi, ein Experte, habe bestätigt, dass die Kalligraphie mit Sicherheit aus der Feder des Unterzeichners stamme. Er konnte auch die Unterschrift, die die Form einer Damaszener Rose hatte, entziffern: Hamid Farsi.

Dreihundertsechzig Kilometer von Damaskus entfernt war im April 1957 ein junges Ehepaar in ein kleines Haus in der Arba'ingasse eingezogen.

Die Gasse lag im alten christlichen Viertel von Aleppo, der syrischen Metropole im Norden. Bald eröffnete der Mann ein kleines Atelier für Kalligraphie, schräg gegenüber der katholischen assyrischen Kirche. Er hieß Samir, sein Nachname al Haurani interessierte kaum jemanden. Er fiel allen durch seine Freundlichkeit und durch seine abstehenden Ohren auf. Er war nicht übermäßig begabt, aber man sah ihm die Freude an, mit der er an die Arbeit ging.

Moscheen und islamische Druckereien gaben ihm selten Aufträge, aber da er nicht so viel verlangte wie die anderen Kalligraphen, bekam er genug Aufträge für Geschäftsschilder und Plakate von Kinos, Restaurants, christlichen Druckereien und Verlagen. Pfarrer Josef Gamal ließ durch ihn alle Bücher seines neu gegründeten Verlags gestalten. Samir verkaufte im Gegenzug in seinem Laden neben Postkarten, Tinte für Kalligraphen und Schreibwaren auch Heiligenbilder. Und auf Anraten des Pfarrers beschaffte sich der Kalligraph eine kleine Maschine, mit der er Stempel für Behörden, Schulen, Clubs und Vereine herstellen konnte.

Aber das war nur sein Broterwerb. In jeder freien Minute arbeitete er an seinem geheimen Plan. Er wollte eine neue Kalligraphie der arabischen Schrift erfinden. Ihm schwebten Buchstaben vor Augen, die durch Klarheit das Lesen leichter machen, Eleganz zeigen und vor allem den Atem der Zeit in sich tragen sollten.

Seine Frau Laila, das entdeckten die Nachbarinnen schnell, war eine ausgezeichnete Schneiderin und besaß als erste in der Gasse eine elektrische Nähmaschine der Marke Singer. Bald war sie im ganzen christlichen Viertel bekannter als ihr Mann und so nannte man Samir bereits nach einem Jahr »den Mann der Schneiderin«.

Samir wünschte sich, wie die Mehrheit der arabischen Männer, einen Sohn, aber nach mehreren Fehlgeburten kam seine einzige Tochter Sarah gesund zur Welt.

Sie wurde später eine berühmte Kalligraphin.

Was ich schaffe,
überdauert die Zeit

Eine Geschichte
von der Schönheit der Schrift
erzählt von
Rafik Schami

Mit fünf farbigen Kalligraphien von
Ismat Amiralai

*Er ist ein Prophet der Schrift, Gott legte die Kalligraphie
in seine Hand wie er den Bienen beibrachte,
ihre sechseckigen Waben zu bauen*

Abu Haiyan al Tauhidi
Enzyklopädist und gelehrter Sufi
über Ibn Muqla

Wenn es einen Leonardo da Vinci der arabischen Kalligraphie gegeben hat, so heißt er mit vollem Namen Abu Ali Muhammad bin Hassan bin Muqla. Er wird aber ganz einfach »Ibn Muqla«, Sohn von Muqla, genannt.

Ibn Muqla wurde im Jahre 885 in Bagdads Armenviertel geboren. Bereits sein Name ist ein Kuriosum. *Muqla*, ein poetisches Wort für Auge, war der Kosename seiner Mutter, deren Vater ihn ihr gegeben hatte, weil er diese Tochter besonders liebte. Sie heiratete einen armen Kalligraphen, und nun hieß die Familie nicht nach dem Mann oder dessen Sippe, sondern schlicht nach ihr, was damals wie heute eine Seltenheit in Arabien war und ist. Sein Großvater, Vater, Bruder Hassan, seine Kinder und Enkelkinder wurden Kalligraphen, doch der Berühmteste unter ihnen war unbestritten Muhammad Ibn Muqla.

Er lernte früh die Kunst der Kalligraphie und wurde mit sechzehn Jahren Meisterschüler des berühmten Kalligraphen Ibn Furat, der später den Rang eines Wesirs einnahm und Ibn Muqla zu seiner ersten Stelle im Staat verhalf, der eines Steuereintreibers für den Kalifen. Er wurde reich, sehr reich sogar.

Das arabische Reich der Abbasiden war die mächtigste Zivilisation der damaligen Welt. Aber die goldene Phase der ersten neun Kalifen war längst vergangen.

Die Kultur war zu Zeiten Ibn Muqlas, Ende des 9., Anfang des 10. Jahrhunderts, immer noch auf dem Höhepunkt. Bagdad produzierte mehr Papier und Bücher als ganz Europa. Und die Zahl der Buchhandlungen in der Stadt übertraf die auf der ganzen Welt. Politisch begann das Reich jedoch merklich zu zerbröckeln. Nicht nur an den Randgebieten, deren lokale Herrscher (in Damaskus, Aleppo, Kairo, im Maghreb, in Andalusien und anderswo) praktisch autonom waren, die Aufstände und Kriege erreichten vielmehr auch das Zentrum der Macht und erschütterten dessen Fundamente. Die Rebellen drangen bis Bagdad und Mekka vor, oft kamen sie aus dem oppositionellen schiitischen Spektrum oder auch aus den Reihen der nichtarabischen Völker. Sie demütigten den sunnitischen Kalifen, zerstörten wiederholt seine Städte (wie etwa Basra in den Jahren 912 und 924 und Mekka 929).

Die Bürokraten, der Harem und die Emire von Armee und Polizei bekamen immer mehr Macht in Bagdad auf Kosten des Kalifen, der nicht selten von der einen Fraktion abgesetzt, verhaftet und enteignet wurde, um bald von der anderen befreit und wieder zum neuen alten Kalifen ausgerufen zu werden.

In dieser Atmosphäre wirkte Ibn Muqla.

Er war der größte arabische Kalligraph aller Zeiten, ein Architekt der Schrift. Er entwickelte und verbesserte nicht nur mehrere Schreibstile (Thuluth, Nas-chi), sondern begründete auch als Erster die Lehre der Maße der Buchstaben und deren Harmonie und Symmetrie. Seine Proportionslehre gilt bis heute. Nach ihr kann man leicht überprüfen, ob etwas falsch oder richtig kalligraphiert ist.

Das *A*, im Arabischen *Alif* genannt, ist ein senkrechter Strich und wurde von Ibn Muqla als Maß für alle Buchstaben gewählt. Seitdem legt jeder Kalligraph für die gewählte Schrift am Anfang die Länge des *Alifs* fest. Die Berechnung erfolgt mit senkrecht übereinander stehenden Punkten. Der Punkt im Arabischen ist eine Raute, dessen Größe von der verwendeten Feder abhängt. Der Punkt entsteht, wenn man mit der Feder aufs Papier drückt.

Alle anderen Buchstaben nehmen, gleich ob sie horizontal oder senkrecht stehen, eine Größe an, die von Ibn Muqla be-

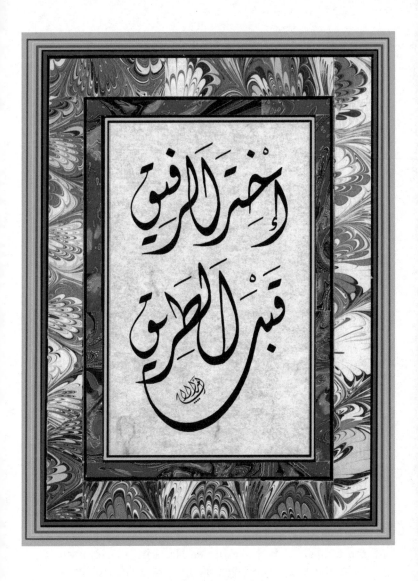

Wähle dir den Weggefährten,
und dann erst den Weg.

rechnet und mit einer Zahl von Punkten festgelegt wurde. Auch die Rundungen mancher Buchstaben liegen auf einem Kreis, dessen Durchmesser der Länge des A(lifs) entspricht. Daher nannten manche seine Lehre »Die Proportionsschrift«, weil sie alle Buchstaben auf die Größe des A(lifs) und der Breite der Feder, d.h. des erzeugten Punktes, bezieht.

Die Einhaltung dieser Maße ist wie die Einhaltung des Rhythmus in einem Musikstück. Nur durch sie erscheint die Schrift harmonisch und bildet eine Musik für das Auge. Jeder Meister kann das nach Jahren der Übung automatisch. Die Punkte ermöglichen aber immer eine schnelle Überprüfung, ob die Proportion stimmt.

Ibn Muqla war ein begnadeter Mathematiker, Schriftgelehrter, Naturforscher und Dichter von besonders schnörkelloser, ungewöhnlich offener Lyrik. Er las auch die Schriften der Theologen und Atheisten wie Ibn al Rawandi, Ibn al Muqaffá, al Rasi und al Farabi. Vor allem aber faszinierte ihn der Universalgelehrte al Gahiz. Doch im Gegensatz zu diesem war Ibn Muqla auf die Nähe zu den Herrschern angewiesen. Al Gahiz hielt es nicht länger als drei Tage am Hof des großen Förderers der Wissenschaft und Literatur, dem Kalifen al Ma'mun, aus.

Ibn Muqla war erster Wesir – das entspricht dem heutigen Premierminister – bei drei Kalifen (dem achtzehnten, neunzehnten und zwanzigsten Kalifen der Abbasiden) in Folge. Doch diese Nähe, die er immer wieder suchte, wurde am Ende sein Verderben.

Ibn Muqla erkannte, dass die arabische Schrift nicht von göttlicher, wie die Islamgelehrten damals behaupteten, sondern von menschlicher Hand war. Er war fasziniert von ihrer Schönheit, aber er erkannte auch ihre Schwächen. Deshalb begann er früh mit Überlegungen, wie er das Alphabet, die Quelle der Schrift, behutsam reformieren könnte. Er experimentierte, notierte und wartete auf einen geeigneten Augenblick. Bagdad war damals die Hauptstadt eines Weltreichs, das Zentrum der weltlichen und religiösen Macht des Islam.

Viele Schriftgelehrte und Übersetzer seiner Zeit bemängelten die fehlenden Buchstaben, die sie für die Wiedergabe einiger Laute und Namen aus fremden Ländern und Sprachen brauchten. Diese Kritik gab ihm den Mut, seinen Weg weiterzugehen. Die Feinde jedweder Reform waren aber die religiösen Fanatiker. Sie betrachteten die arabische Schrift als heilig, weil das Wort Gottes im Koran auf Arabisch niedergeschrieben wurde. Ibn Muqla wusste jedoch, dass die arabische Schrift schon mehrmals reformiert worden war.

Die radikalste Veränderung wurde, ebenfalls in Bagdad, über hundertfünfzig Jahre vor Ibn Muqlas Geburt eingeleitet. Bis zu jener Reform hatte die arabische Schrift keine Punkte. Da aber viele Buchstaben ähnlich aussahen, begleiteten Unsicherheiten, Missverständnisse und Fehlinterpretationen jeden Lesevorgang, auch wenn Gelehrte vorlasen. Mehrere kleine Reformen versuchten die Schrift zu verbessern, doch dann kam die größte und radikalste Reform Anfang des achten Jahrhunderts. Man fügte im Rahmen dieser Reform bei fünfzehn Buchstaben, also bei mehr als der Hälfte des arabischen Alphabets, einen, zwei oder drei Punkte hinzu, und zwar über oder unter den Zeichen. Damit konnte man

Lesefehler fast ausmerzen. Kalif Abdulmalik bin Marwan (685–705) und sein blutrünstiger Gouverneur der Ostprovinz al Hagag erstickten damals alle konservativen Stimmen, die sich gegen jedwede Reform erhoben. Der Kalif ließ den Koran mit der reformierten Schrift neu kopieren, und seitdem kann jeder das heilige Buch fehlerfrei lesen.

Aber nicht nur die religiösen Texte gewannen an Klarheit. Auch die arabische Sprache der Poesie, der Wissenschaft und des Alltags gewann an Schärfe und Eindeutigkeit. Doch ohne die Macht des Kalifen wäre ein derartiger Schritt unmöglich gewesen.

Ibn Muqla wusste das. Und auch er brauchte die starke Hand eines aufgeklärten und weitsichtigen Kalifen, um die fällige große Reform der Schrift durchzusetzen.

Ibn Muqla liebte die Schrift wie sein eigenes Kind, er stellte alles in ihren Dienst und verlor am Ende alles. Hatte er all das getan, um Macht zu erlangen, wie seine Feinde behaupteten, die hasserfüllt Berichte fälschten und Bücher mit fadenscheinigen Begründungen füllten? Nein, Ibn Muqla hatte bereits alles erreicht, bevor er den radikalen Schritt für die Reform einleitete, der zu seinem Elend führte.

Dem letzten Kalifen diente er als Hauslehrer und unterrichtete ihn in Philosophie, Mathematik und Sprache. Er war, was Aristoteles für Alexander den Großen war, doch Kalif al Radi Billah hatte nicht die Größe des makedonischen Welteneroberers.

Sicher hatte Ibn Muqlas Macht und Reichtum viele Neider auf den Plan gerufen, doch dies alles hätte nichts bewirkt, wenn der Kalif starken Charakter besessen oder mindestens über Autorität verfügt hätte. Auch wäre Ibn Muqla verschont geblieben, wenn sich die islamischen Gelehrten seiner Zeit nicht gegen ihn gewandt und alle seine Strafen gehorsam mit ihren Fatwa gerechtfertigt hätten. Ihr Ärger über ihn wuchs mit den Jahren und sie beobachteten alles mit Argwohn, was Ibn Muqla tat.

Als Ibn Muqla noch auf dem Zenit seiner Macht stand, ließ er sich einen Palast in Bagdad errichten, der von Legenden umrankt war. In die großen Steinquader auf der Innenseite der Gartenmauer war nach einer eigenen Vorlage der Spruch eingemeißelt: »Was ich schaffe, überdauert die Zeit.«

Ibn Muqla besaß nicht nur ein raffiniertes Netz von Korrespondenten, die ihm mit Brieftauben aus dem ganzen Reich Nachrichten zukommen ließen. Sein Palast hatte einen gewaltigen Garten, den Ibn Muqla aus Liebe zur Tierwelt in einen einmaligen Zoo verwandeln ließ, in dem alle Tiere in voneinander getrennten Gehegen frei herumlaufen durften. Um auch den Vögeln ein Gefühl von Freiheit zu geben, ließ er den Himmel über seinem Zoo mit einem seidenen Netz überspannen. Eine große Mannschaft von Pflegern und Medizinern war für die Tiere zuständig. Ibn Muqla wollte die Schöpfung durch Beobachtung der Tierwelt verstehen lernen. Seine Mitarbeiter begannen mit Kreuzungsversuchen, die im Palast des Kalifen Bewunderung, aber auch Hass und Verachtung auslösten. Das Volk blieb durch die dicken Mauern der Paläste und des Unwissens fern all der Diskussionen und Experimente.

Bald erzielten Ibn Muqlas Mitarbeiter kleine Erfolge in der Vogelwelt, bei Hunden und Katzen, Schafen und Ziegen, Eseln und Pferden, aber viele dieser Experimente führten zu Missbildungen. Die Fortschritte auf dem naturwissenschaftlichen Gebiet ermunterten Ibn Muqla zu einem weiteren Schritt, der ihm Weltruhm hätte bringen können: Die Erweiterung der arabischen Schrift durch Kreuzung mit anderen Sprachen. Er hatte die persische, arabische, aramäische, türkische und griechische Sprache studiert sowie die Metamorphose der arabischen Schrift von den Anfängen bis zu seiner Zeit. Sorgfältige Studien ermöglichten ihm die Erfindung eines neuen arabischen Alphabets, das mit nur fünfundzwanzig Buchstaben alle damals bekannten Sprachen ausdrücken konnte.

Der zwanzigste Kalif der Abbassiden, al Radi Billah, war ihm sehr zugeneigt. Ibn Muqla überschätzte ihn jedoch. Er sah in ihm den Mann, der ihm bei diesem Schritt der Schriftreform beistehen könne. Der Kalif war vierundzwanzig Jahre alt und ein weltoffener Mensch, der selbst Gedichte schrieb und den Wein und die Frauen liebte. Er hatte aber an seinem Hof, wie auch alle späteren Kalifen, immer weniger zu bestimmen. Die Palastbürokraten, Prinzen, Frauen des Kalifen und hohen Offiziere sorgten durch Intrigen und Verschwörungen dafür, dass kein Reformer zu lange in der Nähe des Kalifen blieb.

Durch sein Ansehen, Wissen und seinen Reichtum zog Ibn Muqla viel Neid und Hass auf sich. Er war damals Ende vierzig und hatte erkannt, dass das Kalifat am Kopf verdorben war. So hatte er Sorge, dass er seine revolutionären Pläne nicht mehr würde realisieren können. Bagdad war ein Ort der Unruhe, der Revolten und der Verschwörungen geworden. Auch Ibn Muqla selbst war von stolzer Natur und hitzigem Temperament. Nicht selten reagierte er gereizt, ungeduldig und schroff im Umgang mit den Hofbeamten. Damit machte er sich in der unmittelbaren Umgebung des Kalifen mehr Feinde als Freunde.

Doch war er trotz aller Intrigen und gegen ihn gerichteten Verschwörungen Wesir beim jungen Kalifen al Radi geworden. Das bestärkte Ibn Muqla in seinem Glauben an seinen Genius und machte ihn im Palast des Herrschers einsam.

Treue Freunde rieten ihm, zu Recht besorgt, sich vom Palast zu entfernen und sich in seinem Ruhm als begnadeter Kalligraph zu sonnen, aber Ibn Muqla hatte seine eigenen ehrgeizigen Pläne mit dem arabischen Alphabet und dafür war der Beistand des Kalifen gegen die Macht der Moscheen notwendig.

Er wusste, dass allein der Gedanke an eine Veränderung der Schrift unter allen Kalifen als Todsünde galt. Sie, die in ihren Palästen zu ihrem Vergnügen bis zu 4000 Frauen und Eunuchen hielten und nicht selten dem Wein mehr als der Theo-

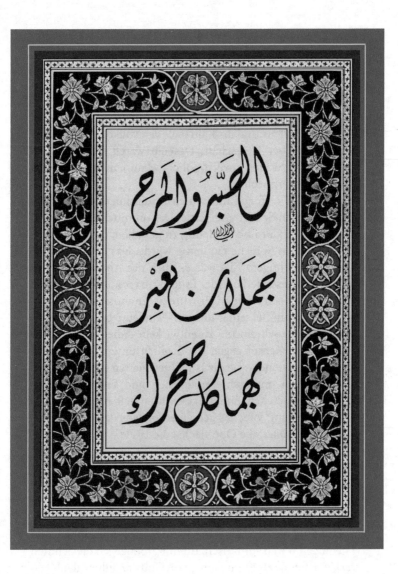

الصبر والمرح

جملان تعبر

بهما كل صحراء

Humor und Geduld sind zwei Kamele,
mit denen du durch jede Wüste kommst.

logie zugeneigt waren, verhielten sich in Fragen der Religion unerbittlich. Sie ließen bekannte Philosophen und Dichter auspeitschen oder barbarisch töten, wenn diese die geringste Reform der Herrschaftsstruktur und der Religion verlangten oder am Koran zweifelten.

Die Kalifen betrachteten sich ungeniert als »Schatten Gottes auf Erden« und ihr Kalifat als den vollkommenen Ausdruck göttlicher Herrschaft. Deshalb waren sie und noch mehr ihre Verwalter unversöhnlich, wenn jemand etwas am Islam verändern wollte.

Ibn Muqla verfolgte mit seinen revolutionären Reformen der arabischen Schrift zwei Ziele. Das unmittelbare Ziel war, die Schrift so klar und eindeutig zu gestalten, dass das Lesen der arabischen Sprache eindeutig würde. Das zweite, mittelbare und wichtigere Ziel war es aber, das Alphabet neu zu schaffen, so dass alle Töne der Erde darin vorkommen und die Buchstaben noch eindeutiger würden. Er ahnte nicht, dass er mit dem ersten Ziel seiner Reform – eindeutige, schlanke und schnörkellose Schreibstile zu entwickeln – die herrschenden Sunniten im Kampf gegen die Schiiten unterstützte. Deren extreme Fraktionen, wie die Ismailiten, hatten den Koran immer als Buch mit mehreren Ebenen und Erklärungsmöglichkeiten angesehen. Einige Extremisten stellten eine radikale Behauptung auf: Was das gemeine Volk aus dem Koran verstand, sei *al saher*, die Oberfläche, die Hülle – die jedoch ein wichtigeres komplexes Innere, *batin,* verberge. Deshalb hießen sie »Batiniten«. Nach ihrer Lehre hatte jedes Wort im Koran einen doppelten Boden. Die Lehre der Sunniten stand dem diametral entgegen, nach ihr gab es keine Doppeldeutigkeit in der Sprache Gottes.

Der Kalif in Bagdad, seine Berater, Hofphilosophen und Theologen waren sunnitisch. Ihren Kampf gegen die Schiiten verkleideten sie als Kampf eines von Gott erwählten gläubigen Kalifen gegen Abtrünnige und Ungläubige. Sie waren absolut begeistert, dass Ibn Muqla ein präzises System für die Maße der Buchstaben und dazu mit der Nas-chi-Schrift eine einfache, schöne und schlanke Schrift entwickelt hatte, mit der die Kopisten nun den Koran schnell, klar und ohne jeden Schnörkel abschreiben konnten. Der Name *Nas-chi* leitet sich von kopieren ab. Diese Schrift ist bis heute die meistgebrauchte Schrift für den Buchdruck.

Die Worte des Korans waren nun eindeutig lesbar und Ibn Muqla zur besten Waffe im Kampf gegen die schiitische Opposition geworden. Der Kalif und seine Theologen ahnten aber nicht, dass Ibn Muqla die Schrift noch radikaler reformieren wollte.

Kalif al Radi liebte Ibn Muqla und ließ ihn öffentlich loben, doch als dieser ihm ein Detail des Geheimnisses seines neuen Alphabets anvertraute, war der Kalif, der von Ibn Muqlas Feinden al Musaffar und Ibn Ra'iq bereits gegen den Kalligraphen aufgehetzt wurde, schockiert. Er warnte Ibn Muqla, dass seine Feinde inzwischen gegen ihn agierten, doch dieser interpretierte die Warnung als Hinweis eines Verbündeten. Er versprach, vorsichtiger vorzugehen, blieb jedoch bei seinem Vorhaben und begann Kreise aus Gleichgesinnten zu bilden. Einige der Gelehrten und bekannten Übersetzer teilten seine Meinung über die Notwendigkeit einer radikalen Reform der Schrift und der Sprache, kannten jedoch die Gefahr einer eindeutigen Haltung und hielten sich deshalb bedeckt. Ibn Muqla verachtete die Gefahr, da er sich der Sympathie des Kalifen al Radi sicher war.

Ibn Muqlas Feinde erfuhren von seinen Plänen, hinterbrachten sie dem Kalifen und stellten sie in direkten Zusammenhang mit den Tierexperimenten, die ihrer Meinung nach nur das Ziel hatten, Gott zu verhöhnen, da sich Ibn Muqla als Schöpfer aufspiele. Und nun wolle dieser Mann auch noch die heilige Sprache des Korans verändern! Der junge Kalif ermahnte Ibn Muqla, sein Vorhaben aufzugeben.

Doch Ibn Muqla, der in seinem Herzen sehr gläubig, aber nicht blind war, sah in seiner Reform keinen Zweifel am Koran und versicherte dem Kalifen, dass er lieber sterben würde, als an einem Wort des Koran zu zweifeln. Vielmehr werde die Vereinfachung und Erweiterung der arabischen Schrift der Sprache und dem Koran eine noch größere Verbreitung verschaffen.

Die zwei Freunde trennten sich in dem gefährlichen Missverständnis, dass jeder glaubte, er habe den anderen überzeugt.

Ibn Muqla unterschätzte seine Feinde.

Kalif al Radi stand der Reform zunächst nicht ablehnend gegenüber. Die Gelehrten hatten ihm jedoch gedroht, sie würden ihm als Kalif die Gefolgschaft verweigern und dem Islam treu bleiben, wenn er Ibn Muqlas Reform zustimme. Al Radi, der bereits die Ermordung seines Vaters durch einen aufgebrachten Mob und die Entmachtung und Verhaftung seines Onkels al Qahir erlebt hatte und selbst nur knapp einem Mordanschlag entgangen war, wusste, was das bedeutete.

Nun passierte etwas, was ein merkwürdiges Licht auf den Kalifen wirft. Ibn Muqla wurde auf dem Weg zum Kalifen in einem Gang des Palastes von Sklaven seiner Feinde al Musaffar und Ibn Ra'iq überfallen und verschleppt. Die Intriganten folterten ihn und teilten dem Kalifen mit, der Kalligraph hätte sich gegen ihn verschworen und Aufrufe zu dessen Sturz verfasst. Der Kalif wurde zornig und gab den Befehl, Ibn Muqla zu verhaften, ohne ihn persönlich zu befragen oder auch nur zu sehen. Und er hatte nicht den Mut, den großen Kalligraphen und Wesir persönlich zu bestrafen, sondern delegierte die Strafe an seine Emire und Hofbeamten, nicht ahnend, dass diese in der Verschwörung gegen Ibn Muqla federführend waren. Sie ließen Ibn Muqla auspeitschen, aber der gab das Versteck der Niederschrift seines neuen Alphabets nicht bekannt. Aus Rache ließen sie Ibn Muqlas rechte Hand abhacken und enteigneten ihn. Bald stand sein Palast in Flammen. Man erzählt, dass alles niederbrannte bis auf das Stück Mauer, auf der das Wort »Zeit« stand.

Was das Feuer nicht fraß, raubte das hungrige Volk von Bagdad. Die Intriganten verkündeten, Ibn Muqla habe sich gegen den Kalifen verschworen. Ibn Muqlas Freunde waren zu feige, um sich für ihn zu verwenden. Sie unternahmen auch nichts zu seiner Rehabilitierung, ließen seine Feinde weiter ihr Unwesen treiben.

Gegen diese Lüge der Palasthistoriker spricht, dass er nicht – wie in solchen Fällen üblich – hingerichtet wurde. Vielmehr schickte der Kalif seinen Leibarzt Hassan bin Thabet, um die Wunde des Kalligraphen zu behandeln, und ein paar Tage später lud er ihn sogar zum Essen ein und ernannte ihn erneut zum Wesir.

Ibn Muqla dichtete über seine Enttäuschung:

Die Menschen sind des Glückes Freund.
Als es mich für einen halben Tag verließ,
Suchten sie ängstlich das Weite.
Oh, Leute kommt zurück,
Das Glück ist mir wieder treu.

Ibn Muqla beweinte seine Verstümmelung sein Leben lang: »Man hat mir die Hand abgehackt wie einem Dieb, die Hand, mit der ich zweimal den Koran kopiert habe.«

Er war inzwischen fünfzig Jahre alt und wollte nicht aufgeben. Er nutzte eine Art Binde, mit der er das Schreibrohr an den Armstummel band, und so konnte er wieder kalligraphieren, wenn auch nicht mehr so schön wie früher. Er gründete die erste große Schule für Kalligraphen, um sein Wissen weiterzugeben und um aus den Begabtesten einen Kreis von Eingeweihten zu bilden, die seine Reformen verstehen, verinnerlichen und weitergeben sollten, für den Fall, dass ihm etwas zustieß. Er wollte nun das geheime Wissen um die Schrift in die Herzen von jungen Kalligraphen einpflanzen, um mit ihnen den Tod zu besiegen.

Doch er ahnte nicht, dass er damit wieder einen Schritt

in die Falle seiner Feinde tat. Sie machten aus seinen Plänen für die Schule erneut eine Verschwörung gegen den Kalifen.

Der Kalif war erzürnt, weil Ibn Muqla nicht auf ihn hörte, und befahl Ibn Ra'iq, den Kalligraphen in einem Haus fern der Stadt gefangen zu halten und dafür zu sorgen, dass er seine Geheimnisse niemandem mehr diktieren konnte. Dort sollte der Kalligraph bis zu seinem Lebensende auf Kosten des Palastes leben.

Ibn Ra'iq ließ dem Kalligraphen die Zunge abschneiden und ihn in ein Gefängnis am Rande der Wüste werfen. Dort musste er isoliert im Elend leben. Proteste der Dichter und Gelehrten jener Zeit halfen nun nicht mehr. Ibn Ra'iq hatte bereits die Macht im Palast übernommen.

Ibn Muqla starb elend im Juli 940. Er war damals in der ganzen arabischen und islamischen Welt berühmt. Er ist es noch heute.

An seinem Grab hielten die größten Dichter seiner Epoche wie Ibn Rumi und al Sauli bewegende Reden. Wäre er in eine Verschwörung gegen den Kalifen oder den Koran verwickelt gewesen, wie seine Feinde behaupten, hätte kein Dichter gewagt, ihn zu loben, geschweige denn seine Trauer über ihn kundzutun. Dichter und Gelehrte jener Zeit arbeiteten alle am Hof des Kalifen und lebten von dessen Gnade.

Das berühmteste von Ibn Muqla überlieferte Zitat: »Was ich schaffe, überdauert die Zeit« zeugt bis heute von der Weitsicht dieses Mannes, der wusste, dass die Regeln, die er für die arabische Kalligraphie schuf, gelten würden, solange es diese Schrift gibt.

Ich brachte ihm das Dichten bei. Sein erster Vers war gegen mich.

Die arabische Schrift.
Musik für die Augen

Für mehr als 300 Millionen Araber ist Arabisch die Muttersprache, mehr als eine Milliarde Muslime (in Pakistan, in Iran etc.) gebraucht die arabische Schrift.

Die Erfindung des Alphabets durch die Phönizier veränderte die Welt radikal. Sie beschleunigte wie das Rad die Fortentwicklung der menschlichen Kultur. Mit seinen 22 Buchstaben gab das Alphabet die Laute (Phoneme) wieder. Es konnte gegenständliche, aber auch abstrakte Begriffe viel genauer und schneller darstellen und festhalten als alle anderen Arten von Schriftzeichen.

Aus dieser Schrift entwickelten sich vielerlei andere Schriften, wie etwa Griechisch und Aramäisch. Aramäisch breitete sich von Nordafrika über den Nahen Osten bis nach Indien aus. Aus dem Aramäischen wiederum entwickelten sich Hebräisch und Arabisch. Die arabische Schrift, darin ist man sich heute sicher, erreichte ihre endgültige Ausprägung über ein Zwischenstadium, das Nabatäisch-Arabisch.

Durch die Eroberungen der Araber – in weniger als hundert Jahren erreichte das Omaijaden-Reich eine Ausdehnung von Asien über den Nahen Osten und Nordafrika bis nach Spanien – erfuhr auch die arabische Schrift große Verbreitung.

Weil der Koran nicht übersetzt werden durfte, mussten die Gläubigen Arabisch lernen, um ihre Gebete verrichten zu können. Und es dauerte nicht lange, bis auch die Verwaltung arabisiert wurde. Schließlich wurden Persisch, Osmanisch-Türkisch und Urdu in arabischer Schrift wiedergegeben, zeitweise sogar Spanisch, Portugiesisch und Suaheli.

Die arabische Sprache jedoch verbreitete sich langsam,

denn Regionen, die den Eroberern verwehrt blieben, behielten ihre eigenen lokalen Sprachen und Religionen.

Arabisch wird von rechts nach links geschrieben. Das Alphabet hat 25 Konsonanten und drei lange Vokale *A*, *I* und *U*. Die Kurzvokale wurden in den alten Schriften über und unter den Buchstaben gezeichnet, was ein fehlerfreies Lesen ermöglichte. In der modernen Schrift verzichtet man auf diese Nuancen.

Die einzelnen Buchstaben werden in der arabischen Schrift immer miteinander verbunden, sowohl beim handschriftlichen Schreiben als auch im Druck. Jeder Buchstabe hat vier Formen, je nachdem, ob er am Anfang, in der Mitte, am Ende oder frei steht. Die lateinische Schrift kennt dagegen nur zwei Formen, Majuskel und Minuskel. Erschwerend kommt hinzu, dass sich 22 Buchstaben im Arabischen von beiden Seiten verbinden lassen, sechs Buchstaben (أ ر ز د ذ و) jedoch nicht nach links. Wenn sie also in der Mitte eines Wortes vorkommen, wird der Buchstabe links von ihnen so geschrieben, als stünde er am Anfang eines Wortes.

Im Gegensatz zur lateinischen Schrift spielen Ligaturen (Verbindung zwischen den Buchstaben) bei der Gestaltung der arabischen Schrift eine wesentliche Rolle.

In kaum einer anderen Kultur hat das Wort eine solche Bedeutung wie in der arabischen Kultur. Auch schon vor der Islamisierung fehlte es den Arabern, bedingt durch ihr Leben in der Wüste, an so etwas Bedeutendem wie der griechischen und römischen Malerei und Bildhauerei, dafür besaßen sie eine der schönsten Poesien der Welt. Die Wüste lässt die Augen ruhen und regt die Zunge an. Der Islam hob die Bedeutung des Wortes und dessen ästhetische Kultivierung durch Kalligraphie zunächst für sakrale Zwecke hervor. Später fand die Schrift Verwendung in Palästen, auf Gefäßen und Schmuck, in Büchern und bei anderen Luxusgütern. Immer jedoch haftete der arabischen Schrift das Heilige an. Moscheen, denen es an Bildern und Skulpturen fehlt, sind wie große Bücher mit Inschriften geschmückt. Und so wurde die arabische Kalligraphie zu der wichtigsten Kunst der islamischen Welt. Die Bedeutung der osmanischen und persischen Kalligraphen kann gar nicht genug hervorgehoben werden.

Wurde die Kalligraphie zunächst aus rein religiösen Gründen gepflegt, um heilige Texte schön und lesbar zu gestalten und die spirituelle Atmosphäre der sakralen Gebetsorte durch Schönheit, Rhythmus, Spiegelung und Vielfalt in ihrer Einheit zu verstärken, so ging man später über dieses Bestreben hinaus und entwickelte sie zu einer vollendeten Kunst der Form, die unabhängig vom Inhalt des Geschriebenen und dessen Verständnis fasziniert.

Die Kunst der Kalligraphie erfuhr ihre entscheidenden Impulse in Bagdad. Nicht nur der geniale Ibn Muqla, sondern auch seine Schüler haben über einen Zeitraum von drei Jahrhunderten die arabische Schrift perfektioniert. Später übernahmen die osmanischen Kalligraphen in Istanbul diese Rolle. Sie pflegten und entwickelten die Kalligraphie weiter.

Die Kalligraphie unterliegt strengen Gesetzen, die seit dem großen Meister Ibn Muqla gelten. Allerdings hat ein Kalligraph mehrere Stile zur Auswahl. Jeder Schreibstil wiederum bietet unendlich viele Möglichkeiten, was Spiegelungen, Wiederholungen und Ligaturen betrifft, so dass der Kalligraph seiner Art und seinen ästhetischen Idealen gemäß gestalten kann.

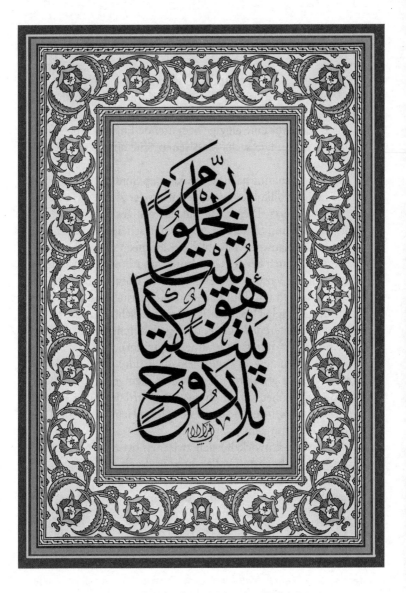

Ein Haus ohne Buch ist ein Ort ohne Seele.

Schreibstile

Im Laufe der Jahrhunderte entwickelten sich verschiedene Schreibstile. Mit Einzug des Computers entstanden Hunderte neuer Stile, ohne dass in dieser unübersichtlichen Masse auch nur eine einzige bedeutende Entwicklung auszumachen wäre. Die sechs klassischen Stile sind (siehe Abbildung S. 537):

Kufi: so genannt nach der irakischen Stadt al Kufa. Sie erreichte ihre Vollkommenheit bereits in der zweiten Hälfte des 8. Jahrhunderts. Dieser Stil hat ein eckiges Schriftbild, das sakral wirkt und Minarette anzudeuten scheint. Er ist sehr beliebt in der Bauweise sowohl von Moscheen als auch von Palästen, aber auch bei der Gestaltung von Alltagsgegenständen. Eine beliebte Variante dieses Stils ist der florale Kufi-Stil. Hier ragen Pflanzen und Blumen aus den Buchstaben und ergeben eine ausgeprägte Ornamentik, aber sie erschweren das Lesen. Bei einer weiteren Variante, dem geflochtenen Kufi, können nur noch Experten das Ornament entziffern.

Thuluth, (th wie im Englischen; auch Tulut oder – im Türkischen – Sülüs genannt): Der Name bedeutet *ein Drittel* und bezog sich früher auf die Breite der Rohrfederspitze, mit der geschrieben wurde. Die breiteste war 24 Haar breit, die Thuluth-Schrift nur acht.

Dieser Stil entwickelte sich zwischen dem 7. und 10. Jahrhundert zur höchsten Vollendung und galt als Prüfstein der Kunstfertigkeit eines jeden Kalligraphen. Man nennt Thuluth deshalb auch die »Mutter der Kalligraphie«.

Oft wird Thuluth für den Druck besonders anspruchsvoller Bücher, für religiöse Texte und für die Verzierung und Dekoration in Moscheen und amtlichen Gebäuden gebraucht.

Nas-chi (auch Naß-ch, Neskh, Neskhi): Vom Meister aller Meister Ibn Muqla im 10. Jahrhundert kreiert, um die Arbeit

جمعت الطبيعة عبقريتها فكانت الجمال

وكان أحسنه وأثيره محل في الهيكل الآدمي وجاور العقل الشريف والنفس اللطيفة والحياة الساحرة

فالجمال البشري سيد الجمال كله

لا المثال البارع استطاع أن يخلعه على الدمى الحسان ولا المثير الراهن في ليالي الصحراء ما البرق المحترق وها

وللربيع الزهر وغربه في شباب الربيع ماله سه بسائة دطيب

وليس لجمال نغمة العبون والابريق للعنور والنسيف لقرود والآس لها المحرود

فلا الوان الثناء لقينا لشماء الكون شعاع على ني لرط مبل البرع على ضول الهيا كل البشرية

يكسوها دوعته ويجعلها السحرا فتنة النا اس

Die Schriftstile von oben nach unten:
Thuluth, Nas-chi, Farsi, Rihani, Riqa'i, Diwani, Diwani Gali, Kufi

der Kopisten (arab. nasacha = kopieren) zu erleichtern und vor allem das eindeutige Lesen zu ermöglichen. Heute werden fast alle Bücher in diesem Stil geschrieben. Elegant und klar.

Riq'a (auch Ruq'a, Riqaa und Riqa'i): Wurde von den osmanischen Kalligraphen entwickelt, die die größtmögliche Vereinfachung erreichen wollten. Die Schrift ist klein, gedrängt, schmucklos. Sie ist für das handschriftliche Schreiben geeignet und verbreitete sich schnell. Häufig werden die Schlagzeilen einer Zeitung mit dieser vertrauten Schrift geschrieben.

Farsi (auch Ta'liq und Nasta'liq genannt): Luftige elegante Schrift. Der Strich ist schlank und dynamisch, oft schräg. Die wenigen Spitzen sind oft gerundet. Großzügige, breite Dehnung der horizontalen Buchstaben, was der visuellen Musik der Schrift im Rhythmus der Buchstaben einen ruhigen Klang verleiht. Heute beherrscht dieser Stil das Schriftbild in Iran.

Diwani: Wurde in den osmanischen Staatskanzleien (diwan) verwendet. Diwani ist eine majestätische Schrift, deren Buchstaben oft einem Kreis folgen, dessen Durchmesser die Höhe des *Alif* bestimmt (siehe S. 518).

Tughra: Dieser Stil ist ausgestorben. Er ähnelte einem Fingerabdruck und war dem Sultan vorbehalten. In der Ausgestaltung waren Name und manchmal auch der majestätische Beiname des Sultans integriert. Später wurden auch religiöse Sprüche in diesem Stil geschrieben und so zu einer Ikone erhoben. Der Schriftzug folgte nicht der Regel des Schreibens von rechts nach links, sondern verlief, wie es die Figur verlangte. Über den Ursprung dieses Stils gibt es eine kuriose Geschichte. Der Mongolenfürst Timur-Leng und der osmanische Sultan Bayazid lagen im Streit, und da Timur-Leng nicht schreiben konnte, beglaubigte er die Echtheit des Briefes, den er seinem Schreiber diktiert hatte, mit seinem Daumenabdruck.

Der osmanische Herrscher konterte mit einem Schriftzug seines Namens, der komplizierter und filigraner nicht sein konnte.

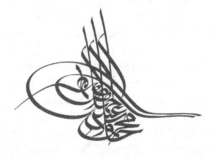

Tughra des osmanischen Sultans Mahmud II.

Die Kalligraphen hieß er, den Schriftzug einem Fingerabdruck gleich zu gestalten, um seinem Feind auf diese Weise das hohe Niveau der osmanischen Zivilisation vorzuführen.

Musik für die Augen

Es gibt einen wesentlichen Unterschied zwischen dem Arabischen und vielen anderen Schriftsprachen der Welt. Im Hebräischen, Lateinischen, Kyrillischen, Griechischen, Koreanischen, Chinesischen etwa besteht die Schrift aus verschiedenen, voneinander getrennten Einheiten. Das Schreiben dieser Sprachen macht ein ständiges An- und Absetzen der Feder erforderlich, aber auch die Augen müssen, wenn sie lesen, eine permanente Unterbrechung des Schriftzugs bewältigen.

Die arabischen Buchstaben werden, wie zuvor schon erwähnt, sowohl beim handschriftlichen Schreiben als auch im Druck miteinander verbunden. Die Wörter bilden einen kalligraphischen Fluss. Und genau diese Eigenschaft macht die arabische Schrift wie geschaffen dafür, Musik für das Auge zu sein.

Und so wie das Ohr die Musik genießt, genießt das Auge die arabische Kalligraphie, ohne sie zu verstehen.

Da sie immer gebunden geschrieben wird, spielt die Länge der Bindung zwischen den Buchstaben (Ligatur) bei der Komposition eine besondere Rolle. Die Dehnung und Kürzung dieser Bindung ist für das Auge wie die Verlängerung oder Kürzung eines Tones für das Ohr. Das A(lif), im Arabischen ein senkrechter Strich, verwandelt sich in einen Taktstrich für den Rhythmus der Musik. Aber da wiederum die Größe des Buchstaben A(lif) der Proportionslehre zufolge die Größe aller anderen Buchstaben bestimmt, beteiligt er sich auch an der Höhe und Tiefe der Musik, die die Buchstaben waagerecht in jeder Zeile bilden. Und auch die unterschiedliche Breite, von haarfein bis ausladend, sowohl der Buchstaben selbst als auch der Übergänge am Fuß, Rumpf und Kopf der Buchstaben nehmen Einfluss auf diese Musik für das Auge. Die Dehnung in der Horizontalen, das Wechselspiel zwischen runden und eckigen Buchstaben, zwischen senkrechten und waagerechten Linien beeinflusst die Melodie der Schrift und erzeugt eine leichte, verspielte und heitere, eine ruhend melancholische oder gar eine schwere und dunkle Stimmung.

Und möchte man sorgfältig mit den Buchstaben musizieren, so erfordert die Leere zwischen den Buchstaben und Worten ein noch größeres Geschick. Die leeren Räume einer Kalligraphie sind Augenblicke der Stille. Und wie die arabische Musik setzt auch die Kalligraphie auf die Wiederholung bestimmter Elemente, die nicht nur den Tanz von Körper und Seele, sondern auch das Loslösen vom Irdischen und das Erreichen anderer Sphären fördert.

Der geniale Goethe hat sich, wie sein Nachlass zeigt, darin geübt, Arabisch zu schreiben, ohne dass er je Arabisch hätte lesen können. Vor allem in der Zeit, als er sich intensiv mit dem Orient und dem »Westöstlichen Divan« beschäftigte. Warum?

Goethe hat erkannt, dass das Arabische in seiner Form wie keine andere Schrift das Wesen der arabischen Kultur vermittelt, auch wenn der Inhalt dem Nichtkundigen verborgen bleibt. Zu Recht schrieb er im Jahr 1815 an Chr. Schlosser, in keiner Sprache seien »Geist, Wort und Schrift so uranfänglich zusammengekörpert« wie im Arabischen. Seite um Seite füllte Goethe mit Übungen, als wollte er mit seinen »geistig technischen Bemühungen« nachvollziehen, wie die Araber denken und fühlen, als wollte er sich orientalisieren. In der Übung hat er die Musik der Schrift aber auch mit den Augen aufgenommen und mit seiner Hand fasziniert begleitet. Und ich bin sicher, er hat tief in seinem Inneren der Melodie der Schrift gelauscht.

Ein schönes Alphabet
mit ein paar Makeln

Fragt man zwei Araber, wie viele Buchstaben das arabische Alphabet hat, so wird der eine wahrscheinlich verlegen »achtundzwanzig« antworten und der andere – noch verlegener vor dem Fremden – leise widersprechen: »Es sind doch neunundzwanzig Buchstaben, da bin ich sicher.«

Die Unsicherheit und Ungenauigkeit der Antwort verwundert einen, da es sich ja nicht um die Zahl der chinesischen Zeichen handelt, die ein chinesischer Literat beherrschen muss.

Auch heute noch findet man überall unterschiedliche Angaben, in Lehrbüchern für Sprache, in Kalligraphiebüchern, auf Internetseiten und im Gedächtnis der Araber.

Woher kommt diese Meinungsverschiedenheit?

Die arabische Sprache verfügt über genau achtundzwanzig Buchstaben. Der vermeintliche neunundzwanzigste Buchstabe ist *LA* und besteht – wie seine Wiedergabe in lateinischen Buchstaben – aus zwei Buchstaben *L* und *A*. Also ist das kein Buchstabe, sondern ein Wort und bedeutet »nein« oder »nicht«.

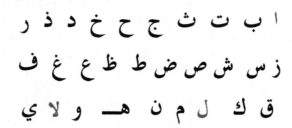

Das arabische Alphabet. Der vorletzte Buchstabe (zweiter von links in der unteren Zeile) ist kleiner. LA lautet dieser angebliche Buchstabe, er besteht aus A (erster Buchstabe oben rechts) und L (dritter Buchstabe von rechts in der unteren Zeile)

Wie konnten aber Millionen von Arabern samt Literaturwissenschaftlern, Philosophen, Sprachwissenschaftlern, Liberalen und Rebellen, Erneuerern und Sprachpuristen, die manchmal Monate, wenn nicht Jahre um die Form eines Gedichts oder um die richtige Deklination eines Verbs debattierten und gestritten haben, übersehen, dass ihr geliebtes Alphabet fehlerhaft ist?

Die Antwort hat mit der Geschichte dieses einen Buchstaben und der arabischen Gesellschaft zu tun.

Viele Legenden ranken sich um den angeblichen Buchstaben *LA*. Nach der bekanntesten Anekdote fragte ein Freund des Propheten ihn, wie viele Buchstaben Gott Adam gegeben habe, der Prophet antwortete: neunundzwanzig. Der gelehrte Weggefährte korrigierte höflich, er habe aber in der arabischen Sprache nur achtundzwanzig Buchstaben gefunden.

Der Prophet wiederholte, es seien neunundzwanzig, doch der Freund zählte noch einmal nach und erwiderte, es seien nur achtundzwanzig. Da bekam der Prophet rote Augen vor Zorn und sagte dem Mann: »Gott hat Adam aber neunundzwanzig arabische Buchstaben gegeben. Siebzigtausend Engel waren Zeugen. Der neunundzwanzigste Buchstabe ist *LA*.«

Alle Freunde des Propheten wussten, dass er sich geirrt hatte. Aber nicht nur die Freunde des Propheten, Tausende von Gelehrten und unzählige Menschen, die des Lesens mächtig sind, schwiegen über tausenddreihundert Jahre lang und lehrten ihren Kindern ein Alphabet mit einem überflüssigen und dazu falschen Buchstaben. Auch die arabische Sprache blieb genauso lang ohne Reformen. Es gab immer wieder mutige Rufer nach einer Reform, doch ihre Rufe verhallten in der Wüste.

Der Grund für die Erstarrung der arabischen Sprache und deren Alphabet liegt nicht nur in der fundamentalistischen Religiosität, welche die arabische Sprache heiligte und jedwede Veränderung als Angriff gegen Gott und den Koran verurteilte. Nein, der Grund liegt tiefer verwurzelt in der arabischen Sippe und deren Gesetzmäßigkeiten, die eine geniale gesellschaftliche Erfindung gegen die lebensfeindliche Wüste war und die Araber jahrtausendelang überleben ließ. Doch mit dem Übergang zum Weltreich erwies sich dies als das größte Hemmnis einer Weiterentwicklung. Der Kalif war wie der Sippenvorsteher der Schatten Gottes auf Erden. Er residierte in der Hauptstadt, die lokalen Herrscher in ihren jeweiligen Städten, die anders als in Europa bereits im 7. Jahrhundert eine Hochkultur erlebten. Die Stadt ist also in der arabischen (und allgemein asiatischen) Geschichte kein Ort der bürgerlichen Rebellion, der Reform, der Dynamik, sondern der Sitz des Herrschers und all seiner Denker, Dichter, Religions-, Geschichts- und Sprachgelehrten. Hier wurde aber nur das festgeschrieben, was der Kalif, Sultan oder König erlaubte. Es gab auch hier immer Rebellen, die radikale Reformen vertraten. Doch sie wurden vertrieben, verfolgt und nicht selten vernichtet. Natürlich gab es aufgeklärte Herrscher (al Ma'mun), deren Paläste ein Hort des Fortschritts waren. Denen verdanken wir die Förderung der Philosophie, der Naturwissenschaft und eine der schönsten Dichtungen der Welt. Aber kein Kalif war ein Garant für seinen Nachfolger. Gedichtet, philosophiert, gerechnet und meditiert wurde im Palast oder in dessen Schatten. Das Wort Hofdichter ist kein Schimpfwort, sondern es bezeichnet die zutiefst verwurzelte Tradition der Dichtung in Arabien und sie setzt sich bis heute unverändert fort. Diese Hofdichter erscheinen aus der Ferne – auch heute noch –, getarnt mit nicht einmal schlechtem Englisch, Handy und Limousine, äußerst modern, bisweilen wie verhinderte Rebellen, und nicht selten gaukeln sie ihren europäischen Kollegen mondäne liberale Haltung vor und führen mit diesen Plaudereien über Marx, Heidegger, Sartre und andere geistige Größen. Doch aus der Nähe sind sie üble Handlanger der Macht und der komplementäre Teil ihrer Folterknechte, ihre Aufgabe ist es, den Herrscher zu besingen, seine Gegner zu diffamieren und jedwede Strafe gegen sie zu rechtfertigen. Das war so und ist bis heute so geblieben.

Es gab aber von Anfang an eine andere Tradition, die der rebellischen Denker und Dichter, die außerhalb der Paläste existierte. Ihre Spuren wurden zum größten Teil getilgt und gefälscht. Sie werden bis heute noch unterdrückt, doch dank der weltweiten Kommunikation können sie nicht mehr zum Verstummen gebracht werden.

Der Koran ist für über eine Milliarde Menschen das heilige Buch und soll unangetastet bleiben, aber die arabische Sprache des Alltags, des Wissens, der Poesie bedarf radikaler Reformen. Als Erstes muss man die Bausteine der Sprache, die Buchstaben, reformieren. Der Schrift fehlen ein paar Buchstaben, wie E, O, P und W, um mit den anderen Sprachen leicht

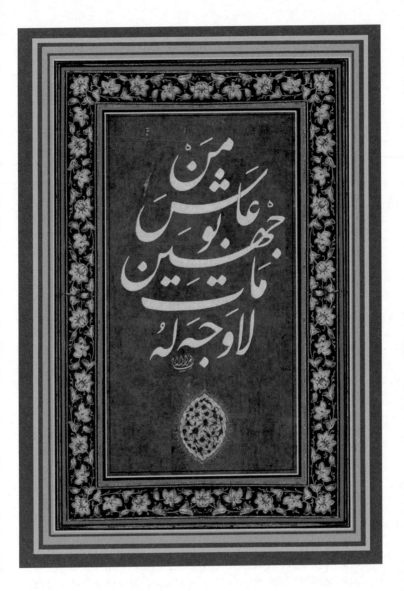

Wer mit zwei Gesichtern lebt, stirbt gesichtslos.

zu kommunizieren, ihre Ausdrücke aufzunehmen, ohne das Wort in Latein schreiben zu müssen. Das Persische kann arabische, lateinische und chinesische Wörter ohne Klammerkrücken aufnehmen. Die Zeilen, die Seiten und Bücher sind für das Auge harmonisch, und das Lesen fließt in eine Richtung von rechts nach links und nicht wie bei den arabischen Büchern der Naturwissenschaft, der Psychologie, der Philosophie, der Medizin u.a., wo der Wortfluss oft mit lateinischen Ausdrücken unterbrochen wird, die von links nach rechts gelesen werden müssen. Das Problem haben europäische Sprachen untereinander nicht. Wie bei jedem Laut einer Sprache könnte man eine Kombination von Buchstaben einer anderen europäischen Sprache finden, die diesen Laut gut wiedergeben.

Die Arabisierung der wissenschaftlichen, philosophischen, technischen, soziologischen Begriffe der Moderne geht in Arabien zögernd und unkoordiniert vor sich. Der Zug der Moderne rast aber gnadenlos. Seine Gleise sind die neuen Wörter, die der Erfindergeist vollbringt. Und dann kommt ein junger Araber und will mir stolz erzählen, dass er dreißig Synonyme für das Wort »Löwe« kennt. Ein arabischer Sprachwissenschaftler protzte gar damit, er habe gelesen, der Gelehrte Ibn Faris habe allein für den Bart zweihundert Synonyme gesammelt.

Ja, das galt einmal für die Dichter im 8. Jahrhundert. Aber was ist mit dem arabischen Wort für Wasserstoff, Lenkrad, Radio, Oxid, Computer und Digital?

Keine Antwort. Je nach ehemaliger Kolonialmacht (und das bis in die Gegenwart hinein) übernehmen die einen die englischen und die anderen die französischen Ausdrücke für all diese Wörter.

Man schätzt die Wörter, die die moderne Physik hervorgebracht hat, auf etwa 60 000, die der Chemie auf 100 000, die der Medizin auf 200 000. In der Botanik kennt man über 350 000 Pflanzenarten. In der Zoologie zählt man über eine

Million Tierarten. All das muss die arabische Sprache aufnehmen, wenn sie noch als Weltsprache gelten will. Sie verharrt mit offenem Mund gegenüber all den rasenden Erneuerungen, und wenn sie nicht mithält, wird sie rückständig.

Aufrufe der falschen Propheten, die Zauberlösung gegen die Erstarrung bestehe darin, dass die Araber auf das Hocharabische verzichten und stattdessen in lokalen Dialekten schreiben sollen, ist eher eine geistige Fortsetzung des Kolonialismus aus dem 19. Jahrhundert. Es wirkt beim genauen Hinsehen lächerlich. Welches Volk hat seine Krisen überwunden, indem es seine Hochsprache gegen den Dialekt ausgetauscht hat?

Eine zweite Tendenz aus ähnlicher Quelle ist der Aufruf, auf die arabischen Buchstaben zu verzichten und in Latein zu schreiben, wie es Mustafa Kemal Atatürk 1928 erfolgreich für das Türkische durchgesetzt hat. Das mag für viele islamische Völker eine gute Reform sein, und ich fürchte, es wird auch eintreten, wenn die Araber nicht aufwachen und ihre Schrift und Sprache reformieren und sich bemühen, mit der Zivilisation Schritt zu halten.

Aber dieser Vorschlag ist für die Araber unannehmbar, weil die arabischen Buchstaben eine kardinale Stütze der ganzen arabischen Kultur sind.

Ein mutiger Vorschlag, die Krise der arabischen Sprache zu lösen, entwickelte sich in den siebziger Jahren des vergangenen Jahrhunderts. Um den Vorschlag zu verstehen und zu würdigen, muss man wissen, dass die arabische Schrift von Anfang an ein Grundproblem hatte: ihre Buchstaben ähneln sich. Deshalb hatten Gelehrte schon früh mehrere Reformversuche unternommen, um die mehrdeutige und fehlerhafte Lesung (vor allem der heiligen Texte) zu eliminieren. Der radikalste Schritt wurde im 8. Jahrhundert unter den Omaijaden durchgeführt. Fünfzehn Buchstaben bekamen ein, zwei oder drei Punkte über oder unter dem Zeichen, um sie eindeutig von ihnen sehr ähnlich aussehenden Buchstaben (gleiche Buchstabengrundkörper) zu unterscheiden. Vor allem kommen dem Sprachgelehrten al-Farahidi (gest. 786) große Verdienste bei dieser Verbesserung zu.

Der Koran wurde mit dieser reformierten Schrift neu kopiert und konnte von nun an von jedem Schüler fehlerfrei gelesen werden, was früher ohne Punkte nicht einmal die Gelehrten konnten. Diese historische Tatsache straft alle Islamisten Lüge, die behaupten, dass Sprache und Schrift heilig seien. Sie sind Menschenwerk und als solche nur durch Erneuerung lebendig zu halten.

Es gibt aber auch eine objektive Schwierigkeit. Die arabischen Buchstaben werden, wie zuvor erwähnt, auf vier verschiedene Weisen geschrieben. Deshalb ist der Seufzer des großen ägyptischen Schriftstellers Taha Hussein (1882–1973) mehr als berechtigt: »*Die anderen lesen, um zu studieren, während wir studieren müssen, um lesen zu können.*«

Der irakische Dichter, Maler und Kalligraph Muhammad Said al Sakkar entwickelte nach jahrlanger, mühseliger Arbeit ein, wie er es nannte, »konzentriertes Alphabet« mit nur fünfzehn Buchstaben. Jeder Buchstabe hat eine einzige Form, gleich wo er im Wort vorkommt. Sakkar nannte es »Fesseln des Platzes brechen«. Dies sollte das Lesen und Erlernen der Buchstaben und Worte und das Computerschreiben sowie die Druckarbeit erleichtern. Seine Erfindung, die er auch patentieren ließ, wurde in Bagdad des Saddam Hussein erst mit Begeisterung aufgenommen. Die Diktatur wollte es als geniale Leistung des Bathregimes präsentieren, doch bald erkannte man die explosive Kraft dieser Reform und die Gefährdung ihrer Herrschaft. Sakkar wurde, obwohl er Saddam Hussein treu war und scheußliche nationalistische Gedichte für das Regime geschrieben hatte, nun als »Zögling der Freimaurerei« bezeichnet, der das einzige Ziel verfolge, die arabische Kultur zu zerstören. Das galt damals, von Saddams Onkel Chairallah

Talfah, einem primitiven Mörder mit Macht, ausgesprochen, wie ein Todesurteil. Sakkar musste 1978 flüchten und lebt seitdem im Pariser Exil.

Doch bei allem Respekt vor dieser großen Bemühung muss gesagt werden, dass die Reduzierung der Buchstaben eine Sprache verarmt und ihre Eleganz schädigt. Das wirft auch weitere große Probleme auf. Man müsste den Koran neu kopieren und diese Veränderungen der islamischen Welt beibringen, sonst entsteht das größte Chaos aller Zeiten: zwei oder drei Alphabete existieren neben- und gegeneinander und stiften nur Verwirrung.

Nein, die Erweiterung des Alphabets ist die vernünftige Lösung. Der Koran kann unangetastet bleiben, und das Alphabet des Alltags, der Poesie, der Wissenschaft erweitert sich um vier Buchstaben. Perser, Pakistanis, Afghanen und andere islamische Völker haben das Alphabet längst erweitert, ohne weniger gute Muslime geworden zu sein.

Die finanziellen Mittel für eine radikale Reform von Schrift und Sprache fehlen in Arabien nicht. Die Erdöleinkünfte eines einzigen Tages reichen für die Übersetzung der wichtigsten Bücher der Erde und für die Erneuerung des arabischen Wortschatzes.

Diese Reform aber braucht, um durchgeführt zu werden, Einigkeit, Demokratie und Freiheit unter den Arabern. Und diese Reform liegt noch in weiter Ferne.

»Eine Liebeserklärung an Damaskus und seine Bewohner.«

Volker S. Stahr, Neue Zürcher Zeitung

224 Seiten. Gebunden

Damaskus wird als Reiseziel immer attraktiver. Rafik Schami beschreibt »Syriens schönste Hauptstadt« und erzählt leidenschaftlich von ihrer Geschichte, ihrem Geschmack, Geruch und Klang: »Nachtigallennester« aus Reisnudeln, Pistazien und Zuckersirup, dazu arabischer Kaffee stehen in den Cafés der verwinkelten Gassen bereit, begleitet von den Rufen des Muezzin und dem Konzert der Autohupen. Rafik Schami erzählt von christlichen, jüdischen und muslimischen Prachtbauten, von Suks und Hamams, von Teppichhändlern und Obstverkäufern – und entführt den Leser auf eine faszinierende Reise.

www.rafik-schami.de

Rafik Schami im dtv

»Meine geheime Quelle ist die Zunge der anderen. Wer erzählen will, muß erst einmal lernen zuzuhören.«
Rafik Schami

Das letzte Wort der Wanderratte
Märchen, Fabeln und phantastische Geschichten
ISBN 978-3-423-10735-8

»Die Fortsetzung von ›Tausendundeiner Nacht‹ in unserer Zeit.« (Jens Brüning, Sender Freies Berlin)

Die Sehnsucht fährt schwarz
Geschichten aus der Fremde
ISBN 978-3-423-10842-3

Das Leben der Arbeitsemigranten in Deutschland: von Heimweh und Diskriminierung, Einsamkeit und Missverständnissen, von Behördenkrieg und Sprachschwierigkeiten – und von manch kleinem Sieg über den grauen Alltag.

Der erste Ritt durchs Nadelöhr
Noch mehr Märchen, Fabeln & phantastische Geschichten
ISBN 978-3-423-10896-6

Von tapferen Flöhen, einer einsamen Raupe, einem Schwein, das unter die Hühner ging und anderen wunderbaren Fabelwesen.

Das Schaf im Wolfspelz
Märchen & Fabeln
ISBN 978-3-423-11026-6

Märchen und Fabeln, die bunt und poetisch erzählen, was ein Schaf mit einem Wolfspelz zu tun hat und warum eine Zwiebel uns tatsächlich zum Weinen bringt.

Der Fliegenmelker
Geschichten aus Damaskus
ISBN 978-3-423-11081-5

Vom Leben der Menschen im Damaskus der 50er Jahre: Liebe und List, Arbeit und Vergnügen in unsicheren Zeiten.

Märchen aus Malula
ISBN 978-3-423-11219-2

Aus Malula, dem Heimatort von Rafik Schamis Familie, stammt diese Sammlung von Geschichten, die durch Zufall wiederentdeckt wurde.

Erzähler der Nacht
Roman
ISBN 978-3-423-11915-3

Salim, der beste Geschichtenerzähler von Damaskus, ist verstummt. Sieben seiner Freunde besuchen ihn Abend für Abend und erzählen die Schicksalsgeschichten ihres Lebens. Damit können sie Salim erlösen, denn er benötigt sieben einmalige Geschenke …

Bitte besuchen Sie uns im Internet: www.dtv.de

Rafik Schami im dtv

Eine Hand voller Sterne
Roman
ISBN 978-3-423-11973-3 und
ISBN 978-3-423-21177-2
Über mehrere Jahre hinweg
führt ein Bäckerjunge in
Damaskus ein Tagebuch. Es
gibt viel Schönes, Poetisches
und Lustiges zu berichten,
aber auch von Armut und
Angst erzählt er.

Der ehrliche Lügner
Roman
ISBN 978-3-423-12203-0
Zauberhaft schöne Geschichten aus dem Morgenland, die
Rafik Schami in bester arabischer Erzähltradition zu
einem kunstvollen Roman
verwoben hat.

Vom Zauber der Zunge
Reden gegen das Verstummen
ISBN 978-3-423-12434-8
Vier Diskurse über das Erzäh-
len, wie sie lebendiger und
lebensnäher nicht sein könnten.

**Reise zwischen Nacht
und Morgen**
Roman
ISBN 978-3-423-12635-9
Ein alter Circus reist von

Deutschland in den Orient.
Ein Roman über die Hoff-
nung im Angesicht der
Vergänglichkeit.

Gesammelte Olivenkerne
aus dem Tagebuch der Fremde
ISBN 978-3-423-12771-4
Mit kritischem und amüsier-
tem Blick auf das Leben in
Arabien und Deutschland
schreibt Schami in seinen kleinen Gesellschaftseinmischun-
gen über eine Traumfrau,
einen Müllsortierer, über
Liebende oder Lottospieler.

Milad
Von einem, der auszog, um
21 Tage satt zu werden
Roman
ISBN 978-3-423-12849-0
Eine Fee verspricht dem
armen Milad einen Schatz,
wenn er es schafft, 21 Tage
hintereinander satt zu werden.

Sieben Doppelgänger
Roman
ISBN 978-3-423-12936-7
Doppelgänger sollen für Rafik
Schami auf Lesereise gehen,
damit er in Ruhe neue Bücher
schreiben kann ...

Bitte besuchen Sie uns im Internet: www.dtv.de

Rafik Schami im dtv

Die Sehnsucht der Schwalbe
Roman
ISBN 978-3-423-**12991**-6 und
ISBN 978-3-423-**21002**-7

»Mein Leben in Deutschland
ist ein einziges Abenteuer.«
Und Lutfi aus Damaskus
beginnt zu erzählen … Ein
Buch über Kindheit und
Elternhaus, Liebe und Hass,
Fürsorge und Missgunst und
die Suche nach Geborgenheit.

Mit fremden Augen
Tagebuch über den 11. September, den Palästinakonflikt und
die arabische Welt
ISBN 978-3-423-**13241**-1

Sehr persönlich und poetisch
geschriebene Tagebuchaufzeichnungen von Oktober 2001
bis Mai 2002 – getragen von
dem wunsch nach einer friedlichen Aussöhnung zwischen
Israelis und Palästinensern.

Die dunkle Seite der Liebe
Roman
ISBN 978-3-423-**13520**-7 und
ISBN 978-3-423-**21224**-3

Zwei Familienclans, die sich
auf den Tod hassen und eine
Liebe, die daran fast zerbricht.

Damaskus im Herzen
und Deutschland im Blick
ISBN 978-3-423-**13796**-6

Ernsthafte und unterhaltsame
Betrachtungen eines syrischen
Deutschen zwischen Orient
und Okzident, ein Plädoyer für
mehr Toleranz und das Buch,
in dem sich Schamis persönliches und politisches Credo am
leidenschaftlichsten ausdrückt.

**Das Geheimnis des
Kalligraphen**
Roman
ISBN 978-3-423-**13918**-2

Die bewegende Geschichte
des Damaszener Kalligraphen
Hamid Farsi, der den großen
Traum einer Reform der arabischen Schrift verwirklichen
will und sich dabei in Gefahr
begibt.

**Eine deutsche Leidenschaft
namens Nudelsalat**
und andere seltsame
Geschichten
ISBN 978-3-423-14003-4

Ein liebevoller Brückenschlag
zwischen Orient und Okzident: Beobachtungen aus dem
deutschen Alltag.

Wilhelm Genazino im dtv

»So entschlossen unentschlossen, so gezielt absichtslos,
so dauerhaft dem Provisorischen zugeneigt, so hartnäckig dem
Beiläufigen verbunden wie Wilhelm Genazino ist
kein anderer deutscher Autor.«
Hubert Spiegel in der ›Frankfurter Allgemeinen Zeitung‹

Abschaffel
Roman-Trilogie
ISBN 978-3-423-**13028**-8

Abschaffel, Flaneur und
»Workaholic des Nichtstuns«,
streift durch eine Metropole der
verwalteten Welt und kompen-
siert mit innerer Fantasietätig-
keit die äußere Ereignisöde seines Angestelltendaseins.

**Ein Regenschirm für
diesen Tag**
Roman
ISBN 978-3-423-**13072**-1

Geld verdienen kann man mit
den unterschiedlichsten Tätigkeiten. Zum Beispiel, indem
einer seinem Bedürfnis nach
distanzierter Betrachtung der
Welt folgt; als Probeläufer für
Luxushalbschuhe.

**Eine Frau, eine Wohnung,
ein Roman**
Roman
ISBN 978-3-423-**13311**-1

Weigand will endlich erwachsen
werden und die drei Dinge
haben, die es dazu braucht: eine
Frau, eine Wohnung und einen
selbst geschriebenen Roman.

Fremde Kämpfe
Roman
ISBN 978-3-423-**13314**-2

Da die Aufträge ausbleiben,
versucht sich der Werbegrafi-
ker Peschek auf fremdem
Terrain: Er lässt sich auf kriminelle Geschäfte ein…

Die Ausschweifung
Roman
ISBN 978-3-423-**13313**-5

›Szenen einer Ehe‹ vom minu-
tiösesten Beobachter deutscher Alltagswirklichkeit.

**Die Obdachlosigkeit
der Fische**
ISBN 978-3-423-**13315**-9

»Auf der Berliner Straße
kommt mir der einzige Mann
entgegen, der mich je auf
Händen getragen hat. Es war
vor zwanzig oder einund-
zwanzig Jahren, und der
Mann heißt entweder Arnulf,
Arnold oder Albrecht.«
Eine Lehrerin an der Schwelle
des Alterns vergewissert sich
einer fatal gescheiterten
Jugendliebe inmitten einer
brisanten Phase ihres Lebens.

Bitte besuchen Sie uns im Internet: www.dtv.de

Wilhelm Genazino im dtv

»Wilhelm Genazino beschreibt die deutsche
Wirklichkeit zum Fürchten gut.«
Iris Radisch in der ›Zeit‹

Achtung Baustelle
ISBN 978-3-423-**13408**-8
Kluge, ironisch-hintersinnige
Gedanken über Lesefrüchte
aller Art.

Die Liebesblödigkeit
Roman
ISBN 978-3-423-**13540**-5
und dtv großdruck
ISBN 978-3-423-**25284**-3
Ein äußerst heiterer und tief-
sinniger Roman über das
Altern und den Versuch, die
Liebe zu verstehen.

Der gedehnte Blick
ISBN 978-3-423-**13608**-2
Ein Buch über das Beobachten
und Lesen, über Schreibaben-
teuer und Lebensgeschichten,
über Fotografen und über das
Lachen.

Mittelmäßiges Heimweh
Roman
ISBN 978-3-423-**13724**-9
Schwebend leichter Roman
über einen unscheinbaren Angestellten, der erst ein Ohr und
dann noch viel mehr verliert.

**Das Glück in glücksfernen
Zeiten**
Roman
ISBN 978-3-423-**13950**-2
Die ironische und brillante
Analyse eines Menschen, der
am alltäglichen Dasein ver-
zweifelt. »Das Beste, was
Genazino bisher geschrieben
hat.« (Martin Lüdke in der
›Frankfurter Rundschau‹)

Bitte besuchen Sie uns im Internet: www.dtv.de

Siegfried Lenz im dtv

»Denn was sind Geschichten? Man kann sagen, zierliche
Nötigungen der Wirklichkeit, Farbe zu bekennen. Man kann
aber auch sagen: Versuche, die Wirklichkeit da zu verstehen,
wo sie nichts preisgeben möchte.«
Siegfried Lenz

Bitte besuchen Sie uns im Internet: www.dtv.de